ΕΚΕΙ ΠΟΥ ΤΡΑΓΟΥΔΑΝΕ ΟΙ ΚΑΡΑΒΙΔΕΣ

ΝΤΕΛΙΑ ΟΟΥΕΝΣ

ΕΚΕΙ ΠΟΥ ΤΡΑΓΟΥΔΑΝΕ ΟΙ ΚΑΡΑΒΙΔΕΣ

Μετάφραση: Μαργαρίτα Ζαχαριάδου

ΔΩΜΑ | βιβλία στην Αθήνα

Where the Crawdads Sing

τα πεζά | 3
ISBN: 978-618-84459-0-1

ΔΩΜΑ | βιβλία στην Αθήνα

Ασκληπιού 16
106 80 Αθήνα
Τηλ. 213 0458097
www.domabooks.gr
doma@domabooks.gr

Για την Αμάντα, τη Μάργκαρετ και την Μπάρμπαρα

Για σας
Αν δεν σας είχα δει
Δεν θα σας είχα γνωρίσει.
Μα σας είδα
Και σας γνώρισα
Και σας αγάπησα
Για πάντα.

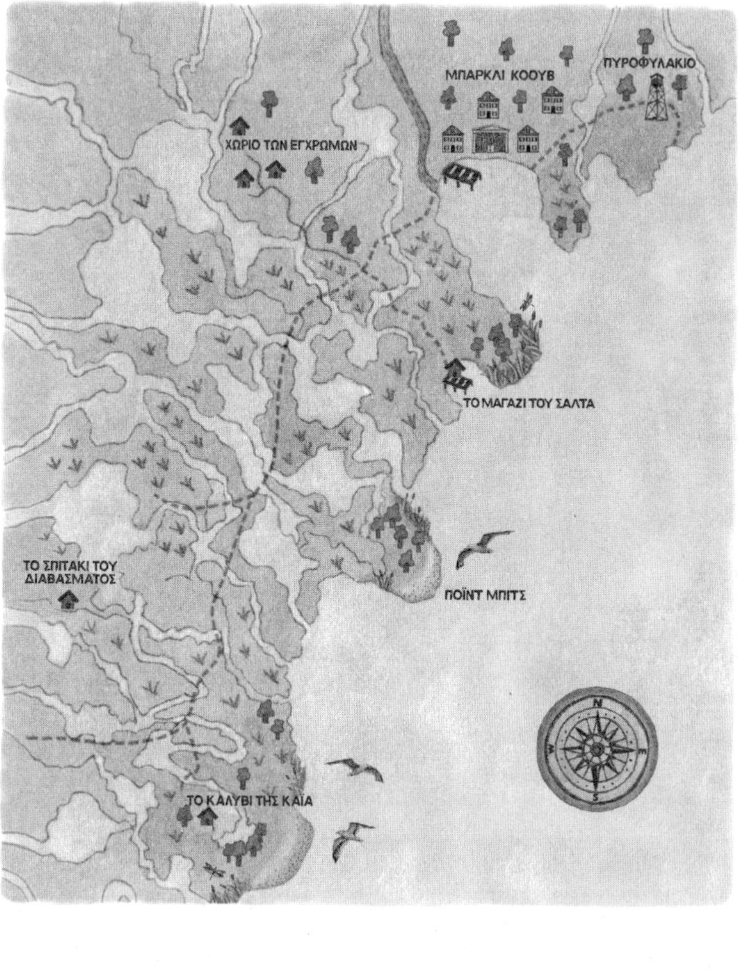
ΜΠΑΡΚΛΙ ΚΟΟΥΒ
ΠΥΡΟΦΥΛΑΚΙΟ
ΧΩΡΙΟ ΤΩΝ ΕΓΧΡΩΜΩΝ
ΤΟ ΜΑΓΑΖΙ ΤΟΥ ΣΑΛΤΑ
ΤΟ ΣΠΙΤΑΚΙ ΤΟΥ
ΔΙΑΒΑΣΜΑΤΟΣ
ΠΟΪΝΤ ΜΠΙΤΣ
ΤΟ ΚΑΛΥΒΙ ΤΗΣ ΚΑΪΑ
N
W
E
S

ΠΡΩΤΟ ΜΕΡΟΣ

Ο ΒΑΛΤΟΣ

Πρόλογος

1969

Άλλο βάλτος κι άλλο έλος. Ο βάλτος είναι ένας τόπος φωτεινός, όπου χορτάρια φυτρώνουν στο νερό, και το νερό κυλά και γίνεται ένα με τον ουρανό. Αργοκίνητα ρυάκια φιδογυρνούν κουβαλώντας την τροχιά του ήλιου ίσαμε τη θάλασσα, και πουλιά μακρυκάνικα απογειώνονται με χάρη απρόσμενη —σαν να μην ήταν φτιαγμένα να πετούν— την ώρα που χίλιες λευκόχηνες κάνουν τον σαματά τους.

Και κάπου στον βάλτο, εδώ κι εκεί, το έλος το αληθινό πάει και συναντά ύπουλους βούρκους κρυμμένους μέσα σε υγρά, πνιγηρά δάση. Τα νερά στο έλος είναι ακίνητα και σκοτεινά· νερά που καταπίνουν το φως στο λασπερό λαρύγγι τους. Ακόμα και τα σκουλήκια που κανονικά βγαίνουν από τη γη τη νύχτα, σε τούτα τα λημέρια γίνονται ημερόβια. Υπάρχουν, βέβαια, και ήχοι, αλλά σε σύγκριση με τον βάλτο, το έλος είναι πολύ σιωπηλό, γιατί η αποσύνθεση είναι διεργασία που συντελείται σε κυτταρικό επίπεδο. Η ζωή σαπίζει και όζει και επιστρέφει στο βρεγμένο χώμα· ένας βρωμερός λάκκος όπου ο θάνατος γεννοβολά ζωή.

Το πρωινό της 30ής Οκτωβρίου 1969, το πτώμα του Τσέις Άντριους κείτονταν μέσα στο έλος, που σε λίγο θα το κατάπινε σιωπηρά, αδιάφορα. Και θα το εξαφάνιζε οριστικά. Το έλος ξέρει τα πάντα για τον θάνατο, τον οποίο δεν βλέπει υποχρεωτικά σαν τραγωδία, και σίγουρα όχι σαν αμάρτημα. Το συγκεκριμένο πρωί, όμως, δυο αγόρια απ' το χωριό πήγαν με τα ποδήλατά τους μέχρι το παλιό πυροφυλάκιο, και από την τρίτη στροφή της σκάλας εντόπισαν το τζην μπουφάν του Τσέις.

1.
Μαμά

1952

Ήταν τέτοια η κάψα του πρωινού, τόσο αυγουστιάτικη, που η υγρή ανάσα του βάλτου κρεμούσε πέπλα απ' ομίχλη πάνω στα πεύκα και τις βελανιδιές. Επικρατούσε ασυνήθιστη ησυχία στις συστάδες με τους φοίνικες, αν εξαιρέσει κανείς το αργό πλατάγισμα που κάνανε τα φτερά των ερωδιών καθώς σηκώνονταν από τη λιμνοθάλασσα. Και τότε η Κάια, μόλις έξι χρονών εκείνο τον καιρό, άκουσε την πόρτα με τη σήτα να κλείνει με φόρα. Όρθια πάνω στο σκαμνί, σταμάτησε το τρίψιμο της κατσαρόλας και την έβαλε προσεκτικά στον νεροχύτη με τις χιλιοχρησιμοποιημένες σαπουνάδες. Τίποτε άλλο δεν ακουγόταν τώρα πέρα από τη δική της ανάσα. Ποιος να είχε βγει από το καλύβι; Η Μαμά πάντως όχι. Η Μαμά ποτέ δεν άφηνε την πόρτα να κλείσει με φόρα.

Όταν όμως η Κάια βγήκε τρέχοντας στη βεράντα, είδε τη μητέρα της με μια μακριά καφέ φούστα, που οι πιέτες τής έγλειφαν τους αστραγάλους, να κατεβαίνει το αμμουδερό μονοπάτι φορώντας ψηλοτάκουνα. Τα παπούτσια με τη στρογγυλεμένη μύτη ήταν από ψεύτικο δέρμα αλιγάτορα. Ήταν το μόνο ζευγάρι που είχε για έξω. Η Κάια ήθελε να βάλει μια φωνή, αλλά ήξερε πως δεν έπρεπε να ξυπνήσει τον Μπαμπά, κι έτσι άνοιξε την πόρτα και πήγε απλώς και στάθηκε στα σκαλιά με τα τούβλα και τις σανίδες. Από εκεί είδε το γαλάζιο βαλιτσάκι που κρατούσε η Μαμά. Η Κάια ήξερε, μ' εκείνη τη βεβαιότητα που έχουν πάντα τα κουτάβια, πως η μητέρα της θα επέστρεφε κουβαλώντας, όπως συνήθως, κάποιο κομμάτι κρέας τυλιγμένο σε λαδόκολλα, ή κανένα κοτόπουλο με το κεφάλι να κρέμεται απ' έξω. Αλλά σ' αυτές τις περιπτώσεις δεν φορούσε τις κροκοδειλέ γόβες της, ούτε κι έπαιρνε βαλίτσα.

Φτάνοντας στο σημείο που το μονοπάτι συναντούσε τον δρόμο, η Μαμά πάντα γυρνούσε το κεφάλι και κοιτούσε, σήκωνε το ένα χέρι ψηλά, η λευκή παλάμη ν' ανεμίζει, κι ύστερα έστριβε στη δημοσιά που περνούσε σαν ερπετό μέσα από έλη, λιμνοθάλασσες γεμάτες βούρλα και ενίοτε —όποτε η παλίρροια το επέτρεπε— και από το χωριό. Σήμερα όμως η Μαμά συνέχισε να περπατά, λίγο ασταθής ανάμεσα απ' τις αυλακιές. Η ψηλή της μορφή εμφανιζόταν πού και πού στα κενά του δάσους, ώσπου σε λίγο μέσα απ' τις φυλλωσιές πρόβαλλαν στιγμιαία μόνο κομμάτια του λευκού μαντιλιού. Η Κάια έριξε μια τρεχάλα μέχρι το σημείο όπου ήξερε πως φαίνεται ο δρόμος· σίγουρα εκεί θα σήκωνε το χέρι η Μαμά να τη χαιρετήσει. Φτάνοντας όμως μόλις και πρόλαβε να διακρίνει το γαλάζιο βαλιτσάκι —τελείως λάθος χρώμα μέσα στο δάσος— μια στιγμή πριν χαθεί. Ένα βάρος, κάτι πηχτό σαν μαύρη, κολλώδης λάσπη, είχε καθίσει στο στήθος της καθώς επέστρεφε στο καλύβι για να κάτσει να περιμένει στα σκαλιά.

Η Κάια ήταν η μικρότερη από πέντε αδέρφια, τα άλλα πολύ μεγαλύτερα· αργότερα, της ήταν αδύνατο να θυμηθεί την ηλικία τους. Ζούσαν με τη Μαμά και τον Μπαμπά, στριμωγμένοι όλοι μαζί σαν τα κουνέλια μέσα σ' ένα στοιχειώδες καλύβι, που η μπροστινή του βεράντα με τις σήτες κοιτούσε, θαρρείς, με μάτια γουρλωμένα κάτω απ' τις βελανιδιές.

Ο Τζόντι, ο αδελφός που ήταν πιο κοντά στην ηλικία της Κάια, αν και εφτά χρόνια μεγαλύτερος, βγήκε απ' το σπίτι και στάθηκε πίσω της. Είχε κι αυτός τα ίδια μαύρα μάτια, τα ίδια μαύρα μαλλιά· της μάθαινε κελαηδίσματα, τα ονόματα των αστεριών και πώς να οδηγεί το βαρκάκι μέσα στην κύπερη του βάλτου.

«Θα γυρίσει η Μαμά», της είπε.

«Δεν ξέρω. Φοράει τα κροκοδειλέ της».

«Δεν αφήνουνε οι μαμάδες τα παιδιά τους. Δεν το μπορούνε».

«Εσύ μού 'πες πως η αλεπού τ' άφησε τα μωρά της».

«Ναι, καλά, αλλά αυτηνής ήταν το πόδι της ξεσκισμένο. Έτσι και προσπαθούσε να βρει φαΐ και για τα μικρά της και για τον εαυτό της, θα ψόφαγε της πείνας. Καλύτερα που τ' άφησε, να γιατρευτεί καλά-καλά και να κάνει κι άλλα όταν θα μπορεί να τα μεγαλώσει σωστά. Η Μαμά δεν πεθαίνει της πείνας, θα γυρίσει». Ο Τζόντι ήταν λιγότερο σίγουρος απ' όσο ακουγόταν, αλλά το έλεγε έτσι, για χάρη της Κάια.

Μ' ένα σφίξιμο στον λαιμό της, ψιθύρισε: «Μα η Μαμά έχει κι αυτό το μπλε το βαλιτσάκι μαζί, σαν να φεύγει για ταξίδι».

❧

Το καλύβι βρισκόταν πίσω απ' τους φοίνικες που καταλάμβαναν τους αμμουδερούς μπάγκους μέσα στο κομπολόι των πράσινων λιμνοθαλασσών οι οποίες απλώνονταν μέχρι τα πέρατα του βάλτου. Μίλια ολόκληρα με χορτάρια τόσο σκληρά που φύτρωναν και στο αλμυρό νερό, κι ανάμεσά τους μόνο δέντρα γερμένα πια στο σχήμα του ανέμου. Παντού αλλού τριγύρω του, το καλύβι είχε όλο δασάκια· πυκνές τούφες με βελανιδιές έκρυβαν την πιο κοντινή λιμνοθάλασσα που η επιφάνειά της ριγούσε από τον πλούτο της ζωής. Και μέσα απ' τα δέντρα περνούσε η αρμύρα και το τραγούδι των γλάρων από τη θάλασσα.

Δεν είχαν αλλάξει και πολλά από τις αρχές του 16ου αιώνα στο πώς αποκτούσες γη σ' εκείνα τα μέρη. Οι σκόρπιες ιδιοκτησίες μέσα στον βάλτο δεν ήταν τυπικά οριοθετημένες· απλώς, οι διάφοροι παράνομοι τις ξεχώριζαν χάρη σε φυσικά σημάδια — ένα ρυάκι εδώ, μια πεσμένη βελανιδιά εκεί. Κανένας άνθρωπος δεν στήνει τσαρδί από κλαριά φοίνικα μέσα στο έλος, εκτός αν θέλει να ξεφύγει από κάποιον ή αν βρίσκεται πια στο τέρμα της διαδρομής του.

Τον βάλτο προστάτευε μια κατακερματισμένη ακτογραμμή, την οποία οι πρώτοι εξερευνητές είχαν ονομάσει «Νεκροταφείο του Ατλαντικού», γιατί τα δυνατά ρεύματα, οι άγριοι άνεμοι και τα αβαθή διέλυαν τα καράβια σαν χάρτινα καπελάκια πάνω στην ακτή της Βόρειας Καρολίνας. Ένας ναυτικός έγραφε στο ημερολόγιό του, «διαπλεύσαμε την ακτή... αλλά δεν βρήκαμε είσοδο... Μια βίαιη μπόρα μάς πρόλαβε... αναγκαστήκαμε να βγούμε πάλι στη θάλασσα, στ' ανοιχτά, να φυλαχτούμε οι ίδιοι, να φυλάξουμε και το καράβι, και μας έσπρωχνε η φούρια ενός ισχυρού ρεύματος... Η χώρα... ήταν ελώδης, όλο βάλτους, κι έτσι γυρίσαμε ξανά στο καράβι... Αποθαρρυντική για όσους τυχόν έρθουν αργότερα στα μέρη αυτά να εγκατασταθούν».

Όσοι αναζητούσαν κανονική γη, προχώρησαν πιο μέσα, κι ο διαβόητος αυτός βάλτος μετατράπηκε σ' ένα δίχτυ που μάζευε ναύτες που σήκωσαν μπαϊράκι, ναυαγούς, οφειλέτες και φυγάδες που προσπαθούσαν να ξεφύγουν απ' τους πολέμους, απ' τους φόρους ή από νόμους που δεν ήταν της αρεσκείας τους. Όσοι δεν πέθαναν από την ελονοσία κι ούτε τους κατάπιε ο βάλτος, πολλαπλασιάστηκαν κι έγιναν μια φυλή ανθρώπων του δάσους, αποτελούμενη από διάφορες ράτσες και κάθε λογής καταγωγή, και καθένας από τους ανθρώπους εκείνους ήταν ικανός να κόψει ένα μικρό δάσος μονάχος του με το τσεκούρι και να κουβαλήσει τα κούτσουρα για μίλια ολόκληρα. Σαν τους ποντικούς των ποταμών, είχε ο καθένας την περιοχή του, αλλά και πάλι έπρεπε να προσαρμοστεί, αλλιώς μια μέρα απλά θα χανόταν μέσα στον βάλτο. Διακόσια χρόνια αργότερα, ήρθαν και προστέθηκαν δραπέτες σκλάβοι, οι οποίοι κατέφυγαν στον βάλτο και τους αποκαλούσαν «μαρούν»· κι επίσης, απελεύθεροι, αδέκαροι και καταπονημένοι, που σκορπίζονταν σ' εκείνη τη γη των νερών γιατί δεν είχαν πολλές επιλογές.

Μπορεί να ήταν τόπος χωρίς έλεος, αλλά όχι και χωρίς ζωή. Πλάσματα επί πλασμάτων —καβούρια της άμμου, καραβίδες της λάσπης, υδρόβια πουλιά, ψάρια, γαρίδες, οστρακοειδή, παχουλά ελάφια και στρουμπουλές χήνες— συνωστίζονταν στη γη και στο νερό. Όποιος δεν είχε πρόβλημα να σκαλίζει τη λάσπη με τα χέρια για να βρει το φαγητό του, δεν θα πεινούσε ποτέ.

Ήταν πια το έτος 1952, και κάποια κομμάτια γης είχαν γνωρίσει μια ομαλή διαδοχή, μέσα σε διάστημα τεσσάρων αιώνων, από τον έναν ιδιοκτήτη στον άλλον, μια λίγο αλλοπρόσαλλη αλυσίδα ανθρώπων που επισήμως δεν υπήρχαν πουθενά. Ιδίως πριν από τον Εμφύλιο. Άλλοι είχαν καταπατήσει γαίες πιο πρόσφατα, κυρίως μετά τους Παγκόσμιους Πολέμους, οπότε οι άνθρωποι επέστρεφαν τσακισμένοι οικονομικά αλλά και συνολικά. Ο βάλτος δεν τους περιόριζε μα τους όριζε και, σαν άγιος τόπος, κρατούσε τα μυστικά τους θαμμένα βαθιά. Κανένας δεν νοιαζόταν που είχαν καταπατήσει αυτή τη γη, γιατί κανένας δεν την ήθελε. Στο κάτω-κάτω, ένα έλος ήταν. Άχρηστος τόπος.

Οι κάτοικοι του βάλτου έφτιαχναν οι ίδιοι τους δικούς τους νόμους, όπως έφτιαχναν και το δικό τους ουίσκι — νόμους όχι σαν αυτούς που χαράζονται σε πέτρινες πλάκες ή που γράφονται σε χαρτιά, αλλά βαθύτερους, εντυπωμένους στα γονίδιά τους. Αρχέγονους και φυσικούς, παρμένους απ' τα γεράκια και τα περιστέρια. Όταν ο άνθρωπος βρεθεί στριμωγμένος, απομονωμένος, σε απόγνωση, επιστρέφει σ' εκείνα τα ένστικτα που αποβλέπουν ευθέως στην επιβίωση. Άμεσα και δίκαια. Αυτά θα είναι πάντα τα κύρια όπλα, γιατί αυτά περνάνε από γενιά σε γενιά πιο συχνά σε σύγκριση με τα περισσότερο ευγενή γονίδια. Δεν είναι θέμα ηθικής. Είναι απλά μαθηματικά. Τα περιστέρια τσακώνονται με τα άλλα περιστέρια ακριβώς όσο και τα γεράκια με τα γεράκια.

Η Μαμά δεν ξαναγύρισε εκείνη τη μέρα. Κανείς δεν είπε τίποτα. Ιδίως ο Μπαμπάς. Ανοιγόκλεινε με σαματά τις κατσαρόλες, βρωμοκοπώντας ψαρίλα και φτηνό ουίσκι. «Πού 'ν' το φαΐ;».

Με το βλέμμα χαμηλά, τα αδέλφια ανασήκωσαν τους ώμους. Ο Μπαμπάς βλαστήμησε και μετά έφυγε πάλι, κούτσα-κούτσα για το δάσος. Είχαν ξαναγίνει καβγάδες· μάλιστα η Μαμά είχε ξαναφύγει μια-δυο φορές, αλλά πάντα επέστρεφε, κι αμέσως βουτούσε για αγκαλιές όποιο απ' τα μικρά έβρισκε πρόχειρο.

Οι δύο μεγαλύτερες αδελφές μαγείρεψαν κόκκινα φασόλια κι έφτιαξαν καλαμποκόψωμο, αλλά κανείς δεν κάθισε να φάει στο τραπέζι, όπως θα έκαναν αν ήταν η Μαμά. Όλοι έπαιρναν λίγα φασόλια απ' την κατσαρόλα, έβαζαν ένα κομμάτι καλαμποκόψωμο από πάνω και πήγαιναν να το φάνε στο στρώμα τους ή στον ξεφτισμένο καναπέ.

Η Κάια δεν μπορούσε να φάει. Καθόταν στα σκαλιά της βεράντας και κοιτούσε το δρομάκι πέρα. Ψηλή για την ηλικία της, πετσί και κόκαλο, είχε δέρμα βαθιά μαυρισμένο από τον ήλιο και ολόισια μαλλιά, μαύρα και πυκνά σαν τα φτερά του κόρακα.

Το σκοτάδι έβαλε τέλος στη σκοπιά της. Το κόασμα των βατράχων θα έπνιγε κάθε ήχο από βήματα· παρ' όλα αυτά, η Κάια ξάπλωσε στο στρώμα της στη βεράντα και συνέχισε ν' αφουγκράζεται. Το πρωί είχε ξυπνήσει απ' τον ήχο του λαρδιού που τσιτσίριζε στο σιδερένιο τηγάνι κι απ' τα ευωδιαστά ψωμάκια που ξεροψήνονταν στον ξυλόφουρνο. Είχε φορέσει στα γρήγορα τη σαλοπέτα της και είχε τρέξει στην κουζίνα για να βγάλει πιάτα και πιρούνια. Να καθαρίσει το αλεύρι από τα ζουζούνια. Τα περισσότερα πρωινά, η μαμά την αγκάλιαζε χαμογελώντας πλατιά —«Καλημέρα, κοριτσάκι μου αγαπημένο»— και οι δυο τους καταπιάνονταν με τις δουλειές του σπιτιού σ' ένα σχεδόν χορευτικό πηγαινέλα. Καμιά φορά η Μαμά τραγουδούσε τραγούδια φολκ ή απήγγελλε παιδικά ποιηματάκια: «Το ένα γουρουνάκι πήγε στο παζάρι». Ή έπιαναν τον χορό, το τζίτερμπαγκ, με τα πόδια τους να κοπανάνε το σανιδένιο πάτωμα ώσπου η μουσική απ' το ραδιοφωνάκι με τις μπαταρίες να σβήσει και ν' ακούγεται πια λες και το ραδιόφωνο μουρμούριζε για λογαριασμό του μόνο, από τον πάτο του βαρελιού. Κάτι άλλα πρωινά, η Μαμά μιλούσε για πράγματα μεγαλίστικα, που η Κάια δεν τα καταλάβαινε, αλλά σκεφτόταν πως τα λόγια της Μαμάς είχαν ανάγκη να πάνε κάπου, κι έτσι τα άφηνε να περνάνε μέσα στο δέρμα της ενώ εκείνη έχωνε ξύλα στην ξυλόσομπα· και κουνούσε το κεφάλι σαν να καταλάβαινε.

Μετά, η βαβούρα να σηκωθούν όλοι και να ταϊστούν. Ο Μπαμπάς, αλλού. Είχε δύο θέσεις λειτουργίας ο Μπαμπάς: τη σιωπή και την αγριοφωνάρα. Οπότε ήταν μια χαρά όταν κοιμόταν παραπάνω ή κι όταν δεν ερχόταν καν στο σπίτι.

Εκείνο το πρωί όμως η Μαμά ήταν αμίλητη· το χαμόγελό της χαμένο, τα μάτια της κόκκινα. Είχε δέσει ένα άσπρο μαντίλι, σε στυλ πειρατικό, χαμηλά στο μέτωπό της, αλλά πάλι φαίνονταν από κάτω οι παρυφές ενός μώλωπα, μαβιές και κίτρινες. Αμέσως μετά το πρωινό, πριν καν πλυθούν τα πιάτα, η Μαμά έβαλε λίγα προσωπικά της πράγματα σε μια βαλιτσούλα και πήρε τον δρόμο.

Το επόμενο πρωί, η Κάια κάθισε πάλι στη σκοπιά της στα σκαλοπάτια· τα μάτια της καρφωμένα στο δρομάκι, μαύρα και σκοτεινά σαν τούνελ που περιμένει το τρένο. Πιο πέρα, ο βάλτος με τα πέπλα της ομίχλης τόσο χαμηλά που η μαλακή κοιλιά τους ακουμπούσε στο έδαφος. Η Κάια έπαιξε με τα δάχτυλα των ποδιών της, έβαλε χορταράκια μπροστά σε ζουζούνια, αλλά ένα εξάχρονο δεν μπορεί να μένει και πάρα πολλή ώρα καθιστό, κι έτσι σύντομα σηκώθηκε και πήγε σιγά-σιγά μέχρι τη λασπερή όχθη — το έδαφος φιλούσε ρουφηχτά τα δάχτυλά της. Κουκουβιστή στην άκρη του διάφανου νερού, παρατηρούσε ψαράκια να τριγυρίζουν σαν σαΐτες ανάμεσα στις νησίδες του φωτός και της σκιάς.

Άκουσε τον Τζόντι να τη φωνάζει από τους φοίνικες. Γύρισε και κοίταξε: μπορεί να είχε τίποτε νέα. Καθώς όμως περνούσε ανάμεσα από τα αγκαθωτά φυλλώματα, η Κάια κατάλαβε από τον τρόπο που κινούνταν, έτσι, χαλαρά, πως η Μαμά δεν ήταν σπίτι.

«Παίζουμ' εξερευνητές;» τη ρώτησε.

«Εσύ δεν είπες που είσαι μεγάλος για ξερευνητές;»

«Καλά μωρέ, έτσι τό 'πα. Πάντα παίζουμε. Πάμε κόντρα!»

Διέσχισαν τρέχοντας την έκταση της λάσπης και μετά το δάσος προς την ακτή. Η Κάια τσίριξε όταν την προσπέρασε ο Τζόντι και γελούσε ώσπου έφτασαν στη μεγάλη βελανιδιά που άπλωνε τα πελώρια μπράτσα της πάνω από την άμμο. Ο Τζόντι μαζί με τον μεγαλύτερο αδελφό του, τον Μερφ, είχαν καρφώσει παλιά μερικές σανίδες στα κλαδιά κι είχαν φτιάξει παρατηρητήριο και οχυρό. Τώρα πια, οι περισσότερες σανίδες είχαν διαλυθεί και κρέμονταν από τα σκουριασμένα τους καρφιά.

Συνήθως, όποτε της επέτρεπαν να παίξει μαζί τους, η Κάια έκανε όλο το σκλαβάκι και τους έφερνε ψωμάκια που σούφρωνε από το ταψί της Μαμάς.

Σήμερα όμως ο Τζόντι είπε: «Θα κάνεις τον καπετάνιο».

Η Κάια ύψωσε το δεξί χέρι για να δώσει τη διαταγή. «Διώχνουμε τους Ισπανούς!». Έσπασαν κλαδιά για σπαθιά και χώθηκαν στους θάμνους ουρλιάζοντας και καρφώνοντας τους εχθρούς.

Και μετά —γιατί το παιχνίδι της φαντασίας έρχεται και φεύγει πανεύκολα— πήγε και κάθισε σ' ένα κούτσουρο πράσινο από τα βρύα. Ο Τζόντι ήρθε κι εκείνος σιωπηλά. Κάτι ήθελε να πει, να την κάνει να ξεχάσει τη Μαμά, αλλά δεν του έρχονταν οι λέξεις, κι έτσι απέμειναν να κοιτάζουν τους ίσκιους των γερίδων να περπατάνε στην επιφάνεια.

Αργότερα η Κάια επέστρεψε στα σκαλιά της βεράντας και κάθισε και περίμενε πάλι πολλή ώρα εκεί πέρα, αλλά όσο κοίταζε προς το τέρμα του δρόμου, δεν έκλαψε ούτε στιγμή. Το πρόσωπό της παρέμεινε ακίνητο, τα χείλη της μια απλή λεπτή γραμμή κάτω απ' τα ανήσυχα μάτια. Αλλά ούτε εκείνη τη μέρα γύρισε η Μαμά.

2.

Τζόντι

1952

Μέσα στις επόμενες βδομάδες αφότου έφυγε η Μαμά, ο μεγαλύτερος αδελφός τής Κάια και οι δυο αδελφές της έφυγαν κι αυτοί αθόρυβα, λες κι ακολούθησαν το παράδειγμά της. Είχαν υπομείνει τόσες και τόσες κρίσεις οργής τού έξαλλου Μπαμπά, που ξεκινούσαν με φωνές και κλιμακώνονταν σε γροθιές ή ανάστροφες, ώσπου ένας-ένας εξαφανίστηκαν. Έτσι κι αλλιώς ήταν σχεδόν ενήλικες πια. Αργότερα, η Κάια όχι μόνο δεν θυμόταν τις ηλικίες τους αλλά ούτε και τα κανονικά τους ονόματα, παρά μόνον ότι τους φώναζαν Μίσι, Μερφ και Μάντι. Πάνω στο στρωματάκι της στη βεράντα βρήκε μια μικρή στοίβα κάλτσες που της είχαν αφήσει οι αδελφές της.

Το πρωί που δεν της απέμεινε πια άλλο αδέλφι εκτός από τον Τζόντι, η Κάια ξύπνησε από τον σαματά των κατσαρολικών και τη μυρωδιά του λίπους για το πρωινό. Έτρεξε στην κουζίνα, νομίζοντας πως είχε γυρίσει η Μαμά και έφτιαχνε κροκέτες με καλαμποκάλευρο ή τηγανιτά ψωμάκια. Αλλά ήταν ο Τζόντι, όρθιος μπροστά στην ξυλόσομπα, κι ανακάτευε χυλό καλαμποκιού. Η Κάια χαμογέλασε για να κρύψει την απογοήτευσή της, κι εκείνος της χάιδεψε απαλά το κεφάλι και της έκανε νόημα να μην κάνει φασαρία: αν δεν ξυπνούσαν τον Μπαμπά, θα έτρωγαν πρωινό μόνοι τους. Ο Τζόντι δεν ήξερε να φτιάχνει ψωμάκια, και επίσης δεν υπήρχε καθόλου μπέικον, οπότε έβρασε χυλό καλαμποκιού και χτύπησε αβγά μέσα σε λαρδί, κι έτσι κάθισαν μαζί οι δυο τους, ανταλλάσσοντας σιωπηλά ματιές και χαμόγελα.

Έπλυναν τα πιάτα τους στα γρήγορα και αμέσως έτρεξαν κατά τον βάλτο — ο Τζόντι πρώτος. Εκείνη τη στιγμή όμως ο Μπαμπάς τούς φώναξε κι άρχισε να έρχεται κούτσα-κούτσα προς το μέρος τους. Απίστευτα λιπόσαρκος, έλεγες πως το κορμί του ταλαντευόταν εδώ κι εκεί από σκέτη έλλειψη βαρύτητας. Οι γομφίοι του ήταν κατακίτρινοι σαν τα δόντια γέρικου σκυλιού.

Η Κάια σήκωσε το κεφάλι και κοίταξε τον Τζόντι: «Να τρέξουμε. Να κρυφτούμε εκεί πού 'χει τα βρύα».

«Δεν είναι τίποτα. Όλα καλά θα πάνε», είπε εκείνος.

Αργότερα, περίπου την ώρα που έδυε ο ήλιος, ο Τζόντι βρήκε την Κάια στην ακτή με το βλέμμα καρφωμένο στη θάλασσα. Στάθηκε δίπλα της αλλά εκείνη δεν τον κοίταξε· τα μάτια της παρέμειναν στα κύματα που φούσκωναν. Κι όμως, από τον τρόπο που της μίλησε, κατάλαβε πως ο Μπαμπάς τον είχε βαρέσει στο πρόσωπο.

«Φεύγω, Κάια. Πρέπει. Δεν μπορώ άλλο δω πέρα».

Παραλίγο να γυρίσει να τον κοιτάξει αλλά δεν το έκανε. Ήθελε να τον ικετεύσει να μην την αφήσει μόνη με τον Μπαμπά, αλλά τα λόγια κολλούσαν στον λαιμό της.

«Άμα μεγαλώσεις, θα καταλάβεις», της είπε ο Τζόντι. Η Κάια ήθελε να του ουρλιάξει πως μπορεί να ήταν μικρή, αλλά χαζή δεν ήταν. Ήξερε πως ο λόγος που όλοι έφευγαν ήταν ο

Μπαμπάς. Εκείνο που δεν καταλάβαινε ήταν γιατί κανένας δεν την έπαιρνε μαζί του. Είχε σκεφτεί κι εκείνη να το σκάσει, αλλά δεν είχε ούτε πού να πάει, ούτε λεφτά για το λεωφορείο.

«Να προσέχεις, Κάια, μ' ακούς; Άμα έρθει κανένας, μην πας στο σπίτι. Θα σε βρούνε εκεί. Τρέχα, πήγαινε στον βάλτο μέσα, κρύψου στους θάμνους. Πάντα να καλύπτεις τα ίχνη σου· σού 'χω δείξει πώς. Και να κρύβεσαι κι απ' τον Μπαμπά». Η Κάια ούτε τότε μίλησε, κι έτσι ο Τζόντι είπε αντίο και διασχίζοντας την ακτή μπήκε στο δάσος. Λίγο πριν χωθεί ανάμεσα στα δέντρα, η Κάια επιτέλους στράφηκε και έμεινε να τον κοιτάζει να φεύγει.

«Το ένα γουρουνάκι έμεινε στο σπίτι», είπε στα κύματα.

Ύστερα ξεκοκάλωσε κι έβαλε μια τρεχάλα μέχρι το καλύβι. Τον φώναξε, αλλά τα πράγματα του Τζόντι έλειπαν ήδη, και το στρώμα του στο πάτωμα ήταν τελείως γυμνό.

Κάθισε στο στρώμα του κι είδε το τελευταίο φως της ημέρας να χύνεται πάνω στον τοίχο. Το φως δεν χάθηκε όμως μαζί με τον ήλιο, ένα μέρος του μαζεύτηκε, θαρρείς στο δωμάτιο, κι έτσι για μια μικρή στιγμή τα βουλιαγμένα στρώματα και οι στοίβες με τα παλιά ρούχα απέκτησαν πιο πολλή ευκρίνεια και χρώμα απ' ό,τι τα δέντρα έξω από το σπίτι.

Ένα επώδυνο αίσθημα πείνας —κάτι τόσο πεζό— την αιφνιδίασε. Πήγε προς την κουζίνα και στάθηκε στο κατώφλι. Όλη της τη ζωή έβλεπε το δωμάτιο αυτό ζεστό απ' το ψωμί που ψηνόταν, απ' τα φασόλια που έβραζαν, απ' το ψάρι με τα λαχανικά που μαγειρεύονταν στην κατσαρόλα. Τώρα, κλεισούρα, σιωπή και σκοτάδι. «Ποιος θα μαγειρεύει;» ρώτησε φωναχτά. Θα μπορούσε και να είχε ρωτήσει: *Ποιος θα χορεύει;*

Άναψε ένα κερί, σκάλισε τη ζεστή στάχτη στη σόμπα και πρόσθεσε προσάναμμα. Τρομπάρησε το φυσερό ώσπου βγήκε φλόγα, κι ύστερα έβαλε κι άλλα ξύλα. Το ψυγείο χρησίμευε για ντουλάπι, αφού το ηλεκτρικό δεν περνούσε από πουθενά κοντά στο καλύβι. Για να μην πιάνει μούχλα, η πόρτα έμενε πάντα λίγο ανοιχτή με τη βοήθεια μιας μυγοσκοτώστρας. Παρ' όλα αυτά, μικρές γκριζοπράσινες φλέβες σχηματίζονταν και στην παραμικρή κόγχη.

Έβγαλε από μέσα ό,τι φαγώσιμο είχε περισσέψει και είπε: «Θα ρίξω τον χυλό στο λαρδί και θα τόνε ζεστάνω», πράγμα που έκανε· έφαγε μέσα απ' την κατσαρόλα κοιτώντας από το παράθυρο, περιμένοντας τον Μπαμπά. Αλλά ο Μπαμπάς δεν ήρθε.

Όταν το φως απ' το λιγοστό φεγγάρι άγγιξε επιτέλους το καλύβι, η Κάια χώθηκε στο κρεβάτι της στη βεράντα — ένα στρώμα όλο γρουμπούλια, ριγμένο κατάχαμα, που όμως είχε αληθινά σεντόνια με σχέδια, μικρά γαλάζια τριανταφυλλάκια, που της τά 'χε πάρει η Μαμά από ένα σπίτι όπου ξεπουλούσαν το νοικοκυριό τους· ολομόναχη, νύχτα, για πρώτη φορά στη ζωή της.

Στην αρχή, κάθε λίγα λεπτά ανακαθόταν και κοιτούσε μέσα απ' τις σήτες. Έστηνε αυτί ν' ακούσει βήματα στο δάσος. Ήξερε το σχήμα του κάθε δέντρου. Κι όμως, μερικά λες κι έτρεχαν εδώ κι εκεί, ακολουθώντας το φεγγάρι. Για ένα διάστημα, ήταν τόσο σφιγμένη που δεν μπορούσε ούτε να καταπιεί, ξάφνου όμως, σαν να έπεσε το σύνθημα, το γνώριμο τραγούδι των βατράχων και των τζιτζικιών γέμισε τη νύχτα. Η σκοτεινιά κουβαλούσε μια οσμή γλυκιά, τη γήινη ανάσα των βατράχων και των σαλαμάνδρων που κατάφεραν να επιζήσουν έπειτα από άλλη μια απαίσια, κατάζεστη μέρα. Ο βάλτος κουλουριάστηκε μέσα στο σεντόνι της χαμηλής ομίχλης, κι η Κάια κοιμήθηκε.

Τρεις μέρες ο Μπαμπάς δεν ήρθε καθόλου, και η Κάια έβραζε τα φύλλα από τα γογγύλια που είχε στο μποστάνι η Μαμά για πρωινό, μεσημεριανό και βραδινό. Είχε πάει και στο κοτέτσι για να μαζέψει αυγά, αλλά το βρήκε άδειο. Ούτε κότες, ούτε αυγά πουθενά.

«Σκατόκοτες! Σκατά κότες είστε!». Από τότε που έφυγε η Μαμά, όλο έλεγε να πάει να τις φροντίσει, αλλά τελικά δεν είχε κάνει και πολλά πράγματα γενικώς. Και τώρα, οι κότες τό 'χαν σκάσει, ένα παρδαλό κοπάδι, κι είχαν χωθεί κακαρίζοντας πέρα στα δέντρα. Έπρεπε να σκορπίσει καλαμποκάλευρο, να δει μήπως έτσι κατάφερνε να τις κρατήσει κάπου κοντά.

Το απόγευμα της τέταρτης μέρας, ο Μπαμπάς εμφανίστηκε μ' ένα μπουκάλι στο χέρι και ξαπλώθηκε φαρδύς-πλατύς στο κρεβάτι του.

Μπαίνοντας στην κουζίνα το επόμενο πρωί, φώναξε: «Πού 'χουνε πάει όλοι;»

«Δεν ξέρω», είπε η Κάια χωρίς να τον κοιτάζει.

«Και το σκυλί του δρόμου από σένα πιο πολλά ξέρει. Άχρηστη, σαν το βυζί τ' αγριογούρουνου».

Η Κάια βγήκε αθόρυβα από την πόρτα της βεράντας, αλλά καθώς περπατούσε στην ακτή ψάχνοντας για μύδια, μύρισε καπνό και σήκωσε το βλέμμα· είδε κάτι σαν λάμψη ν' αναθρώσκει απ' τη μεριά του καλυβιού. Τρέχοντας όσο πιο γρήγορα μπορούσε και περνώντας ανάμεσα απ' τα δέντρα, είδε στην αυλή μια μεγάλη φωτιά. Ο Μπαμπάς πετούσε τους πίνακες, τα φουστάνια και τα βιβλία της Μαμάς στις φλόγες.

«Μη!» ούρλιαξε η Κάια. Εκείνος δεν την κοίταξε, αλλά πέταξε και το παλιό ραδιοφωνάκι στη φωτιά. Το πρόσωπο και τα μπράτσα της τσουρουφλίστηκαν καθώς προσπάθησε να πιάσει τους πίνακες, ώσπου η κάψα την έκανε να υποχωρήσει.

Έτρεξε στο καλύβι για να εμποδίσει τον Μπαμπά να πάρει κι άλλα, κοιτώντας τον κατάματα. Ο Μπαμπάς σήκωσε την ανάστροφη του χεριού του, αλλά η Κάια δεν κουνήθηκε. Και τότε, απότομα, ο Μπαμπάς έκανε μεταβολή και πήγε κουτσαίνοντας προς τη βάρκα του.

Η Κάια κάθισε βαριά στα σκαλάκια παρακολουθώντας τις ζωγραφιές του βάλτου που είχε κάνει η Μαμά με νερομπογιές να γίνονται στάχτη. Κάθισε εκεί ώσπου ο ήλιος να δύσει, ώσπου τα κουμπιά των φορεμάτων της να λάμψουν σαν καρβουνάκια και οι αναμνήσεις του χορού με τη Μαμά να λιώσουν μέσα στις φλόγες.

Τις επόμενες μέρες, η Κάια έμαθε από τα λάθη των άλλων, αλλά ίσως ακόμα περισσότερο έμαθε από τα μικρά ψαράκια, πώς να συμβιώνει μαζί του. Μένεις σε απόσταση, φροντίζεις να μη σε βλέπει, φεύγεις γρήγορα από τα φωτεινά σημεία και τρέχεις στα πιο σκοτεινά. Σηκωνόταν το πρωί και έβγαινε από το σπίτι προτού αυτός ξυπνήσει, κι έτσι ζούσε στο δάσος και στα νερά, κι ύστερα γυρνούσε αθόρυβα στο καλύβι για να κοιμηθεί στο κρεβάτι της στη βεράντα, όσο γινόταν πιο κοντά στον βάλτο.

Ο Μπαμπάς είχε πολεμήσει τη Γερμανία στον Δεύτερο Παγκόσμιο Πόλεμο, όπου το αριστερό του μηριαίο οστό χτυπήθηκε από θραύσματα και διαλύθηκε. Αυτή ήταν η έσχατη πηγή περηφάνιας τους. Και το εβδομαδιαίο επίδομα αναπηρίας του, το μόνο τους εισόδημα. Μια βδομάδα αφότου έφυγε ο Τζόντι, το ψυγείο είχε αδειάσει εντελώς κι απ' τα γογγύλια δεν είχε μείνει σχεδόν τίποτα. Όταν η Κάια μπήκε στην κουζίνα εκείνη τη Δευτέρα το πρωί, ο Μπαμπάς τής έδειξε ένα τσαλακωμένο δολάριο και κάτι κέρματα πάνω στο τραπέζι της κουζίνας.

«Μ' αυτά δω θά 'χεις να τρως καμιά βδομάδα. Γιατί τζάμπα δεν υπάρχει τίποτα», είπε. «Όλα θένε λεφτά, και με τα λεφτά θά 'χεις να κρατάς το σπίτι, να μαζεύεις ξύλα για τη σόμπα και να κάνεις την μπουγάδα».

Πρώτη φορά στη ζωή της η Κάια πήγε με τα πόδια στο χωριό, το Μπάρκλι Κόουβ, για να ψωνίσει — *το ένα γουρουνάκι πήγε στο παζάρι*. Επί έξι χιλιόμετρα περπατούσε στη βαθιά άμμο και πλατσούριζε στη μαύρη λάσπη, ώσπου μπροστά της είδε τον κόλπο να λαμπυρίζει, με το χωριουδάκι επάνω στην ακτή.

Ένας μεγάλος υγροβιότοπος περιέβαλλε το χωριό, κι η αλμυρή του αχλή μπλεκόταν μ' εκείνη του ωκεανού που φούσκωνε με την πλημμυρίδα στην άλλη πλευρά τής Μέιν Στρητ. Ο βάλτος και η θάλασσα χώριζαν το χωριό απ' τον υπόλοιπο κόσμο, με τον οποίο η μοναδική σύνδεση ήταν μια δημοσιά που με το ραγισμένο τσιμέντο της και τις χίλιες λακκούβες οδηγούσε κακήν-κακώς στο χωριό.

Το χωριό είχε δυο δρόμους: η Μέιν Στρητ ακολουθούσε το παραλιακό μέτωπο και είχε μαγαζιά το ένα μετά το άλλο: το μπακάλικο Πίγκλι Ουίγκλι στη μια άκρη και τα Αυτοκίνητα Ουέστερν στην άλλη. Στη μέση, την καφετέρια. Κάπου εκεί ανάμεσα υπήρχε το Ψιλικατζίδικο του Κρες, ένα ρουχάδικο (μόνο παραγγελίες από τον κατάλογο), ο φούρνος του Πάρκερ και το παπουτσάδικο Μπάστερ Μπράουν. Δίπλα στο μπακάλικο υπήρχε η Μπυραρία Μπάτε Σκύλοι, η οποία σέρβιρε ψητά χοτ-ντογκ, καυτερό τσίλι και τηγανιτές γαρίδες σε χάρτινα καραβάκια. Κυρίες και παιδιά δεν πατούσαν εκεί μέσα, διότι δεν θεωρούνταν πρέπον, είχαν ανοίξει όμως ένα παράθυρο στον τοίχο για να παραγγέλνεις χοτ-ντογκ και Νέχι Κόλα από τον δρόμο. Οι έγχρωμοι δεν μπορούσαν να χρησιμοποιήσουν ούτε την πόρτα ούτε το παράθυρο.

Ο άλλος δρόμος, η Μπροντ Στρητ, πήγαινε απ' την παλιά δημοσιά κατευθείαν προς τον ωκεανό και έβρισκε την Μέιν Στρητ, όπου και κατέληγε. Έτσι, η μόνη διασταύρωση στην πόλη ήταν της Μέιν Στρητ με την Μπροντ Στρητ και τον Ατλαντικό Ωκεανό. Τα μαγαζιά και οι επιχειρήσεις δεν ήταν κολλητά μεταξύ τους όπως στις περισσότερες μικρές πόλεις και χωριά, αλλά είχαν ανάμεσά τους μικρά άδεια οικόπεδα πνιγμένα στην άγρια βρώμη και τους φοίνικες, λες και τις νύχτες ο βάλτος όλο και πλησίαζε. Διακόσια χρόνια τώρα, και παραπάνω, οι λυσσασμένοι αλμυροί άνεμοι είχαν δώσει στα κτίρια με τις στέγες από κέδρο το χρώμα της σκουριάς, ενώ τα πλαίσια των παραθύρων, άσπρα ή μπλε τα περισσότερα, ήταν σκασμένα και η μπογιά τους ξεφλούδιζε. Γενικά, το χωριό έμοιαζε κουρασμένο από τον συνεχή τσακωμό του με τα στοιχεία της φύσης και είχε πια, θαρρείς, κρεμάσει ολόκληρο.

Ο μόλος, με τα φθαρμένα του σκοινιά και τους γηραιούς πελεκάνους του, έβγαινε σ' έναν μικρό κόλπο που στα νερά του, όταν ήταν ήρεμα, καθρεφτίζονταν κόκκινα και κίτρινα χρώματα απ' τα σκάφη που ψάρευαν γαρίδες. Χωματόδρομοι με σπιτάκια από κέδρο το ένα δίπλα στ' άλλο, φιδογύριζαν ανάμεσα στα δέντρα, γύρω από τις λιμνοθάλασσες και παράλληλα με τον ωκεανό μπρος και πίσω από τα μαγαζιά. Το Μπάρκλι Κόουβ ήταν πραγματικά «τέρμα Θεού», σκορπισμένο λίγο εδώ και λίγο εκεί μέσα στον λαβύρινθο των υδάτινων διαύλων και στις καλαμιές σαν φωλιά λευκοτσικνιά που την έχει πάρει ο άνεμος.

Ξυπόλυτη και ντυμένη με μια σαλοπέτα που της ήταν πια πολύ κοντή, η Κάια στάθηκε στο σημείο όπου το μονοπάτι του βάλτου έβγαζε στη δημοσιά. Δάγκωσε τα χείλια της· ήθελε να γυρίσει τρέχοντας στο σπίτι. Δεν ήξερε τι έπρεπε να πει· πώς να υπολογίσει τα λεφτά για τα ψώνια. Αλλά η πείνα είναι πιεστικό πράγμα, κι έτσι έστριψε στη Μέιν Στρητ και, με το κεφάλι σκυμμένο, προχώρησε προς το Πίγκλι Ουίγκλι πάνω στο μισοδιαλυμένο πεζοδρόμιο που πότε-πότε εμφανιζόταν ανάμεσα στα χορτάρια. Καθώς πλησίαζε στο ψιλικατζίδικο, άκουσε πίσω της βαβούρα και πήδηξε στην άκρη τη στιγμή ακριβώς που τρία αγόρια, λίγο πιο μεγάλα από κείνη, πέρασαν σαν σφαίρα με τα ποδήλατά τους. Ο αρχηγός τους στράφηκε και την κοίταξε, γελώντας με το παρολίγον ατύχημα, κι αμέσως κόντεψε να τρακάρει με μια γυναίκα που έβγαινε απ' το μαγαζί.

«ΤΣΕΪΣ ΑΝΤΡΙΟΥΣ, έλα τώρα αμέσως εδώ πέρα! Κι οι τρεις σας». Τα αγόρια έκαναν λίγο ακόμα πετάλι, έπειτα το σκέφτηκαν καλύτερα και επέστρεψαν στη γυναίκα, τη δεσποινίδα Πάνσι Πράις, πωλήτρια υφασμάτων και ειδών ραπτικής. Η οικογένειά της είχε κάποτε τη μεγαλύτερη φάρμα στα περίχωρα του βάλτου και, παρόλο που αναγκάστηκαν πριν από πολλά χρόνια να την πουλήσουν, εκείνη εξακολουθούσε να παίζει τον ρόλο της αριστοκράτισσας γαιοκτήμονος. Πράγμα καθόλου εύκολο, όταν ζεις σ' ένα μικρό διαμερισματάκι πάνω από την καφετέρια. Η δεσποινίς Πάνσι συνήθως φορούσε καπέλα που θύμιζαν μεταξωτά τυρμπάν· εκείνο το πρωινό, το τυρμπάν της ήταν ροζ και αναδείκνυε το κόκκινο κραγιόν και τις κηλίδες του ρουζ στα μάγουλα.

Η δεσποινίς Πάνσι μάλωσε τα αγόρια. «Έτσι μού 'ρχεται να πάω να τα πω στις μαμάδες σας. Ή, καλύτερα, στους μπαμπάδες σας. Άκου κει, να τρέχετε έτσι στο πεζοδρόμιο — παραλίγο να με πατήσετε. Τι έχεις να πεις για όλα αυτά, Τσέις;».

Ο Τσέις είχε το καλύτερο ποδήλατο — κόκκινη σέλλα και ψηλό, χρωμιωμένο τιμόνι. «Ζητάμε συγγνώμη, δεσποινίς Πάνσι, δεν σας είδαμε γιατί ήταν στη μέση κείνο κει το κορίτσι». Ο Τσέις, ηλιοκαμένος, με σκούρα μαλλιά, έδειξε την Κάια, που είχε κάνει στην άκρη και στεκόταν μισοκρυμμένη πίσω από μια μυρτιά.

«Άσ' την αυτήν. Δεν γίνεται όλο να ρίχνεις το φταίξιμο για τις αμαρτίες σου σ' άλλους, κι ας είναι αποβράσματα του βάλτου. Λοιπόν, τώρα πρέπει όλοι σας για να το ξεπληρώσετε, να κάνετε μια καλή πράξη. Ορίστε, είναι εκεί η δεσποινίς Έιριαλ με τα ψώνια της, αντέτε να τη βοηθήσετε και να της τα κουβαλήσετε μέχρι το φορτηγάκι της. Και βάλτε μέσα τα πουκάμισά σας».

«Μάλιστα», είπαν τα αγόρια και πήγαν με τα ποδήλατα προς τη δεσποινίδα Έιριαλ, που την είχαν δασκάλα στη δευτέρα τάξη.

Η Κάια ήξερε πως οι γονείς του αγοριού με τα μαύρα μαλλιά είχαν τα Αυτοκίνητα Ουέστερν, γι' αυτό και είχε και το πιο τσίλικο ποδήλατο. Τον είχε δει να ξεφορτώνει μεγάλες κούτες με εμπορεύματα από το φορτηγάκι και να τις τακτοποιεί, αλλά ποτέ δεν του είχε πει λέξη, ούτε σ' εκείνον, ούτε και σε κανέναν απ' τους άλλους.

Περίμενε λίγο ακόμα και μετά, πάλι με το κεφάλι κάτω, συνέχισε προς το μπακάλικο. Μπαίνοντας στο Πίγκλι Ουίγκλι, η Κάια μελέτησε προσεκτικά τα διάφορα καλαμποκάλευρα και διάλεξε μια συσκευασία του μισού κιλού, κίτρινο και χοντροαλεσμένο, γιατί είχε από πάνω ένα κόκκινο ταμπελάκι — *προσφορά της εβδομάδας*. Όπως της είχε μάθει η Μαμά. Χασομέρησε στον διάδρομο ώσπου να φύγουν όλοι οι άλλοι πελάτες από το ταμείο, κι ύστερα πλησίασε και στάθηκε απέναντι από την ταμία, την κυρία Σινγκλτάρι, η οποία τη ρώτησε: «Πού 'ν' η μαμά σου;» Η κυρία Σινγκλτάρι είχε μαλλιά κομμένα κοντά, κατσαρά, και το χρώμα τους ήταν μοβ σαν την ίριδα όταν την κοιτάς στο φως του ήλιου.

«Σπίτι, έχει δουλειές, κυρία».

«Καλά, λεφτά για τ' αλεύρι έχεις ή μπα;»

«Έχω, κυρία». Καθώς δεν ήξερε να μετρήσει το ακριβές ποσό, άφησε στο ταμείο το δολάριο.

Η κυρία Σινγκλτάρι αναρωτήθηκε αν η μικρή ήξερε τι διαφορά είχε το ένα κέρμα από το άλλο, κι έτσι έβαλε τα ρέστα στην παλάμη της Κάια, μετρώντας αργά αργά: «Εικοσιπέντε, πενήντα, εξήντα, εβδομήντα, ογδόντα, ογδονταπέντε και τρία σεντς. Γιατί τ' αλεύρι κάνει δώδεκα σεντς».

Η Κάια ένιωσε ν' ανακατεύεται. Έπρεπε μήπως να μετρήσει κάτι κι εκείνη τώρα; Απέμεινε να κοιτάζει με απορία τα κέρματα στη χούφτα της.

Η κυρία Σινγκλτάρι φάνηκε να μαλακώνει. «Εντάξει λοιπόν. Άιντε τώρα».

Η Κάια βγήκε τρέχοντας από το μαγαζί και πήρε τον δρόμο περπατώντας όσο πιο γρήγορα μπορούσε, προς το μονοπάτι για τον βάλτο. Τόσες και τόσες φορές τής είχε πει η Μαμά: «Ποτέ μην τρέχεις μέσα στο χωριό, γιατί ο κόσμος θα νομίζει πως κάτι έκλεψες». Μόλις έφτασε όμως στο αμμουδερό μονοπάτι, άρχισε να τρέχει, κι έτρεξε ίσαμε ένα χιλιόμετρο. Τον υπόλοιπο δρόμο τον έκανε περπατώντας γοργά.

Έφτασε σπίτι και, πιστεύοντας πως ήξερε πώς να μαγειρέψει το καλαμποκάλευρο, το έριξε σε βραστό νερό όπως έκανε παλιά η Μαμά, αλλά το αλεύρι έγινε ένας μεγάλος σβώλος που κάηκε από κάτω κι έμεινε ωμό στο κέντρο. Και ήταν τόσο σαν λάστιχο, που δεν κατάφερε να φάει παρά μόνο μερικές μπουκιές. Έτσι, έψαξε ξανά στον κήπο και βρήκε ανάμεσα στις χρυσόβεργες μερικές ακόμα φύτρες από τα γογγύλια. Τα έβρασε και τα έφαγε όλα και ήπιε και το ζουμί.

Μέσα σε λίγες μέρες πήρε το κολάι με τον χυλό απ' το καλαμποκάλευρο, μολονότι όσο κι αν ανακάτευε, αυτό πάντα σβώλιαζε λίγο. Την επόμενη βδομάδα αγόρασε κόκαλα από σβέρκο —κι αυτά με κόκκινο ταμπελάκι— και τα έβρασε με καλαμποκάλευρο και λαχανίδες και ήταν μια χαρά. Η Κάια έκανε συχνά μπουγάδα με τη Μαμά, κι έτσι ήξερε πώς να τρίβει τα ρούχα κάτω απ' τη βρύση της αυλής με σαπούνι από αλισίβα. Οι φόρμες του Μπαμπά ήταν τόσο βαριές βρεγμένες που δεν μπορούσε να τις στύψει με τα μικρά της χεράκια, ούτε έφτανε στο σκοινί για να τις απλώσει, οπότε τις κρεμούσε έτσι μούσκεμα από τα φυλλώματα των φοινικόδεντρων, στις παρυφές του δάσους.

Η Κάια κι ο Μπαμπάς συνέχισαν αυτή τη χορογραφία, να ζουν χώρια στο ίδιο καλύβι, καμιά φορά να κάνουν μέρες να ιδωθούν. Να μην μιλάνε σχεδόν ποτέ. Εκείνη συγύριζε τα δικά της και τα δικά του, σαν μικρή, σοβαρή κυρία. Από μαγειρική δεν σκάμπαζε τόσο ώστε να μαγειρεύει και γι' αυτόν —έτσι κι αλλιώς, συνήθως έλειπε— αλλά του έστρωνε το κρεβάτι, τακτοποιούσε, σκούπιζε και, τις περισσότερες φορές, έπλενε τα πιάτα. Όχι επειδή της το είχε πει κάποιος αλλά γιατί αυτός ήταν ο μόνος τρόπος ώστε να μείνει το καλύβι σε αξιοπρεπή κατάσταση για την επιστροφή της Μαμάς.

Η Μαμά πάντα έλεγε πως το φθινοπωρινό φεγγάρι έβγαινε για να είναι εκεί στα γενέθλια της Κάια. Κι έτσι, παρόλο που δεν θυμόταν την ημερομηνία της γέννησής της, ένα βράδυ που το φεγγάρι ανέτειλε από τη λιμνοθάλασσα γεμάτο και χρυσαφένιο, η Κάια είπε: «Άρα είμαι εφτά χρονών». Ο Μπαμπάς δεν το ανέφερε καθόλου· προφανώς δεν υπήρξε τούρτα. Ούτε και για το σχολείο της Κάια είπε τίποτα, κι εκείνη, που έτσι κι αλλιώς δεν ήξερε και πολλά για το θέμα, φοβήθηκε ν' ανοίξει κουβέντα.

Η Μαμά σίγουρα θα ερχόταν για τα γενέθλιά της, κι έτσι το πρωί μετά την πανσέληνο της φθινοπωρινής ισημερίας, η Κάια φόρεσε το εμπριμέ φουστανάκι της και πήρε το μονοπάτι. Είχε αποφασίσει πως θα δει τη Μαμά να έρχεται προς το καλύβι φορώντας ακόμα τα κροκοδειλέ παπούτσια και τη μακριά της φούστα. Κι όταν κανείς δεν ήρθε, πήρε την κατσαρόλα με το καλαμποκάλευρο και διασχίζοντας το δάσος βγήκε στην ακτή. Έκανε τα χέρια της χωνί, έγειρε πίσω το κεφάλι και φώναξε, «Κιιι-ου, κιιι-ου, κιιι-ου». Ο ουρανός γέμισε ξαφνικά ασήμι, μικρά ασημένια στίγματα που έρχονταν από κάθε σημείο της ακτής κι από τη θάλασσα.

«Νάτοι. Κι ούτε που ξέρω να τους μετρήσω όλους τους γλάρους, τόσοι πού 'ναι».

Με κραυγές και στριγκλιές τα πουλιά έκοβαν κύκλους και βουτούσαν και τριγύριζαν κοντά στο πρόσωπό της και προσγειώνονταν καθώς τους έριχνε το αλεύρι. Στο τέλος ησύχασαν κι απόμειναν να κοιτάζουν, κι εκείνη κάθισε στην άμμο με τα πόδια της διπλωμένα στο πλάι. Ένας μεγάλος γλάρος ήρθε και στρογγυλοκάθισε κοντά της.

«Έχω γενέθλια», είπε στο πουλί.

3.

Τσέις

1969

Το παλιό, εγκαταλελειμμένο πυροφυλάκιο έστεκε με τα μισοσαπισμένα πόδια του ψηλά πάνω από τον βούρκο, που γεννούσε τα δικά του πλοκάμια ομίχλης. Μ' εξαίρεση τα κοράκια που έκρωζαν, το σιωπηλό δάσος έμοιαζε σαν σε κατάσταση προσμονής την ώρα που τα δυο αγόρια, ο Μπέντζι Μέισον και ο Στηβ Λονγκ, δέκα χρονών και ξανθοί αμφότεροι, άρχισαν ν' ανεβαίνουν τη νοτισμένη σκάλα το πρωινό της 30ής Οκτωβρίου 1969.

«Πολλή ζέστα φθινοπωριάτικα», φώναξε ο Στηβ στον Μπέντζι.

«Ναι, και πολλή ησυχία — μόνο τα κοράκια...»

Κοιτώντας για μια στιγμή προς τα κάτω, ανάμεσα απ' τα σκαλοπάτια, είπε ο Στηβ, «Ώπα! Τί 'ν' αυτό εκεί πέρα;»

«Πού;»

«Νά, εκεί. Εκεί! Κάτι μπλε ρούχα, σαν νά 'ναι κάποιος ξάπλα μες στις λάσπες».

«Ε!» φώναξε ο Μπέντζι. «Ε! Τι κάνεις εκεί;»

«Βλέπω και φάτσα, αλλά δεν κουνιέται».

Κρατώντας γερά τη σκάλα, κατέβηκαν γρήγορα κάτω και κατάφεραν να φτάσουν στην άλλη πλευρά της βάσης του πυροφυλάκιου, με την πρασινωπή λάσπη να κολλάει στις μπότες τους. Ήταν ένας άνδρας εκεί, ανάσκελα· το αριστερό του γόνατο ήταν λυγισμένο φρικτά προς τα μπρος. Τα μάτια και το στόμα του, ορθάνοιχτα.

«Χριστούλη μου!» είπε ο Μπέντζι.

«Θεέ μου, ο Τσέις Άντριους είναι».

«Να φωνάξουμε τον σερίφη».

«Μα κανονικά εμείς δεν έπρεπε νά 'μαστε δω».

«Καλά, άσ' το αυτό. Κι είναι και τα κοράκια που θ' αρχίσουν να τριγυρνάνε εδώ όπου νά 'ναι».

Στράφηκαν κι οι δυο προς τα εκεί όπου ακουγόταν το κρώξιμο, κι ο Στηβ είπε: «Μήπως να μείνει εδώ ο ένας μας, να διώχνει τα πουλιά».

«Τρελός είσαι που θα μείνω εγώ εδώ πέρα μονάχος μου! Και στοίχημα πως ούτε κι εσύ θα έμενες».

Και τότε βούτηξαν τα ποδήλατά τους, έκαναν με δύναμη πετάλι πάνω στην πυκνόρρευστη άμμο του μονοπατιού, βγήκαν στη Μέιν Στρητ, διέσχισαν την πόλη και μπήκαν τρέχοντας στο χαμηλό κτίριο όπου ο σερίφης Εντ Τζάκσον καθόταν στο γραφείο του, σ' ένα δωμάτιο μ' ένα γυμνό γλόμπο που κρεμόταν από κάτι καλώδια. Γεροδεμένος, μέτριος στο ανάστημα, ο σερίφης είχε κοκκινωπά μαλλιά και χλωμές φακίδες στο πρόσωπο και στα μπράτσα, και τώρα καθόταν και ξεφύλλιζε το *Σπορ στα Γήπεδα.*

Τα παιδιά μπούκαραν μέσα χωρίς καν να χτυπήσουν την πόρτα.

«Σερίφη...»

«Επ! Στηβ, Μπέντζι. Έπιασε φωτιά πουθενά;»

«Είδαμε τον Τσέις Άντριους ξάπλα στο έλος, κάτω απ' το πυροφυλάκιο. Μοιάζει πεθαμένος. Δεν κουνιέται ρούπι».

Στο Μπάρκλι Κόουβ, από τον καιρό της ίδρυσής του, το 1751, κανένας εκπρόσωπος του νόμου δεν επεξέτεινε ποτέ τη δικαιοδοσία του πέρα από κει που φυτρώνουν οι κύπερες. Τη δεκαετία του 1940 και του 1950, κάποιοι σερίφηδες αμολούσαν τα σκυλιά για να βρίσκουν κατάδικους από την ενδοχώρα, που τό 'χαν σκάσει στον βάλτο, και έκτοτε το γραφείο του σερίφη διατηρούσε πάντα σκυλιά για παν ενδεχόμενο. Αλλά ο Τζάκσον συνήθως αγνοούσε όσα εγκλήματα συνέβαιναν στον βάλτο. Ποιος ο λόγος να ενοχλήσεις τα ποντίκια όταν σκοτώνονται μεταξύ τους;

Εδώ όμως επρόκειτο για τον Τσέις. Ο σερίφης σηκώθηκε όρθιος και πήρε το καπέλο του από την κρεμάστρα. «Δείξτε μου».

Κλαδάκια βελανιδιάς και λιόπρινα έτριζαν κάτω απ' τις ρόδες καθώς το φορτηγάκι της αστυνομίας διέσχιζε το αμμουδερό μονοπάτι με οδηγό τον σερίφη και τον δρ. Βερν Μέρφι, τον μοναδικό γιατρό του χωριού —λεπτό και γυμνασμένο, με γκριζαρισμένα μαλλιά— στη θέση του συνοδηγού. Κι οι δυο τους ακολουθούσαν τη χορογραφία που υπαγόρευαν οι βαθιές αυλακιές του δρόμου· το κεφάλι του Βερν σχεδόν κοπανούσε στο παράθυρο. Ήταν φίλοι από παλιά, σχεδόν συνομήλικοι, πήγαιναν καμιά φορά μαζί για ψάρεμα και συχνά η τύχη τούς έσπρωχνε στην ίδια υπόθεση. Τώρα ήταν κι οι δυο αμίλητοι ενόψει της δουλειάς που είχαν να κάνουν — να επιβεβαιώσουν τίνος το πτώμα κείτονταν στον βούρκο.

Ο Στηβ και ο Μπέντζι έμειναν καθισμένοι στην καρότσα μαζί με τα ποδήλατά τους, ώσπου το φορτηγάκι σταμάτησε.

«Εκεί πέρα είναι, κύριε Τζάκσον. Εκεί, πίσω απ' τους θάμνους».

Ο Εντ βγήκε από το φορτηγάκι. «Εσείς, παιδιά, καθήστε εδώ». Έπειτα ο ίδιος μαζί με τον δρ. Μέρφι χώθηκαν στη λάσπη και προχώρησαν ώς το σημείο όπου κείτονταν ο Τσέις. Τα κοράκια σκόρπισαν μόλις ήρθε το φορτηγάκι, τώρα όμως από πάνω του κυκλοφορούσαν άλλα πουλιά και άλλα έντομα. Η ζωή συνέχιζε να βουίζει με θράσος.

«Ο Τσέις είναι. Πώς θα τ' αντέξουν αυτό ο Σαμ κι η Πάτι; Κάθε μπουζί που παράγγελναν, κάθε λογαριασμό που εξοφλούσαν, κάθε ταμπελάκι που κρεμούσαν με την τιμή στα Αυτοκίνητα Ουέστερν, όλα για το μοναχοπαίδι τους τα έκαναν, τον Τσέις».

Μισοκαθισμένος δίπλα στο πτώμα, αφού έψαξε με το στηθοσκόπιο για καρδιακό παλμό, ο Βερν ανακοίνωσε πως ήταν νεκρός.

«Πόσες ώρες, λες;» ρώτησε ο Εντ.

«Θά 'λεγα τουλάχιστον δέκα ώρες. Αλλά για πιο σίγουρα, θα μας το πει ο ιατροδικαστής».

«Θα πρέπει ν' ανέβηκε επάνω χτες το βράδυ. Και νά 'πεσε από κει».

Ο Βερν εξέτασε στα γρήγορα τον Τσέις και μετά πήγε και στάθηκε δίπλα στον Εντ. Και οι δύο απέμειναν να κοιτάζουν τα μάτια του Τσέις, που ακόμα ατένιζαν τον ουρανό απ' το πρησμένο του πρόσωπο· κι έπειτα κοίταξαν το στόμα που έχασκε.

«Πόσες και πόσες φορές τό 'χω πει σ' όλους στο χωριό πως σίγουρα κάτι τέτοιο θα συνέβαινε κάποια στιγμή;» είπε ο σερίφης.

Τον Τσέις τον ήξεραν από τότε που γεννήθηκε. Είχαν παρακολουθήσει τη ζωή του, το εύκολο πέρασμα από τη φάση του γλυκού παιδιού στη φάση του όμορφου έφηβου. Από αστέρι του φούτμπολ σε γόη της πόλης και σε υπάλληλο στην επιχείρηση των γονιών του. Και τέλος, ωραίο γαμπρό να παντρεύεται την πιο όμορφη κοπέλα. Και τώρα τον έβλεπαν να κείτεται έτσι ολομόναχος, πιο ταπεινωμένος κι από τη λάσπη. Η ωμότητα του θανάτου να κλέβει, όπως πάντα, την παράσταση.

Ο Εντ έσπασε τη σιωπή. «Αλλά νά σου πω, δεν μπορώ να καταλάβω πώς και δεν τρέξανε οι άλλοι να φέρουνε βοήθεια. Πάντα έρχεται όλη η συμμορία μαζί, ή τουλάχιστον δυο-δυο, για μπαλαμούτιασμα». Ο σερίφης κι ο γιατρός κοιτάχτηκαν με νόημα για μια στιγμή και ένευσαν έχοντας πλήρη επίγνωση πως, αν και παντρεμένος, ο Τσέις ήταν πολύ πιθανό να είχε φέρει κάποια άλλη γυναίκα εδώ στο φυλάκιο. «Ας κάνουμε λίγο πίσω. Να δούμε τα πράγματα λίγο πιο καλά», είπε ο Εντ σηκώνοντας τα πόδια από τη λάσπη πιο ψηλά απ' όσο ήταν αναγκαίο. «Κι εσείς, παιδιά, να μείνετε εκεί που είστε· μην κάνετε άλλα ίχνη».

Έδειξε κάποιες πατημασιές που από τη σκάλα οδηγούσαν, μέσω του βούρκου, δυο μέτρα από το πτώμα του Τσέις. «Οι δικές σας πατημασιές είναι αυτές, οι πρωινές;».

«Μάλιστα, κύριε σερίφη, μέχρι εκεί πήγαμε», είπε ο Μπέντζι. «Μόλις είδαμε πως είναι ο Τσέις, κάναμε όπισθεν. Το βλέπετε εκεί, που κάναμε όπισθεν».

«Εντάξει». Ο Εντ έκανε μεταβολή. «Βερν, κάτι δεν πάει καλά εδώ. Δεν έχει καθόλου ίχνη κοντά στο πτώμα. Αν ήτανε με τους φίλους του ή με κάποιον τέλος πάντων κι είχε πέσει, όλοι θα κατέβαιναν και θα μαζεύονταν γύρω του και θα γονάτιζαν δίπλα του. Να δουν αν είναι ζωντανός. Κοίτα πόσο βαθιά είναι τα ίχνη τα δικά μας σ' αυτή τη λάσπη. Άλλα πρόσφατα ίχνη όμως δεν έχει. Ούτε προς τη σκάλα ούτε από τη σκάλα, ούτε και γύρω απ' το πτώμα».

«Άρα μπορεί να ήταν μόνος του. Έτσι εξηγούνται όλα».

«Καλά, εγώ όμως θα σου πω και κάτι που δεν εξηγείται. Πού είναι τα *δικά του* ίχνη; Πώς κατάφερε ο Τσέις Άντριους να διασχίσει το μονοπάτι, να περάσει μέσα απ' αυτή τη λασπουριά για να φτάσει στη σκάλα και ν' ανέβει στην κορυφή, χωρίς ν' αφήσει δικές του πατημασιές;»

4.

Σχολείο

1952

Λίγες μέρες μετά τα γενέθλιά της, μόνη έξω στις λάσπες, ξυπόλητη, η Κάια έσκυψε για να παρατηρήσει έναν γυρίνο που μόλις έβγαζε πόδια. Ξαφνικά, σηκώθηκε όρθια. Ένα αυτοκίνητο περνούσε μέσα απ' τη βαθιά άμμο, στο τέρμα του μονοπατιού. Ποτέ κανείς δεν ερχόταν εδώ με αυτοκίνητο. Και μετά, ανάμεσα απ' τα δέντρα ο αέρας έφερε ένα μουρμουρητό — κουβέντες ενός άντρα και μιας γυναίκας. Η Κάια έτρεξε αμέσως στους θάμνους, απ' όπου μπορούσε να βλέπει ποιος ερχόταν, ενώ ταυτόχρονα είχε και δυνατότητα ν' αποδράσει. Όπως της είχε μάθει ο Τζόντι.

Από το αυτοκίνητο βγήκε μια ψηλή γυναίκα, που κινούνταν ασταθώς επάνω στα ψηλοτάκουνα παπούτσια της, όπως ακριβώς κι η Μαμά, τότε, στο αμμουδερό μονοπάτι. Μάλλον ήταν από το ορφανοτροφείο και είχαν έρθει να την πάρουν.

Αυτήν σίγουρα τη νικάω στο τρέξιμο. Θα πέσει χάμω αμέσως, με τα παπούτσια που φοράει. Η Κάια έμεινε ακίνητη και είδε τη γυναίκα να πλησιάζει στην πόρτα της βεράντας.

«Εεεε, είναι κανείς εδώ; Είμαι από τη σχολική επιθεώρηση. Ήρθα για να πάρω την Κάθριν Κλαρκ να την πάω στο σχολείο».

Άλλο και τούτο. Η Κάια παρέμεινε βουβή. Ήταν σχεδόν σίγουρη πως κανονικά ήταν να πάει σχολείο στα έξι της. Κι αυτοί εδώ ερχόντουσαν τώρα, μ' έναν χρόνο καθυστέρηση.

Η Κάια δεν ήξερε πώς να μιλάει σε άλλα παιδιά, και σίγουρα δεν ήξερε πώς να μιλάει σε δασκάλους, ήθελε όμως να μάθει να διαβάζει και να δει τι ήταν μετά το εικοσιεννιά.

«Κάθριν, καλή μου, αν με ακούς, βγες, σε παρακαλώ. Έτσι είναι ο νόμος, γλυκιά μου· πρέπει να πας σχολείο. Αλλά θα σ' αρέσει κιόλας, καλή μου. Και θά 'χεις κάθε μέρα ένα ζεστό γεύμα, τζάμπα. Νομίζω σήμερα έχει κοτόπιτα με κρούστα».

Ήταν κι αυτό ένα θέμα. Η Κάια πεινούσε πολύ. Σήμερα το πρωινό της ήταν χυλός καλαμποκάλευρου που μέσα είχε βάλει αλμυρά κρακεράκια γιατί δεν είχε να βάλει αλάτι. Κοτόπιτα είχε φάει μόνο λίγες φορές στη ζωή της, αλλά λες και την έβλεπε ακόμα εκείνη τη χρυσαφένια κρούστα που ήταν τραγανή έξω και μαλακή μέσα. Ένιωθε στο στόμα της την πλούσια γεύση της σάλτσας. Τότε το στομάχι της παίρνοντας πρωτοβουλία, υποχρέωσε την Κάια να σηκωθεί όρθια εκεί, ανάμεσα στα φυλλώματα των φοινικόδεντρων.

«Γεια σου, καλή μου. Είμαι η κυρία Καλπέπερ. Είσαι πια μεγάλη κοπέλα, έτοιμη για το σχολείο, έτσι δεν είναι;»

«Μά'στα», είπε η Κάια με το κεφάλι σκυφτό.

«Δεν πειράζει, μπορείς να έρθεις και ξυπόλητη, κι άλλα παιδιά έτσι έρχονται, αλλά επειδή είσαι κοριτσάκι, πρέπει να φοράς φούστα. Έχεις καμιά φούστα ή κανένα φουστανάκι, γλυκιά μου;»

«Μά'στα».

«Ωραία, τότε, πάμε να ντυθείς».

Η κυρία Καλπέπερ ακολούθησε την Κάια που μπήκε από την πόρτα της βεράντας, αφού πέρασε πάνω από μια σειρά φωλιές πουλιών που η Κάια είχε παρατάξει επάνω στο πάτωμα.

Μπήκε στο υπνοδωμάτιο και φόρεσε το μοναδικό φουστάνι που της έκανε, ένα καρό φορεματάκι που η μια του τιράντα στερεωνόταν με παραμάνα.

«Μια χαρά είναι αυτό, καλή μου, είσαι μια χαρά».

Η κυρία Καλπέπερ άπλωσε το χέρι της. Η Κάια απέμεινε να το κοιτάζει. Είχε βδομάδες ν' ακουμπήσει άλλον άνθρωπο, και ούτε μια φορά στη ζωή της δεν είχε αγγίξει ξένο. Παρ' όλα αυτά, έπιασε με το μικρό της χέρι το χέρι της κυρίας Καλπέπερ, η οποία την οδήγησε από το μονοπάτι μέχρι το Φορντ Κρεστλάινερ που οδηγούσε ένας σιωπηλός άνδρας με γκρίζο μαλακό καπέλο. Καθισμένη στο πίσω κάθισμα, η Κάια ούτε χαμογελούσε ούτε ένιωθε σαν κοτοπουλάκι κάτω απ' τη φτερούγα της μητέρας του.

Το Μπάρκλι Κόουβ είχε ένα μόνο σχολείο για λευκά παιδιά. Από την πρώτη δημοτικού μέχρι την έκτη γυμνασίου πήγαιναν σ' ένα διώροφο κτίριο από τούβλο στην άλλη άκρη της Μέιν Στρητ σε σχέση με το γραφείο του σερίφη. Τα μαύρα παιδιά είχαν δικό τους σχολείο, ένα μονώροφο τσιμεντένιο κουτί λίγο έξω απ' το Χωριό των Εγχρώμων.

Όταν την οδήγησαν στο γραφείο της διεύθυνσης, βρήκαν το όνομά της στα ληξιαρχικά κατάστιχα της κομητείας, όχι όμως και την ημερομηνία γεννήσεώς της, οπότε την έβαλαν στη δευτέρα τάξη, παρόλο που δεν είχε πάει σχολείο ούτε μια μέρα στη ζωή της. Έτσι κι αλλιώς, είπαν, η πρώτη είχε πάρα πολλά παιδιά, και εξάλλου τι σημασία είχε για τους ανθρώπους των βάλτων, που πάνε μερικούς μήνες σχολείο και μετά ούτε που ξαναπατάνε ποτέ. Καθώς διέσχιζε με τον διευθυντή έναν φαρδύ διάδρομο που αντηχούσε από τα βήματά τους, το μέτωπό της μούσκεψε στον ιδρώτα. Ο διευθυντής άνοιξε την πόρτα μιας σχολικής αίθουσας και έσπρωξε ελαφρά την Κάια να μπει.

Καρό πουκάμισα, πλισέ φούστες, παπούτσια, πολλά παπούτσια, κάποια γυμνά πόδια, και μάτια — που όλα τους κοιτούσαν καλά-καλά. Πρώτη φορά έβλεπε τόσο πολλούς ανθρώπους μαζεμένους. Ίσαμε καμιά ντουζίνα. Η δασκάλα, η κυρία Έιριαλ, αυτή που την είχαν βοηθήσει εκείνα τα αγόρια, οδήγησε την Κάια σ' ένα θρανίο προς το πίσω μέρος της τάξης. Της είχαν πει πως μπορούσε να αφήσει τα πράγματά της στο ειδικό δωματιάκι, αλλά η Κάια δεν είχε καθόλου πράγματα μαζί της.

Η δασκάλα επέστρεψε μπροστά και είπε: «Κάθριν, σήκω όρθια, σε παρακαλώ, και πες στην τάξη το πλήρες όνομά σου».

Το στομάχι της ανακατευόταν.

«Έλα, καλή μου, μην ντρέπεσαι».

Η Κάια σηκώθηκε. «Δεσποινίς Κάθριν Ντανιέλ Κλαρκ», είπε, γιατί αυτό της είχε πει κάποτε η Μαμά πως ήταν το κανονικό της όνομα.

«Μπορείς να μας πεις πώς γράφεται το *χέρι*;»

Με τα μάτια καρφωμένα στο πάτωμα, η Κάια έμεινε αμίλητη. Ο Τζόντι και η Μαμά τής είχαν μάθει μερικά γράμματα. Αλλά ποτέ της δεν είχε πει δυνατά σε κανέναν πώς γράφεται μια λέξη.

Τα νεύρα στο στομάχι της τεντώθηκαν. Παρ' όλα αυτά, προσπάθησε. «Χ-ε-ζ-ι».

Μια έκρηξη γέλιου, παντού στην αίθουσα.

«Σσσς! Σιωπή όλοι σας!» φώναξε η κυρία Έιριαλ. «Ποτέ δεν γελάμε, ακούτε; Ποτέ δεν γελάμε με τους άλλους. Το ξέρετε όλοι σας πολύ καλά».

Η Κάια αμέσως κάθισε στην καρέκλα της, στο βάθος της αίθουσας και προσπάθησε να εξαφανιστεί όπως τα σκαθάρια που γίνονται ένα με τις πτυχώσεις του κορμού της βελανιδιάς. Ωστόσο, παρά τον φόβο της, καθώς η δασκάλα συνέχιζε το μάθημα, η Κάια έγειρε προς τα μπρος περιμένοντας να μάθει τι ήταν μετά το εικοσιεννιά. Μέχρι στιγμής, η κυρία Έιριαλ είχε μιλήσει μόνο για κάτι που λεγόταν φωνητική προφορά, και οι μαθητές, με στόμα ανοιχτό, επαναλάμβαναν τα *αα* και τα *οο* και τα *ου*, σαν περιστέρια που βογκάνε.

Κατά τις έντεκα η ώρα, η ζεστή, βουτυράτη μυρωδιά από ψωμάκια που ψήνονται και από φύλλο πίτας γέμισε τους διαδρόμους και τρύπωσε και στην αίθουσα. Το στομάχι της Κάια άρχισε να διαμαρτύρεται αγρίως, κι όταν επιτέλους οι μαθητές μπήκαν στη γραμμή και πήγαν σαν στρατιωτάκια στην καφετέρια, το στόμα της πια είχε γεμίσει σάλια. Αντιγράφοντας τις κινήσεις των άλλων, πήρε έναν δίσκο, ένα πράσινο πλαστικό πιάτο και μαχαιροπίρουνα. Μπροστά απ' τον χώρο της κουζίνας υπήρχε ένα άνοιγμα σαν παράθυρο κι ένας πάγκος, επάνω στον οποίο η Κάια αντίκρυσε ένα πελώριο ταψί κοτόπιτα· επάνω της είχε χοντρές λωρίδες τραγανό φύλλο, ενώ από κάτω κόχλαζε ακόμα το ζουμί. Μια ψηλή μαύρη γυναίκα που χαμογελούσε και φώναζε μερικά από τα παιδιά με το όνομά τους, απόθεσε μια μεγάλη μερίδα πίτα στο πιάτο της Κάια και μετά μερικά φασολάκια με βούτυρο κι ένα ψωμάκι. Πήρε επίσης κρέμα-μπανάνα κι ένα μικρό, ολόδικό της γαλατάκι σε ασπροκόκκινο χαρτονένιο κουτί, τα οποία επίσης έβαλε στον δίσκο της.

Στράφηκε προς τον χώρο της τραπεζαρίας, όπου τα περισσότερα τραπέζια ήταν γεμάτα παιδιά που γελούσαν και μιλούσαν. Αναγνώρισε τον Τσέις Άντριους και τους φίλους του, που είχαν κοντέψει να την γκρεμίσουν από το πεζοδρόμιο με τα ποδήλατά τους, κι έτσι γύρισε το κεφάλι αλλού και πήγε και κάθισε σ' ένα άδειο τραπέζι. Πολλές, πάμπολλες φορές τα μάτια της την πρόδωσαν και γύρισε να κοιτάξει τα αγόρια, τα μόνα γνώριμα πρόσωπα. Εκείνοι όμως, όπως κι όλοι οι άλλοι, αδιαφορούσαν για την παρουσία της.

Η Κάια κοίταζε την πίτα με το κοτόπουλο, τα καρότα, τις πατάτες και τα φασολάκια. Τη χρυσαφιά κρούστα από πάνω.

Μια παρέα κορίτσια, όλα τους με φούστες φουσκωμένες με φουρώ, πλησίασαν. Μία ήταν ψηλή, αδύνατη και ξανθιά, μια άλλη στρουμπουλή με μάγουλα. Η Κάια αναρωτήθηκε πώς μπορούσαν να σκαρφαλώνουν σε δέντρα ή έστω να μπαίνουν στη βάρκα φορώντας τέτοιες μεγάλες φούστες. Σίγουρα δεν θα μπορούσαν να μπουν στα νερά για να δουν βατράχια· ούτε τα ίδια τους τα πόδια δεν μπορούσαν να δουν.

Τα κορίτσια πλησίασαν και η Κάια έστρεψε το βλέμμα στο πιάτο της. Τι θα τους έλεγε αν κάθονταν δίπλα της; Τα κορίτσια όμως την προσπέρασαν, τιτιβίζοντας σαν πουλάκια, και πήγαν και κάθισαν με άλλες φίλες τους σε άλλο τραπέζι. Παρ' όλη την πείνα της, το στόμα της ήταν τόσο ξερό, που δυσκολευόταν να καταπιεί. Έτσι, αφού έφαγε λίγες μπουκιές, ήπιε όλο το γάλα, έχωσε όσο το δυνατόν περισσότερη πίτα μέσα στο κουτί από το γάλα —προσεκτικά, μην τη δει κανείς— και τύλιξε το κουτί στη χαρτοπετσέτα της.

Όλη την υπόλοιπη μέρα, δεν άνοιξε ούτε μια φορά το στόμα της. Ακόμα κι όταν η δασκάλα τής έκανε κάποια ερώτηση, εκείνη έμενε βουβή. Έλεγε μέσα της πως κανονικά εκείνη έπρεπε να μάθει απ' αυτούς, όχι αυτοί από εκείνη. *Άσε μην πω τίποτα και βάλουνε πάλι τα γέλια μαζί μου*, σκεφτόταν.

Όταν χτύπησε το κουδούνι για το σχόλασμα, της είπαν πως το λεωφορείο θα την άφηνε πέντε χιλιόμετρα από το μονοπάτι, γιατί από κει και πέρα ο δρόμος είχε πάρα πολλή άμμο, και ότι κάθε πρωί θα έπρεπε να πηγαίνει ώς εκεί με τα πόδια για να πάρει το λεωφορείο. Στη διαδρομή, καθώς το λεωφορείο έγερνε στις βαθιές αυλακιές του δρόμου και μετά περνούσε από μέρη όλο σπάρτα, από τις μπροστινές θέσεις ξεπήδησε ένα τραγουδιστό: «ΔΕΣΠΟΙΝΙΣ Κάθριν Ντανιέλ Κλαρκ!» Η Ψηληξανθιαδύνατη και η Στρουμπουλοροδομάγουλη, τα δύο κορίτσια από το γεύμα στην καφετέρια, άρχισαν να της φωνάζουν:

«Πού 'σουνα τόσον καιρό, κοτόπουλο λειράτο απ' τον βάλτο; Πού κρυβόσουν, βρωμερή αρουραία του έλους;».

Κάποια στιγμή το λεωφορείο σταμάτησε σε μια ασαφή διασταύρωση διαφόρων μονοπατιών, στα βάθη του δάσους. Ο οδηγός άνοιξε την πόρτα και η Κάια πετάχτηκε σαν σφαίρα έξω κι έκανε σχεδόν ένα χιλιόμετρο τρεχάλα, σταμάτησε λαχανιασμένη και συνέχισε τροχάδην μέχρι το μονοπάτι τους. Δεν σταμάτησε καν στο καλύβι αλλά συνέχισε τρέχοντας μέσα από τα φοινικόδεντρα ώς τη λιμνοθάλασσα και μετά πήρε το μονοπάτι που περνούσε απ' τις πυκνές, σκιερές βελανιδιές κι οδηγούσε στον ωκεανό. Βγήκε στη γυμνή ακτή· στην ανοιχτή αγκαλιά της θάλασσας, με τον αέρα να ξεπλέκει τα κοτσίδια της, και σταμάτησε ακριβώς στη γραμμή της παλίρροιας. Ήθελε να βάλει τα κλάματα, όπως το ήθελε όλη εκείνη τη μέρα δηλαδή.

Νικώντας τον βρυχηθμό των κυμάτων που έσπαζαν με δύναμη, η Κάια φώναξε τα πουλιά. Ο ωκεανός ήταν μπάσος, οι γλάροι σοπράνο. Κρώζοντας και τσιρίζοντας, έκαναν κύκλους πάνω από τον βάλτο και πάνω από την αμμουδιά καθώς εκείνη σκόρπιζε κρούστες από την πίτα και κομμάτια από το ψωμάκι στην ακτή. Με τα πόδια να κρέμονται και το κεφάλι να γυρνά δεξιά κι αριστερά, οι γλάροι προσγειώθηκαν στην άμμο.

Μερικά πουλιά πήγαιναν και τσιμπολογούσαν προσεκτικά ανάμεσα στα δάχτυλα των ποδιών της, κι εκείνη γελούσε τόσο πολύ από το γαργαλητό, που άρχισαν να τρέχουν δάκρυα στα μάγουλά της, ώσπου από εκείνο το σφιγμένο σημείο κάτω από τον λαιμό της ξεπήδησαν μεγάλοι, τρανταχτοί λυγμοί. Όταν το κουτί από το γάλα άδειασε, η Κάια φοβήθηκε, ένιωσε πως δεν θα άντεχε να την παρατήσουν κι οι γλάροι, όπως την παράτησαν όλοι οι άλλοι. Αλλά οι γλάροι στρογγυλοκάθισαν στην ακτή ολόγυρά της και βάλθηκαν να περιποιούνται τις ανοιγμένες γκρίζες φτερούγες τους. Έτσι, κάθισε κι αυτή, και πολύ θα ήθελε να τους μάζευε όλους και να τους έπαιρνε μαζί της στη βεράντα να κοιμηθούν. Τους φανταζόταν στριμωγμένους όλους στο κρεβάτι της, μια μαλακή μάζα από ζεστά, φτερωτά κορμάκια κάτω από τα σκεπάσματα μαζί της.

Δύο μέρες αργότερα, άκουσε το Φορντ Κρεστλάινερ να σπινιάρει στην άμμο, και τότε το έβαλε στα πόδια και μπήκε στον βάλτο, πατώντας βαριά πάνω στις λωρίδες της άμμου, αφήνοντας ολοφάνερα ίχνη, για να μπει μετά αλαφροπατώντας στο νερό, χωρίς το παραμικρό ίχνος, κι ύστερα να γυρίσει και να πάρει πάλι άλλη κατεύθυνση. Όπου έβρισκε λάσπες, έκανε κύκλους για να μπερδεύονται τα ίχνη. Κι ύστερα, όταν έφτασε σε στέρεο έδαφος, το διέσχισε σαν αερικό, πηδώντας από τη μια τούφα χορταριού στην άλλη στοίβα με τα κλαδάκια, χωρίς να αφήσει την παραμικρή πατημασιά.

Για μερικές ακόμα βδομάδες, έρχονταν κάθε δυο-τρεις μέρες —ο άνδρας με το μαλακό καπέλο αναλάμβανε το ψάξιμο και το κυνήγι— αλλά ούτε μια φορά δεν κόντεψαν να την πιάσουν. Και μετά, κάποια βδομάδα, δεν ήρθε κανείς. Μόνο το κρώξιμο των κορακιών. Η Κάια, με τα χέρια να κρέμονται κάτω, απέμεινε να κοιτάζει το έρημο μονοπάτι.

Η Κάια δεν ξαναπήγε σχολείο ούτε μια μέρα στη ζωή της. Επέστρεψε στην παρατήρηση των χελιδονιών και στη συλλογή κοχυλιών· πίστευε πως απ' αυτά τουλάχιστον θα μπορούσε να μάθει και κάτι. «Ήδη ξέρω πώς να γουργουρίζω σαν περιστέρι», σκεφτόταν. «Πολύ καλύτερη είμαι απ' αυτούς. Κι ας έχουνε ωραία παπούτσια».

Ένα πρωί, μερικές βδομάδες μετά τη μέρα που πέρασε στο σχολείο, ο ήλιος έκαιγε μ' ένα λευκό φως και η Κάια σκαρφάλωσε στο δέντρο-οχυρό που είχαν φτιάξει τα αδέρφια της στην παραλία κι αναζήτησε στον ορίζοντα καράβια με νεκροκεφαλές και σταυρωτά κόκαλα για σημαία. Αποδεικνύοντας ότι η φαντασία φύεται και στα πιο απόμερα χώματα, φώναξε: «Χο! Πειρατές! Χο!» Κραδαίνοντας το σπαθί της, πήδηξε απ' το δέντρο για να επιτεθεί. Ξαφνικά, ένας πόνος εξερράγη στο δεξί της πόδι και το διαπέρασε ολόκληρο μέχρι επάνω. Τα γόνατά της υποχώρησαν, έπεσε στο πλάι τσιρίζοντας. Είδε τότε το μεγάλο, σκουριασμένο καρφί που είχε χωθεί βαθιά στην πατούσα της. «Μπαμπά!» ούρλιαξε. Προσπάθησε να θυμηθεί αν είχε γυρίσει σπίτι το προηγούμενο βράδυ. «Μπαμπά, ΒΟΗΘΕΙΑ», φώναξε, αλλά απάντηση δεν υπήρξε. Με μια σβέλτη κίνηση, έπιασε το καρφί και το τράβηξε έξω, ουρλιάζοντας για να καλύψει τον πόνο.

Κλαψουρίζοντας όργωνε, χωρίς νόημα, την άμμο με τα χέρια της. Τελικά ανακάθισε και κοίταξε την πατούσα της. Δεν είχε τρέξει σχεδόν καθόλου αίμα, φαινόταν μόνο το άνοιγμα μιας μικρής, βαθιάς πληγής. Τότε θυμήθηκε τον τέτανο. Το στομάχι της σφίχτηκε κι ένιωσε να παγώνει. Της είχε πει κάποτε ο Τζόντι για ένα παιδί που πάτησε σκουριασμένο καρφί και δεν έκανε εμβόλιο για τον τέτανο. Το σαγόνι του κλείδωσε, πιάστηκε τόσο πολύ, που δεν μπορούσε καθόλου ν' ανοίξει το στόμα του. Μετά, η ράχη του λύγισε προς τα πίσω σαν τόξο, και κανένας δεν μπορούσε να κάνει τίποτε, παρά μόνο να τον κοιτάζουν να πεθαίνει από τους σπασμούς.

Ο Τζόντι ήταν πολύ σαφής: έτσι και δεν έκανες την ένεση μέσα σε δύο μέρες από την ώρα που πάτησες το καρφί, είχες τελειώσει. Αλλά η Κάια δεν είχε ιδέα πού να την κάνει αυτή την ένεση.

«Κάτι πρέπει να κάνω. Έτσι και περιμένω τον Μπαμπά, θα κοκαλώσω σίγουρα». Με τον ιδρώτα να στάζει από το πρόσωπό της, διέσχισε κουτσαίνοντας την παραλία για να βρεθεί στις βελανιδιές και τη δροσιά κοντά στο καλύβι.

Η Μαμά, παλιά, έπλενε καλά-καλά τις πληγές με αλατόνερο και τους έβαζε επάνω μπόλικη λάσπη ανάμικτη με κάθε λογής ματζούνια. Στην κουζίνα δεν υπήρχε αλάτι, έτσι η Κάια πήγε κουτσαίνοντας στο δάσος, σ' ένα ρυάκι με νερό τόσο αλμυρό, που όταν είχε άμπωτη, στις άκρες του λαμπύριζαν οι λευκοί κρύσταλλοι. Κάθισε κάτω και μούλιασε το πόδι της στην άλμη του βάλτου κουνώντας διαρκώς το σαγόνι της: άνοιγε το στόμα, έκλεινε το στόμα, το άνοιγε, το έκλεινε, έκανε πως χασμουριόταν, έκανε πως μασούσε — οτιδήποτε προκειμένου να μην πιαστεί. Μετά από σχεδόν μια ώρα, το νερό τραβήχτηκε τόσο ώστε να μπορέσει να σκάψει με τα δάχτυλα μια λακκούβα στη μαυριδερή λάσπη και να χώσει προσεκτικά το πόδι της στο μεταξένιο χώμα. Είχε δροσιά εδώ, και οι κραυγές των αετών τής έκαναν παρέα.

Αργά το απόγευμα, επέστρεψε στο καλύβι γιατί είχε πεινάσει πια. Το δωμάτιο του Μπαμπά παρέμενε άδειο, και μάλλον θα περνούσαν ώρες μέχρι να ξαναγυρίσει. Το πόκερ και το ουίσκι μπορούν να σε κρατήσουν απασχολημένο σχεδόν όλη νύχτα. Καλαμποκάλευρο δεν υπήρχε αλλά ψαχουλεύοντας παντού, βρήκε ένα παλιό λιγδιασμένο τενεκεδάκι με μαγειρικό λίπος, πήρε λίγο, άλειψε ένα κρακεράκι, το μασούλησε λίγο διστακτικά στην αρχή κι ύστερα έφαγε άλλα πέντε.

Ξάπλωσε στο κρεβάτι της στη βεράντα, έχοντας τον νου της ν' ακούσει τη βάρκα του Μπαμπά. Η νύχτα κατέβαινε ολοταχώς, κι ο ύπνος της μια ερχόταν και μια έφευγε, αλλά κάποια στιγμή προς το ξημέρωμα θα πρέπει να αποκοιμήθηκε για τα καλά, γιατί ξύπνησε με τον ήλιο να λούζει το πρόσωπό της. Αμέσως άνοιξε το στόμα· εντάξει, ακόμα λειτουργούσε. Όλη μέρα πηγαινοερχόταν από τον αλμυρό λάκκο στο καλύβι ώσπου από τον ήλιο μπόρεσε να υπολογίσει πως οι δύο μέρες είχαν περάσει. Άνοιξε το στόμα και το ξανάκλεισε. Μπορεί και να την είχε γλιτώσει.

Εκείνο το βράδυ, την ώρα που ξάπλωνε στο στρώμα και σκεπαζόταν —το πόδι τυλιγμένο σ' ένα στρώμα λάσπης μ' ένα κουρέλι από πάνω— αναρωτήθηκε αν θα ξυπνούσε πεθαμένη. Μπα, σκέφτηκε, δεν θα είναι τόσο απλό: πρώτα η πλάτη της θα λυγίσει· και τα μέλη της θα σφίξουνε σαν κόμπος.

Λίγα λεπτά αργότερα, ένωσε ένα τσίμπημα στη μέση της και ανακάθισε. «Αχ, όχι, όχι. Μαμά, Μαμά». Το ένιωσε και πάλι. Έμεινε σιωπηλή. «Μια μικρή φαγούρα είναι», μουρμούρισε. Τελικά, εντελώς αποκαμωμένη πια, αποκοιμήθηκε και δεν άνοιξε τα μάτια ώσπου τα περιστέρια άρχισαν τη μουρμούρα τους πάνω στη βελανιδιά.

Επί μία βδομάδα, πήγαινε στον λάκκο δυο φορές τη μέρα, ζώντας με την αλμύρα και με κρακεράκια, ενώ ο Μπαμπάς ούτε που φάνηκε καθόλου. Την όγδοη μέρα, μπορούσε πια να στρίβει άνετα το πόδι από τον αστράγαλο, κι ο πόνος είχε περιοριστεί στην επιφάνεια. Από τη χαρά της, βάλθηκε να χοροπηδάει, προσέχοντας όμως και το πόδι, και να τσιρίζει, «Ζήτω, ζήτω, τα κατάφερα!»

Το επόμενο πρωί, πήρε τον δρόμο για την παραλία, για να βρει κι άλλους πειρατές.

«Πρώτα-πρώτα, θα στρώσω στη δουλειά το πλήρωμα, να μην αφήσει χάμω καρφί για καρφί».

Ξυπνούσε νωρίς κάθε πρωί, κι εξακολουθούσε να στήνει αυτί μήπως ακούσει από την κουζίνα τη Μαμά να μαγειρεύει με τα ντετζερέδια της. Το αγαπημένο πρωινό της Μαμάς ήταν αυγά από τις κότες της χτυπημένα μέσα στο τηγάνι, μια ώριμη κόκκινη ντομάτα κομμένη φέτες και τηγανίτα από καλαμποκάλευρο, που την έφτιαχνε ανακατεύοντας αλεύρι, νερό κι αλάτι κι έριχνε το κουρκούτι σε λίπος τόσο καυτό, που έκανε φουσκάλες και στις άκρες γινόταν δαντελωτό και τραγανό. Η Μαμά έλεγε πως σωστό τηγάνισμα σημαίνει να ακούς το τσιτσίρισμα ακόμα και στο διπλανό δωμάτιο, κι έτσι όλη της τη ζωή η Κάια ξυπνούσε ακούγοντας τις φουσκάλες από εκείνες τις τηγανίτες να σκάνε. Μυρίζοντας τον ζεστό γαλάζιο καπνό. Τώρα όμως η κουζίνα ήταν κρύα και σιωπηλή· και η Κάια σηκωνόταν από το κρεβάτι της και πήγαινε κατευθείαν κατά τη λιμνοθάλασσα.

Πέρασαν οι μήνες, ο χειμώνας ήρθε σιγά-σιγά κι εγκαταστάθηκε, έτσι μαλακά, όπως κάνουν οι χειμώνες του Νότου. Ο ήλιος, ζεστός σαν κουβέρτα, τύλιγε τους ώμους της Κάια σπρώχνοντάς την όλο και πιο βαθιά στο βάλτο. Καμιά φορά άκουγε νυχτερινούς ήχους που δεν τους αναγνώριζε, ή τρόμαζε από αστραπές που έπεφταν πολύ κοντά της, αλλά όποτε της έτυχε να σκοντάψει, πάντα το πάθαινε στην ξηρά. Ώσπου επιτέλους, σε μια στιγμή ανεπαίσθητη, ο πόνος αποτραβήχτηκε πιο βαθιά στην καρδιά της όπως το νερό στην άμμο. Παρέμενε εκεί, αλλά πιο μέσα. Η Κάια ακούμπησε το χέρι της στην υγρή, σφύζουσα γη, κι ο βάλτος έγινε η μάνα της.

5.

Αστυνομική έρευνα

1969

Πάνω από τα κεφάλια τους και κάτω από τον ανελέητο ήλιο, έσκουζαν τα τζιτζίκια.

Σκουπίζοντας το μέτωπό του, ο σερίφης Τζάκσον είπε: «Βερν, έχει ακόμα πολλή δουλειά εδώ πέρα, αλλά δεν είναι σωστό. Η γυναίκα κι οι γονείς του Τσέις δεν το ξέρουν πως πέθανε».

«Πάω εγώ να τους το πω, Εντ», απάντησε ο δρ. Βερν Μέρφι.

«Σ' ευχαριστώ. Πήγαινε με το φορτηγάκι μου. Στείλε ένα ασθενοφόρο για να πάρει τον Τσέις, και τον Τζο για να φέρει πίσω το φορτηγάκι. Αλλά μην πεις λέξη σε κανέναν άλλον. Δεν θέλω να μού 'ρθει εδώ όλο το χωριό, γιατί αυτό ακριβώς θα συμβεί έτσι κι αναφέρεις το παραμικρό».

Πριν ξεκινήσει, ο Βερν απέμεινε να κοιτάζει για λίγο τον Τσέις, λες και κάτι είχε παραβλέψει. Ως γιατρός, έπρεπε να το φροντίσει. Ο βαρύς αέρας του βάλτου περίμενε πίσω τους υπομονετικά να έρθει η σειρά του.

Ο Εντ στράφηκε στα δύο αγόρια. «Εσείς, δεν το κουνάτε από δω πέρα. Δεν έχει να πάτε στο χωριό και ν' αρχίσετε να το λέτε δεξιά κι αριστερά — και επίσης τον νου σας μην ακουμπήσετε τίποτα και κάνετε άλλες πατημασιές στη λάσπη».

«Μά'στα, κύριε σερίφη», είπε ο Μπέντζι. «Λέτε πως τον σκοτώσανε τον Τσέις, ε; Γιατί δεν έχει πατημασιές πουθενά. Τόνε σπρώξανε, δηλαδή;».

«Τίποτα τέτοιο δεν είπα. Όλα αυτά είναι μέρος της αστυνομικής έρευνας. Λοιπόν, εσείς κοιτάξτε μόνο να μην μπλέκεστε στα πόδια μας και μην πείτε πουθενά τίποτ' απ' αυτά που ακούτε εδώ πέρα».

Σε λιγότερο από δεκαπέντε λεπτά εμφανίστηκε με το φορτηγάκι της αστυνομίας και ο Τζο Περντιού, ο βοηθός σερίφη, ένας άνδρας κοντός, με χοντρές φαβορίτες.

«Δεν μπορώ να το χωνέψω με τίποτα. Ο Τσέις, νεκρός. Ο καλύτερος μεσοεπιθετικός που πέρασε ποτέ απ' αυτή την πόλη. Να σου στρίβει, δηλαδή».

«Καλά το λες. Λοιπόν, δουλειά».

«Τι έχεις μέχρι στιγμής;»

Ο Εντ απομακρύνθηκε κι άλλο από τα παιδιά. «Κοίτα, προφανώς, φαινομενικά, μοιάζει με ατύχημα. Έπεσε απ' το πυροφυλάκιο και σκοτώθηκε. Αλλά μέχρι στιγμής δεν έχω βρει καθόλου δικά του ίχνη να πηγαίνουν προς τη σκάλα, ούτε και ίχνη κανενός άλλου, δηλαδή. Να ψάξουμε μην βρούμε στοιχεία πως κάποιος συγκάλυψε τα ίχνη».

Οι δύο εκπρόσωποι του νόμου χτένισαν την περιοχή επί ένα ολόκληρο δεκάλεπτο. «Έχεις δίκιο, ούτε μια πατημασιά, εκτός από των αγοριών», είπε ο Τζο.

«Ναι, αλλά ούτε και σημάδι πως κάποιος πήγε και τις έσβησε. Δεν καταλαβαίνω. Πάμε παρακάτω. Θα το σκεφτώ αυτό αργότερα», είπε ο Εντ.

Φωτογράφισαν το πτώμα, τη θέση του σε σχέση με τη σκάλα, τα τραύματα του κεφαλιού από κοντά, το ανάποδα λυγισμένο πόδι. Ο Εντ υπαγόρευε κι ο Τζο κρατούσε σημειώσεις. Την ώρα που μετρούσαν την απόσταση ανάμεσα στο πτώμα και το μονοπάτι, άκουσαν το ασθενοφόρο να τρίζει περνώντας δίπλα απ' τους πυκνούς θάμνους. Ο οδηγός, ένας γέρος μαύρος που επί δεκαετίες μετέφερε τραυματίες, άρρωστους ετοιμοθάνατους και πεθαμένους, έσκυψε το κεφάλι με σεβασμό και άρχισε να δίνει ψιθυριστά οδηγίες: «Το λοιπόν, τα χέρια του δεν κάθονται, οπότε δεν είναι να τόνε βάλουμε στον σάκο· πρέπει να τόνε σηκώσουμε, και θά 'ναι βαρύς· κύριε σερίφη, κράτα συ το κεφάλι του κύριου Τσέις. Α γεια σου. Ωχ, ωχ, μανούλα μου...». Κοντά στο μεσημέρι πια, τον είχαν τακτοποιήσει στο ασθενοφόρο, μες στις λάσπες.

Δεδομένου πως ο δρ. Μέρφι είχε ενημερώσει πια τους γονείς του Τσέις για τον θάνατο του γιου τους, ο Εντ είπε στα παιδιά να πάνε σπίτι τους, ενώ ο ίδιος και ο Τζο άρχισαν να ανεβαίνουν τις σκάλες που έφταναν με ζιγκ-ζαγκ, στενεύοντας ολοένα, ώς την κορυφή. Όσο ανέβαιναν, ο ορίζοντας του κόσμου ξεμάκραινε, κι ο βάλτος με τα νερά του και τα πράσινα, πυκνά δάση απλωνόταν ώς εκεί που φτάνει το μάτι.

Φτάνοντας στο τελευταίο σκαλοπάτι, ο Τζάκσον σήκωσε το χέρι και έσπρωξε τη σιδερένια σχάρα. Μόλις ανέβηκαν στην εξέδρα, κατέβασε ξανά τη σχάρα με προσοχή, γιατί αποτελούσε τμήμα του πατώματος. Στο κέντρο της εξέδρας υπήρχαν ξύλινες σανίδες, γκρίζες και τραχιές από τα χρόνια, γύρω-γύρω όμως, περιμετρικά, το πάτωμα αποτελούνταν από τετράγωνες σχάρες που μπορούσες να τις ανοίξεις και να τις κλείσεις. Όταν ήταν κατεβασμένες, πατούσες επάνω τους με ασφάλεια. Αλλά αν τυχόν υπήρχε κάποια ανοιχτή, μπορούσες να πέσεις κάτω από ύψος είκοσι μέτρων.

«Ε! Κοίτα κει». Ο Εντ έδειχνε προς την άλλη άκρη της εξέδρας, όπου μια από τις σχάρες ήταν ανοιχτή.

«Τι διάολο!» είπε ο Τζο πλησιάζοντας. Κοιτώντας κάτω, είδαν το τέλειο περίγραμμα του στραπατσαρισμένου πτώματος του Τσέις μέσα στη λάσπη. Μια κιτρινωπή γλίτσα μαζί με πράσινα λέμνα είχαν πεταχτεί στα πλάγια, σαν πιτσιλιές μπογιάς σε καμβά.

«Δε βγάζει νόημα», είπε ο Εντ. «Καμιά φορά ξεχνάνε να κλείσουνε τη σχάρα πού 'ναι πάνω απ' τη σκάλα. Ξέρεις, όταν πάνε να κατέβουν. Πολλές φορές την έχουμε βρει ανοιχτή τη σχάρα αυτή. Αλλά τις άλλες σχάρες σχεδόν ποτέ δεν τις αφήνουν ανοιχτές».

«Για ποιο λόγο ν' ανοίξει ο Τσέις αυτήν τη σχάρα; Για ποιο λόγο να την ανοίξει ο οποιοσδήποτε;»

«Μονάχα αν κάποιος σκόπευε να σπρώξει κάποιον άλλο για να τον σκοτώσει», είπε ο Εντ.

«Και τότε γιατί δεν την κλείσανε μετά;»

«Γιατί αν ο Τσέις είχε πέσει από εκεί μέσα μόνος του, δεν θα μπορούσε να την είχε κλείσει. Η σχάρα έπρεπε να μείνει ανοιχτή για να φαίνεται σαν ατύχημα».

«Κοίτα κι εκείνο το δοκάρι πιο κάτω από την τρύπα. Έχει σπάσει, έχει τσακιστεί».

«Ναι, το βλέπω. Θα πρέπει να κοπάνησε πάνω του το κεφάλι του Τσέις πέφτοντας».

«Πάω να δω μην έχει αίματα και τρίχες. Να μαζέψω και μερικές σκλήθρες».

«Φχαριστώ, Τζο. Και πάρε και μερικές κοντινές φωτογραφίες. Πάω να φέρω σκοινί να σε δέσω. Καλύτερα μην έχουμε δύο πτώματα σε μία μέρα μέσα σ' αυτή τη λασπουριά. Και να πάρουμε και δαχτυλικά αποτυπώματα από τη σχάρα, τη σκάλα, την κουπαστή και τα κάγκελα. Οτιδήποτε μπορεί να έχει αγγίξει κανείς. Και μάζεψε κι ό,τι δείγματα βρεις από τρίχες ή κλωστές».

❧

Δυο ώρες και παραπάνω αργότερα, καθώς προσπαθούσαν να συνεφέρουν τη μέση τους έπειτα από τόσο σκύψιμο και τέντωμα, ο Εντ είπε: «Δεν λέω πως σίγουρα υπήρξε δόλος. Είναι πάρα πολύ νωρίς ακόμα. Κι εκτός απ' αυτό, δεν μπορώ να φανταστώ ποιος μπορεί να ήθελε να σκοτώσει τον Τσέις».

«Καλά, εγώ νομίζω πως δεν είναι και λίγοι», είπε ο βοηθός.

«Σαν ποιος, δηλαδή; Τι θες να πεις;»

«Έλα τώρα, Εντ. Ξέρεις πώς ήτανε ο Τσέις. Που όλο τσιλιμπούρδιζε και τριγύρναγε σαν τον ταύρο που τον έχουνε αφήσει αμόλα. Και πριν παντρευτεί κι αφού παντρεύτηκε, και με ελεύθερες και με παντρεμένες. Ούτε αρσενικός σκύλος σε κοπάδι με θηλυκές δεν έκανε έτσι».

«Ε, καλά, δεν ήταν πια κι έτσι. Εντάξει, ναι, είχε φήμη γυναικά. Αλλά δεν μπορώ να φανταστώ κανέναν απ' το χωριό να κάνει φόνο γι' αυτόν το λόγο».

«Εγώ απλώς λέω πως υπάρχουν κι άνθρωποι που δεν τον συμπαθούσανε. Τίποτα ζηλιάρηδες σύζυγοι... Σίγουρα κάποιος που γνωρίζονταν. Κάποιος που όλοι μας τον γνωρίζουμε. Δεν μου φαίνεται πολύ πιθανό ν' ανέβαινε ο Τσέις εδώ πάνω με κάναν άγνωστο», είπε ο Τζο.

«Εκτός αν ήταν ώς τα μπούνια βουτηγμένος στα χρέη σε κανέναν απ' αλλού. Καμιά ιστορία που δεν την ξέραμε. Και νά 'ταν κάνας άντρας αρκετά δυνατός ώστε να σπρώξει τον Τσέις Άντριους. Καθόλου εύκολο πράγμα».

«Σκέφτομαι ήδη καμπόσους που θα το μπορούσαν», είπε ο Τζο.

6.

Η βάρκα και το αγόρι

1952

Ένα πρωί, ο Μπαμπάς μπήκε στην κουζίνα φρεσκοξυρισμένος και φορώντας ένα τσαλακωμένο πουκάμισο και είπε πως έφευγε με το λεωφορείο για το Άσβιλ, για να συζητήσει κάποια πράγματα με τον στρατό. Είχε υπολογίσει πως έπρεπε να παίρνει μεγαλύτερο επίδομα αναπηρίας, και τώρα πήγαινε να δει τι θα γίνει, και θα έκανε τουλάχιστον τρεις-τέσσερις μέρες να γυρίσει. Ποτέ του δεν έλεγε στην κόρη του τι δουλειές είχε, πού πήγαινε και πότε θα γυρνούσε, κι έτσι τώρα η Κάια στεκόταν εκεί με την κοντή της σαλοπέτα και τον κοιτούσε αμίλητη.

«Συ θαρρώ είσαι ντιπ κουφάλαλο», της είπε κοπανώντας την πόρτα της βεράντας πίσω του.

Η Κάια συνέχισε να τον παρατηρεί καθώς διέσχιζε το μονοπάτι, με το αριστερό του πόδι να βγαίνει πρώτα στο πλάι και μετά μπροστά. Έσφιξε τα δάχτυλά της. Ίσως τελικά να φύγουν όλοι, ο ένας μετά τον άλλο, να πάρουν το μονοπάτι και να την αφήσουν ολομόναχη. Όταν ο πατέρας της έφτασε στον δρόμο και, εντελώς απρόσμενα, κοίταξε πίσω του, η Κάια σήκωσε το χέρι και τον χαιρέτησε με ζήλο. Μια μικρή προσπάθεια να τον κρατήσει δεμένο εκεί. Ο Μπαμπάς σήκωσε κι εκείνος το χέρι κι ανταπέδωσε, στα γρήγορα, να ξεμπερδεύει. Αλλά κάτι ήταν κι αυτό. Κάτι παραπάνω απ' ό,τι είχε κάνει η Μαμά.

Από το σπίτι πήγε μέχρι τη λιμνοθάλασσά της, όπου εκατοντάδες λιβελούλες άστραφταν αιχμαλωτίζοντας στα φτερά τους το πρωινό φως. Βελανιδιές και πυκνοί θάμνοι αγκάλιαζαν τα νερά και τα σκοτείνιαζαν σαν να ήταν σε σπηλιά· κι εκεί κοντοστάθηκε η Κάια βλέποντας τη βάρκα του Μπαμπά να ταλαντεύεται στο νερό δεμένη με το σκοινί της. Έτσι και την έπαιρνε να βγει στο βάλτο και ο Μπαμπάς το καταλάβαινε, θα την έδερνε με τη λωρίδα. Ή με το κουπί που είχε δίπλα στην πόρτα της βεράντας. Τη «σανίδα καλωσορίσματος», που έλεγε ο Τζόντι.

Ίσως ήταν η λαχτάρα να φτάσει πιο μακριά που την έσπρωξε στη βάρκα — ένα τσαλακωμένο σκαφάκι με επίπεδο πάτο, που ο Μπαμπάς το είχε για ψάρεμα. Όλη της τη ζωή πήγαινε βόλτες μ' αυτό το βαρκάκι, συνήθως μαζί με τον Τζόντι. Καμιά φορά την άφηνε να κρατάει και τη λαγουδέρα. Ήξερε μάλιστα και μερικές διαδρομές μέσα απ' τα περίπλοκα κανάλια και τους διαύλους που περιδιάβαιναν αυτό το ανάμικτο τοπίο από νερό και στεριά, στεριά και νερό, ίσαμε τη θάλασσα. Γιατί μολονότι ο ωκεανός βρισκόταν ακριβώς πίσω απ' τα δέντρα που περιέβαλλαν το καλύβι, ο μόνος τρόπος να φτάσει κανείς εκεί ήταν με βάρκα και μάλιστα πηγαίνοντας προς την αντίθετη κατεύθυνση, προς το εσωτερικό, και να περάσει έναν υδάτινο λαβύρινθο, μίλια ολόκληρα, ώσπου να κάνει τελικά τον κύκλο και να βρεθεί στη θάλασσα.

Αλλά η Κάια ήταν μόλις επτά χρονών και κορίτσι, κι έτσι ποτέ δεν είχε πάρει το βαρκάκι μόνη της. Τώρα το έβλεπε να επιπλέει εκεί, δεμένο μ' ένα απλό σκοινί σ' ένα κούτσουρο. Γκρίζα μάκα, φθαρμένα σύνεργα ψαρικής και μισοτσαλακωμένα κουτάκια μπίρας κάλυπταν τον πάτο. Μπαίνοντας μέσα, η Κάια είπε φωναχτά: «Να κοιτάξω τη βενζίνα, που έλεγε κι ο

Τζόντι, μην και το καταλάβει ο Μπαμπάς ότι το πήρα». Έβαλε μέσα στο σκουριασμένο ντεπόζιτο ένα σπασμένο καλάμι. «Φτάνει για μια βολτίτσα, μου φαίνεται».

Κοίταξε ένα γύρο, όπως θα έκανε κάθε καλός κλέφτης, με μια κίνηση ξεπέρασε το σκοινί από το κούτσουρο και έσπρωξε με το μοναδικό κουπί που υπήρχε. Το σιωπηλό σύννεφο από τις λιβελούλες άνοιξε στα δύο για να περάσει.

Δεν άντεξε στον πειρασμό, τράβηξε το κορδόνι και ξαφνιάστηκε που η μηχανή πήρε μπρος με την πρώτη, βήχοντας και φτύνοντας άσπρο καπνό. Έπιασε τη λαγουδέρα, αλλά άνοιξε πολύ το γκάζι κι η βάρκα έστριψε απότομα· η μηχανή μούγκρισε. Άφησε τότε το γκάζι εντελώς, σήκωσε τα χέρια ψηλά, και η βάρκα ησύχασε, κυλώντας γαλήνια, γουργουρίζοντας.

Άμα δεις και κάτι δεν πάει καλά, τ' αφήνεις. Το βάζεις στο νεκρό.

Τώρα επιτάχυνε πιο προσεκτικά κι έστριψε από το πεσμένο γέρικο κυπαρίσσι —πουτ-πουτ-πουτ— πέρα απ' τα κλαδιά που είχε στοιβάξει ο κάστορας. Έπειτα, κρατώντας την ανάσα της, κατευθύνθηκε προς την είσοδο της λιμνοθάλασσας την οποία έκρυβαν σχεδόν τελείως τα βάτα. Σκύβοντας για να περάσει κάτω από τα χαμηλά κλαδιά γιγαντιαίων δέντρων, διέσχισε αργά τα εκατό μέτρα με τα πυκνά χορτάρια, με την ήσυχη άνεση που οι χελώνες γλιστρούν από τα κούτσουρα που πλέουν στο νερό. Ένα στρώμα από λέμνα επέπλεε στο νερό και το έβαφε πράσινο σαν τον φυτικό θόλο από πάνω της, δημιουργώντας μια σμαραγδένια σήραγγα. Σε λίγο, τα δέντρα αραίωσαν κι εκείνη βρέθηκε σ' έναν τόπο με ουρανό πλατύ και ψηλά χορτάρια και ήχους πουλιών που έκρωζαν. Κάτι τέτοιο βλέπει και το πουλάκι, σκέφτηκε, όταν επιτέλους σπάει το αυγό.

Η Κάια συνέχισε τον δρόμο της, ένα τόσο δα κοριτσάκι μέσα σε μια βάρκα, στρίβοντας πότε εδώ και πότε εκεί καθώς τα ατέλειωτα κανάλια διακλαδίζονταν και ξαναενώνονταν μπροστά της. *Όταν πηγαίνεις για τη θάλασσα, πάντα στρίβεις αριστερά*, είχε πει ο Τζόντι. Το γκάζι σχεδόν δεν το άγγιζε, ακολουθώντας τα ρεύματα, κάνοντας τον λιγότερο δυνατό θόρυβο. Βγαίνοντας πίσω από ένα μάτσο καλαμιές, είδε μια ελαφίνα με το μικρό της να πίνει νερό. Τα κεφάλια των ζώων σηκώθηκαν απότομα, τινάζοντας σταγόνες στον αέρα. Η Κάια δεν σταμάτησε, γιατί τότε θα το έβαζαν στα πόδια — αυτό ήταν κάτι που είχε μάθει παρατηρώντας άγριες γαλοπούλες: όταν φέρεσαι σαν κυνηγός, φέρονται και τα ζώα σαν θήραμα. Καλύτερα να τα αγνοείς και να συνεχίζεις τον δρόμο σου. Πέρασε απαλά από μπροστά τους, και η ελαφίνα έμεινε ακίνητη σαν πεύκο, ώσπου η Κάια χάθηκε πίσω απ' τα χορτάρια.

Μπήκε τότε σε μια περιοχή με σκοτεινές λιμνοθάλασσες ανάμεσα σε βελανιδιές και θυμήθηκε ένα κανάλι στην πάνω πλευρά που έβγαζε σ' έναν πελώριο λαβύρινθο από διαύλους. Βρέθηκε πολλές φορές σε αδιέξοδα, απ' όπου αναγκάστηκε να γυρίσει πίσω και να στρίψει αλλού. Προσπαθούσε να κρατά στη μνήμη της όλα τα ορόσημα ώστε να μπορέσει να επιστρέψει. Τελικά, είδε μπροστά της την κατακερματισμένη υδάτινη έκταση, τα νερά τόσο πλατιά που αγκάλιαζαν τον ουρανό και τα σύννεφα μαζί.

Η θάλασσα είχε αρχίσει να τραβιέται — το έβλεπε απ' τα σημάδια του νερού στις όχθες. Αν τραβιόταν πολύ, κάποια από τα κανάλια θα έμεναν χωρίς νερό κι εκείνη θα κολλούσε και θα παγιδευόταν. Έπρεπε να γυρίσει πριν συμβεί αυτό.

Κάνοντας τον γύρο ενός μεγάλου θύσανου με ψηλά χορτάρια, είδε ξαφνικά τον ωκεανό —γκρίζο, αυστηρό, παλλόμενο—, τη βλοσυρή του όψη. Κύματα συγκρούονταν με βία μεταξύ τους, πνιγμένα στο λευκό τους σάλιο, κι ύστερα έσπαζαν και χωρίζονταν στην ακτή βροντερά — ωμή ενέργεια που αναζητά κάπου να ξεσπάσει. Κι ύστερα κείτονταν επίπεδα σαν ήσυχες γλώσσες αφρού, περιμένοντας το επόμενο φούσκωμα του νερού.

Ο αφρός που έγλειφε την ακτή την προκαλούσε, τη φώναζε να περάσει τα κύματα και να βγει στη θάλασσα, αλλά χωρίς τον Τζόντι δεν βρήκε το θάρρος. Έτσι κι αλλιώς ήταν ώρα να επιστρέψει. Στον ουρανό, στα δυτικά, είχαν αρχίσει να μαζεύονται σύννεφα φορτωμένα βροχή, πελώρια γκρίζα μανιτάρια έτοιμα, θαρρείς, να σκάσουν.

Μέχρι τότε δεν είχε δει ούτε έναν άνθρωπο, ούτε μια βάρκα πουθενά, κι έτσι εξεπλάγη όταν ξαναμπήκε στη μεγάλη λιμνοθάλασσα κι εκεί, κοντά στα χορτάρια, είδε ένα αγόρι μέσα σ' ένα επίσης καταχτυπημένο βαρκάκι να ψαρεύει. Έτσι όπως πήγαινε, θα περνούσε στα πέντε μέτρα από μπροστά του. Κι εκείνη τη στιγμή, ήταν η προσωποποίηση της Πιτσιρίκας του Βάλτου: μαλλιά ένα κουβάρι από τον αέρα, μάγουλα βρώμικα, χαρακωμένα με τα δάκρυα από τα ερεθισμένα μάτια.

Τίποτα δεν την γέμιζε με τόση ένταση —ούτε ο φόβος μην τελειώσει η βενζίνη ούτε η απειλή της καταιγίδας— όσο η θέα ενός άλλου ανθρώπου, και ιδίως αγοριού. Η Μαμά είχε πει στις μεγαλύτερες αδελφές της να προσέχουν με τ' αγόρια· άμα δείχνεις λαχταριστή, οι άντρες μεταμορφώνονται σε αρπακτικά. Η Κάια έσφιξε τα χείλια και σκέφτηκε: *Τι θα κάνω; Πρέπει να περάσω από μπροστά του.*

Με την άκρη του ματιού της είδε πως ήταν ένα παιδί αδύνατο, με χρυσαφένιες μπούκλες που εξείχαν κάτω από το κόκκινο κασκέτο του μπέιζμπολ. Πολύ μεγαλύτερος από εκείνη, έντεκα, μπορεί και δώδεκα. Το πρόσωπό της ήταν βλοσυρό την ώρα που πλησίαζε, εκείνος όμως της χάρισε ένα χαμόγελο ζεστό και ανοιχτό και ακούμπησε το κασκέτο του σαν κύριος που χαιρετά μια όμορφη δεσποινίδα με φόρεμα και καπελίνο. Εκείνη ένευσε ανεπαίσθητα κι ύστερα γύρισε τα μάτια ίσια μπροστά της, και προσπέρασε ανοίγοντας το γκάζι.

Το μόνο που την απασχολούσε τώρα ήταν να βρεθεί ξανά σε γνώριμα μέρη, κάπου όμως θα πρέπει να έστριψε λάθος, γιατί φτάνοντας στη δεύτερη σειρά με τις λιμνοθάλασσες, στάθηκε αδύνατο να βρει το κανάλι που την έβγαζε στο σπίτι της. Έψαχνε, έψαχνε τριγύρω, στα γόνατα των δέντρων και στους θάμνους με τις μυρτιές. Ένας μικρός πανικός άρχισε να φουσκώνει μέσα της. Ξαφνικά, όλες οι όχθες, όλες οι λωρίδες άμμου, όλες οι στροφές έμοιαζαν ίδιες. Έσβησε τη μηχανή και στάθηκε στη μέση της βάρκας με τα πόδια ανοιχτά για να κρατάει ισορροπία, προσπαθώντας να δει πάνω από τα καλάμια, αλλά ήταν αδύνατο. Κάθισε κάτω. Είχε χαθεί. Η βενζίνη τελείωνε. Ερχόταν καταιγίδα.

Κλέβοντας τα λόγια του Μπαμπά, βλαστήμησε τον αδελφό της που έφυγε. «Πανάθεμά σε, Τζόντι! Που να χέζεις κάρβουνα αναμμένα και να πέφτεις μέσα. Μέσα να πέφτεις!»

Το απαλό ρεύμα άρχισε να παρασέρνει τη βάρκα, κι η Κάια ρούφηξε τη μύτη της. Τα σύννεφα ολοένα και κέρδιζαν τον ήλιο· έτρεχαν πάνω από το κεφάλι της βαριά αλλά σιωπηλά, παραμερίζοντας το μπλε και απλώνοντας ίσκιους στα διάφανα νερά. Από στιγμή σε στιγμή μπορούσε να ξεσπάσει η θύελλα. Αλλά το χειρότερο, έτσι και πήγαινε πολύ μακριά, ο Μπαμπάς θα καταλάβαινε πως είχε πάρει τη βάρκα. Συνέχισε ίσια μπρος. Ίσως να έβρισκε ξανά εκείνο το αγόρι.

Λίγα λεπτά ακόμα μέσα στο κανάλι, μια στροφή και μπροστά της είδε τον μεγάλο υδάτινο λαβύρινθο και στην άλλη άκρη το αγόρι μέσα στη βάρκα του. Λευκοτσικνιάδες απογειώνονταν, μια σειρά από άσπρα λάβαρα με φόντο το ολοένα βαθύτερο γκρι. Η Κάια κάρφωσε το βλέμμα επάνω στον μικρό. Ούτε να πλησιάσει θάρρευε ούτε και να φύγει. Τελικά έστριψε και διέσχισε τη λιμνοθάλασσα.

Φτάνοντας κοντά του, εκείνος σήκωσε το κεφάλι.

«Γεια», είπε.

«Γεια». Η Κάια κοιτούσε πέρα από τον ώμο του, προς τις καλαμιές.

«Κατά πού πας;» τη ρώτησε. «Όχι έξω, ελπίζω. Έρχεται καταιγίδα».

«Όχι», είπε η Κάια με το βλέμμα χαμηλά, στο νερό.

«Είσαι εντάξει;»

Ένιωσε τον λαιμό της να σφίγγεται από τον λυγμό. Ένευσε αλλά δεν κατάφερε να μιλήσει.

«Έχεις χαθεί;»

Κούνησε πάλι το κεφάλι. Δεν υπήρχε περίπτωση να βάλει τα κλάματα σαν κοριτσάκι.

«Ε, εντάξει. Κι εγώ χάνομαι όλη την ώρα», είπε το αγόρι χαμογελώντας. «Α, σε ξέρω εσένα. Είσαι η αδελφή του Τζόντι Κλαρκ».

«Παλιά ήμουνα. Τώρα έφυγε».

«Καλά, αλλά εσύ παραμένεις…». Δεν θέλησε να το συνεχίσει.

«Πού με ξέρεις;». Τον κοίταξε για μια στιγμή κατάματα.

«Α, πήγαινα πότε-πότε για ψάρεμα με τον Τζόντι. Σ' είχα δει κάνα-δυο φορές. Ήσουνα μικρούλα τότε. Κάια δεν σε λένε;»

Κάποιος ήξερε τ' όνομά της. Σάστισε. Ένιωσε πως από κάπου κρατιόταν· και από κάπου αλλού είχε ελευθερωθεί.

«Ναι. Ξέρεις το σπίτι μου; Από δω;»

«Νομίζω ναι. Έτσι κι αλλιώς, είναι ώρα να φεύγω». Έδειξε μ' ένα νεύμα προς τα σύννεφα. «Ακολούθα με». Τράβηξε την πετονιά του, τακτοποίησε τα σύνεργα στο κουτί και έβαλε μπρος την εξωλέμβια. Καθώς διέσχιζε τη μεγάλη υδάτινη έκταση, της έκανε νόημα κι εκείνη ακολούθησε. Με χαμηλή ταχύτητα, μπήκε κατευθείαν στο σωστό κανάλι, κοίταξε πίσω του να σιγουρευτεί πως η Κάια ακολουθούσε, και συνέχισε. Το ίδιο έκανε σε κάθε στροφή, μέχρι τις λιμνοθάλασσες με τις βελανιδιές. Μπαίνοντας στο σκοτεινό υδάτινο μονοπάτι για το σπίτι της, η Κάια κατάλαβε πού είχε κάνει το λάθος· δεν επρόκειτο να το ξανακάνει ποτέ.

Το αγόρι συνέχισε να την οδηγεί —ακόμα κι αφού εκείνη του έκανε νόημα πως ήξερε από εκεί και πέρα— διασχίζοντας τη λιμνοθάλασσα μέχρι την όχθη όπου την περίμενε το σπίτι, μέσα στα δέντρα. Η Κάια πήγε με τη μηχανή ώς το γέρικο πεύκο και έδεσε. Εκείνος απομακρύνθηκε, με τη βάρκα του να ταλαντεύεται από τα απόνερα.

«Όλα εντάξει τώρα;»

«Ντάξει».

«Λοιπόν, έρχεται καταιγίδα. Πρέπει να πηγαίνω».

Η Κάια ένευσε, κι ύστερα θυμήθηκε τι της είχε μάθει η Μαμά. «Φχαριστώ».

«Εντάξει, λοιπόν. Με λένε Τέιτ, αν τυχόν με ξαναδείς πουθενά».

Η Κάια δεν απάντησε, κι έτσι το αγόρι είπε: «Γεια σου τώρα».

Καθώς έφευγε, αραιές ψιχάλες άρχισαν να σκάνε στην όχθη της λιμνοθάλασσας, και η Κάια είπε: «Θα ρίξει καρεκλοπόδαρα· κι αυτό το παιδί θα γίνει μούσκεμα».

Έσκυψε πάνω από το δοχείο της βενζίνης κι έβαλε μέσα το καλαμάκι της, με τις παλάμες γύρω από το χείλος, για να μην μπει βροχή. Μπορεί τα κέρματα να μην τα ήξερε, δεν είχε όμως καμία αμφιβολία πως δεν έπρεπε να πέσει νερό στη βενζίνη.

Πάτωσε. Θα το καταλάβει ο Μπαμπάς. Να φέρω βενζίνα από το Σινγκ Όιλ, πριν να γυρίσει.

Ήξερε πως ο ιδιοκτήτης, ο κύριος Τζόνι Λέιν, πάντα χαρακτήριζε την οικογένειά της αποβράσματα του έλους, αλλά άξιζε ν' αντιμετωπίσει κι αυτόν και την καταιγίδα και την παλίρροια, γιατί το μόνο που είχε πια στο μυαλό της ήταν πώς να ξαναγυρίσει σ' εκείνο τον τόπο που ήταν μόνο χορτάρι, νερό κι ουρανός. Έτσι μόνη, είχε φοβηθεί, μα ο φόβος είχε ήδη αρχίσει να μετατρέπεται σε έξαψη. Κι ήταν και κάτι ακόμα. Η ηρεμία του αγοριού. Δεν είχε ξαναδεί ποτέ κανέναν να μιλάει και να κινείται με τόση σταθερότητα. Τόση σιγουριά και άνεση. Και μόνο που ήταν κοντά του, κι ούτε καν πολύ κοντά δηλαδή, είχε νιώσει να λύνεται λιγάκι. Για πρώτη φορά από τότε που έφυγε η Μαμά και ο Τζόντι, μπόρεσε να ανασάνει ανώδυνα. Πρώτη φορά ένιωσε κάτι άλλο από πόνο. Τα είχε ανάγκη, και τη βάρκα και το αγόρι.

❧

Το ίδιο απόγευμα, ο Τέιτ Γουόκερ διέσχιζε την πόλη πεζός, κρατώντας το ποδήλατο από το τιμόνι. Χαιρέτησε μ' ένα νεύμα τη δεσποινίδα Πάνσι στο ψιλικατζίδικο και πέρασε μπροστά από τα Αυτοκίνητα Ουέστερν για να φτάσει στην άκρη του μόλου. Κοίταξε μήπως διακρίνει το γαριδάδικο του πατέρα του, την *Κερασόπιτα*, και πράγματι εντόπισε το φωτεινό κόκκινο χρώμα του πέρα στ' ανοιχτά, με τα φαρδιά δοκάρια για τα δίχτυα να ταλαντεύονται πάνω από τα κύματα. Η τράτα πλησίασε συνοδευόμενη από ένα σύννεφο γλάρους, κι ο Τέιτ χαιρέτησε, κι ο πατέρας του, ένας άντρας μεγαλόσωμος, με ώμους σαν βουνά και πυκνά κόκκινα μαλλιά και γένια, σήκωσε τα χέρια του ψηλά. Ο Σκάπερ, όπως τον ήξεραν όλοι στην πόλη, πέταξε έναν κάβο στον Τέιτ, ο οποίος τον έδεσε, κι ύστερα πήδηξε στο σκάφος για να βοηθήσει το πλήρωμα να ξεφορτώσει την ψαριά.

Ο Σκάπερ ανακάτεψε τρυφερά τα μαλλιά του Τέιτ. «Τι γίνεται, αγόρι μου; Φχαριστώ που ήρθες».

Ο Τέιτ χαμογέλασε κι ένευσε. «Εννοείται θα 'ρχόμουνα». Μαζί με το πλήρωμα, βάλθηκαν να γεμίζουν καφάσια με γαρίδες, να τα κουβαλάνε στον μόλο, να φωνάζουν ο ένας στον άλλον για τις μπίρες που θα έπιναν μετά στο Μπάτε Σκύλοι, να ρωτάνε τον Τέιτ πώς πάει το σχολείο. Ένα κεφάλι ψηλότερος απ' όλους τους άλλους, ο Σκάπερ έπιανε τρία-τρία τα τελάρα, τα μετέφερε στον μόλο διασχίζοντας τη σανιδόσκαλα και επέστρεφε για να πάρει κι άλλα. Οι παλάμες του ήταν σαν της αρκούδας, τα κότσια στα δάχτυλα σκασμένα, όλο αμυχές. Μέσα σε σαράντα λεπτά, το κατάστρωμα είχε ξεπλυθεί, τα δίχτυα είχαν τακτοποιηθεί και οι κάβοι ήταν δεμένοι.

Ο Σκάπερ είπε στο πλήρωμα πως θα πήγαινε άλλη μέρα μαζί τους για μπίρες· ήθελε να ρυθμίσει μερικά πράγματα πριν γυρίσει σπίτι. Ανέβηκε στη γέφυρα του σκάφους, έβαλε στο πικάπ που είχε στερεωμένο στον πάγκο έναν δίσκο γραμμοφώνου της Μιλίτσα Κόργιους κι ανέβασε την ένταση στο φουλ. Μετά, κατέβηκε μαζί με τον Τέιτ και χώθηκαν στο μηχανοστάσιο, όπου ο Τέιτ έδινε στον πατέρα του εργαλεία κι εκείνος γρασάριζε τμήματα της μηχανής και έσφιγγε μπουλόνια κάτω απ' το αμυδρό φως ενός γλόμπου. Ταυτόχρονα, η γλυκιά μουσική της όπερας υψωνόταν και πετούσε όλο και ψηλότερα στον ουρανό.

Ο προ-προ-προπάππος του Σκάπερ ήταν μετανάστης από τη Σκοτία, το καράβι του είχε ναυαγήσει έξω απ' την ακτή της Βόρειας Καρολίνας τη δεκαετία του 1760 και ήταν ο μόνος επιζήσας. Κολύμπησε ώς την ακτή, βγήκε στα νησάκια Άουτερ Μπανκς, βρήκε εκεί σύζυγο κι έγινε πατέρας δεκατριών παιδιών. Δεν ήταν λίγοι εκείνοι που είχαν ανακαλύψει τις ρίζες τους στον συγκεκριμένο κύριο Γουόκερ, αλλά ο Σκάπερ και ο Τέιτ παρέμεναν ως επί το πλείστον μακριά απ' όλα αυτά. Σπανίως ακολουθούσαν τους συγγενείς τους στα κυριακάτικα πικνίκ με τις κοτοσαλάτες και τα πικάντικα αυγά, όπως έκαναν παλιότερα, όσο ζούσε η μητέρα και η αδελφή του Τέιτ.

Κάποια στιγμή, όταν είχε πέσει πια το γκρίζο σούρουπο, ο Σκάπερ χτύπησε τον Τέιτ στον ώμο. «Τελειώσαμε. Πάμε σπίτι, να φτιάξουμε κάτι να φάμε».

Διέσχισαν τον μόλο, κατέβηκαν τη Μέιν και έστριψαν σ' έναν φιδογυριστό δρόμο προς το σπίτι τους, ένα διώροφο με ταλαιπωρημένη επένδυση από πάνελ κέδρου, χτισμένο γύρω στα 1800. Τα λευκά πλαίσια των παραθύρων ήταν φρεσκοβαμμένα και το γκαζόν, που έφτανε σχεδόν ίσαμε τη θάλασσα, καλοκουρεμένο. Αλλά οι αζαλέες και οι τριανταφυλλιές δίπλα στο σπίτι μαράζωναν πνιγμένες στα αγριόχορτα.

Βγάζοντας τις κίτρινες γαλότσες του στο χολάκι, ο Σκάπερ ρώτησε τον γιο του: «Τα βαρέθηκες τα μπιφτέκια ή όχι ακόμα».

«Ποτέ δεν τα βαριέμαι τα μπιφτέκια».

Ο Τέιτ, όρθιος μπροστά στον πάγκο της κουζίνας, τσιμπούσε κομμάτια κιμά, έπλαθε μπιφτέκια και τα έβαζε σ' ένα πιάτο. Η μητέρα του κι η αδελφή του η Κάριαν, και οι δύο με κασκέτα του μπέιζμπολ, του χαμογελούσαν από μια φωτογραφία που κρεμόταν δίπλα στο παράθυρο. Το λάτρευε εκείνο το κασκέτο των Ατλάντα Κράκερς η Κάριαν — το φορούσε παντού.

Ο Τέιτ απέστρεψε το βλέμμα κι άρχισε να κόβει ντομάτες σε φέτες και να ανακατεύει τα φασόλια. Κανονικά θα ήταν τώρα εδώ κι οι δυο τους, κι έφταιγε εκείνος που δεν ήταν — η μητέρα του να αλείφει με σάλτσα το κοτόπουλο, η Κάριαν με τη ζύμη για τα μπισκότα.

Ως συνήθως, ο Σκάπερ λιγάκι τα παράψησε τα μπιφτέκια, ήταν όμως ζουμερά μέσα και χοντρά σαν μικρός τηλεφωνικός κατάλογος. Πεινασμένοι όπως ήταν κι οι δυο τους, έφαγαν αμίλητοι για λίγο, κι ύστερα ο Σκάπερ ρώτησε τον Τέιτ πώς πάει το σχολείο.

«Η βιολογία είναι ωραία. Μ' αρέσει, αλλά στο μάθημα της γλώσσας κάνουμε ποίηση. Αυτή δεν μου πολυαρέσει. Και πρέπει να διαβάσουμε δυνατά στην τάξη από ένα ποίημα ο καθένας. Εσύ απάγγελνες κάτι ποιήματα παλιά, αλλά δεν τα θυμάμαι».

«Σού 'χω ποίημα, γιε μου», είπε ο Σκάπερ. «Το αγαπημένο μου — την "Αποτέφρωση του Σαμ ΜακΤζη", του Ρόμπερτ Σέρβις. Σας το διάβαζα σ' όλους σας παλιά. Ήταν και της μαμάς σου το αγαπημένο. Γέλαγε κάθε φορά που το διάβαζα, ποτέ δεν το βαριόταν».

Η αναφορά στη μητέρα του έκανε τον Τέιτ να χαμηλώσει το βλέμμα. Άρχισε να τσιμπολογάει ανόρεχτα τα φασόλια του.

Ο Σκάπερ όμως συνέχισε. «Μη σου περάσει απ' το μυαλό πως η ποίηση είναι μονάχα για τους φλώρους. Έχει, βέβαια, και γλυκανάλατα ερωτικά ποιήματα, αλλά έχει και αστεία, έχει πολλά για τη φύση, ακόμα και για τον πόλεμο. Τι τα θέλουμε; Σε κάνουνε να νιώσεις κάτι». Ο πατέρας του του είχε πει πολλές φορές ότι ο ορισμός του αληθινού άντρα είναι αυτός που κλαίει χωρίς να ντρέπεται, που διαβάζει ποίηση με την καρδιά του, που νιώθει την όπερα με την ψυχή του και κάνει ό,τι είναι αναγκαίο για να υπερασπιστεί μια γυναίκα. Και είπε, πηγαίνοντας προς το καθιστικό: «Κάποτε ήξερα το περισσότερο απ' έξω — τώρα πια όχι. Αλλά εδώ το έχω, θα σ' το διαβάσω». Κάθισε πάλι στο τραπέζι κι άρχισε να διαβάζει. Φτάνοντας σ' εκείνο το κομμάτι που λέει:

Καθότανε λοιπόν πέρα εκεί ο Σαμ, με μία ηρεμία που έκανε μπαμ,
Μες στου καμινιού τον καυτερό αχό·

Και το χαμόγελο στα χείλια τό 'βλεπες από χίλια μίλια,
και είπε μόνο "Κλείστε μια την πόρτα, σας παρακαλώ.

Τι ωραία πού 'ναι εδώ, μα πολύ ανησυχώ
μην μπει μέσα το κρύο και η παγωνιά —

Απ' όταν έφυγα απ' το Πλαμτρή κάτω κει στο Τενεσή,
πρώτη φορά που νιώθω λίγη ζεστασιά".

Ο Σκάπερ κι ο Τέιτ χαχάνισαν. «Η μαμά σου πάντα γελούσε μ' αυτό».

Κάθισαν λίγο έτσι, αναπολώντας χαμογελαστοί. Έπειτα ο Σκάπερ είπε πως θα πλύνει τα πιάτα όσο ο Τέιτ θα κάνει τα μαθήματά του. Στο δωμάτιό του, φυλλομετρώντας το βιβλίο με τα ποιήματα για να βρει κάποιο να διαβάσει στην τάξη, ο Τέιτ βρήκε ένα του Τόμας Μουρ:

...πήγε στη Λίμνη του Ζοφερού Βάλτου
όπου στο φως απ' τις πυγολαμπίδες από κάτου,
κάνει κουπί με το λευκό της το κανό.

Θα δω σε λίγο των πυγολαμπίδων της το φως
και σύντομα θ' ακούσω το κουπί·
Θα είν' ο βίος μας όλος αγάπη και μακρός,
Και τη νύφη θα κρύψω μέσα σ' ένα κυπαρίσσι
Όταν το βήμα του θανάτου θ' αντηχήσει.

Οι στίχοι τού έφεραν στο μυαλό την Κάια, τη μικρή αδελφή του Τζόντι. Έδειχνε τόσο μικρούλα και τόσο μόνη μέσα στην απεραντοσύνη του βάλτου. Φαντάστηκε τη δική του αδελφή χαμένη εκεί πέρα. Είχε δίκιο ο μπαμπάς του — τα ποιήματα σ' έκαναν να νιώσεις κάτι.

7.

Ο καιρός του ψαρέματος

1952

Εκείνο το βράδυ, αφού ο μικρός ψαράς την έφερε σπίτι δείχνοντάς της τον δρόμο μέσα από τον βάλτο, η Κάια καθόταν σταυροπόδι στο κρεβάτι της στη βεράντα. Η ομίχλη από τον κατακλυσμό έμπαινε μέσα απ' τις μπαλωμένες σήτες και άγγιζε το πρόσωπό της. Σκεφτόταν εκείνο το αγόρι. Που ήταν ευγενικό αλλά και δυνατό, σαν τον Τζόντι. Οι μόνοι άνθρωποι στους οποίους μιλούσε ήταν πότε-πότε ο Μπαμπάς, και ακόμα σπανιότερα η ταμίας στο Πίγκλι Ουίγκλι, η κυρία Σινγκλτάρι, η οποία τώρα τελευταία είχε βαλθεί να μάθει στην Κάια τη διαφορά ανάμεσα στα εικοσιπενταράκια, τις δεκάρες και τις πεντάρες — τα μονά σεντς τα ήξερε ήδη. Μόνο που η κυρία Σινγκλτάρι μπορούσε να γίνει και πολύ αδιάκριτη.

«Πώς σε λένε τελικά, χρυσό μου; Και γιατί δεν έρχεται πια η μαμά σου; Έχω να τη δω από τότε που τα γογγύλια ωρίμασαν».

«Η μαμά έχει πολλές δουλειές, γι' αυτό στέλνει εμένα στο μαγαζί».

«Ναι, καλή μου, αλλά ποτέ σου δεν παίρνεις τόσα που να φτάνουνε για την οικογένεια».

«Αχ, πρέπει να φύγω τώρα, κυρία. Η Μαμά το θέλει το καλαμποκάλευρο αμέσως».

Όποτε είχε τη δυνατότητα, η Κάια απέφευγε την κυρία Σινγκλτάρι πηγαίνοντας στην άλλη ταμία, η οποία δεν έδειχνε κανένα ενδιαφέρον, παρά μόνο της έλεγε πως δεν πρέπει τα παιδιά να έρχονται στο μαγαζί ξυπόλητα. Η Κάια είχε σκεφτεί να πει στην κυρία εκείνη πως δεν είχε σκοπό να τσιμπήσει σταφύλια με τα δάχτυλα των ποδιών. Έτσι κι αλλιώς, ποιος είχε λεφτά για σταφύλια;

Η Κάια δεν μιλούσε πια σχεδόν με κανέναν εκτός από τους γλάρους. Αναρωτιόταν αν θα μπορούσε να κάνει κάποια συμφωνία με τον Μπαμπά ώστε να μπορεί να χρησιμοποιεί τη βάρκα του. Πέρα στον βάλτο, μπορούσε να μαζεύει φτερά και κοχύλια, ίσως ακόμα και να ξαναδεί το αγόρι. Ποτέ στη ζωή της δεν είχε ούτε έναν φίλο, καταλάβαινε όμως πως ήταν κάτι καλό, το ένιωθε σαν ανάγκη. Μαζί θα μπορούσαν να τριγυρνάνε στους υδάτινους λαβύρινθους και να εξερευνούν τα έλη. Αυτός σίγουρα τη θεωρούσε πιτσιρίκι, ήξερε όμως καλά τον βάλτο και ίσως να της μάθαινε κι εκείνης μερικά πράγματα.

Ο Μπαμπάς δεν είχε αυτοκίνητο. Με τη βάρκα πήγαινε για ψάρεμα, πήγαινε στην πόλη, διέσχιζε το έλος για να πάει στον Ιταλιάνο, ένα άθλιο μπαρ που ήταν και χαρτοπαικτική λέσχη και συνδεόταν με τη στεριά μέσω ενός ετοιμόρροπου ξύλινου μόλου που περνούσε ανάμεσα από βούρλα. Ήταν καμωμένο από κόντρα πλακέ, κομμένα όπως νά 'ναι, με τσίγκινη στέγη και διάφορες, ασυνάρτητες προσθήκες δωματίων, έτσι που το πάτωμα ήταν πάντα σε διαφορετικό επίπεδο, αναλόγως πόσο ψηλά είχαν βγει τα τούβλινα «πόδια» που το κρατούσαν πάνω απ' το νερό του έλους. Όταν ο Μπαμπάς πήγαινε εκεί —βασικά όπου και να πήγαινε— έπαιρνε τη βάρκα του και σπανίως περπατούσε, οπότε γιατί να της τη δανείσει;

Άφηνε όμως τα αδέλφια της να τη χρησιμοποιούν όταν δεν τη χρησιμοποιούσε εκείνος, μάλλον επειδή έπιαναν ψάρια για φαγητό. Η Κάια δεν ενδιαφερόταν καθόλου για το ψάρεμα, ίσως όμως να κατάφερνε κάποια άλλη ανταλλαγή, αφού προφανώς αυτός ήταν ο τρόπος να τον προσεγγίσει. Να μαγειρεύει, ας πούμε, και να κάνει πιο πολλές δουλειές στο σπίτι μέχρι να γυρίσει η Μαμά.

Η βροχή κόπασε. Πού και πού καμιά σταγόνα έπεφτε κι έκανε κάποιο φυλλαράκι να τιναχτεί σαν το αυτί της γάτας. Η Κάια σηκώθηκε, καθάρισε το ψυγείο-ντουλάπι, σφουγγάρισε τις λεκιασμένες σανίδες του πατώματος της κουζίνας και έξυσε ξεραμένα υπολείμματα καλαμποκάλευρου μηνών από τα μάτια της ξυλόσομπας. Το επόμενο πρωί, νωρίς-νωρίς, έπλυνε τα σεντόνια του Μπαμπά, που έζεχναν ιδρώτα και ουίσκι, και τ' άπλωσε στους φοίνικες για να στεγνώσουν. Μπήκε και στο δωμάτιο των δύο αδελφών της —όχι πολύ μεγαλύτερο από ντουλάπα— κι έκανε ξεσκόνισμα και σφουγγάρισμα. Βρώμικες κάλτσες ήταν στοιβαγμένες στο βάθος της ντουλάπας και κιτρινισμένα περιοδικά με κόμιξ διάσπαρτα δίπλα στα δύο λεκιασμένα στρώματα στο πάτωμα. Προσπάθησε να φέρει στη μνήμη της τα πρόσωπα των δύο αγοριών, τα πόδια που φορούσαν εκείνες τις κάλτσες αλλά οι λεπτομέρειες είχαν αρχίσει να θαμπώνουν. Ακόμα και το πρόσωπο του Τζόντι έσβηνε· κατάφερνε να δει για μια στιγμή τα μάτια του, αλλά αμέσως χάνονταν. Έκλειναν.

Το επόμενο πρωί, μ' ένα δοχείο των τεσσάρων λίτρων στο χέρι, πήρε το αμμουδερό μονοπάτι μέχρι το Πίγκλι Ουίγκλι και αγόρασε σπίρτα, κόκαλα για ζωμό και αλάτι. Κράτησε και δύο δεκάρες. «Δεν μπορώ να πάρω γάλα, πρέπει να πάρω βενζίνα».

Πέρασε από το Σινγκ Όιλ, το βενζινάδικο που βρισκόταν λίγο έξω απ' το Μπάρκλι Κόουβ, σ' ένα δασάκι με πεύκα και σκουριασμένα φορτηγάκια και σαραβαλιασμένα αυτοκίνητα πάνω σε τσιμεντόλιθους παντού τριγύρω.

Ο κύριος Λέιν είδε την Κάια να έρχεται. «Ουστ από δω, μωρή ζητιάνα. Σκουπίδι του βάλτου».

«Έχω λεφτά, κύριε Λέιν. Θέλω βενζίνα και λάδι για την εξωλέμβια του Μπαμπά». Άπλωσε το χέρι κι έδειξε τις δύο δεκάρες, τις δύο πεντάρες και τα πέντε σεντς.

«Καλά, όχι πως αξίζει τον κόπο μου για τέτοιο ψωρο-ποσό, αλλά, τέλος πάντων, φέρ' το εδώ πέρα», είπε και πήρε το τετράγωνο δοχείο.

Η Κάια ευχαρίστησε τον κύριο Λέιν ο οποίος αποκρίθηκε μ' ένα μουγκρητό. Τα ψώνια κι η βενζίνη βάραιναν όλο και πιο πολύ σε κάθε μίλι, κι έτσι χρειάστηκε κάμποση ώρα μέχρι να γυρίσει σπίτι. Τελικά, εκεί στη σκιερή λιμνοθάλασσα, άδειασε το δοχείο μέσα στο ντεπόζιτο και καθάρισε τη βάρκα με κουρέλια και υγρή άμμο ώσπου η πηχτή βρωμιά έφυγε και οι μεταλλικές πλευρές έλαμψαν.

Την τέταρτη μέρα από τότε που έφυγε ο Μπαμπάς, η Κάια έστησε καρτέρι. Όταν έφτασε πια απόγευμα, ένας παγερός φόβος την είχε κατακλύσει για τα καλά· η ανάσα της είχε μικρύνει. Για μια ακόμα φορά, βρισκόταν με τα μάτια καρφωμένα στο μονοπάτι. Όσο κακός κι αν ήταν ο Μπαμπάς, τον είχε ανάγκη, έπρεπε να γυρίσει. Τέλος, βραδάκι πια, τον είδε να έρχεται από τον αυλακωμένο δρόμο. Η Κάια έτρεξε στην κουζίνα και σέρβιρε ένα βραστό από σινάπι, κόκαλα από τη ράχη του γουρουνιού και καλαμποκάλευρο. Δεν ήξερε να φτιάχνει σάλτσα, έτσι έβαλε τον ζωμό από τα κόκαλα, στον οποίο επέπλεαν άσπρα κομματάκια λίπους, σε μια άδεια γυάλα. Τα πιάτα ήταν όλα ραγισμένα και παράταιρα, είχε όμως το πιρούνι στα αριστερά και το μαχαίρι στα δεξιά, όπως την είχε μάθει η Μαμά. Κι ύστερα περίμενε, με την πλάτη κολλημένη στο ψυγείο, σαν πελαργός που τον έχει πατήσει αυτοκίνητο.

Ο Μπαμπάς άνοιξε με τόση φόρα την πόρτα που κοπάνησε στον τοίχο, και με τρία βήματα διέσχισε το καθιστικό και μπήκε στο δωμάτιό του, χωρίς να τη φωνάξει και χωρίς να ρίξει ούτε ματιά στην κουζίνα. Μέχρι στιγμής, όλα φυσιολογικά. Τον άκουσε να παρατάει τη βαλίτσα του στο πάτωμα, να ανοίγει συρτάρια. Σίγουρα θα πρόσεχε τα φρεσκοπλυμένα σεντόνια, το καθαρό πάτωμα. Αν όχι με τα μάτια, η μύτη του τουλάχιστον θα αντιλαμβανόταν την αλλαγή.

Σε λίγα λεπτά, βγήκε έξω, πήγε κατευθείαν στην κουζίνα και κοίταξε το στρωμένο τραπέζι και τις τσανάκες με το αχνιστό φαγητό. Την είδε να στέκεται μπροστά στο ψυγείο, κι έμειναν οι δυο τους να κοιτάζονται για λίγο, λες και δεν είχαν ξαναϊδωθεί ποτέ.

«Ε, για το Θεό, ρε κορίτσι, τί 'ν' όλα τούτα; Σα να μεγάλωσες εσύ ξαφνικά. Που μαγειρεύεις κιόλας». Δεν χαμογελούσε αλλά το πρόσωπό του ήταν ήρεμο. Ήταν αξύριστος και τα σκούρα, άλουστα μαλλιά του κρέμονταν από τον αριστερό του κρόταφο. Αλλά δεν ήταν μεθυσμένος· η Κάια ήξερε τα σημάδια.

«Αμέ. Κι έφκιασα και ψωμί αλλά δεν βγήκε καλό».

«Τέλος πάντων, φχαριστώ. Πολύ καλό κορίτσι. Είμαι πτώμα και πεινάω σαν τον λύκο». Πήρε μια καρέκλα και κάθισε, οπότε έκανε κι εκείνη το ίδιο. Γέμισαν σιωπηλοί τα πιάτα τους και τσιμπολόγησαν το σκληρό κρέας από τα κόκαλα. Ο Μπαμπάς πήρε έναν σπόνδυλο και ρούφηξε από μέσα το μεδούλι· τα μάγουλά του γυάλισαν από το λιπαρό ζουμί. Μετά πιπίλησε τα κόκαλα ώσπου έμειναν καθαρά σαν μετάξι.

«Πολύ πιο καλύτερο από το κρύο σάντουιτς με τις λαχανίδες», είπε.

«Μακάρι νά 'χε βγει καλό το ψωμί. Μπορεί νά 'θελε πιο

παραπάνω σόδα και πιο λίγα αβγά». Η Κάια σχεδόν δεν το πίστευε πως μιλούσε έτσι, αλλά της ήταν αδύνατο να σταματήσει. «Η Μαμά τό 'φκιανε ωραίο, αλλά δεν πρόσεχα και πολύ τις λεπτομέρειες...». Τότε σκέφτηκε πως καλύτερα να μη μιλάει για τη Μαμά, κι έτσι κράτησε το στόμα της κλειστό.

Ο Μπαμπάς έσπρωξε το πιάτο του προς το μέρος της. «Έχει καμιά μπουκιά ακόμα;»

«Αμέ, μπόλικο».

«Α, και μια σταλιά από κείνο το ψωμί, για παπάρα. Μ' αρέσει η παπάρα στο ζουμί, και πάω στοίχημα πως το ψωμί σου είναι μια χαρά, σφιχτό-σφιχτό».

Η Κάια χαμογέλασε από μέσα της καθώς του γέμιζε το πιάτο. Ποιος να το πίστευε πως θα έβρισκαν σημείο επαφής το ψωμί.

Μόνο που τώρα, όσο το σκεφτόταν, ανησυχούσε πως αν του ζητούσε να χρησιμοποιεί τη βάρκα, θα έλεγε πως είχε μαγειρέψει κι είχε καθαρίσει μόνο και μόνο για να του αποσπάσει τη χάρη — και είναι αλήθεια πως έτσι είχε ξεκινήσει, αλλά τώρα το πράγμα ήταν κάπως αλλιώς. Της άρεσε που κάθονταν κι έτρωγαν σαν οικογένεια. Ένιωθε πια αφόρητη την ανάγκη να μιλήσει με κάποιον.

Κι έτσι δεν ανέφερε καθόλου την επιθυμία της να παίρνει τη βάρκα μόνη της, παρά μόνο ρώτησε: «Νά 'ρθω μαζί σου στο ψάρεμα καμιά φορά;»

Εκείνος έβαλε τα γέλια, αλλά ήταν γέλιο φιλικό. Ήταν η πρώτη φορά που γελούσε από τότε που έφυγε η Μαμά και οι άλλοι. «Α, ώστε μου θες να ψαρεύεις;»

«Μά'στα».

«Αφού είσαι κορίτσι», είπε με τα μάτια στο πιάτο του, πιπιλώντας τις κοκάλες.

«Αμέ. Το κορίτσι σου».

«Ε, μπορεί να σε πάρω καμιά φορά».

Το επόμενο πρωί, η Κάια έτρεχε στο αμμουδερό μονοπάτι με τα χέρια τεντωμένα μπροστά, κάνοντας με τα χείλη υγρούς ήχους σαν εξωλέμβιας μηχανής και πετώντας σάλια. Φανταζόταν να απογειώνεται πάνω από τον βάλτο και να ψάχνει φωλιές πουλιών, κι ύστερα να σηκώνεται ακόμα πιο ψηλά και να πετάει δίπλα-δίπλα με τους αετούς. Τα δάχτυλά της γίνονταν μακριά φτερά, απλωμένα, ανοιχτά στον ουρανό για να μαζεύουν τον άνεμο κάτω απ' τις φτερούγες της. Ξαφνικά, η φωνή του Μπαμπά που ακουγόταν από τη βάρκα την έριξε απότομα ξανά στη Γη. Οι φτερούγες της τσακίστηκαν, το στομάχι της δέθηκε κόμπος· σίγουρα ο Μπαμπάς θα κατάλαβε πως είχε πάρει μόνη της τη βάρκα. Ένιωθε ήδη το κουπί να την χτυπάει στον πισινό και στο πίσω μέρος των μηρών της. Ήξερε να κρύβεται, να περιμένει μέχρι να μεθύσει τόσο ώστε να μην μπορεί να τη βρει. Αλλά τώρα είχε προχωρήσει πολύ στο μονοπάτι, φαινόταν από παντού, κι ο Μπαμπάς στεκόταν εκεί πέρα όρθιος, με όλα του τα καλάμια του ψαρέματος και της έκανε νόημα να έρθει. Η Κάια πλησίασε αμίλητη, φοβισμένη. Είχε τα σύνεργα της ψαρικής του σκόρπια παντού, κι ένα φλασκί με ποτό χωμένο κάτω από το κάθισμά του.

«Μπέκα μέσα», της είπε μόνο. Η Κάια έκανε να εκφράσει τη χαρά ή την ευγνωμοσύνη της, αλλά η κενή έκφραση του προσώπου του της έκλεισε το στόμα, καθώς πατούσε στην πλώρη και καθόταν στο μεταλλικό κάθισμα κοιτώντας προς τα μπρος. Ο Μπαμπάς τράβηξε το κορδόνι και πήραν ν' ακολουθούν το κανάλι, σκύβοντας για να περάσουν από φυλλώματα· όσο προχωρούσαν, η Κάια απομνημόνευε σπασμένα δέντρα και παλιές ταμπέλες στη διαδρομή. Ο Μπαμπάς μπήκε με το ρελαντί σε μια απόμερη λιμνοθάλασσα και της έκανε νόημα να καθίσει στον μεσαίο πάγκο.

«Άιντε, πιάσε κάνα σκουλήκι απ' το κουτί», της είπε, με το στριφτό τσιγάρο του να κρέμεται από την άκρη των χειλιών του. Της έμαθε να δολώνει, να ρίχνει και να μαζεύει. Στεκόταν, θαρρείς, συνέχεια λίγο παράξενα ώστε να μην ακουμπάει καθόλου επάνω της. Μίλησαν μόνο για ψάρεμα· ούτε μια φορά δεν μπήκαν σε άλλα χωράφια, ούτε χαμογελούσαν και πολύ, είχαν βρει όμως ένα σταθερό σημείο επαφής. Εκείνος ήπιε λίγο από το ποτό του αλλά σε λίγο έπιασαν δουλειά κι έτσι δεν ήπιε άλλο. Καθώς η μέρα περνούσε, ο ήλιος αναστέναξε και πήρε το χρώμα του βούτυρου, κι οι δυο τους ούτε που θα το καταλάβαιναν αν οι ώμοι και ο λαιμός τους δεν άρχιζαν να γέρνουν.

Μέσα της, η Κάια ευχόταν να μην πιάσει κανένα ψάρι, αλλά ένιωσε το χτύπημα, τράβηξε την πετονιά της και έβγαλε έναν χοντρό σπάρο αστραφτερό ασημί με γαλάζιο. Ο Μπαμπάς έσκυψε και το πήρε με την απόχη, κι ύστερα κάθισε πάλι στη θέση του κοπανώντας το χέρι στο γόνατο και φωνάζοντας επευφημίες μ' έναν τρόπο που η Κάια δεν είχε ξαναδεί. Και τότε χαμογέλασε κι αυτή πλατιά και τα μάτια τους συναντήθηκαν, κλείνοντας το κύκλωμα.

Μέχρι να τον ξεαγκιστρώσει, ο σπάρος χτυπιόταν στον πάτο της βάρκας, κι η Κάια αναγκάστηκε να κοιτάζει τους πελεκάνους που πετούσαν πέρα μακριά και να παρατηρεί τα σύννεφα και τα σχήματά τους — οτιδήποτε προκειμένου να μην αντικρίσει τα μάτια του ψαριού που ξεψυχούσε καρφωμένα σ' έναν κόσμο χωρίς νερό και το μεγάλο στόμα να ρουφά άχρηστο αέρα. Αλλά το τίμημα και για κείνη και για το ψάρι άξιζε, αφού έτσι απέκτησε μια μικρή σταγόνα οικογένεια. Εντάξει, για το ψάρι ίσως όχι, αλλά και πάλι...

Την επομένη ξαναβγήκαν με τη βάρκα, και σε μια σκοτεινή λιμνοθάλασσα η Κάια πρόσεξε μερικά απαλά φτερά από το στήθος του μπούφου να επιπλέουν στην επιφάνεια. Ήταν ανασηκωμένα και στις δύο άκρες, κι έτσι όπως κυλούσαν στο νερό έμοιαζαν με μικρά πορτοκαλιά βαρκάκια. Η Κάια τα μάζεψε και τα έβαλε στην τσέπη της. Αργότερα βρήκε και μια εγκαταλελειμμένη φωλιά από κολιμπρί πάνω σ' ένα κλαδί, και την πήρε και την έκρυψε προσεκτικά στην πλώρη.

Το ίδιο βράδυ, ο Μπαμπάς έφτιαξε φαγητό — τηγανιτά ψάρια με κρούστα από καλαμποκάλευρο και μαύρο πιπέρι, με χυλό και χόρτα. Την ώρα που η Κάια έπλενε τα πιάτα μετά το γεύμα, ο Μπαμπάς μπήκε στην κουζίνα με το παλιό του γυλιό από τον Δεύτερο Παγκόσμιο Πόλεμο. Στάθηκε στο κατώφλι και πέταξε το σακίδιο σε μια καρέκλα. Αυτό έπεσε στο πάτωμα μ' έναν θαμπό κρότο που έκανε την Κάια να τρομάξει και να γυρίσει απότομα.

«Είπα μήπως το θες για τα φτερά και τις φωλιές κι όλα αυτά που μαζεύεις».

«Α», είπε η Κάια. «Α, φχαριστώ». Εκείνος όμως είχε ήδη βγει από την πόρτα της βεράντας. Η Κάια σήκωσε από κάτω το φθαρμένο σακίδιο, που ήταν από μουσαμά τόσο χοντρό που κρατούσε μια ζωή, κι είχε ένα σωρό τσεπάκια και μυστικές θήκες. Και μεγάλα φερμουάρ. Κοίταξε από το παράθυρο. Ποτέ άλλοτε δεν της είχε χαρίσει τίποτα.

Τον χειμώνα, όσες μέρες είχε λίγο ζέστη, και μετά, την άνοιξη, κάθε μέρα, ο Μπαμπάς και η Κάια έβγαιναν για ψάρεμα πάνω-κάτω στην ακτή, έκαναν συρτή, έριχναν, μάζευαν. Είτε βρίσκονταν σε δίαυλο είτε σε ρυάκι, είχε πάντα τον νου της μήπως πετύχει εκείνο το αγόρι, τον Τέιτ, με τη βάρκα του. Ήλπιζε να τον ξαναδεί. Τον σκεφτόταν καμιά φορά, ήθελε να γίνουν φίλοι, απλώς δεν είχε ιδέα ούτε πώς γίνεται αυτό ούτε και πού να τον ξαναβρεί. Και τότε, έτσι απλά, ένα απόγευμα, τον είδαν να ψαρεύει σχεδόν στο ίδιο σημείο όπως και την πρώτη φορά. Το αγόρι τής χαμογέλασε και τη χαιρέτησε. Χωρίς να το καλοσκεφτεί, σχεδόν χαμογελαστή, ανταπέδωσε κι εκείνη τον χαιρετισμό σηκώνοντας το χέρι. Κι αμέσως το κατέβασε, ακριβώς τη στιγμή που ο Μπαμπάς γυρνούσε και την κοιτούσε όλο έκπληξη.

«Φίλος του Τζόντι, πριν φύγει», του είπε.

«Τα μάτια σου τέσσερα δω γύρω», είπε ο Μπαμπάς. «Το δάσος είναι γεμάτο λευκά αποβράσματα. Ξεδιάντροποι όλοι εδώ πέρα κι άχρηστοι».

Η Κάια ένευσε. Ήθελε να γυρίσει να κοιτάξει πάλι το αγόρι, αλλά δεν το έκανε. Και μετά την έπιασε ανησυχία πως θα νομίσει ότι δεν θέλει να έχει πάρε-δώσε μαζί του.

Ο Μπαμπάς ήξερε τον βάλτο όπως ξέρουν τα γεράκια το λιβάδι τους· πώς να κυνηγούν, πώς να κρύβονται, πώς να τρομοκρατούν τους παρείσακτους. Και οι ερωτήσεις της γεμάτης δέος Κάια τού έδωσαν το κίνητρο να της μιλήσει για την εποχή του κυνηγιού της χήνας, τις συνήθειες των ψαριών, πώς να διαβάζει τον καιρό από τα σύννεφα και τις παλίρροιες από τα κύματα.

Κάποιες φορές, η Κάια έφτιαχνε φαγητό για πικνίκ και το έβαζε στον σάκο και τότε έτρωγαν καλαμποκόψωμο, το οποίο είχε σχεδόν μάθει πια να φτιάχνει σωστά, με ροδέλες κρεμμύδια, την ώρα που ο ήλιος έδυε πάνω από τον βάλτο. Κατά καιρούς, ο Μπαμπάς ξεχνούσε και το ποτό και έπιναν τσάι από γυάλινα βαζάκια.

«Δεν ήτανε από πάντα φτωχοί οι δικοί μου», της ξεφούρνισε μια μέρα ο Μπαμπάς εκεί που κάθονταν στον ίσκιο από τις βελανιδιές, με τις πετονιές τους στα καφετιά νερά μιας λιμνοθάλασσας που βούιζε από τα έντομα κοντά στην επιφάνεια.

«Είχανε γη, πλούσια γη και βγάζανε μπαμπάκι και καπνά και τέτοια. Πέρα κει στο Άσβιλ. Η γιαγιά σου απ' το δικό μου σόι φόραγε κάτι μπονέ σαν τη ρόδα της άμαξας και μακριές φούστες. Ζούσαμε σ' ένα σπίτι που είχε βεράντα γύρω-γύρω, διώροφο ήτανε. Ωραίο, πολύ ωραίο, σου λέω».

Γιαγιά. Τα χείλη της Κάια μισάνοιξαν. Κάπου, κάποτε, υπήρξε και μια γιαγιά. Πού να ήταν τώρα; Η Κάια λαχταρούσε να ρωτήσει τι απέγιναν όλοι. Αλλά φοβόταν.

Ο Μπαμπάς συνέχισε. «Και μετά, όλα πήγανε στραβά. Εγώ ήμανε μικρός εκείνο τον καιρό, κι έτσι δεν τα ξέρω, αλλά ήτανε η Κρίση και τα μπαμπάκια που πιάσανε μαμούνια, ούτε ξέρω τι άλλο, και πάν' όλα. Μόνο χρέη μείνανε, πολλά χρέη».

Μ' αυτές τις γενικές γραμμές, η Κάια προσπάθησε να φανταστεί το παρελθόν του. Που δεν είχε τίποτα από την ιστορία της Μαμάς. Ο Μπαμπάς γινόταν πυρ και μανία όποτε κανένας τους μιλούσε για τη ζωή τους πριν γεννηθεί η Κάια. Ήξερε πως η οικογένειά της, κάποτε, πριν έρθει στον βάλτο, ζούσε κάπου αλλού, κάπου κοντά στον άλλο παππού και τη γιαγιά, σ' ένα μέρος όπου η Μαμά φορούσε ρούχα αγορασμένα από τα μαγαζιά, με κουμπιά σαν μαργαριταράκια, σατέν κορδέλες και δαντέλες. Όταν μετακόμισαν στο καλύβι, η Μαμά έβαλε όλα της τα φορέματα σε μπαούλα, και κάθε μερικά χρόνια έβγαζε κι ένα και το έκανε ρούχο δουλειάς, γιατί δεν είχαν λεφτά για τίποτα καινούργιο. Τώρα όλα εκείνα τα όμορφα ρούχα και οι ιστορίες τους είχαν χαθεί, είχαν γίνει στάχτη στη φωτιά που άναψε ο Μπαμπάς όταν έφυγε ο Τζόντι.

Η Κάια κι ο Μπαμπάς ψάρεψαν λίγο ακόμα· οι πετονιές τους σάλευαν ήσυχα πάνω στην απαλή κίτρινη γύρη που επέπλεε στο ακίνητο νερό, κι η Κάια νόμισε πως τελείωσε η κουβέντα, αλλά τότε ο Μπαμπάς πρόσθεσε: «Καμιά μέρα θα σε πάω στο Άσβιλ, να σου δείξω τη γη πού 'τανε δικιά μας κι έπρεπε νά 'τανε δικιά σου». Σε λίγο τράβηξε με φόρα την πετονιά του. «Κοίτα δω, κούκλα μου! Πιάσαμε μεγάλο ψάρι, μεγάλο σαν την Αλαμπάμα!».

Γυρνώντας στο καλύβι, τηγάνισαν τα ψάρια μαζί με κροκέτες από καλαμποκάλευρο «χοντρές σαν τ' αβγά της χήνας». Μετά, η Κάια έβγαλε τη συλλογή της, κι άρχισε να καρφώνει έντομα σε κομμάτια χαρτόνι και τα φτερά στον τοίχο του πίσω δωματίου, φτιάχνοντας ένα απαλό, παλλόμενο κολάζ. Αργότερα, ξάπλωσε στο κρεβάτι της στη βεράντα κι αφουγκράστηκε τα πεύκα. Έκλεισε τα μάτια κι ύστερα τα άνοιξε πάλι διάπλατα. Την είχε αποκαλέσει «κούκλα μου».

8.
Αρνητικά δεδομένα

1969

Αφού τελείωσαν την πρωινή τους έρευνα στο πυροφυλάκιο, ο σερίφης Εντ Τζάκσον και ο βοηθός σερίφη Τζο Περντιού πήγαν τη χήρα του Τσέις, την Περλ, και τους γονείς του, Πάτι Λαβ και Σαμ, για να τον δουν πάνω στο ατσάλινο τραπέζι, κάτω από ένα σεντόνι, στην κρύα εκείνη αίθουσα του νοσοκομείου που λειτουργούσε ως νεκροτομείο. Για να τον αποχαιρετήσουν. Αλλά ήταν πάρα πολύ το κρύο για μια μητέρα· αφόρητο για μια σύζυγο. Και οι δύο γυναίκες χρειάστηκε να βγουν υποβασταζόμενες από το δωμάτιο.

Επιστρέφοντας στο γραφείο του σερίφη, ο Τζο είπε: «Μάλιστα… Πιο άσχημα δεν γίνεται…».

«Ακριβώς. Δεν μπορώ να φανταστώ πώς θα μπορέσουν ν' αντέξουν τέτοιο πράγμα».

«Ο Σαμ δεν είπε λέξη. Ποτέ του δεν ήταν ομιλητικός, αλλά αυτό τώρα θα τον τσακίσει».

Ο αλμυρός βάλτος, λένε κάποιοι, μπορεί να φάει ένα τσιμεντόλιθο για πρωινό, και ούτε καν το γραφείο του σερίφη, που ήταν χτισμένο σχεδόν σαν μπούνκερ, δεν τον πτοούσε. Λεκέδες υγρασίας με περίγραμμα από κρυστάλλους αλατιού στεφάνωναν τους τοίχους χαμηλά, και τα μαύρα σημάδια της μούχλας απλώνονταν σαν αιμοφόρα αγγεία προς το ταβάνι. Στις γωνίες κούρνιαζαν μικρά, μαυριδερά μανιτάρια.

Ο σερίφης έβγαλε ένα μπουκάλι από το κάτω-κάτω συρτάρι του γραφείου του και έβαλε και στους δυο από ένα διπλό στις κούπες του καφέ. Το ήπιαν αργά-αργά, ώσπου ο ήλιος, χρυσαφένιος σαν σιρόπι και σαν το μπέρμπον τους, γλίστρησε μέσα στη θάλασσα.

❧

Τέσσερις μέρες αργότερα, ο Τζο μπήκε στο γραφείο του σερίφη κραδαίνοντας κάποια επίσημα έγγραφα. «Πήρα τα πρώτα αποτελέσματα από τις αναλύσεις».

«Γιά να τα δούμε».

Κάθισαν ο ένας στη μια πλευρά του τραπεζιού και ο άλλος στην άλλη για να μελετήσουν τα έγγραφα. Κατά διαστήματα, ο Τζο έδιωχνε με το χέρι μια επίμονη μύγα.

Ο Εντ διάβασε δυνατά: «Χρόνος θανάτου, μεταξύ δώδεκα τα μεσάνυχτα και δύο π.μ., της 29ης προς 30ή Οκτωβρίου 1969. Όπως το είπαμε».

Διάβασε λίγο ακόμα και πρόσθεσε: «Στα χέρια μας έχουμε μόνον αρνητικά δεδομένα».

«Ακριβώς. Δεν λέει τίποτα εδώ πέρα, σερίφη».

«Εκτός από τα δυο παιδιά που έφτασαν μέχρι την τρίτη σκάλα, φρέσκα αποτυπώματα δεν υπάρχουν ούτε στις κουπαστές, ούτε στις σχάρες, ούτε πουθενά. Ούτε του Τσέις, ούτε και κανενός άλλου». Η απογευματινή αξυρισιά σκοτείνιαζε την κατά τα άλλα ροδοκόκκινη επιδερμίδα του σερίφη.

«Άρα κάποιος τα σκούπισε. Σκούπισε τα πάντα. Γιατί καλά όλα τ' άλλα, πώς γίνεται όμως να μην έχει δικά του αποτυπώματα στις κουπαστές και στη σχάρα;»

«Ακριβώς. Πρώτα δεν βρήκαμε ίχνη από πόδια, τώρα δεν βρίσκουμε ούτε ίχνη από χέρια. Δεν υπάρχει κανένα στοιχείο πως περπάτησε πάνω στις λάσπες για να φτάσει στη σκάλα, πως ανέβηκε τη σκάλα και άνοιξε τις δύο σχάρες — εκείνη που είναι ακριβώς πάνω απ' τη σκάλα και την άλλη που έπεσε μέσα. Αλλά ούτε και πως το έκανε κάποιος άλλος. Αλλά και τα αρνητικά δεδομένα είναι δεδομένα. Κάποιος έριξε πολύ γερό καθάρισμα ή τον σκότωσε κάπου αλλού και μετέφερε το πτώμα του στο πυροφυλάκιο».

«Μα αν το πτώμα μεταφέρθηκε στο πυροφυλάκιο, θα υπήρχαν ίχνη από ρόδες».

«Σωστό. Πρέπει να ξαναπάμε, να κοιτάξουμε για ίχνη πέρα από τα δικά μας και του ασθενοφόρου. Μπορεί κάτι να μας ξέφυγε».

Έπειτα από λίγο ακόμα διάβασμα, είπε ο Εντ: «Τέλος πάντων, πλέον είμαι σίγουρος πως δεν ήτανε ατύχημα».

«Συμφωνώ», είπε ο Τζο, «κανένας δεν μπορεί να σβήσει τόσο καλά ίχνη από ρόδες».

«Πεινάω. Ας περάσουμε πρώτα από την καφετέρια πριν πάμε εκεί».

«Καλά, να ξέρεις όμως πως μας την έχουν στημένη. Όλοι είναι άνω-κάτω. Ο φόνος του Τσέις Άντριους είναι μάλλον το σημαντικότερο γεγονός που συνέβη ποτέ σ' αυτά τα μέρη. Τα κουτσομπολιά δίνουν και παίρνουν».

«Ε, ας έχουμε τ' αυτιά μας ανοιχτά. Όλο και κάτι μπορεί να πιάσουμε. Τα αποβράσματα ποτέ δεν κρατάνε το στόμα τους κλειστό».

Μια σειρά από διαδοχικά παράθυρα με παντζούρια θυέλλης αποτελούσαν την πρόσοψη της καφετέριας του Μπάρκλι Κόουβ, ακριβώς πάνω απ' το λιμάνι. Μόνο το στενό δρομάκι χώριζε το κτίριο, που είχε κατασκευαστεί το 1889, από τα μουλιασμένα σκαλιά του μόλου. Παρατημένοι κιούρτοι για γαρίδες και σωριασμένα δίχτυα κείτονταν σ' όλο το μήκος του τοίχου κάτω από τα παράθυρα, ενώ πού και πού έβλεπες διάφορα κελύφη από μαλάκια πεταμένα στο πεζοδρόμιο. Παντού ψαροπούλια — οι κραυγές τους και οι κουτσουλιές τους. Οι μυρωδιές από τα λουκάνικα και τα ψωμάκια, τα βραστά φύλλα από γογγύλια και το τηγανιτό κοτόπουλο επικρατούσαν, ευτυχώς, καλύπτοντας τη διαπεραστική οσμή από τα ψαροβάρελα σ' όλο το μήκος του μόλου.

Ο σερίφης άνοιξε την πόρτα της καφετέριας κι από μέσα ξεχύθηκε μια ανάλαφρη οχλαγωγία. Όλα τα σεπαρέ —καναπέδες με ψηλές πλάτες και κόκκινη επένδυση— ήταν πιασμένα· το ίδιο και τα περισσότερα τραπέζια. Ο Τζο έδειξε στον Εντ τα δύο ελεύθερα σκαμπό στον πάγκο με τα αναψυκτικά και οι δύο άνδρες κατευθύνθηκαν προς τα εκεί.

Στη διαδρομή άκουσαν τον κύριο Λέιν από το Σινγκ Όιλ, το βενζινάδικο, να λέει στον μηχανικό του: «Εγώ λέω πως τό 'κανε ο Λαμάρ Σαντς. Θυμάσαι πού 'χε τσακώσει τη γυναίκα του με τον Τσέις απάνω στο κρις-κραφτ; Νάτο το κίνητρο — κι είναι και τα άλλα πάρε-δώσε με παρανομίες του Λαμάρ».

«Τι πάρε-δώσε;»

«Ήτανε μ' εκείνους κεί που σκίσανε τότες τα λάστιχα του σερίφη».

«Μα τότε ήτανε πιτσιρίκια».

«Κι ήταν και κάτι άλλο πού 'χε κάνει, αλλά δεν το θυμάμαι τώρα».

Πίσω απ' τον πάγκο, ο ιδιοκτήτης και μάγειρας Τζιμ Μπο Σουίνι έτρεχε από την γκριλιέρα, όπου τουμπάριζε καβουροκροκέτες, στο μάτι της κουζίνας, όπου ανακάτευε μια τσανάκα καλαμπόκι με κρέμα, κι από κει στη φριτέζα για να τσεκάρει τα μπουτάκια το κοτόπουλο — και πάλι από την αρχή. Στοιβάζοντας, ενδιαμέσως, και πιάτα μπροστά από τους πελάτες. Λέγανε πως ήταν ικανός να ανακατεύει ζύμη για ψωμάκια με το ένα χέρι και με το άλλο να φιλετάρει ψάρι. Την περίφημη σπεσιαλιτέ του —ψητό καλκάνι γεμιστό με γαρίδα πάνω σε τηγανίτα καλαμποκιού με πιπεράτο χυλό και τριμμένο τυρί— την σερβίριζε μόνο μερικές φορές τον χρόνο. Δεν ήταν καν ανάγκη να το διαφημίσει· το νέο κυκλοφορούσε αμέσως.

Στο ζιγκ-ζαγκ τους ανάμεσα στα τραπέζια από την πόρτα μέχρι τον πάγκο, ο σερίφης και ο βοηθός άκουσαν τη δεσποινίδα Πάνσι Πράις που δούλευε στο ψιλικατζίδικο του Κρες να λέει σε μια φίλη της: «Μπορεί νά 'τανε κι αυτή η γυναίκα που ζει πέρα στον βάλτο. Αυτή είναι για δέσιμο. Και βάζω στοίχημα πως είναι ικανή να κάνει τέτοιο πράμα...».

«Μα τι λες; Τι δουλειά έχει τώρα αυτή;»

«Α, ένα φεγγάρι τά 'χε μπλέξει με...»

Φτάνοντας στον πάγκο, ο Εντ είπε: «Παραγγέλνουμε από ένα σάντουιτς για έξω και φύγαμε. Δεν γίνεται να παρασυρθούμε σ' όλο αυτό το πράγμα».

9.

Ο Σάλτας

1953

Καθισμένη στην πλώρη, η Κάια παρατηρούσε τα δάχτυλα της ομίχλης, πώς απλώνονταν να πιάσουν τη βάρκα. Στην αρχή, μικρά ξέφτια από σύννεφα περνούσαν πάνω από το κεφάλι τους, έπειτα μια θολούρα τούς τύλιξε στο γκρίζο, και το μόνο που υπήρχε πια ήταν το *τικ-τικ-τικ* της ήσυχης μηχανής. Λίγα λεπτά αργότερα, απρόσμενοι λεκέδες με χρώμα αχνοφάνηκαν καθώς το περίγραμμα του σταθμού ανεφοδιασμού σκαφών άρχισε να αναδύεται, λες και ερχόταν εκείνο προς το μέρος τους. Ο Μπαμπάς πλησίασε, κι η βάρκα κοπάνησε απαλά στον μόλο. Μόνο μια φορά είχε ξανάρθει εδώ η Κάια. Ο ιδιοκτήτης, ένας ηλικιωμένος μαύρος, πετάχτηκε από την καρέκλα του για να τους εξυπηρετήσει — αυτός ήταν κι ο λόγος που όλοι τον φώναζαν Σάλτα. Λευκές φαβορίτες και γκρίζα μαλλιά πλαισίωναν το φαρδύ, ανοιχτό του πρόσωπο με τα μεγάλα στρογγυλά μάτια. Ψηλός και λιπόσαρκος, μιλούσε και χαμογελούσε, θαρρείς, ασταμάτητα, ή άλλοτε έριχνε πίσω το κεφάλι και έχοντας τα χείλη κλειστά γελούσε μ' έναν εντελώς δικό του, ιδιαίτερο τρόπο. Δεν φορούσε σαλοπέτες, όπως οι περισσότεροι χειρώνακτες, αλλά καλοσιδερωμένο μπλε πουκάμισο, σκούρο παντελόνι που του έπεφτε κοντό, και άρβυλα. Δεν συνέβαινε συχνά, αλλά πότε-πότε, τις πιο άγριες μέρες του καλοκαιριού, τον έβλεπες και μ' ένα ξεφτισμένο ψάθινο καπέλο.

Το μαγαζί του, «Βενζίνες-Δολώματα», τραμπαλιζόταν πάνω στην ετοιμόρροπη προβλήτα. Από την πιο κοντινή βελανιδιά της ακτής ξεκινούσε ένα καλώδιο, κάπου δέκα μέτρα μήκος, που κρατούσε γερά την παράγκα. Ο προπάππους τού Σάλτα είχε φτιάξει την προβλήτα και την παράγκα από σανίδες κυπαρισσιού, σ' εποχές που κανείς δεν θυμόταν, πριν κι από τον Εμφύλιο.

Τρεις γενιές είχαν καρφώσει παντού στην παράγκα μεταλλικές διαφημιστικές ταμπέλες —Nehi Grape Soda, Royal Crown Cola, Camel Filters— και πινακίδες αυτοκινήτων της Βόρειας Καρολίνας από είκοσι χρόνια πίσω, κι όλη αυτή η έκρηξη χρωμάτων ήταν ορατή ακόμα κι απ' τη θάλασσα, ακόμα και με την πιο πυκνή ομίχλη.

«Γεια, κύριε Τζέικ. Τι χαμπάρια;»

«Ε, ακόμα τα βλέπω τα καρότα απ' την καλή», απάντησε ο Μπαμπάς.

Ο Σάλτας γέλασε λες και δεν είχε ξανακούσει αυτή τη χιλιοειπωμένη φράση. «Α, κι έχεις και την κορούλα σου μαζί, ε; Ωραία πράματα».

Ο Μπαμπάς ένευσε. Και μετά, σαν να το ξανασκέφτηκε. «Ναι, η κόρη μου. Δεσποινίς Κάια Κλαρκ».

«Α, μεγάλη τιμή μου, δεσποινίς Κάια».

Η Κάια αναζήτησε μια απάντηση στα γυμνά της πόδια αλλά δεν βρήκε ούτε λέξη.

Ο Σάλτας δεν προβληματίστηκε καθόλου, παρά συνέχισε να συζητάει για το ψάρεμα και πόσο πολύ ψάρι είχε τώρα τελευταία. Έπειτα ρώτησε τον Μπαμπά: «Να το φουλάρω, κύριε Τζέικ;».

«Ναι μωρέ, τίγκαρέ το».

Οι δύο άνδρες μίλησαν στη συνέχεια για τον καιρό, για το ψάρεμα, μετά πάλι για τον καιρό, ώσπου το ντεπόζιτο γέμισε.

«Καλή μέρα νά 'χετε», είπε ο Σάλτας λύνοντας τον κάβο.

Ο Μπαμπάς επέστρεψε με χαμηλή ταχύτητα στη λαμπερή θάλασσα — ο ήλιος χρειάστηκε λιγότερη ώρα να καταβροχθίσει την καταχνιά απ' όση ο Σάλτας για να γεμίσει το ντεπόζιτο. Καβατζάρησαν μια μικρή χερσόνησο γεμάτη πεύκα κι ύστερα από κάμποσα ακόμα μίλια έφτασαν στο Μπάρκλι Κόουβ, όπου ο Μπαμπάς έδεσε στα καταφαγωμένα από τα σχοινιά δοκάρια της προβλήτας. Παντού τριγύρω, ψαράδες, άλλοι γέμιζαν τελάρα με ψάρια, άλλοι έδεναν τα σκάφη τους.

«Λέω να τσιμπήσουμε κάτι στο φαγάδικο», είπε ο Μπαμπάς και κατευθύνθηκε, με την Κάια ξοπίσω του, προς την καφετέρια του Μπάρκλι Κόουβ. Η Κάια δεν είχε φάει ποτέ της φαγητό εστιατορίου· ούτε που είχε πατήσει το πόδι της σε εστιατόριο. Η καρδιά της πήγαινε να σπάσει, καθώς σκούπιζε από τη σαλοπέτα της τις ξεραμένες λάσπες και προσπαθούσε να σιάξει τα ανακατεμένα της μαλλιά. Μόλις ο Μπαμπάς άνοιξε την πόρτα, όλοι οι πελάτες έμειναν για μια στιγμή ακίνητοι. Μερικοί άνδρες ένευσαν αδιόρατα προς τον Μπαμπά· οι γυναίκες συνοφρυώθηκαν και γύρισαν το κεφάλι. Μια απ' όλες είπε περιφρονητικά: «Ε, αφού δεν ξέρουν ούτε να διαβάσουν το *εισέρχεσθε με πουκάμισο και παπούτσια*».

Ο Μπαμπάς έκανε νόημα στην Κάια να καθίσει σ' ένα τραπεζάκι που έβλεπε στην προβλήτα. Η Κάια δεν ήξερε να διαβάσει το μενού, ο Μπαμπάς όμως της είπε τα περισσότερα, κι εκείνη παρήγγειλε τηγανιτό κοτόπουλο με πουρέ και σάλτσα, αρακά και ψωμάκια αφράτα σαν μπαμπάκι που τό 'χεις μόλις μαζέψει από το φυτό. Εκείνος πήρε τηγανιτές γαρίδες, χυλό από καλαμποκάλευρο με τυρί, τηγανιτές μπάμιες και πράσινες τηγανιτές ντομάτες. Η σερβιτόρα έφερε ένα ολόκληρο πιάτο με βουτυράκια πάνω σε πάγο κι ένα καλαθάκι με καλαμποκόψωμο και στρογγυλά ψωμάκια, κι όσο παγωμένο τσάι ήθελαν. Για επιδόρπιο έφαγαν τάρτα με βατόμουρα και παγωτό. Η Κάια ένιωθε τόσο σκασμένη που φοβόταν μην της έρθει εμετός· αλλά άξιζε.

Όσο ο Μπαμπάς ήταν στο ταμείο για να πληρώσει, η Κάια βγήκε έξω, στο πεζοδρόμιο, όπου η πηχτή μυρωδιά από τα ψαράδικα τύλιγε όλο τον κόλπο. Μέσα σε μια λαδωμένη χαρτοπετσέτα είχε τυλίξει όσο κοτόπουλο είχε περισσέψει και τα υπόλοιπα ψωμάκια. Οι τσέπες της ήταν γεμάτες με φακελάκια αλάτι που η σερβιτόρα τούς είχε φέρει στο τραπέζι.

«Γεια». Η Κάια άκουσε μια ψιλή φωνούλα πίσω της και γυρνώντας είδε ένα κοριτσάκι γύρω στα τέσσερα, με ξανθές μπούκλες, να την κοιτάζει. Η μικρούλα φορούσε ένα γαλάζιο φουστανάκι και είχε απλωμένο το χέρι της. Η Κάια απέμεινε να κοιτάζει το χεράκι· ήταν τροφαντό και απαλό και πιθανότατα ό,τι πιο καθαρό είχε δει ποτέ στη ζωή της. Ένα χέρι που ποτέ δεν είχε τριφτεί με σαπούνι από αλισίβα και σίγουρα δεν είχε ίχνος λάσπης από μύδια κάτω από τα νύχια. Έπειτα κοίταξε τη μικρή στα μάτια, όπου είδε τον εαυτό της να καθρεφτίζεται: ένα απλό παιδί κι εκείνη.

Η Κάια έπιασε τη χαρτοπετσέτα με το άλλο χέρι και έτεινε το δεξί στη μικρή.

«Ε! Φύγε συ από κει!». Ξαφνικά, η κυρία Τερίσα Ουάιτ, η σύζυγος του μεθοδιστή ιεροκήρυκα, βγήκε τρέχοντας από την πόρτα του καταστήματος παπουτσιών.

Στο Μπάρκλι Κόουβ, η θρησκεία σερβίρεται πάντα σχεδόν ωμή και σίγουρα ποτέ νερόβραστη. Παρά το μικρό του μέγεθος, το χωριό είχε τέσσερις εκκλησίες — κι αυτές ήταν μόνο για τους λευκούς· οι μαύροι είχαν άλλες τρεις.

Και βέβαια, οι πάστορες και οι ιεροκήρυκες, καθώς και οι σύζυγοί τους, έχαιραν μεγάλης εκτίμησης, κι οι ίδιοι ντύνονταν και συμπεριφέρονταν αναλόγως. Η Τερίσα Ουάιτ φορούσε συχνά φούστες σε χρώματα παστέλ με λευκή μπλούζα και ασορτί παπούτσια και τσάντα.

Και τώρα έσπευδε προς την κόρη της, για να την πάρει στην αγκαλιά της. Αφού απομακρύνθηκαν από την Κάια, ακούμπησε το κοριτσάκι ξανά στο πεζοδρόμιο και μισοκάθισε δίπλα της.

«Μέριλ Λιν, αγάπη μου, μην ξαναπάς κοντά σ' αυτό το κορίτσι, μ' ακούς; Είναι βρώμικο».

Η Κάια είδε τη μητέρα να χτενίζει με τα δάχτυλά της τις μπούκλες της κόρης της· και καθόλου δεν της διέφυγε πόση ώρα κοιτιούνταν στα μάτια.

Μια άλλη γυναίκα βγήκε από το Πίγκλι Ουίγκλι και τις πλησίασε με βήμα γοργό. «Όλα εντάξει, Τερίσα; Τι έγινε εδώ; Ενοχλούσε κείνη εκεί τη Μέριλ Λιν;»

«Την είδα εγκαίρως. Ευχαριστώ, Τζένι. Μακάρι να μην έρχονταν ποτέ στο χωριό αυτοί οι άνθρωποι. Κοίτα την. Μες στη βρώμα. Απαίσια. Είναι και μια στομαχική ίωση που κυκλοφορεί και το ξέρω στα σίγουρα πως αυτοί την έχουν φέρει. Πέρσι έφεραν την επιδημία της ιλαράς, κι αυτό είναι σοβαρό θέμα». Η Τερίσα απομακρύνθηκε με το παιδί σφιχτά στην αγκαλιά της.

Εκείνη τη στιγμή, ο Μπαμπάς, με μερικές μπίρες σε μια χαρτοσακούλα, της φώναξε: «Τι κάνεις εκεί πέρα; Άιντε, φεύγουμε. Τραβιούνται τα νερά». Η Κάια έκανε μεταβολή και τον ακολούθησε, κι όσο έπλεαν προς το σπίτι, έβλεπε μπροστά της μόνο τις μπούκλες και τα μάτια της μητέρας και της κόρης.

Ο Μπαμπάς συνέχισε να εξαφανίζεται κάθε τόσο, να κάνει μέρες να γυρίσει, αλλά όχι τόσο συχνά όσο πιο παλιά. Και όταν ξαναγυρνούσε, δεν έπεφτε αμέσως ξερός αλλά έτρωγε πρώτα ένα πιάτο φαΐ και μιλούσε και λιγάκι. Ένα βράδυ έπαιξαν τζιν, εκείνος έβαλε τα γέλια όταν η Κάια τον νίκησε, και η Κάια χαχάνισε με τα χέρια μπροστά στο στόμα, σαν κανονικό κοριτσάκι.

Κάθε φορά που η Κάια κατέβαινε από τη βεράντα, κοιτούσε προς το δρομάκι με τη σκέψη πως παρόλο που τα λουλούδια της γλιτσίνιας είχαν αρχίσει να πέφτουν, τέλη της άνοιξης πια, και η μητέρα της είχε φύγει στα τέλη του προηγούμενου καλοκαιριού, ήταν ακόμα πιθανό να δει τη Μαμά να επιστρέφει περπατώντας πάνω στην άμμο. Πάντα με τα κροκοδειλέ παπούτσια της. Τώρα που εκείνη κι ο Μπαμπάς ψάρευαν μαζί και μιλούσαν, ίσως μπορούσαν να κάνουν κι άλλη μια προσπάθεια να ξαναγίνουν οικογένεια. Ο Μπαμπάς παλιά τούς έδερνε όλους, ιδίως όταν ήταν μεθυσμένος. Περνούσε μερικές μέρες που ήταν καλά — έτρωγαν κοτόπουλο με λαχανικά όλοι μαζί· μια φορά πέταξαν και αητό στην παραλία. Και μετά: πάλι, ποτό, φωνές, ξύλο. Κάποιες λεπτομέρειες από τέτοια ξεσπάσματα είχαν μείνει έντονα στο μυαλό της. Μια φορά, ο Μπαμπάς κόλλησε τη Μαμά στον τοίχο της κουζίνας κι άρχισε να τη χτυπάει ώσπου σωριάστηκε στο πάτωμα. Η Κάια, κλαίγοντας, ζητώντας του να σταματήσει, άγγιξε το μπράτσο του. Εκείνος τότε άρπαξε την Κάια από τους ώμους και της φώναξε να κατεβάσει το παντελόνι και το βρακί της και να σκύψει πάνω στο τραπέζι της κουζίνας. Με μια δεξιοτεχνική κίνηση, έβγαλε τη ζώνη από το παντελόνι του και την έδειρε. Η Κάια θυμόταν, φυσικά, το κάψιμο του πόνου που έσκιζε τον γυμνό πισινό της, παραδόξως όμως πιο ζωντανά απ' όλα είχε στο μυαλό της το τζην της, ένα κουβάρι γύρω από τους αδύνατους αστραγάλους της. Και τη Μαμά, κουλουριασμένη στη γωνία δίπλα στην κουζίνα, να φωνάζει. Η Κάια δεν είχε ιδέα για ποιο λόγο είχε γίνει όλος αυτός ο καβγάς.

Αν όμως η Μαμά γυρνούσε τώρα που ο Μπαμπάς φερόταν ωραία, ίσως να ξανάρχιζαν από την αρχή. Η Κάια ποτέ δεν είχε φανταστεί ότι θα έφευγε η Μαμά και θα έμενε ο Μπαμπάς. Ήξερε όμως ότι η μητέρα της αποκλείεται να την εγκατέλειπε για πάντα· αφού βρισκόταν κάπου εκεί πέρα, στον κόσμο, θα γυρνούσε. Η Κάια ήταν σαν να έβλεπε ακόμα μπροστά της τα σαρκώδη κόκκινα χείλη της Μαμάς την ώρα που τραγουδούσε μαζί με το ραδιόφωνο, σαν να άκουγε τα λόγια της: «Άκου τον προσεκτικά τον κύριο Όρσον Ουέλς· γιατί μιλάει σωστά, σαν τζέντλεμαν. Πάντα να λες “ήμουν”, ποτέ “ήμανε”. Δεν υπάρχει τέτοια λέξη».

Η Μαμά είχε ζωγραφίσει όλους τους διαύλους και τα ηλιοβασιλέματα με λαδομπογιές και νερομπογιές και χρώματα τόσο πλούσια, που έμοιαζαν σαν μαζεμένα από τη γη. Είχε φέρει μαζί της μερικά είδη ζωγραφικής, και αγόραζε πότε-πότε κάτι λίγα κι από το Ψιλικατζίδικο του Κρες. Καμιά φορά η Μαμά άφηνε την Κάια να φτιάχνει και δικές της ζωγραφιές πάνω στις καφέ χαρτοσακούλες από το Πίγκλι Ουίγκλι.

❧

Αρχές Σεπτεμβρίου, εκείνο το καλοκαίρι με τα ψαρέματα, κάποιο απόγευμα άσπρο από τη ζέστη, η Κάια πήγε μέχρι το γραμματοκιβώτιο στο τέρμα του μονοπατιού. Ξεφυλλίζοντας τα διαφημιστικά του μπακάλικου, έμεινε ξαφνικά αποσβολωμένη βλέποντας έναν γαλάζιο φάκελο που είχε τη διεύθυνση γραμμένη με τα ωραία γράμματα της Μαμάς. Τα φύλλα του πλάτανου είχαν και τώρα το ίδιο κίτρινο χρώμα όπως όταν είχε φύγει. Τόσος καιρός χωρίς ούτε ένα ίχνος, και ξαφνικά, ένα γράμμα.

Η Κάια απέμεινε να το κοιτάζει, το κράτησε κόντρα στο φως, χάιδεψε με τα δάχτυλά της τα τέλεια, πλαγιαστά γράμματα. Η καρδιά της βροντούσε στο στήθος της.

«Η Μαμά είναι ζωντανή. Ζει κάπου αλλού. Γιατί δεν γυρίζει πίσω;». Σκέφτηκε ν' ανοίξει το γράμμα, αλλά η μόνη λέξη που ήξερε στα σίγουρα να διαβάζει ήταν το όνομά της, που όμως δεν υπήρχε στον φάκελο.

Επέστρεψε τρέχοντας στο καλύβι, αλλά ο Μπαμπάς κάπου είχε πάει με τη βάρκα. Έτσι ακούμπησε το γράμμα όρθιο στο τραπέζι μπροστά στην αλατιέρα, για να το δει όταν θα γυρίσει. Όσο έβραζε μαυρομάτικα φασόλια με κρεμμύδι, είχε τα μάτια της συνέχεια στο γράμμα, μην τυχόν κι εξαφανιστεί.

Κάθε τόσο, έσκυβε από το παράθυρο της κουζίνας κι αφουγκραζόταν μήπως ακούσει τον ήχο της εξωλέμβιας. Και τότε, ξαφνικά ο Μπαμπάς ανέβηκε κουτσαίνοντας τα σκαλιά. Ένιωσε το θάρρος της να την εγκαταλείπει και πέρασε σαν σίφουνας από δίπλα του φωνάζοντας ότι πήγαινε στο αποχωρητήριο και πως το φαγητό κόντευε να γίνει. Μπήκε και στάθηκε μέσα στη δύσοσμη τουαλέτα· μέσα της, η καρδιά της χοροπηδούσε. Σκαρφάλωσε στον ξύλινο πάγκο και βάλθηκε να κοιτάζει από το μισοφέγγαρο της πόρτας, χωρίς να ξέρει τι ακριβώς περίμενε.

Ξαφνικά, η πόρτα της βεράντας άνοιξε με φόρα κι ο Μπαμπάς βγήκε και τράβηξε με γρήγορο βήμα προς τη λίμνη, στη βάρκα, μ' ένα σακίδιο στο χέρι. Έβαλε μπρος κι έφυγε. Η Κάια έτρεξε στο σπίτι, πήγε στην κουζίνα αλλά το γράμμα δεν ήταν πουθενά. Άνοιξε τα συρτάρια στο δωμάτιο του Μπαμπά, έκανε άνω-κάτω την ντουλάπα του ψάχνοντας να το βρει. «Είναι και δικό μου. Όσο είναι δικό σου, είναι και δικό μου». Επιστρέφοντας στην κουζίνα, άνοιξε τον σκουπιδοτενεκέ και βρήκε μέσα τις στάχτες της επιστολής· ακόμα φαινόταν το μπλε στην άκρη. Τις μάζεψε μ' ένα κουτάλι και τις ακούμπησε στο τραπέζι — ένας μικρός σωρός, μαύρος και μπλε. Έβγαλε ένα-ένα τα σκουπίδια από τον τενεκέ· μπορεί κάποιες λέξεις να είχαν πέσει στον πάτο. Αλλά δεν υπήρχε τίποτε άλλο εκεί παρά μόνο ίχνη από στάχτη κολλημένα στα φλούδια του κρεμμυδιού.

Κάθισε στο τραπέζι —στην κατσαρόλα ακόμα χόρευαν τα φασόλια— κι απέμεινε να κοιτάζει τον μικρό σωρό. «Αυτά τα έχει αγγίξει η Μαμά. Μπορεί ο Μπαμπάς να μου πει τι είχε γράψει. Μην είσαι χαζή. Πιο εύκολο είναι να χιονίσει στον βάλτο, παρά αυτό».

Ακόμα και η σφραγίδα του ταχυδρομείου είχε χαθεί. Αδύνατο πια να μάθει πού ήταν η Μαμά. Έβαλε τις στάχτες σ' ένα μπουκαλάκι και το έκρυψε στο κουτί με τους θησαυρούς της δίπλα στο κρεβάτι της.

Ο Μπαμπάς δεν γύρισε σπίτι ούτε εκείνη τη νύχτα ούτε την επόμενη μέρα, κι όταν τελικά ξανάρθε, το κατώφλι πέρασε πάλι ο γνωστός μεθύστακας. Όταν η Κάια μάζεψε όσο θάρρος είχε και τον ρώτησε για το γράμμα, εκείνος γάβγισε: «Δουλειά σου εσύ». Και μετά: «Δεν ξανάρχεται, σ' τό 'πα κι ήμανε ξεκάθαρος». Με το σακίδιο στο χέρι, έσυρε τα βήματα μέχρι τη βάρκα.

«Ψέματα», ούρλιαξε πίσω του η Κάια, με τις γροθιές σφιγμένες. Τον είδε να φεύγει κι ύστερα φώναξε στην άδεια λιμνοθάλασσα, «Και το "ήμανε" δεν είναι λέξη!»

Αργότερα, συχνά αναρωτιόταν γιατί δεν είχε ανοίξει η ίδια το γράμμα, χωρίς να το δείξει καν στον Μπαμπά. Τότε θα είχε καταφέρει να κρατήσει τις λέξεις και κάποια μέρα θα τις διάβαζε, κι εκείνος θα ήταν καλύτερα που δεν θα τις είχε δει ποτέ.

Ο Μπαμπάς δεν την ξαναπήρε ποτέ για ψάρεμα. Εκείνες οι ζεστές μέρες ήταν ένα απλό διάλειμμα. Σαν χαμηλά σύννεφα που άνοιξαν, ο ήλιος έλουσε για λίγο τον κόσμο της, κι ύστερα έκλεισαν και πάλι, μια σκοτεινή, σφιχτή γροθιά.

Η Κάια δεν θυμόταν πώς προσεύχεται κανείς. Έπαιζε ρόλο πώς είχες τα χέρια σου; Ή πόσο έκλεινες τα μάτια; «Μπορεί, άμα προσευχηθώ, να γυρίσει η Μαμά κι ο Τζόντι. Και με τις φωνές και τη φασαρία, πάλι καλύτερα ήτανε, παρά αυτός ο σβωλιασμένος χυλός».

Τραγουδούσε ανάκατα κομμάτια από ύμνους —«κι Εκείνος βαδίζει δίπλα μου, όταν στα ρόδα είναι ακόμα η δροσιά»— ό,τι θυμόταν από τις φορές που την είχε πάει η Μαμά σ' εκείνη την άσπρη εκκλησούλα. Η τελευταία επίσκεψη ήταν την Κυριακή του Πάσχα πριν φύγει η Μαμά, αλλά το μόνο που θυμόταν από εκείνη τη γιορτή η Κάια ήταν φωνές και αίματα, κάποιον να πέφτει, κι η ίδια να τρέχει μαζί με τη Μαμά, κι έτσι αποφάσισε να βάλει στην άκρη την ανάμνηση.

Η Κάια κοιτούσε ανάμεσα απ' τα δέντρα το μποστάνι της Μαμάς με το καλαμπόκι και τα γογγύλια, που τώρα ήταν μες στα αγριόχορτα. Και σίγουρα δεν υπήρχαν τριαντάφυλλα πουθενά.

«Ξέχνα το. Θεός δεν θα 'ρθει ποτέ σ' αυτόν τον κήπο».

10.

Χορτάρι στον άνεμο

1969

Η άμμος κρατάει τα μυστικά καλύτερα απ' τη λάσπη. Ο σερίφης πάρκαρε το αμάξι του στο δρομάκι του πυροφυλάκιου αλλά αρκετά μακριά ώστε να μην πατήσουν τυχόν ίχνη από ρόδες που έγιναν τη νύχτα του πιθανολογούμενου φόνου. Προχωρώντας όμως με τα πόδια και ψάχνοντας για σημάδια από οχήματα εκτός από το δικό τους, σε κάθε τους βήμα η άμμος άλλαζε μορφή.

Έπειτα, στους λάκκους με τη λάσπη και στα σημεία με τα στάσιμα νερά κοντά στο πυροφυλάκιο, αποκαλύφθηκαν με κάθε λεπτομέρεια ένα σωρό ιστορίες: ένα ρακούν με τα τέσσερα μικρά του πηγαινοερχόταν στη λασπουριά· ένα σαλιγκάρι είχε αφήσει το περίπλοκο χνάρι του, το οποίο διέκοπτε η άφιξη μιας αρκούδας· και μια μικρή χελώνα είχε ξαπλώσει στη δροσερή λάσπη, σχηματίζοντας ένα λείο, ρηχό κοίλωμα.

«Όλα πεντακάθαρα αλλά, εκτός απ' τις δικές μας ρόδες, τίποτα άλλο ανθρώπινο».

«Δεν ξέρω», είπε ο Τζο. «Βλέπεις εκείνη την κορφή και μετά το τριγωνάκι; Αυτό μπορεί να είναι ίχνος από ανθρώπινο πόδι».

«Μπα, νομίζω πως είναι από γαλοπούλα, κι απλώς έχει πατήσει κι ένα ελάφι μετά και το έχει κάνει να φαίνεται σαν γεωμετρικό σχήμα».

Μετά από άλλο ένα τέταρτο, ο σερίφης είπε: «Πάμε με τα πόδια μέχρι εκείνο τον κολπίσκο. Να δούμε μην τυχόν ήρθε κανείς με βάρκα κι όχι με αυτοκίνητο». Παραμερίζοντας μοσχοβολιστές μυρτιές, προχώρησαν μέχρι τον μικρό όρμο. Η υγρή άμμος αποκάλυψε ίχνη από καβούρια, ερωδιούς και μπεκάτσες, όχι όμως κι από ανθρώπους.

«Ναι, αλλά κοίτα αυτό». Ο Τζο έδειξε στον Εντ ένα μεγάλο, σχεδόν τέλειο ημικύκλιο. «Θα μπορούσε να είναι το ίχνος από βάρκα με στρογγυλή πλώρη, που την έχουν τραβήξει στην ακτή».

«Όχι. Βλέπεις εκείνο το σπασμένο κοτσάνι που ο αέρας το έχει πάει και τό 'χει φέρει πάνω στην άμμο, κι έχει φτιάξει αυτό το ημικύκλιο; Ένα χορτάρι στον άνεμο είναι».

Στέκονταν και κοιτούσαν τριγύρω. Η υπόλοιπη παραλιούλα ήταν καλυμμένη από ένα παχύ στρώμα σπασμένα κοχύλια, ένα συνονθύλευμα από κομμάτια αρθρόποδων και καβουροδαγκάνες. Τα όστρακα φυλάνε τα μυστικά καλύτερα απ' όλους.

11.

Δύο σακιά γεμάτα

1956

Τον χειμώνα του 1956, όταν η Κάια ήταν δέκα χρονών, ο Μπαμπάς γυρνούσε στο καλύβι όλο και πιο σπάνια. Βδομάδες ολόκληρες είχαν περάσει χωρίς μπουκάλια από ουίσκι στο πάτωμα, χωρίς κανέναν ξαπλωμένο φαρδύ-πλατύ στο κρεβάτι, χωρίς λεφτά τη Δευτέρα. Η Κάια πάντα πρόσμενε να τον δει να έρχεται κουτσαίνοντας ανάμεσα απ' τα δέντρα, με τον σάκο του στον ώμο. Από την τελευταία φορά είχε περάσει μια πανσέληνος, κι ύστερα ακόμα μία.

Τα πλατάνια και οι καρυές άπλωναν τα γυμνά κλαδιά τους προς τον άχρωμο ήλιο, ενώ ο ανελέητος άνεμος έκλεβε όποια χαρά θα μπορούσε να σκορπίσει ο χειμωνιάτικος ήλιος στον ζόφο. Ήταν ένας άνεμος άχαρος, που στέγνωνε τα πάντα φυσώντας σ' έναν υγρότοπο που δεν στέγνωνε ποτέ.

Καθισμένη στα μπροστινά σκαλιά, η Κάια σκεφτόταν. Ένας καβγάς με αφορμή μια παρτίδα πόκερ κάποια νύχτα κρύα και βροχερή, ήταν πιθανό να τελείωσε με τον πατέρα της τόπι στο ξύλο και πεταμένο στον βάλτο. Ή μπορεί απλώς να έγινε τόσο λιώμα που να μπήκε κατά λάθος στο δάσος και να έπεσε μέσα σε κανέναν βούρκο, στο πουθενά.

«Ε, μάλλον έφυγε πια για τα καλά».

Δάγκωσε τα χείλια της ώσπου άσπρισαν. Δεν ήταν ο ίδιος πόνος όπως όταν έφυγε η Μαμά — για την ακρίβεια, πάσχιζε να νιώσει πως τον θρηνεί. Αλλά το συναίσθημα της απόλυτης μοναξιάς ήταν τόσο απέραντο που αντηχούσε μέσα της παντού, και οι αρχές σίγουρα θα το μάθαιναν πως ήταν ολομόναχη και θα την έπαιρναν μακριά. Έπρεπε, λοιπόν, να προσποιείται, ακόμα και στον Σάλτα, πως ο Μπαμπάς ήταν ακόμα εδώ.

Κι επίσης δεν θα υπήρχαν πια λεφτά κάθε Δευτέρα. Είχε κάνει τα τελευταία δολάρια να κρατήσουν βδομάδες, ζώντας μόνο με χυλό καλαμποκιού, βρασμένα μύδια και πότε-πότε κανένα αβγό από τις αλανιάρες κότες. Οι μόνες προμήθειες που είχαν απομείνει ήταν λίγα σπίρτα, ένα απολειφάδι σαπούνι και μια χούφτα καλαμποκάλευρο. Αλλά μια χούφτα σπίρτα δεν αρκούσαν για να βγει ο χειμώνας. Χωρίς αυτά, δεν γινόταν να βράζει το καλαμποκάλευρο και να φτιάχνει χυλό για τον εαυτό της, για τους γλάρους και για τις κότες.

«Δεν ξέρω πώς γίνεται η ζωή χωρίς χυλό».

Τουλάχιστον, σκεφτόταν, μέχρι τώρα, όποτε ο Μπαμπάς εξαφανιζόταν, ήταν με τα πόδια. Η Κάια είχε ακόμα το βαρκάκι.

Φυσικά, θ' αναγκαζόταν να βρει κάποιον άλλο τρόπο να εξασφαλίζει φαγητό, για την ώρα όμως αυτό το έβαλε στην άκρη. Αφού έφαγε τα βραστά μύδια, τα οποία είχε μάθει να τα κάνει πουρέ για να τα απλώνει σε κρακεράκια, ξεφύλλισε τα αγαπημένα βιβλία της Μαμάς, κάνοντας πως τάχα διαβάζει τα παραμύθια. Ήταν δέκα χρονών, κι ακόμα δεν ήξερε να διαβάζει.

Μετά, η φλόγα της λάμπας τρεμόπαιξε, χαμήλωσε κι έσβησε. Τη μια στιγμή υπήρχε σ' έναν αχνό κύκλο ένας κόσμος, και την επόμενη, σκοτάδι. Πρόφερε ένα σιγανό *ω*. Την κηροζίνη πάντα την αγόραζε ο Μπαμπάς και γέμιζε τη λάμπα, κι έτσι η Κάια δεν το είχε πολυσκεφτεί αυτό. Μέχρι που βρέθηκε στο σκοτάδι.

Κάθισε έτσι για λίγο προσπαθώντας να στραγγίξει λίγο φως απ' ό,τι είχε απομείνει στη λάμπα, αλλά δεν είχε πια σχεδόν τίποτα. Τότε, ο λίγο στρογγυλεμένος όγκος του ψυγείου και το πλαίσιο του παραθύρου άρχισαν να ξεχωρίζουν μέσα στη σκοτεινιά, κι έτσι η Κάια ψηλάφησε όλο το μήκος του πάγκου ώσπου βρήκε το υπόλειμμα από ένα κερί. Για να το ανάψει θα χρησιμοποιούσε σπίρτο, και της είχαν μείνει πέντε όλα κι όλα. Αλλά το σκοτάδι είναι ένα πράμα που δεν μπορεί να περιμένει.

Τσαφ. Άναψε το σπίρτο, με το σπίρτο άναψε το κερί, κι αμέσως η μαυρίλα μαζεύτηκε όλη στις γωνίες του δωματίου. Είχε όμως καταλάβει ήδη πως χρειαζόταν το φως, κι η κηροζίνη κόστιζε λεφτά. Από το στόμα της βγήκε ένα μικρό λαχάνιασμα. «Μήπως να πάω στο χωριό και να παραδοθώ μονάχη μου. Τουλάχιστον αυτοί θα μου δίνουνε φαΐ και θα με στέλνουνε σχολείο».

Αλλά αφού το σκέφτηκε ένα λεπτό είπε: «Όχι, δεν τους αφήνω τους γλάρους, ούτε τον ερωδιό, ούτε το καλύβι. Ο βάλτος είναι ό,τι οικογένεια έχω και δεν έχω».

Κι εκεί, στο τελευταίο φως του κεριού, της ήρθε μια ιδέα.

Το επόμενο πρωί σηκώθηκε πιο νωρίς απ' ό,τι συνήθως, την ώρα που τα νερά ήταν χαμηλά. Έβαλε τη σαλοπέτα της και βγήκε έξω μ' έναν κουβά, ένα μαχαιράκι και μερικά άδεια σακιά. Μισοκαθισμένη στη λάσπη, βάλθηκε να μαζεύει μύδια απ' τις λακκούβες της λάσπης, όπως την είχε μάθει η Μαμά, και μέσα σε δύο ώρες έτσι σκυμμένη ή γονατιστή, είχε μαζέψει κιόλας δύο σακιά γεμάτα.

Η ήλιος σηκωνόταν νωθρός από τη θάλασσα την ώρα που η Κάια περνούσε με τη βάρκα μέσα από την πυκνή ομίχλη για να πάει στο μαγαζάκι του Σάλτα. Ο ηλικιωμένος άνδρας πετάχτηκε όρθιος μόλις πλησίασε στον μόλο.

«Γεια σας, δεσποινίς Κάια. Θέτε βενζίνα;»

Εκείνη έγειρε το κεφάλι στο πλάι. Είχε να πει έστω και μια λέξη σε άνθρωπο από την τελευταία φορά που πήγε στο Πίγκλι Ουίγκλι, κι έτσι τώρα η ομιλία της ρετάριζε λιγάκι. «Βενζίνα, μπορεί. Αλλά εξαρτάται. Άκουσα που λένε πως αγοράζεις μύδια κι εγώ έχω εδωνά καμπόσα. Μπορείς να μου δώσεις λεφτά και μαζί και βενζίνα;» Του έδειξε τα σακιά.

«Αμέ, πώς. Φρέσκα είναι;»

«Πριν το ξημέρωμα τά 'βγαλα. Τώρα δα».

«Ωραία τότε. Σου δίνω πενήντα σεντς για το ένα σακί και σου φουλάρω βενζίνα για το άλλο».

Η Κάια έσκασε ένα αμυδρό χαμόγελο. Αληθινά λεφτά, που τά 'χε βγάλει μόνη της. «Φχαριστώ», είπε μόνο.

Όση ώρα γέμιζε το ντεπόζιτο ο Σάλτας, η Κάια μπήκε στο μαγαζάκι, εκεί στον μόλο. Ποτέ άλλοτε δεν του είχε δώσει και πολλή σημασία, γιατί πάντα ψώνιζε από το Πίγκλι, τώρα όμως έβλεπε ότι εκτός από δολώματα και καπνό, πουλούσε επίσης σπίρτα, λαρδί, σαπούνι, σαρδέλες, βιενέζικα λουκάνικα, καλαμποκάλευρο, κρακεράκια, χαρτί τουαλέτας και κηροζίνη. Λίγο-πολύ όσα χρειαζόταν στη ζωή της υπήρχαν εκεί. Πάνω στον πάγκο, η μια δίπλα στην άλλη, είχε μεγάλες γυάλες γεμάτες με καραμέλες του ενός σεντς — τις κόκκινες, τις σκληρές και τις ζαχαρένιες. Όλες τις καραμέλες του κόσμου, θαρρείς.

Με τα λεφτά από τα μύδια αγόρασε σπίρτα, ένα κερί και καλαμποκάλευρο. Η κηροζίνη και το σαπούνι έπρεπε να περιμένουν μέχρι το επόμενο σακί. Κατέβαλε τεράστια προσπάθεια για να μην πάρει καμιά από τις ζαχαρένιες καραμέλες αλλά να πάρει το κερί.

«Πόσα σακιά αγοράζεις τη βδομάδα;» ρώτησε.

«Επ, τι γίνεται δω, κλείνουμε συμφωνίες;» είπε κι ο Σάλτας γελώντας με τον ιδιαίτερο τρόπο του — κλειστό το στόμα, πίσω το κεφάλι. «Αγοράζω καμιά εικοσαριά κιλά κάθε δυο-τρεις μέρες. Αλλά φέρνουνε κι άλλοι, να ξέρεις. Έτσι και μου φέρεις αλλά έχω κιόλας, ε, δεν παίρνω. Όποιος προλάβει, έτσι πάει. Αλλιώς δεν γίνεται δουλειά».

«Ντάξει. Φχαριστώ. Μια χαρά. Γεια σου, Σάλτα». Και πρόσθεσε, «Α, ξέχασα, χαιρετίσματα απ' τον μπαμπά μου».

«Α, μάλιστα. Το ίδιο να πεις κι από μένανε, παρακαλώ. Γεια σου κι εσένα δεσποινίς Κάια». Μ' ένα μεγάλο χαμόγελο στάθηκε και την κοιτούσε που έφευγε. Παραλίγο να χαμογελάσει κι εκείνη. Ήταν πια μεγάλη, αφού είχε αγοράσει η ίδια τη βενζίνη της και τα άλλα πράγματα. Αργότερα, στο καλύβι, καθώς άνοιγε το πακετάκι με τις προμήθειες, είδε στον πάτο της σακούλας μια κιτρινοκόκκινη έκπληξη. Ε, δεν ήταν πια και τόσο μεγάλη ώστε να μην χαρεί τη ζαχαρένια καραμέλα που είχε βρεθεί εκεί μέσα.

Για να είναι πάντα πιο μπροστά από τους άλλους, η Κάια κατέβαινε στον βάλτο με το φως του κεριού ή του φεγγαριού, ο ίσκιος της να τρεμοπαίζει πάνω στη στραφταλιστή άμμο, και μάζευε τα μύδια μέσα στη νύχτα. Έβαζε μέσα και στρείδια, και καμιά φορά κοιμόταν κοντά σε ρέματα κάτω από τα αστέρια, για να είναι στου Σάλτα με το πρώτο φως. Τα λεφτά από τα μύδια αποδείχτηκαν πολύ πιο αξιόπιστα από τα λεφτά της Δευτέρας· συνήθως κατάφερνε να πηγαίνει εκείνη πρώτη απ' όλους.

Σταμάτησε να πηγαίνει και στο Πίγκλι, όπου η κυρία Σινγκλτάρι όλο τη ρωτούσε γιατί δεν ήταν στο σχολείο. Αργά ή γρήγορα θα την τσάκωναν και θα την έκλειναν κάπου. Με τις προμήθειες από τον Σάλτα τα έβγαζε πέρα, κι είχε πάντα όσα μύδια ήθελε κι ακόμα παραπάνω. Άμα τα έβαζες στον χυλό και τους άλλαζες τα φώτα στο λιώσιμο, δεν ήταν τελείως χάλια. Και δεν είχαν μάτια να σε κοιτάζουν, όπως είχανε τα ψάρια.

12.

Σεντς και καλαμποκάλευρο

1956

Για βδομάδες ολόκληρες αφότου έφυγε ο Μπαμπάς, η Κάια κοίταζε ψηλά όποτε άκουγε τα κοράκια να κρώζουν. Μπορεί αυτά να τον είχαν δει να περνά με το αλλόκοτο βήμα του μέσα από το δάσος. Κάθε παράξενος ήχος στον αέρα, την έκανε να γέρνει το κεφάλι και ν' αφουγκράζεται μην είναι κανείς. Οποιοσδήποτε. Ακόμα κι η τρεχάλα για ν' αποφύγει την επιθεωρήτρια θα ήταν ωραία.

Πιο πολύ όμως, αναζητούσε τον μικρό ψαρά. Τον είχε δει λίγες φορές μέσα σ' αυτό το διάστημα, πάντα από μακριά, αλλά είχε να του μιλήσει από τότε που ήταν εφτά χρονών, πριν τρία χρόνια, τότε που της έδειξε πώς να γυρίσει στο καλύβι μέσα από τον βάλτο. Ήταν ο μόνος άνθρωπος που ήξερε στον κόσμο, εκτός από τον Σάλτα και μερικές πωλήτριες. Όποτε διέσχιζε τα υδάτινα μονοπάτια, είχε τον νου της μήπως τον δει.

Ένα πρωί, μπαίνοντας σε μια υδάτινη έκταση όλο σπάρτα, είδε τη βάρκα του μισοκρυμμένη ανάμεσα στις καλαμιές. Το κασκέτο του Τέιτ ήταν διαφορετικό και ήταν ψηλότερος τώρα, αλλά ακόμα κι από εκείνη την απόσταση, πενήντα μέτρα μακριά, αναγνώρισε τις ξανθές μπούκλες. Έβαλε τη μηχανή στο νεκρό και μπήκε αθόρυβα ανάμεσα στα ψηλά χορτάρια για να τον παρατηρήσει. Προφέροντας τις λέξεις σιωπηρά, σκέφτηκε να τον πλησιάσει με τη βάρκα και να τον ρωτήσει αν έπιασε τίποτα. Αυτό έλεγε πάντα κι ο Μπαμπάς κι όλοι οι άλλοι στον βάλτο, όποτε συναντούσαν κανέναν: «Τσιμπάει καθόλου; Έχει ψάρι;».

Απέμεινε όμως να κοιτάζει μόνο, ακίνητη. Ένιωθε μια μεγάλη δύναμη να την τραβάει στο μέρος του και άλλη μια να τη σπρώχνει μακριά, με αποτέλεσμα να μένει κολλημένη εκεί που βρισκόταν. Τελικά, ξεκίνησε σιγά-σιγά για το σπίτι, με την καρδιά να βροντάει στα πλευρά της.

Κάθε φορά που τον έβλεπε, πάντα η ίδια δουλειά: καθόταν και τον παρακολουθούσε, όπως έκανε με τους ερωδιούς.

Εξακολουθούσε να μαζεύει φτερά και όστρακα, τώρα πια όμως τα παρατούσε, με τα αλάτια και τις άμμους, σκόρπια πάνω στα σκαλοπάτια. Μέσα στη μέρα, χαζολογούσε κάμποσο, ενώ τα άπλυτα μαζεύονταν στοίβες στον νεροχύτη — και επίσης τι νόημα είχε να πλένει τις σαλοπέτες που όλη την ώρα γίνονταν μες στη λάσπη; Είχε συνηθίσει πια από καιρό με τα αποφόρια που είχαν αφήσει τα αδέλφια της φεύγοντας. Όλες της οι μπλούζες ήταν γεμάτες τρύπες. Παπούτσια δεν είχε καθόλου πια.

Ένα πρωί, έβγαλε από την κρεμάστρα το λουλουδάτο ροζ-πράσινο φουστανάκι, εκείνο που φορούσε η Μαμά στην εκκλησία. Χρόνια τώρα πήγαινε και ψηλαφούσε την ομορφιά του —ήταν το μόνο που δεν είχε ρίξει στη φωτιά ο Μπαμπάς— αγγίζοντας τα ροζ λουλουδάκια. Μπροστά, είχε έναν λεκέ, ανοιχτό καφέ, κάτω απ' τις τιράντες· αίμα, ίσως. Αλλά είχε ξεθωριάσει πια, είχε καθαριστεί όπως και τόσες άλλες κακές αναμνήσεις.

Η Κάια πέρασε το φουστάνι πάνω από το κεφάλι της και το άφησε να τυλίξει το αδύνατο κορμί της. Της έφτανε σχεδόν μέχρι τα δάχτυλα· δεν της έκανε. Το έβγαλε και το κρέμασε ξανά, να περιμένει μερικά χρόνια ακόμα. Θα ήταν κρίμα να το κόψει και να το φοράει για να μαζεύει μύδια.

Λίγες μέρες αργότερα, η Κάια πήρε τη βάρκα και πήγε ώς το Πόιντ Μπιτς, ένα σεντόνι λευκής άμμου κάμποσα μίλια πιο νότια απ' του Σάλτα. Ο χρόνος, τα κύματα και οι άνεμοι τού είχαν δώσει ένα μακρόστενο σχήμα, κι εκεί μαζεύονταν περισσότερα όστρακα απ' ό,τι σε άλλες παραλίες· η Κάια είχε βρει και κάποια σπάνια εκεί. Αφού έδεσε καλά τη βάρκα στο νότιο άκρο, προχώρησε βόρεια, ψάχνοντας. Ξαφνικά, ο αέρας γέμισε φωνές — μακρινές αλλά τσιριχτές, όλο ενθουσιασμό.

Αμέσως διέσχισε την παραλία και πήγε προς το δάσος, όπου μια βελανιδιά, με κορμό ίσαμε εικοσιπέντε μέτρα διάμετρο, έστεκε χωμένη μέσα σε τροπικές φτέρες. Κρυμμένη πίσω απ' το δέντρο, η Κάια είδε μια παρέα παιδιά να κατεβαίνουν στην αμμουδιά, να τρέχουν στα κύματα, να κλωτσούν νερά. Ένα αγόρι έτρεξε πιο μπροστά· το άλλο τού πέταξε μια μπάλα του φούτμπολ. Στο φόντο της λευκής άμμου, τα πολύχρωμα σορτσάκια τους έμοιαζαν σαν πουλιά με φανταχτερά φτερά, ενώ ταυτόχρονα σηματοδοτούσαν την αλλαγή της εποχής. Ήταν λες και το καλοκαίρι ερχόταν από την παραλία προς το μέρος της.

Καθώς πλησίαζαν όλο και περισσότερο, η Κάια κόλλησε την πλάτη της στον κορμό της βελανιδιάς και γύρισε το κεφάλι για να κοιτάζει. Ήταν πέντε κορίτσια και τέσσερα αγόρια, λίγο πιο μεγάλα από την ίδια, ίσως δώδεκα χρονών. Αναγνώρισε τον Τσέις Άντριους — ήταν εκείνος που έριχνε την μπάλα στα αγόρια με τα οποία ήταν πάντα παρέα.

Τα κορίτσια —η Ψηληξανθιαδύνατη, η Φακιδαλογοουρά, η Κονταμαυραμαλλιά, η Πανταμεπέρλες και η Στρουμπουλοροδομάγουλη— έμειναν λίγο πιο πίσω, περπατώντας κάπως πιο αργά, φλυαρώντας και χαχανίζοντας. Οι φωνές τους έφταναν ώς την Κάια σαν καμπανούλες. Ήταν ακόμα πολύ μικρή για να την ενδιαφέρουν ιδιαίτερα τα αγόρια· έτσι, τα μάτια της καρφώθηκαν στην παρέα των κοριτσιών. Όλες μαζί μισοκάθισαν στην άμμο για να παρατηρήσουν ένα καβούρι που έτρεχε με το πλάι. Γελώντας, έγειραν η μια πάνω στον ώμο της άλλης, ώσπου όλες μαζί έπεσαν στην άμμο ένα κουβάρι.

Η Κάια δάγκωνε τα χείλια της καθώς παρακολουθούσε. Αναρωτιόταν πώς θα ήταν άραγε να βρισκόταν ανάμεσά τους. Η χαρά τους δημιουργούσε μια αύρα σχεδόν ορατή στο φόντο του ουρανού που σκοτείνιαζε. Η Μαμά είχε πει πως οι γυναίκες έχουν ανάγκη η μια την άλλη πιο πολύ απ' ό,τι έχουν ανάγκη τους άντρες, ποτέ της όμως δεν της εξήγησε πώς μπαίνει κανείς στην αγέλη. Η Κάια γλίστρησε αθόρυβα πιο βαθιά μέσα στο δάσος και στάθηκε να κοιτάζει την παρέα πίσω από πελώριες φτέρες, ώσπου τα παιδιά ξαναγύρισαν στην παραλία κι έγιναν μικρές-μικρές κουκίδες πάνω στην άμμο.

Η αυγή πύρωνε κάτω απ' τα γκρίζα σύννεφα την ώρα που η Κάια έφτανε στον μόλο του Σάλτα. Κι εκείνος βγήκε από το μαγαζάκι του κουνώντας το κεφάλι.

«Λυπάμαι τόσο που δεν φαντάζεσαι, δεσποινίς Κάια», είπε. «Αλλά σε προλάβανε. Τα έχω κιόλας τα μύδια της βδομάδας, δεν μπορώ να πάρω κι άλλα».

Η Κάια έσβησε τη μηχανή και η βάρκα κοπάνησε στους πασσάλους. Ήταν η δεύτερη βδομάδα που κάποιος την προλάβαινε. Τα λεφτά τής είχαν τελειώσει και δεν είχε ν' αγοράσει το παραμικρό. Μόνο σεντς και καλαμποκάλευρο της είχε απομείνει.

«Δεσποινίς Κάια, πρέπει να βρεις και κάναν άλλο τρόπο να βγάζεις λεφτά. Όχι όλα σου τ' αβγά σ' ένα καλάθι».

Στο καλύβι πια, καθισμένη στα σκαλιά, βάλθηκε να σκέφτεται, και τότε της ήρθε μια άλλη ιδέα. Έκατσε οχτώ ολόκληρες ώρες και ψάρεψε κι ύστερα έβαλε τα είκοσι ψάρια της σ' αλατόνερο και τ' άφησε όλη νύχτα. Την αυγή, τα αράδιασε στα ράφια, στο παλιό καπνιστήριο του Μπαμπά —που θύμιζε αποχωρητήριο και σε σχήμα και σε μέγεθος— άναψε φωτιά κι έβαλε πράσινα κλαδιά στις φλόγες όπως έκανε παλιά κι εκείνος. Ένας γκριζογάλανος καπνός ανέβηκε και τρύπωσε στην καμινάδα και σε κάθε χαραμάδα των τοίχων. Το κτίσμα ολόκληρο λες και ξεφυσούσε λαχανιασμένο.

Το επόμενο πρωί πήρε τη βάρκα και πήγε στου Σάλτα και, όρθια ακόμα μέσα στο σκαφάκι, σήκωσε ψηλά τον κουβά με τα ψάρια της. Ήταν λίγο θλιβερή η συλλογή από μικρούς κυπρίνους και γριβάδια μισοδιαλυμένα. «Αγοράζεις ψάρια καπνιστά, Σάλτα; Γιατί έχω εδώ μερικά».

«Α, μωρέ εσύ έχεις και παραέχεις, δεσποινίς Κάια. Άκου να σου πω τι θα γίνει: Θα τα πάρω, σα να λέμε παρακαταθήκη. Άμα τα πουλήσω, παίρνεις τα λεφτά· άμα δεν τα πουλήσω, τα παίρνεις πίσω όπως είναι. Σου κάνει;»

«Ντάξει, φχαριστώ, Σάλτα».

Το απόγευμα, ο Σάλτας πήρε το αμμουδερό μονοπάτι για το Χωριό των Εγχρώμων — μια χούφτα παράγκες και καλύβες και μερικά κανονικά σπίτια που έστεκαν σκόρπια στους απόμερους βούρκους και στα έλη. Ο οικισμός ήταν βαθιά μέσα στο δάσος, μακριά απ' τη θάλασσα, εκεί όπου δεν έφτανε κανένα αεράκι και τα κουνούπια ήταν «πιο πολλά εκεί παρά σ' όλη την Τζόρτζια».

Μετά από πέντε-έξι χιλιόμετρα δρόμο, έφτασε στη μύτη του μέσα από τα πεύκα η μυρωδιά από τις φωτιές για το μαγείρεμα, και στ' αυτιά του οι κουβέντες από τα εγγόνια του. Στο Χωριό των Εγχρώμων δεν υπήρχαν δρόμοι, μόνο μονοπάτια που έμπαιναν στο δάσος από δω κι από κει κι έβγαζαν στα διάφορα οικήματα. Του Σάλτα ήταν κανονικό σπίτι· το είχε φτιάξει με τον πατέρα του από ξύλο πεύκου, κι είχε και ξύλινο φράχτη γύρω από την αυλή με το πατημένο χώμα, την οποία η Μέιμπελ, η ευτραφής γυναίκα του, έκανε λαμπίκο λες και ήταν κανονικό πάτωμα. Φίδι δεν μπορούσε να πλησιάσει ούτε στα τριάντα μέτρα από τα σκαλοπάτια του σπιτιού χωρίς να το πάρει χαμπάρι με το φτυάρι της.

Η Μέιμπελ βγήκε χαμογελαστή από το σπίτι για να τον προϋπαντήσει, όπως έκανε συχνά, κι εκείνος της έδωσε τον κουβά με τα καπνιστά ψάρια.

«Τι 'ν' τούτα;» ρώτησε. «Ούτε σκυλί δεν θά 'φερνε τέτοια πράματα».

«Κείνο το κορίτσι πάλι. Η δεσποινίς Κάια τα έφερε. Καμιά φορά δεν προφταίνει να φέρει πρώτη τα μύδια, οπότες τώρα αρχίνισε να καπνίζει ψάρια. Θέλει να τα πουλάω εγώ».

«Μά τον Θεό, κάτι πρέπει να κάμουμε μ' αυτό το παιδί. Τα ψάρια έτσι δε θα τ' αγοράσει κανένας· εγώ μπορώ να τα βάλω στην κατσαρόλα. Κι η εκκλησία μας μπορεί να μαζέψει τίποτε ρούχα και τέτοια για το κορίτσι. Θα της πούμε πως είναι μια οικογένεια που θέλει να παίρνει ψάρια και να δίνει ρούχα. Τι μέγεθος φοράει;»

«Πού να ξέρω γω; Πετσί και κόκαλο είναι. Εγώ αυτό ξέρω μόνο. Αλλά μου φαίνεται πως αύριο πρωί-πρωί θα είναι στο μαγαζί. Έχει μείνει πανί με πανί».

Αφού έφαγε ξαναζεσταμένα μύδια με χυλό για πρωινό, η Κάια πήρε το βαρκάκι και πήγε στου Σάλτα να δει μπας κι είχε να παίρνει καθόλου λεφτά από τα καπνιστά ψάρια. Τόσα χρόνια, έβλεπε μόνο τον Σάλτα και τους πελάτες του στον μόλο, τώρα όμως πλησιάζοντας είδε μια μεγαλόσωμη μαύρη γυναίκα να σκουπίζει την αποβάθρα λες κι ήταν το πάτωμα της κουζίνας. Ο Σάλτας καθόταν στην καρέκλα του γερμένος στον τοίχο κι έγραφε νούμερα στο κατάστιχό του. Μόλις είδε την Κάια, πετάχτηκε πάνω και τη χαιρέτησε.

«Καλημέρα», του είπε εκείνη πλησιάζοντας επιδέξια στον μόλο.

«Τι χαμπάρια, δεσποινίς Κάια; Είν' εδώ μια που θέλει να σε γνωρίσει. Από δω η γυναίκα μου, η Μέιμπελ». Η Μέιμπελ ήρθε και στάθηκε δίπλα στον Σάλτα, κι έτσι όταν η Κάια ανέβηκε στον μόλο, βρέθηκε πολύ κοντά τους.

Η Μέιμπελ άπλωσε το χέρι κι έπιασε απαλά το χέρι της Κάια λέγοντας: «Πολύ χαίρομαι που σε γνωρίζω. Μού 'χει πει ο Σάλτας τι καλό κορίτσι πού 'σαι. Και πόσο πολλά μύδια μαζεύεις».

Παρά τη δουλειά στον κήπο, τα μαγειρέματα κάθε μέρα και τη φασίνα στα σπίτια των λευκών, το χέρι της Μέιμπελ ήταν μαλακό. Η Κάια δεν τράβηξε τα δάχτυλά της από το βελούδινο αυτό γάντι, δεν ήξερε όμως και τι να πει, κι έτσι έμεινε αμίλητη.

«Το λοιπόν, δεσποινίς Κάια, είναι μια οικογένεια που θέλει να κάνει ανταλλαγή ρούχα κι άλλα πράματα που χρειάζεσαι εσύ και να παίρνει τα καπνιστά τα ψάρια σου».

Η Κάια ένευσε. Χαμογέλασε κοιτώντας τα πόδια της. Κι ύστερα ρώτησε: «Και βενζίνα για τη βάρκα μου;».

Η Μέιμπελ κοίταξε ερωτηματικά τον Σάλτα.

«Άκου να δεις», είπε εκείνος. «Θα σου βάλω βενζίνα σήμερα, γιατί ξέρω πως σου τελειώνει. Κι εσύ όμως θα μου φέρνεις τα μύδια σου κι ό,τι άλλο, όποτε μπορείς».

Κι η Μέιμπελ, με τη βροντερή φωνή της είπε: «Προς Θεού, μικρό μου, τι σκοτίζεσαι με τις λεπτομέρειες. Κάτσε μια στιγμούλα να σε δω καλά. Να υπολογίσω το νούμερό σου, να τους πω». Την πήρε μαζί της και πήγαν στο μαγαζάκι. «Λοιπόν, κάτσε εδώ τώρα και πες μου τι ρούχα χρειάζεσαι και τι άλλο θες».

Αφού συζήτησαν έναν κατάλογο με πράγματα, η Μέιμπελ έφτιαξε το περίγραμμα του ποδιού της Κάια πάνω σε μια χαρτοσακούλα και είπε: «Ωραία, αύριο άμα ξανάρθεις, θα 'ναι εδώ μια στοίβα να σε περιμένει».

«Σε πολυευχαριστώ, Μέιμπελ». Κι ύστερα, με σιγανή φωνή, «Είναι κι ένα άλλο. Βρήκα κάτι παλιούς σπόρους, αλλά δεν ξέρω καθόλου από περιβόλια».

«Βρε βρε βρε». Η Μέιμπελ έγειρε προς τα πίσω κι ένα βαθύ γέλιο βγήκε από τον πληθωρικό της κόρφο. «Από περιβόλια να σου πω ό,τι θες». Της εξήγησε βήμα προς βήμα τα πάντα με κάθε λεπτομέρεια κι ύστερα έβαλε το χέρι σε μερικά τσίγκινα δοχεία κι έβγαλε από μέσα σπόρους κολοκύθας, ντομάτας και νεροκολοκύθας. Τους δίπλωσε μέσα σε χαρτί και πάνω σε κάθε πακετάκι ζωγράφισε την εικόνα του αντίστοιχου λαχανικού. Η Κάια δεν κατάλαβε αν η Μέιμπελ το έκανε επειδή η ίδια δεν ήξερε να γράφει ή επειδή ήξερε πως η Κάια δεν μπορούσε να διαβάζει, πάντως λειτούργησε μια χαρά και για τις δυο τους.

Η Κάια ευχαρίστησε και τους δυο και μπήκε στη βάρκα της.

«Χαρά μου να σε βοηθήσω, δεσποινίς Κάια. Λοιπόν, αύριο να ξανάρθεις και για τ' άλλα», είπε η Μέιμπελ.

Το ίδιο απόγευμα κιόλας, η Κάια άρχισε να σκαλίζει εκεί που έβαζε το μποστάνι της η Μαμά. Μικροί ήχοι ακούγονταν και αναδύονταν γήινες μυρωδιές όσο προχωρούσε, βγάζοντας στην επιφάνεια ροζ σκουλήκια. Ξαφνικά, ακούστηκε ένας διαφορετικός ήχος, κι η Κάια έσκυψε και έβγαλε από το χώμα ένα από τα παλιά τσιμπιδάκια της Μαμάς, μεταλλικό και πλαστικό μαζί. Το σκούπισε καλά-καλά πάνω στη σαλοπέτα της ώσπου έφυγε όλο το χώμα. Ξαφνικά, είδε το κόκκινο στόμα και τα σκούρα μάτια της Μαμάς πιο καθαρά από ποτέ, λες και αντικατοπτρίζονταν πάνω στο φτηνό τσιμπιδάκι. Η Κάια κοίταξε τριγύρω της. Δεν μπορεί — σίγουρα η Μαμά ανέβαινε τώρα δα το μονοπάτι, ερχόταν να τη βοηθήσει με το σκάλισμα. Γυρνούσε επιτέλους σπίτι. Τόση ησυχία ήταν πολύ σπάνια· ακόμα και τα κοράκια ήταν σιωπηλά. Η Κάια άκουγε την ίδια της την ανάσα.

Μάζεψε μια τούφα από τα μαλλιά της και στερέωσε το τσιμπιδάκι πάνω από το αριστερό της αυτί. Ίσως τελικά η Μαμά να μην ξαναγυρίσει ποτέ. Ίσως κάποια όνειρα να πρέπει απλώς να σβήνουν. Έπιασε το σκαλιστήρι και διέλυσε με μανία έναν μεγάλο σβώλο πετρωμένο χώμα.

Όταν η Κάια έφτασε στον μόλο του Σάλτα το επόμενο πρωί, τον βρήκε μόνο του. Μπορεί τελικά η πελώρια γυναίκα του και τα ωραία, μεγάλα της σχέδια να μην ήταν παρά μια ψευδαίσθηση. Κι όμως, εκεί πάνω στον μόλο υπήρχαν δύο κούτες με καλούδια που ο Σάλτας τής έδειχνε χαμογελώντας μέχρι τ' αυτιά.

«Καλημέρα, δεσποινίς Κάια. Αυτά εδώ είναι για σένανε».

Η Κάια ανέβηκε στον μόλο κι απόμεινε να κοιτάζει τις ξέχειλες κούτες.

«Άιντε ντε», είπε ο Σάλτας. «Δικά σου είναι».

Η Κάια άρχισε να βγάζει με προσοχή σαλοπέτες, τζην παντελόνια και κανονικές μπλούζες, όχι μόνο βαμβακερά φανελάκια. Ένα ζευγάρι μπλε πάνινα Keds με κορδόνια κι ένα άλλο ζευγάρι δίχρωμα δερμάτινα δετά, περασμένα τόσες φορές με άσπρο και καφέ βερνίκι που γυάλιζαν. Η Κάια σήκωσε ψηλά μια λευκή μπλούζα με δαντελένιο γιακαδάκι και μπλε σατέν φιόγκο. Το σαγόνι της κρέμασε λιγάκι.

Στην άλλη κούτα είχε σπίρτα, καλαμποκάλευρο, ένα κουτί μαργαρίνη, ξερά φασόλια κι ένα ολόκληρο λίτρο σπιτικό λαρδί. Πάνω-πάνω, τυλιγμένα σε εφημερίδες, είχε φρέσκα γογγύλια με την πρασινάδα τους, γουλιά και μπάμιες.

«Σάλτα», είπε η Κάια χαμηλόφωνα, «όλα αυτά κάνουν πολύ παραπάνω από τα ψάρια. Εδώ είναι ψάρια ενός μήνα».

«Ε, καλά, και τι να τα κάνουνε οι αθρώποι τόσα παλιά ρούχα μες στη μέση; Αυτοί έχουν όλα τούτα τα παραπανίσια κι εσύ τα θες, κι εσύ έχεις ψάρια που τα θέλουνε αυτοί, οπότε έτσι γίνεται η δουλειά. Κι άντε πάρ' τα τώρα γιατί δεν έχω χώρο για σαβούρες εδώ πέρα».

Η Κάια ήξερε πως αυτό ήταν αλήθεια. Ο Σάλτας δεν είχε καθόλου χώρο, συνεπώς θα του έκανε χάρη να τα πάρει από τον μόλο του.

«Ε, τότε τα παίρνω. Αλλά να τους πεις ευχαριστώ, ντάξει; Κι εγώ θα καπνίσω κι άλλα ψάρια και θα τους τα φέρω μόλις μπορέσω».

«Εντάξει, δεσποινίς Κάια. Όλα καλά. Φέρε ψάρια μόλις μπορέσεις».

Η Κάια έβαλε μπρος και βγήκε ξανά στη θάλασσα. Μόλις καβατζάρησε τη χερσόνησο κι ο Σάλτας δεν μπορούσε να τη δει πια, έβαλε τη μηχανή στο νεκρό, άνοιξε την κούτα κι έβγαλε από μέσα την μπλούζα με το δαντελένιο γιακαδάκι. Τη φόρεσε κατευθείαν πάνω από τη σκληρή σαλοπέτα με τα μπαλωμένα γόνατα κι έδεσε φιόγκο το σατέν κορδελάκι στον λαιμό. Και μετά, με το ένα χέρι στη λαγουδέρα και το άλλο στο κορδελάκι, τράβηξε για το σπίτι γλιστρώντας πάνω στον ωκεανό και στα νερά του βάλτου.

13.

Φτερά

1960

Ψηλόλιγνη αλλά γεροδεμένη για δεκατεσσάρων χρονών η Κάια, όρθια στην παραλία, πετούσε ένα απόγευμα ψίχουλα στους γλάρους. Ακόμα δεν μπορούσε να τους μετρήσει· ούτε και να διαβάσει ήξερε ακόμα. Είχε πάψει να ονειρεύεται πως πετάει με τους αετούς· ίσως τελικά, όταν είσαι αναγκασμένος να σκάβεις στις λάσπες για να βρίσκεις το φαΐ σου, η φαντασία κατακάθεται στο επίπεδο του ενήλικου. Το καλοκαιρινό φουστανάκι της Μαμάς τής ερχόταν τώρα πια γάντι στο στήθος και της έφτανε ίσα-ίσα κάτω από το γόνατο· είχε πάρει τελικά το μπόι της ηλικίας της και λίγο παραπάνω. Γύρισε στο καλύβι, πήρε το καλάμι της και πήγε κατευθείαν για να ψαρέψει από ένα σύδεντρο στην άλλη όχθη της λιμνοθάλασσάς της.

Την ώρα που έριχνε την πετονιά, άκουσε ένα κλαδάκι να σπάει πίσω της. Γύρισε απότομα το κεφάλι. Ένα πάτημα μέσα στους θάμνους. Όχι αρκούδας, που οι μεγάλες της πατούσες διέλυαν τα πάντα, αλλά ένα καθαρό *κρακ* στα βάτα. Τότε άρχισαν τα κοράκια να κρώζουν. Όσο κρατάει μυστικά η λάσπη, άλλο τόσο κρατούν και τα κοράκια· με το που δουν κάτι παράξενο στο δάσος, αμέσως θέλουν να το πουν παντού. Όσοι τα ακούνε, ανταμείβονται: ειδοποιούνται είτε πως υπάρχει αρπακτικό είτε πως υπάρχει τροφή. Η Κάια κατάλαβε πως κάτι έτρεχε.

Μάζεψε την πετονιά της και αφού την τύλιξε στο καλάμι άνοιξε αθόρυβα δρόμο ανάμεσα στους θάμνους. Κοντοστάθηκε ξανά, αφουγκράστηκε. Ένα σκοτεινό άνοιγμα —από τα πιο αγαπημένα μέρη της— απλωνόταν σαν σπήλαιο μπροστά της κάτω από πέντε βελανιδιές τόσο πυκνές που μόνο ελάχιστες, αχνές λωρίδες λιακάδας περνούσαν μέσα από τον θόλο των φυλλωμάτων κι έπεφταν πάνω σε καταπράσινες νησίδες με τρίλιο και σε λευκές βιολέτες. Σάρωσε με το βλέμμα το ξέφωτο, αλλά δεν είδε κανέναν.

Τότε, σαν κάτι να πέρασε από ένα σύδεντρο, και το βλέμμα της στράφηκε αμέσως προς τα εκεί. Προσηλώθηκε. Η καρδιά της χτυπούσε τώρα πιο δυνατά. Έσκυψε κι άρχισε να τρέχει, σβέλτα κι αθόρυβα, μέσα στους θάμνους, στην άκρη του ξέφωτου. Κοντοστάθηκε και είδε ένα παιδί, ένα αγόρι πιο μεγάλο από εκείνη, να περπατάει με γρήγορο βήμα μέσα στο δάσος. Την είδε και σταμάτησε.

Η Κάια έσκυψε πίσω από έναν αγκαθωτό θάμνο κι ύστερα το έβαλε στα πόδια σαν λαγός, ανοίγοντας δρόμο μέσα από βάτα πυκνά σαν τείχη. Συνεχώς σκυφτή, περνούσε ανάμεσα γρατζουνώντας τα μπράτσα της. Σταμάτησε ξανά, έστησε αυτί. Έμεινε κρυμμένη εκεί για λίγο, ξαναμμένη απ' την τρεχάλα, με τον λαιμό κατάξερο από τη δίψα. Αφού πέρασαν δέκα λεπτά και κανείς δεν φάνηκε, πλησίασε έρποντας σε μια μικρή πηγή που έτρεχε μέσα στα βρύα και ήπιε από κει όπως τα ελάφια. Αναρωτήθηκε ποιο να ήταν εκείνο το αγόρι και γιατί είχε έρθει. Αυτό ήταν το πρόβλημα με το μαγαζί του Σάλτα — την έβλεπε κόσμος εκεί. Εκεί ήταν εκτεθειμένη, σαν την κοιλιά του σκατζόχοιρου.

Τελικά, κάποια στιγμή ανάμεσα στο σούρουπο και το σκοτάδι, την ώρα που οι ίσκιοι είναι πιο αβέβαιοι, ξαναγύρισε στο καλύβι της περνώντας πρώτα από το ξέφωτο.

«Εξαιτίας του, που τριγύρναγε εδώ, δεν έπιασα και κάνα ψάρι να καπνίσω».

Στο κέντρο του ξέφωτου υπήρχε ένα μισοσαπισμένο κούτσουρο με τόσα βρύα επάνω του που έμοιαζε σαν γέρος κρυμμένος κάτω από μανδύα. Η Κάια πλησίασε, μα σταμάτησε απότομα. Σφηνωμένο στο κούτσουρο, όρθιο ήταν ένα λεπτό μαύρο φτερό, κάπου δεκαπέντε πόντους στο μήκος. Οι περισσότεροι θα έλεγαν πως είναι συνηθισμένο — πιθανότατα από τη φτερούγα κορακιού. Η Κάια όμως ήξερε πως ήταν ένα φτερό εντελώς ιδιαίτερο, γιατί προερχόταν από το «φρύδι» του μεγάλου γαλάζιου ερωδιού: είναι το φτερό που καμπυλώνει κομψά πάνω από το μάτι και εξέχει πίσω από το αριστοκρατικό κεφάλι του. Ένα από τα πιο εξαιρετικά κομμάτια του παράκτιου βάλτου, εδώ μπροστά της. Η ίδια δεν είχε βρει ποτέ της τέτοιο φτερό, κατάλαβε όμως αμέσως τι ήταν, αφού όλη της τη ζωή καθόταν και κοιτιόταν με τους ερωδιούς μέσα στα μάτια.

Ο μεγάλος γαλάζιος ερωδιός έχει το χρώμα της ομίχλης όταν καθρεφτίζεται σε γαλάζια νερά. Και σαν την ομίχλη, μπορεί κι αυτός να χάνεται, να γίνεται ένα με το περιβάλλον, να εξαφανίζεται ολόκληρος εκτός από τους ομόκεντρους κύκλους των ματιών που θυμίζουν στόχαστρο. Ο ερωδιός είναι ένας μοναχικός υπομονετικός θηρευτής, ικανός να στέκει εκεί ολομόναχος όσο χρειαστεί μέχρι να πιάσει τη λεία του. Ή άλλοτε, έχοντας βάλει το θήραμα στο μάτι, μπορεί να προχωρά αργά-αργά, βήμα το βήμα, σαν αρπακτικό παρανυφάκι. Κι ωστόσο, στις σπάνιες περιπτώσεις που κυνηγά πετώντας, ξέρει να βουτά με ορμή και με το ράμφος σαν προτεταμένο ξίφος ίσια μπροστά.

«Πώς πιάστηκε έτσι όρθιο στο κούτσουρο επάνω;» ψιθύρισε η Κάια κοιτώντας ολόγυρα. «Μάλλον κείνο το αγόρι θα τό 'βαλε εκεί. Μπορεί και τώρα δα να με παρακολουθεί». Έμεινε εντελώς ακίνητη, η καρδιά της χτυπούσε πάλι δυνατά. Πισωπατώντας, παράτησε το φτερό, έβαλε τρεχάλα μέχρι το καλύβι και κλείδωσε την πόρτα με τη σήτα, πράγμα που σπανίως έκανε, αφού δεν της πρόσφερε και καμιά σπουδαία προστασία.

Αλλά μόλις έσκασε η αυγή ανάμεσα απ' τα δέντρα, ένιωσε ακατανίκητη την έλξη προς το φτερό· τουλάχιστον να το ξανάβλεπε. Με το που σηκώθηκε ο ήλιος, έτρεξε ξανά στο ξέφωτο, κοίταξε ένα γύρο επιφυλακτικά, πήγε στο κούτσουρο και πήρε στα χέρια της το φτερό. Ήταν τόσο στιλπνό, σχεδόν βελούδινο. Γυρνώντας στο καλύβι, βρήκε μια ιδιαίτερη θέση γι' αυτό, στο κέντρο της συλλογής της —από πούπουλα κολιμπρί μέχρι φτερά από την ουρά αετών— που απλωνόταν σ' όλο το πλάτος του τοίχου. Κι αναρωτήθηκε γιατί να της έφερε άραγε φτερό εκείνο το αγόρι.

Το επόμενο πρωί, η Κάια ήθελε να πάει και πάλι στο κούτσουρο να δει αν υπάρχει κανένα καινούργιο φτερό, αλλά κρατήθηκε. Δεν ήθελε να πέσει πάνω στο αγόρι. Τελικά, λίγο πριν μεσημεριάσει, πήγε μέχρι το ξέφωτο πλησιάζοντας με βήμα αργό και τα αυτιά τεντωμένα. Ούτε είδε ούτε άκουσε κανέναν, κι έτσι προχώρησε· ένα σπάνιο, σύντομο χαμόγελο φώτισε το πρόσωπό της μόλις αντίκρυσε ένα λεπτό λευκό φτερό χωμένο στην κορυφή του κούτσουρου. Το μήκος του ήταν από τον αγκώνα της ώς τα ακροδάχτυλά της, και στην άκρη του λέπταινε και καμπύλωνε με χάρη. Το έβγαλε από το κούτσουρο και γέλασε δυνατά. Ήταν ένα υπέροχο φτερό από την ουρά φαέθωνα. Δεν είχε δει ποτέ της τέτοια θαλασσοπούλια, γιατί δεν απαντούσαν στην περιοχή αυτή, καμιά φορά όμως, σπάνια, τα έφερνε ο άνεμος με τις καταιγίδες.

Η καρδιά της γέμισε θαυμασμό που κάποιος είχε τόσο μεγάλη συλλογή, ώστε μπορούσε και να χαρίσει ένα τόσο σπάνιο φτερό.

Δεν μπορούσε να διαβάσει τον παλιό οδηγό της Μαμάς κι έτσι για τα πιο πολλά πουλιά και έντομα δεν ήξερε τις ονομασίες τους κι επινοούσε δικά της ονόματα. Και παρόλο που δεν ήξερε ούτε να γράφει, είχε βρει έναν τρόπο να ξεχωρίζει με ταμπέλες τα δείγματά της. Το ταλέντο της είχε ωριμάσει με τα χρόνια, και τώρα πια ήταν σε θέση να ζωγραφίσει ή να σχεδιάσει οτιδήποτε. Είτε με κιμωλίες, είτε με νερομπογιές από το ψιλικατζίδικο, ζωγράφιζε πουλιά, έντομα και κοχύλια πάνω σε καφέ χαρτοσακούλες του μπακάλη και κολλούσε τις εικόνες στα δείγματα.

Εκείνο το βράδυ αποφάσισε να μην κάνει οικονομία, κι έτσι άναψε δύο κεριά και τα έστησε σε πιατάκια στο τραπέζι της κουζίνας για να μπορέσει να δει όλες τις αποχρώσεις του άσπρου· για να μπορέσει να ζωγραφίσει το φτερό του φαέθωνα.

Πέρασε πάνω από βδομάδα που δεν έβρισκε φτερά στο κούτσουρο. Η Κάια περνούσε κάμποσες φορές τη μέρα, κρυφοκοιτούσε πίσω από τις φτέρες αλλά δεν έβλεπε τίποτα. Εκείνο το μεσημέρι ήταν μέσα στο σπίτι, πράγμα που σπανίως συνέβαινε.

«Έπρεπε νά 'χα μουσκέψει τα φασόλια. Τώρα είναι αργά». Γυρνοβολούσε στην κουζίνα, ψαχούλευε στα ντουλάπια, καθόταν στο τραπέζι κι έπαιζε ταμπούρλο με τα δάχτυλα. Έλεγε να ζωγραφίσει αλλά δεν ξεκίνησε. Τελικά, ξαναπήγε στο κούτσουρο.

Ήδη από μακριά διέκρινε το μακρύ, ριγωτό φτερό από ουρά άγριας γαλοπούλας. Σάστισε. Οι γαλοπούλες ήταν από τα πιο αγαπημένα της πουλιά. Είχε δει κάποτε καμιά ντουζίνα μικρά να χώνονται κάτω απ' τις φτερούγες της μητέρας τους ενώ εκείνη περπατούσε, και μερικά να μένουν πίσω και μετά να τρέχουν σαν παλαβά να την προφτάσουν πάλι.

Αλλά πριν από κανένα χρόνο, περπατώντας μέσα στα πεύκα, η Κάια είχε ακούσει μια τσιριχτή κραυγή. Ένα κοπάδι από δεκαπέντε άγριες γαλοπούλες —θηλυκές οι περισσότερες, αλλά και μερικά αρσενικά— έτρεχαν εδώ κι εκεί τσιμπολογώντας κάτι που έμοιαζε με κουρέλι καταλερωμένο με χώματα. Από τα πόδια τους σηκωνόταν τέτοιος κουρνιαχτός που γέμιζε όλο το δάσος, ανέβαινε ψηλά μέχρι τα κλαδιά των δέντρων και κατακαθόταν εκεί. Πλησιάζοντας λίγο πιο πολύ, η Κάια είδε ότι πεσμένη στο χώμα ήταν μια θηλυκιά γαλοπούλα, και τα άλλα πουλιά από το ίδιο της το κοπάδι την τσιμπούσαν και την έγδερναν στον λαιμό και στο κεφάλι. Η γαλοπούλα είχε μπλέξει τις φτερούγες της τόσο άσχημα μέσα στα αγκαθωτά βάτα, που τα φτερά της εξείχαν τώρα από δω κι από κει και της ήταν αδύνατο να πετάξει. Ο Τζόντι είχε πει κάποτε πως όταν ένα πουλί γίνεται διαφορετικό σε σχέση με τα υπόλοιπα —όταν παραμορφώνεται ή τραυματίζεται— αυξάνουν οι πιθανότητες να προσελκύσει κάποιο αρπακτικό κι έτσι τα υπόλοιπα μέλη του κοπαδιού το σκοτώνουν, πράγμα που είναι προτιμότερο, παρά να τραβήξει την προσοχή κανενός αετού, που πιθανόν να άρπαζε και κανένα από τα υπόλοιπα επί τη ευκαιρία.

Ένα μεγαλόσωμο θηλυκό κάρφωσε τα μεγάλα, σκληρά του νύχια στην πεσμένη γαλοπούλα και την ακινητοποίησε, ενώ ένα άλλο θηλυκό τη ράμφιζε στον λαιμό και στο κεφάλι. Η πεσμένη γαλοπούλα έσκουζε και κοιτούσε με μάτια αλλόφρονα το κοπάδι της που την κακοποιούσε.

Η Κάια έτρεξε ώς το ξέφωτο ανεμίζοντας τα χέρια. «Ε! Τι κάνετε κει πέρα; Δρόμο, φύγετε! Σταματήστε!». Το φτεροκόπημα των πουλιών σήκωσε ακόμα πιο πολλή σκόνη, και οι γαλοπούλες σκόρπισαν μέσα στους θάμνους, ενώ δύο τράκαραν πάνω σε μια βελανιδιά. Αλλά η Κάια είχε φτάσει πολύ αργά. Η γαλοπούλα κείτονταν ξέψυχη στο χώμα με τα μάτια ορθάνοιχτα. Αίματα έτρεχαν από τον ζαρωμένο, αφύσικα στραβωμένο της λαιμό.

«Ξου! Φύγετ' από δω!». Η Κάια έδιωξε και τις τελευταίες γαλοπούλες που απομακρύνθηκαν έχοντας ολοκληρώσει τη δουλειά τους. Γονάτισε δίπλα στο νεκρό πουλί και σκέπασε τα μάτια του μ' ένα φύλλο από πλάτανο.

Το βράδυ μετά το επεισόδιο με τις γαλοπούλες, έφαγε λίγο καλαμποκόψωμο με φασόλια που είχαν μείνει από την προηγουμένη κι ύστερα ξάπλωσε στο στρώμα της στη βεράντα και κοιτούσε το φεγγάρι που άγγιζε τη λιμνοθάλασσα. Ξαφνικά, άκουσε απ' το δάσος φωνές να πλησιάζουν προς το καλύβι. Φωνές λίγο φοβισμένες, ψιλές. Αγοριών, όχι αντρών. Ανακάθισε. Δεν υπήρχε πίσω πόρτα. Ή θα έφευγε εκείνη τη στιγμή ή θα την έβρισκαν να κάθεται εκεί πέρα. Με τη σβελτάδα ποντικιού βρέθηκε μπροστά στην πόρτα με τη σήτα, την ίδια στιγμή όμως φάνηκαν τα κεριά, οι φλόγες τους να ταλαντεύονται πάνω-κάτω μέσα στην αχλή τους. Πολύ αργά για να το βάλει στα πόδια.

Οι φωνές δυνάμωσαν.

«Πιτσιρίκα του Βάλτου! Ερχόμαστε!»

«Ε! Είσαι μέσα εκεί;»

«Δεσποινίς της Δεσποσύνης!»

«Γιά δείξε μας τα δόντια σου! Δείξε μας τα χορτάρια του βάλτου σου!» Γέλια και χάχανα.

Έσκυψε όσο πιο πολύ μπορούσε πίσω από το χαμηλό τοιχάκι της βεράντας ενώ τα βήματα πλησίαζαν όλο και πιο πολύ.

Για μια στιγμή οι φλόγες τρεμόπαιξαν σαν τρελές κι ύστερα έσβησαν τελείως· και τότε πέντε αγόρια, δεκατριών-δεκατεσσάρων χρονών, διέσχισαν τρέχοντας την αυλή. Μέσα σε απόλυτη σιγή, έφταναν καλπάζοντας ώς τη βεράντα και κοπανούσαν τη σήτα με τις παλάμες τους.

Κάθε χτύπημα κι ένα κάρφωμα στην καρδιά της θηλυκιάς γαλοπούλας.

Κολλημένη στο τοιχάκι, η Κάια ήθελε να βάλει τα κλάματα αλλά κρατούσε την ανάσα της. Εύκολα θα παραβίαζαν την πόρτα. Ένα γερό τράβηγμα και ήταν μέσα.

Τα αγόρια όμως κατέβηκαν πάλι τα σκαλιά και χώθηκαν ξανά στα δέντρα με ουρλιαχτά και κραυγές ανακούφισης που βρέθηκαν τόσο κοντά με την Πιτσιρίκα του Βάλτου και επέζησαν — με το Κορίτσι-Λύκαινα, τη μικρή που δεν ήξερε πώς γράφεται το *χέρι*. Τα γέλια και οι φωνές τους έφταναν μέσα απ' το δάσος ώς τα αυτιά της, καθώς τα αγόρια χάνονταν ξανά στη νύχτα, επιστρέφοντας σε ασφαλή λημέρια. Ανάμεσα απ' τα δέντρα η Κάια έβλεπε τα κεριά, που τώρα είχαν ξανανάψει, να τραμπαλίζονται. Κι ύστερά απόμεινε να κοιτάζει το αδιαπέραστο σκοτάδι της σιγής. Κατατροπιασμένη.

Κάθε φορά που έβλεπε γαλοπούλες, η Κάια θυμόταν εκείνη τη μέρα κι εκείνη τη νύχτα. Αλλά ήταν κατενθουσιασμένη με το φτερό στο κούτσουρο. Ήταν κατενθουσιασμένη που καταλάβαινε πως το παιχνίδι συνεχιζόταν.

14.

Κόκκινες κλωστές

1969

Η πνιγηρή ζέστη είχε μεταμορφώσει το πρωινό σε μια θολούρα όπου δεν υπήρχε ούτε ουρανός ούτε θάλασσα. Ο Τζο βγήκε από το κτίριο της αστυνομίας και πέτυχε τον Εντ την ώρα που κατέβαινε από το φορτηγάκι. «Έλα λίγο, σερίφη. Ήρθαν κι άλλα έγγραφα από το εργαστήριο για την υπόθεση του Τσέις Άντριους. Ζεστά-ζεστά, σαν την ανάσα του γουρουνιού». Κατευθύνθηκε προς μια μεγάλη βελανιδιά που οι αρχαίες της ρίζες έσπαζαν το χώμα σαν γυμνές γροθιές. Ο σερίφης τον ακολούθησε, με τα βελανίδια να τρίζουν κάτω από τα πόδια του, κι οι δυο τους στάθηκαν εκεί στη σκιά, με το πρόσωπο στραμμένο στο αεράκι από τη θάλασσα.

Ο Τζο άρχισε να διαβάζει δυνατά: «"Μώλωπες στο σώμα, εσωτερικά τραύματα συμβατά με πτώση από μεγάλο ύψος". Πράγματι κοπάνησε το κεφάλι του σ' εκείνο το δοκάρι —το αίμα και οι τρίχες ταιριάζουν— κι αυτό προκάλεσε σοβαρούς μώλωπες και βλάβες στον οπίσθιο λοβό, αλλά δεν τον σκότωσε.

»Ορίστε: ο θάνατος επήλθε στο σημείο που τον βρήκαμε, δεν είχε μετακινηθεί. Το αποδεικνύουν τα αίματα και οι τρίχες στο δοκάρι. "Αιτία θανάτου: βίαιη πρόσκρουση του ινιακού και βρεγματικού λοβού του οπίσθιου εγκεφαλικού φλοιού και ρήξη σπονδυλικής στήλης" — λόγω της πτώσης από το πυροφυλάκιο».

«Άρα στ' αλήθεια κάποιος κατέστρεψε όλα τα ίχνη και τα αποτυπώματα. Άλλο τίποτα;»

«Άκου κι αυτό. Βρήκαν πολλές άγνωστης προέλευσης ίνες πάνω στο μπουφάν του. Ίνες από κόκκινο μαλλί, που δεν προέρχονταν από τα δικά του ρούχα. Περιλαμβάνεται δείγμα». Ο σερίφης σήκωσε ψηλά ένα μικρό πλαστικό σακουλάκι.

Οι δύο άνδρες κοίταξαν με προσοχή τις σγουρές κόκκινες κλωστίτσες που, έτσι ζουληγμένες μέσα στο σακουλάκι, θύμιζαν ιστό αράχνης.

«Μάλλινο, λέει. Άρα μπορεί να είναι κάποιο πουλόβερ ή κασκόλ ή καπέλο», είπε ο Τζο.

«Και πουκάμισο και φούστα και κάλτσες και κάπα. Διάολε, μπορεί νά 'ναι οτιδήποτε. Κι εμείς πρέπει να το βρούμε».

15.

Το παιχνίδι

1960

Το επόμενο μεσημέρι, η Κάια πλησίασε στο κούτσουρο με βήμα αργό και τα χέρια στα μάγουλα, σχεδόν σαν να προσευχόταν. Αλλά φτερό δεν υπήρχε. Τα χείλη της σφίχτηκαν.

«Εμ, βέβαια. Πρέπει κι εγώ ν' αφήσω κάτι».

Στην τσέπη της είχε ένα φτερό από την ουρά ενός νεαρού φαλακρού αετού που το είχε βρει το πρωί. Μόνο κάποιος που ήξερε καλά από πτηνά θα καταλάβαινε πως αυτό το παρδαλό και κάπως ξεμαλλιασμένο φτερό ήταν από αετό. Τριών χρονών, χωρίς άσπρο ακόμα στο κεφάλι. Δεν ήταν βέβαια τόσο πολύτιμο όσο το φτερό από την ουρά φαέθωνα, αλλά παρέμενε εξαιρετικό. Η Κάια το απόθεσε με προσοχή στο κούτσουρο, κάτω από μια μικρή πέτρα για να μην το πάρει ο αέρας.

Το βράδυ, ξαπλωμένη στο κρεβάτι της με τα χέρια πίσω από το κεφάλι, είχε στα χείλη ένα μικρό χαμόγελο. Η οικογένειά της την είχε εγκαταλείψει, την είχε αφήσει ολομόναχη να επιβιώσει στον βάλτο, αλλά νά που κάποιος ερχόταν από μόνος του και της άφηνε δώρα στο δάσος. Η αβεβαιότητα δεν έλεγε να φύγει, αλλά όσο το σκεφτόταν, τόσο πιο απίθανο της φαινόταν να θέλει το αγόρι να της κάνει κακό. Δεν ταίριαζε η κακία σε κάποιον που αγαπούσε τα πουλιά.

Το επόμενο πρωί πετάχτηκε απ' το κρεβάτι και έπιασε να κάνει αυτό που η Μαμά αποκαλούσε «ξεσήκωμα». Πήγε στη συρταριέρα της Μαμάς με σκοπό να κάνει ένα απλό ξεσκαρτάρισμα, τη στιγμή όμως που πήρε στα χέρια της το ψαλίδι της μητέρας της —από μπρούτζο και ατσάλι, με διακοσμητικά κρινάκια στις τρύπες για τα δάχτυλα— έπιασε τα μαλλιά της, τα οποία δεν είχε κουρέψει ούτε λίγο από τότε που έφυγε η Μαμά, εφτά χρόνια πριν, και τα έκοψε κάπου είκοσι πόντους. Τώρα της έφταναν ίσα-ίσα πιο κάτω από τους ώμους. Κοιτάχτηκε στον καθρέφτη, έριξε λίγο πίσω το κεφάλι, χαμογέλασε. Καθάρισε τα νύχια της και βούρτσισε τα μαλλιά της ώσπου έλαμψαν.

Έβαλε ξανά στη θέση τους το ψαλίδι και τη βούρτσα και κοίταξε τα παλιά καλλυντικά της Μαμάς. Η υγρή βάση για το μακιγιάζ και το ρουζ είχαν ξεραθεί τελείως, τα κραγιόν όμως θα πρέπει ν' αντέχουν δεκαετίες, γιατί όταν άνοιξε τον κύλινδρο, το κραγιόν φαινόταν φρέσκο. Δεν είχε παίξει ποτέ της τη «μεγάλη» όταν ήταν παιδάκι, και τώρα, για πρώτη φορά, έβαλε λίγο. Ένωσε τα χείλη της, χαμογέλασε και κοιτάχτηκε πάλι στον καθρέφτη. Της φάνηκε πως ήταν λιγάκι ομορφούλα. Όχι τόσο ωραία όσο η Μαμά, αλλά ευχάριστη. Χασκογέλασε και σκούπισε το κραγιόν. Πριν κλείσει το συρτάρι, πρόσεξε ένα μπουκαλάκι με ξεραμένο βερνίκι νυχιών Ρέβλον — το Σχεδόν Ροζ.

Η Κάια πήρε στα χέρια το μπουκαλάκι και θυμήθηκε τη Μαμά να γυρίζει μια μέρα από την πόλη μ' ένα βερνίκι νυχιών— ό,τι πιο παράδοξο. Η Μαμά έλεγε πως θα ταίριαζε πάρα πολύ στα κορίτσια της έτσι μελαχρινά που ήταν. Τις κάθισε όλες στη σειρά, την Κάια και τις δύο μεγαλύτερες αδελφές της, στον ξεθωριασμένο καναπέ, τους είπε να απλώσουν τα γυμνά τους πόδια και τους έβαψε τα νύχια, πρώτα των ποδιών και μετά των χεριών. Έπειτα έβαψε και τα δικά της, και γελούσαν και πέρασαν τόσο ωραία περιδιαβαίνοντας όλο νάζι στην αυλή κι επιδεικνύοντας τα ροζ νύχια τους. Ο Μπαμπάς έλειπε, κάπου αλλού ήταν, αλλά η βάρκα ήταν δεμένη στη λιμνοθάλασσα. Τότε η Μαμά σκέφτηκε να πάνε όλα τα κορίτσια μαζί βόλτα με τη βάρκα, κάτι που δεν το είχαν ξανακάνει ποτέ.

Μπήκαν στο παλιό σκαφάκι, σαχλαμαρίζοντας ακόμα λες και ήταν λιγάκι μεθυσμένες. Χρειάστηκαν μια-δυο προσπάθειες για να πάρει μπρος η εξωλέμβια, αλλά τελικά ζωντάνεψε και ξεκίνησαν — η Μαμά με τη λαγουδέρα στο χέρι οδήγησε τη βάρκα στην άλλη πλευρά της λιμνοθάλασσας κι από εκεί μπήκαν στο κανάλι που έβγαζε στον βάλτο. Ακολουθούσαν τα υδάτινα μονοπάτια, αλλά η Μαμά δεν τα ήξερε και πολύ καλά, κι έτσι μπήκαν κατά λάθος σε μια ρηχή λιμνοθάλασσα και κόλλησαν στη λάσπη, μια λάσπη μαύρη και πηχτή σαν πίσσα. Έσπρωχναν με το κουπί από τη μια, έσπρωχναν από την άλλη, αλλά η βάρκα δεν έλεγε να κουνηθεί. Το μόνο που τους απέμενε ήταν να κατέβουν όπως ήταν, με τις φούστες, και να βουλιάξουν στη μούργα μέχρι το γόνατο.

Η Μαμά να φωνάζει: «Μόνο μην την τουμπάρετε, κορίτσια, μην την τουμπάρετε», κι έτσι κάπως, κουνώντας και τραβώντας τη βάρκα την ξεκόλλησαν, με τσιριχτά γέλια βλέποντας η μια το λασπωμένο πρόσωπο της άλλης. Δεν ήταν κι εύκολη δουλειά να ξαναμπούνε μέσα, κουτρουβαλώντας από το πλάι σαν τα ψάρια. Και μετά, αντί να καθίσουν στους πάγκους, οι τέσσερίς τους στριμώχτηκαν στον πάτο της βάρκας, η μια δίπλα στην άλλη, με τα πόδια στον αέρα, κουνώντας τα δαχτυλάκια τους, και μες από τις λάσπες γυάλιζαν τα ροζ τους νύχια.

Έτσι ξαπλωμένη εκεί, είχε πει η Μαμά: «Ακούστε με τώρα λίγο όλες σας, αυτό είναι αληθινό μάθημα ζωής. Ναι, κολλήσαμε, αλλά τι κάναμε τότε εμείς τα κορίτσια; Το κάναμε όλο αυτό διασκέδαση. Αυτό θα πει να έχεις αδελφές και φιλενάδες.

Ακόμα και στις λάσπες, μένουν η μια στο πλευρό της άλλης. Ειδικά στις λάσπες».

Η Μαμά δεν είχε αγοράσει και ασετόν, κι έτσι όταν το βερνίκι άρχισε να ξεφλουδίζει και να ξεφτίζει, στα νύχια τους, και στα χέρια και στα πόδια, απέμεινε ένα ξεθωριασμένο ροζ εδώ κι εκεί, που τους θύμιζε πόσο ωραία είχαν περάσει και το μάθημα ζωής που είχαν πάρει εκείνη τη μέρα.

Κοιτώντας τώρα το παλιό μπουκαλάκι, η Κάια προσπάθησε να φέρει στο μυαλό της τα πρόσωπα των αδελφών της. Και είπε φωναχτά: «Πού 'σαι τώρα, Μαμά; Γιατί δεν έμεινες;».

❧

Την άλλη μέρα, φτάνοντας στο ξέφωτο με τις βελανιδιές το απόγευμα, η Κάια εντόπισε χρώματα αφύσικης έντασης μέσα στο σκοτεινό καφέ και πράσινο φόντο του δάσους. Πάνω σ' ένα κούτσουρο υπήρχε ένα μικρό ασπροκόκκινο κουτί από γάλα, και δίπλα σ' αυτό ένα ακόμα φτερό. Το αγόρι, προφανώς είχε ανεβάσει τον πήχη. Πλησίασε και πήρε στα χέρια της πρώτα το φτερό.

Ασημί και απαλό — ήταν από το λοφίο νυχτοκόρακα, ενός από τα πιο όμορφα πουλιά του βάλτου. Έπειτα κοίταξε μέσα στο κουτί από το γάλα. Τυλιγμένα καλά-καλά υπήρχαν μερικά πακετάκια με σπόρους —για γογγύλια, καρότα και φασόλια— και στον πάτο του κουτιού, μέσα σε χοντρό καφέ χαρτί, ένα μπουζί για τη μηχανή της βάρκας. Η Κάια χαμογέλασε και έριξε μια ματιά τριγύρω της. Είχε μάθει να ζει χωρίς πολλά πράγματα, κατά καιρούς όμως ένα μπουζί ήταν απαραίτητο. Ο Σάλτας τής είχε μάθει πώς να κάνει μερικές μικροεπισκευές, αλλά κάθε ανταλλακτικό σήμαινε περπάτημα μέχρι την πόλη και μετρητά.

Τώρα όμως είχε στα χέρια της ένα έξτρα μπουζί, για να το χρησιμοποιήσει όταν θα υπήρχε ανάγκη. Η καρδιά της φούσκωσε από χαρά. Ήταν το ίδιο συναίσθημα που της έδινε το γεμάτο ντεπόζιτο ή το ηλιοβασίλεμα κάτω από έναν ουρανό ζωγραφισμένο, θά 'λεγες, με πινέλο. Στάθηκε απόλυτα ακίνητη προσπαθώντας να χωνέψει το νόημα. Είχε παρατηρήσει αρσενικά πουλιά να πολιορκούν θηλυκές φέρνοντάς τους δώρα. Η ίδια όμως παραήταν μικρή για να φτιάξει φωλιά.

Κάτω-κάτω στο κουτί υπήρχε κι ένα σημείωμα. Η Κάια το ξεδίπλωσε και κοίταξε τις λέξεις, που ήταν γραμμένες προσεκτικά και απλά έτσι ώστε να μπορεί να τις διαβάσει ένα παιδί. Η Κάια ήξερε μέσα της την ώρα της παλίρροιας, ήξερε να βρίσκει τον δρόμο για το σπίτι με τα αστέρια, ήξερε το κάθε φτερό του αετού, αλλά ακόμα και τώρα, στα δεκατέσσερα, αυτές τις λέξεις δεν ήξερε να τις διαβάσει.

Είχε ξεχάσει να φέρει κάτι μαζί της για να το αφήσει ως αντάλλαγμα. Στις τσέπες της δεν βρήκε παρά μόνο συνηθισμένα φτερά, κοχύλια και άδεια περικάρπια, κι έτσι ξαναγύρισε γρήγορα στο καλύβι και στάθηκε μπροστά στη συλλογή της με τα φτερά σαν μπροστά σε βιτρίνα. Τα πιο κομψά απ' όλα ήταν τα φτερά απ' την ουρά του νανόκυκνου. Πήρε ένα για να το αφήσει στο κούτσουρο την επόμενη φορά που θα περνούσε.

Το σούρουπο, πήρε την κουβέρτα της και πήγε να κοιμηθεί στον βάλτο, κοντά σ' ένα ρυάκι γεμάτο φεγγαρόφωτο και μύδια, και την αυγή είχε ήδη γεμίσει δύο σακιά. Λεφτά για βενζίνη. Ήταν πολύ βαριά για να τα κουβαλήσει, κι έτσι το ένα το πήγε σέρνοντας μέχρι τη λιμνοθάλασσα. Παρόλο που δεν ήταν η πιο σύντομη διαδρομή, πέρασε κι από το ξέφωτο για να αφήσει το φτερό του κύκνου. Μπήκε στο σύδεντρο κι εκεί, με την πλάτη στο κούτσουρο, είδε το αγόρι με τα φτερά και το αναγνώρισε. Ήταν ο Τέιτ, το παιδί που της είχε δείξει τον δρόμο να γυρίσει σπίτι από τον βάλτο όταν ήταν μικρή. Ο Τέιτ, που χρόνια τον παρατηρούσε από απόσταση χωρίς να βρίσκει το θάρρος να τον πλησιάσει. Τώρα πια βέβαια ήταν πιο ψηλός και πιο μεγάλος, μάλλον δεκαοκτώ. Τα χρυσαφένια του μαλλιά ακόμα δραπέτευαν από το κασκέτο του, τούφες και μπούκλες και τσουλούφια, κι είχε ένα πρόσωπο μαυρισμένο από τον ήλιο, ευχάριστο. Χαμογέλασε ήρεμα, πλατιά, η όψη του φωτίστηκε. Αλλά εκείνο που την αιχμαλώτισε ήταν τα μάτια του: χρυσοκαφετιά με μια ιδέα πράσινο, και την κοιτούσαν όπως ο ερωδιός όταν πιάνει το ψαράκι.

Η Κάια κοντοστάθηκε, ταραγμένη απ' αυτή την απότομη παράβαση των άγραφων κανόνων. Γιατί εκεί ήταν το ωραίο, το παιχνίδι όπου δεν ήταν ανάγκη ούτε να μιλάνε, ούτε καν να βλέπονται. Ένα φούντωμα ανέβηκε στο πρόσωπό της.

«Ε, Κάια. Σε παρακαλώ... μη... φεύγεις. Εγώ... εγώ είμαι... ο Τέιτ», είπε, πολύ σιγανά, αργά-αργά, σαν να ήταν κωφάλαλη ή κάτι τέτοιο. Και μάλλον αυτό έλεγε κι ο κόσμος στο χωριό: πως καλά-καλά δεν ήξερε ούτε να μιλάει ανθρωπινά.

Ο Τέιτ δεν μπορούσε να πάρει τα μάτια του από πάνω της. Πρέπει να είναι δεκατριών, δεκατεσσάρων, σκεφτόταν. Αλλά ακόμα και σ' αυτή την ηλικία είχε το πιο εκπληκτικό πρόσωπο που είχε δει ποτέ του. Μεγάλα μάτια, σχεδόν μαύρα, μύτη λεπτή πάνω από τα καλοσχηματισμένα χείλη, όλα της έδιναν μια αχλή εξωτική. Το ψηλό και αδύνατο κορμί της έμοιαζε εύθραυστο και λυγερό, σαν πλασμένο από τον άνεμο, κι ωστόσο οι γεροί, καλοφτιαγμένοι μύες ξεχώριζαν με την ήσυχη δύναμή τους.

Η πρώτη της παρόρμηση ήταν, όπως πάντα, να το βάλει στα πόδια. Εμφανίστηκε όμως κι ένα άλλο συναίσθημα: μια αίσθηση πληρότητας, που είχε χρόνια να νιώσει. Λες και κάτι ζεστό είχε χυθεί μες στην καρδιά της. Αναλογίστηκε τα φτερά, το μπουζί, τους σπόρους. Όλα αυτά θα τέλειωναν αν το έβαζε στα πόδια. Χωρίς να πει λέξη, σήκωσε το χέρι και του πρότεινε το κομψό φτερό του κύκνου. Κι εκείνος, με αργές κινήσεις, λες και φοβόταν μην φύγει μεμιάς σαν τρομαγμένο ελάφι, την πλησίασε και βάλθηκε να εξετάζει το φτερό στο χέρι της. Η Κάια παρακολουθούσε σιωπηλή, κοιτώντας μονάχα το φτερό και καθόλου το πρόσωπό του· και σε καμία περίπτωση τα μάτια του.

«Νανόκυκνος, έτσι; Απίστευτο, Κάια. Σ' ευχαριστώ», είπε. Ήταν πολύ πιο ψηλός από εκείνη, και χρειάστηκε να σκύψει ελαφρά για να το πάρει από το χέρι της. Φυσικά, ήταν η κατάλληλη στιγμή για να τον ευχαριστήσει κι εκείνη για τα δώρα του· παρέμεινε ωστόσο αμίλητη, και μόνο ευχόταν να τον δει να φεύγει. Ευχόταν να συνεχίσουν το παιχνίδι τους όπως ήταν.

Ο Τέιτ προσπάθησε να γεμίσει τη σιωπή. «Ο μπαμπάς μου μ' έμαθε όσα ξέρω για τα πουλιά».

Κάποια στιγμή, η Κάια σήκωσε τα μάτια και του είπε: «Δεν ξέρω να διαβάσω αυτό πού 'γραψες».

«Ε ναι, λογικό, αφού δεν πας σχολείο. Το ξέχασα. Σου έγραψα απλώς ότι σε είδα μια-δυο φορές που ψάρευα, και σκέφτηκα πως μπορεί να σου φαίνονταν χρήσιμοι οι σπόροι και το μπουζί. Εμένα μου περίσσευαν και είπα πως ίσως έτσι γλιτώσεις καμιά διαδρομή μέχρι το χωριό. Και τα φτερά, το φαντάστηκα πως θα σ' άρεσαν».

Η Κάια έσκυψε το κεφάλι και είπε: «Ευχαριστώ γι' αυτά όλα· πολύ ωραίο αυτό πού 'κανες».

Ο Τέιτ παρατηρούσε πώς, ενώ στο πρόσωπο και στο σώμα της άρχιζαν να γίνονται φανερές οι πρώτες καμπύλες της γυναικείας φύσης, οι τρόποι και τα λόγια της είχαν κάτι το παιδικό, σε αντίθεση με τα κορίτσια του χωριού, που οι τρόποι τους —το υπερβολικό μακιγιάζ, το υβρεολόγιο, το κάπνισμα— υπερέβαιναν κατά πολύ τις καμπύλες τους.

«Παρακαλώ. Λοιπόν, να πηγαίνω τώρα, έχει περάσει η ώρα. Θα έρχομαι όμως πότε-πότε, αν δεν έχεις αντίρρηση».

Η Κάια δεν απάντησε. Το παιχνίδι σίγουρα είχε τελειώσει. Όταν ο Τέιτ συνειδητοποίησε πως εκείνη δεν επρόκειτο να του πει τίποτε, ένευσε, ακούμπησε το καπέλο του εν είδει χαιρετισμού κι έκανε μεταβολή. Τη στιγμή όμως που έσκυβε για να χωθεί στους θάμνους, γύρισε ξανά και την κοίταξε.

«Ξέρεις κάτι; Μπορώ να σε μάθω να διαβάζεις».

16.

Ανάγνωση

1960

Πέρασαν μέρες μέχρι να ξανάρθει ο Τέιτ για το μάθημα ανάγνωσης. Πριν το παιχνίδι με τα φτερά, η μοναξιά είχε γίνει φυσικό κομμάτι της ζωής για την Κάια, κάτι σαν ένα επιπλέον χέρι. Τώρα όμως την ένιωθε να απλώνει ρίζες μέσα της και να την πιέζει στο στήθος.

Ένα απόγευμα, βγήκε με τη βάρκα της. «Δεν μπορώ να κάθομ' έτσι να περιμένω».

Αντί να δέσει στου Σάλτα, όπου θα την έβλεπαν όλοι, έκρυψε το βαρκάκι σ' έναν ορμίσκο λίγο πιο νότια και, με το σακί στο χέρι, πήρε το σκιερό μονοπάτι για το Χωριό των Εγχρώμων. Ψιλόβρεχε σχεδόν όλη μέρα, και τώρα που ο ήλιος πλησίαζε στον ορίζοντα, το δάσος γεννούσε τη δική του ομίχλη, που ταξίδευε στα τρυφερά ξέφωτα. Πρώτη φορά πήγαινε η Κάια στο Χωριό των Εγχρώμων, ήξερε όμως πού ήταν και πίστευε πως φτάνοντας εκεί, θα έβρισκε το σπίτι του Σάλτα και της Μέιμπελ.

Φορούσε το τζην της και μια ροζ μπλούζα που της είχε δώσει η Μέιμπελ. Στον σάκο είχε δύο μεγάλα βάζα με ωραία μαρμελάδα βατόμουρο που την είχε φτιάξει η ίδια, ως αντάλλαγμα για την καλοσύνη του Σάλτα και της Μέιμπελ. Η ανάγκη της να βρεθεί με κάποιον, να μιλήσει με μια γυναίκα, μια φιλενάδα, την έσπρωχνε κοντά τους. Κι αν δεν είχε γυρίσει ακόμα σπίτι ο Σάλτας, μπορούσε πάλι, ίσως, να καθίσει λιγάκι με τη Μέιμπελ, να τα πούνε.

Φτάνοντας σε μια στροφή του δρόμου, η Κάια άκουσε φωνές να πλησιάζουν. Σταμάτησε κι αφουγκράστηκε. Βγήκε από το μονοπάτι και χώθηκε στα δέντρα, πίσω από μια μυρτιά. Σε λίγο, δύο λευκά αγόρια, ντυμένα με φθαρμένες σαλοπέτες, φάνηκαν απ' τη στροφή. Κουβαλούσαν στον ώμο τα σύνεργα της ψαρικής και κάμποσα γατόψαρα περασμένα σ' ένα σπάγκο μακρύ ίσαμε το μπράτσο της. Η Κάια έμεινε εντελώς ακίνητη πίσω από τον θάμνο και περίμενε να περάσουν.

Το ένα από τα αγόρια σήκωσε το χέρι κι έδειξε πέρα, στον δρόμο. «Γιά δες».

«Ώρε, τύχη. Ένας αράπης πάει στο χωριό των αράπηδων». Η Κάια κοίταξε και, ναι, είδε τον Σάλτα να γυρίζει σπίτι μετά τη δουλειά. Ήταν κοντά, σίγουρα είχε ακούσει τα αγόρια, το μόνο που έκανε όμως ήταν να κατεβάσει το κεφάλι, να παραμερίσει μπαίνοντας στο δάσος για να τους κάνει χώρο και να συνεχίσει τον δρόμο του.

Μα τι έχει πάθει, γιατί δεν κάνει κάτι; σκεφτόταν οργισμένη η Κάια. Ήξερε πως η λέξη *αράπης* ήταν πολύ κακή — το ήξερε από τον τρόπο που τη χρησιμοποιούσε ο Μπαμπάς, σαν βρισιά. Ο Σάλτας θα μπορούσε άνετα να τους πιάσει τα κεφάλια και να τους τα τσουγκρίσει. Να πάρουν το μάθημά τους. Αλλά εκείνος συνέχισε τον δρόμο του βιαστικά.

«Ένας γέρος αράπης πηγαίνει στο χωριό. Τον νου σου, αραπάκο, μην πέσεις στον γκρεμό» φώναζαν του Σάλτα, που συνέχισε να κοιτάει χαμηλά. Ο ένας μικρός έσκυψε, πήρε μια πέτρα και την πέταξε με δύναμη στην πλάτη του Σάλτα. Τον χτύπησε ακριβώς κάτω από την ωμοπλάτη. Ο Σάλτας τινάχτηκε λιγάκι

αλλά συνέχισε τον δρόμο του. Τα αγόρια έβαλαν τα γέλια και, καθώς ο Σάλτας χάθηκε από τα μάτια της Κάια στη στροφή του δρόμου, μάζεψαν κι άλλες πέτρες και τον ακολούθησαν.

Περνώντας μέσα απ' τους θάμνους, αθέατη, με τα μάτια καρφωμένα στα κασκέτα τους που διακρίνονταν πάνω από τα κλαριά, η Κάια προχώρησε ώσπου βρέθηκε πιο μπροστά απ' αυτούς. Μισοκάθισε σ' ένα σημείο όπου οι θάμνοι ήταν πυκνοί ακριβώς δίπλα στον δρόμο· σε λίγα δευτερόλεπτα θα περνούσαν τα δύο αγόρια από εκεί, λίγα εκατοστά πιο πέρα. Ο Σάλτας ήταν ακόμα πιο μπροστά, δεν τον έβλεπε. Έπιασε τον σάκο με τα βάζα, που ήταν δεμένος γερά με σκοινί, και έστριψε το ύφασμα που περίσσευε επάνω. Μόλις τα δύο αγόρια έφτασαν στο ύψος του θάμνου, η Κάια σήκωσε τον σάκο, τον στριφογύρισε και έριξε μια γερή στο κεφάλι του ενός. Ο μικρός παραπάτησε κι έπεσε με τα μούτρα κάτω. Ουρλιάζοντας, επιτέθηκε και στον άλλο, έτοιμη να του ανοίξει κι εκείνου το κεφάλι, το αγόρι όμως το έβαλε στα πόδια. Η Κάια χώθηκε πάλι καμιά πενηνταριά μέτρα μέσα στο δάσος· έμεινε να παρακολουθεί ώσπου το πρώτο αγόρι σηκώθηκε κρατώντας το κεφάλι του, βλαστημώντας.

Με τον σάκο της στον ώμο, έκανε μεταβολή και γύρισε στο βαρκάκι και στο σπίτι της. Και σκέφτηκε πως οι επισκέψεις της σ' εκείνα τα μέρη μάλλον τελείωσαν.

❧

Την επόμενη μέρα, μόλις η Κάια άκουσε την εξωλέμβια του Τέιτ να αγκομαχάει στο κανάλι, έτρεξε ώς τη λιμνοθάλασσα και στάθηκε ανάμεσα στους θάμνους, κι από κει τον παρακολούθησε να βγαίνει από τη βάρκα του κρατώντας ένα σακίδιο. Κοίταξε γύρω του, φώναξε το όνομά της, κι εκείνη εμφανίστηκε, με κινήσεις αργές, φορώντας στενό τζην κι ένα άσπρο πουκάμισο με παράταιρα κουμπιά.

«Γεια, Κάια. Συγγνώμη που δεν μπόρεσα να έρθω νωρίτερα. Είχα να βοηθήσω τον μπαμπά μου. Μα θα μάθεις να διαβάζεις στο πι και φι».

«Γεια, Τέιτ».

«Ας κάτσουμε εδώ πέρα», είπε δείχνοντας το γόνατο μιας βελανιδιάς με βαθιά σκιά. Έβγαλε από το σακίδιό του ένα ξεθωριασμένο βιβλιαράκι με το αλφάβητο και ένα μπλοκ με γραμμές. Με προσεκτικές, αργές κινήσεις, σχημάτισε τα γράμματα ανάμεσα στις γραμμές, α Α, β Β, και της ζήτησε να κάνει κι εκείνη το ίδιο, παρακολουθώντας την υπομονετικά να πασχίζει με τη γλώσσα ανάμεσα στα χείλη. Όσο εκείνη έγραφε, ο Τέιτ πρόφερε τα γράμματα. Απαλά, ήρεμα.

Η Κάια θυμόταν μερικά γράμματα από τον Τζόντι και τη Μαμά, αλλά δεν ήξερε πώς να τα βάζει σε κανονικές λέξεις.

Μετά από λίγα λεπτά, ο Τέιτ είπε: «Βλέπεις; Ήδη μπορείς να γράψεις τώρα μια λέξη».

«Τι έγινε λέει;»

«Δ-α-δ-α. Μπορείς να γράψεις τη λέξη *δάδα*».

«Τί 'ναι *δάδα*;» ρώτησε η Κάια. Ο Τέιτ φρόντισε να μη γελάσει.

«Μη σε νοιάζει που δεν ξέρεις τι είναι. Συνεχίζουμε. Όπου νά 'ναι θα γράψεις και λέξεις που ξέρεις».

Σε λίγο, της είπε: «Θέλει πολλή δουλειά ακόμα η αλφαβήτα. Θα πάρει λίγο χρόνο μέχρι να τη μάθεις, αλλά ήδη μπορείς να διαβάζεις λιγάκι. Κάτσε να σου δείξω». Δεν είχε μαζί του άλλο βιβλίο, κι έτσι το πρώτο της αναγνωστικό ήταν το *Αλμανάκ της Αμμώδους Κομητείας* του Άλντο Λίοπολντ, που είχε ο μπαμπάς του σ' ένα ράφι. Της έδειξε την πρώτη πρόταση και της ζήτησε να του τη διαβάσει. Η πρώτη λέξη ήταν *Υπάρχουν*, κι η Κάια χρειάστηκε ν' ανατρέξει στο αλφάβητο και να πει πολλές φορές τον ήχο κάθε γράμματος, εκείνος όμως της εξήγησε με υπομονή την ειδική περίπτωση του *ου*, κι όταν επιτέλους το πρόφερε όπως πρέπει, σήκωσε ψηλά τα χέρια σκασμένη στα γέλια. Κι εκείνος την κοιτούσε χαμογελώντας ολόκληρος.

Αργά-αργά, ξεδίπλωσε τις λέξεις, μία προς μία: «"Υπάρχουν μερικοί που μπορούν να ζουν χωρίς τα άγρια πλάσματα, κι άλλοι που δεν μπορούν"».

«Α», είπε η Κάια. «Α».

«Διαβάζεις, Κάια. Από δω και πέρα, πάντα θα μπορείς να διαβάζεις».

«Δεν είναι μόνον αυτό». Η φωνή της ήταν σχεδόν ψιθυριστή. «Δεν τό 'ξερα πως οι λέξεις μπορούν να χωράνε τόσο πράμα. Δεν τό 'χα φανταστεί πως τα λόγια μπορούν να είναι έτσι γεμάτα».

Ο Τέιτ χαμογέλασε. «Πολύ ωραία φράση. Αλλά δεν χωράνε όλες οι λέξεις τόσα πολλά».

Μέσα στις επόμενες μέρες, είτε εκεί στη βελανιδιά, στον ίσκιο, είτε στην όχθη, μέσα στον ήλιο, ο Τέιτ τής έμαθε να διαβάζει τις λέξεις που τραγουδούσαν για τις χήνες και τους γερανούς, για πράγματα που ήταν τελείως αληθινά τριγύρω τους. «Τι θα γίνει αν πάψει η μουσική απ' τις χήνες;».

Όποτε δεν βοηθούσε τον μπαμπά του και δεν έπαιζε μπέιζμπολ με τους φίλους του, πήγαινε πια κάμποσες φορές την εβδομάδα στην Κάια, η οποία ό,τι κι αν έκανε εκείνη την ώρα —είτε καθάριζε τα αγριόχορτα στον κήπο, είτε τάιζε τις κότες, είτε έψαχνε κοχύλια— είχε τον νου της ν' ακούσει το μουρμουρητό της βάρκας του καθώς ανέβαινε το κανάλι.

Μια μέρα, στην ακτή, εκεί που διάβαζαν τι τρώνε για μεσημεριανό τα τσικαντί, η Κάια τον ρώτησε: «Μένεις με την οικογένειά σου στο Μπάρκλι Κόουβ;».

«Μένω με τον μπαμπά μου. Στο Μπάρκλι, ναι».

Η Κάια δεν τον ρώτησε αν είχε κι άλλους η οικογένειά του, που είχαν φύγει. Μάλλον κι η δική του μαμά θα τον είχε εγκαταλείψει. Κάτι μέσα της λαχταρούσε να αγγίξει το χέρι του —παράξενη επιθυμία— αλλά τα δάχτυλά της δεν έλεγαν να το κάνουν. Κι απλώς απομνημόνευσε τις γαλαζωπές φλέβες στη μέσα πλευρά του καρπού του, περίπλοκες κι αυτές όσο κι εκείνες που διακρίνονται στα φτερά των σφηκών.

❧

Τη νύχτα, καθισμένη στο τραπέζι της κουζίνας, έκανε επανάληψη τα μαθήματα με μια λάμπα κηροζίνης, που το φως της δραπέτευε απ' τα παράθυρα του καλυβιού κι άγγιζε τα πιο χαμηλά κλαδιά από τις βελανιδιές. Κι ήταν το μόνο φως μέσα σε μίλια και μίλια μαυρίλας, με εξαίρεση την απαλή λάμψη απ' τις πυγολαμπίδες.

Έγραφε κι επαναλάμβανε την κάθε λέξη προσεκτικά, ξανά και ξανά. Ο Τέιτ έλεγε πως οι μεγάλες λέξεις είναι απλώς μικρότερες λεξούλες κολλημένες μαζί — κι έτσι η Κάια δεν τις φοβόταν· έμαθε το *Πλειστόκαινο* ταυτόχρονα με το *πάω*. Αυτή η διαδικασία ήταν το πιο διασκεδαστικό πράγμα που είχε κάνει στη ζωή της. Αλλά δεν καταλάβαινε γιατί είχε προσφερθεί ο Τέιτ να διδάξει ένα ελεεινό λευκό σκουπίδι σαν και του λόγου της, τι τον έκανε εξ αρχής να έρχεται και να φέρνει εκείνα τα υπέροχα φτερά. Αλλά δεν τον ρώτησε ποτέ· φοβόταν μην κάτσει και σκεφτεί το ζήτημα κι αποφασίσει να φύγει.

Αλλά τώρα πια η Κάια μπορούσε τουλάχιστον να βάλει ταμπέλες σε όλα τα πολύτιμα δείγματά της. Έπαιρνε ένα-ένα τα φτερά, τα έντομα, τα όστρακα, τα λουλούδια, έψαχνε στα βιβλία της Μαμάς πώς γράφεται η ονομασία τους και την έγραφε προσεκτικά πάνω στις ζωγραφιές που είχε κάνει στις καφετιές χαρτοσακούλες.

«Τι είναι μετά το εικοσιεννιά;» ρώτησε μια μέρα τον Τέιτ.

Εκείνος την κοίταξε. Η Κάια ήξερε ήδη σχεδόν ό,τι υπήρχε και δεν υπήρχε για τις παλίρροιες και τις λευκόχηνες, τους αετούς και τα αστέρια, κι ωστόσο ακόμα δεν ήξερε να μετράει μέχρι το τριάντα. Δεν έδειξε την έκπληξή του γιατί δεν ήθελε να την κάνει να ντραπεί. Ήταν ασύλληπτα ικανή στο να διαβάζει τα μάτια.

«Το τριάντα», της είπε απλά. «Έλα, θα σου δείξω τα νούμερα και θα πούμε μερικά βασικά της αριθμητικής. Εύκολα είναι. Θα φέρω και μερικά βιβλία».

Διάβαζε από παντού τα πάντα — τις οδηγίες στο κουτί με το καλαμποκάλευρο, τα σημειώματα του Τέιτ και τις ιστορίες από τα βιβλία με τα παραμύθια που τόσα χρόνια έκανε πως τάχα διάβαζε. Και μια νύχτα, πήρε, μ' ένα μικρό επιφώνημα, την παλιά Βίβλο από το ράφι. Καθισμένη στο τραπέζι, την άνοιξε και γύρισε με προσοχή στη σελίδα με τα ονόματα των μελών της οικογένειας. Βρήκε και το δικό της, κάτω-κάτω. Νά, εκεί, μαζί με την ημερομηνία των γενεθλίων της: *Δεσποινίς Κάθριν Ντανιέλ Κλαρκ, 10 Οκτωβρίου 1945*. Μετά, ανεβαίνοντας πιο ψηλά στη λίστα, διάβασε τα πραγματικά ονόματα των αδελφιών της:

Κύριος Τζέρεμι Άντριου Κλαρκ, 2 Ιανουαρίου 1939. «Τζέρεμι», είπε δυνατά. «Αχ Τζόντι, εγώ ποτέ δεν σ' είχα για Κύριο Τζέρεμι».

Δεσποινίς Αμάντα Μάργκαρετ Κλαρκ, 17 Μαΐου 1937. Η Κάια άγγιξε τις λέξεις με τα δάχτυλά της και επανέλαβε το όνομα πολλές φορές.

Συνέχισε. *Κύριος Νέιπιερ Μέρφι Κλαρκ, 4 Απριλίου 1936*. Είπε η Κάια χαμηλόφωνα: «Μερφ, σε λέγανε Νέιπιερ».

Πάνω-πάνω, η μεγαλύτερη, η *Δεσποινίς Μαίρη Έλεν Κλαρκ, 19 Σεπτεμβρίου 1934*. Χάιδεψε ξανά τα ονόματα που έφεραν πρόσωπα μπροστά στα μάτια της. Ήταν λίγο θολά, κι ωστόσο τα έβλεπε όλα στριμωγμένα γύρω απ' το τραπέζι να τρώνε βραστό, να δίνουν ψωμί ο ένας στον άλλο, ακόμα και να γελάνε καμιά φορά. Ντρεπόταν που είχε ξεχάσει τα ονόματά τους, τώρα όμως που τα είχε βρει, δεν θα τ' άφηνε ποτέ ξανά να την εγκαταλείψουν.

Πάνω από τον κατάλογο με τα ονόματα των παιδιών, διάβασε: *Ο Κύριος Τζάκσον Χένρι Κλαρκ ενυμφεύθη την Δεσποινίδα Τζουλιέν Μαρία Τζακς στις 12 Ιουνίου 1933*. Μέχρι εκείνη τη στιγμή δεν ήξερε τα κανονικά ονόματα των γονιών της.

Κάθισε για λίγα λεπτά έτσι, με τη Βίβλο ανοιχτή στο τραπέζι. Με την οικογένειά της μπροστά της.

Ο χρόνος φροντίζει ώστε τα παιδιά να μην γνωρίζουν ποτέ τους γονείς τους νέους. Η Κάια δεν θα έβλεπε ποτέ τον όμορφο Τζέικ να μπαίνει καμαρωτός, αρχές της δεκαετίας του '30, σ' εκείνο το αναψυκτήριο στο Άσβιλ, όπου πρόσεξε τη Μαρία Τζακς, μια καλλονή με μαύρες μπούκλες και κόκκινα χείλη, επισκέπτρια από τη Νέα Ορλεάνη. Πίνοντας μιλκσέικ τής είπε πως η οικογένειά του είχε δική της φυτεία και πως μετά το σχολείο θα πήγαινε να σπουδάσει για να γίνει δικηγόρος και να ζήσει σε μια έπαυλη με κίονες.

Όταν όμως η Ύφεση βάθυνε, η τράπεζα κατάσχεσε τη γη μέσα απ' τα χέρια των Κλαρκ, και ο πατέρας του Τζέικ τον έβγαλε από το σχολείο. Η οικογένεια μετακόμισε πιο πέρα, σ' ένα μικρό σπιτάκι από κορμούς πεύκου, όπου κάποτε, όχι πολύ παλιά, κατοικούσαν σκλάβοι. Ο Τζέικ δούλεψε στα καπνοχώραφα, μάζευε κι αυτός καπνά μαζί με μαύρους άντρες και μαύρες γυναίκες με πολύχρωμες εσάρπες και τα μωρά τους δεμένα στην πλάτη τους.

Μια νύχτα, δύο χρόνια αργότερα, χωρίς καν να πει αντίο, ο Τζέικ έφυγε πριν χαράξει παίρνοντας μαζί του όσο περισσότερα καλά ρούχα και οικογενειακά κειμήλια μπορούσε — μεταξύ αυτών το χρυσό ρολόι τσέπης του προπάππου του και το διαμαντένιο δαχτυλίδι της γιαγιάς του. Έφτασε με οτοστόπ στη Νέα Ορλεάνη και βρήκε τη Μαρία που ζούσε εκεί με την οικογένειά της σ' ένα κομψό σπίτι κοντά στην προκυμαία. Κατάγονταν από έναν Γάλλο έμπορο και ήταν ιδιοκτήτες ενός εργοστασίου παπουτσιών.

Ο Τζέικ έβαλε ενέχυρο τα οικογενειακά κειμήλια για να πηγαίνει τη Μαρία σε καλά εστιατόρια με κόκκινες βελούδινες κουρτίνες και της έλεγε ότι θα της αγοράσει εκείνη την έπαυλη με τους κίονες. Όταν γονάτισε μπροστά της κάτω από τη μανόλια, η Μαρία δέχτηκε να τον παντρευτεί, κι ο γάμος έγινε το 1933 σε μια μικρή εκκλησία, με την οικογένειά της να στέκεται βουβή.

Τώρα πια τα λεφτά είχαν τελειώσει, κι έτσι δέχτηκε τη δουλειά που του πρόσφερε ο πεθερός του στο εργοστάσιο παπουτσιών. Ο Τζέικ θεώρησε πως θα γινόταν κατευθείαν διευθυντής, αλλά ο κύριος Τζακς, ένας άνθρωπος που δεν παρασυρόταν εύκολα, επέμενε να μάθει ο Τζέικ τη δουλειά ξεκινώντας από τα χαμηλά, σαν ένας οποιοσδήποτε υπάλληλος. Έτσι, το πόστο του Τζέικ ήταν να κόβει σόλες.

Με τη Μαρία ζούσαν σ' ένα γκαράζ που είχε μετασκευαστεί σε διαμερισματάκι επιπλωμένο με κομμάτια από την προίκα της και μαζί τραπέζια και καρέκλες αγορασμένα από παζάρια.

Ο Τζέικ γράφτηκε σε νυχτερινό σχολείο για να τελειώσει το γυμνάσιο, τις περισσότερες φορές όμως έκανε κοπάνα για να πάει να παίξει πόκερ και μετά, βρωμοκοπώντας ουίσκι, να γυρίσει στη γυναίκα του. Πέρασαν μόλις τρεις βδομάδες μέχρι να τον διώξει ο καθηγητής από το σχολείο.

Η Μαρία τον ικέτευε να σταματήσει το ποτό και να δείξει ζήλο στη δουλειά του ώστε ο πατέρας της να του δώσει προαγωγή. Τότε όμως άρχισαν να έρχονται τα μωρά, και το ποτό δεν κόπηκε ποτέ. Απέκτησαν τέσσερα παιδιά από το 1934 έως το 1940, κι ο Τζέικ στο διάστημα αυτό πήρε μόνο μία προαγωγή.

Ο πόλεμος με τη Γερμανία έφερε μια ισορροπία. Έτσι ντυμένος με την ίδια στολή όπως όλοι, ο Τζέικ μπορούσε να κρύψει την ντροπή του και να προσποιηθεί και πάλι τον περήφανο. Αλλά μια νύχτα, σε μια λασπερή τρύπα στη Γαλλία, κάποιος φώναξε πως ο λοχίας τους είχε χτυπηθεί και κείτονταν αιμόφυρτος είκοσι μέτρα πιο πέρα. Ήταν μικρά παιδιά όλοι τους — κανονικά θα έπρεπε να βρίσκονταν σε κάποιον πάγκο αναπληρωματικών, να περιμένουν να έρθει η σειρά τους να πιάσουν το ρόπαλο του μπέιζμπολ και να ανησυχούν πώς θα τους έρθει η μπαλιά. Κι όμως, πετάχτηκαν αμέσως πάνω κι έτρεξαν να σώσουν τον τραυματία — όλοι εκτός από έναν.

Ο Τζέικ έμεινε ζαρωμένος σε μια γωνιά, τόσο τρομοκρατημένος που δεν μπορούσε να κουνηθεί, τότε όμως μια χειροβομβίδα έσκασε, με τη λευκοκίτρινη λάμψη της, λίγο πιο έξω απ' το χαράκωμα, κι έκανε τα κόκαλα του αριστερού ποδιού του θρύψαλα. Όταν οι στρατιώτες ξαναγύρισαν στην τρύπα σέρνοντας μαζί και τον λοχία, θεώρησαν πως ο Τζέικ είχε χτυπηθεί ενώ προσπαθούσε να βοηθήσει τους άλλους να σώσουν τον σύντροφό τους. Ανακηρύχθηκε ήρωας. Κανείς δεν ήξερε, κανείς δεν το έμαθε ποτέ. Εκτός από τον Τζέικ.

Τον έστειλαν σπίτι του μ' ένα μετάλλιο και ιατρική βεβαίωση. Αποφασισμένος να μην ξαναδουλέψει ποτέ στο εργοστάσιο παπουτσιών, ο Τζέικ δεν έμεινε παρά μόνο λίγα βράδια στη Νέα Ορλεάνη. Με τη Μαρία σιωπηλή δίπλα του, πούλησε όλα τα καλά της έπιπλα και τα ασημικά, κι ύστερα φόρτωσε την οικογένειά του στο τρένο και μετακόμισαν στη Βόρεια Καρολίνα. Από έναν παλιό του φίλο έμαθε πως η μητέρα κι ο πατέρας του είχαν πια πεθάνει, αφήνοντας το πεδίο ανοιχτό για το σχέδιό του.

Σκοπός του ήταν να πείσει τη Μαρία πως αν πήγαιναν να ζήσουν στο καλύβι που είχε φτιάξει ο πατέρας του σαν ησυχαστήριο για ψάρεμα στην ακτή της Βόρειας Καρολίνας, θα έκαναν μια νέα αρχή. Εκεί δεν θα είχαν να πληρώνουν ενοίκιο, κι ο Τζέικ θα μπορούσε να τελειώσει το σχολείο. Αγόρασε μια μικρή ψαρόβαρκα από το Μπάρκλι Κόουβ και μ' αυτή έκαναν μίλια επί μιλίων στα υδάτινα μονοπάτια του βάλτου — όλη η οικογένεια στοιβαγμένη με τα υπάρχοντά τους μέσα, και μερικά κομψότατα κουτιά με καπέλα στην κορυφή της στοίβας. Όταν επιτέλους μπήκαν στη λιμνοθάλασσα όπου βρισκόταν το άθλιο καλύβι με τις σκουριασμένες σήτες κάτω απ' τις βελανιδιές, η Μαρία αγκάλιασε σφιχτά το μικρότερο παιδί της, τον Τζόντι, προσπαθώντας να μην ξεσπάσει σε κλάματα.

Αλλά ο Μπαμπάς τη διαβεβαίωσε: «Μη σε νοιάζει καθόλου. Θα τα φτιάξω εγώ όλα στο πι και φι».

Μόνο που ο Τζέικ ούτε το καλύβι επισκεύασε ποτέ ούτε το σχολείο τελείωσε. Λίγο αφότου έφτασαν, άρχισε πάλι το ποτό και το πόκερ στον Ιταλιάνο, πασχίζοντας να βγει από εκείνη την τρύπα στη γη μέσω του ουίσκι.

Η Μαρία έκανε ό,τι μπορούσε για να στήσει ένα σπιτικό. Αγόρασε από παζάρια σεντόνια για τα στρώματα που ήταν στο πάτωμα και μια τσίγκινη μπανιέρα. Έκανε μπουγάδα στη βρύση της αυλής κι έμαθε μόνη της να φτιάχνει μποστάνι και να έχει κότες.

Σύντομα, ντυμένη με τα καλά της, πήγε με τα παιδιά στο Μπάρκλι Κόουβ για να τα γράψει στο σχολείο. Ο Τζέικ όμως περιφρονούσε την ιδέα της εκπαίδευσης γενικά, κι έτσι τις περισσότερες μέρες έλεγε στον Μερφ και τον Τζόντι να κάνουν κοπάνα και να πάνε να πιάσουν σκίουρους και ψάρια για φαγητό.

Ο Τζέικ πήγε μόνο μια φορά τη Μαρία βαρκάδα υπό το σεληνόφως, και το αποτέλεσμα ήταν το τελευταίο τους παιδί, μια κόρη ονόματι Κάθριν Ντανιέλ, που αργότερα απέκτησε το παρατσούκλι Κάια, γιατί έτσι είπε πως την έλεγαν την πρώτη φορά που τη ρώτησαν το όνομά της.

Αραιά και πού, όποτε δεν ήταν μεθυσμένος, ο Τζέικ ονειρευόταν να τελειώσει το σχολείο και να προσφέρει σε όλους τους μια καλύτερη ζωή. Αλλά ο ίσκιος του χαρακώματος πάντα έπεφτε βαρύς μέσα στον νου του. Ο άνθρωπος που κάποτε ήταν τόσο σίγουρος και υπερόπτης, τόσο ωραίος και υγιής, δεν μπορούσε πια ν' αντέξει αυτό που είχε απογίνει, και τότε έπινε μια γουλιά από το φλασκί του. Το να ταιριάξει με τους καβγατζήδες, τους μέθυσους, τους βρωμόστομους απόκληρους του βάλτου ήταν το ευκολότερο πράγμα που έκανε στη ζωή του ο Τζέικ.

17.

Περνώντας το κατώφλι

1960

Μια μέρα, εκείνο το καλοκαίρι της ανάγνωσης, η Κάια πήγε με τη βάρκα στον Σάλτα, ο οποίος της είπε: «Το λοιπόν, δεσποινίς Κάια, έχω κάτι να σου πω. Είναι κάτι αθρώποι που έρχονται κάθε τόσο κι όλο ρωτάνε για σένα».

Τον κοίταξε κατάματα, αντί για λίγο παραδίπλα όπως συνήθιζε. «Ποιοι; Τι θέλουνε;»

«Από την επιθεώρηση των σχολειών είναι, μου φαίνεται. Όλο κάνουνε ερωτήσεις. Αν είναι δω ακόμα ο μπαμπάς σου και πού είν' η μαμά σου και αν θα πας το φθινόπωρο σχολείο. Και πότε έρχεσ' εδώ. Αυτό θένε πιο πολύ να μάθουνε, τι ώρες έρχεσ' εδώ».

«Και τι τους λες εσύ, Σάλτα;»

«Ε, κάνω ό,τι μπορώ να τους ξεφορτωθώ. Τους είπα πως ο μπαμπάς σου είναι μια χαρά, ψαρεύει, τέτοια». Γέλασε, έριξε πίσω το κεφάλι. «Μετά τους είπα πως ούτε ξέρω πότε έρχεσαι. Μη σε νοιάζει καθόλου, δεσποινίς Κάια. Θα τους στείλει ο Σάλτας αλλού γι' αλλού έτσι και ξαναρθούνε».

«Φχαριστώ». Αφού γέμισε το ντεπόζιτό της, η Κάια πήγε κατευθείαν σπίτι. Τώρα έπρεπε να έχει ακόμα πιο πολύ τον νου της, ίσως ακόμα και να βρει κάποιο μέρος στον βάλτο όπου να μπορεί να κρυφτεί μέχρι να βαρεθούν και να την ξεχάσουν.

Το ίδιο απόγευμα, αργότερα, όταν ο Τέιτ πλησίασε με τη βάρκα του στην ακτή και η καρίνα σύρθηκε τρίζοντας απαλά στην άμμο, η Κάια είπε: «Γίνεται να συναντιόμαστε κάπου αλλού αντίς για εδώ;».

«Γεια σου, Κάια, χαίρομαι που σε βλέπω», τη χαιρέτησε ο Τέιτ με το χέρι ακόμα στη λαγουδέρα.

«Τι λες;»

«Η λέξη είναι *αντί*, όχι *αντίς*, και είναι ευγενικό να χαιρετάς πρώτα τον άλλο πριν του ζητήσεις κάποια χάρη».

«Αφού κι εσύ λες *αντίς* καμιά φορά», του είπε σχεδόν χαμογελώντας.

«Ναι, όλοι τις ταλαιπωρούμε λίγο τις λέξεις, επειδή είμαστε από τη Βόρεια Καρολίνα, αλλά πρέπει να προσπαθούμε να μιλάμε σωστά».

«Καλησπέρα σας, κύριε Τέιτ», είπε η Κάια κάνοντας μια μικρή υπόκλιση. Κάπου στο βάθος ο Τέιτ διέκρινε την τσαχπινιά και το θάρρος που έκρυβε μέσα της. «Λοιπόν; Γίνεται να συναντιόμαστε κάπου αλλού αντί για εδώ; Παρακαλώ;».

«Ναι, αμέ. Αλλά γιατί;»

«Μού 'πε ο Σάλτας πως με ψάχνουνε απ' τη σχολική επιθεώρηση. Και τρέμω μη με τσακώσουνε σαν την πέστροφα και με δώσουνε σε κανένα σπίτι και τέτοια».

«Ε, τότε καλύτερα να πηγαίνουμε να κρυβόμαστε εκεί που τραγουδάνε οι καραβίδες. Τους λυπάμαι τους ανθρώπους που θ' αναλάβουν να γίνουν ανάδοχοι γονείς σου». Ο Τέιτ χαμογέλασε ολόκληρος.

«Τι πάει να πει αυτό το πράγμα; Εκεί που τραγουδάνε οι καραβίδες; Τό 'λεγε κι η Μαμά». Η Κάια θυμόταν πως η Μαμά διαρκώς την παρότρυνε να εξερευνά τον βάλτο: «Πήγαινε όσο πιο μακριά μπορείς — πέρα, πέρα μακριά, εκεί που τραγουδάνε οι καραβίδες».

«Σημαίνει απλώς στα βάθη του δάσους, εκεί που τα πλάσματα είναι ακόμα άγρια και συμπεριφέρονται σαν άγρια πλάσματα. Λοιπόν, πού αλλού λες πως μπορούμε να συναντιόμαστε;»

«Είναι ένα σπίτι πού 'χα βρει κάποτε, ένα καλύβι διαλυμένο. Άμα ξέρεις πού να στρίψεις, πας με τη βάρκα. Αλλά πάω και με τα πόδια από δω».

«Εντάξει, λοιπόν, μπες. Δείξε μου τώρα πώς πάνε, και την επόμενη φορά θα βρεθούμε εκεί πέρα».

«Αν έχω πάει εκεί, θα σ' αφήσω πέτρες, μια στοίβα, εδώ δίπλα στο κούτσουρο που δένουμε». Η Κάια έδειξε το σημείο στην μικρή παραλιούλα της λιμνοθάλασσας. «Ειδάλλως, θά 'μαι κάπου εδώ και θα βγω μόλις θ' ακούσω τη μηχανή της βάρκας».

Διέσχισαν με χαμηλή ταχύτητα τον βάλτο κι ύστερα άνοιξαν το γκάζι τραβώντας νότια, στη θάλασσα, μακριά από το χωριό. Η Κάια χοροπηδούσε μαζί με την πλώρη, δάκρυα από τον αέρα χαράκωναν τα μάγουλά της, στ' αυτιά της το ελαφρό γαργαλητό της ψύχρας. Φτάνοντας σ' έναν ορμίσκο, του είπε να μπει σ' ένα στενό ρυάκι με γλυκό νερό και βάτα. Το ρυάκι έμοιαζε κάθε τόσο να στρίβει εδώ κι εκεί, η Κάια όμως έκανε νόημα στον Τέιτ να συνεχίσει, περνώντας μέσα από ακόμα περισσότερους θάμνους.

Τελικά, βγήκαν σ' ένα ανοιχτό λιβάδι, όπου το ρυάκι περνούσε δίπλα από ένα σπιτάκι φτιαγμένο με κορμούς, μισογκρεμισμένο στη μια πλευρά. Οι κορμοί είχαν υποχωρήσει και μερικοί ήταν σκορπισμένοι σαν σπίρτα που χύθηκαν απ' το κουτί. Το κομμάτι της σκεπής που ακόμα στεκόταν, έπεφτε λοξά σαν καπέλο βαλμένο στραβά. Ο Τέιτ έβγαλε τη βάρκα στη λασπερή ακτή και μπήκαν αμίλητοι από την ανοιχτή πόρτα.

Μέσα ήταν σκοτεινά και έζεχνε από τα κάτουρα των αρουραίων. «Καλά, ελπίζω να μη σκοπεύεις να μείνεις εδώ πέρα — αυτό το πράγμα μπορεί να πέσει πάνω στο κεφάλι σου». Ο Τέιτ έσπρωξε λίγο τον τοίχο. Του φάνηκε αρκετά σταθερός.

«Μόνο για κρυψώνα είναι. Μπορώ να φέρω και τίποτα τρόφιμα να τά 'χω, αν χρειαστεί να την κοπανήσω για λίγο καιρό».

Ο Τέιτ γύρισε και την κοίταξε καθώς τα μάτια τους συνήθιζαν σιγά-σιγά στο σκοτάδι.

«Κάια, δεν σκέφτηκες ποτέ μήπως να ξαναπήγαινες απλώς σχολείο; Δεν θα πάθαινες τίποτα, και μπορεί να σ' άφηναν και στην ησυχία σου άμα το έκανες αυτό».

«Μάλλον το έχουνε καταλάβει πως είμαι μόνη μου πια, και έτσι και πάω, θα με βουτήξουνε και θα με βάλουνε σε κάνα ίδρυμα. Αλλά έτσι κι αλλιώς, παραείμαι μεγάλη πια για σχολείο. Πού θα με βάζανε, στην πρώτη δημοτικού;». Γούρλωσε τα μάτια στη σκέψη να καθόταν σ' ένα καρεκλάκι με μικρά παιδιά τριγύρω της, που όμως ήξεραν πώς γράφονται οι λέξεις και πώς να μετράνε μέχρι το πενήντα.

«Και δηλαδή σκοπεύεις να ζήσεις μόνη σου στον βάλτο για πάντα;»

«Καλύτερα παρά να με στείλουνε σε κάνα σπίτι. Ο Μπαμπάς έλεγε πως θα μας έδινε σ' ένα τέτοιο σπίτι που παίρνουνε παιδιά, όταν ήμασταν άτακτοι. Μας έλεγε πως είναι κακοί άνθρωποι αυτοί».

«Δεν είναι κακοί άνθρωποι. Όχι πάντα. Οι περισσότεροι είναι καλοί άνθρωποι που αγαπούν τα παιδιά», είπε ο Τέιτ.

«Λες δηλαδής πως καλύτερα να σε δίνανε σε τέτοιο σπίτι παρά να ζούσες στον βάλτο;» τον ρώτησε με το χέρι στη μέση και το κεφάλι τεντωμένο μπροστά.

Ο Τέιτ έμεινε σιωπηλός για μια στιγμή. «Τέλος πάντων, φέρε μερικές κουβέρτες και σπίρτα, μην τυχόν και πιάσει κρύο.

Και τίποτα σαρδέλες κονσέρβα. Αυτές κρατάνε για πάντα. Αλλά μην έχεις φρέσκα τρόφιμα εδώ· θα έρθουνε αρκούδες».

«Δεν με φοβίζ'νε οι αρκούδες».

«Δεν με φοβίζουν οι αρκούδες».

Όλο το υπόλοιπο καλοκαίρι, η Κάια και ο Τέιτ έκαναν τα μαθήματα ανάγνωσης στο ετοιμόρροπο σπιτάκι. Μέχρι τα μέσα Αυγούστου είχαν διαβάσει όλο το *Αλμανάκ της Αμμώδους Κομητείας*, και παρόλο που ακόμα δεν μπορούσε να διαβάσει όλες τις λέξεις, τα περισσότερα τα καταλάβαινε. Ο Άλντο Λίοπολντ τής έμαθε ότι τα πλημμυρικά πεδία αποτελούν ζωντανές προεκτάσεις των ποταμών, οι οποίοι επιστρέφουν για να τα διεκδικήσουν ξανά όποτε θελήσουν. Όποιος ζει σε πλημμυρικά πεδία, απλώς περιμένει μέσα στις φτερούγες του ποταμού. Έμαθε πού πηγαίνουν τον χειμώνα οι χήνες και τι σημαίνει η μουσική τους. Οι απαλές λέξεις του Λίοπολντ, που ακούγονταν σχεδόν σαν ποίηση, της δίδαξαν ότι το χώμα είναι γεμάτο ζωή και πως είναι ένα από τα πιο πολύτιμα πράγματα στη γη· πως όταν αποστραγγίζονται οι υγρότοποι, η γη ξεραίνεται σε ακτίνα πολλών μιλίων, και μαζί με τα νερά χάνονται φυτά και ζώα. Κάποιοι σπόροι παραμένουν ναρκωμένοι μέσα στη θεόστεγνη γη επί δεκαετίες· περιμένουν, και όταν επιτέλους ξανάρθουν τα νερά, σκάνε μέσα από το χώμα και ξεδιπλώνονται. Όλα αυτά ήταν θαύματα, ήταν γνώσεις της πραγματικής ζωής που ποτέ δεν θα τα μάθαινε στο σχολείο. Ήταν αλήθειες που όλοι έπρεπε να ξέρουν, κι ωστόσο, παρόλο που βρίσκονταν παντού, απόλυτα ορατές, θαρρείς πως έμεναν μυστικές, θαμμένες σαν τους σπόρους.

Συναντιούνταν στο σπιτάκι κάμποσες φορές την εβδομάδα, τα περισσότερα βράδια όμως η Κάια κοιμόταν στο δικό της καλύβι ή στην παραλία με τους γλάρους. Έπρεπε να μαζέψει καυσόξυλα πριν πιάσει ο χειμώνας, έτσι ξεκίνησε κι αυτή τη δουλειά: όπου έβρισκε, τα φορτωνόταν στον ώμο και τα στοίβαζε, λίγο-πολύ τακτικά, ανάμεσα σε δύο πεύκα. Τα γογγύλια στο μποστάνι της μόλις που φαίνονταν ανάμεσα από τις κατακίτρινες χρυσόβεργες· αλλά και πάλι είχε τόσα λαχανικά που έφταναν με το παραπάνω και για κείνη και για τα ελάφια. Μάζεψε τα τελευταία ζαρζαβατικά του καλοκαιριού και φύλαξε τις κολοκύθες και τα παντζάρια στη δροσιά, κάτω από τα σκαλιά της βεράντας.

Είχε όμως διαρκώς και τα αυτιά της ανοιχτά, μην ακούσει ήχο αυτοκινήτου γεμάτου ανθρώπους που έρχονταν να την πάρουν. Καμιά φορά, όλη αυτή η προσοχή κατάντούσε κουραστική και λίγο ανατριχιαστική, και τότε πήγαινε με τα πόδια στο ξύλινο σπιτάκι και κοιμόταν στο χωμάτινο πάτωμα, τυλιγμένη με την κουβέρτα της. Οργάνωσε το μάζεμα των μυδιών και το κάπνισμα των ψαριών έτσι ώστε να τα πηγαίνει ο Τέιτ στον Σάλτα και να της φέρνει πίσω τις προμήθειες. Να μην εκτίθεται εκείνη και πολύ.

❧

«Θυμάσαι όταν διάβασες την πρώτη σου πρόταση, που είπες ότι μερικές λέξεις χωράνε πολύ πράμα;» είπε μια μέρα ο Τέιτ καθισμένος στην όχθη του ρυακιού.

«Ναι, το θυμάμαι, γιατί;»

«Ε, πάνω απ' όλα, τα ποιήματα. Στα ποιήματα οι λέξεις κάνουν κι άλλα — όχι μόνο να λένε κάτι. Ξυπνάνε αισθήματα. Μπορεί ακόμα και να σε κάνουν να γελάσεις».

«Η Μαμά διάβαζε ποιήματα, αλλά δεν θυμάμαι κανένα».

«Άκου αυτό. Είναι του Έντουαρντ Λιρ». Έβγαλε ένα διπλωμένο χαρτί και διάβασε:

Και τότε ο Κύριος Σκνίπας Μακρυπόδης
Με τον Κύριο Μύγα τον Ζουζουνιστή
Κλαψαρίζοντας στη θάλασσα κατεβήκαν
Που άφριζε σαν νά 'τανε βραστή.
Βρήκαν εκεί ένα βαρκάκι
Που είχε ροζ και γκρίζα τα πανιά,
Και σάλπαραν μες στα κύματα οι δυο τους
Να πάνε πέρα, πέρα μακριά.

«Κάνει έναν ρυθμό σαν τα κύματα στην παραλία», είπε χαμογελώντας η Κάια.

Μετά απ' αυτό, πέρασε σε μια φάση ποιητικής γραφής. Σκάρωνε ποιηματάκια καθώς βολτάριζε με τη βάρκα της στον βάλτο ή την ώρα που έψαχνε κοχύλια — απλά στιχάκια, ανάλαφρα, χαζά. «Νά μια κίσσα που πετάει πάνω από τα νερά· στο πλευρό της θα πετούσα, αν είχα κι εγώ φτερά». Την έκαναν να γελάει τρανταχτά· τη βοηθούσαν να γεμίζει μερικές μοναχικές στιγμές των ατέλειωτων μοναχικών ημερών της.

Ένα απόγευμα, εκεί που διάβαζε στο τραπέζι της κουζίνας, θυμήθηκε το βιβλίο με τα ποιήματα που είχε η Μαμά κι άρχισε να ψαχουλεύει ώσπου το βρήκε. Ήταν τόσο φθαρμένο, που το εξώφυλλο είχε χαθεί από καιρό και οι σελίδες κρατιούνταν με δυο παλιά λαστιχάκια. Η Κάια έβγαλε με προσοχή τα λαστιχάκια και άρχισε να γυρίζει τις σελίδες, διαβάζοντας τις σημειώσεις της Μαμάς στα περιθώρια. Στο τέλος, υπήρχε ένας κατάλογος με τις σελίδες που είχαν τα αγαπημένα της Μαμάς.

Η Κάια πήγε σ' ένα ποίημα του Τζέις Ράιτ:

Ξάφνου μες στην παγωνιά,
Ήξερα πως ο κήπος είν' γυμνός,
Λαχτάρησα να κρατήσω αγκαλιά

Το παιδί μου, το παιδί μου που μιλά
Είτε είναι ήσυχο, είτε άγριο, είτε γελά…

Ήλιος και δέντρα, όλα πάνε,
Όλα εκτός από εμάς.
Η μάνα του τραγούδαγε στο σπίτι,
Και κρατούσε ζεστό το φαγητό,
Και μας αγάπαγε, μόνο ο Θεός ξέρει πώς,
Τόσο πολύ σκοτείνιασε η πλάση.

Κι ένα άλλο, του Γκάλγουεϊ Κίννελ.

Αλήθεια νοιαζόμουν…
Αλήθεια έλεγα ό,τι είχα στο μυαλό μου
Με λόγια όσο πιο ήπια μπορούσα. Και τώρα…
Νιώθω ανακούφιση, ομολογώ, που έχει λήξει:
Στο τέλος πια μονάχα λύπηση αισθανόμουν
Για εκείνη την ανάγκη για πιο πολλή ζωή.
… Αντίο.

Η Κάια χάιδεψε τους στίχους σαν να ήταν κάποιο μήνυμα, λες και η Μαμά τούς είχε υπογραμμίσει ειδικά για να τους διαβάσει μια μέρα η κόρη της κάτω από εκείνη την αδύναμη φλόγα της λάμπας και να τους καταλάβει. Δεν ήταν βέβαια κάποιο χειρόγραφο σημείωμα, ας πούμε, χωμένο κάπου στο συρτάρι ανάμεσα στις κάλτσες, αλλά κάτι ήταν κι αυτό. Η Κάια διαισθάνθηκε πως οι λέξεις έκλειναν μέσα τους ένα μεγάλο μήνυμα που δεν κατάφερνε να το απελευθερώσει. Αν εκείνη γινόταν ποτέ της ποιήτρια, θα τα έλεγε τα μηνύματα καθαρά.

Από τον Σεπτέμβριο και μετά, που ο Τέιτ ξεκίνησε την τελευταία τάξη του σχολείου, δεν μπορούσε να έρχεται πια τόσο συχνά στης Κάια, όποτε ερχόταν όμως της έφερνε και παλιά σχολικά βιβλία. Δεν είχε πει κουβέντα για τα βιβλία της βιολογίας, ότι ίσως παραήταν προχωρημένα για κείνη, κι έτσι η Κάια βυθιζόταν με κόπο σε κεφάλαια που κανονικά θα συναντούσε μετά από τέσσερα χρόνια στο σχολείο. «Μην ανησυχείς», της έλεγε, «κάθε φορά που θα τα διαβάζεις, θα πιάνεις και κάτι παραπάνω». Κι ήταν αλήθεια.

Καθώς οι μέρες μίκραιναν, άρχισαν να συναντιούνται πάλι κοντά στο καλύβι της, γιατί το φως της μέρας δεν έφτανε για να πάνε μέχρι το ξυλόσπιτο. Πάντα κάθονταν έξω, ένα πρωί όμως που σηκώθηκε ένας τρελός αέρας, η Κάια άναψε φωτιά στην ξυλόσομπα. Κανείς δεν είχε περάσει το κατώφλι του καλυβιού από τότε που ο Μπαμπάς εξαφανίστηκε, εδώ και τέσσερα χρόνια, και της φαινόταν αδιανόητο να καλέσει άνθρωπο να μπει μέσα. Εκτός από τον Τέιτ.

«Θες να κάτσουμε στην κουζίνα, στην ξυλόσομπα;» του είπε μόλις τράβηξε τη βάρκα του στην παραλία της λιμνοθάλασσας.

«Αμέ», είπε εκείνος φροντίζοντας να μην δείξει πως η πρόσκληση ήταν κάτι το ιδιαίτερο.

Μόλις ανέβηκε στη βεράντα, κάθισε σχεδόν είκοσι λεπτά για να δει με προσοχή όλα τα φτερά και τα κοχύλια και τα οστά και τις φωλιές και να τα σχολιάσει με επιφωνήματα θαυμασμού. Όταν τελικά κάθισαν στο τραπέζι, η Κάια έφερε την καρέκλα της κοντά στη δική του, τόσο που οι αγκώνες τους σχεδόν ακουμπούσαν. Για να τον νιώθει κοντά.

Επειδή ο Τέιτ είχε πολλή δουλειά με τον μπαμπά του, οι μέρες της Κάια κυλούσαν αργά, η μια μετά την άλλη. Ένα βράδυ, πήρε από το ράφι με τα βιβλία της Μαμάς το πρώτο της μυθιστόρημα, τη *Ρεβέκκα* της Δάφνης Ντι Μοριέ, και διάβασε για τον έρωτα. Μετά από λίγο έκλεισε το βιβλίο και πήγε στην ντουλάπα. Φόρεσε το καλοκαιρινό φόρεμα της Μαμάς κι άρχισε να στριφογυρίζει μέσα στο δωμάτιο, ανεμίζοντας τη φούστα, κάνοντας φούρλες μπροστά στον καθρέφτη. Λικνίζοντας τους γοφούς και τα μακριά της μαλλιά, φανταζόταν τον Τέιτ να της ζητά να χορέψουν. Φανταζόταν το χέρι του στη μέση της. Σαν να ήταν η κυρία ντε Ουίντερ.

Σταμάτησε απότομα και διπλώθηκε στα δύο, χαχανίζοντας. Έπειτα, στάθηκε εντελώς ακίνητη.

«Έλα δω, μικρό μου», της είπε με την τραγουδιστή φωνή της η Μέιμπελ ένα απόγευμα. «Έχω κάτι πράματα για σένα». Τα κουτιά με τα καλούδια για την Κάια τα έφερνε συνήθως ο Σάλτας, αλλά όποτε εμφανιζόταν η Μέιμπελ, τότε συνήθως υπήρχε κάτι πολύ ιδιαίτερο.

«Άντε ντε, πάρ' τα πράματά σου. Θα σου βάλω εγώ βενζίνα», είπε ο Σάλτας, κι έτσι η Κάια ανέβηκε στον μόλο.

«Κοίτα δω, δεσποινίς Κάια», είπε η Μέιμπελ σηκώνοντας ψηλά ένα ροδακινί φόρεμα με σιφόν πάνω από τη λουλουδάτη φούστα, το πιο όμορφο ρούχο που είχε δει ποτέ της η Κάια — ακόμα πιο ωραίο κι από το καλοκαιρινό φουστάνι της Μαμάς. «Αυτό το φουστάνι ταιριάζει σε μια πριγκιπέσσα σαν κι εσένανε». Το κράτησε μπροστά από την Κάια, που άπλωσε το χέρι και το άγγιξε χαμογελώντας. Μετά, γυρνώντας την πλάτη στον Σάλτα, η Μέιμπελ έσκυψε με κόπο και έβγαλε από το κουτί ένα άσπρο σουτιέν.

Η Κάια ένιωσε να κοκκινίζει ολόκληρη.

«Έλα τώρα, δεσποινίς Κάια, μη σε πιάνουν οι ντροπές. Όπου νά 'ναι θα το χρειαστείς κι αυτό. Και άκου να δεις, μικρό μου, έτσι κι είναι τίποτε που θες να το κουβεντιάσεις μαζί μου, κάτι που δεν καταλαβαίνεις, θά 'ρθεις αμέσως να το πεις της Μέιμπελ. Μ' ακούς;»

«Μάλιστα. Ευχαριστώ, Μέιμπελ». Η Κάια έχωσε το σουτιέν στον πάτο του κουτιού, κάτω από κάτι τζην και μπλουζάκια, ένα σακουλάκι φασόλια κι ένα βάζο ροδάκινα κομπόστα.

Λίγες εβδομάδες αργότερα, καθώς κοιτούσε πελεκάνους να πλέουν και να ψαρεύουν στη θάλασσα και το βαρκάκι της καβαλίκευε τα κύματα, η Κάια ένιωσε ξαφνικά έναν πόνο στην κοιλιά. Δεν είχε πάθει ποτέ της ναυτία, κι αυτός ο πόνος ήταν αλλιώτικος απ' οποιονδήποτε άλλον είχε αισθανθεί. Έβγαλε τη βάρκα στην παραλία στο Πόιντ Μπιτς και κάθισε στην άμμο με τα πόδια διπλωμένα στο πλάι σαν φτερά. Ο πόνος έγινε πιο διαπεραστικός, η Κάια μόρφασε κι έβγαλε ένα μικρό βογκητό. Μάλλον θα την έπιανε διάρροια.

Ξαφνικά άκουσε τον βόμβο μιας εξωλέμβιας και είδε το βαρκάκι του Τέιτ να σκίζει τα αφρισμένα κύματα. Μόλις την είδε κι εκείνος, έστρεψε την πλώρη κατά τη στεριά. Η Κάια έφτυσε μερικές από τις βλαστήμιες του Μπαμπά. Πάντα της άρεσε να βλέπει τον Τέιτ, όχι όμως όταν περίμενε να την πιάσει όπου νά 'ναι η διάρροια. Ο Τέιτ τράβηξε τη βάρκα του δίπλα στη δική της και κάθισε κατευθείαν στην άμμο πλάι της.

«Γεια, Κάια. Τι γίνεται; Για το σπίτι σου πήγαινα».

«Γεια, Τέιτ. Χαίρομαι που σε βλέπω». Προσπάθησε να ακούγεται όπως συνήθως, αλλά η κοιλιά της την έσφιγγε τρομερά.

«Τι τρέχει;» την ρώτησε.

«Τι θες να πεις;»

«Δεν φαίνεσαι καλά. Τι τρέχει;»

«Νομίζω πως αρρώστησα. Έχω κάτι άσχημες σουβλιές στην κοιλιά μου».

«Α». Ο Τέιτ γύρισε και κοίταξε προς τη θάλασσα. Κι έχωσε τα γυμνά του πόδια στην άμμο.

«Μάλλον καλύτερα να φύγεις», του είπε με το κεφάλι σκυφτό.

«Μάλλον καλύτερα να μείνω μέχρι να είσαι εντάξει. Τι θα γίνει αν δεν μπορείς να γυρίσεις μόνη σου σπίτι;»

«Μπορεί να χρειαστεί να πάω στο δάσος. Να κάνω εμετό».

«Μπορεί. Αλλά δεν νομίζω πως θα σε βοηθήσει αυτό», της είπε χαμηλόφωνα.

«Μα τι λες; Αφού δεν ξέρεις τι έχω».

«Είναι κάπως αλλιώς από άλλους κοιλόπονους;»

«Ναι».

«Κοντεύεις τα δεκαπέντε τώρα, σωστά;»

«Ναι. Τι σχέση έχει αυτό;»

Έμεινε αμίλητος για λίγο. Έσκαψε με τα πόδια του την άμμο, τα έχωσε πιο βαθιά. Κοιτώντας αλλού, είπε: «Ξέρεις, μπορεί να είναι αυτό που συμβαίνει στα κορίτσια στην ηλικία σου. Θυμάσαι που σου έφερα ένα φυλλάδιο πριν από μερικούς μήνες; Ήταν μαζί μ' εκείνα τα βιβλία βιολογίας». Ο Τέιτ τής έριξε μια κλεφτή ματιά, αμήχανος, κι ύστερα απέστρεψε ξανά το βλέμμα.

Η Κάια κατέβασε τα μάτια κι ένιωσε να κοκκινίζει ολόκληρη από ντροπή. Φυσικά, δεν υπήρχε πουθενά η Μαμά να της τα πει αυτά, αλλά πράγματι ένα σχολικό φυλλάδιο που της είχε φέρει ο Τέιτ εξηγούσε μερικά πράγματα. Τώρα λοιπόν που είχε έρθει η ώρα της βρισκόταν να κάθεται στην παραλία και να μετατρέπεται σε γυναίκα μπροστά στα μάτια ενός αγοριού. Ντροπή και πανικός την κατέκλυσε. Τι έπρεπε να κάνει; Τι ακριβώς επρόκειτο να συμβεί; Πόσο θα ήταν το αίμα; Το φανταζόταν να κυλάει πάνω στην άμμο ολόγυρά της. Συνέχισε να κάθεται αμίλητη, ενώ ένας οξύς πόνος την έκοβε στη μέση.

«Μπορείς να πας σπίτι μόνη σου;» ρώτησε ο Τέιτ χωρίς να την κοιτάζει.

«Νομίζω ναι».

«Όλα θα πάνε καλά, Κάια. Όλα τα κορίτσια το περνάνε

αυτό χωρίς πρόβλημα. Άντε, σπίτι τώρα. Θα σε ακολουθήσω κι εγώ να σιγουρευτώ πως γύρισες κι είσαι εντάξει».

«Δεν είναι ανάγκη».

«Μη σε νοιάζει για μένα. Άντε τώρα, πήγαινε». Σηκώθηκε και πήγε προς τη βάρκα του χωρίς να της ρίξει ματιά. Έβαλε μπρος και βγήκε αρκετά μακριά από την παραλία για να την περιμένει να τραβήξει κι εκείνη προς το κανάλι. Από εκείνη την απόσταση ο Τέιτ έμοιαζε με μια κουκίδα που την ακολουθούσε ώσπου έφτασε στη λιμνοθάλασσά της. Στην όχθη πια, τον χαιρέτησε σηκώνοντας για μια στιγμή το χέρι της, με το κεφάλι ακόμα σκυφτό, να μη συναντήσει το βλέμμα του.

Όπως ακριβώς έμαθε τα περισσότερα πράγματα μόνη της, έτσι έμαθε μόνη της και πώς να γίνει γυναίκα. Το επόμενο πρωί, με το πρώτο φως, μπήκε στη βάρκα και πήγε στου Σάλτα. Ο χλωμός ήλιος έμοιαζε μετέωρος μέσα στην πηχτή ομίχλη την ώρα που η Κάια πλησίαζε στον μόλο αναζητώντας με το βλέμμα τη Μέιμπελ, αν και ήξερε πως μάλλον δεν θα την έβρισκε εκεί. Ως συνήθως, μόνο ο Σάλτας βγήκε από το μαγαζί για να την προϋπαντήσει.

«Γεια σου, δεσποινίς Κάια. Πάλι βενζίνα; Κιόλα;»

Καθισμένη ακόμα στη βάρκα, η Κάια απάντησε σιγανά, «Θέλω να δω τη Μέιμπελ».

«Πολύ-πολύ λυπάμαι, μικρό μου, μα δεν είναι σήμερα εδώ η Μέιμπελ. Μπορώ να κάνω κάτι εγώ;»

Με το κεφάλι σκυμμένο, είπε η Κάια, «Πρέπει πολύ να δω τη Μέιμπελ. Γρήγορα».

«Καλά». Ο Σάλτας κοίταξε πέρα προς τη θάλασσα και είδε πως δεν έρχονταν άλλες βάρκες. Όποιος ήθελε βενζίνη, οποιαδήποτε ώρα, όποια μέρα κι αν ήταν, ακόμα και Χριστούγεννα, μπορούσε να είναι βέβαιος πως ο Σάλτας θα ήταν εκεί — δεν είχε χάσει ούτε μία μέρα δουλειάς εδώ και πενήντα χρόνια, με εξαίρεση τότε που πέθανε το αγγελούδι τους, η Ντέιζι. Του ήταν αδύνατο να φύγει από το πόστο του. «Περίμενε μια στιγμούλα εδώ, δεσποινίς Κάια, να πεταχτώ λιγάκι παραπάνω, να πω σε κάνα παιδί να φωνάξει τη Μέιμπελ. Έτσι κι έρθει καμιά βάρκα, τους λες πως έρχομαι αμέσως».

«Θα το πω. Ευχαριστώ».

Ο Σάλτας πήρε τον δρόμο και χάθηκε από τα μάτια της, ενώ η Κάια περίμενε, κοιτώντας κάθε τόσο πέρα από τον κόλπο με τον φόβο μην τυχόν έρθει καμιά άλλη βάρκα. Ο Σάλτας όμως επέστρεψε στο πιτς-φυτίλι λέγοντας πως είχε βάλει κάτι παιδιά να πουν της Μέιμπελ να έρθει. Πως θα έπρεπε να περιμένει «ένα λεπτάκι».

Στο μεταξύ, βάλθηκε ν' ανοίγει κιβώτια με ταμπάκο για μάσημα και να τακτοποιεί τα ράφια και γενικά να καταγίνεται με διάφορα. Η Κάια δεν βγήκε από τη βάρκα. Και επιτέλους, κάποια στιγμή φάνηκε κι η Μέιμπελ να έρχεται διασχίζοντας τον μόλο, με τα σανίδια να υποχωρούν σε κάθε της βήμα σαν τα πλήκτρα πιάνου. Είχε μαζί της μια χάρτινη σακούλα· δεν φώναξε, όπως έκανε συνήθως, για να καλωσορίσει την Κάια, παρά μόνο στάθηκε στον μόλο, από πάνω της και είπε σιγανά, «Καλημέρα, δεσποινίς Κάια, τι έγινε, μικρό μου; Τι σου συμβαίνει;»

Η Κάια έσκυψε κι άλλο το κεφάλι και μουρμούρισε κάτι που η Μέιμπελ δεν κατάφερε ν' ακούσει.

«Δεν βγαίνεις λέω γω απ' αυτή τη βάρκα; Ή να μπω κι εγώ μαζί σου;»

Η Κάια δεν απάντησε, κι έτσι η Μέιμπελ, με τα εκατό κιλά της, έβαλε πρώτα το ένα πόδι και μετά το άλλο στη μικρή βάρκα, που διαμαρτυρήθηκε κοπανώντας στους πασσάλους. Κάθισε στον κεντρικό πάγκο κοιτώντας προς την Κάια, στην πρύμνη.

«Τώρα πες μου τι τρέχει, μικρό μου».

Πλησίασαν τα κεφάλια τους, η Κάια κάτι ψιθύρισε κι ύστερα η Μέιμπελ την πήρε και την έσφιξε στον πληθωρικό της κόρφο, την κρατούσε αγκαλιά και την κουνούσε — η Κάια άκαμπτη στην αρχή, ασυνήθιστη καθώς ήταν στις αγκαλιές, αυτό όμως καθόλου δεν αποθάρρυνε τη Μέιμπελ, κι έτσι στο τέλος η Κάια λύθηκε εντελώς κι αφέθηκε στην παρηγοριά των μεγάλων εκείνων μαξιλαριών. Σε λίγο, η Μέιμπελ έγειρε προς τα πίσω και άνοιξε τη χαρτοσακούλα.

«Το κατάλαβα τι είχες, οπότε σου 'φερα κάτι πραματάκια». Κι εκεί, μέσα στη βάρκα, στον μόλο του Σάλτα, η Μέιμπελ εξήγησε στην Κάια όλες τις λεπτομέρειες.

«Να ξέρεις, δεσποινίς Κάια, δεν είναι τίποτα ντροπής αυτό. Δεν είναι καμιά κατάρα, σαν που λέει ο κόσμος. Μ' αυτό ξεκινάει η ζωή, που μόνο η γυναίκα τήνε δίνει. Κι εσύ είσαι γυναίκα πια, μωρό μου».

Το επόμενο απόγευμα, όταν η Κάια άκουσε τη βάρκα του Τέιτ, κρύφτηκε στα βάτα για να τον παρακολουθήσει. Της φαινόταν έτσι κι αλλιώς παράξενο που κάποιος την ήξερε, τώρα όμως αυτός ο κάποιος γνώριζε και το πιο προσωπικό, το πιο ιδιωτικό γεγονός της ζωής της. Τα μάγουλά της κοκκίνισαν στη σκέψη. Ήταν αποφασισμένη να μείνει κρυμμένη ώσπου να φύγει ο Τέιτ.

Τράβηξε τη βάρκα του στην όχθη και πήδηξε έξω έχοντας στα χέρια ένα άσπρο κουτάκι δεμένο με σπάγκο. «Ε! Κάια! Πού είσαι;» φώναξε. «Έφερα κεκάκια από του Πέρκερ».

Η Κάια είχε χρόνια να βάλει στο στόμα της γλύκισμα. Ο Τέιτ έβγαλε μερικά βιβλία από τη βάρκα κι έτσι η Κάια φανερώθηκε με αργές κινήσεις από τους θάμνους πίσω του.

«Α, εδώ είσαι. Κοίτα». Άνοιξε το κουτί, και μέσα, τακτικά-

τακτικά, ήταν μικρά γλυκίσματα, μικρά τετραγωνάκια με γλάσο βανίλια από πάνω και ένα τόσο δα ροζ τριανταφυλλάκι στη μέση. «Έλα, όρμα».

Η Κάια έβγαλε ένα απ' το κουτί, πάλι χωρίς να κοιτάζει τον Τέιτ, και το δάγκωσε. Ύστερα έχωσε όλο το υπόλοιπο στο στόμα της. Και έγλειψε τα δάχτυλά της.

«Νά, ορίστε». Ο Τέιτ ακούμπησε το κουτί δίπλα της, κάτω από τη βελανιδιά τους. «Φάε όσα θες. Ας ξεκινήσουμε όμως. Έφερα καινούργιο βιβλίο». Κι αυτό ήταν. Καταπιάστηκαν με το μάθημά τους, χωρίς να πουν ούτε λέξη για εκείνο το άλλο θέμα.

Κόντευε φθινόπωρο· μπορεί τα αειθαλή δέντρα να μην το είχαν προσέξει, τα πλατάνια όμως το είχαν καταλάβει μια χαρά και επιδείκνυαν χιλιάδες χρυσαφένια φύλλα με φόντο έναν ουρανό γκρίζο σαν πέτρα. Ένα απόγευμα, μετά το μάθημα, ο Τέιτ χασομέρησε ενώ έπρεπε κανονικά να φύγει, και έμειναν οι δυο τους καθισμένοι σ' ένα κούτσουρο στο δάσος. Και τότε η Κάια έκανε επιτέλους την ερώτηση που ήθελε εδώ και μήνες να κάνει. «Τέιτ, το εκτιμώ πολύ που με μαθαίνεις να διαβάζω, κι όλα αυτά τα πράγματα που μού 'χεις δώσει. Αλλά γιατί το κάνεις; Δεν έχεις καμιά φιλενάδα ή τίποτα τέτοιο;»

«Μπα... Καλά, καμιά φορά έχω. Είχα μία, αλλά τώρα πια, όχι. Μ' αρέσει να είμαι εδώ, στην ησυχία, και μ' αρέσει που σε ενδιαφέρει τόσο πολύ ο βάλτος, Κάια. Οι περισσότεροι δεν του δίνουν καμία σημασία παρά μόνο για να ψαρεύουν. Νομίζουν πως είναι ένας αγριότοπος που κανονικά θα έπρεπε να τον αποξηράνουν και να τον κάνουν κάτι. Ο κόσμος δεν καταλαβαίνει πως τα περισσότερα πλάσματα της θάλασσας —ανάμεσά τους κι αυτά που τρώνε— τον έχουν ανάγκη τον βάλτο».

Δεν ανέφερε καθόλου πόσο την λυπόταν που ήταν ολομόναχη και ότι ήξερε πώς την αντιμετώπιζαν χρόνια τώρα τα άλλα παιδιά· πως οι άνθρωποι στο χωριό την έλεγαν Πιτσιρίκα του Βάλτου και σκαρφίζονταν ένα σωρό ψέματα για κείνη. Πλησίαζαν στα κρυφά το καλύβι της τρέχοντας μέσα στο σκοτάδι για να το ακουμπήσουν — αυτό είχε γίνει κανονική παράδοση, ένα είδος τελετουργίας μύησης για τα αγόρια ώστε να γίνουν άντρες. Τι σήμαινε αυτό για τους άντρες; Μερικοί ήδη έβαζαν στοιχήματα, ποιος θα είναι ο πρώτος που θα κόψει το λουλούδι της. Κάτι τέτοια πράγματα έκαναν έξαλλο τον Τέιτ και τον ανησυχούσαν.

Δεν ήταν όμως αυτός ο κύριος λόγος που άρχισε ν' αφήνει φτερά στο δάσος για να τα βρει η Κάια, ούτε κι ο λόγος που συνέχισε να έρχεται να τη βλέπει. Εκείνο που δεν είπε ο Τέιτ ήταν τι ένιωθε για την Κάια, τα αισθήματά του, που έμοιαζαν μπερδεμένα κάπου ανάμεσα στη γλυκιά αγάπη για μια χαμένη αδελφή και στον φλογερό έρωτα για μια κοπέλα. Ούτε κι ο ίδιος μπορούσε να τα ξεδιαλύνει, ωστόσο ποτέ δεν τον είχε κατακλύσει κάτι τόσο δυνατό. Ένιωθε πράγματα που είχαν τόσο πόνο όσο και χαρά.

Χώνοντας το κοτσάνι από ένα χορτάρι μέσα σε μια μυρμηγκοφωλιά η Κάια ρώτησε τελικά: «Η μαμά σου πού είναι;».

Ανάμεσα απ' τα δέντρα πέρασε μια πνοή αέρα, σείοντας τα κλωνάρια απαλά. Ο Τέιτ δεν απάντησε.

«Δεν έχει ανάγκη να μου απαντήσεις», είπε η Κάια.

«Δεν είναι ανάγκη, εννοείς».

«Δεν είναι ανάγκη να μου απαντήσεις».

«Η μητέρα μου και η μικρή μου αδερφή σκοτώθηκαν σε αυτοκινητιστικό, πέρα στο Άσβιλ. Την αδελφή μου την έλεγαν Κάριαν».

«Ωχ. Πολύ λυπάμαι, Τέιτ. Είμαι σίγουρη πως η μαμά σου ήταν και καλή και όμορφη».

«Ναι. Κι οι δυο τους ήταν». Μιλούσε κοιτώντας το χώμα ανάμεσα απ' τα πόδια του. «Δεν έχω μιλήσει ποτέ γι' αυτό το πράγμα. Σε κανέναν».

Ούτε κι εγώ, σκέφτηκε η Κάια. Και είπε φωναχτά: «Εμένα η Μαμά μου σηκώθηκε κι έφυγε μια μέρα και δεν ξαναγύρισε ποτέ. Η μαμά ελαφίνα πάντα ξαναγυρνάει».

«Ε, τουλάχιστον εσύ μπορείς να ελπίζεις. Η δικιά μου σίγουρα δεν θα γυρίσει πίσω».

Έμειναν για λίγο αμίλητοι κι ύστερα ο Τέιτ είπε: «Νομίζω...». Αλλά σταμάτησε· γύρισε το βλέμμα αλλού.

Η Κάια τον κοίταξε ο Τέιτ όμως είχε τα μάτια καρφωμένα κάτω. Σιωπηλός.

«Τι;» του είπε. «Τι νομίζεις; Σε μένα μπορείς να τα λες όλα».

Εκείνος παρέμεινε αμίλητος. Με την υπομονή που της είχε διδάξει η πείρα, η Κάια περίμενε.

Τέλος, πολύ σιγανά, ο Τέιτ είπε: «Νομίζω πως είχαν πάει στο Άσβιλ για να μου πάρουν δώρο για τα γενέθλιά μου. Ήθελα ένα συγκεκριμένο ποδήλατο, το ήθελα σώνει και καλά. Η Ουέστερν δεν το έφερνε, κι έτσι νομίζω πως πήγαν στο Άσβιλ για να μου αγοράσουν εκείνο το ποδήλατο».

«Αυτό δεν θα πει πως έφταιγες εσύ», είπε η Κάια.

«Το ξέρω, αλλά έτσι το νιώθω», είπε ο Τέιτ. «Δεν θυμάμαι καν τι μάρκα ήταν το ποδήλατο».

Η Κάια έγειρε λίγο πιο κοντά του, αλλά όχι τόσο ώστε να αγγίζονται. Ένιωσε ωστόσο κάτι — ήταν λες και η απόσταση ανάμεσα στους ώμους τους να μην υπήρχε πια. Αναρωτήθηκε αν το ένιωσε κι ο Τέιτ. Ήθελε να έρθει ακόμα πιο κοντά, να έρθουν σε επαφή για μια στιγμή τα χέρια τους. Να ακουμπήσουν. Κι αναρωτήθηκε αν ο Τέιτ θα το πρόσεχε.

Κι εκείνη ακριβώς τη στιγμή, ο αέρας δυνάμωσε και χιλιάδες, χιλιάδες φύλλα ξεκόλλησαν από τα πλατάνια, από τα κλαδιά που τα κρατούσαν ζωντανά, και πέταξαν σαν σμήνος στον ουρανό. Τα φύλλα του φθινοπώρου δεν πέφτουν· πετούν. Βολτάρουν με το πάσο τους, καθώς είναι η μόνη τους ευκαιρία να αιωρηθούν ελεύθερα. Καθρεφτίζοντας το φως, στριφογύριζαν κι έτρεχαν και πετάριζαν καβάλα στα ρεύματα του αέρα.

Ο Τέιτ πετάχτηκε όρθιος και της φώναξε: «Πόσα φύλλα μπορείς να πιάσεις πριν πέσουν κάτω;» Η Κάια σηκώθηκε αμέσως, κι οι δυο τους άρχισαν να χοροπηδούν και να τρέχουν μέσα στον κατακλυσμό των φύλλων, υψώνοντας τα χέρια τους ή απλώνοντάς τα για να τσακώσουν τα φύλλα πριν πέσουν στη γη. Γελώντας, ο Τέιτ έκανε βουτιά για να προλάβει ένα φύλλο λίγα εκατοστά πριν το έδαφος, το έπιασε, και γύρισε ανάσκελα κρατώντας ψηλά το τρόπαιό του. Η Κάια σήκωσε με φόρα τα χέρια και άφησε όλα τα φύλλα που είχε σώσει να τα ξαναπάρει ο άνεμος. Κι αυτά πιάνονταν ξανά στα μαλλιά της σαν χρυσάφι.

Και τότε, καθώς στριφογύριζε έπεσε πάνω στον Τέιτ, που είχε σηκωθεί, και τότε απόμειναν ακίνητοι κοιτώντας ο ένας τον άλλο στα μάτια. Τα γέλια σταμάτησαν. Την έπιασε από τους ώμους, δίστασε για μια στιγμή, κι ύστερα τη φίλησε στα χείλη, ενώ τα φύλλα έπεφταν και χόρευαν ολόγυρά τους σιωπηλά σαν χιόνι.

Η Κάια δεν ήξερε από φιλιά· τα χείλη και το κεφάλι της έμειναν ακίνητα. Απομακρύνθηκαν και κοιτάχτηκαν· δεν ήξεραν ούτε πώς είχε γίνει αυτό ούτε τι έπρεπε να γίνει μετά. Ο Τέιτ έβγαλε απαλά ένα φύλλο από τα μαλλιά της και το έριξε στο χώμα. Η καρδιά της χτυπούσε σαν τρελή. Απ' όλες τις τραχιές αγάπες που είχε γνωρίσει μέσα στην αλλοπρόσαλλη οικογένειά της, καμιά δεν την είχε κάνει να νιώσει έτσι.

«Τώρα είμαι η κοπέλα σου;» τον ρώτησε.

Εκείνος χαμογέλασε. «Θες να είσαι;».

«Ναι».

«Ίσως να είσαι πολύ μικρή», της είπε.

«Αλλά ξέρω από φτερά. Στοίχημα πως κανένα άλλο κορίτσι δεν ξέρει από φτερά».

«Εντάξει τότε». Και τη φίλησε ξανά. Αυτή τη φορά έγειρε το κεφάλι της στο πλάι· τα χείλη της μαλάκωσαν. Και για πρώτη φορά στη ζωή της η καρδιά της ήταν γεμάτη.

18.

Λευκό κανό

1960

Τώρα πια, κάθε καινούργια λέξη ξεκινούσε με μια κραυγή χαράς, κάθε πρόταση ήταν κι ένα μικρό κυνηγητό. Ο Τέιτ ν' αρπάζει την Κάια κι οι δυο τους να πέφτουν κάτω και να κυλιούνται, μισό-παιδιάστικα μισό-όχι, μέσα στα κόκκινα αγριοσέσκουλα του φθινοπώρου.

«Κάτσε λίγο σοβαρή», της είπε. «Ο μόνος τρόπος να μάθεις την προπαίδεια είναι με αποστήθιση». Έγραψε στην άμμο 12x12=144, εκείνη όμως πέρασε τρέχοντας δίπλα του, βούτηξε στο κύμα που έσπαγε και ανοίχτηκε στα γαλήνια νερά. Εκείνος την ακολούθησε σ' ένα μέρος όπου το γκριζογάλανο φως έσκιζε λοξά τη σιγή περιγράφοντας τις φιγούρες τους. Φιγούρες λεπτές, και στιλπνές σαν της φώκαινας. Λίγο αργότερα, με την άμμο και το αλάτι επάνω τους κυλιόντουσαν στην παραλία αγκαλιασμένοι σφιχτά σαν να ήταν ένα.

Το επόμενο απόγευμα ήρθε στη λιμνοθάλασσά της αλλά δεν βγήκε από τη βάρκα του. Στα πόδια του είχε ακουμπισμένο ένα μεγάλο καλάθι σκεπασμένο με κόκκινο καρό ύφασμα.

«Τί 'ναι αυτό; Τι έφερες;» τον ρώτησε.

«Έκπληξη. Άντε, μπες».

Μέσα απ' τα αργοκίνητα νερά των καναλιών γλίστρησαν ώς τη θάλασσα κι ύστερα έστριψαν νότια, σ' έναν μικρό κολπίσκο σαν μισοφέγγαρο. Ο Τέιτ άπλωσε με μια κίνηση την κουβέρτα στην άμμο και ακούμπησε επάνω το σκεπασμένο καλάθι. Μόλις κάθισαν, σήκωσε το ύφασμα.

«Χρόνια πολλά, Κάια», είπε. «Είσαι δεκαπέντε χρονών». Απ' το καλάθι ξεπρόβαλε μια διώροφη τούρτα, ψηλή σαν κουτί για καπέλα, στολισμένη με κοχύλια και ροζ γλάσο. Και το όνομά της γραμμένο επάνω. Γύρω από την τούρτα, δώρα τυλιγμένα σε πολύχρωμο χαρτί και δεμένα με φιόγκους.

Απόμεινε να κοιτάζει αποσβολωμένη, με το στόμα ανοιχτό. Ποτέ κανείς δεν της είχε ευχηθεί χρόνια πολλά από τότε που έφυγε η Μαμά. Ποτέ κανείς δεν της είχε χαρίσει τούρτα αγορασμένη από ζαχαροπλαστείο, με το όνομά της γραμμένο επάνω. Ποτέ της δεν είχε πάρει δώρα με φιόγκους και αληθινό χαρτί περιτυλίγματος.

«Πού τό 'ξερες πως είναι τα γενέθλιά μου;». Δεν είχε ημερολόγιο κι έτσι δεν είχε ιδέα ότι ήταν σήμερα.

«Το είδα στη Βίβλο σου».

Όσο εκείνη τον ικέτευε να μην κόψει το όνομά της, εκείνος ετοίμασε δύο πελώρια κομμάτια που τα έβαλε σε χάρτινα πιατάκια. Κοιτώντας ο ένας τον άλλο στα μάτια, άρχισαν να κόβουν κομματάκια με το χέρι και να τα βάζουν στο στόμα. Πλαταγίζοντας τα χείλια. Γλείφοντας τα δάχτυλα. Γελώντας με χαμόγελα όλο γλάσο. Τρώγοντας την τούρτα έτσι όπως πρέπει να τρώγεται μια τούρτα, έτσι όπως όλοι θά 'θελαν να την τρώνε.

«Θ' ανοίξεις τα δώρα σου;» της χαμογέλασε.

Το πρώτο: ένας μικρός μεγεθυντικός φακός, «για να βλέπεις και τις πιο μικρές λεπτομέρειες στα φτερά των εντόμων». Το δεύτερο: ένα πλαστικό κοκαλάκι, ασημί, μ' έναν γλάρο από στρας, «για τα μαλλιά σου». Λίγο αδέξια, ο Τέιτ έσπρωξε μερικές τούφες από τα μαλλιά της πίσω από το αυτί της και κούμπωσε το κοκαλάκι. Η Κάια το άγγιξε με τα δάχτυλα. Ήταν πιο όμορφο από της Μαμάς.

Το τελευταίο δώρο ήταν σε μεγαλύτερο κουτί, κι όταν το άνοιξε η Κάια βρήκε μέσα δέκα βαζάκια λαδομπογιές, κουτιά με νερομπογιές και διάφορα πινέλα: «για τις ζωγραφικές σου».

Η Κάια πήρε στα χέρια της καθένα από τα βαζάκια, καθένα από τα πινέλα. «Μπορώ να σου φέρνω κι άλλα όποτε τα χρειάζεσαι. Ακόμα και καμβάδες, από το Ση Όουκς».

Εκείνη έσκυψε το κεφάλι. «Σ' ευχαριστώ, Τέιτ».

«Ήρεμα. Σιγά-σιγά τώρα», φώναξε ο Σκάπερ στον Τέιτ καθώς εκείνος, τριγυρισμένος από δίχτυα, στουπιά και πελεκάνους, έβαλε μπρος το βίντσι. Η πλώρη της *Κερασόπιτας* σκαρφάλωσε στη σχάρα κι έπειτα γλίστρησε στις υποβρύχιες ράγες του Καρνάγιου του Πητ με την κατηφορική προβλήτα και το σκουριασμένο λεμβοστάσιο, το μοναδικό μέρος στο Μπάρκλι Κόουβ όπου μπορούσες να τραβήξεις έξω το σκάφος σου.

«Ωραία, εντάξει, ανέβηκε. Τράβα την τώρα». Ο Τέιτ έδωσε περισσότερη δύναμη στο βίντσι και το σκάφος κύλησε πάνω στη ράγα και μπήκε στη δεξαμενή. Το στερέωσαν καλά με συρματόσχοινα και άρχισαν να ξύνουν από τα ύφαλα τις πεταλίδες, ενώ από το πικάπ αναδύονταν κρυστάλλινες άριες της Μιλίτσα Κόργιους. Έπρεπε να το περάσουν πρώτα με αστάρι κι ύστερα με την κανονική κόκκινη μπογιά, όπως κάθε χρόνο. Το χρώμα το είχε διαλέξει η μητέρα του Τέιτ, κι ο Σκάπερ δεν επρόκειτο ποτέ να το αλλάξει. Πότε-πότε, ο Σκάπερ σταματούσε τη δουλειά και ανέμιζε τα μεγάλα του χέρια ακολουθώντας τη λεπτή γραμμή της μουσικής.

Ήταν αρχές χειμώνα, κι ο Σκάπερ έδινε πια στον Τέιτ κανονικό μισθό για να δουλεύει μαζί του μετά το σχολείο και τα σαββατοκύριακα, κι έτσι ο Τέιτ δεν μπορούσε να πηγαίνει στης Κάια τόσο συχνά. Αυτό δεν το είχε πει στον μπαμπά του· δεν υπήρχε περίπτωση να του πει τίποτα σχετικά με την Κάια.

Έξυναν πεταλίδες μέχρι που σκοτείνιασε, ώσπου πόνεσαν ακόμα και του Σκάπερ τα μπράτσα. «Είμαι πολύ κουρασμένος για να μαγειρέψω τώρα, φαντάζομαι κι εσύ. Πάμε να περάσουμε από την καφετέρια, να τσιμπήσουμε τίποτα εκεί, γυρνώντας σπίτι».

Στο μαγαζί δεν υπήρχε άνθρωπος που να μην τους γνώριζε, έτσι χαιρέτησαν μ' ένα νεύμα τους πάντες και κάθισαν σε ένα γωνιακό τραπέζι. Και οι δύο παρήγγειλαν το πιάτο της ημέρας: τηγανιτό κοτόπουλο, πουρέ με σάλτσα, γογγύλια και λάχανο κόλσλο. Και ψωμάκια. Και καρυδόπιτα με παγωτό. Στο διπλανό τραπέζι καθόταν μια τετραμελής οικογένεια· έπιασαν όλοι τα χέρια και έσκυψαν το κεφάλι ενώ ο πατέρας έλεγε μεγαλόφωνα μια προσευχή. Με το «Αμήν» έδωσαν ένα φιλί στον αέρα, έσφιξαν τα χέρια κι άρχισαν να μοιράζουν το καλαμποκόψωμο.

«Άκου να δεις, γιε μου», είπε ο Σκάπερ, «ξέρω πως αυτή η δουλειά δεν σ' αφήνει να κάνεις πολλά άλλα πράγματα. Έτσι είναι, αλλά πέρσι δεν πήγες ούτε στον χορό του σχολείου ούτε πουθενά, και δεν θέλω να τα χάνεις όλα αυτά, ιδίως τώρα που είναι η τελευταία σου χρονιά. Θά 'χει σε λίγο έναν μεγάλο χορό στο γήπεδο του σχολείου. Θα ζητήσεις από καμιά κοπέλα να πάτε;»

«Μπα. Μπορεί και να πάω, δεν ξέρω. Αλλά δεν έχω καμιά που να θέλω να της ζητήσω να πάμε».

«Δεν έχει στο σχολείο ούτε μια κοπέλα που θά 'θελες να συνοδέψεις;»

«Ούτε μία».

«Μάλιστα». Ο Σκάπερ έγειρε στην πλάτη της καρέκλας για να του βάλει η σερβιτόρα μπροστά του το πιάτο του. «Ευχαριστώ, Μπέτι. Το γέμισες, βλέπω, καλά-καλά». Η Μπέτι έκανε τον γύρο του τραπεζιού και ακούμπησε και το πιάτο του Τέιτ, που ήταν ακόμα πιο γεμάτο.

«Ορίστε. Τρώτε», τους είπε. «Έχει όσο θέλετε. Το πιάτο της ημέρας είναι χωρίς περιορισμό». Έσκασε ένα χαμόγελο στον Τέιτ και απομακρύνθηκε προς την κουζίνα με λίγο παραπάνω κούνημα των γοφών.

Ο Τέιτ είπε: «Όλα τα κορίτσια στο σχολείο είναι ανόητα. Το μόνο που συζητάνε είναι για μαλλιά και για τακούνια».

«Ε, εντάξει, έτσι κάνουν οι κοπέλες. Μερικές φορές πρέπει να δέχεσαι τα πράγματα όπως είναι».

«Μπορεί».

«Κοίτα, γιε μου, εγώ δεν δίνω προσοχή σ' αυτά που λέει ο ένας κι ο άλλος, ποτέ μου δεν έδινα. Αλλά εδώ υπάρχει κανονικός κατακλυσμός από κουτσομπολιά που λένε πως κάτι τρέχει με σένα κι εκείνη την κοπέλα στον βάλτο». Ο Τέιτ σήκωσε τα χέρια ψηλά. «Κάτσε, μια στιγμή, περίμενε», συνέχισε ο Σκάπερ. «Δεν πιστεύω τις ιστορίες που λένε γι' αυτήν. Κατά πάσα πιθανότητα είναι μια χαρά κορίτσι. Αλλά πρόσεχε, γιε μου. Μην κάνεις οικογένεια πολύ νωρίς. Με πιάνεις τι εννοώ, έτσι;»

Με σιγανή φωνή, ο Τέιτ είπε θυμωμένος: «Πρώτα λες πως δεν πιστεύεις τις ιστορίες που λένε γι' αυτήν κι ύστερα μου λες να προσέχω μην κάνω οικογένεια, που δείχνει πως τελικά πιστεύεις πως είναι τέτοια. Ε, λοιπόν, σου λέω πως δεν είναι. Μάλιστα είναι πολύ πιο αγνή και αθώα απ' όλα εκείνα τα κορίτσια που θες να πάω μαζί τους στον χορό. Ώχου, μερικές κοπέλες σ' αυτό το χωριό, πώς να το πω; Κυνηγάνε σαν αγέλη και δεν χαρίζουν κάστανα. Και ναι, όντως πηγαίνω εδώ και κάποιο καιρό να βλέπω την Κάια πότε-πότε. Ξέρεις γιατί; Της μαθαίνω να διαβάζει, γιατί όλοι εδώ πέρα είναι τόσο απαίσιοι μαζί της που δεν μπόρεσε ούτε καν στο σχολείο να πάει».

«Ωραία, Τέιτ. Πολύ καλά κάνεις. Εγώ όμως σε παρακαλώ να καταλάβεις πως είναι δουλειά μου να μιλάω γι' αυτά τα πράγματα. Μπορεί να μην είναι και πολύ ευχάριστο να συζητάμε τέτοια πράματα, αλλά εμείς οι γονείς οφείλουμε να προειδοποιούμε τα παιδιά μας για τούτο και για κείνο. Αυτή είναι η δουλειά μου, οπότε μην τσαντίζεσαι».

«Ξέρω», μουρμούρισε ο Τέιτ καθώς βουτύρωνε ένα ψωμάκι. Ήταν πολύ τσαντισμένος.

«Έλα τώρα. Πάμε να βάλουμε άλλη μια μερίδα, και μετά λίγη καρυδόπιτα».

Μετά κι από την καρυδόπιτα, ο Σκάπερ είπε: «Ωραία, αφού πιάσαμε τα θέματα που δεν αναφέρουμε ποτέ, ας πω και κάτι άλλο που με απασχολεί».

Ο Τέιτ σήκωσε τα μάτια από την καρυδόπιτα μ' ένα ύφος απόγνωσης.

Ο Σκάπερ συνέχισε. «Θέλω να ξέρεις, γιε μου, πόσο περήφανος είμαι για σένα. Μόνος σου, ολομόναχος, μελέτησες τη ζωή του βάλτου, πήγες τόσο καλά στο σχολείο και έκανες αίτηση στο πανεπιστήμιο για να σπουδάσεις φυσικές επιστήμες. Και σε δέχτηκαν. Απλώς εγώ δεν είμαι απ' αυτούς που μιλάνε και πολύ για τέτοια πράγματα. Αλλά είμαι πολύ περήφανος για σένα, γιε μου. Εντάξει;».

«Ε... ναι. Εντάξει».

Αργότερα, στο δωμάτιό του, ο Τέιτ σκεφτόταν το αγαπημένο του ποίημα:

Ω, πότε θα δω τη λίμνη τη σκιερή
Και το λευκό κανό της αγάπης μου;

Στα ενδιάμεσα από τη δουλειά, ο Τέιτ πήγαινε στης Κάια όσο πιο συχνά μπορούσε, αλλά ποτέ δεν έμενε πολύ. Υπήρχαν φορές που έκανε σαράντα λεπτά με τη βάρκα για να περάσει δέκα λεπτά στην παραλία περπατώντας χέρι-χέρι μαζί της. Με πολλά φιλιά. Ούτε ένα λεπτό χαμένο. Και μετά πάλι πίσω με τη βάρκα. Ήθελε ν' αγγίξει τα στήθη της· θα σκότωνε και για μια μόνο ματιά. Τις νύχτες στο κρεβάτι του, σκεφτόταν τους μηρούς της, πόσο απαλοί αλλά και σφιχτοί θα ήταν. Οποιαδήποτε σκέψη πιο πέρα από τους μηρούς, τον έκανε να στριφογυρίζει σαν σβούρα πάνω στα σεντόνια. Ήταν τόσο μικρή, τόσο ντροπαλή. Αν της έκανε κάτι που δεν έπρεπε, μπορεί να τη σημάδευε για πάντα, και τότε θα αποδεικνυόταν χειρότερος απ' όλα εκείνα τα αγόρια που όλο μιλούσαν για το πώς θα την κουτουπώσουν. Η επιθυμία του να την προστατέψει ήταν τόσο ισχυρή όσο και η επιθυμία του για κείνη. Ενίοτε.

Σε κάθε του επίσκεψη στην Κάια, ο Τέιτ έπαιρνε μαζί του σχολικά βιβλία ή βιβλία από τη βιβλιοθήκη, συνήθως σχετικά με τα πλάσματα του βάλτου και τη βιολογία. Η πρόοδός της ήταν εκπληκτική. Τώρα πια μπορείς να διαβάζεις τα πάντα, της έλεγε, και από τη στιγμή που μπορείς να διαβάσεις τα πάντα, μπορείς και να μάθεις τα πάντα. Από εκείνη εξαρτιόταν. «Το μυαλό δεν γεμίζει ποτέ, με τίποτα», έλεγε ο Τέιτ. «Είμαστε όλοι σαν καμηλοπαρδάλεις που δεν εκμεταλλεύονται τον μακρύ λαιμό τους για να φτάσουν στα ψηλότερα φύλλα».

Ώρες επί ωρών ολομόναχη, με το φως της λάμπας, η Κάια διάβαζε πώς αλλάζουν με τους αιώνες τα φυτά και τα ζώα για να προσαρμοστούν στη διαρκώς μεταβαλλόμενη γη· πώς κάποια κύτταρα διαιρούνται και γίνονται κύτταρα του πνεύμονα ή της καρδιάς, ενώ άλλα παραμένουν αδέσμευτα, ως βλαστοκύτταρα, σε περίπτωση που χρειαστούν αργότερα. Τα πουλιά τραγουδούν κυρίως την αυγή γιατί ο δροσερός, υγρός αέρας του πρωινού μεταφέρει το τραγούδι τους και τη σημασία του πολύ πιο μακριά. Όλη της τη ζωή έβλεπε αυτά τα θαυμαστά πράγματα μπρος στα μάτια της, κι έτσι της ήταν εύκολο να μαθαίνει τα τερτίπια της φύσης.

Και μέσα στους τόσους κόσμους της βιολογίας, αναζήτησε και μια εξήγηση στο γιατί μια μητέρα μπορεί να εγκαταλείψει τα μικρά της.

❧

Μια μέρα με κρύο, πολύ καιρό αφότου είχαν πέσει όλα τα φύλλα απ' τα πλατάνια, ο Τέιτ βγήκε από τη βάρκα του κρατώντας ένα δώρο τυλιγμένο σε κόκκινο και πράσινο χαρτί.

«Εγώ δεν έχω τίποτα για σένα», του είπε η Κάια καθώς εκείνος της πρόσφερε το δώρο. «Δεν τό 'ξερα πως είναι Χριστούγεννα».

«Δεν είναι». Ο Τέιτ χαμογέλασε. «Καμία σχέση», είπε — έλεγε ψέματα. «Έλα, δεν είναι τίποτα σπουδαίο».

Η Κάια έβγαλε με προσοχή το περιτύλιγμα και από κάτω βρήκε ένα μεταχειρισμένο λεξικό Webster's. «Αχ, Τέιτ, σ' ευχαριστώ».

«Κοίτα μέσα», της είπε. Χωμένο κάπου στο Π ήταν ένα φτερό πελεκάνου, ανάμεσα σε δύο σελίδες τού Η ένα ηλιοτρόπιο κι ένα αποξηραμένο μανιτάρι στο Μ. Ήταν τόσο πολλοί οι θησαυροί ανάμεσα στις σελίδες, που το βιβλίο με δυσκολία έκλεινε.

«Θα προσπαθήσω να ξανάρθω την επομένη των Χριστουγέννων. Ίσως μπορέσω να φέρω και γαλοπούλα για το δείπνο».

Την αποχαιρέτησε μ' ένα φιλί. Αφού έφυγε ο Τέιτ, η Κάια βλαστήμησε φωναχτά. Της είχε δοθεί, για πρώτη φορά από τότε που έφυγε η Μαμά, η ευκαιρία να χαρίσει κάτι σε κάποιον που αγαπούσε, και την είχε χάσει.

Λίγες μέρες αργότερα, τουρτουρίζοντας με το αμάνικο ροδακινί φόρεμα, περίμενε τον Τέιτ στην όχθη της λιμνοθάλασσας. Περπατούσε πέρα-δώθε κρατώντας σφιχτά στα χέρια το δώρο που του είχε ετοιμάσει —μια κόκκινη τούφα από το κεφάλι αρσενικού καρδινάλιου— τυλιγμένο στο χαρτί που είχε χρησιμοποιήσει κι εκείνος. Μόλις βγήκε από τη βάρκα του, η Κάια τού έβαλε το δώρο στο χέρι επιμένοντας να το ανοίξει αμέσως. «Σ' ευχαριστώ, Κάια. Δεν είχα κανένα τέτοιο».

Τα Χριστούγεννά της είχαν τώρα ολοκληρωθεί.

«Άντε, πάμε μέσα τώρα. Θα πρέπει να έχεις ξεπαγιάσει μ' αυτό το φόρεμα». Η κουζίνα ήταν ζεστή από την ξυλόσομπα, παρ' όλα αυτά ο Τέιτ επέμενε να αλλάξει η Κάια, να βάλει τζην και πουλόβερ.

Μαζί, ζέσταναν και το φαγητό που είχε φέρει ο Τέιτ: γαλοπούλα, σουφλέ, σάλτσα κράνμπερι, γλυκοπατάτες στον φούρνο και πίτα με κολοκύθα — όλα υπόλοιπα από το χριστουγεννιάτικο δείπνο στην καφετέρια με τον μπαμπά του. Η Κάια είχε φτιάξει ψωμάκια και είχε στολίσει το τραπέζι της κουζίνας με άγριο γκυ και κοχύλια για να καθίσουν να φάνε.

«Θα πλύνω εγώ», του είπε γεμίζοντας τη λεκάνη με ζεστό νερό από την ξυλόσομπα.

«Κι εγώ θα σε βοηθήσω». Στάθηκε πίσω της με τα χέρια του γύρω από τη μέση της. Εκείνη έγειρε το κεφάλι στο στήθος του με τα μάτια κλειστά. Τα χέρια του βρέθηκαν σιγά-σιγά κάτω από το πουλόβερ της, να χαϊδεύουν την ίσια κοιλιά της, ανεβαίνοντας προς τα στήθη. Ως συνήθως, δεν φορούσε σουτιέν, κι έτσι τα δάχτυλά του περιδιάβηκαν γύρω από τις θηλές της.

Το άγγιγμά του παρέμεινε εκεί, η αίσθηση όμως κατέκλυσε το σώμα της λες και το χέρι του είχε φτάσει ανάμεσα στα πόδια της. Ένιωσε να σφύζει μέσα της ένα κενό που έπρεπε επειγόντως να γεμίσει. Αλλά δεν ήξερε ούτε τι να κάνει, ούτε τι να πει, κι έτσι έκανε να τραβηχτεί.

«Ωραία είναι», της είπε. Και συνέχισε να την κρατά αγκαλιά. Ανασαίνοντας κι οι δυο τους βαθιά.

Ο ήλιος, ντροπαλός ακόμα και ταπεινός απέναντι στον χειμώνα, έκανε αραιά και πού την εμφάνισή του, ανάμεσα σε μέρες με άγριο αέρα και παγωμένη βροχή. Κι ύστερα, ένα απόγευμα, η άνοιξη ήρθε με το έτσι θέλω για να μείνει. Οι μέρες ζέσταναν και ο ουρανός έλαμπε σαν γυαλί. Η Κάια μιλούσε σιγανά καθώς περπατούσε με τον Τέιτ στη χορταριασμένη όχθη ενός βαθιού ρυακιού με τις υγράμβαρες να υψώνονται από πάνω τους. Ξαφνικά, ο Τέιτ άρπαξε το χέρι της και της έκανε νόημα να κάνει ησυχία. Το βλέμμα της ακολούθησε το δικό του εκεί στην όχθη, όπου ένας βουβαλοβάτραχος, δεκαπέντε πόντους φαρδύς, καθόταν κουρνιασμένος κάτω από τις φυλλωσιές. Καθόλου ασυνήθιστο θέαμα, κανονικά, μόνο που αυτός ο βάτραχος ήταν απόλυτα, εκτυφλωτικά λευκός.

Ο Τέιτ και η Κάια χαμογέλασαν πλατιά ο ένας στον άλλο και συνέχισαν να τον παρατηρούν ώσπου ο βάτραχος τέντωσε τα μακριά του πόδια κι εξαφανίστηκε μ' έναν μεγάλο, αθόρυβο πήδο. Παρέμειναν ωστόσο σιωπηλοί και τραβήχτηκαν λίγα ακόμα μέτρα πιο πίσω. Η Κάια έφερε το χέρι στο στόμα και χαχάνισε. Και απομακρύνθηκε χοροπηδώντας σαν παιδάκι με σώμα που δεν έμοιαζε πια και πολύ παιδικό.

Ο Τέιτ απόμεινε να την κοιτάζει για μια στιγμή· δεν σκεφτόταν πλέον βατράχους. Την πλησίασε αποφασιστικά. Η έκφρασή του την έκανε να κοντοσταθεί μπροστά από μια μεγάλη βελανιδιά. Την έπιασε από τους ώμους και την κόλλησε στον κορμό του δέντρου. Κρατώντας τα χέρια της κάτω, την φίλησε, πιέζοντας τον καβάλο του στο δικό της. Από τα Χριστούγεννα και μετά, φιλιόντουσαν και εξερευνούσαν διαρκώς, αλλά αργά-αργά· όχι έτσι. Πάντα ο Τέιτ αναλάμβανε πρωτοβουλία, αλλά κάθε φορά την παρατηρούσε έχοντας τον νου του να σταματήσει. Όχι όπως τώρα.

Ο Τέιτ τραβήχτηκε πίσω· τα μελιά του μάτια καρφώθηκαν στα δικά της. Της ξεκούμπωσε με αργές κινήσεις το πουκάμισο και το έβγαλε, αφήνοντας εκτεθειμένα τα στήθη της. Τα μελέτησε με τα μάτια και τα δάχτυλα χωρίς βιασύνη, χαϊδεύοντας γύρω από τις ρόγες της. Έπειτα κατέβασε το φερμουάρ του σορτς της και το έσπρωξε, ώσπου βρέθηκε στο έδαφος. Σχεδόν ολόγυμνη πια για πρώτη φορά μπροστά του, πήρε βαθιά αναπνοή κι έκανε να καλύψει τη γύμνια της με τα χέρια. Εκείνος τα παραμέρισε απαλά και βάλθηκε να παρατηρεί το κορμί της. Το υπογάστριό της έσφυζε λες και όλο της το αίμα είχε μαζευτεί εκεί. Έβγαλε κι εκείνος το σορτς του και, πάντα κοιτώντας τη βαθιά στα μάτια, κόλλησε τη στύση του επάνω της.

Όταν εκείνη απέστρεψε το βλέμμα όλο ντροπή, ο Τέιτ ανασήκωσε το πιγούνι της και είπε: «Κοίταξέ με. Κοίτα με στα μάτια, Κάια».

«Τέιτ, Τέιτ». Άπλωσε τα χέρια, προσπάθησε να τον φιλήσει, εκείνος όμως την κράτησε ακίνητη, αναγκάζοντάς τη να τον γευτεί μόνο με τα μάτια. Η Κάια δεν είχε ιδέα πως η ωμή γύμνια μπορούσε να γεννήσει τέτοιο πόθο. Τα χέρια του άγγιξαν σαν ψίθυρος το μέσα των μηρών της, και ενστικτωδώς η Κάια άνοιξε λίγο τα πόδια. Έφτασε ανάμεσα στα πόδια της, τρίβοντας σημεία που η Κάια δεν ήξερε καν ότι υπήρχαν. Έριξε το κεφάλι της πίσω μ' έναν λυγμό.

Και τότε, ξαφνικά, ο Τέιτ έκανε πίσω. «Θεέ μου, Κάια, συγγνώμη. Συγγνώμη».

«Τέιτ, σε παρακαλώ, το θέλω».

«Όχι έτσι, Κάια»

«Γιατί όχι; Γιατί όχι έτσι;»

Έβαλε τα χέρια της στους ώμους του και προσπάθησε να τον τραβήξει πάλι κοντά της.

«Γιατί όχι;» επανέλαβε.

Ο Τέιτ σήκωσε από κάτω τα ρούχα της και την έντυσε. Χωρίς να την αγγίξει καθόλου εκεί που τόσο ήθελε η Κάια, εκεί όπου το σώμα της ακόμα έσφυζε. Έπειτα, την πήρε στα χέρια του και την πήγε στην ακροποταμιά. Την ακούμπησε στην όχθη και κάθισε κι εκείνος δίπλα της.

«Κάια, σε θέλω πιο πολύ απ' οτιδήποτε. Σε θέλω για πάντα. Αλλά είσαι πολύ μικρή. Είσαι μόλις δεκαπέντε χρονών».

«Ε, και; Κι εσύ μόνο τέσσερα χρόνια πιο μεγάλος είσαι. Δεν είσαι δα και κανένας ενήλικος που τα ξέρει όλα».

«Ναι, αλλά εγώ δεν μπορώ να μείνω έγκυος. Ούτε να πάθω κακό τόσο εύκολα. Κάια, δεν πρόκειται να το κάνω, ακριβώς επειδή σ' αγαπώ». Αγάπη. Η Κάια δεν καταλάβαινε καθόλου αυτή τη λέξη.

«Ακόμα νομίζεις πως είμαι μικρό κοριτσάκι», γκρίνιαξε.

«Κάια, ακούγεσαι όλο και πιο πολύ σαν κοριτσάκι», της είπε χαμογελώντας και την τράβηξε κοντά του.

«Και δηλαδή, αν όχι τώρα, πότε; Πότε θα μπορούμε;»

«Απλώς όχι ακόμα».

Έμειναν αμίλητοι για λίγο, κι ύστερα ρώτησε η Κάια: «Πώς ήξερες τι να κάνεις;» Σκυφτό το κεφάλι, ξανά με ντροπή.

«Όπως ήξερες κι εσύ».

Ένα απόγευμα του Μαΐου, γυρνώντας από τη λιμνοθάλασσα, ο Τέιτ είπε: «Το ξέρεις πως σε λίγο καιρό θα φύγω. Θα πάω πανεπιστήμιο».

Της είχε αναφέρει κι άλλοτε πως θα πήγαινε στο Τσάπελ Χιλ αλλά η Κάια το είχε απωθήσει από το μυαλό της, ξέροντας ότι τουλάχιστον θα έχουν όλο το καλοκαίρι.

«Πότε; Όχι τώρα».

«Σύντομα. Σε λίγες βδομάδες».

«Μα γιατί; Εγώ νόμιζα πως το πανεπιστήμιο ξεκινάει το φθινόπωρο».

«Με δέχτηκαν για δουλειά σ' ένα εργαστήριο βιολογίας στο πανεπιστήμιο. Δεν μπορώ να το αρνηθώ. Ξεκινάω μέσα στο καλοκαίρι».

Απ' όλους όσους την είχαν εγκαταλείψει, μόνο ο Τζόντι είχε πει αντίο. Όλοι οι άλλοι απλώς έφυγαν για πάντα. Αλλά αυτό δεν την έκανε να νιώθει καλύτερα. Το στήθος της έκαιγε.

«Θα έρχομαι όσο πιο συχνά μπορώ. Και δεν είναι και τόσο μακριά. Λιγότερο από μια μέρα δρόμος με το λεωφορείο».

Η Κάια έμεινε σιωπηλή. Κι ύστερα είπε: «Γιατί πρέπει να φύγεις, Τέιτ; Γιατί δεν μένεις εδώ, να ψαρεύεις γαρίδες σαν τον μπαμπά σου;»

«Κάια, ξέρεις γιατί. Δεν μπορώ να το κάνω αυτό. Θέλω να μελετήσω τον βάλτο, να γίνω ερευνητής βιολόγος». Είχαν φτάσει πια στην παραλία και κάθισαν στην άμμο.

«Και μετά; Δεν έχει τέτοιες δουλειές εδώ πέρα. Δεν θα ξαναγυρίσεις ποτέ πίσω».

«Θα ξαναγυρίσω. Δεν θα σ' εγκαταλείψω, Κάια. Σου το υπόσχομαι. Θα γυρίσω πίσω, κοντά σου».

Η Κάια πετάχτηκε όρθια, τρομάζοντας τις χαραδρίνες, που πέταξαν ψηλά κρώζοντας. Τρέχοντας χώθηκε στο δάσος, ο Τέιτ έτρεξε ξοπίσω της, φτάνοντας όμως στα πρώτα δέντρα, κοίταξε τριγύρω του. Την είχε χάσει από τα μάτια.

Φώναξε όμως, μήπως και ακόμα μπορούσε να τον ακούσει: «Κάια, δεν μπορείς να το βάζεις στα πόδια κάθε τρεις και λίγο. Μερικές φορές πρέπει να κάθεσαι και να συζητάς. Να αντιμετωπίζεις τα πράγματα κατά πρόσωπο». Κι ύστερα, λιγότερο ήρεμα, «Που να πάρει ο διάολος, Κάια. Να πάρει ο διάολος!»

Μια βδομάδα μετά, η Κάια άκουσε τη βάρκα του Τέιτ να διασχίζει τη λιμνοθάλασσα και κρύφτηκε πίσω από έναν θάμνο. Καθώς έμπαινε στο κανάλι της, ένας ερωδιός απογειώθηκε απλώνοντας τα αργοκίνητα, ασημένια φτερά του. Ένα κομμάτι της ήθελε πάλι να φύγει μακριά, τελικά όμως βγήκε στην όχθη και περίμενε.

«Γεια», της είπε. Πρώτη φορά ήταν χωρίς κασκέτο, και οι ατίθασες ξανθές μπούκλες του έπαιζαν μπροστά στο ηλιοκαμένο του πρόσωπο. Οι ώμοι του έμοιαζαν να έχουν ανοίξει τους τελευταίους μήνες, να έχουν γίνει αντρικοί πια.

«Γεια».

Βγήκε από τη βάρκα, την έπιασε από το χέρι και την πήγε στο κούτσουρο όπου έκαναν τα μαθήματα ανάγνωσης.

«Τελικά θα φύγω πιο σύντομα απ' όσο νόμιζα. Δεν θα μείνω για την τελετή αποφοίτησης. Ξεκινάω δουλειά, Κάια. Ήρθα να σου πω αντίο». Ακόμα κι η φωνή του ακουγόταν αντρική, έτοιμη για τον σοβαρό κόσμο.

Η Κάια δεν απάντησε αλλά απέμεινε εκεί, με το βλέμμα στραμμένο αλλού. Είχε ένα σφίξιμο στον λαιμό της. Ο Τέιτ έφερε δύο σακούλες με παλιά σχολικά εγχειρίδια και βιβλία από τη βιβλιοθήκη, ιδίως των φυσικών επιστημών, και τις ακούμπησε μπροστά της.

Δεν ήξερε αν μπορούσε να μιλήσει. Ήθελε μόνο να την πάρει και να την πάει ξανά εκεί που είχαν δει τον λευκό βάτραχο. Αν τυχόν δεν τον ξανάβλεπε ποτέ, ήθελε τώρα να την πάει εκεί πέρα.

«Θα μου λείψεις, Κάια. Θα μου λείπεις κάθε μέρα, όλη μέρα».

«Μπορεί και να με ξεχάσεις. Όταν θα μπλεχτείς μ' όλες αυτές τις δουλειές του πανεπιστημίου και θα βλέπεις όλα εκείνα τα ωραία κορίτσια».

«Δεν θα σε ξεχάσω ποτέ. Ποτέ. Να φροντίζεις τον βάλτο μέχρι να γυρίσω πίσω, μ' ακούς; Και να προσέχεις».

«Θα προσέχω».

«Μιλάω σοβαρά, Κάια. Να προσέχεις με τον κόσμο. Μην αφήνεις αγνώστους να πλησιάζουν».

«Νομίζω πως ξέρω να κρύβομαι και να ξεφεύγω καλύτερα απ' τον καθένα».

«Ναι, το πιστεύω κι εγώ αυτό. Θα γυρίσω σε κάνα μήνα, σου το υπόσχομαι. Για την 4η Ιουλίου. Ούτε που θα το καταλάβεις πως έλειψα».

Η Κάια δεν απάντησε, κι εκείνος στάθηκε για λίγο εκεί, με τα χέρια χωμένα βαθιά στις τσέπες του τζην του. Η Κάια ήρθε και στάθηκε δίπλα του, αλλά και οι δυο τους κοιτούσαν αλλού, πέρα, προς τα δέντρα.

Την έπιασε από τους ώμους και τη φίλησε για ώρα πολλή.

«Αντίο, Κάια». Για μια στιγμή εκείνη κοίταξε κάπου πέρα από τον ώμο του, ύστερα όμως τον κοίταξε στα μάτια. Το ήξερε το ρήγμα αυτό, το ήξερε ώς το βάθος του.

«Αντίο, Τέιτ».

Χωρίς να πει ούτε λέξη παραπάνω, μπήκε στη βάρκα του και διέσχισε τη λιμνοθάλασσα. Πριν χωθεί στα βάτα του καναλιού, γύρισε και τη χαιρέτησε. Σήκωσε κι εκείνη το χέρι της ψηλά, κι ύστερα το έφερε στην καρδιά της.

19.

Κάτι τρέχει

1969

Την όγδοη μέρα από τότε που βρέθηκε το πτώμα του Τσέις Άντριους στον βάλτο, αφού ήρθε και η δεύτερη αναφορά από τα εργαστήρια, ο Τζο Περντιού έσπρωξε με το πόδι την πόρτα του γραφείου του σερίφη και μπήκε μέσα. Είχε στα χέρια του δύο χάρτινα ποτηράκια με καφέ και μια σακούλα με ζεστά ντόνατς — κατευθείαν από τη φριτέζα.

«Πω πω ρε φίλε, αυτή η ευωδιά», είπε ο Εντ καθώς ο Τζο ακουμπούσε τα καλούδια πάνω στο γραφείο. Πήρε ο καθένας από ένα πελώριο ντόνατ μέσα απ' το λαδωμένο καφέ σακουλάκι. Τα έφαγαν πλαταγίζοντας τα χείλια και γλείφοντας τα δάχτυλά τους.

Μετά, ανακοίνωσαν και οι δύο ταυτόχρονα: «Λοιπόν, έχω νέα».

«Εσύ πρώτος», είπε ο Εντ.

«Έμαθα από διάφορες πηγές ότι ο Τσέις είχε μια πονηρή ιστορία εκεί στον βάλτο».

«Πονηρή ιστορία; Τι εννοείς;»

«Δεν είμαι και τελείως σίγουρος, αλλά κάποιοι εκεί στο Μπάτε Σκύλοι λέγανε πως πριν τέσσερα χρόνια είχε αρχίσει να πηγαίνει συχνά στον βάλτο μόνος του, και πως δεν μιλούσε σε κανέναν γι' αυτό. Πήγαινε, βέβαια, και για ψάρεμα ή για βαρκάδα με τους φίλους του, αλλά έβγαινε και μόνος του πολύ. Σκεφτόμουν μήπως είχε μπλέξει με τίποτα χασικλήδες εκεί πέρα ή και τίποτα χειρότερο. Μήπως κάποια στιγμή παραχόντρυνε το πράγμα με κανέναν άγριο ναρκωτέμπορα. Με στραβό αν κοιμηθείς, το πρωί θ' αλληθωρίσεις. Ή, σ' αυτήν εδώ την περίπτωση, το πρωί δεν θα ξυπνήσεις».

«Δεν ξέρω. Ήταν αθληταράς. Δύσκολο να τον φανταστώ μπλεγμένο με ναρκωτικά», είπε ο σερίφης.

«Πρώην αθληταράς. Και τέλος πάντων, πολλοί τέτοιοι κολλάνε με τα ναρκωτικά. Όταν τελειώνουν οι μέρες της δόξας τους, έχουν ανάγκη να τη βρίσκουν αλλιώς. Αλλά μπορεί να είχε και καμιά γυναίκα εκεί πέρα».

«Δεν ξέρω καμιά γυναίκα εκεί πέρα που να είναι του τύπου του. Αυτός έκανε παρέα μόνο με την δήθεν αφρόκρεμα του Μπάρκλι. Όχι με αποβράσματα».

«Καλά, αλλά αν πήγαινε για την πλάκα του, μπορεί γι' αυτό να κρατούσε το στόμα του κλειστό».

«Αυτό είναι αλήθεια», είπε ο σερίφης. «Τέλος πάντων, ό,τι και να έκανε εκεί πέρα, φανερώνει μια τελείως άλλη πλευρά της ζωής του που δεν την ήξερε κανείς. Πάμε να σκαλίσουμε λιγάκι, μπας και βρούμε τι σκάρωνε τότε».

«Είπες πως έχεις κι εσύ κάτι;»

«Δεν είμαι σίγουρος τι ακριβώς. Πήρε τηλέφωνο η μητέρα του Τσέις και είπε πως είχε κάτι σημαντικό να μας πει για την υπόθεση. Κάτι σχετικό μ' ένα κοχύλι που φορούσε συνέχεια στον λαιμό του. Είναι σίγουρη πως αποτελεί στοιχείο. Θέλει να έρθει από δω να μας τα πει αναλυτικά».

«Πότε θα 'ρθει;»

«Τ' απόγεμα, σε λιγάκι».

«Ωραία θά ’ναι να έχουμε επιτέλους ένα πραγματικό στοιχείο. Καλύτερο από το να τριγυρνάμε και να ψάχνουμε ποιος φορούσε κόκκινο μάλλινο πουλόβερ κι είχε και κίνητρο μαζί. Πρέπει να το ομολογήσουμε πως, αν είναι φόνος, είναι έξυπνος φόνος. Ο βάλτος μασούλησε και κατάπιε όλα τα στοιχεία, αν υπήρχαν. Έχουμε χρόνο για φαγητό πριν έρθει η Πάτι Λαβ;»

«Ναι, αμέ. Και το πιάτο της μέρας σήμερα είναι τηγανιτά χοιρινά μπριζολάκια. Και πίτα βατόμουρο».

20.

4η Ιουλίου

1961

Ντυμένη με το —πολύ κοντό πια— ροδακινί σιφόν φόρεμα, η Κάια πήγε ξυπόλητη στη λιμνοθάλασσα στις 4 Ιουλίου και κάθισε στο κούτσουρο όπου έκαναν τα μαθήματα. Μια ανελέητη ζέστη έδιωξε τα τελευταία ίχνη της ομίχλης, και ο αέρας έγινε τόσο υγρός που σχεδόν δεν μπορούσες ν' ανασάνεις. Κάθε τόσο, γονάτιζε μπροστά στη λιμνοθάλασσα και έριχνε δροσερό νερό στον λαιμό της, έχοντας ταυτόχρονα τον νου της μήπως ακούσει την εξωλέμβια του Τέιτ. Δεν την πείραζε η αναμονή· διάβαζε τα βιβλία που της είχε δώσει.

Η μέρα έσερνε τα λεπτά της αργά-αργά, ο ήλιος λες και είχε κολλήσει στο μεσημέρι. Το κούτσουρο άρχισε να της φαίνεται σκληρό, έτσι βολεύτηκε κάτω στο χώμα, με την πλάτη σ' έναν κορμό. Τέλος, έχοντας πεινάσει πια, πήγε τρέχοντας μέχρι το καλύβι για να φάει ένα υπόλοιπο λουκάνικο με ψωμάκι. Το έφαγε στα γρήγορα, φοβόταν μήπως έρθει ο Τέιτ την ώρα που θα έχει αφήσει το πόστο της.

Το πνιγηρό απόγευμα έφερε τα κουνούπια. Πουθενά βάρκα, Τέιτ πουθενά. Κατά το σούρουπο, στάθηκε όρθια, ακίνητη και σιωπηλή σαν πελεκάνος κοιτώντας το έρημο κανάλι. Η ανάσα της την πονούσε. Έβγαλε το φόρεμα, μπήκε στο νερό και κολύμπησε μέσα στη δροσερή σκοτεινιά, με το νερό να κυλάει πάνω στο δέρμα της, αφήνοντας τη ζέστη που ήταν φυλακισμένη μέσα της να δραπετεύσει. Βγήκε από τη λιμνοθάλασσα και κάθισε σ' ένα σημείο της όχθης όπου φύτρωναν βρύα, γυμνή, ώσπου στέγνωσε κι ώσπου το φεγγάρι πέρασε κάτω από τη γη. Και τότε, με τα ρούχα της στα χέρια, πήγε σπίτι.

Περίμενε και την επόμενη μέρα. Ώρα με την ώρα η ζέστη μεγάλωνε, μετά το μεσημέρι έγινε κάψα, που κράτησε και μετά τη δύση. Αργότερα, το φεγγάρι έριξε μια ακτίνα ελπίδας στα νερά, αλλά κι αυτή χάθηκε. Άλλη μια ανατολή, άλλο ένα εκτυφλωτικά λευκό μεσημέρι. Και δύση. Η ελπίδα στο πουθενά. Τα μάτια της κοιτούσαν νωθρά πότε εδώ πότε εκεί, και παρόλο που ακόμα είχε τα αυτιά της ανοιχτά μήπως ακούσει τη βάρκα του Τέιτ, τίποτα δεν την τάραζε πια.

Η λιμνοθάλασσα μύριζε ζωή και θάνατο μαζί, ένα οργανικό ανακάτωμα υποσχέσεων και σήψης. Τα βατράχια κόαζαν. Παρακολουθούσε βαριεστημένα τις πυγολαμπίδες και τα ορνιθοσκαλίσματα που έγραφαν πάνω στη νύχτα. Η Κάια ποτέ δεν έβαζε πυγολαμπίδες σε μπουκάλια· μαθαίνεις πολύ περισσότερα για ένα πλάσμα όταν δεν είναι μέσα σε γυάλα. Ο Τζόντι τής είχε μάθει ότι η θηλυκή πυγολαμπίδα αναβοσβήνει το φως κάτω από την ουρά της για να δώσει το σήμα στο αρσενικό ότι είναι έτοιμη να ζευγαρώσει. Κάθε είδος πυγολαμπίδας έχει δική του γλώσσα για το σήμα αυτό. Όσο τις παρακολουθούσε η Κάια, μερικές θηλυκές έστελναν σήμα *τελεία, τελεία, τελεία, παύλα* κάνοντας έναν ιπτάμενο χορό ζιγκ-ζαγκ, ενώ άλλες έστελναν *παύλα, παύλα, τελεία* και έκαναν διαφορετικό χορό. Φυσικά, τα αρσενικά καταλάβαιναν μόνο τα σινιάλα του δικού τους είδους και πήγαιναν μόνο σ' εκείνα τα θηλυκά. Κι ύστερα, όπως το είχε θέσει ο Τζόντι, έτριβαν τα πισινά τους μεταξύ τους, όπως έκαναν τα περισσότερα ζωντανά για να βγάλουν απογόνους.

Ξαφνικά η Κάια ανακάθισε και κοίταξε πιο προσεκτικά: ένα από τα θηλυκά είχε αλλάξει κώδικα. Πρώτα εξέπεμψε την κανονική σειρά από τελείες και παύλες, προσέλκυσε το αρσενικό του είδους της και ζευγάρωσε μαζί του. Έπειτα εξέπεμψε ένα άλλο σινιάλο, και τότε πλησίασε ένα αρσενικό από άλλο είδος. Το δεύτερο αρσενικό διάβασε το μήνυμά της και πείστηκε πως είχε βρει ένα πρόθυμο θηλυκό από το δικό του είδος, κι έτσι έμεινε κοντά της προκειμένου να ζευγαρώσουν. Τότε όμως, εντελώς απότομα, η θηλυκή πυγολαμπίδα γράπωσε το αρσενικό στα σαγόνια της και το έφαγε, μασουλώντας και τα έξι πόδια και τα δύο φτερά.

Η Κάια παρακολούθησε κι άλλες. Οι θηλυκές έπαιρναν αυτό που ήθελαν —πρώτα το ζευγάρωμα κι ύστερα το γεύμα— αλλάζοντας απλώς το σινιάλο τους.

Η Κάια ήξερε πως δεν υπήρχε χώρος για ηθικές κρίσεις εδώ. Δεν έπαιζε ρόλο το κακό παρά μόνο η ζωή, που συνέχιζε να σφύζει ακόμα και εις βάρος κάποιων από τους παίκτες. Για τη βιολογία, το καλό και το κακό είναι το ίδιο χρώμα, απλώς υπό διαφορετικό φως.

Περίμενε άλλη μια ώρα τον Τέιτ, και τελικά πήρε τον δρόμο για το καλύβι.

Το επόμενο πρωί, βλαστημώντας τα ξέφτια των άσπλαχνων ελπίδων, ξαναπήγε στη λιμνοθάλασσα. Καθισμένη στην όχθη έστησε αυτί για ν' ακούσει τον ήχο της βάρκας στο κανάλι ή στους μακρινούς διαύλους.

Το μεσημέρι σηκώθηκε όρθια και ούρλιαξε: «ΤΕΪΤ, ΤΕΪΤ, ΟΧΙ, ΟΧΙ». Έπεσε στα γόνατα με το πρόσωπο στη λάσπη. Ένιωσε κάτι να χάνεται από κάτω της. Την ήξερε καλά αυτή την άμπωτη.

21.

Κουπ

1961

Ο καυτός άνεμος έκανε τα φυλλώματα των φοινικόδεντρων να σείονται κροταλίζοντας σαν στεγνά κόκαλα. Επί τρεις μέρες αφότου έχασε κάθε ελπίδα για τον Τέιτ, η Κάια δεν σηκώθηκε καθόλου από το κρεβάτι. Ναρκωμένη από την απελπισία και τη ζέστη, στριφογύριζε στα ιδρωμένα σεντόνια και τα ιδρωμένα ρούχα· το δέρμα της κολλούσε. Τα δάχτυλα των ποδιών της αναλάμβαναν αποστολές εξερεύνησης για δροσερά σημεία πάνω στα στρωσίδια, αλλά δεν έβρισκαν κανένα πουθενά.

Ούτε παρατηρούσε την ώρα της ανατολής του φεγγαριού ούτε πρόσεξε τον μπούφο που όρμηξε να βουτήξει μια κίσσα. Από το κρεβάτι της, άκουγε τον βάλτο στον ήχο από το φτερούγισμα του κότσυφα καθώς απογειωνόταν, αλλά δεν πλησίαζε. Πονούσε με το παραπονεμένο τραγούδι των γλάρων στην παραλία, που την καλούσαν. Αλλά πρώτη φορά στη ζωή της, δεν πήγε κοντά τους. Ήλπιζε πως ο πόνος που ένιωθε αγνοώντας τους θα έδιωχνε το σκίσιμο στην καρδιά της. Δεν έγινε έτσι.

Αναρωτιόταν, νωθρή και αδύναμη, τι έκανε τέλος πάντων και τους έδιωχνε όλους. Την μαμά της. Τις αδελφές της. Ολόκληρη την οικογένεια. Τον Τζόντι. Και τώρα τον Τέιτ. Οι πιο σπαρακτικές της αναμνήσεις ήταν από άγνωστες ημερομηνίες όπου μέλη της οικογένειάς της έπαιρναν το δρομάκι και εξαφανίζονταν. Το λευκό μαντίλι να περνά για τελευταία φορά μέσα από τις φυλλωσιές. Μια στοίβα κάλτσες παρατημένες στο στρώμα.

Ο Τέιτ και η ζωή και ο έρωτας ήταν όλα ένα πράγμα. Μα τώρα Τέιτ δεν υπήρχε πια.

«Γιατί, Τέιτ, γιατί;» μουρμούριζε με το στόμα στα σεντόνια. «Εσύ θα ήσουν διαφορετικός. Εσύ θα έμενες. Είπες πως μ' αγαπούσες, αλλά αγάπη δεν υπάρχει. Δεν υπάρχει άνθρωπος πάνω στη γη που να μπορείς να στηριχτείς επάνω του». Κάπου πολύ βαθιά μέσα της υποσχέθηκε στον εαυτό της να μην εμπιστευτεί και να μην αγαπήσει ποτέ ξανά, κανέναν.

Όλη της τη ζωή, έβρισκε τη δύναμη και το κουράγιο να βγαίνει από τον βούρκο, να κάνει το επόμενο —έστω και αβέβαιο— βήμα. Και πού την είχε οδηγήσει η αποφασιστικότητα αυτή; Σερνόταν αδιάκοπα από τον φτενό ύπνο στον ξύπνιο.

Και ξάφνου ο ήλιος —δυνατός, λαμπρός, εκτυφλωτικός— τη χτύπησε καταπρόσωπο. Πρώτη φορά στη ζωή της κοιμόταν μέχρι το μεσημέρι. Άκουσε ένα απαλό θρόισμα· ανασηκώθηκε στους αγκώνες και είδε ένα γεράκι του Κούπερ μεγάλο σαν κοράκι να κάθεται έξω από τη σήτα και να κοιτάζει μέσα. Μετά από μέρες, ένιωσε ξανά κάτι σαν σκίρτημα ενδιαφέροντος μέσα της. Σηκώθηκε απ' το στρώμα και το γεράκι πέταξε.

Τελικά, έφτιαξε κάποια στιγμή έναν χυλό με ζεστό νερό και καλαμποκάλευρο και τράβηξε για την παραλία για να ταΐσει τους γλάρους. Βγαίνοντας στην ακτή, τα πουλιά άρχισαν να στροβιλίζονται και να βουτούν όλα μαζί, κι εκείνη γονάτισε και πέταξε το φαγητό τους πάνω στην άμμο. Όταν μαζεύτηκαν γύρω της, ένιωσε τα πούπουλά τους να χαϊδεύουν τα μπράτσα και τους μηρούς της, και τότε έριξε πίσω το κεφάλι χαμογελώντας τους. Ενώ τα δάκρυα κυλούσαν στα μάγουλά της.

Επί ένα μήνα μετά την 4η Ιουλίου, η Κάια δεν κούνησε από το σπίτι· δεν πήγε καθόλου στον βάλτο ούτε στου Σάλτα για βενζίνη και προμήθειες. Ζούσε με λιαστά ψάρια, μύδια και στρείδια. Με καλαμποκάλευρο και χόρτα.

Όταν πια άδειασαν όλα της τα ράφια, πήρε επιτέλους τη βάρκα και πήγε στου Σάλτα για προμήθειες, δεν κάθισε όμως να κουβεντιάσει μαζί του όπως συνήθως. Έκανε τη δουλειά της κι έφυγε, αφήνοντάς τον να στέκεται και να την κοιτάζει που ξεμάκραινε. Η ανάγκη για τους άλλους πάντα κατέληγε σε πόνο.

Μερικά πρωινά αργότερα, το γεράκι του Κούπερ ήταν και πάλι στα σκαλοπάτια της και κοιτούσε από τη σήτα. *Τι παράξενο*, σκέφτηκε η Κάια γέρνοντας το κεφάλι καθώς το κοιτούσε κι εκείνη. «Τι έγινε, Κουπ;».

Το γεράκι αναπήδησε, απογειώθηκε, πέρασε πετώντας μπροστά από το σπίτι κι ύστερα ανέβηκε ψηλά, στα σύννεφα. Παρατηρώντας το, η Κάια μονολόγησε: «Πρέπει να ξαναβγώ στον βάλτο», κι έτσι πήρε τη βάρκα και διέσχισε ήσυχα κανάλια και ρυάκια αναζητώντας φωλιές πουλιών, φτερά και κοχύλια, για πρώτη φορά από τότε που ο Τέιτ την εγκατέλειψε. Κι ωστόσο, ήταν αδύνατο να αποφύγει τη σκέψη του. Είτε οι διανοητικοί πειρασμοί είτε τα όμορφα κορίτσια του Τσάπελ Χιλ, τον είχαν καταπιεί εντελώς. Η Κάια δεν ήξερε πώς είναι οι γυναίκες που πάνε πανεπιστήμιο· όποια μορφή κι αν είχαν όμως, σίγουρα ήταν καλύτερη από μια ξυπόλητη, αναμαλλιασμένη κοπέλα που πουλάει μύδια και ζει σ' ένα καλύβι.

Προς τα τέλη Αυγούστου πια, η ζωή της είχε ξαναβρεί τον βηματισμό της: βαρκάδα, συλλογές, ζωγραφική. Πέρασαν μήνες. Στον Σάλτα πήγαινε μόνον όταν οι προμήθειές της λιγόστευαν πολύ, αλλά του μιλούσε ελάχιστα.

Οι συλλογές της ωρίμασαν, οργανώθηκαν μεθοδικά σε κατηγορίες κατά τάξη, γένος και είδος· κατά ηλικίες, βάσει της φθοράς των οστών· κατά μέγεθος φτερών σε χιλιοστόμετρα· ή κατά τις πιο εύθραυστες αποχρώσεις του πράσινου. Επιστήμη και τέχνη συνύφαιναν τις δυνάμεις τους: τα χρώματα, το φως, τα είδη, η ζωή· έπλεκε ένα αριστουργηματικό έργο γνώσης και ομορφιάς που γέμιζε κάθε γωνιά του καλυβιού της. Του κόσμου της. Η Κάια μεγάλωνε μαζί τους — ήταν ο κορμός της κληματαριάς. Ήταν μόνη αλλά ήταν κι εκείνη που συγκρατούσε όλα τα θαύματα μαζί.

Όσο μεγάλωνε όμως η συλλογή της, άλλο τόσο μεγάλωνε κι η μοναξιά της. Στο στήθος της κατοικούσε ένας πόνος μεγάλος όσο κι η καρδιά της. Και τίποτα δεν τον μαλάκωνε. Ούτε οι γλάροι, ούτε τα θεσπέσια ηλιοβασιλέματα, ούτε το πιο σπάνιο κοχύλι.

Οι μήνες έγιναν χρόνος. Η μοναξιά έγινε μεγαλύτερη απ' ό,τι μπορούσε ν' αντέξει πια. Λαχταρούσε μια φωνή, μια παρουσία, ένα άγγιγμα· αλλά πιο πολύ απ' όλα λαχταρούσε να προστατέψει την καρδιά της.

Οι μήνες έγιναν ένας ακόμα χρόνος. Κι ύστερα άλλος ένας.

ΔΕΥΤΕΡΟ ΜΕΡΟΣ

ΤΟ ΕΛΟΣ

22.

Ξανά η παλίρροια

1965

Δεκαεννιά χρονών, με πόδια ακόμα πιο μακριά και μάτια ακόμα πιο μεγάλα και πιο σκοτεινά, θαρρείς, η Κάια καθόταν στην παραλία του Πόιντ Μπητς· παρατηρούσε τα καβουράκια που πήγαιναν με την όπισθεν και χώνονταν εκεί ακριβώς που φτάνει το κύμα. Ξαφνικά, από τα νότια, άκουσε φωνές και πετάχτηκε όρθια. Η παρέα των παιδιών —νεαροί ενήλικες πια— που κατά καιρούς παρατηρούσε μέσα στα χρόνια, πλησίαζε προς το μέρος της, πετώντας μια μπάλα ο ένας στον άλλον, τρέχοντας και κλωτσώντας τα κύματα. Γεμάτη αγωνία μην τη δουν, έτρεξε προς τα δέντρα, τινάζοντας άμμο σε κάθε της δρασκελιά, και κρύφτηκε πίσω απ' τον χοντρό κορμό μιας βελανιδιάς. Με πλήρη συνείδηση του αλλόκοτου της πράξης της.

Δεν έχουν αλλάξει και πολλά, σκεφτόταν, *αυτοί γελάνε, εγώ πάω και χώνομαι κάπου σαν τα καβούρια.* Ένα άγριο πλάσμα που ντρεπόταν για τη φρικώδη φύση του.

Η Ψηληξανθιαδύνατη, η Φακιδαλογοουρά, η Πανταμεπέρλες και η Στουμπουλοροδομάγουλη έτρεχαν κι έπαιζαν στην παραλία μέσα στα γέλια και τις αγκαλιές. Στις σπάνιες επισκέψεις της στο χωριό, η Κάια άκουγε τα βρωμερά τους σχόλια.

«Άχου, ναι, της Πιτσιρίκας του Βάλτου τής δίνουνε ρούχα οι μαύροι· δίνει μύδια και παίρνει καλαμποκάλευρο».

Κι όμως, έπειτα από τόσα χρόνια, παρέμεναν φίλες. Δεν ήταν λίγο αυτό. Ναι, μπορεί εξωτερικά να φαίνονταν ανόητες, αλλά όπως είχε πει πολλές φορές κι η Μέιμπελ, ήταν παρέα αληθινή. «Θέλει να βρεις φιλενάδες νά 'χεις, γλυκό μου, γιατί οι φιλενάδες είναι για πάντα. Μήτε όρκοι μήτε τίποτε. Μια χούφτα γυναίκες είναι ο πιο τρυφερός και ο πιο σταθερός τόπος επάνω στη γη».

Η Κάια συνειδητοποίησε πως γελούσε κι εκείνη μαζί τους καθώς κλωτσούσαν θαλασσινό νερό η μια στην άλλη. Κι έπειτα, όρμηξαν τσιρίζοντας όλες μαζί σαν ένας άνθρωπος στα κύματα. Το χαμόγελο της Κάια έσβησε όταν βγήκαν από το νερό και αμέσως έμπλεξαν τα χέρια τους για το παραδοσιακό ομαδικό αγκάλιασμα.

Οι χαρούμενες τσιριχτές κραυγές τους έκαναν τη σιωπή της Κάια ακόμα πιο βροντερή. Η συντροφικότητά τους γρατζουνούσε τη δική της μοναξιά, ήξερε όμως πως η ταμπέλα «σκουπίδι του βάλτου» την ανάγκαζε να στέκει κρυμμένη πίσω απ' τη βελανιδιά.

Το βλέμμα της γύρισε στο πιο ψηλό από τα αγόρια. Χακί βερμούδα, τίποτε από πάνω, τώρα πετούσε την μπάλα. Η Κάια παρατηρούσε τους μυς της πλάτης του που φούσκωναν. Τους ηλιοκαμένους ώμους του. Ήξερε πως ήταν ο Τσέις Άντριους· μέσα στα χρόνια, από τότε που κόντεψε να την πατήσει με το ποδήλατό του, τον είχε δει μ' αυτή την παρέα στην παραλία, να μπαίνει στην καφετέρια για μιλκ-σέικ και ν' αγοράζει βενζίνη στου Σάλτα.

Τώρα, καθώς η παρέα πλησίαζε, η Κάια κοιτούσε πια μόνον αυτόν. Όταν ένας απ' τους άλλους πέταξε την μπάλα, εκείνος έτρεξε να την πιάσει και πλησίασε στο δέντρο της, με τα γυμνά του πόδια να χώνονται στη ζεστή άμμο. Σήκωσε το χέρι για να την πετάξει, αλλά εκείνη τη στιγμή κοίταξε τυχαία πίσω του και έπιασε το βλέμμα της Κάια. Αφού πέταξε την μπάλα, έκανε μεταβολή και, χωρίς να πει τίποτα σε κανέναν, την κάρφωσε με τα μάτια. Τα μαλλιά του ήταν μαύρα σαν τα δικά της, τα μάτια του όμως είχαν ένα χρώμα γαλάζιο ανοιχτό, το πρόσωπό του ήταν δυνατό, εντυπωσιακό. Ένα ίχνος γέλιου τρεμόπαιξε στα χείλη του. Έπειτα επέστρεψε στην παρέα του, με τους ώμους χαλαρούς, σίγουρος για τον εαυτό του.

Αλλά την είχε προσέξει. Τα βλέμματά τους είχαν συναντηθεί. Η ανάσα της πάγωσε καθώς μέσα της ένιωσε κάτι καυτό να την κατακλύζει.

Συνέχισε να τους παρακολουθεί, κυρίως αυτόν, στην παραλία. Το μυαλό της κοιτούσε από τη μια μεριά και η επιθυμία της από την άλλη. Τον Τσέις Άντριους τον παρατηρούσε το κορμί της, όχι η καρδιά της.

Την επόμενη μέρα ξαναπήγε — τα νερά ήταν τα ίδια, η ώρα διαφορετική, αλλά στην παραλία δεν ήταν κανείς εκτός από κάτι φασαριόζικα μπεκατσίνια και καβούρια που καβαλούσαν τα κύματα.

Προσπάθησε να πείσει τον εαυτό της να μην πηγαίνει σ' εκείνη την παραλία αλλά να μένει μόνο στον βάλτο για να ψάχνει για φωλιές και φτερά. Να ταΐζει καλαμποκάλευρο τους γλάρους και να είναι ασφαλής. Η ζωή την είχε διδάξει να θρυμματίζει τα αισθήματά της για να κρύβονται ευκολότερα.

Η μοναξιά όμως έχει τη δική της πυξίδα. Κι έτσι η Κάια ξαναπήγε στην παραλία για να βρει τον Τσέις και την επόμενη μέρα. Και τη μεθεπόμενη.

Ένα απόγευμα, αφού έστησε και πάλι καρτέρι για τον Τσέις Άντριους, η Κάια βγαίνει από το καλύβι της και ξαπλώνει σε μια ασημένια παραλία, στιλπνή και λαμπερή από το τελευταίο κύμα. Απλώνει τα χέρια πάνω από το κεφάλι παίζοντας με την υγρή άμμο, και τεντώνει τα πόδια ώς τις μύτες. Με μάτια κλειστά, κυλάει αργά-αργά προς τη θάλασσα. Οι γοφοί και τα μπράτσα της αφήνουν μικρά βαθουλώματα στην αστραφτερή άμμο, που γυαλίζει για λίγο κι ύστερα θαμπώνει με την κίνησή της. Όσο πλησιάζει στα κύματα, τόσο νιώθει τον βρυχηθμό του ωκεανού σ' όλο το μήκος του κορμιού της, μαζί με το ερώτημα: *Πότε θα μ' αγγίξει η θάλασσα; Πού θα μ' αγγίξει πρώτα;*

Ο αφρός τρέχει βιαστικός πάνω στην άμμο, προσπαθεί να συναντήσει την Κάια. Ανατριχιάζοντας από προσμονή, παίρνει βαθιά ανάσα. Κυλάει όλο και πιο αργά. Με κάθε στροφή, πριν το πρόσωπό της περάσει πάνω από την άμμο, ανασηκώνει απαλά το κεφάλι για να ρουφήξει τη μυρωδιά της αλμυρής λιακάδας. *Κοντεύω, είμαι κοντά, πολύ κοντά. Έρχεται. Πότε θα το νιώσω;*

Ένας πυρετός που ανεβαίνει. Η άμμος όλο και πιο υγρή κάτω από το σώμα της, η βουή του κύματος πιο δυνατή. Ακόμα πιο αργά, πόντο-πόντο, περιμένοντας το άγγιγμα. Σε λίγο, σε λίγο. Σχεδόν το νιώθει πριν συμβεί.

Θέλει ν' ανοίξει τα μάτια της να κρυφοκοιτάξει, να δει πόσο θέλει ακόμα. Αλλά αντιστέκεται, κλείνει τα βλέφαρα ακόμα πιο σφιχτά, ο ουρανός ολόφωτος πίσω τους, δεν αφήνει τίποτα να φανεί.

Ξαφνικά, ουρλιάζει, καθώς κάτι πανίσχυρο χώνεται κάτω από το σώμα της, χαϊδολογάει τους μηρούς της, ανάμεσα στα πόδια της, κυλά πάνω στην πλάτη της, στροβιλίζεται κάτω από το κεφάλι της, απλώνει τα μαλλιά της, κατάμαυρα πλοκάμια. Τώρα κυλά πιο γρήγορα, μπαίνοντας μέσα στο κύμα που ολοένα βαθαίνει, συναντώντας στο διάβα της κοχύλια και υλικά του ωκεανού, και το νερό την αγκαλιάζει. Την σπρώχνει πάνω στο δυνατό σώμα της θάλασσας, που την αρπάζει, την κρατάει σφιχτά. Κι εκεί δεν είναι πια μόνη.

Η Κάια ανακάθεται και ανοίγοντας τα μάτια αντικρίζει τον ωκεανό αφρισμένο γύρω της — τα απαλά, λευκά του σχήματα που αλλάζουν διαρκώς.

Μετά από εκείνη τη μέρα στην παραλία που την κοίταξε ο Τσέις, η Κάια πήγε στον μόλο του Σάλτα δύο φορές μέσα σε μια βδομάδα. Χωρίς να παραδέχεται, βέβαια, πως ήλπιζε να δει εκεί τον Τσέις. Το ότι κάποιος την είχε προσέξει, άγγιξε μια κοινωνική χορδή μέσα της. Και τώρα ρωτούσε τον Σάλτα: «Και πώς πάει η Μέιμπελ; Έχετε σπίτι κανένα από τα εγγόνια σας», όπως τον παλιό καιρό. Ο Σάλτας, που πρόσεξε την αλλαγή, ήξερε πως δεν έπρεπε να τη σχολιάσει. «Αμέ, τέσσαρα έχουμε τώρα εδώ δα. Έχει γεμίσει το σπίτι γέλια — πού να σου λέω».

Λίγες μέρες αργότερα όμως, όταν η Κάια ξαναπήγε στον μόλο, ο Σάλτας ήταν άφαντος. Καφετιοί πελεκάνοι, κουρνιασμένοι σε πασσάλους, την κοιτούσαν λες και πρόσεχαν αυτοί το μαγαζί. Η Κάια τούς χαμογέλασε.

Ένα άγγιγμα στον ώμο της την έκανε ν' αναπηδήσει.

«Γεια». Γύρισε και είδε τον Τσέις να στέκεται πίσω της. Το χαμόγελό της έσβησε. «Είμαι ο Τσέις Άντριους». Το βλέμμα του, γαλάζιο του πάγου, την κάρφωνε. Έμοιαζε να μην έχει κανένα πρόβλημα να την κοιτάζει κατάματα.

Εκείνη δεν είπε τίποτα, μόνο έριξε το βάρος της στο άλλο πόδι.

«Σ' έχω δει εδώ κι εκεί μερικές φορές. Ξέρεις, μέσα στα χρόνια, στον βάλτο. Πώς σε λένε;». Για μια στιγμή σκέφτηκε πως μάλλον δεν θα του μιλούσε· ίσως να ήταν μουγκή, ή να μιλούσε κάποια πρωτόγονη γλώσσα, όπως έλεγαν μερικοί. Ένας άντρας με μικρότερη αυτοπεποίθηση, θα είχε φύγει.

«Κάια». Προφανώς, δεν θυμόταν το συναπάντημά τους στο πεζοδρόμιο με το ποδήλατο, ούτε και την ήξερε με άλλο όνομα παρά μόνο ως Πιτσιρίκα του Βάλτου.

«Κάια — αλλιώτικο. Αλλά ωραίο. Θες να πάμε για πικνίκ; Με τη βάρκα μου, αυτή την Κυριακή».

Η Κάια κοίταξε κάπου πέρα από τον ώμο του, ζυγίζοντας με το πάσο της τα λόγια του· δεν μπόρεσε ωστόσο να σκεφτεί το πράγμα για πολύ. Της δινόταν η ευκαιρία να βρεθεί με κάποιον.

Τελικά απάντησε: «Εντάξει». Ο Τσέις τής είπε να τον συναντήσει στη χερσόνησο με τις βελανιδιές βόρεια από την Πόιντ Μπητς το μεσημέρι. Έπειτα μπήκε στο άσπρο-μπλε κρις-κραφτ του, με τα μεταλλικά στοιχεία που γυαλοκοπούσαν σε κάθε πιθανή επιφάνεια, και έφυγε με ταχύτητα.

Ακούγοντας βήματα, η Κάια έκανε ξανά μεταβολή. Ήταν ο Σάλτας, που διέσχιζε τρεχάτος τον μόλο. «Γεια, δεσποινίς Κάια. Συγγνώμη, κουβάλαγα άδεια καφάσια πέρα εκεί. Να γεμίσω;»

Η Κάια ένευσε.

Γυρνώντας, έσβησε τη μηχανή κι άφησε τη βάρκα στο ρεύμα, αφού η όχθη ήδη φαινόταν. Έγειρε πίσω στο παλιό σακίδιο και, κοιτώντας τον ουρανό, απήγγειλε ποιήματα που είχε μάθει απ' έξω· το έκανε αυτό καμιά φορά. Ένα από τα αγαπημένα της ήταν ο «Πυρετός της Θάλασσας» του Τζον Μέισφιλντ:

> …το μόνο που ζητώ είναι μια μέρα με άνεμο
> και λευκά σύννεφα να πετάνε
> Τις ριπές του νερού, τον αφρό να τινάζεται
> και τους γλάρους να τραγουδάνε.

Η Κάια θυμήθηκε κι ένα ποίημα γραμμένο από μια ποιήτρια όχι πολύ γνωστή, την Αμάντα Χάμιλτον· είχε δημοσιευτεί πρόσφατα στην τοπική εφημερίδα που αγόρασε από το Πίγκλι Ουίγκλι:

Αιχμάλωτος εκεί μέσα,
Ο έρωτας είναι ένα ζώο σε κλουβί
Που τρώει τις σάρκες του.
Ο έρωτας πρέπει ελεύθερος να τριγυρνά,
Να βγαίνει σ' όποια ακτή διαλέξει
Και ν' ανασαίνει.

Οι στίχοι τής έφεραν στον νου τον Τέιτ, και η ανάσα της κόπηκε. Μόλις βρήκε κάτι καλύτερο, ο Τέιτ έγινε καπνός. Ούτε καν να πει αντίο δεν ήρθε.

Η Κάια δεν το ήξερε, αλλά στην πραγματικότητα ο Τέιτ είχε έρθει για να τη δει.

Μια μέρα πριν πάρει το λεωφορείο για να γυρίσει σπίτι, εκείνη την 4η Ιουλίου, ο δρ. Μπλαμ, ο καθηγητής που τον είχε προσλάβει, μπήκε στο εργαστήριο πρωτοζωολογίας και ρώτησε τον Τέιτ αν θα ήθελε να συμμετάσχει σε μια ομάδα καταξιωμένων επιστημόνων οικολόγων για μια αποστολή παρατήρησης πτηνών το σαββατοκύριακο.

«Παρατήρησα το ενδιαφέρον σας για την ορνιθολογία και αναρωτιέμαι αν θα θέλατε να έρθετε κι εσείς. Έχω θέση για έναν φοιτητή, και σκέφτηκα εσάς».

«Ναι, ασφαλώς. Βεβαίως θα έρθω». Όταν ο δρ. Μπλαμ έφυγε, ο Τέιτ απόμεινε εκεί μόνος ανάμεσα στα τραπέζια του εργαστηρίου, τα μικροσκόπια και τον βόμβο του κλίβανου αποστείρωσης, να αναρωτιέται πώς υποχώρησε τόσο εύκολα.

Πώς έσπευσε έτσι να κάνει καλή εντύπωση στον καθηγητή του. Ήταν περήφανος που τον ξεχώρισαν· ο μόνος φοιτητής που προσκλήθηκε.

Η επόμενη ευκαιρία του να γυρίσει —κι αυτό μόνο για ένα βράδυ— ήταν δυο βδομάδες αργότερα. Ήθελε σαν τρελός να ζητήσει συγγνώμη από την Κάια, που σίγουρα θα κατανοούσε όταν θα μάθαινε για την πρόσκληση από τον δρ. Μπλαμ.

Μόλις άφησε πίσω του τη θάλασσα έκοψε ταχύτητα και μπήκε στο κανάλι, όπου στραφτάλιζαν οι πλάτες των χελωνών που λιάζονταν. Κάπου στα μισά της διαδρομής, εντόπισε τη βάρκα της προσεκτικά κρυμμένη μέσα στα ψηλά χορτάρια. Αμέσως, έκοψε κι άλλο ταχύτητα, και τότε την είδε ίσια μπροστά, γονατιστή πάνω σε μια πλατιά γλώσσα άμμου· φαινόταν εντελώς απορροφημένη με την παρατήρηση κάποιου μικρού καρκινοειδούς.

Είχε το κεφάλι της σκυμμένο χαμηλά, κι έτσι δεν τον είδε, ούτε κι άκουσε τη βάρκα του που πλησίαζε αργά. Ο Τέιτ έστριψε αθόρυβα και μπήκε μέσα στις καλαμιές, εκτός του οπτικού της πεδίου. Ήξερε χρόνια τώρα πως κι εκείνη τον παρακολουθούσε καμιά φορά κρυφοκοιτώντας ανάμεσα απ' τους θάμνους. Τώρα, κάτι τον έσπρωξε να κάνει κι αυτός το ίδιο.

Ξυπόλητη, με κομμένο τζην και λευκό μπλουζάκι, στάθηκε όρθια και τέντωσε τα χέρια της ψηλά. Επιδεικνύοντας μια μέση λεπτή σαν της σφήκας. Μετά γονάτισε και πάλι, πήρε άμμο στις χούφτες της, την άφησε να κυλήσει ανάμεσα από τα δάχτυλά της και βάλθηκε να παρατηρεί τους οργανισμούς που απέμειναν να σαλεύουν μέσα στην παλάμη της. Ο Τέιτ χαμογέλασε βλέποντας τη νεαρή βιολόγο έτσι προσηλωμένη, αδιάφορη για όλα τα άλλα. Τη φαντάστηκε να στέκεται πίσω-πίσω στην ομάδα μελέτης πτηνών προσπαθώντας να περνάει απαρατήρητη, ενώ πρώτη απ' όλους εντόπιζε και ταύτιζε όλα τα πουλιά. Ήσυχα, ντροπαλά, θα παρέθετε επακριβώς τι είδους χορτάρια χρησιμοποιούνταν για την κατασκευή της κάθε φωλιάς ή την ηλικία —σε ημέρες— ενός νεαρού θηλυκού με βάση τα χρώματα που αρχίζουν ν' αποκτούν οι άκρες των φτερών του. Εξαιρετικές λεπτομέρειες που υπερέβαιναν οποιοδήποτε εγχειρίδιο ή τις γνώσεις της αξιοσέβαστης ομάδας βιολόγων. Τις λεπτές εκείνες ιδιαιτερότητες που καθορίζουν το κάθε είδος. Την ουσία τους.

Ξαφνικά, η Κάια πετάχτηκε όρθια, αιφνιδιάζοντας τον Τέιτ. Με την άμμο να κυλάει ακόμα μέσα από τα δάχτυλά της, κοίταξε προς τα ανάντη του ποταμού, στην αντίθετη μεριά από εκεί που βρισκόταν ο Τέιτ. Στα αυτιά του μόλις που έφτανε ο σιγανός βόμβος μιας εξωλέμβιας που πλησίαζε — πιθανότατα κάποιου ψαρά ή κατοίκου του βάλτου καθ' οδόν για το χωριό. Ένας ήχος γουργουριστός, κοινός και ήσυχος όσο και των περιστεριών. Η Κάια όμως άρπαξε το σακίδιό της, διέσχισε τρέχοντας την άμμο και χώθηκε στα ψηλά χορτάρια. Σκυφτή, ρίχνοντας κλεφτές ματιές να δει αν η βάρκα είχε φανεί, προχώρησε προς τη δική της βάρκα. Τα γόνατά της σχεδόν ακουμπούσαν στο σαγόνι της. Τώρα πια βρισκόταν πολύ κοντά στον Τέιτ, κι έτσι είδε τα μάτια της, σκοτεινά, αλλοπαρμένα. Φτάνοντας στη βάρκα της, μπήκε μέσα και ζάρωσε στο βάθος, με το κεφάλι πάντα χαμηλά.

Ο ψαράς, ένας γηραιός κύριος με καπέλο και πρόσωπο χαρωπό, μπήκε στο οπτικό τους πεδίο, δεν είδε ούτε την Κάια ούτε τον Τέιτ και χάθηκε με τη βάρκα του στη στροφή του καναλιού. Εκείνη όμως παρέμεινε ακίνητη και συνέχισε να αφουγκράζεται ώσπου ο ήχος της μηχανής έσβησε τελείως, και τότε μόνο σηκώθηκε όρθια και σκούπισε το μέτωπό της. Και συνέχισε να κοιτάζει προς την κατεύθυνση που έφυγε η βάρκα σαν το ελάφι που δεν αφήνει από τα μάτια του τον θάμνο απ' όπου ο πάνθηρας έχει φύγει πια.

Κάπου μέσα του, ο Τέιτ ήξερε πως έτσι συμπεριφερόταν η Κάια, αλλά από τότε που ξεκίνησαν το παιχνίδι με τα φτερά, δεν είχε αντικρίσει ποτέ τον ακατέργαστο σκληρό πυρήνα της. Ένα υλικό τόσο βασανισμένο, απομονωμένο και αλλόκοτο.

Δεν είχε περάσει ούτε δύο μήνες στο πανεπιστήμιο, κι ωστόσο είχε ήδη μπει κανονικά στον κόσμο που τόσο επιθυμούσε: ανέλυε την εκπληκτική συμμετρία του μορίου του DNA κι ήταν λες και είχε τρυπώσει σ' έναν αστραφτερό καθεδρικό και ανέβαινε τα στριφογυριστά σκαλιά ενός έλικα από οξέα. Έβλεπε καθαρά πως η ζωή εξαρτάται ολοκληρωτικά απ' αυτόν τον ακριβή και περίπλοκο κώδικα που μεταγράφεται πάνω σε εύθραυστα, λεπτεπίλεπτα κομμάτια οργανικής ύλης, που θα καταστρέφονταν αυτομάτως αν ο κόσμος ήταν έστω και λίγο πιο θερμός ή πιο ψυχρός. Επιτέλους, βρισκόταν περιτριγυρισμένος από πελώρια ερωτήματα κι από ανθρώπους με αντίστοιχα μεγάλη περιέργεια για τις απαντήσεις, που τον ωθούσαν όλο και πιο πολύ προς τον τελικό του σκοπό — να γίνει ένας ερευνητής βιολόγος με δικό του εργαστήριο, σε διαρκή επαφή με άλλους επιστήμονες.

Το μυαλό της Κάια εύκολα θα μπορούσε να ζήσει σ' ένα τέτοιο περιβάλλον, η ίδια όμως όχι. Βαριανασαίνοντας, απόμεινε αντιμέτωπος με την απόφαση που κρυβόταν εκεί, μέσα στα χορτάρια: την Κάια ή όλα τα άλλα.

«Κάια, Κάια, δεν μπορώ να το κάνω αυτό», ψιθύρισε. «Συγχώρεσέ με».

Αφού εκείνη έφυγε, μπήκε κι ο Τέιτ στη βάρκα του και επέστρεψε με τη μηχανή προς τον ωκεανό. Βλαστημώντας το δειλό ανθρωπάκι μέσα του που δεν της είπε ούτε καν αντίο.

23.
Το κοχύλι

1965

Τη νύχτα μετά τη συνάντηση με τον Τσέις Άντριους στον μόλο του Σάλτα, η Κάια καθόταν στο τραπέζι της κουζίνας, στο ήσυχο φως της λάμπας. Είχε ξαναρχίσει να μαγειρεύει, και τώρα τσιμπολογούσε το βραδινό της —ψωμάκια με βουτυρόγαλα, γογγύλια και φασόλια— διαβάζοντας καθώς έτρωγε. Αλλά οι σκέψεις για το ραντεβού της επομένης με τον Τσέις θόλωναν κάθε φράση που διάβαζε.

Σηκώθηκε και βγήκε έξω, στη νύχτα, στο κατάλευκο φως ενός φεγγαριού σχεδόν γεμάτου. Ο απαλός αέρας του βάλτου τύλιξε τους ώμους της σαν μετάξι. Το φως της σελήνης είχε διαλέξει ένα ασυνήθιστο μονοπάτι μέσα από τα πεύκα, απλώνοντας παντού σκιές. Βάλθηκε να τριγυρίζει σαν υπνοβάτης, καθώς η σελήνη βγήκε γυμνή από τα νερά κι άρχισε να σκαρφαλώνει, κλωνάρι το κλωνάρι, στις βελανιδιές. Η στιλπνή λάσπη της όχθης της λιμνοθάλασσας φεγγοβολούσε μέσα στο δυνατό φως, ενώ εκατοντάδες πυγολαμπίδες γέμιζαν με φωτεινά στίγματα το δάσος. Με το μεταχειρισμένο φαρδύ, ριχτό λευκό της φόρεμα, ανεμίζοντας τα χέρια απαλά, η Κάια άρχισε να χορεύει στο τραγούδι των τζιτζικιών και των βατράχων. Οι παλάμες της σκαρφάλωσαν από τα πλευρά της στον λαιμό, κι ύστερα κατέβηκαν στους μηρούς της, ενώ στα μάτια της είχε διαρκώς το πρόσωπο του Τσέις Άντριους. Ήθελε να την αγγίξει κι εκείνος έτσι. Η ανάσα της βάρυνε. Κανείς ποτέ δεν την είχε κοιτάξει όπως αυτός. Ούτε καν ο Τέιτ.

Κι έτσι συνέχισε να χορεύει ανάμεσα στα εφημερόπτερα με τα υπόλευκα φτερά που πετάριζαν πάνω από την αστραφτερή φεγγαρένια λάσπη.

Το άλλο πρωί, μόλις καβατζάρησε τη χερσόνησο είδε τον Τσέις στο σκάφος του, λίγο πιο έξω από την ακτή. Εδώ, στο φως της μέρας, η πραγματικότητα έπλεε μπροστά της· την περίμενε. Ο λαιμός της στέγνωσε. Έφερε τη βάρκα της στην παραλία, βγήκε και την τράβηξε έξω.

Ο Τσέις ήρθε με το σκάφος δίπλα της. «Γεια».

Κοιτώντας πάνω από τον ώμο της, του ένευσε. Βγήκε κι εκείνος από το σκάφος του και άπλωσε το χέρι του προς το μέρος της — μακριά, ηλιοκαμένα δάχτυλα, ανοιχτή παλάμη. Η Κάια δίστασε· όταν άγγιζε κάποιον, παραχωρούσε ένα κομμάτι του εαυτού της, ένα κομμάτι που δεν θα ξανάπαιρνε ποτέ πίσω.

Παρ' όλα αυτά, ακούμπησε απαλά το χέρι της στο δικό του. Εκείνος την κράτησε για ν' ανέβει στην πρύμνη και να καθίσει στον μαλακό πάγκο. Η μέρα ακτινοβολούσε ζεστή, όμορφη, και η Κάια, με το κοντό τζην σορτσάκι και ένα άσπρο βαμβακερό πουκάμισο —είχε δει σε άλλες το ντύσιμο αυτό και το είχε αντιγράψει— έμοιαζε εντελώς συνηθισμένη κοπέλα. Ο Τσέις κάθισε δίπλα της κι εκείνη ένιωσε το μανίκι του να περνά πάνω από το μπράτσο της.

Ο Τσέις οδήγησε σιγά-σιγά το σκάφος του προς τον ωκεανό. Εκεί στην ανοιχτή θάλασσα, το σκάφος κουνούσε περισσότερο απ' όσο στον ήσυχο βάλτο, κι η Κάια ήξερε πως αυτή η κίνηση θα έκανε τα μπράτσα τους να ακουμπήσουν. Στην προσμονή του αγγίγματος, τα μάτια της έμειναν καρφωμένα ίσια μπροστά, ωστόσο δεν μετακινήθηκε καθόλου.

Κάποια στιγμή, ένα κάπως μεγαλύτερο κύμα υψώθηκε και χαμήλωσε και τότε το μπράτσο του, σφιχτό και ζεστό, χάιδεψε το δικό της. Με κάθε πάνω-κάτω, ξεμάκραιναν και αγγίζονταν ξανά. Κι όταν η θάλασσα φούσκωσε κάτω από τα πόδια τους, ο μηρός του τρίφτηκε πάνω στον δικό της και της έκοψε την ανάσα.

Μόλις στράφηκαν νότια, ακολουθώντας την ακτογραμμή, και καθώς το σκάφος τους ήταν το μοναδικό σ' όλη εκείνη την ερημιά, ο Τσέις άνοιξε ταχύτητα. Δέκα λεπτά διαδρομή, κάμποσα μίλια λευκών ακτών κατά μήκος της γραμμής της παλίρροιας, μ' ένα πυκνό δάσος να τους προστατεύει από τον υπόλοιπο κόσμο. Μπροστά τους, το Πόιντ Μπητς ξεδιπλωνόταν στο νερό σαν κατάλευκη βεντάλια.

Ο Τσέις δεν είχε πει λέξη από την ώρα που τη χαιρέτησε· δεν είχε μιλήσει καθόλου. Έβγαλε το σκάφος στην παραλία και ακούμπησε το καλάθι του πικνίκ στην άμμο, στον ίσκιο της πλώρης.

«Πάμε μια βόλτα;» τη ρώτησε.

«Ναι».

Περπάτησαν στην άκρη του κύματος, εκεί που το νερό τύλιγε με μικρές δίνες τους αστραγάλους τους, και ρουφώντας τα πόδια τους στην άμμο τραβιόταν ξανά προς τη θάλασσα.

Δεν της έπιασε το χέρι, αλλά κάθε τόσο, εντελώς φυσικά, τα δάχτυλά τους ακουμπούσαν. Πότε-πότε γονάτιζαν για να εξετάσουν κάποιο κοχύλι ή να δουν καλύτερα κάποιο διαφανές φύκι που το σχήμα του πλησίαζε πια στο έργο τέχνης. Τα γαλάζια μάτια του Τσέις ήταν παιχνιδιάρικα· χαμογελούσε εύκολα. Το δέρμα του ήταν μαυρισμένο από τον ήλιο όπως και το δικό της. Οι δυο τους μαζί φάνταζαν ψηλόλιγνοι, κομψοί, ταιριαστοί.

Η Κάια ήξερε πως ο Τσέις είχε επιλέξει να μην πάει στο πανεπιστήμιο αλλά να δουλέψει στην επιχείρηση του μπαμπά του. Ξεχώριζε απ' όλους στο χωριό, ήταν ο μεγάλος πετεινός. Και κάπου μέσα της, η Κάια ανησυχούσε μήπως κι εκείνη δεν ήταν παρά ένα όμορφο εύρημα της παραλίας, ένα αντικείμενο παράξενο που θα το περιεργαζόταν για λίγο κι ύστερα θα το πετούσε ξανά στην άμμο. Παρ' όλα αυτά, συνέχισε να περπατάει δίπλα του. Είχε ήδη δώσει μια ευκαιρία στον έρωτα· τώρα το μόνο που ήθελε ήταν να γεμίσει τα κενά. Ν' ανακουφίσει τη μοναξιά υψώνοντας ταυτόχρονα ένα τείχος γύρω απ' την καρδιά της.

Έπειτα από περίπου ένα χιλιόμετρο, ο Τσέις γύρισε προς το μέρος της, έσκυψε και με μια επιτηδευμένα θεατρινίστικη χειρονομία την προσκάλεσε να καθίσουν μαζί στην άμμο, με την πλάτη σ' έναν κορμό που είχε βγάλει η θάλασσα. Έχωσαν τα πόδια τους στους λευκούς κρυστάλλους κι έγειραν προς τα πίσω.

Ο Τσέις έβγαλε από την τσέπη του μια φυσαρμόνικα.

«Α», είπε εκείνη. «Παίζεις;». Ένιωσε τις λέξεις τραχιές στη γλώσσα της.

«Όχι και πολύ καλά. Αλλά όταν έχω κοινό που κάθεται στην παραλία με την πλάτη στο κούτσουρο...». Έκλεισε τα μάτια του και έπαιξε το «Σεναντόα»· η παλάμη του πετάριζε μπροστά στη φυσαρμόνικα σαν πουλί παγιδευμένο στο τζάμι. Ήταν μια μουσική πανέμορφη, λυπητερή, σαν γράμμα από κάποια μακρινή πατρίδα. Και τότε, σταμάτησε απότομα στα μισά του τραγουδιού και έπιασε από την άμμο ένα κοχύλι ελάχιστα μεγαλύτερο από πεντάρα, λευκό με έντονες κόκκινες και μοβ κηλίδες.

«Α, κοίτα αυτό εδώ», είπε.

«Ναι, είναι ένα πλουμιστό στρείδι, ένα *Pecten ornatus*»,

είπε η Κάια. «Σπάνια βλέπω τέτοια. Έχει πολλά του ίδιου γένους εδώ, αλλά το συγκεκριμένο είδος συνήθως ενδημεί σε περιοχές νοτιότερα του δικού μας γεωγραφικού πλάτους, γιατί τα νερά εδώ παραείναι κρύα γι' αυτά».

Απόμεινε να την κοιτάζει. Μέσα σ' όλα εκείνα τα κουτσομπολιά, κανείς ποτέ δεν ανέφερε ότι η Πιτσιρίκα του Βάλτου, το κορίτσι που δεν ήξερε πώς γράφεται ακόμα και η πιο απλή λέξη, ήξερε τις λατινικές ονομασίες των όστρακων, πού απαντούσαν και —αν είναι ποτέ δυνατόν— γιατί.

«Αυτά εγώ δεν τα ξέρω», είπε ο Τσέις, «αλλά κοίτα εδώ: είναι στριμμένο». Τα μικρά πτερύγια που εξείχαν δεξιά κι αριστερά από τη βάση ήταν λίγο στραβά, και στη βάση υπήρχε μια τέλεια τρυπούλα. Ο Τσέις έπαιξε το όστρακο στην παλάμη του. «Ορίστε, πάρ' το. Εσύ είσαι που ξέρεις από κοχύλια».

«Ευχαριστώ». Το έβαλε στην τσέπη της.

Ο Τσέις έπαιξε μερικά ακόμα τραγούδια, και τελείωσε το πρόγραμμα με μια αφηνιασμένη εκτέλεση του «Ντίξι»· έπειτα επέστρεψαν στο καλάθι του πικνίκ και καθισμένοι σε μια καρό κουβερτούλα έφαγαν κρύο τηγανιτό κοτόπουλο, ζαμπόν και ψωμάκια και πατατοσαλάτα. Και γλυκά αγγουράκια τουρσί. Και κομμάτια από μια τούρτα με τέσσερις στρώσεις κι ένα πόντο γλάσο καραμέλας από πάνω. Όλα σπιτικά, τυλιγμένα σε λαδόκολλα. Άνοιξε δύο μπουκάλια Royal Crown Cola και γέμισε χάρτινα ποτηράκια — η πρώτη φορά στη ζωή της που η Κάια έπινε αναψυκτικό με ανθρακικό. Αυτές οι γενναιόδωρες ποσότητες ήταν κάτι το απίστευτο για αυτήν, μαζί με τις υφασμάτινες πετσέτες, τα πλαστικά πιάτα και τα πλαστικά πιρούνια. Ακόμα και μια μικροσκοπική μπρούντζινη αλατιέρα και πιπεριέρα υπήρχε. Θα πρέπει να ετοίμασε το καλάθι η μητέρα του, σκέφτηκε η Κάια, χωρίς να ξέρει ότι ο γιος της ήταν να συναντηθεί με την Πιτσιρίκα του Βάλτου.

Κουβέντιασαν χαμηλόφωνα για πράγματα θαλασσινά —για πελεκάνους που πετούν καβάλα στο ρεύμα του αέρα και μπεκατσίνια που περιδιαβαίνουν καμαρωτά— χωρίς ν' αγγίζονται καθόλου, γελώντας ελάχιστα. Την ώρα που η Κάια τού έδειχνε ένα ακανόνιστο σμήνος πελεκάνων, εκείνος ένευσε και με μια κίνηση βρέθηκε πιο κοντά της, τόσο που οι ώμοι τους ακούμπησαν ελαφρά. Όταν η Κάια γύρισε να τον κοιτάξει, της ανασήκωσε με το χέρι το πιγούνι και τη φίλησε. Άγγιξε ανάλαφρα τον λαιμό της, κι έπειτα με χέρια απαλά σαν πούπουλα πάνω στην μπλούζα της, κατέβηκε προς το στήθος της. Φιλώντας και αγκαλιάζοντάς την πιο σφιχτά τώρα, έγειρε προς τα πίσω ώσπου βρέθηκαν ξαπλωμένοι στην κουβέρτα. Σιγά-σιγά, βρέθηκε από πάνω της, πίεσε τον καβάλο του ανάμεσα στα πόδια της, και με μια κίνηση τής σήκωσε την μπλούζα. Εκείνη τράβηξε το κεφάλι της και απεγκλωβίστηκε από κάτω από το σώμα του, με τα κατάμαυρα σαν την νύχτα μάτια της να πετούν σπίθες. Κατέβασε ξανά την μπλούζα της.

«Ήρεμα, ήρεμα. Δεν πειράζει».

Έμεινε έτσι, με τα μαλλιά απλωμένα πάνω στην άμμο, το πρόσωπο ξαναμμένο, το κόκκινο στόμα μισάνοιχτο — εκθαμβωτική. Εκείνος πλησίασε προσεκτικά το χέρι στο πρόσωπό της για να την αγγίξει, αλλά η Κάια πετάχτηκε όρθια, σβέλτη σαν γάτα.

Η ανάσα της ήταν βαριά. Το προηγούμενο βράδυ, την ώρα που χόρευε μόνη στην παραλία της λιμνοθάλασσας και λικνιζόταν μαζί με το φεγγάρι και τα έντομα, είχε πιστέψει πως ήταν έτοιμη. Νόμιζε πως είχε μάθει τα πάντα περί ζευγαρώματος παρατηρώντας τα περιστέρια. Κανείς ποτέ δεν της είχε μιλήσει για το σεξ, και η μοναδική της εμπειρία ήταν τα προκαταρκτικά με τον Τέιτ. Ήξερε όμως τις λεπτομέρειες από τα βιβλία της βιολογίας και είχε δει τόσα πλάσματα να ζευγαρώνουν —και όχι, δεν «έτριβαν τους πισινούς τους» απλώς, όπως της είχε πει ο Τζόντι— που σχεδόν κανένας άνθρωπος δεν βλέπει στη ζωή του.

Αυτό όμως τώρα παραήταν απότομο — πικνίκ και μετά ζευγάρωμα με την Πιτσιρίκα του Βάλτου. Ακόμα και τα αρσενικά πτηνά φλερτάρουν τα θηλυκά για ένα διάστημα, επιδεικνύοντας τα πολύχρωμα φτερά τους, χτίζοντας σπιτικό, παρουσιάζοντας εντυπωσιακούς χορούς και ερωτικές καντάδες. Ναι, ο Τσέις είχε προσφέρει ολόκληρο τσιμπούσι, αλλά η Κάια άξιζε κάτι παραπάνω από λίγο τηγανιτό κοτόπουλο. Και το «Ντίξι» δεν μετρούσε ως ερωτικό τραγούδι. Έπρεπε να τό 'χε φανταστεί πως έτσι θα ήταν. Τα αρσενικά θηλαστικά τριγυρνούν τα θηλυκά μόνον όταν θέλουν να ζευγαρώσουν.

Απόμειναν να κοιτάζουν ο ένας τον άλλο, κι η σιωπή θέριεψε μεταξύ τους· μόνο ο ήχος της ανάσας τους την έσπαγε, και των κυμάτων πιο πέρα. Ο Τσέις ανακάθισε, άπλωσε το χέρι για να πιάσει το δικό της, εκείνη όμως το τράβηξε απότομα.

«Συγγνώμη. Δεν πειράζει», της είπε και σηκώθηκε όρθιος. Πράγματι, είχε έρθει εδώ για να την «πάρει», να είναι ο πρώτος, αλλά βλέποντας τη φωτιά σ' εκείνα τα μάτια, μαγεύτηκε.

Έκανε άλλη μια προσπάθεια. «Έλα τώρα, Κάια. Είπα συγγνώμη. Ας το ξεχάσουμε. Θα σε πάω πίσω στη βάρκα σου».

Η Κάια έκανε μεταβολή και άρχισε να περπατά προς το δάσος. Με το λυγερό της σώμα να λικνίζεται.

«Τι κάνεις εκεί; Δεν μπορείς να πας με τα πόδια τόσο δρόμο. Είναι μίλια μακριά».

Εκείνη όμως βρισκόταν ήδη μέσα στα δέντρα κι έτρεχε διασχίζοντας ευθεία, όπως πετάει το πουλί, πρώτα το δάσος και μετά τη χερσόνησο πηγαίνοντας προς τη βάρκα της. Η περιοχή τής ήταν άγνωστη, αλλά την καθοδηγούσαν τα κοτσύφια δείχνοντάς της τον δρόμο μέσα απ' τον βάλτο της ενδοχώρας.

Ούτε βούρκοι ούτε ρυάκια τη σταματούσαν· διάβαινε χωρίς δεύτερη σκέψη ρέματα, πηδούσε πάνω από πεσμένους κορμούς.

Κάποια στιγμή, διπλώθηκε στα δύο λαχανιασμένη και έπεσε στα γόνατα. Βλαστημώντας με ξεφτισμένες λέξεις. Όση ώρα έβριζε, οι λυγμοί δεν κατάφερναν να βγουν στην επιφάνεια. Τίποτα όμως δεν μπορούσε να διώξει το τσουχτερό αίσθημα ντροπής, τη λύπη που την έσκιζε. Είχε παρασυρθεί από την απλούστατη ελπίδα να βρεθεί με κάποιον, κάποιον που θα τη θέλει, θα την αγγίξει. Αλλά εκείνα τα χέρια που την πασπάτευαν με τόση φούρια, μόνο έπαιρναν· ούτε μοιράζονταν ούτε έδιναν.

Έστησε αυτί, μήπως τον ακούσει να την ακολουθεί· δεν ήταν σίγουρη αν ήθελε ή όχι να τον δει να βγαίνει μέσα απ' τους θάμνους και να την παίρνει αγκαλιά εκλιπαρώντας τη να τον συγχωρέσει. Ο θυμός φούντωσε πάλι μέσα της. Κι έπειτα, εξαντλημένη, έκανε την υπόλοιπη διαδρομή μέχρι τη βάρκα της περπατώντας.

24.

Το πυροφυλάκιο

1965

Σύννεφα καταιγίδας μαζεύονταν και συνωθούνταν στον ορίζοντα όταν η Κάια βγήκε με τη βάρκα της στην απογευματινή θάλασσα. Είχε να δει τον Τσέις από το πικνίκ τους στην παραλία δέκα μέρες πριν, κι όμως ακόμα θυμόταν το σχήμα και την αίσθηση του κορμιού του να την κρατά καρφωμένη πάνω στην άμμο.

Κανένα άλλο πλεούμενο δεν φαινόταν καθώς η Κάια κατευθυνόταν σ' έναν ορμίσκο λίγο πιο νότια από το Πόιντ Μπητς, όπου κάποτε είχε δει ασυνήθιστες πεταλούδες — τόσο εντυπωσιακά άσπρες που θα μπορούσαν να είναι αλμπίνο. Αλλά σαράντα μέτρα ανοιχτά από την παραλία, άφησε το γκάζι βλέποντας την παρέα του Τσέις να φορτώνουν καλάθια του πικνίκ και πολύχρωμες πετσέτες στα σκάφη τους. Η Κάια έκανε αμέσως αναστροφή για ν' απομακρυνθεί αλλά τότε κάτι πανίσχυρο την έκανε να ξαναγυρίσει για να τον αναζητήσει. Ήξερε πως αυτή η λαχτάρα δεν είχε τίποτα το λογικό. Μια παράλογη συμπεριφορά που σκοπό έχει να γεμίσει ένα κενό δεν μπορεί να πετύχει και πολλά παραπάνω. Πόσα να δώσεις για να νικήσεις τη μοναξιά;

Και τότε, εκεί, κοντά στο σημείο όπου την είχε φιλήσει, τον είδε να περπατά προς το σκάφος του με τα σύνεργα της ψαρικής στα χέρια. Πίσω του, η Πανταμεπέρλες που κουβαλούσε ένα ψυγειάκι.

Ξαφνικά, ο Τσέις γύρισε το κεφάλι και κοίταξε κατευθείαν προς τη βάρκα της και την ίδια. Η Κάια δεν έκανε να απομακρυνθεί, παρά ανταπέδωσε το βλέμμα στα ίσια. Όπως συνήθως όμως, η συστολή της νίκησε τελικά, κι έτσι κατέβασε πρώτη τα μάτια, άνοιξε το γκάζι και χώθηκε σ' έναν σκιερό όρμο. Αποφάσισε να περιμένει εκεί μέχρι να αποχωρήσει ο μικρός στόλος, ώστε να μείνει στην παραλία μόνη της.

Δέκα λεπτά αργότερα, βγήκε ξανά με τη βάρκα της στη θάλασσα και, πέρα, μπροστά της, είδε τον Τσέις στο σκάφος του που έπαιζε στα κύματα. Μόνο. Να περιμένει.

Η παλιά λαχτάρα φούσκωσε μέσα της. Ο Τσέις ακόμα ενδιαφερόταν για κείνη. Πράγματι, είχε φερθεί πολύ άγαρμπα στο πικνίκ, όταν όμως τον απέκρουσε, δεν συνέχισε. Και ζήτησε συγγνώμη. Ίσως έπρεπε να του δώσει άλλη μια ευκαιρία.

Της έκανε νόημα και φώναξε: «Ε! Κάια! Γεια!»

Δεν στράφηκε προς το μέρος του ούτε κι έφυγε μακριά. Εκείνος πλησίασε με τη μηχανή.

«Κάια, σου ζητάω συγγνώμη για τις προάλλες. Εντάξει; Έλα τώρα, θέλω να σου δείξω το πυροφυλάκιο».

Εκείνη δεν είπε τίποτα. Ένιωθε να παρασύρεται όλο και πιο πολύ προς τα εκεί, παρόλο που ήξερε πως ήταν καθαρή αδυναμία.

«Κοίτα, αν δεν έχεις ανεβεί ποτέ στο πυροφυλάκιο, είναι τρομερά για να δεις ολόκληρο τον βάλτο. Ακολούθα με».

Η Κάια άνοιξε το γκάζι και έστρεψε τη βάρκα της προς το σκάφος του, με το βλέμμα διαρκώς στη θάλασσα για να βεβαιωθεί πως η παρέα του δεν ήταν πουθενά εκεί τριγύρω.

Ο Τσέις τής έκανε νόημα να πάνε βόρεια, μετά το Μπάρκλι Κόουβ — το χωριό γαλήνιο και γραφικό πέρα στο βάθος. Αποβιβάστηκαν σ' έναν δασωμένο, πυκνόφυτο κολπίσκο. Αφού έδεσαν τις βάρκες τους, ο Τσέις μπήκε μπροστά κι η Κάια τον ακολούθησε σ' ένα μονοπάτι σχεδόν κρυμμένο απ' τις μυρίκες και τα λιόπρινα. Δεν είχε ξανάρθει ποτέ σ' αυτό το δάσος με τα νερά και τις γυμνές ρίζες, γιατί βρισκόταν προς την πλευρά του χωριού, δηλαδή υπερβολικά κοντά στους ανθρώπους. Καθώς προχωρούσαν, μικρά ρυάκια έτρεχαν κάτω από τους θάμνους — διακριτικές υπομνήσεις πως η θάλασσα εξουσίαζε τη γη αυτή.

Κι ύστερα, το έλος κυριάρχησε για τα καλά, με τη βαθιά γήινη μυρωδιά του και τον πνιγηρό αέρα του. Απότομα, ανεπαίσθητα, σιωπηρά, άρχισε ν' απλώνεται ίσαμε την άκρη του σκοτεινού δάσους.

Η Κάια είδε πρώτα τη πολυκαιρισμένη ξύλινη εξέδρα του εγκαταλελειμμένου πυροφυλάκιου πάνω απ' τις κορυφές των δέντρων. Λίγο αργότερα έφτασαν στη βάση του, που ήταν φτιαγμένη από χοντροκομμένους πασσάλους. Μαύρη λάσπη ανάβλυζε γύρω από τα πόδια, ενώ κάτω από το πυροφυλάκιο η σήψη κατέτρωγε τα δοκάρια. Σκάλες ανέβαιναν με ζιγκ-ζαγκ προς την κορυφή· σε κάθε επίπεδο, το οικοδόμημα στένευε ολοένα.

Αφού πέρασαν μέσα από τη λασπουριά, άρχισαν ν' ανεβαίνουν. Ο Τσέις πήγαινε μπροστά. Από την πέμπτη στροφή της σκάλας, το δάσος με τις βελανιδιές έμοιαζε να απλώνεται δυτικά ώς εκεί που έφτανε το μάτι. Όπου κι αν κοίταζες γύρω, πράσινο αστραφτερό χορτάρι και ανάμεσά του τα ρυάκια, οι λιμνοθάλασσες, τα ποταμάκια και οι δίαυλοι, ίσαμε τη θάλασσα. Η Κάια δεν είχε ξαναδεί τον βάλτο από τόσο ψηλά. Τώρα όλα του τα κομμάτια βρίσκονταν μπροστά της· αντίκρυζε ολόκληρο το πρόσωπο του φίλου της για πρώτη φορά.

Όταν έφτασαν στο τελευταίο σκαλοπάτι, ο Τσέις έσπρωξε προς τα πάνω τη σιδερένια σχάρα που κάλυπτε το κλιμακοστάσιο. Αφού ανέβηκαν στην εξέδρα, ο Τσέις κατέβασε τη σχάρα πάλι στη θέση της. Προτού πατήσει επάνω της, η Κάια δοκίμασε τη σταθερότητά της σχάρας με την άκρη του ποδιού της. Ο Τσέις γέλασε ανάλαφρα. «Εντάξει είναι, μην ανησυχείς». Τη συνόδευσε ώς τα κάγκελα στην άκρη της εξέδρας, όπου στάθηκαν ν' ατενίσουν τον βάλτο. Δύο γεράκια πέταξαν μπροστά στα μάτια τους, με τον άνεμο να σφυρίζει μέσα από τα φτερά τους· τα πουλιά γύρισαν το κεφάλι έκπληκτα στη θέα δύο νεαρών ανθρώπων όρθιων μέσα στον εναέριο χώρο τους.

Ο Τσέις την κοίταξε και είπε: «Φχαριστώ πού 'ρθες, Κάια. Που μού 'δωσες άλλη μια ευκαιρία να σου πω συγγνώμη για τις προάλλες. Ξεπέρασα τελείως τα όρια, αλλά δεν θα ξανασυμβεί».

Η Κάια δεν είπε τίποτα. Κάποια κομμάτια του εαυτού της ζητούσαν τώρα αμέσως το φιλί του, την αίσθηση του δυνατού κορμιού του.

Έβαλε το χέρι της στην τσέπη του τζην της και είπε: «Έφτιαξα αυτό εδώ για σένα, με το όστρακο που βρήκες. Δεν είναι ανάγκη να το φοράς άμα δεν θέλεις». Το προηγούμενο βράδυ είχε περάσει στην τρύπα του όστρακου ένα πέτσινο κορδόνι, με τη σκέψη πως θα το φορούσε η ίδια, αν και ήξερε εξ αρχής πως ήλπιζε να ξαναδεί τον Τσέις και να το δώσει σ' εκείνον, όταν θα έβρισκε την ευκαιρία. Αλλά ούτε καν στις ώρες της μεγαλύτερης, της πιο μελαγχολικής της λαχτάρας δεν είχε φανταστεί να στέκεται μαζί του στην κορυφή του πυροφυλάκιου και να κοιτούν μαζί τον κόσμο από ψηλά. Από ένα τέτοιο υψίπεδο.

«Φχαριστώ, Κάια», της είπε. Το κοίταξε, το πέρασε πάνω από το κεφάλι του και πασπάτεψε το όστρακο μπροστά στον λαιμό του. «Εννοείται θα το φορέσω».

Δεν είπε ούτε *Θα το φοράω για πάντα, ώσπου να πεθάνω*, ούτε τίποτε άλλο τόσο τετριμμένο.

«Πήγαινέ με στο σπίτι σου», είπε ο Τσέις. Η Κάια σκέφτηκε το καλύβι, έτσι ζαρωμένο κάτω από τις βελανιδιές, με τα γκρίζα σανίδια του λεκιασμένα απ' το αίμα της σκουριασμένης στέγης. Με τις τεράστιες τρύπες στις σήτες. Ένα πράμα όλο μπαλώματα.

«Είναι μακριά», είπε μόνο.

«Κάια, δεν με νοιάζει ούτε πόσο μακριά είναι ούτε πώς δείχνει. Άντε, πάμε».

Αν έλεγε όχι, ήταν πιθανό να χαθεί αυτή η ευκαιρία για αποδοχή.

«Εντάξει». Κατέβηκαν απ' το πυροφυλάκιο κι ο Τσέις την οδήγησε ξανά πίσω στον κόλπο. Της έκανε νόημα να μπει εκείνη μπροστά με τη βάρκα της, κι η Κάια τράβηξε νότια, στον λαβύρινθο των διαύλων· έσκυψε το κεφάλι της και μπήκε στο κανάλι που οδηγούσε για το σπίτι της, με τα πράσινα φυλλώματα από πάνω. Το σκάφος του Τσέις ήταν τόσο μεγάλο που μετά βίας χωρούσε να περάσει μέσα απ' την πυκνή βλάστηση —ήταν επίσης υπερβολικά μπλε και άσπρο— τελικά όμως κατάφερε να στριμωχτεί, με τα κλαδιά να ξύνουν το κύτος.

Τη στιγμή που εμφανίστηκε μπροστά τους η λιμνοθάλασσα, το καθάριο, σκοτεινό νερό αντανακλούσε τις τρυφερές λεπτομέρειες του κάθε κλαδιού, του κάθε βρύου, του κάθε καταπράσινου φύλλου. Λιβελούλες και λευκοί ερωδιοί ξεσηκώθηκαν για μια στιγμή με το άγνωστο σκάφος, κι ύστερα επέστρεψαν με το ήσυχο, κομψό τους φτερούγισμα. Η Κάια έδεσε τη βάρκα της ενώ ο Τσέις ανέβασε το σκάφος του στην παραλία. Ο μεγάλος γαλάζιος ερωδιός, που είχε αποδεχτεί από καιρό εκείνα τα άλλα, λιγότερο άγρια πλάσματα, στάθηκε ακίνητος σαν πελεκάνος ελάχιστα μέτρα πιο κει.

Οι ξεβαμμένες σαλοπέτες της και τα ξεθωριασμένα μπλουζάκια, όλη η μπουγάδα της κρεμόταν ταλαίπωρη από το σκοινί, και τα γογγύλια είχαν πληθύνει τόσο που ήταν δύσκολο να καταλάβεις πια πού τελείωνε το μποστάνι και πού ξεκινούσε το δάσος.

Κοιτώντας τη χιλιομπαλωμένη σήτα της βεράντας, ο Τσέις ρώτησε: «Πόσο καιρό ζεις εδώ πέρα μονάχη σου;».

«Δεν ξέρω πότε ακριβώς έφυγε ο μπαμπάς. Αλλά πρέπει να είναι κάπου δέκα χρόνια, νομίζω».

«Τέλειο. Να ζεις εδώ πέρα και να μην έχεις γονείς να σου λένε όλη την ώρα τι να κάνεις».

Η Κάια δεν απάντησε αλλά είπε απλώς: «Μέσα δεν έχει τίποτα να δεις». Εκείνος όμως ήδη ανέβαινε τα τούβλινα σκαλιά. Το πρώτο πράγμα που είδε ήταν οι συλλογές της επάνω στα αυτοσχέδια ράφια. Ένα κολάζ της ζωής που στραφτάλιζε πέρα απ' την εξωτερική σήτα.

«Εσύ τα έκανες όλα αυτά;» τη ρώτησε.

«Ναι».

Κοίταξε για λίγο κάτι πεταλούδες αλλά σύντομα έχασε το ενδιαφέρον του. *Γιατί να φυλάς μέσα πράματα που μπορείς να δεις ακριβώς έξω απ' την πόρτα σου;* σκέφτηκε.

Το στρωματάκι της στο πάτωμα της βεράντας είχε ένα κάλυμμα φθαρμένο σαν παλιά ρόμπα, ήταν όμως στρωμένο τακτικά κι ωραία. Λίγα βήματα και διέσχισαν το μικρό καθιστικό με τον βουλιαγμένο καναπέ, κι ύστερα ο Τσέις έριξε μια ματιά στα υπνοδωμάτια, που τους τοίχους στόλιζαν φτερά κάθε χρώματος, σχήματος και μεγέθους.

Του έκανε νόημα να έρθει στην κουζίνα, ενώ ταυτόχρονα προσπαθούσε να σκεφτεί τι μπορούσε να τον κεράσει. Το μόνο βέβαιο ήταν ότι δεν είχε ούτε κόκα-κόλα, ούτε παγωμένο τσάι, ούτε καν μπισκότα. Πάνω στη σόμπα, δίπλα σε μια κατσαρόλα με μαυρομάτικα φασόλια, καθαρισμένα κι έτοιμα για βράσιμο ήταν ό,τι είχε απομείνει από το καλαμποκόψωμο. Δεν υπήρχε το παραμικρό για να προσφέρει σ' έναν ξένο.

Από συνήθεια, έχωσε μερικά κομμάτια ξύλο στη σόμπα· τη σκάλισε με τη μασιά· σχεδόν αμέσως ξεπήδησαν οι φλόγες.

«Αυτό είναι όλο», είπε έχοντας την πλάτη γυρισμένη στον Τσέις, ενώ ανεβοκατέβαζε την αντλία και γέμιζε το χιλιοχτυπημένο τσαγερό — μια εικόνα της δεκαετίας του '20 που ξεπηδούσε εξαίφνης στη δεκαετία του '60. Ούτε τρεχούμενο νερό, ούτε ηλεκτρικό, ούτε τουαλέτα. Στη γωνία της κουζίνας βρισκόταν η τσίγκινη μπανιέρα με το βαθουλωμένο και σκουριασμένο χείλος, στο ντουλάπι υπήρχε ό,τι είχε περισσέψει από το χθεσινό φαγητό, προσεκτικά σκεπασμένο με πετσετάκια, ενώ το ψυγείο με τις στρογγυλεμένες γωνίες έχασκε ορθάνοιχτο, με μια μυγοσκοτώστρα στο στόμα του. Ο Τσέις δεν είχε ξαναδεί τέτοιο πράγμα.

Ανεβοκατέβασε κι εκείνος την αντλία, είδε το νερό να τρέχει στην εμαγιέ λεκάνη που χρησίμευε ως νεροχύτης. Άγγιξε τα καυσόξυλα που ήταν τακτικά στοιβαγμένα δίπλα στη σόμπα. Το μόνο φως προερχόταν από λίγες λάμπες κηροζίνης που έβγαζαν γκρίζο καπνό.

Ο Τσέις ήταν ο πρώτος επισκέπτης της μετά τον Τέιτ, ο οποίος έμοιαζε δεκτικός και προσαρμοσμένος όσο και οποιοδήποτε πλάσμα του βάλτου. Τώρα με τον Τσέις, ένιωθε εκτεθειμένη, λες και την άνοιγαν σαν ψάρι. Μέσα της φούντωσε η ντροπή. Συνέχισε να του έχει την πλάτη γυρισμένη, τον καταλάβαινε όμως πως τριγυρνούσε στο δωμάτιο, αφού σε κάθε του βήμα ακολουθούσαν τα γνώριμα τριξίματα του πατώματος. Έπειτα την πλησίασε από πίσω, τη γύρισε τρυφερά προς τη μεριά του και την αγκάλιασε απαλά. Έφερε τα χείλη του στα μαλλιά της, κι η Κάια ένιωσε την ανάσα του δίπλα στο αυτί της.

«Κάια, δεν ξέρω άνθρωπο που θα μπορούσε να ζει έτσι μόνος εδώ πέρα. Τα περισσότερα παιδιά, ακόμα και τα αγόρια, θα φοβόντουσαν».

Η Κάια νόμισε πως ετοιμαζόταν να τη φιλήσει, εκείνος όμως κατέβασε τα χέρια και πήγε προς το τραπέζι.

«Τι θέλεις μαζί μου;» τον ρώτησε. «Πες μου αλήθεια».

«Κοίτα να δεις, δεν θα σου πω ψευτιές. Είσαι πανέμορφη, ελεύθερη και άγρια σαν τη θύελλα. Τις προάλλες, ήθελα να έρθω όσο πιο κοντά μπορούσα. Και ποιος δεν θά 'θελε; Αλλά δεν είναι σωστό. Δεν έπρεπε να σου ριχτώ έτσι. Εγώ θέλω μόνο νά 'μαι μαζί σου, εντάξει; Να γνωριστούμε».

«Και μετά;»

«Μετά θα δούμε πώς νιώθουμε. Εγώ δεν θα κάνω τίποτα παρά μόνο άμα το θες. Πώς σου φαίνεται αυτό;»

«Μια χαρά».

«Είπες πως έχεις και παραλία. Πάμε στην παραλία, λοιπόν».

Η Κάια έκοψε κομμάτια απ' το καλαμποκόψωμο για τους γλάρους και προχώρησε μπροστά στο μονοπάτι, ώσπου βγήκαν στην πλατιά αμμουδιά και τη θάλασσα. Έβαλε μια μικρή φωνή κι οι γλάροι εμφανίστηκαν αμέσως κι άρχισαν να κάνουν βόλτες πάνω και γύρω απ' τους ώμους της. Ο πιο σωματώδης αρσενικός, ο Μεγάλος Κόκκινος, προσγειώθηκε στην άμμο κι άρχισε να περιδιαβαίνει πατώντας τα πόδια της.

Ο Τσέις στεκόταν λίγο πιο πέρα και παρακολουθούσε την Κάια να εξαφανίζεται μέσα στον κύκλο των πουλιών που την περιτριγύριζαν. Δεν είχε σκοπό να αισθανθεί τίποτε ιδιαίτερο γι' αυτό το παράξενο, ξυπόλητο αγριοκόριτσο. Κοιτάζοντάς την όμως να στριφογυρίζει πάνω στην άμμο με τους γλάρους στις άκρες των δαχτύλων της, του φάνηκε συναρπαστική όχι μόνον η ομορφιά αλλά και η αυτάρκειά της. Ποτέ δεν είχε γνωρίσει άλλη σαν την Κάια· μέσα του φούντωσε η περιέργεια μαζί με τον πόθο. Όταν εκείνη επέστρεψε κοντά του, τη ρώτησε αν μπορούσε να έρθει και την επομένη. Της υποσχέθηκε πως δεν θα της έπιανε ούτε το χέρι και πως το μόνο που ήθελε ήταν να βρίσκεται κοντά της. Η Κάια ένευσε. Ήταν η πρώτη ελπίδα που έμπαινε στην καρδιά της από τότε που έφυγε ο Τέιτ.

25.

Επίσκεψη της Πάτι Λαβ

1969

Ένας απαλός κτύπος ακούστηκε στην πόρτα του γραφείου του σερίφη. Ο Τζο και ο Εντ σήκωσαν τα μάτια και μέσα απ' το θαμπό τζάμι εμφανίστηκε η μορφή της Πάτι Λαβ Άντριους, της μητέρας του Τσέις, μισοσκότεινη, θολή. Κι ωστόσο την αναγνώρισαν από το μαύρο φουστάνι και το μαύρο καπέλο. Τα γκρίζα της μαλλιά ήταν μαζεμένα σ' έναν καλοφτιαγμένο κότσο. Η απόχρωση του κραγιόν της, καθώς πρέπει άτονη.

Οι δύο άνδρες σηκώθηκαν όρθιοι κι ο Εντ άνοιξε την πόρτα. «Γεια σου, Πάτι Λαβ. Πέρνα. Κάθισε. Να σου προσφέρω έναν καφέ;»

Έριξε μια ματιά στις μισοάδειες κούπες με τα καφετιά ίχνη από τις σταγόνες που είχαν κυλήσει από το χείλος τους. «Όχι, ευχαριστώ, Εντ». Κάθισε στην καρέκλα που της έφερε ο Τζο. «Έχετε κανένα στοιχείο; Καμιά επιπλέον πληροφορία από τότε που πήρατε τα αποτελέσματα του εργαστηρίου;»

«Όχι. Δεν έχουμε. Ξανακοιτάμε τα πάντα σχολαστικά, και οι πρώτοι που θα το μάθουν έτσι και βρούμε τίποτα θα είστε εσύ κι ο Σαμ».

«Πάντως ατύχημα δεν ήταν, Εντ. Έτσι δεν είναι; Ξέρω πως δεν ήταν ατύχημα. Ο Τσέις δεν θα έπεφτε ποτέ κατά λάθος από το πυροφυλάκιο. Ξέρεις πόσο γυμνασμένος ήταν. Και έξυπνος».

«Συμφωνούμε πως υπάρχουν αρκετά στοιχεία ώστε να υποπτευόμαστε δόλο. Αλλά η έρευνα συνεχίζεται και τίποτα δεν είναι ακόμα οριστικό. Τέλος πάντων, είπες πως είχες κάτι να μας πεις;»

«Ναι, και νομίζω πως είναι σημαντικό». Η Πάτι Λαβ κοίταξε πρώτα τον έναν και μετά τον άλλον. «Ο Τσέις φορούσε πάντα στον λαιμό ένα κοχύλι. Το είχε χρόνια. Ξέρω ότι το φορούσε και τη νύχτα που πήγε στο πυροφυλάκιο. Τον είχαμε για δείπνο, ο Σαμ κι εγώ —θυμάσαι που σου τό 'πα; Η Περλ δεν μπορούσε να έρθει γιατί ήταν η βραδιά που παίζει μπριτζ— και το κοχύλι το φορούσε ακριβώς πριν ξεκινήσει να πάει στο πυροφυλάκιο. Και μετά... τέλος πάντων, όταν τον είδαμε στην κλινική, δεν το είχε στον λαιμό του. Φαντάστηκα πως θα του το είχε βγάλει ο ιατροδικαστής, γι' αυτό και δεν το ανέφερα τότε, και μετά με την κηδεία κι όλα αυτά, το ξέχασα τελείως. Τις προάλλες όμως πήγα μέχρι το Ση Όουκς και ρώτησα τον ιατροδικαστή αν μπορούσα να δω τα πράγματα του Τσέις, τα προσωπικά του αντικείμενα. Ξέρετε, τα είχαν κρατήσει για να τα εξετάσουν στο εργαστήριο, εγώ όμως ήθελα να τα πιάσω στα χέρια μου, έτσι, για να νιώσω τι φορούσε εκείνη την τελευταία νύχτα. Κι έτσι μου επέτρεψαν να καθίσω σ' ένα τραπέζι και να τα περιεργαστώ, και το κοχύλι που φορούσε στον λαιμό, σερίφη, έλειπε. Ρώτησα τον ιατροδικαστή αν του το είχε βγάλει αυτός, και είπε όχι. Δεν είχε δει καν τίποτε τέτοιο».

«Πολύ παράξενο», είπε ο Εντ. «Σε τι ήταν περασμένο το κοχύλι; Μήπως του έφυγε πέφτοντας;»

«Ήταν ένα σκέτο κοχύλι και κρεμόταν από ένα πέτσινο κορδόνι που ίσα-ίσα περνούσε απ' το κεφάλι του. Δεν ήταν καθόλου χαλαρό, και ήταν δεμένο με κόμπο. Δεν μπορώ να φανταστώ πώς θα μπορούσε να του φύγει».

«Συμφωνώ. Το πετσί είναι ανθεκτικό και όταν γίνεται κόμπος, δεν λύνεται», είπε ο Εντ. «Γιατί όμως το φορούσε πάντα; Του το είχε φτιάξει κάποιο πολύ αγαπητό πρόσωπο; Ή του το είχαν χαρίσει;»

Η Πάτι Λαβ απόμεινε να κοιτάζει αμίλητη δίπλα απ' το γραφείο το σερίφη. Δεν είχε καμία διάθεση να πει τίποτε παραπάνω, γιατί ποτέ της δεν παραδέχτηκε πως ο γιος της είχε σχέση με αποβράσματα απ' τον βάλτο. Υπήρχαν, φυσικά, πάντα φήμες στο χωριό πως ο Τσέις και η Πιτσιρίκα του Βάλτου τα είχαν για πάνω από ένα χρόνο, πριν παντρευτεί ο Τσέις. Και η Πάτι Λαβ υποπτευόταν ότι συνέχισαν να τα έχουν και μετά, ωστόσο όποτε οι φίλες της τη ρωτούσαν γι' αυτές τις ιστορίες, εκείνη πάντα τις διέψευδε. Τώρα όμως ήταν αλλιώς. Τώρα ήταν υποχρεωμένη να μιλήσει ανοιχτά γιατί ήξερε πως εκείνο το γύναιο είχε κάποια σχέση με τον θάνατο του Τσέις.

«Ναι, ξέρω ποιος του το έφτιαξε. Η γυναίκα που περιφέρεται μ' εκείνο το σαραβαλιασμένο βαρκάκι· χρόνια τώρα. Εκείνη του το έφτιαξε και του το χάρισε τον καιρό που βλέπονταν».

«Εννοείς την Πιτσιρίκα του Βάλτου;» ρώτησε ο σερίφης.

Ο Τζο πήρε τον λόγο. «Την έχεις δει καθόλου τελευταία; Είναι πια ολόκληρη γυναίκα, θα πρέπει να είναι κάπου εικοσιπέντε χρονών, και πραγματική κούκλα».

«Η Κλαρκ; Ρωτάω για να μην έχουμε παρανοήσεις», είπε ο Εντ. Συνοφρυωμένος.

«Δεν ξέρω το όνομά της», είπε η Πάτι Λαβ. «Ούτε κι αν έχει καν όνομα, δηλαδή. Όλοι πάντως τη λένε Πιτσιρίκα του Βάλτου. Ξέρετε, πουλούσε μύδια στον Σάλτα χρόνια ολόκληρα».

«Ακριβώς. Άρα μιλάμε για το ίδιο πρόσωπο. Συνέχισε».

«Τέλος πάντων, ταράχτηκα όταν ο ιατροδικαστής είπε πως

ο Τσέις δεν φορούσε τίποτα στον λαιμό. Και τότε σκέφτηκα πως αυτή είναι η μόνη που θα την ενδιέφερε να το πάρει. Ο Τσέις είχε διακόψει μαζί της και είχε παντρευτεί την Περλ. Αφού λοιπόν δεν μπορούσε να τον έχει δικό της, ίσως να τον σκότωσε και να πήρε το κοχύλι από τον λαιμό του».

Η Πάτι Λαβ ρίγησε ελαφρά και κράτησε την ανάσα της.

«Μάλιστα. Ναι, αυτό είναι πολύ σημαντικό, Πάτι Λαβ, και αξίζει να το ερευνήσουμε. Αλλά ας μην προτρέχουμε», είπε ο Εντ. «Είσαι σίγουρη πως αυτή του το χάρισε;»

«Είμαι σίγουρη, ναι. Το ξέρω γιατί ο Τσέις δεν ήθελε να μου το πει, μέχρι που στο τέλος μού το είπε».

«Γνωρίζεις και τίποτε άλλο σχετικά με αυτό το κρεμαστό κοχύλι ή τη σχέση μεταξύ τους;»

«Ελάχιστα. Δεν ξέρω καν ακριβώς πόσο καιρό βλέπονταν. Και μάλλον κανείς δεν ξέρει. Το είχε τελείως κρυφό. Όπως σας είπα, πέρασαν μήνες μέχρι να μου το πει. Αλλά κι αφού μου το είπε, ποτέ δεν ήξερα αν έπαιρνε το σκάφος για να πάει βόλτα με τους άλλους φίλους του ή μ' αυτήν».

«Εντάξει, θα το κοιτάξουμε. Σ' το υπόσχομαι».

«Ευχαριστώ. Είμαι σίγουρη πως είναι στοιχείο». Η Πάτι Λαβ σηκώθηκε και ο Εντ τής άνοιξε την πόρτα.

«Όποτε θες να μιλήσεις πάλι, Πάτι Λαβ, έρχεσαι».

«Γεια σου Εντ. Τζο».

Αφού έκλεισε την πόρτα, ο Εντ κάθισε ξανά και ο Τζο ρώτησε, «Λοιπόν, τι λες;»

«Αν κάποιος πήρε το κρεμαστό κοχύλι από τον λαιμό του Τσέις εκεί στο πυροφυλάκιο, σημαίνει ότι τουλάχιστον βρισκόταν στη σκηνή του εγκλήματος, και φαντάζομαι μια χαρά να είναι μπλεγμένος σ' αυτή την ιστορία κάποιος από τον βάλτο.

Έχουν τους δικούς τους νόμους αυτοί. Αλλά δεν είμαι καθόλου σίγουρος πως μια γυναίκα θα κατάφερνε να σπρώξει έναν μεγαλόσωμο άντρα σαν τον Τσέις και να τον ρίξει από την τρύπα».

«Μπορεί να τον παρέσυρε εκεί πάνω, να είχε ήδη σηκώσει τη σχάρα, οπότε όταν εκείνος την πλησίασε στα σκοτεινά, να τον έσπρωξε πριν καν προλάβει να τη δει», είπε ο Τζο.

«Δεν μοιάζει απίθανο. Όχι εύκολο αλλά όχι και απίθανο. Δεν είναι και κανένα σπουδαίο στοιχείο, πάντως. Η *απουσία* ενός κρεμαστού κοχυλιού», είπε ο σερίφης.

«Εδώ που βρισκόμαστε, είναι το μοναδικό μας στοιχείο. Αυτό και η *απουσία* πατημασιών, και κάτι μυστηριώδεις κόκκινες ίνες».

«Σωστά».

«Εκείνο όμως που δεν μπορώ να καταλάβω», είπε ο Τζο, «είναι γιατί να μπήκε στον κόπο να πάρει το κοχύλι από τον λαιμό του. Εντάξει, πες πως της είχε φερθεί άσχημα και ήθελε σώνει και καλά να τον σκοτώσει. Που κι αυτό είναι τραβηγμένο ως κίνητρο· γιατί όμως να πάει να πάρει το κοχύλι, αφού αυτό αμέσως θα τη συνέδεε με το έγκλημα;»

«Αφού ξέρεις πώς είναι αυτά τα πράγματα. Πάντα, σε όλους τους φόνους υπάρχει και κάτι παράλογο. Οι άνθρωποι κάνουν λάθη. Μπορεί να σοκαρίστηκε και να εξοργίστηκε που ο άλλος ακόμα φορούσε το κοχύλι στον λαιμό του, κι έτσι αφού διέπραξε τον φόνο, να μην της φάνηκε και τόσο σπουδαίο να του το πάρει από τον λαιμό. Μπορεί να μην σκέφτηκε πως θα τη συνέδεαν. Μπορεί, όπως είπες κι εσύ νωρίτερα, να μην ήταν ναρκωτικά το θέμα, αλλά γυναίκα. Αυτή η γυναίκα».

«Άλλης λογής ναρκωτικό», είπε ο Τζο.

«Και όλοι αυτοί του βάλτου ξέρουν να καλύπτουν ίχνη γιατί κυνηγάνε με παγίδες και τέτοια. Τέλος πάντων, δεν είναι κακή ιδέα να πάμε και να πούμε δυο κουβέντες μαζί της. Να τη ρωτήσουμε πού ήταν εκείνη τη νύχτα. Να τη ρωτήσουμε και για το κοχύλι, να δούμε αν αυτό θα την ταράξει καθόλου».

«Ξέρεις πώς πάνε στο σπίτι της;» ρώτησε ο Τζο.

«Με τη βάρκα δεν είμαι σίγουρος, αλλά νομίζω πως θα μπορέσω να το βρω με το φορτηγάκι. Παίρνεις εκείνον τον πολύ στριφογυριστό δρόμο που περνάει από τις διαδοχικές λιμνοθάλασσες. Πριν από καιρό, είχα πάει αναγκαστικά μερικές φορές για να δω τον πατέρα της. Απαίσια περίπτωση εκείνος ο τύπος».

«Πότε ξεκινάμε;»

«Αύριο, με το πρώτο φως, να δούμε αν καταφέρουμε να την πετύχουμε πριν φύγει. Πρώτα όμως, ας πάμε στο πυροφυλάκιο να ρίξουμε ένα καλό ψάξιμο για το κοχύλι. Μπορεί τόσο καιρό να είναι εκεί».

«Δεν νομίζω. Το έχουμε ψάξει το μέρος αναζητώντας ίχνη από ρόδες, πατημασιές, στοιχεία».

«Παρ' όλα αυτά, πρέπει να το κάνουμε. Πάμε».

Αργότερα, αφού χτένισαν τη λάσπη κάτω από το πυροφυλάκιο με τσουγκράνες και με χέρια, κατέληξαν οριστικά ότι κρεμαστό κοχύλι δεν ευρέθη.

Ο βαρύς, χαμηλός ουρανός της αυγής έσταζε ένα χλωμό φως την ώρα που ο Εντ και ο Τζο διέσχιζαν με το φορτηγάκι τον δρόμο του βάλτου, ελπίζοντας να φτάσουν στο σπίτι της Πιτσιρίκας του Βάλτου προτού πάρει τη βάρκα της να πάει κάπου. Έστριψαν κάμποσες φορές λάθος καταλήγοντας είτε σε αδιέξοδα είτε σε κάποια ετοιμόρροπη τρώγλη. Σε κάποιο καλύβι, κάποιος φώναξε, «Ο σερίφης!», και ένα σωρό κορμιά, γυμνά ως επί το πλείστον, σκόρπισαν τρέχοντας προς κάθε κατεύθυνση μέσα στα βάτα. «Αναθεματισμένοι χασικλήδες», είπε ο σερίφης. «Τουλάχιστον αυτοί που φτιάχνανε παράνομο ουίσκι φοράγανε τα ρούχα τους».

Τελικά έφτασαν και στο μακρύ μονοπάτι που έβγαζε στο καλύβι της Κάια. «Εδώ είναι», είπε ο Εντ.

Έστριψε το πελώριο όχημα στο μονοπάτι και προχώρησε ήσυχα προς το σπίτι, σταματώντας σιγά-σιγά κάπου είκοσι μέτρα από την πόρτα. Βγήκαν κι οι δύο αθόρυβα. Ο Εντ χτύπησε με το δάχτυλο το ξύλινο πλαίσιο της σήτας. «Καλημέρα! Είναι κανείς εδώ;» Η απάντηση ήταν σιωπή, οπότε προσπάθησε ξανά. Περίμεναν δυο-τρία λεπτά. «Πάμε να κοιτάξουμε πίσω, να δούμε αν είναι εκεί η βάρκα της».

«Μπα. Μου φαίνεται πως αυτό είναι το κούτσουρο που τη δένει. Έχει ήδη φύγει. Στο διάτανο», είπε ο Τζο.

«Ναι, θα μας άκουσε που ερχόμασταν. Αυτή σίγουρα θ' ακούει και κουνέλι να κοιμάται».

Την επόμενη φορά πήγαν πριν χαράξει, άφησαν το αυτοκίνητο μακριά και βρήκαν τη βάρκα της δεμένη στο κούτσουρο. Παρ' όλα αυτά, καμία απάντηση όταν χτύπησαν την πόρτα.

«Κάτι μου λέει πως είναι εδώ και μας παρακολουθεί», ψιθύρισε ο Τζο. «Δεν το διαισθάνεσαι κι εσύ; Είναι χωμένη κάπου εδώ ανάμεσα στους αναθεματισμένους τους φοίνικες. Εδώ κοντά. Είμαι σίγουρος». Το κεφάλι του γυρνούσε πότε εδώ και πότε εκεί, το βλέμμα του σάρωνε τα βάτα.

«Άρα δεν γίνεται έτσι δουλειά. Αν βρούμε και τίποτε άλλο, θα μπορέσουμε να βγάλουμε ένταλμα. Πά' να φύγουμε από δω πέρα».

26.

Η βάρκα στη στεριά

1965

Την πρώτη βδομάδα που ήταν μαζί, ο Τσέις άραζε στη λιμνοθάλασσα της Κάια σχεδόν κάθε μέρα μετά τη δουλειά του στα Αυτοκίνητα Ουέστερν, και οι δυο τους εξερευνούσαν απομακρυσμένα κανάλια χωμένα ανάμεσα στις βελανιδιές. Το Σάββατο το πρωί, την πήγε εκδρομή πιο βόρεια στην ακτή σ' ένα μέρος όπου δεν είχε πάει ποτέ της, γιατί ήταν πολύ μακριά για το βαρκάκι της. Εδώ δεν είχε κανάλια και απέραντες εκτάσεις με χορτάρια όπως στον βάλτο της, αλλά μέσα από ένα καταπράσινο, ανοιχτό δάσος με κυπαρίσσια, κυλούσαν καθαρά νερά ώς εκεί που έφτανε το μάτι της. Εκτυφλωτικά λευκοί ερωδιοί και πελαργοί στέκονταν ανάμεσα στα νούφαρα και σε υδρόφιλα φυτά τόσο πράσινα που έμοιαζαν να λάμπουν. Χωμένοι ανάμεσα σε γόνατα κυπαρισσιών χοντρά σαν πολυθρόνες, έφαγαν σάντουιτς με τυρί και πιπεριές και τσιπς, χαμογελώντας πλατιά στις χήνες που γλιστρούσαν μέσα στα νερά, λίγο πιο πέρα από τα πόδια τους.

Όπως οι περισσότεροι άνθρωποι, έτσι κι ο Τσέις ήξερε τον βάλτο σαν κάτι που μπορούσε να φανεί χρήσιμο για βαρκάδες και για ψάρεμα ή, αφού αποξηρανθεί, για γεωργική εκμετάλλευση, κι έτσι έβρισκε συναρπαστικές τις γνώσεις της Κάια γύρω από τα πλάσματα, τα νερά και τα βούρλα του. Περιγελούσε όμως τις προσεκτικές κινήσεις της, πώς κρατούσε χαμηλές ταχύτητες με τη βάρκα, πώς περνούσε αθόρυβα δίπλα από ελάφια, πώς μιλούσε ψιθυριστά κοντά σε φωλιές πουλιών. Δεν τον ενδιέφερε καθόλου να μάθει ο ίδιος τα όστρακα και τα φτερά, κι όλο τη ρωτούσε όταν την έβλεπε να κρατάει σημειώσεις ή να μαζεύει δείγματα.

«Γιατί ζωγραφίζεις χορτάρια;» τη ρώτησε μια μέρα που ήταν στην κουζίνα της.

«Ζωγραφίζω τα λουλούδια τους».

Εκείνος γέλασε. «Δεν έχουν λουλούδι τα χορτάρια».

«Και βέβαια έχουν. Κοίτα αυτά τα ανθάκια. Είναι τόσα δα αλλά πανέμορφα. Κάθε είδος χόρτου έχει διαφορετικό λουλούδι ή ταξιανθία».

«Μα τι θα τα κάνεις τελικά όλα αυτά εδώ;»

«Τα καταγράφω για να μαθαίνω για τον βάλτο».

«Το μόνο που πρέπει να ξέρει κανείς είναι πότε και πού τσιμπάνε τα ψάρια, κι αυτό μπορώ να σ' το πω όποτε θες», είπε ο Τσέις.

Εκείνη γέλασε για να του κάνει το χατίρι, κάτι που δεν είχε ξανακάνει ποτέ της. Παραχωρώντας άλλο ένα κομμάτι του εαυτού της, μόνο και μόνο για να είναι μαζί με κάποιον άλλο.

Εκείνο το απόγευμα, αφού έφυγε ο Τσέις, η Κάια βγήκε με τη βάρκα στον βάλτο μόνη της. Αλλά δεν ένιωθε μοναξιά. Επιτάχυνε λίγο παραπάνω απ' ό,τι συνήθως· ο άνεμος έπαιρνε τα μακριά μαλλιά της, κι ένα χαμόγελο έπαιζε στα χείλη της. Και μόνο που ήξερε πως θα τον ξανάβλεπε σύντομα, πως θα ήταν μαζί με κάποιον, ένιωθε πιο ψηλά από ποτέ.

Και τότε, πίσω απ' τα ψηλά χορτάρια, σε μια καμπή του καναλιού, είδε πέρα στο βάθος τον Τέιτ. Ήταν αρκετά μακριά, καμιά σαρανταριά μέτρα, και δεν είχε ακούσει τη βάρκα της. Αυτομάτως η Κάια άφησε το γκάζι και έσβησε τη μηχανή. Άρπαξε το κουπί και επέστρεψε πίσω στα χορτάρια.

«Θα είναι διακοπές από το πανεπιστήμιο, μάλλον», ψιθύρισε. Μέσα στα χρόνια, τον είχε ξαναδεί μερικές φορές, αλλά ποτέ από τόσο κοντά. Αλλά τώρα νάτος, μπροστά της, με τα ατίθασα μαλλιά του να παλεύουν να βγουν από ένα άλλο κόκκινο κασκέτο. Ηλιοκαμένος.

Φορούσε ψηλές γαλότσες και περπατούσε μέσα στη λιμνοθάλασσα μαζεύοντας δείγματα νερού σε μικρά φιαλίδια. Όχι σε παλιά βαζάκια, όπως τότε που ήταν κι οι δύο ξυπόλητα παιδιά, αλλά σε λεπτεπίλεπτους δοκιμαστικούς σωλήνες που κροτάλιζαν πάνω στην ειδική θήκη μεταφοράς. Όλα πολύ επαγγελματικά πια. Υπερβολικά προχωρημένα για κείνη.

Δεν απομακρύνθηκε τελείως με το κουπί, αλλά έμεινε να τον παρατηρεί για λίγο. Σκεφτόταν πως κατά πάσα πιθανότητα όλες οι κοπέλες θυμούνται τον πρώτο τους έρωτα. Έβγαλε έναν μακρύ αναστεναγμό κι ύστερα επέστρεψε με το κουπί όπως είχε έρθει.

Την επόμενη μέρα, ενώ ο Τσέις και η Κάια ανέβαιναν βόρεια κατά μήκος της ακτής, τέσσερις φώκαινες άρχισαν να τους ακολουθούν στα απόνερά τους. Ήταν μια μέρα γκρίζα, και τα λεπτά δάχτυλα της ομίχλης φλέρταραν με τα κύματα. Ο Τσέις έσβησε τη μηχανή και όσο το σκάφος αρμένιζε έτσι, έβγαλε τη φυσαρμόνικά του κι έπαιξε ένα παλιό τραγούδι, το «Βγάλε, Μάικλ, τη βάρκα στη στεριά», έναν σκοπό μελωδικό και νοσταλγικό που τραγουδούσαν οι σκλάβοι τη δεκαετία του 1860 όταν έκαναν κουπί για να φέρουν βάρκες από τα Ση Άιλαντς της Νότιας Καρολίνας στην ενδοχώρα. Το τραγουδούσε κάποτε κι η Μαμά ενώ σφουγγάριζε το πάτωμα, κι η Κάια θυμόταν κάπως τα λόγια. Ενθουσιασμένες θαρρείς από τη μουσική, οι φώκαινες ήρθαν πιο κοντά κι άρχισαν να κολυμπούν γύρω γύρω από το σκάφος, με τα διαπεραστικά τους μάτια καρφωμένα στης Κάια. Έπειτα, δύο απ' αυτές ακούμπησαν στο κύτος του σκάφους, και η Κάια έφερε το πρόσωπό της λίγους μόνο πόντους από το δικό τους, τραγουδώντας σιγανά:

Βόηθα, αδελφή, με τα σκοινιά, αλληλούια
Βάλ' ένα χεράκι αδελφέ, αλληλούια.
Πήγ' ο πατέρας σε χώρα μακρινή, αλληλούια,
Βγάλε, Μάικλ, τη βάρκα στη στεριά, αλληλούια.

Στον Ιορδάνη τον μεγάλο ποταμό
Στην άλλη όχθη του τη μάνα μου θα δω, αλληλούια
Του Ιορδάνη τα νερά τα παγωμένα
Δεν παγώνουν την ψυχή μου εμένα, αλληλούια.

Οι φώκαινες συνέχισαν να κοιτάζουν για λίγα ακόμα δευτερόλεπτα την Κάια κι ύστερα γλίστρησαν ξανά μέσα στη θάλασσα.

Τις εβδομάδες που ακολούθησαν, ο Τσέις και η Κάια περνούσαν τα απογεύματα τεμπελιάζοντας με τους γλάρους στην παραλία, ξαπλωμένοι στην άμμο που ακόμα κουβαλούσε τη ζεστασιά του ήλιου. Ο Τσέις δεν την πήγαινε στην πόλη, ούτε στο σινεμά ούτε σε χορούς· ήταν μόνο οι δυο τους, ο βάλτος, η θάλασσα κι ο ουρανός. Δεν την φιλούσε ποτέ, μόνο της έπιανε το χέρι ή την αγκάλιαζε απαλά από τους ώμους όταν είχε ψύχρα.

Και τότε, ένα βράδυ, ο Τσέις έμεινε μέχρι αργά μέσα στο σκοτάδι, και κάθισαν στην παραλία κάτω από τα αστέρια με μια μικρή φωτιά, τυλιγμένοι στην κουβέρτα, με τους ώμους να αγγίζονται. Οι φλόγες έριχναν φως στα πρόσωπά τους και σκόρπιζαν σκοτάδι στην ακτή πίσω τους. Κοιτώντας τη στα μάτια, τη ρώτησε, «Μπορώ να σε φιλήσω τώρα;». Εκείνη ένευσε, κι ο Τσέις έγειρε και τη φίλησε πρώτα απαλά, κι ύστερα σαν άντρας.

Ξάπλωσαν στην κουβέρτα, κι η Κάια κούρνιασε όσο πιο κοντά του μπορούσε. Να νιώθει το δυνατό κορμί του. Εκείνος την κρατούσε αγκαλιά με τα δυο του χέρια, αγγίζοντας όμως μόνο τους ώμους της. Τίποτε παραπάνω. Η Κάια πήρε βαθιά ανάσα, ανάσανε τη ζεστασιά, την ευωδιά του και την ευωδιά της θάλασσας, το *μαζί*.

Λίγες μέρες αργότερα, ο Τέιτ, που ακόμα δεν είχε επιστρέψει στο πανεπιστήμιο για το μεταπτυχιακό, πήρε τη βάρκα του και πήγε γραμμή για το κανάλι της Κάια — πρώτη φορά μέσα σε πέντε χρόνια. Ακόμα δεν μπορούσε να καταλάβει κι ο ίδιος γιατί δεν είχε ξαναπάει τόσο καιρό. Πάνω απ' όλα ντρεπόταν για τη δειλία του. Τώρα όμως είχε αποφασίσει να τη βρει, να της πει πως δεν έπαψε ποτέ να την αγαπά και να την ικετεύσει να τον συγχωρέσει.

Μέσα σ' εκείνα τα τέσσερα χρόνια του πανεπιστημίου, είχε πείσει τον εαυτό του ότι η Κάια δεν θα ταίριαζε ποτέ στον ακαδημαϊκό κόσμο όπου ο ίδιος επιδίωκε να ζήσει. Σ' όλη τη διάρκεια των σπουδών του για το πτυχίο, είχε κάνει ό,τι μπορούσε για να την ξεχάσει· εξάλλου καθόλου δεν έλειπαν οι γυναικείες παρουσίες στο Τσάπελ Χιλ. Είχε κάνει μάλιστα και μερικές κανονικές σχέσεις, καμιά όμως δεν μπορούσε να συγκριθεί. Εκείνο που έμαθε αμέσως μετά τα σχετικά με το DNA, τα ισότοπα και τα πρωτόζωα ήταν ότι χωρίς την Κάια δεν μπορούσε ν' αναπνεύσει. Ήταν αλήθεια πως η Κάια δεν θα μπορούσε να ζήσει στο περιβάλλον του πανεπιστημίου, τώρα πια όμως μπορούσε εκείνος να ζήσει στο δικό της.

Τα είχε σκεφτεί όλα. Ο καθηγητής του είχε πει πως μέσα σε τρία χρόνια ο Τέιτ θα τελείωνε και τα μεταπτυχιακά του, αφού σ' όλη τη διάρκεια των προπτυχιακών του έκανε και την έρευνα που απαιτούσε η διατριβή του, και τώρα την είχε σχεδόν ολοκληρώσει. Επίσης, ο Τέιτ είχε μάθει πρόσφατα πως επρόκειτο να ιδρυθεί ερευνητικό κέντρο κοντά στο Ση Όουκς και ότι είχε εξαιρετικές πιθανότητες να προσληφθεί εκεί ως επιστήμονας-ερευνητής πλήρους απασχόλησης. Δεν υπήρχε άνθρωπος καταλληλότερος απ' αυτόν: σχεδόν όλη του τη ζωή μελετούσε τον βάλτο, και σε λίγο θα ήταν σε θέση να επιδεικνύει και τον διδακτορικό του τίτλο ως τυπικό προσόν. Λίγα χρονάκια ακόμα, και θα μπορούσε να ζει εδώ στον βάλτο με την Κάια και να δουλεύει στο εργαστήριο. Να παντρευτεί την Κάια. Αν τον ήθελε κι εκείνη.

Τώρα, με τη βάρκα του να χοροπηδάει στα κύματα με κατεύθυνση προς το κανάλι της, είδε ξαφνικά τη βάρκα της Κάια να τραβάει νότια, κάθετα ως προς τη δική του πορεία. Παράτησε τη λαγουδέρα, σήκωσε τα χέρια ψηλά κι άρχισε να τα κουνάει σαν τρελός για να τραβήξει την προσοχή της. Φώναξε το όνομά της. Εκείνη όμως κοιτούσε ανατολικά. Ο Τέιτ γύρισε τα μάτια του προς τα εκεί και είδε το κρις-κραφτ του Τσέις να στρίβει προς το μέρος της. Ο Τέιτ έβαλε τη μηχανή στο νεκρό παρατηρώντας την Κάια και τον Τσέις να στριφογυρίζουν ο ένας γύρω από τον άλλο πάνω στα γκριζογάλανα κύματα, σε όλο και μικρότερους κύκλους σαν τους αετούς όταν ερωτοτροπούν στον ουρανό. Τα απόνερά τους, τρελαμένες δίνες.

Ο Τέιτ απόμεινε να κοιτάζει καθώς οι δυο τους πλησίασαν και αγγίχτηκαν με τα ακροδάχτυλα πάνω από τα ταραγμένα νερά. Είχε ακούσει τις φήμες από τους παλιούς του φίλους στο Μπάρκλι Κόουβ, ήλπιζε όμως πως δεν ήταν αλήθεια. Καταλάβαινε για ποιους λόγους θα μπορούσε η Κάια να την πατήσει μ' έναν τέτοιο άντρα, όμορφο, σίγουρα ρομαντικό, που θα την γυρίζει παντού με το εντυπωσιακό του σκάφος και θα την πηγαίνει σε πλούσια πικνίκ. Η Κάια ήταν αδύνατο να γνωρίζει το παραμικρό για τη ζωή που έκανε αυτός ο τύπος στο χωριό — πως έβγαινε ραντεβού και φλέρταρε κι άλλες κοπέλες στο Μπάρκλι, ακόμα και στο Ση Όοουκς.

Αλλά βέβαια, σκεφτόταν ο Τέιτ, *τι δικαίωμα έχω εγώ να πω το οτιδήποτε; Δεν της φέρθηκα καλύτερα. Αθέτησα την υπόσχεσή μου, δεν είχα καν τα κότσια να διακόψω τη σχέση μας.*

Έσκυψε το κεφάλι κι ύστερα έριξε μία ακόμα κλεφτή ματιά ακριβώς τη στιγμή που ο Τσέις έσκυβε προς τη μεριά της για να τη φιλήσει. *Κάια, Κάια*, σκέφτηκε. *Πώς μπόρεσα να σ' αφήσω;* Άνοιξε σιγά-σιγά το γκάζι και τράβηξε πάλι προς το λιμάνι του χωριού για να βοηθήσει τον μπαμπά του να γεμίσει τα καφάσια και να τα βγάλει στη στεριά.

Λίγες μέρες αργότερα, μιας και ποτέ δεν ήξερε πότε μπορεί να έρθει ο Τσέις, η Κάια έπιασε τον εαυτό της να περιμένει και πάλι ν' ακούσει τον ήχο του σκάφους του. Όπως έκανε κάποτε και με τον Τέιτ. Έτσι, είτε ξεχορτάριαζε, είτε έκοβε ξύλα για τη σόμπα, είτε μάζευε μύδια, πάντα έγερνε λιγάκι το κεφάλι για να πιάσει τον ήχο. «Τ' αυτιά τσίτα», που έλεγε κι ο Τζόντι.

Μπουχτισμένη απ' αυτό το φορτίο της ελπίδας, έριξε στο σακίδιό της ψωμάκια, κρύο κρέας και σαρδέλες για τρεις μέρες και πήγε με τα πόδια στο παλιό ετοιμόρροπο σπιτάκι, στο «σπιτάκι του διαβάσματος», όπως το είχε πάντα στο μυαλό της. Εκεί πέρα, πραγματικά στο πουθενά, ήταν ελεύθερη να περιπλανιέται, να μαζεύει ό,τι θέλει, να διαβάζει λέξεις, να διαβάζει τη φύση. Ήταν απελευθερωτικό να μην κάθεται να περιμένει πότε θ' ακούσει κάποιον. Ήταν δύναμη.

Σ' ένα σύδεντρο με βελανιδιές, λίγο πιο πέρα από την καλύβα, βρήκε ένα μικροσκοπικό φτερό απ' τον λαιμό ενός κηλιδοβούτη κι έβαλε τα γέλια. Το ήθελε αυτό το φτερό από τότε που θυμόταν τον εαυτό της, και τώρα νάτο, μια ανάσα μακριά από το σπίτι της.

Κυρίως όμως ήρθε για να διαβάσει. Από τότε που την παράτησε ο Τέιτ, πριν από τόσα χρόνια, δεν είχε πια πρόσβαση σε βιβλία, κι έτσι ένα πρωί πήγε με τη βάρκα της πέρα από το Πόιντ Μπητς και μετά άλλα δέκα μίλια μέχρι το Ση Όουκς, ένα χωριό λίγο μεγαλύτερο αλλά πολύ πιο προχωρημένο από το Μπάρκλι Κόουβ. Ο Σάλτας τής είχε πει πως από τη βιβλιοθήκη που υπήρχε εκεί, μπορούσε να δανειστεί βιβλία ο καθένας. Η Κάια είχε σοβαρές αμφιβολίες πως αυτό θα ίσχυε και για όσους ζουν σε βάλτο, είχε αποφασίσει όμως να το εξακριβώσει.

Έδεσε τη βάρκα της στον μόλο του χωριού και διέσχισε τη δεντρόφυτη πλατεία που έβλεπε στη θάλασσα. Κανείς δεν την κοιτούσε περίεργα καθώς πήγαινε προς τη βιβλιοθήκη, κανείς δεν ψιθύριζε πίσω από την πλάτη της ούτε την έδιωχναν μακριά από τις βιτρίνες. Εδώ, δεν ήταν η Πιτσιρίκα του Βάλτου.

Έδωσε στην κυρία Χάινς, τη βιβλιοθηκάριο, έναν κατάλογο με πανεπιστημιακά συγγράμματα. «Θα μπορέσετε να με βοηθήσετε, παρακαλώ, να βρω τις *Αρχές Οργανικής Χημείας* του Γκάισμαν, τη *Ζωολογία Ασπόνδυλων του Παράκτιου Υδροβιότοπου* του Τζόουνς και τα *Βασικά Στοιχεία Οικολογίας* του Όντουμ...». Είχε δει τους τίτλους αυτούς ως αναφορές στο τελευταίο από τα βιβλία που της είχε δώσει ο Τέιτ πριν την παρατήσει για να πάει στο πανεπιστήμιο.

«Πω πω. Μάλιστα. Αυτά θα πρέπει να τα δανειστεί η βιβλιοθήκη μας από τη βιβλιοθήκη του Πανεπιστημίου της Βόρειας Καρολίνας στο Τσάπελ Χιλ».

Κι έτσι, τώρα καθισμένη έξω από το παλιό σπιτάκι έπιασε ένα επιστημονικό περιοδικό. Ένα από τα άρθρα του με θέμα τις αναπαραγωγικές στρατηγικές είχε τίτλο «Μουλωχτοί Γαμιάδες». Η Κάια γέλασε.

Όπως είναι γνωστό, ξεκινούσε το άρθρο, στη φύση τα αρσενικά που διαθέτουν σε μεγαλύτερο βαθμό τα δευτερεύοντα σεξουαλικά γνωρίσματα, που έχουν π.χ. μεγαλύτερα κέρατα, βαθύτερη φωνή, ευρύτερο στέρνο ή καλύτερες γνώσεις, είναι αυτά που εξασφαλίζουν και τις καλύτερες περιοχές αφού έχουν απωθήσει άλλα πιο αδύναμα αρσενικά. Τα θηλυκά επιλέγουν να ζευγαρώσουν με αυτά τα επιβλητικά κυρίαρχα αρσενικά και να γονιμοποιηθούν με το καλύτερο DNA που υπάρχει στην περιοχή, ώστε αυτό να περάσει στα μικρά τους — πρόκειται για ένα από τα ισχυρότερα φαινόμενα προσαρμογής και συνέχισης της ζωής. Επιπλέον, οι θηλυκές εξασφαλίζουν έτσι και την καλύτερη περιοχή για τα μικρά τους.

Ωστόσο, κάποια μικρόσωμα αρσενικά, που δεν είναι ούτε δυνατά ούτε προικισμένα ούτε αρκετά έξυπνα ώστε να εξασφαλίσουν καλές περιοχές, χρησιμοποιούν με τη σειρά τους διάφορα τεχνάσματα προκειμένου να ξεγελούν τις θηλυκές. Περιφέρονται κορδωμένα ή παραφουσκωμένα ή φωνάζουν συχνά, έστω κι αν η φωνή τους είναι τσιριχτή. Χρησιμοποιώντας μια απατηλή εικόνα και απατηλά σινιάλα, καταφέρνουν και ξεκλέβουν κανένα ζευγάρωμα πότε-πότε. Αρσενικοί βουβαλοβάτραχοι ασήμαντου μεγέθους, έγραφε ο συντάκτης του άρθρου, κουρνιάζουν μέσα στα χορτάρια και κρύβονται κοντά σε κάποιο κυρίαρχο αρσενικό που κοάζει με μέγα πάθος καλώντας πιθανές συντρόφους. Όταν η δυνατή φωνή του έχει πλέον προσελκύσει αρκετές θηλυκές και το κυρίαρχο αρσενικό είναι ήδη απασχολημένο με κάποια, τότε πετάγεται και το πιο αδύναμο και ζευγαρώνει με μια απ' τις άλλες. Αυτά τα αρσενικά που παριστάνουν κάτι που δεν είναι, αναφέρονται ως «μουλωχτοί γαμιάδες».

Η Κάια θυμόταν, πριν από πολλά πολλά χρόνια, τη Μαμά να προειδοποιεί τις μεγαλύτερες αδελφές της για τους νεαρούς που γκάζωναν υπερβολικά τα σκουριασμένα τους φορτηγάκια ή τριγυρνούσαν με τα σαράβαλά τους και το ραδιόφωνο στη διαπασών. «Τα ανάξια λόγου αγόρια πάντα κάνουν πολλή φασαρία», είχε πει η Μαμά.

Διάβασε μετά και κάτι παρήγορο για τα θηλυκά. Η φύση είναι αρκετά τολμηρή και τα φέρνει έτσι ώστε οι αρσενικοί που εκπέμπουν απατηλά σινιάλα ή πάνε από τη μια θηλυκιά στην άλλη να καταλήγουν σχεδόν πάντα μόνοι.

Ένα άλλο άρθρο ανέλυε τον άγριο ανταγωνισμό του σπέρματος. Στις περισσότερες μορφές ζωής, τα αρσενικά ανταγωνίζονται για τη γονιμοποίηση των θηλυκών. Τα αρσενικά λιοντάρια ενίοτε παλεύουν μέχρι θανάτου. Οι αρσενικοί ελέφαντες διασταυρώνουν τους χαυλιόδοντές τους και γκρεμίζουν τους ανταγωνιστές τους ενώ ξεσκίζουν ο ένας τις σάρκες του άλλου. Αν και οι συγκρούσεις αυτές έχουν έντονα τελετουργικό χαρακτήρα, πολύ συχνά καταλήγουν σε σοβαρούς τραυματισμούς.

Για να αποφεύγουν τέτοιους τραυματισμούς, σε ορισμένα είδη τα αρσενικά ανταγωνίζονται με λιγότερο βίαιες, πιο δημιουργικές μεθόδους. Τα έντομα είναι τα πιο ευφάνταστα. Το πέος των αρσενικών ζυγόπτερων διαθέτει ένα μικροσκοπικό φτυαράκι με το οποίο απομακρύνει το σπέρμα που έχει εναποθέσει εκεί ο προηγούμενος διεκδικητής, ώστε εν συνεχεία να βάλει το δικό του.

Η Κάια άφησε το περιοδικό στα πόδια της με το μυαλό της να ταξιδεύει σαν τα σύννεφα. Κάποια θηλυκά έντομα τρώνε το ταίρι τους, μητέρες από την οικογένεια των θηλαστικών εγκαταλείπουν τα μικρά τους λόγω του μεγάλου στρες, πολλά αρσενικά βρίσκουν ριψοκίνδυνους ή πανούργους τρόπους ώστε το σπέρμα τους να επικρατήσει των ανταγωνιστών τους. Τίποτα δεν είναι υπερβολικά απρεπές εφόσον βοηθάει να συνεχιστεί ο κύκλος της ζωής. Η Κάια ήξερε πως αυτό δεν αποτελούσε κάποια σκοτεινή πλευρά της Φύσης· ήταν απλώς επινοητικοί τρόποι να τα βγάζεις πέρα όταν όλα είναι εναντίον σου. Και με τους ανθρωπους, το πράγμα σίγουρα πήγαινε ακόμα πιο μακριά.

Επί τρεις συνεχόμενες μέρες ο Τσέις δεν έβρισκε την Κάια στο σπίτι, κι έτσι άρχισε να τη ρωτά ποια μέρα και ποια ώρα μπορούσε να έρθει να τη δει στο καλύβι ή στην τάδε παραλία ή αλλού, και ήταν πάντα ακριβής στο ραντεβού του. Η Κάια έβλεπε από μακριά το σκάφος με το χτυπητό χρώμα —σαν τα ζωηρόχρωμα φτερά που επιδεικνύει το αρσενικό πουλί για να ζευγαρώσει— να πλέει στα κύματα και ήξερε ότι ερχόταν για κείνη και μόνο.

Η Κάια άρχισε να φαντάζεται να την πηγαίνει για πικνίκ μαζί με την παρέα του. Και όλοι μαζί να γελάνε, να βουτάνε στα κύματα, να κλωτσούν τα νερά. Ο Τσέις να τη σηκώνει στα χέρια, να τη στριφογυρίζει. Και μετά, να κάθονται μαζί με τους άλλους και να μοιράζονται σάντουιτς και παγωμένα αναψυκτικά. Λίγο-λίγο, παρά την αντίστασή της, άρχισαν να σχηματίζονται και εικόνες με γάμο και παιδιά. *Μάλλον κάποια βιολογική παρόρμηση που με σπρώχνει στην αναπαραγωγή*, σκεφτόταν. Γιατί όμως να μην μπορεί κι εκείνη να έχει αγαπημένους φίλους όπως όλοι οι άλλοι άνθρωποι; Γιατί όχι;

Κι ωστόσο, κάθε φορά που επιχειρούσε να τον ρωτήσει πότε θα τη γνώριζε στους φίλους και τους γονείς του, τα λόγια κολλούσαν στον λαιμό της.

Μια ζεστή μέρα που είχαν βγει με το σκάφος στα ανοιχτά, λίγους μήνες μετά τη γνωριμία τους, ο Τσέις είπε πως ήταν τέλεια για κολύμπι. «Δεν θα κοιτάξω», της είπε. «Γδύσου εσύ και πέσε, και μετά πέφτω κι εγώ». Η Κάια στάθηκε μπροστά του ισορροπώντας μέσα στη βάρκα, την ώρα όμως που έβγαζε το μπλουζάκι της, εκείνος δεν απέστρεψε το βλέμμα. Άπλωσε το χέρι και πέρασε τα δάχτυλά του απαλά πάνω από τα σφιχτά της στήθη. Εκείνη δεν τον σταμάτησε. Την τράβηξε κοντά του, ξεκούμπωσε το σορτς της και το κατέβασε εύκολα από τους λεπτούς της γοφούς. Έπειτα έβγαλε κι εκείνος το μπλουζάκι και το σορτς του και ξάπλωσε απαλά την Κάια πάνω στις πετσέτες.

Γονατιστός μπροστά της, χωρίς να πει λέξη, τα δάχτυλά του ανέβηκαν σαν ψίθυρος από τον αριστερό της αστράγαλο πίσω από το γόνατο και μετά στη μέσα πλευρά των μηρών της. Η Κάια ανασήκωσε το σώμα της να συναντήσει το χέρι του. Τα δάχτυλά του τριγύρισαν λίγο ακόμα ψηλά στον μηρό της, πέρασαν πάνω από την κιλότα της κι ύστερα χάιδεψαν την κοιλιά της, ανάλαφρα σαν σκέψη. Η Κάια ένιωσε τα δάχτυλά του να ανεβαίνουν προς το στήθος της, και έστρεψε το κορμί της στο πλάι. Ο Τσέις την ξάπλωσε και πάλι ανάσκελα, αποφασιστικά, έφερε το χέρι στο στήθος της και διέτρεξε το περίγραμμα της ρόγας της με το δάχτυλό του. Την κοιτούσε αγέλαστος καθώς κατέβαζε το χέρι του για να πιάσει την κιλότα της. Τον ήθελε, τον ήθελε ολόκληρο, το σώμα της κολλούσε στο δικό του. Αλλά λίγα δευτερόλεπτα αργότερα, του σταμάτησε το χέρι με το χέρι της.

«Έλα τώρα, Κάια», της είπε. «Σε παρακαλώ. Περιμένουμε πια τόσο καιρό. Κι έχω φανεί πολύ υπομονετικός, δεν συμφωνείς;»

«Τσέις, μου υποσχέθηκες».

«Ε, που να πάρει! Τι περιμένουμε πια;» Ανακάθισε. «Αφού σου τό 'δειξα πως νοιάζομαι για σένα. Γιατί όχι, λοιπόν;»

Ανακάθισε κι εκείνη και κατέβασε το μπλουζάκι της. «Και μετά; Τι θα γίνει; Πού ξέρω πως δεν θα με παρατήσεις;»,

«Κανείς δεν τα ξέρει ποτέ αυτά τα πράματα. Αλλά εγώ, Κάια, δεν θα πάω πουθενά. Έχω αρχίσει να σ' ερωτεύομαι. Θέλω να είμαι συνέχεια μαζί σου. Τι άλλο να κάνω για να σου το αποδείξω;»

Δεν είχε ξαναμιλήσει ποτέ για έρωτα. Η Κάια αναζήτησε στα μάτια του την αλήθεια, το μόνο που βρήκε όμως ήταν ένα αδυσώπητο βλέμμα. Ανερμήνευτο. Δεν ήξερε πώς ακριβώς ένιωθε για τον Τσέις, πάντως σίγουρα δεν είχε πια μοναξιά. Κι αυτό έμοιαζε αρκετό.

«Σύντομα. Εντάξει;»

Την τράβηξε κοντά του. «Εντάξει. Έλα δω». Την κράτησε αγκαλιά κι έμειναν έτσι ξαπλωμένοι κάτω από τον ήλιο, να πλέουν στη θάλασσα, με τον υγρό ήχο των κυμάτων από κάτω τους.

Το φως της μέρας στράγγιξε κι η νύχτα έπεσε βαριά· τα φώτα του χωριού άρχισαν να χορεύουν στη μακρινή ακτή. Πάνω από τον κόσμο τους, έναν κόσμο θάλασσας κι ουρανού. Τα αστέρια τρεμόπαιζαν.

«Αναρωτιέμαι τι είν' αυτό που κάνει τα άστρα να τρεμοπαίζουν».

«Ατμοσφαιρικές διαταραχές. Ας πούμε, ισχυροί άνεμοι ψηλά στην ατμόσφαιρα».

«Α, μπα;»

«Σίγουρα θα ξέρεις πως τα περισσότερα αστέρια βρίσκονται τόσο μακριά από μας που δεν τα βλέπουμε. Βλέπουμε μόνο το φως τους, το οποίο η ατμόσφαιρα το παραμορφώνει. Αλλά βέβαια, τα άστρα δεν είναι ακίνητα· κινούνται με μεγάλη ταχύτητα».

Η Κάια είχε διαβάσει στα βιβλία του Άλμπερτ Άινσταϊν ότι όπως αλλάζει η θέση των αστεριών έτσι αλλάζει κι ο χρόνος.

Ο χρόνος επιταχύνεται και καμπυλώνεται γύρω από τους πλανήτες και τους ήλιους, είναι διαφορετικός στα βουνά απ' ό,τι στις κοιλάδες και είναι απ' το ίδιο υλικό όπως κι ο χώρος, που κυματίζει και φουσκώνει σαν τη θάλασσα. Τα αντικείμενα, είτε πρόκειται για πλανήτες είτε για μήλα, πέφτουν ή μπαίνουν σε τροχιά όχι εξαιτίας κάποιας ελκτικής δύναμης αλλά επειδή μπλέκονται στις μεταξένιες πτυχώσεις του χωροχρόνου —σαν τους κυματισμούς μιας λίμνης— που δημιουργούν τα σώματα με μεγαλύτερη μάζα.

Αλλά η Κάια δεν είπε τίποτε απ' όλα αυτά. Δυστυχώς, η βαρύτητα δεν αγγίζει την ανθρώπινη σκέψη, και τα σχολικά βιβλία εξακολουθούσαν να διδάσκουν πως τα μήλα πέφτουν κάτω εξαιτίας μιας πανίσχυρης δύναμης από τη Γη.

«Α, και μάντεψε», είπε ο Τσέις. «Μου ζητήσανε να προπονώ την ομάδα φούτμπολ του σχολείου».

Η Κάια τού χαμογέλασε.

Κι ύστερα σκέφτηκε: *Όπως τα πάντα στο σύμπαν, έτσι κι εμείς κουτρουβαλάμε προς ό,τι έχει μεγαλύτερη μάζα.*

Το επόμενο πρωί, σε μια από τις σπάνιες επισκέψεις της στο Πίγκλι Ουίγκλι για ν' αγοράσει είδη προσωπικής φροντίδας που δεν είχε ο Σάλτας, βγαίνοντας από το μπακάλικο η Κάια σχεδόν έπεσε πάνω στους γονείς του Τσέις — τον Σαμ και την Πάτι Λαβ. Ήξεραν ποια είναι· όλοι την ήξεραν.

Τους είχε δει στην πόλη μερικές φορές μέσα στα χρόνια, συνήθως από μακριά. Τον Σαμ, πίσω από τον πάγκο των Αυτοκινήτων Ουέστερν, να συναλλάσσεται με πελάτες, να ανοίγει το συρταράκι της ταμειακής μηχανής. Η Κάια δεν είχε ξεχάσει που, όταν ήταν μικρή, την είχε διώξει κακήν κακώς από τη βιτρίνα του λες και θα τρόμαζε τους κανονικούς πελάτες. Η Πάτι

Λαβ δεν δούλευε με πλήρες ωράριο στο μαγαζί, κι έτσι είχε χρόνο να κυκλοφορεί στον δρόμο και να μοιράζει φυλλάδια για τον Ετήσιο Διαγωνισμό Χειροποίητης Κουβέρτας ή για τη Γιορτή του Μπλε Καβουριού. Πάντα ντυμένη στην πένα, με ψηλοτάκουνα, τσαντάκι και καπέλο και ασορτί χρώματα ανάλογα με την εποχή. Όποιο κι αν ήταν το θέμα της συζήτησης, πάντα κατάφερνε να αναφέρει πως ο Τσέις ήταν ο καλύτερος παίκτης του φούτμπολ που είχε περάσει ποτέ από την πόλη.

Η Κάια χαμογέλασε συνεσταλμένα κοιτώντας την Πάτι Λαβ κατάματα, με την ελπίδα πως μπορεί και να μιλούσαν, να συστήνονταν. Ή ακόμα και πως θα καταλάβαινε ότι ήταν η κοπέλα του Τσέις. Στην πραγματικότητα όμως, ο Σαμ και η Πάτι Λαβ κοκάλωσαν, δεν είπαν τίποτα και απλώς την παρέκαμψαν — από απόσταση πολύ μεγαλύτερη από το αναγκαίο. Και συνέχισαν τον δρόμο τους.

Το ίδιο απόγευμα, η Κάια με τον Τσέις κάθονταν στη βάρκα της κάτω από μια πελώρια βελανιδιά που τα γόνατά της εξείχαν τόσο πολύ από την επιφάνεια του νερού ώστε δημιουργούσαν μικρές σπηλιές για τις ενυδρίδες και τις πάπιες. Με φωνή σιγανή, τόσο για να μην ενοχλήσει τις πάπιες όσο και από λίγο φόβο, η Κάια είπε στον Τσέις ότι είδε τους γονείς του και τον ρώτησε αν επρόκειτο να την πάει να τους γνωρίσει σύντομα.

Ο Τσέις έμεινε αμίλητος· το στομάχι της σφίχτηκε.

Τελικά, της είπε: «Και βέβαια θα τους γνωρίσεις. Σύντομα, σ' το υπόσχομαι». Αλλά χωρίς να την κοιτά.

«Ξέρουν για μένα, έτσι δεν είναι; Για μας;» τον ρώτησε.

«Ε, πώς».

Η βάρκα θα πρέπει να είχε παρασυρθεί πάρα πολύ κοντά στη βελανιδιά, γιατί εκείνη ακριβώς τη στιγμή ένας μεγάλος μπούφος, στρουμπουλός και φουντωτός σαν πουπουλένιο μαξιλάρι, έφυγε απ' το δέντρο απλώνοντας τις φτερούγες του και πέταξε αργά και χαλαρά πάνω από τη λιμνοθάλασσα, με τα φτερά του στήθους του ν' αντανακλούν αχνά στο νερό.

Ο Τσέις άπλωσε το χέρι κι έπιασε το χέρι της Κάια, στραγγίζοντας την αμφιβολία από τα δάχτυλά της.

Τα ηλιοβασιλέματα κι οι ανατολές της σελήνης παρακολουθούσαν για βδομάδες τις μαλακές κινήσεις του Τσέις και της Κάια ανά τον βάλτο. Κάθε φορά που εκείνη αντιστεκόταν στις ερωτοτροπίες του, ο Τσέις σταματούσε. Οι εικόνες με τα θηλυκά ελάφια ή τις γαλοπούλες που μένουν μόνες με τα απαιτητικά τους μικρά, ενώ τα αρσενικά έχουν ήδη πάει σ' άλλες θηλυκές, βάραιναν αφόρητα στο μυαλό της.

Ό,τι κι αν έλεγε ο κόσμος στην πόλη, εκείνοι το πολύ-πολύ να ξάπλωναν μαζί σχεδόν γυμνοί μέσα στη βάρκα και τίποτα παραπάνω. Μολονότι δεν έκαναν παρέα με άλλους, το χωριό ήταν μικρό και διάφοροι άνθρωποι τους έβλεπαν μαζί στο σκάφος του Τσέις ή στις παραλίες. Ακόμα κι οι ψαράδες γαρίδας έβλεπαν πολλά. Κυκλοφορούσαν κουτσομπολιά. Ψίθυροι.

27.

Χογκ Μάουντεν Ρόουντ

1966

Το καλύβι παρακολουθούσε σιωπηλό τα πρωινά κοτσύφια να πεταρίζουν, ενώ στο έδαφος σχηματιζόταν μια αποφασιστική χειμωνιάτικη ομίχλη, που μαζευόταν δίπλα στους τοίχους σαν μπαμπάκι. Με λεφτά που είχε μαζέψει επί βδομάδες από τα μύδια, η Κάια αγόρασε εκλεκτές λιχουδιές, για κυρίως γεύμα τηγάνισε φέτες χοιρομέρι με γλάσο μελάσσας και έφτιαξε χυλό με σάλτσα από το βούτυρο που έμεινε στο τηγάνι, ενώ για επιδόρπιο είχε μπισκότα με ξινόκρεμα και μαρμελάδα βατόμουρο. Ο Τσέις ήπιε στιγμιαίο καφέ Maxwell House κι εκείνη ζεστό τσάι Tetley. Έκλειναν σχεδόν ένα χρόνο μαζί, αν και κανείς από τους δυο δεν το ανέφερε. Ο Τσέις έλεγε πόσο τυχερός ήταν που ο πατέρας του είχε τα Αυτοκίνητα Ουέστερν: «Έτσι, θα έχουμε ωραίο σπίτι όταν θα παντρευτούμε. Θα σου χτίσω ένα διώροφο στην παραλία, με βεράντα γύρω-γύρω. Ή ό,τι άλλο σπίτι θες, Κάια».

Η Κάια ένιωσε να της κόβεται η ανάσα. Την ήθελε στη ζωή του. Δεν ήταν απλή νύξη αυτό, έμοιαζε σαν πρόταση γάμου. Επιτέλους, θα ανήκε σε κάποιον. Θα ήταν μέλος μιας οικογένειας. Ανακάθισε στην καρέκλα με την πλάτη στητή.

Ο Τσέις συνέχισε. «Νομίζω πως καλύτερα να μη μείνουμε μέσα στο χωριό. Θα παραείναι μεγάλο άλμα για σένα. Αλλά μπορούμε να χτίσουμε σπίτι στα περίχωρα. Ξέρεις, κάπου κοντά στον βάλτο».

Τον τελευταίο καιρό, κάποιες αόριστες σκέψεις περί γάμου με τον Τσέις είχαν αρχίσει να παίρνουν σχήμα στο μυαλό της, δεν τολμούσε όμως να τους δώσει και πολύ χώρο. Κι ωστόσο, νά τώρα που το έλεγε ο ίδιος δυνατά. Η Κάια ανάσαινε κοφτά, το μυαλό της δυσπιστούσε και ταυτόχρονα ξεσκόνιζε τις λεπτομέρειες. *Μπορώ να το κάνω*, σκεφτόταν. *Αν μείνουμε μακριά απ' τον πολύ κόσμο, μπορεί και να πετύχει.*

Και μετά, με το κεφάλι σκυμμένο, ρώτησε: «Κι οι γονείς σου; Τους τό 'χεις πει;»

«Κάια, πρέπει να καταλάβεις κάτι με τους δικούς μου. Μ' αγαπάνε. Έτσι και πω πως εσένα διάλεξα, τέρμα. Μόλις σε γνωρίσουνε λιγάκι, θα σε λατρέψουνε».

Δάγκωσε τα χείλια της. Ήθελε να το πιστέψει.

«Θα φτιάξω κι ένα στούντιο για τα πράματά σου», συνέχισε. «Με μεγάλα παράθυρα, για να μπορείς να βλέπεις τις λεπτομέρειες σ' αυτά τα αναθεματισμένα τα φτερά».

Η Κάια δεν ήξερε αν ένιωθε για τον Τσέις έτσι όπως έπρεπε να νιώθει μια σύζυγος, εκείνη τη στιγμή όμως η καρδιά της φούσκωσε από κάτι σαν αγάπη. Τέρμα το σκάψιμο για μύδια.

Άπλωσε το χέρι της και άγγιξε το κοχύλι που είχε κρεμασμένο στον λαιμό του.

«Α, και μια που το θυμήθηκα», είπε ο Τσέις. «Έχω να πάω μέχρι το Άσβιλ σε μερικές μέρες, για να πάρω πράματα για το μαγαζί. Δεν έρχεσαι κι εσύ μαζί μου;»

Χαμήλωσε τα μάτια και είπε, «Μα το Άσβιλ είναι μεγάλη πόλη. Θά 'χει ένα σωρό κόσμο. Κι εγώ δεν έχω τα σωστά ρούχα, δεν ξέρω καν ποια ρούχα είναι τα σωστά, και...»

«Κάια, Κάια. Άκου δω. Θα είσαι μαζί μου. Εγώ τα ξέρω όλα εκεί. Δεν είναι ανάγκη να πάμε πουθενά πολύ επίσημα. Και μόνο στη διαδρομή μέχρι εκεί, θα δεις κι ένα σωρό πράματα από τη Βόρεια Καρολίνα — το Πίντμοντ, τα Μεγάλα Καπνώδη Όρη, που να πάρει. Κι ύστερα, όταν θα φτάσουμε εκεί, μπορούμε απλώς να πάμε για μπέργκερ και να τα φάμε στ' αυτοκίνητο. Θα φορέσεις ό,τι έχεις. Δεν είναι ανάγκη να μιλήσεις σε κανέναν αν δεν το θέλεις. Θα τα φροντίσω όλα εγώ. Έχω πάει ένα σωρό φορές. Ακόμα και στην Ατλάντα έχω πάει. Το Άσβιλ δεν είναι τίποτα. Κοίτα, αν είναι να παντρευτούμε, καλό θά 'ναι ν' αρχίσεις να βγαίνεις και λίγο στον κόσμο. Ν' απλώσεις αυτά τα μεγάλα σου φτερά».

Η Κάια ένευσε. Αν μη τι άλλο, να δει τα βουνά.

Ο Τσέις συνέχισε. «Η δουλειά θα πάρει δύο μέρες, οπότε θα πρέπει να διανυκτερεύσουμε. Σ' ένα απλό μέρος. Ξέρεις, κάνα μικρό μοτέλ. Και γίνεται, γιατί είμαστε ενήλικες».

«Α», είπε εκείνη μόνο. Κι ύστερα, ψιθυριστά, «Κατάλαβα».

Η Κάια δεν είχε βγει ποτέ στον δρόμο με αυτοκίνητο, έτσι, λίγες μέρες αργότερα, όσο διέσχιζαν με το πελώριο φορτηγάκι του Τσέις τον δρόμο από το Μπάρκλι προς τα δυτικά, εκείνη κοιτούσε με προσήλωση και με τα δυο της χέρια γραπωμένα από το κάθισμα. Ο δρόμος περνούσε για μίλια ολόκληρα μέσα από κύπερη και φοίνικες, αφήνοντας τη θάλασσα στο πίσω παρμπρίζ.

Επί μία ώρα και παραπάνω, από τα παράθυρα του ημιφορτηγού περνούσαν οι γνώριμες εικόνες με τα χορτάρια και τα υδάτινα μονοπάτια. Η Κάια αναγνώριζε τρυποκάρυδους και λευκοτσικνιάδες, κι ένιωθε ανακούφιση που όλα παρέμεναν ίδια, σαν να μην είχε αφήσει τον τόπο της αλλά να τον είχε πάρει μαζί της.

Και τότε, εντελώς απότομα, λες κι είχαν τραβήξει μια γραμμή πάνω στη γη, τα λιβάδια του βάλτου σταματούσαν και μπροστά τους απλώνονταν ξερά χώματα — κατασκαμμένα, κλεισμένα σε τετράγωνα, αυλακωμένα. Μέσα στα αποψιλωμένα δάση έστεκαν πλήθος ανάπηρα, παραμορφωμένα κούτσουρα. Πάσσαλοι με σύρματα δεμένα επάνω τους εκτείνονταν σαν πομπή προς τον ορίζοντα. Η Κάια ήξερε, φυσικά, πως ο παράκτιος βάλτος δεν καλύπτει ολόκληρο τον πλανήτη, δεν είχε δει όμως ποτέ της τίποτε πέρα απ' αυτόν. Τι είχαν κάνει οι άνθρωποι στον τόπο; Όλα τα σπίτια, ίδια, σαν κουτιά για παπούτσια, καθισμένα πάνω σε καλοκουρεμένα γκαζόν. Ένα σμήνος ροζ φλαμίνγκο έτρωγαν όρθια σ' έναν κήπο, όταν όμως η Κάια γύρισε έκπληκτη να τα κοιτάξει, κατάλαβε πως ήταν πλαστικά. Τα ελάφια, τσιμεντένια. Οι μόνες πάπιες που πετούσαν ήταν ζωγραφισμένες πάνω στα γραμματοκιβώτια.

«Είναι απίστευτα, ε;» είπε ο Τσέις.

«Ποια;»

«Τα σπίτια. Δεν έχεις ξαναδεί τίποτα τέτοιο, έτσι;»

«Όχι, δεν έχω ξαναδεί».

Ώρες αργότερα, στην πεδιάδα του Πίντμοντ, είδε τα Απαλάχια να διαγράφονται γαλάζια στον ορίζοντα. Καθώς πλησίαζαν, οι κορφές όλο και ψήλωναν γύρω τους, και τα δασωμένα βουνά κυμάτιζαν απαλά μέχρι πέρα, ώς εκεί που έφτανε το μάτι της.

Σύννεφα τεμπέλιαζαν ξαπλώνοντας για λίγο στον κόρφο των λόφων κι ύστερα υψώνονταν και χάνονταν μακριά. Κάποια πλοκάμια τους σχημάτιζαν πυκνούς έλικες που διέτρεχαν τις ζεστές ρεματιές, σαν την ομίχλη που ακολουθεί τους τυρφώνες στον βάλτο. Το ίδιο παιχνίδι φυσικής παιγμένο σε διαφορετικό πεδίο της βιολογίας.

Η Κάια ήταν άνθρωπος των χαμηλών υψομέτρων, των ανοιχτών τόπων, όπου ο ήλιος δύει και το φεγγάρι ανατέλλει στην ώρα του. Εδώ όμως, που η τοπογραφία ήταν άνω-κάτω, ο ήλιος ισορροπούσε πάνω στα υψίπεδα, τη μια στιγμή χανόταν πίσω από μια ράχη και την άλλη, στην επόμενη ανηφόρα που ανέβαινε το αμάξι, ξεπρόβαλλε και πάλι. Στα βουνά, παρατήρησε η Κάια, η ώρα της δύσης εξαρτιόταν από το σημείο στο οποίο στεκόσουν.

Αναρωτήθηκε πού να βρίσκονταν τα κτήματα του παππού της. Μπορεί κι οι δικοί της συγγενείς να είχαν γουρούνια σε κάποιο γκρίζο, παλιοκαιρισμένο στάβλο σαν αυτόν που είχε δει σ' ένα λιβάδι, με το ποταμάκι να κυλά εκεί κοντά. Μια οικογένεια που κανονικά θα ήταν οικογένειά της, μόχθησε κάποτε, γέλασε κι έκλαψε σ' αυτά τα μέρη. Κάποιοι πιθανότατα θα υπήρχαν ακόμα εδώ, σκορπισμένοι στην κομητεία. Ανώνυμοι.

Ο δρόμος μετατράπηκε σε αυτοκινητόδρομο με τέσσερις λωρίδες, κι η Κάια κρατιόταν σφιχτά από το κάθισμα καθώς το αμάξι του Τσέις έτρεχε, ελάχιστα μέτρα μακριά από άλλα οχήματα που επίσης κινούνταν με ταχύτητα. Έστριψε σ' έναν παράδρομο που ως διά μαγείας ανυψώθηκε και τους οδήγησε προς την πόλη. «Ανισόπεδος κόμβος», της είπε όλο περηφάνια.

Πελώρια κτίρια, των οκτώ και των δέκα ορόφων, δέσποζαν με θέα το περίγραμμα των βουνών. Άφθονα αυτοκίνητα έτρεχαν εδώ κι εκεί σαν καβούρια στην άμμο, κι ήταν τόσο πολλοί οι άνθρωποι στα πεζοδρόμια, που η Κάια κόλλησε το πρόσωπό της στο παράθυρο κι άρχισε να παρατηρεί τις φάτσες, σίγουρη πως ανάμεσά τους κάπου θα είναι κι η Μαμά κι ο Μπαμπάς. Ένα αγόρι, ηλιοκαμένο, με μαύρα μαλλιά, που προχωρούσε στο πεζοδρόμιο, της φάνηκε σαν τον Τζόντι, και στράφηκε ολόκληρη πάνω στο κάθισμα για να μπορέσει να τον κοιτάξει περισσότερη ώρα. Ο αδελφός της, βέβαια, θα ήταν πια μεγάλος, εκείνη όμως συνέχισε να παρατηρεί το αγόρι ώσπου έστριψαν σε κάποιον άλλο δρόμο.

Στην άλλη πλευρά της πόλης, στη Χογκ Μάουντεν Ρόουντ, ο Τσέις έκλεισε δωμάτιο σ' ένα μοτέλ, μια σειρά από καφετιά δωμάτια, το ένα δίπλα στο άλλο, που φωτιζόταν από νέον σε σχήμα —αν είναι δυνατόν— φοινικόδεντρων.

Ο Τσέις ξεκλείδωσε την πόρτα κι η Κάια μπήκε σ' ένα δωμάτιο που φαινόταν αρκετά καθαρό αλλά έζεχνε καθαριστικό λεκέδων και είχε την τυπική φτηνιάρικη αμερικάνικη επίπλωση: ψεύτικους τοίχους, βουλιαγμένο κρεβάτι με δόνηση και μια ασπρόμαυρη τηλεόραση δεμένη στο τραπέζι με μια αδιανόητα χοντρή αλυσίδα και λουκέτο. Τα στρωσίδια ήταν πράσινα ανοιχτά και στο πάτωμα είχε πορτοκαλί φλοκάτη. Η Κάια σκέφτηκε για μια στιγμή όλα εκείνα τα μέρη όπου είχαν ξαπλώσει μαζί — την ψιλή άμμο δίπλα σε λιμνούλες αφού είχαν τραβηχτεί τα νερά, σε βάρκες που αρμένιζαν λουσμένες στο φως του φεγγαριού. Εδώ, το κρεβάτι κυριαρχούσε σαν το βασικό στοιχείο της επίπλωσης, το δωμάτιο όμως δεν θύμιζε σε τίποτα έρωτα.

Στάθηκε δίπλα στην πόρτα. Ήξερε. «Δεν είναι και σπουδαίο», είπε ο Τσέις ακουμπώντας το σακίδιό του σε μια καρέκλα.

Την πλησίασε. «Ήρθε η ώρα πια, Κάια, δεν συμφωνείς; Ήρθε η ώρα».

Φυσικά, αυτό ήταν εξ αρχής το σχέδιό του. Αλλά ήταν έτοιμη. Το σώμα της το λαχταρούσε εδώ και μήνες, και μετά την κουβέντα περί γάμου, το μυαλό της υποχώρησε κι αυτό. Ένευσε.

Της ξεκούμπωσε το πουκάμισο κι ύστερα τη γύρισε απαλά για να της ξεκουμπώσει και το σουτιέν. Χάιδεψε με τα δάχτυλα τα στήθη της. Η φλόγα της διέγερσης κύλησε από τα στήθη της στους μηρούς της. Καθώς την τράβηξε μαζί του στο κρεβάτι, με τη λάμψη από τα πράσινα και τα κόκκινα φώτα να διαχέεται μέσα από τις λεπτές κουρτίνες, η Κάια έκλεισε τα μάτια. Όλες τις προηγούμενες φορές που έφταναν στο παραλίγο, που τον σταματούσε, τα δάχτυλά του είχαν ένα άγγιγμα μαγικό, όλα τα μέρη του κορμιού της ζωντάνευαν, την έκανε να κολλά επάνω του, να ζητά, να λαχταρά. Τώρα όμως που επιτέλους του έδωσε την άδεια, εκείνον τον κατέκλυσε η βιασύνη να παρακάμψει τις δικές της ανάγκες και να μην σταματήσει πουθενά. Η Κάια έβγαλε μια κραυγή νιώθοντας κάτι να σκίζεται· νόμισε πως κάτι κακό συνέβη.

«Εντάξει είναι. Τώρα θα είναι καλύτερα», της είπε με πολύ κύρος και σιγουριά. Μόνο που δεν έγιναν και πολύ καλύτερα, και πολύ σύντομα ο Τσέις έπεσε δίπλα της μ' ένα τεράστιο χαμόγελο.

Κι ενώ εκείνος αποκοιμήθηκε, η Κάια απόμεινα να χαζεύει τη φωτεινή πινακίδα με τη φράση *Διαθέσιμα Δωμάτια*.

Αρκετές εβδομάδες αργότερα, ο Τσέις και η Κάια κάθονταν στην κουζίνα του καλυβιού έχοντας τελειώσει το πρωινό τους με τα τηγανιτά αυγά και τον χυλό με το ζαμπόν. Εκείνη ήταν τυλιγμένη ζεστά-ζεστά σε μια κουβέρτα, μετά τον έρωτα, ο οποίος δεν είχε βελτιωθεί παρά ελάχιστα μετά από εκείνη την πρώτη τους απόπειρα στο μοτέλ. Κάθε φορά, της άφηνε μια αίσθηση ανικανοποίητη, δεν είχε όμως την παραμικρή ιδέα με ποιον τρόπο να ανοίξει μια τέτοια συζήτηση. Και εν πάση περιπτώσει, δεν ήξερε καν πώς θα έπρεπε να νιώθει κανονικά. Ίσως αυτό να ήταν το φυσιολογικό.

Ο Τσέις σηκώθηκε από το τραπέζι, της έπιασε απαλά το πιγούνι, τη φίλησε και είπε: «Κοίτα να δεις, τις επόμενες μέρες δεν θα μπορώ να λείπω και πολύ, τώρα που έρχονται Χριστούγεννα κι όλα αυτά. Έχει ένα σωρό εκδηλώσεις και τέτοια, και θά 'χουμε και κάτι συγγενείς που θα μας έρθουν».

Η Κάια τον κοίταξε και είπε, «Ήλπιζα μήπως... ξέρεις, ερχόμουν κι εγώ σε καμιά απ' αυτές τις γιορτές. Ή τουλάχιστον στο χριστουγεννιάτικο τραπέζι με την οικογένειά σου».

Ο Τσέις κάθισε ξανά στην καρέκλα του. «Κάια, κοίτα, ήθελα να σου μιλήσω κι εγώ γι' αυτό. Θέλω να σου ζητήσω νά 'ρθεις στον χορό της λέσχης κι όλα αυτά, αλλά ξέρω πόσο ντροπαλή είσαι και πως δεν κάνεις ποτέ τίποτα στο χωριό. Ξέρω πως θα περνούσες χάλια. Δεν θα ξέρεις κανέναν, κι ούτε έχεις τα σωστά ρούχα. Ούτε να χορεύεις δεν ξέρεις, έτσι δεν είναι; Τίποτ' απ' όλα αυτά δεν κάνεις. Το καταλαβαίνεις αυτό, έτσι;».

Με τα μάτια στο πάτωμα, η Κάια είπε: «Ναι, αλήθεια είναι όλα αυτά. Αλλά από την άλλη, πρέπει με κάποιον τρόπο ν' αρχίσω να προσαρμόζομαι στη ζωή σου. Ν' ανοίξω τα φτερά μου, όπως είχες πει κι εσύ. Προφανώς, πρέπει να πάρω τα σωστά ρούχα και να γνωρίσω μερικούς από τους φίλους σου». Σήκωσε το κεφάλι. «Και μπορείς εσύ να με μάθεις να χορεύω».

«Καλά, φυσικά μπορώ, και θα το κάνω. Απλώς εμάς τους δυο μάς σκέφτομαι πάντα εδώ πέρα. Μ' αρέσει τρομερά πώς περνάμε μαζί, εσύ κι εγώ, μόνοι μας. Να σου πω την αλήθεια, έχω αρχίσει λίγο να τους βαριέμαι αυτούς τους ηλίθιους χορούς. Χρόνια τώρα, τα ίδια και τα ίδια. Στο γυμναστήριο του σχολείου. Γέροι και νέοι, όλοι μαζί. Πάντα η ίδια χαζή μουσική. Είμαι έτοιμος να προχωρήσω παραπέρα. Όταν παντρευτούμε, να ξέρεις, δεν θα κάνουμε τέτοια, οπότε τι να σε σέρνω τώρα σ' όλα αυτά; Δεν είναι και πολύ λογικό. Σύμφωνοι;»

Η Κάια έστρεψε πάλι τα μάτια στο πάτωμα, οπότε κι εκείνος της ανασήκωσε ξανά το πιγούνι και κάρφωσε το βλέμμα του στο δικό της. Έπειτα, χαμογελώντας πλατιά, είπε: «Και να σου πω και το άλλο, για το χριστουγεννιάτικο γεύμα με το σόι μου. Είναι νά 'ρθουν κάτι γριές θείες μου απ' τη Φλόριντα. Που δεν βάζουνε γλώσσα μέσα. Αυτό το πράμα δεν θέλω να το περάσει κανείς. Ιδίως εσύ. Πίστεψέ με, δεν χάνεις τίποτα».

Η Κάια έμεινε αμίλητη. «Σοβαρά τώρα, Κάια, δεν θέλω νά 'χεις πρόβλημα. Αυτό που έχουμε οι δυο μας εδώ πέρα είναι το πιο σπουδαίο πράμα που μπορεί να ευχηθεί κανείς. Όλα τ' άλλα» —έκανε μια πλατιά χειρονομία— «είναι σκέτες βλακείες».

Άπλωσε το χέρι και την κάθισε στα γόνατά του, κι εκείνη ακούμπησε το κεφάλι της στον ώμο του.

«Αυτό είναι το σημαντικό, Κάια. Όχι τ' άλλα». Και τη φίλησε, ζεστά και τρυφερά. Κι ύστερα σηκώθηκε. «Ωραία. Πρέπει να φεύγω».

Η Κάια πέρασε τα Χριστούγεννα μόνη με τους γλάρους, όπως κάθε χρόνο από τότε που έφυγε η Μαμά.

Πέρασαν δύο μέρες από τα Χριστούγεννα, κι ο Τσέις δεν ήρθε καθόλου. Παραβαίνοντας την υπόσχεση που είχε δώσει στον εαυτό της, να μην περιμένει ποτέ ξανά κανέναν, η Κάια πηγαινοερχόταν στην όχθη της λιμνοθάλασσας, με τα μαλλιά της πλεγμένα κοτσίδα και το στόμα βαμμένο με το παλιό κραγιόν της Μαμάς.

Πιο πέρα, ο βάλτος φορούσε τη χειμωνιάτικη στολή του με τα καφέ και τα γκρι. Μίλια ολόκληρα χορτάρια που, έχοντας σκορπίσει τον σπόρο τους, έγερναν πια το κεφάλι προς το νερό, παραδομένα. Ο άνεμος μαστίγωνε τα πάντα, έσειε τα σκληρά κοτσάνια δημιουργώντας μια θορυβώδη πολυφωνία. Η Κάια έλυσε τα μαλλιά της και σκούπισε τα χείλια της με την ανάστροφη του χεριού.

Το πρωί της τέταρτης μέρας, καθόταν μόνη στην κουζίνα και τσιμπολογούσε ανόρεχτα ψωμάκια και αυγά. «Μετά απ' όλα αυτά που είπε και το "*αυτό είναι το σημαντικό*", πού βρίσκεται τώρα;» Έφτυσε. Φανταζόταν τον Τσέις να ξεσκίζεται στο φούτμπολ με τους φίλους του ή να χορεύει στα πάρτι. «Όλες αυτές τις βλακείες που είχε βαρεθεί».

Και μετά, επιτέλους, ο ήχος του σκάφους του. Πετάχτηκε όρθια, κοπάνησε την πόρτα βγαίνοντας και έτρεξε από το καλύβι ώς τη λιμνοθάλασσα, ενώ το σκάφος έμπαινε σιγά-σιγά στο οπτικό της πεδίο. Μόνο που δεν ήταν ούτε το κρις-κραφτ του Τσέις ούτε κι ο ίδιος ο Τσέις, αλλά ένας νεαρός με χρυσαφένια μαλλιά, κάπως πιο κοντά τώρα, αλλά και πάλι σχεδόν ασυγκράτητα κάτω από το σκουφί του. Το σκάφος ήταν η παλιά ψαρόβαρκα και μέσα στην ψαρόβαρκα, όρθιος παρόλο που το σκάφος ήταν εν κινήσει, ο Τέιτ, ολόκληρος άντρας πια. Το πρόσωπό του δεν ήταν πλέον αγορίστικο αλλά είχε την ομορφιά της ωριμότητας. Στα μάτια του το ερωτηματικό, στα χείλη του ένα συνεσταλμένο χαμόγελο.

Η πρώτη της σκέψη ήταν να το βάλει στα πόδια. Αλλά το μυαλό της ούρλιαξε: *ΟΧΙ! Είναι δική μου αυτή η λιμνοθάλασσα· κάθε φορά το βάζω στα πόδια. Αυτή τη φορά δεν θα το κάνω.* Η επόμενη σκέψη της ήταν να πιάσει μια πέτρα, την οποία εκτόξευσε καταπάνω του από τα δέκα μέτρα. Ο Τέιτ πρόλαβε κι έσκυψε κι η πέτρα πέρασε ξυστά από δίπλα του.

«Διάολε! Κάια! Τι διάολο κάνεις; Μια στιγμή!» είπε, ενώ εκείνη πήρε άλλη μια πέτρα και στόχευσε. Ο Τέιτ έβαλε τα χέρια μπροστά στο πρόσωπό του. «Για όνομα του Θεού, Κάια, σταμάτα. Σε παρακαλώ. Να μιλήσουμε».

Η πέτρα τον χτύπησε με δύναμη στον ώμο.

«ΤΣΑΚΙΣΟΥ ΦΥΓΕ ΑΠΟ ΤΗ ΛΙΜΝΗ ΜΟΥ! ΣΙΧΑΜΕΝΟ ΚΑΘΙΚΙ! ΟΡΙΣΤΕ, ΑΦΟΥ ΘΕΣ ΝΑ ΜΙΛΗΣΟΥΜΕ!» Η έξαλλη μέγαιρα αναζήτησε άλλη μια πέτρα.

«Κάια, άκουσέ με. Ξέρω πως τώρα είσαι με τον Τσέις. Το σέβομαι. Θέλω απλώς να σου μιλήσω. Σε παρακαλώ, Κάια».

«Κι εγώ γιατί να σου μιλήσω δηλαδή; Μη σε ξαναδώ μπροστά μου, ΠΟΤΕ!». Έπιασε μια χούφτα μικρότερες πέτρες και του τις πέταξε καταπρόσωπο.

Εκείνος έκανε στο πλάι και μετά έσκυψε μπροστά και πιάστηκε από την κουπαστή της βάρκας που έκανε μόνη της κύκλους.

«ΕΙΠΑ ΤΣΑΚΙΣΟΥ ΦΥΓΕ ΑΠΟ ΔΩ!» Και λίγο πιο μαλακά, αλλά φωνάζοντας ακόμα: «Ναι, είμαι με κάποιον άλλο τώρα».

Ο Τέιτ ξαναβρήκε την ισορροπία του αφού το σκάφος ξώκειλε στην άμμο και σταμάτησε απότομα· ύστερα, πήγε και κάθισε στην πλωριά θέση. «Κάια, σε παρακαλώ, υπάρχουν κάποια πράγματα που πρέπει να μάθεις γι' αυτόν». Ο Τέιτ δεν είχε σχεδιάσει ν' ανοίξει κουβέντα για τον Τσέις. Τίποτε απ' όλη αυτή την αιφνιδιαστική επίσκεψή του στην Κάια δεν πήγαινε όπως το είχε φανταστεί.

«Τι είν' αυτά που λες; Δεν έχεις κανένα δικαίωμα να μου μιλάς για την προσωπική μου ζωή». Βρισκόταν τώρα μόλις δυο μέτρα μακριά του κι έφτυνε τις λέξεις της.

«Το ξέρω, αλλά θα το κάνω», απάντησε εκείνος σταθερά.

Η Κάια έκανε μεταβολή για να φύγει, αλλά ο Τέιτ μίλησε με δυνατή φωνή στη γυρισμένη πλάτη της. «Δεν ζεις στο χωριό. Δεν ξέρεις πως ο Τσέις βγαίνει με άλλες γυναίκες. Μόλις τις προάλλες τον είδα να φεύγει με το φορτηγάκι του από ένα πάρτι μαζί με μια ξανθιά. Είναι πολύ λίγος για σένα».

Η Κάια γύρισε απότομα. «Α, σοβαρά; Αν κάποιος με παράτησε, αυτός είσαι ΕΣΥ, εσύ δεν ξαναγύρισες όταν μου είχες υποσχεθεί πως θα γυρνούσες, εσύ είσαι που δεν ξαναγύρισες ποτέ. Εσύ δεν μου έγραψες ούτε μια φορά να μου εξηγήσεις το γιατί, ή έστω για να ξέρω αν ζεις ή πέθανες. Εσύ δεν είχες τα κότσια ούτε καν να μου πεις πως χωρίζουμε. Να σταθείς απέναντί μου σαν άντρας. Απλώς εξαφανίστηκες. ΠΑΛΙΟΧΕΣΤΗ. Και μετά από τόσα χρόνια, μού 'ρχεσαι εδώ... Είσαι χειρότερος από κείνον. Αυτός μπορεί να μην είναι τέλειος, αλλά εσύ είσαι ασύγκριτα χειρότερος». Σταμάτησε απότομα, με τα μάτια πάντα καρφωμένα επάνω του.

Ο Τέιτ άπλωσε τα χέρια ικετευτικά. «Έχεις δίκιο για μένα, Κάια. Όλα όσα είπες είναι αλήθεια. Ήμουν ένας χέστης. Και δεν είχα κανένα δικαίωμα ν' αναφερθώ στον Τσέις. Δεν είναι δική μου δουλειά. Δεν θα σε ξαναενοχλήσω ποτέ. Απλώς έχω ανάγκη να σου ζητήσω συγγνώμη και να σου εξηγήσω. Αισθάνομαι τόσο άσχημα εδώ και τόσα χρόνια, Κάια. Σε παρακαλώ».

Η Κάια απόμεινε εκεί, σαν πανί που ξεφούσκωσε μόλις έπεσε ο αέρας. Ο Τέιτ δεν ήταν μόνο ο πρώτος της έρωτας: ήταν κάποιος που μοιραζόταν την αφοσίωσή της στον βάλτο, ήταν αυτός που την είχε μάθει να διαβάζει, ήταν ο μοναδικός της σύνδεσμος, έστω και έμμεσος, με τη χαμένη της οικογένεια. Ήταν μια σελίδα χρόνου, ένα απόκομμα κολλημένο σ' ένα άλμπουμ, γιατί αυτό είχε όλο κι όλο. Καθώς η οργή καταλάγιαζε, η καρδιά της σφυροκοπούσε μέσα της.

«Να σε δω — είσαι τόσο όμορφη. Γυναίκα. Είσαι καλά; Πουλάς ακόμα μύδια;». Είχε μείνει έκθαμβος με την αλλαγή της, πόσο πιο λεπτά είχαν γίνει τα χαρακτηριστικά της, πόσο απόκοσμα, τα ζυγωματικά της έντονα, τα χείλη της σαρκώδη.

«Ναι. Ναι».

«Κοίτα, σου έφερα κάτι». Άνοιξε έναν φάκελο, έβγαλε από μέσα ένα τόσο δα κόκκινο φτερό από μάγουλο δρυοκολάπτη και της το έδωσε. Η Κάια σκέφτηκε για μια στιγμή να το πετάξει, αλλά θα ήταν αδύνατο να ξαναβρεί τέτοιο φτερό· και γιατί δηλαδή να μην το κρατήσει; Το έχωσε στην τσέπη της χωρίς να του πει ευχαριστώ.

Ο Τέιτ άρχισε να μιλάει γρήγορα. «Κάια, το ότι σε παράτησα δεν ήταν απλώς κακό, ήταν το χειρότερο πράγμα που έχω κάνει και θα κάνω ποτέ στη ζωή μου. Έχω μετανιώσει εδώ και χρόνια και θα νιώθω απαίσια για πάντα. Σε σκέφτομαι κάθε μέρα. Θα με τρώει σε όλη μου τη ζωή που σ' εγκατέλειψα. Ειλικρινά πίστευα πως δεν θα μπορούσες ποτέ να αφήσεις τον βάλτο και να ζήσεις στον άλλο κόσμο, κι έτσι νόμιζα πως θα ήταν αδύνατο να παραμείνουμε μαζί. Αλλά έκανα λάθος, και ήταν μαλακία μου που δεν γύρισα, να σου μιλήσω για όλα αυτά. Ήξερα πόσες φορές σε είχαν παρατήσει οι άλλοι. Δεν ήθελα να ξέρω πόσο άσχημα σε είχα πληγώσει κι εγώ. Δεν φέρθηκα σαν άντρας. Όπως ακριβώς το είπες». Αφού τα είπε όλα, στάθηκε και την κοίταζε.

Στο τέλος, εκείνη είπε: «Και τώρα τι θες, Τέιτ;».

«Μόνο να με συγχωρέσεις, αν υπάρχει κάποιος τρόπος». Πήρε βαθιά αναπνοή και περίμενε.

Η Κάια κοίταξε κάτω. Γιατί να πρέπει πάντα οι πληγωμένοι, αυτοί που ακόμα αιμορραγούν, να σηκώνουν το βάρος της συγχώρεσης; Δεν του απάντησε.

«Απλώς ήθελα να σου τα πω, Κάια».

Παρέμεινε σιωπηλή κι έτσι ο Τέιτ συνέχισε. «Τώρα κάνω μεταπτυχιακό στη ζωολογία. Στην πρωτοζωολογία κυρίως. Θα σου άρεσε τρομερά».

Της ήταν αδύνατο να φανταστεί να σπουδάζει κάτι τέτοιο, κι έτσι απλώς κοίταξε πέρα, στη λιμνοθάλασσα, να δει αν ερχόταν ο Τσέις. Ο Τέιτ το πρόσεξε· το είχε μαντέψει εξ αρχής πως η Κάια ήταν εκεί γιατί περίμενε τον Τσέις.

Την προηγούμενη βδομάδα, ο Τέιτ είχε δει τον Τσέις, με το καλό του λευκό σακάκι σ' ένα χριστουγεννιάτικο γκαλά, να χορεύει με πολλές και διάφορες γυναίκες. Ο χορός, όπως οι περισσότερες κοινωνικές εκδηλώσεις στο Μπάρκλι Κόουβ, γινόταν στο γυμναστήριο του σχολείου. Όταν από το υπερβολικά περιορισμένων δυνατοτήτων ηχοσύστημα, κάτω από την μπασκέτα, πάσχιζε να ακουστεί το «Γούλι Μπούλι», ο Τσέις στριφογύριζε στην πίστα μια καστανομάλλα. Όταν ξεκίνησε το «Mr. Tambourine Man», ο Τσέις εγκατέλειψε την καστανομάλλα και την πίστα και μοιράστηκε μερικές γουλιές ουίσκι από το φλασκί του με άλλους πρώην αθλητές. Ο Τέιτ ήταν εκεί κοντά και κουβέντιασε με δυο παλιούς του καθηγητές από το σχολείο, κι έτσι άκουσε τον Τσέις να λέει: «Ναι ρε, άγρια σαν την αλεπού στην παγίδα. Ό,τι ακριβώς θα περίμενες από μια τσαπερδόνα του βάλτου. Χαλάλι τόση βενζίνη».

Ο Τέιτ μετά βίας έπεισε τον εαυτό του ν' απομακρυνθεί.

Ένας παγωμένος άνεμος μαστίγωνε και ρυτίδωνε τη λίμνη. Η Κάια είχε βγει έξω με το τζην και ένα λεπτό πουλοβεράκι νομίζοντας πως είχε έρθει ο Τσέις. Τύλιξε τα χέρια της γύρω από το κορμί της.

«Θα παγώσεις· πάμε μέσα». Ο Τέιτ κινήθηκε προς το καλύβι, όπου από τη σκουριασμένη καμινάδα της σόμπας έβγαινε άσπρος καπνός.

«Τέιτ, νομίζω πως καλά θα κάνεις να φύγεις», είπε ρίχνοντας ανήσυχες ματιές προς το κανάλι. Τι θα γινόταν έτσι και κατέφθανε τώρα ο Τσέις κι έβρισκε τον Τέιτ εδώ;

«Κάια, σε παρακαλώ, λίγα λεπτά μόνο. Θέλω πραγματικά να ξαναδώ τη συλλογή σου».

Αντί για άλλη απάντηση, η Κάια έκανε μεταβολή και γύρισε τρέχοντας στο καλύβι. Ο Τέιτ την ακολούθησε. Φτάνοντας στη βεράντα, κοντοστάθηκε, αποσβολωμένος. Η συλλογή της, από παιδικό χόμπι, είχε εξελιχθεί σε μουσείο φυσικής ιστορίας του βάλτου. Πήρε στα χέρια του ένα όστρακο από χτένι, που συνοδευόταν από μια μικρή υδατογραφία της παραλίας στην οποία βρέθηκε, καθώς κι ένα σκίτσο που έδειχνε το χτένι να τρώει άλλα, μικρότερα θαλάσσια πλάσματα. Το ίδιο ίσχυε για κάθε δείγμα — και ήταν εκατοντάδες, μπορεί και χιλιάδες. Κάποια τα είχε ξαναδεί παλιά, όταν ήταν μικρός, τώρα όμως, υποψήφιος διδάκτορας ζωολογίας, τα έβλεπε πια ως επιστήμονας.

Γύρισε και την κοίταξε· ήταν ακόμα όρθια στο κατώφλι. «Κάια, αυτά εδώ είναι πανέμορφα, υπέροχα λεπτομερή. Θα μπορούσες να το εκδώσεις αυτό το έργο. Να γίνει βιβλίο — πολλά βιβλία».

«Όχι, όχι. Τα έχω μόνο για μένα. Απλώς με βοηθούν να μαθαίνω».

«Κάια, άκουσέ με λίγο. Εσύ το ξέρεις καλύτερα απ' όλους πως τα βιβλία αναφοράς σε αυτό το πεδίο είναι σχεδόν ανύπαρκτα. Με όλες αυτές τις σημειώσεις, τα τεχνικά στοιχεία και τις θεσπέσιες ζωγραφιές, μιλάμε για τα βιβλία που όλοι περιμέναμε». Ήταν αλήθεια. Οι παλιοί οδηγοί της Μαμάς για τα όστρακα, τα φυτά, τα πουλιά και τα θηλαστικά της περιοχής ήταν οι μόνοι που υπήρχαν και περιείχαν άθλιες ανακρίβειες, απλές ασπρόμαυρες φωτογραφίες και εντελώς γενικές πληροφορίες σε κάθε λήμμα.

«Αν μου επιτρέψεις να πάρω μερικά δείγματα, θα δω αν μπορεί να βρεθεί εκδότης, πώς τους φαίνεται».

Απόμεινε να τον κοιτάζει· δεν ήξερε πώς να το σκεφτεί. Θα ήταν υποχρεωμένη να πάει κάπου και να συναντηθεί με κόσμο; Ο Τέιτ αντιλήφθηκε το ερωτηματικό στο βλέμμα της.

«Δεν θα χρειαστεί να πας πουθενά. Μπορείς να στείλεις τα δείγματα στον εκδότη ταχυδρομικώς. Αυτή η δουλειά θα σου αποφέρει κάποια χρήματα. Όχι κάποιο τεράστιο ποσό, μάλλον, αλλά ίσως από εκεί και πέρα να μην είσαι αναγκασμένη να μαζεύεις μύδια όλη σου τη ζωή».

Η Κάια παρέμεινε αμίλητη. Για μια ακόμα φορά ο Τέιτ την έσπρωχνε να κάνει κάτι η ίδια για τον εαυτό της, όχι απλώς να φροντίσει εκείνος γι' αυτήν. Ήταν σαν να ήταν παρών όλη της τη ζωή. Και μετά, να έφυγε.

«Κάνε μια απόπειρα, Κάια. Δεν θα πάθεις τίποτα».

Τελικά συμφώνησε να τον αφήσει να πάρει μαζί του μερικά δείγματα. Ο Τέιτ διάλεξε όστρακα με απαλές υδατογραφίες και τον μεγάλο γαλάζιο ερωδιό χάρη στα λεπτομερή σκίτσα με τα οποία η Κάια απεικόνιζε το πουλί σε κάθε εποχή του χρόνου, και μια λεπταίσθητη ελαιογραφία με το καμπυλωτό φτερό του φρυδιού του.

Ο Τέιτ σήκωσε ψηλά τη ζωγραφιά — εκατοντάδες λεπτεπίλεπτες πινελιές με χρώματα πλούσια, που κορυφώνονται σ' ένα μαύρο που λες και ρουφούσε όλο το φως του ήλιου στον καμβά. Η λεπτομέρεια με το μικροσκοπικό σκίσιμο στο στέλεχος του φτερού ήταν τόσο χαρακτηριστική που ο Τέιτ και η Κάια συνειδητοποίησαν ταυτοχρόνως ότι κοιτούσαν τη ζωγραφιά του πρώτου-πρώτου φτερού που της είχε χαρίσει τότε στο δάσος. Αφήνοντας τη ζωγραφιά, τα βλέμματά τους συναντήθηκαν. Εκείνη γύρισε και κοίταξε αλλού. Έπεισε τον εαυτό της να μην νιώσει τίποτα. Δεν επρόκειτο να παρασυρθεί ξανά από κάποιον που δεν μπορούσε να του έχει εμπιστοσύνη.

Ο Τέιτ την πλησίασε και την άγγιξε στον ώμο προσπαθώντας πολύ απαλά να την κάνει να γυρίσει, να τον κοιτάξει. «Κάια, σου ζητώ συγγνώμη που σε παράτησα. Σε παρακαλώ, συγχώρεσέ με. Μπορείς;».

Τελικά, στράφηκε και τον κοίταξε. «Δεν ξέρω πώς γίνεται αυτό, Τέιτ. Δεν θα μπορέσω ποτέ ξανά να σε πιστέψω. Και τώρα πρέπει να φύγεις, σε παρακαλώ».

«Το ξέρω. Σ' ευχαριστώ που με άκουσες, που μου έδωσες την ευκαιρία να σου ζητήσω συγγνώμη». Έκανε μια παύση, εκείνη όμως δεν είπε τίποτα. Τουλάχιστον έπαιρνε κάτι μαζί του: η ελπίδα πως θα έβρισκε εκδότη ήταν ένας λόγος να έρθει και πάλι σ' επαφή μαζί της.

«Αντίο, Κάια». Καμία απάντηση. Ο Τέιτ συνέχισε να την κοιτάζει, κι εκείνη τον κάρφωσε με τα μάτια κι ύστερα γύρισε να φύγει. Ο Τέιτ κατέβηκε από τη βεράντα και πήγε στη βάρκα του.

Η Κάια περίμενε ώσπου να χαθεί από τα μάτια της κι ύστερα κάθισε στην κρύα και υγρή άμμο της λιμνοθάλασσας για να περιμένει τον Τσέις. Επανέλαβε φωναχτά τα λόγια που είχε πει στον Τέιτ: «Μπορεί ο Τσέις να μην είναι τέλειος, εσύ όμως είσαι χειρότερος».

Αλλά καθώς το βλέμμα της βυθιζόταν στα σκοτεινά νερά, εκείνη η κουβέντα του Τέιτ για τον Τσέις —*«να φεύγει με το φορτηγάκι του από ένα πάρτι μαζί με μια ξανθιά»*– δεν έλεγε να ξεκολλήσει από το μυαλό της.

Ο Τσέις ξανάρθε πια μια βδομάδα μετά τα Χριστούγεννα. Έφερε το σκάφος στη λιμνοθάλασσα και της είπε πως θα έμενε όλη νύχτα, να υποδεχτούν μαζί τη νέα χρονιά. Περπάτησαν αγκαζέ μέχρι το καλύβι. Η ομίχλη είχε τυλίξει εντελώς τη στέγη. Αφού έκαναν έρωτα, κάθισαν τυλιγμένοι με κουβέρτες κοντά στην ξυλόσομπα. Ο αέρας δεν άντεχε ούτε ένα μόριο υγρασίας παραπάνω, κι έτσι όταν το νερό στο τσαγερό έβρασε, τα κρύα τζάμια γέμισαν βαριές σταγόνες.

Ο Τσέις πήρε τη φυσαρμόνικά του, την έφερε στα χείλη κι έπαιξε τον μελαγχολικό σκοπό του «Μόλι Μαλόουν». «Τώρα το φάντασμά της στους δρόμους τριγυρνά, και φωνάζει μύδια και στρείδια, ζωντανά, ζωντανά».

Και της φαινόταν πως όποτε έπαιζε ο Τσέις τέτοια λυπητερά τραγούδια, τότε ήταν που είχε πιο πολλή ψυχή.

28.

Ο ψαράς

1969

Την ώρα της μπίρας τα κουτσομπολιά στο Μπάτε Σκύλοι ήταν καλύτερα απ' ό,τι στην καφετέρια. Ο σερίφης και ο Τζο μπήκαν στη μακρόστενη αίθουσα που ήταν φίσκα στον κόσμο. Προχώρησαν ώς το μπαρ — ένα ενιαίο κομμάτι από κορμό πεύκου, που έπιανε όλη την αριστερή πλευρά του δωματίου χωμένο, θαρρείς, στο ημίφως. Οι ντόπιοι, μόνο άντρες, αφού γυναίκες δεν επιτρέπονταν, ήταν όλοι μαζεμένοι στο μπαρ ή κάθονταν στα σκόρπια τραπέζια. Οι δύο υπάλληλοι έψηναν λουκάνικα· τηγάνιζαν γαρίδες, στρείδια και πικάντικες κροκέτες με καλαμπόκι· ανακάτευαν χυλό· έβαζαν στα ποτήρια μπίρες και μπέρμπον. Διαφημιστικές ταμπέλες για μπίρες αναβόσβηναν με μια κιτρινωπή λάμψη — το μοναδικό φως που έγλειφε τα αξύριστα πρόσωπα σαν την ανταύγεια της φωτιάς στην ύπαιθρο. Από το πίσω δωμάτιο έρχονταν οι κρότοι από τις μπάλες του μπιλιάρδου.

Ο Εντ και ο Τζο βρήκαν λίγο χώρο ανάμεσα σε μια παρέα ψαράδων και μόλις παρήγγειλαν τις μπίρες και τα τηγανιτά τους στρείδια, άρχισαν οι ερωτήσεις: Κανένα νέο; Πώς και δεν βρέθηκαν δακτυλικά αποτυπώματα; Αλήθεια είναι αυτό; Ρε παιδιά, τον γερο-Χάνσον τόνε σκεφτήκατε; Τού 'χει στρίψει τελείως αυτουνού, και εύκολα θά 'κανε τέτοιο πράμα, ν' ανέβει στο πυροφυλάκιο και να σπρώξει από κει πάνω όποιον άλλον έρθει. Έχετε βρει τον διάολό σας μ' αυτή την ιστορία, έτσι;

Ο Τζο γυρισμένος από τη μια μεριά, ο Εντ από την άλλη, μπήκαν στο παιχνίδι. Απαντούσαν, άκουγαν, κουνούσαν το κεφάλι. Και τότε, μέσα στη βαβούρα, το αυτί του σερίφη έπιασε μια ήρεμη ισορροπημένη φωνή· γύρισε και βρέθηκε να κοιτάζει τον Χαλ Μίλερ, μέλος του πληρώματος στο γαριδάδικο του Τιμ Ο'Νηλ.

«Μπορώ να σου μιλήσω μια στιγμή, σερίφη; Κάπου μόνοι μας;»

Ο Εντ απομακρύνθηκε από το μπαρ. «Πώς, αμέ. Έλα μαζί μου, Χαλ». Τον πήγε σ' ένα τραπεζάκι δίπλα στον τοίχο κι εκεί κάθισαν. «Θες κι ένα φρέσκο ποτήρι μπίρα;»

«Όχι, είμαι 'ντάξει για τώρα. Φχαριστώ, πάντως».

«Σε απασχολεί κάτι, Χαλ;»

«Αν με απασχολεί, λέει... Και πρέπει να το βγάλω από μέσα μου γιατί πολύ με βουρλίζει».

«Σ' ακούω».

«Ουφ». Ο Χαλ κούνησε το κεφάλι. «Δεν ξέρω. Μπορεί να μην είναι και τίποτα, αλλά αν δεν είναι, έπρεπε να σ' τό 'χα πει πιο μπροστά. Είναι κάτι που είδα και με κυνηγάει».

«Πες μου Χαλ, τι είναι, και μαζί θα δούμε αν είναι σημαντικό ή όχι».

«Τέλος πάντων, είναι γι' αυτή την ιστορία με τον Τσέις Άντριους. Εκείνη τη νύχτα που σκοτώθηκε, ήμουνα στο καράβι του Τιμ και μπαίναμε στον κόλπο, αργά, μετά τα μεσάνυχτα, και τότε εγώ κι ο Άλεν Χαντ είδαμε κείνη τη γυναίκα, αυτή που τη φωνάζουν Πιτσιρίκα του Βάλτου, να βγαίνει με τη βάρκα από τον κόλπο».

«Τι μου λες; Πόση ώρα μετά τα μεσάνυχτα;»

«Θα πρέπει νά 'τανε κάπου δύο παρά τέταρτο το πρωί».

«Και κατά πού πήγαινε;»

«Εμ, εκεί είναι το θέμα, σερίφη. Πήγαινε καρφί κατά το πυροφυλάκιο. Κρατώντας εκείνη την πορεία, θα έβγαινε στον κολπάκο που είναι λίγο πιο πέρα από το πυροφυλάκιο».

Ο Εντ πήρε βαθιά αναπνοή. «Ε, λοιπόν, Χαλ, ναι, είναι σημαντική πληροφορία αυτή. Πολύ σημαντική. Είσαι σίγουρος πως ήταν αυτή;»

«Κοίτα, το κουβεντιάσαμε με τον Άλεν εκείνη την ώρα και ήμασταν κι οι δυο πολύ σίγουροι πως ήταν αυτή. Θέλω να πω, κι οι δυο μας σκεφτήκαμε το ίδιο πράμα. Απορήσαμε τι διάολο έκανε τέτοια ώρα στη θάλασσα και χωρίς φώτα. Καλά που την είδαμε, δηλαδή, αλλιώς μπορεί και να την είχαμε χτυπήσει. Και μετά μας έφυγε τελείως από το μυαλό. Πέρασε καιρός για να τα συνδέσω τα πράματα και να το σκεφτώ πως ήταν την ίδια εκείνη νύχτα που σκοτώθηκε ο Τσέις στο πυροφυλάκιο. Ε, και τότε είπα πως καλά θα κάνω να μιλήσω πια».

«Την είδε και κανένας άλλος από το σκάφος;»

«Κοίτα, αυτό δεν το ξέρω. Είχε κι άλλους επάνω στο σκάφος, βέβαια, γιατί μπαίναμε για να δέσουμε. Όλοι στα πόστα. Αλλά δεν μίλησα με κανέναν άλλο γι' αυτό. Καταλαβαίνεις, δεν είχα λόγο εκείνη την ώρα. Και μετά ούτε ρώτησα».

«Καταλαβαίνω, Χαλ, και έκανες πολύ σωστά που μου τό 'πες. Είναι καθήκον σου να τα λες αυτά. Μην ανησυχείς για τίποτα. Το μόνο που χρειάζεται είναι να μου πεις τι είδες. Θα ζητήσω από σένα και τον Άλεν να έρθετε στο γραφείο για να δώσετε κατάθεση. Τώρα μπορώ να σε κεράσω μια μπίρα;»

«Μπα, νομίζω θα πάω σπίτι. Καληνύχτα».

«Καληνύχτα. Και πάλι σ' ευχαριστώ». Μόλις ο Χαλ σηκώθηκε από το τραπέζι, ο Εντ έκανε νόημα στον Τζο, ο οποίος κοιτούσε κάθε τρεις και λίγο προς τα εκεί, μήπως και καταλάβει κάτι από την έκφραση του σερίφη. Αφού άφησαν λίγα λεπτά περιθώριο για να χαιρετήσει ο Χαλ τους υπόλοιπους, βγήκαν κι εκείνοι έξω.

Ο Εντ είπε στον Τζο τι είχε δει ο Χαλ.

«Πω πω», είπε ο Τζο. «Νομίζω, εδώ είμαστε. Τι λες;»

«Λέω πως πλέον ο δικαστής μάλλον θα το βγάλει το ένταλμα. Αλλά δεν είμαι σίγουρος, και θα ήθελα να σιγουρευτώ πριν το ζητήσω. Αν έχουμε ένταλμα, θα μπορέσουμε να ψάξουμε στο σπίτι της για οτιδήποτε με κόκκινες ίνες σαν κι αυτές που βρέθηκαν στα ρούχα του Τσέις. Πρέπει να μάθουμε τι έχει να πει για εκείνη τη νύχτα».

29.

Φύκια

1967

Όλο τον χειμώνα, ο Τσέις ερχόταν συχνά στο καλύβι της Κάια και συνήθως τα σαββατοκύριακα περνούσε και μια νύχτα εκεί. Ακόμα και τις μέρες που είχε κρύο και υγρασία, έπαιρναν τη βάρκα και έπλεαν μέσα από σύδεντρα γεμάτα ομίχλη· εκείνη μάζευε δείγματα, εκείνος έπαιζε μελαγχολικούς σκοπούς στη φυσαρμόνικα. Οι νότες του αιωρούνταν μαζί με την ομίχλη και σκόρπιζαν μέχρι τα πιο σκοτεινά βάθη του δάσους, κι ήταν λες κι ο βάλτος τις ρουφούσε και τις απομνημόνευε, γιατί όποτε η Κάια περνούσε ξανά από εκείνα τα κανάλια, άκουγε και πάλι την ίδια μουσική.

Ένα πρωί, αρχές Μαρτίου, η Κάια βγήκε μόνη της στη θάλασσα και πήγε προς το χωριό· ο ουρανός ήταν σαν χοντρό γκρίζο μάλλινο πουλόβερ πάνω από το κεφάλι της. Σε δύο μέρες ήταν τα γενέθλια του Τσέις, κι έτσι η Κάια ήθελε να πάει στο Πίγκλι Ουίγκλι και ν' αγοράσει πράγματα για ένα ξεχωριστό γεύμα — μεταξύ άλλων και την πρώτη της τούρτα με καραμέλα. Είχε φανταστεί να του φέρνει την τούρτα με τα κεράκια μπροστά του στο τραπέζι· τέτοιο πράγμα είχε να συμβεί σ' εκείνη την κουζίνα από τότε που έφυγε η Μαμά. Το τελευταίο διάστημα, της είχε πει κάμποσες φορές ότι μάζευε λεφτά για το σπίτι τους. Κι εκείνη σκέφτηκε πως καλά θα έκανε να μάθει να φτιάχνει γλυκά.

Αφού έδεσε τη βάρκα της, διέσχισε τον μόλο για να βγει στον δρόμο με τα μαγαζιά, και τότε είδε τον Τσέις να στέκεται πέρα και να μιλάει με τους φίλους του. Είχε το χέρι του στους ώμους μιας αδύνατης ξανθιάς κοπέλας. Το μυαλό της Κάια πάσχιζε να ερμηνεύσει τη σκηνή, ενώ τα πόδια της συνέχιζαν να κινούνται σαν από δική τους βούληση. Κανονικά δεν θα τον πλησίαζε, αλλά δεν είχε τρόπο να το αποφύγει, εκτός αν πηδούσε στη θάλασσα.

Ο Τσέις και οι φίλοι του γύρισαν αμέσως και την κοίταξαν, και την ίδια στιγμή ο Τσέις κατέβασε το χέρι του από τους ώμους της κοπέλας. Η Κάια φορούσε άσπρο τζην σορτς, που αναδείκνυε τα μακριά της πόδια. Οι κοτσίδες της έπεφταν πάνω από τα στήθη της. Η παρέα σταμάτησε απότομα την κουβέντα. Η Κάια ήξερε πως δεν μπορούσε να τρέξει προς το μέρος του, και το λάθος των πραγμάτων τής σπάραζε την καρδιά.

Φτάνοντας στο τέρμα της αποβάθρας, εκεί όπου στέκονταν όλοι, ο Τσέις είπε: «Α, γεια σου, Κάια».

«Γεια σου, Τσέις», απάντησε κοιτώντας μια εκείνον και μια τους άλλους.

«Θυμάσαι τον Μπράιαν και τον Τιμ, την Περλ, την Τίνα», τον άκουσε να λέει. Είπε και μερικά ακόμα ονόματα, ώσπου η φωνή του έσβησε. Στράφηκε τότε στην Κάια και είπε: «Κι από δω η Κάια Κλαρκ».

Φυσικά και δεν τους θυμόταν· αφού ποτέ του δεν την είχε συστήσει σε όλους αυτούς. Τους ήξερε μόνον ως Ψηληλεπτηξανθιά και τα λοιπά. Ένιωσε σαν ψύκι πιασμένο στο αγκίστρι αλλά κατόρθωσε να χαμογελάσει και να πει γεια. Ήταν η ευκαιρία που περίμενε τόσο καιρό. Βρισκόταν επιτέλους με την παρέα στην οποία ήθελε να μπει. Το μυαλό της πάλευε να βρει τα σωστά λόγια, κάτι έξυπνο να πει, κάτι ενδιαφέρον. Τελικά, δύο απ' αυτούς τη χαιρέτησαν κάπως ψυχρά, έκαναν μεταβολή κι έφυγαν, και οι υπόλοιποι έκαναν πολύ σύντομα ακριβώς το ίδιο, σαν κοπάδι γριβάδια.

«Νά 'μαστε, λοιπόν», είπε ο Τσέις.

«Δεν θέλω να διακόψω. Ήρθα απλώς για προμήθειες και μετά γυρίζω σπίτι».

«Δεν διακόπτεις τίποτα. Τυχαία τους συνάντησα κι εγώ. Την Κυριακή θα είμαι εκεί, όπως σου έχω πει».

Ο Τσέις έριξε το βάρος του στο άλλο πόδι και πασπάτεψε το κρεμαστό κοχύλι.

«Τα λέμε τότε, λοιπόν», είπε η Κάια, εκείνος όμως είχε ήδη κάνει μεταβολή για να προλάβει τους άλλους. Η Κάια πήρε βιαστικά τον δρόμο για την αγορά, αποφεύγοντας μια οικογένεια πρασινοκέφαλες πάπιες που κατέβαιναν τη Μέιν Στρητ, με τα πόδια τους εκτυφλωτικά πορτοκαλιά πάνω στο άχρωμο φόντο του πεζοδρομίου. Στο Πίγκλι Ουίγκλι προσπάθησε να διώξει από το μυαλό της την εικόνα του Τσέις με την κοπέλα και, στρίβοντας στο τέλος του διαδρόμου με τα ψωμιά, είδε την κυρία από την σχολική επιθεώρηση, την κυρία Καλπέπερ, ούτε δυο μέτρα πιο πέρα. Στάθηκαν η μια απέναντι από την άλλη σαν το κουνέλι και το κογιότ που έχουν πιαστεί σε συρματόπλεγμα. Η Κάια ήταν τώρα πια ψηλότερη από εκείνη τη γυναίκα, και πολύ πιο μορφωμένη, αν και καμιά από τις δύο δεν θα μπορούσε τότε να το φανταστεί αυτό. Μετά από τόση τρεχάλα, ήθελε και πάλι να το βάλει στα πόδια, αποφάσισε όμως να φανεί θαρραλέα. Ανταπέδωσε το επίμονο βλέμμα της κυρίας Καλπέπερ και η γυναίκα ένευσε αδιόρατα και προχώρησε παρακάτω.

Η Κάια βρήκε ό,τι ήθελε —τυρί, γαλλική μπαγκέτα και τα υλικά για την τούρτα— και ξόδεψε όσα χρήματα είχε μαζέψει για την περίσταση. Αλλά ήταν λες και το χέρι κάποιου άλλου έβαζε τα πράγματα στο καρότσι. Το μόνο που έβλεπε μπροστά της ήταν το μπράτσο του Τσέις στους ώμους της κοπέλας. Αγόρασε και μια τοπική εφημερίδα επειδή στο πρωτοσέλιδο ανέφερε ένα εργαστήριο θαλάσσιας βιολογίας που ήταν να ανοίξει εκεί κοντά, στην ακτή.

Μόλις βγήκε από το μαγαζί, τράβηξε σχεδόν τρέχοντας, με το κεφάλι κάτω, σαν κλέφτρα νυφίτσα, προς τον μόλο. Επιστρέφοντας στο καλύβι, κάθισε στο τραπέζι της κουζίνας για να διαβάσει το άρθρο σχετικά με το καινούργιο εργαστήριο. Πράγματι, ετοίμαζαν τις εγκαταστάσεις με την τελευταία λέξη της τεχνολογίας κάπου τριάντα χιλιόμετρα νότια από το Μπάρκλι Κόουβ, κοντά στο Ση Οουκς. Εκεί, οι επιστήμονες θα μελετούσαν την οικολογία του βάλτου, που συνέβαλλε, με τον ένα ή με τον άλλο τρόπο, στην επιβίωση των μισών σχεδόν πλασμάτων της θάλασσας και…

Η Κάια γύρισε σελίδα για να συνεχίσει την ανάγνωση του άρθρου και βρέθηκε μπροστά σε μια μεγάλη φωτογραφία του Τσέις με μια κοπέλα· από κάτω, η αναγγελία του αρραβώνα: *Άντριους-Στόουν*. Από τα χείλη της ξεπήδησαν ανάκατες λέξεις, έπειτα λυγμοί και τέλος άγρια αναφιλητά. Σηκώθηκε όρθια, κοίταξε την εφημερίδα από πιο μακριά. Την έπιασε ξανά στα χέρια της να δει — δεν μπορεί, της φαντασίας της ήταν. Αλλά νάτοι, με τα πρόσωπα δίπλα-δίπλα, χαμογελαστά. Η κοπέλα, η Περλ Στόουν, όμορφη, μάλλον πλούσια, απ' ό,τι έδειχνε, με μαργαριταρένιο κολιέ και δαντελένια μπλούζα. Η κοπέλα που ο Τσέις αγκάλιαζε από τους ώμους. Η *Πανταμεπέρλες*.

Ακουμπώντας συνέχεια στον τοίχο, η Κάια βγήκε στη βεράντα και έπεσε στο στρώμα με τα χέρια μπροστά στο ανοιχτό της στόμα. Τότε άκουσε μηχανή σκάφους. Σηκώθηκε απότομα, κοίταξε προς τη λιμνοθάλασσα και είδε το σκάφος του Τσέις να βγαίνει στην παραλία.

Σβέλτα σαν ποντίκι που το σκάει από κουτί, βγήκε από τη βεράντα προτού τη δει και χώθηκε τρέχοντας στο δάσος, μακριά από τη λιμνοθάλασσα. Μισοκαθισμένη πίσω από τα φοινικόδεντρα, τον είδε να μπαίνει στο καλύβι, να τη φωνάζει. Σίγουρα θα έβλεπε την εφημερίδα με το άρθρο ανοιχτή επάνω στο τραπέζι. Σε λίγο ο Τσέις ξαναβγήκε και προχώρησε προς την παραλία πιστεύοντας πως θα την έβρισκε εκεί.

Η Κάια δεν κούνησε από τη θέση της ούτε όταν ο Τσέις ξαναγύρισε, φωνάζοντας και πάλι το όνομά της. Δεν βγήκε από τους θάμνους παρά μόνο όταν το σκάφος έφυγε. Με βαριές κινήσεις, πήρε φαγητό για τους γλάρους και ακολούθησε τον ήλιο ώς την παραλία. Ένα δυνατό αεράκι από τη θάλασσα την έσπρωχνε, κι όταν τελικά βγήκε στην παραλία, είχε τουλάχιστον τον άνεμο να τη στηρίζει. Φώναξε τους γλάρους και πέταξε κομμάτια από την μπαγκέτα στον αέρα. Κι ύστερα βλαστήμησε, πιο δυνατά και πιο άγρια από τον άνεμο.

30.

Το ρεύμα

1967

Από την παραλία, η Κάια έφτασε στο βαρκάκι της και με το γκάζι στο τέρμα βγήκε στη θάλασσα, τραβώντας καρφί για το παλιρροϊκό ρεύμα. Με το κεφάλι γερμένο πίσω, ούρλιαζε, «Σιχαμένο ΚΑΘΙΚΙ... ΜΠΑΣΤΑΡΔΕ!» Τα κύματα, μπερδεμένα και αλλοπρόσαλλα, χτυπούσαν την πλώρη πλάγια και τραβούσαν το τιμόνι. Όπως πάντα, ο ωκεανός έμοιαζε πιο θυμωμένος από τον βάλτο. Πιο βαθύς. Με περισσότερα πράγματα να πει.

Η Κάια είχε μάθει από παλιά να αναγνωρίζει τα συνηθισμένα ρεύματα της θάλασσας και τα παλιρροϊκά. Ήξερε πώς να πλέει επάνω τους και πώς να διαφεύγει στρίβοντας κάθετα προς τη φορά τους. Ποτέ άλλοτε όμως δεν είχε πάει κατευθείαν πάνω στα πιο βαθιά ρεύματα, μερικά από τα οποία παίρνουν ώθηση από το Ρεύμα του Κόλπου του Μεξικού, που σπρώχνει τέσσερα δισεκατομμύρια κυβικά πόδια νερό το δευτερόλεπτο — δηλαδή περισσότερη ενέργεια απ' όλα τα ποτάμια της γης μαζί, και όλα αυτά, λίγο πιο έξω από την ανοιχτή αγκάλη της Βόρειας Καρολίνας. Η ορμή του ρεύματος προξενεί άγρια αντίρροπα ρεύματα και δίνες και αντιμάμαλο και στροβιλισμούς δημιουργώντας μια τρομερή θαλάσσια παγίδα, από τις χειρότερες του πλανήτη. Η Κάια απέφευγε τα σημεία αυτά όλη της τη ζωή. Αλλά τώρα όχι. Εκείνη τη μέρα όρμηξε κατευθείαν καταπάνω τους — ό,τι μπορούσε για να νικήσει τον πόνο και τον θυμό.

Τα φουσκωμένα νερά έρχονταν διαρκώς καταπάνω της, υψώνονταν κάτω από την πλώρη και τραβούσαν τη βάρκα προς τα δεξιά. Η βάρκα ανασηκώθηκε κι ύστερα ίσιωσε. Το ρεύμα την τράβηξε με μανία, ταχύτατα. Η Κάια έκρινε πως θα ήταν πολύ ριψοκίνδυνο να βγει από το ρεύμα, κι έτσι προσπάθησε να πάει με τα νερά του, έχοντας τον νου της για τυχόν αμμώδεις υφάλους που σχηματίζουν κάτω από την επιφάνεια διαρκώς μετακινούμενα φράγματα. Ακόμα και μια στιγμιαία επαφή αρκούσε για να την μπατάρει.

Πίσω από την πλάτη της έσπαγαν τα κύματα και μούσκευαν τα μαλλιά της. Σκούρα σύννεφα έτρεχαν ακριβώς πάνω από το κεφάλι της κρύβοντας τον ήλιο έτσι ώστε να διακρίνονται ελάχιστα τα σημάδια των στροβίλων και των δινών. Ρουφώντας τη ζέστη της μέρας.

Κι όμως, ο φόβος δεν έλεγε να έρθει, παρόλο που λαχταρούσε να νιώσει τρομαγμένη, μήπως έστω κι έτσι κατάφερνε να ξεκαρφώσει εκείνη τη λεπίδα από την καρδιά της.

Ξαφνικά, τα σκοτεινά αλλοπρόσαλλα κύματα του ρεύματος άλλαξαν, και το μικρό βαρκάκι έστριψε δεξιά και έγειρε στο πλάι. Η φόρα της κίνησης την πέταξε στον πάτο του σκάφους, με τα νερά που είχαν μαζευτεί εκεί να κυλούν επάνω της. Απόμεινε εκεί μες στα νερά, εμβρόντητη, προσπαθώντας να προετοιμαστεί για το επόμενο κύμα.

Φυσικά, δεν βρισκόταν ούτε κατά διάνοια κοντά στο Ρεύμα του Κόλπου του Μεξικού. Εδώ ήταν απλώς ο στίβος προπονήσεων, ένα παιχνιδάκι σε σύγκριση με την κανονική, τη σοβαρή θάλασσα. Για κείνην όμως ήταν μια τολμηρή έξοδος, και είχε σκοπό να το πάει μέχρι τέλους. Να κερδίσει κάτι. Να πνίξει τον πόνο.

Χωρίς καμία αίσθηση τάξης και συμμετρίας πια, τα άχρωμα κύματα ξεπηδούσαν από παντού. Η Κάια κατάφερε να καθίσει πάλι στη θέση της και να πιάσει τη λαγουδέρα, δεν ήξερε όμως προς τα πού να οδηγήσει τη βάρκα. Η στεριά φαινόταν σαν μια μακρινή γραμμή, που πότε-πότε εμφανιζόταν ανάμεσα στους αφρούς. Τη μια στιγμή αντίκρυζε τη στεριά, και την άλλη η βάρκα γυρνούσε αλλού ή έγερνε τόσο που την έχανε από τα μάτια της. Βγαίνοντας ήταν εντελώς σίγουρη πως θα δάμαζε το ρεύμα, μόνο που αυτό αποδείχτηκε πολύ πιο ρωμαλέο, και τώρα την τραβούσε όλο και πιο μακριά στην άγρια, τη σκοτεινιασμένη θάλασσα. Τα σύννεφα έγιναν μια μάζα και κατέβηκαν χαμηλά. Μούσκεμα μέχρι το κόκαλο, η ενέργειά της να λιγοστεύει ολοένα, άρχισε να τρέμει και να δυσκολεύεται στο τιμόνεμα. Δεν είχε πάρει μαζί της ούτε εξοπλισμό για την κακοκαιρία, ούτε φαγητό, ούτε νερό.

Και τότε, ο φόβος ήρθε. Από έναν τόπο πιο βαθύ κι από τη θάλασσα. Από την επίγνωση πως θα έμενε και πάλι μόνη. Ίσως για πάντα. Ισόβια ποινή. Κούφιοι, άναρθροι ήχοι έβγαιναν από το λαρύγγι της καθώς η βάρκα χοροπηδούσε και πλάγιαζε. Όλο και πιο επικίνδυνα με κάθε κύμα.

Στον πάτο της βάρκας υπήρχαν ήδη δεκαπέντε πόντοι αφρισμένο νερό, που έκαιγαν τα πόδια της με την παγωνιά τους. Πόσο γρήγορα νίκησαν τη ζέστη της άνοιξης η θάλασσα και τα σύννεφα. Έφερε το ένα χέρι μπροστά στο στήθος της σε μια προσπάθεια να ζεσταθεί, ενώ με το άλλο τιμόνευε αδύναμα, χωρίς πια να αντιμάχεται το νερό· απλώς ακολουθώντας.

Κάποια στιγμή, τα νερά γαλήνεψαν, και παρόλο που το ρεύμα συνέχισε να την παρασέρνει εκεί που ήθελε, ο ωκεανός είχε πάψει να χτυπιέται και να σφαδάζει. Πέρα μπροστά της είδε μια μικρή, μακρόστενη γλώσσα άμμου, κάπου τριάντα μέτρα μήκος, να λαμπυρίζει από τη θάλασσα και τα κοχύλια. Κόντρα στην ισχυρή ρεστία και ακριβώς την κατάλληλη στιγμή, η Κάια γύρισε απότομα τη λαγουδέρα και βγήκε από το ρεύμα. Έφερε τη βάρκα στην υπήνεμη πλευρά της γλώσσας, εκεί που τα νερά ήταν πιο ήρεμα, και ξώκειλε απαλά-απαλά, σαν πρώτο φιλί. Κατέβηκε στη στενή λωρίδα και βούλιαξε στην άμμο. Ξάπλωσε κι ένιωσε τη στεριά στο σώμα της.

Ήξερε πως δεν θρηνούσε για τον Τσέις αλλά για μια ζωή που την είχε ορίσει η απόρριψη. Καθώς ο ουρανός μαχόταν με τα σύννεφα πάνω από το κεφάλι της, είπε φωναχτά: «Τη ζωή μου θα την ζήσω μόνη μου. Αλλά το ήξερα ήδη αυτό. Το ήξερα πολύ καιρό τώρα πως κανένας δεν μένει».

Δεν ήταν καθόλου τυχαίο πως ο Τσέις άρχισε να κάνει νύξεις περί γάμου σαν δόλωμα, αμέσως μετά την έριξε στο κρεβάτι, και μετά την παράτησε για κάποια άλλη. Η Κάια το ήξερε από τις μελέτες της ότι τα αρσενικά πάνε από τη μια θηλυκιά στην επόμενη. Τότε πώς την πάτησε μ' αυτόν τον άντρα; Το φανταχτερό κρις-κραφτ του ήταν ό,τι και ο φουσκωμένος λαιμός και τα πελώρια κέρατα του αρσενικού ελαφιού σε οίστρο: αναγκαία συμπαρομαρτούντα για να εκφοβίζει τους άλλους αρσενικούς και να προσελκύει τη μια θηλυκιά μετά την άλλη. Κι όμως, την είχε πατήσει με το ίδιο τέχνασμα όπως και η Μαμά: *χοροπηδηχτοί μουλωχτοί γαμιάδες*. Τι ψέματα να είχε πει ο Μπαμπάς στη Μαμά; Σε τι ακριβά εστιατόρια να την είχε πάει πριν τελειώσουν τα λεφτά και τη φέρει στην αληθινή περιοχή του — το καλύβι στον βάλτο; Ίσως τελικά ο έρωτας να είναι καλύτερο να μένει σαν χωράφι χέρσο.

Με δυνατή φωνή, απήγγειλε ένα ποίημα της Αμάντα Χάμιλτον:

Τα παρατάω τώρα.
Σ' αφήνω να φύγεις.
Ο έρωτας πολύ συχνά
Είναι η απάντηση για να μένουμε.
Και πάρα πολύ σπάνια ο λόγος
Για να φύγεις.
Αφήνω πια την πετονιά
Και σε παρακολουθώ να χάνεσαι.

Τόσο καιρό
Εσύ νόμιζες
Πως το φλογερό ρεύμα
στο στήθος της ερωμένης σου
Σε τραβούσε στον βυθό.
Μα ήταν η παλίρροια της καρδιάς μου
Που σ' άφηνε
Να επιπλέεις ελεύθερα
Μαζί με τα φύκια.

Ο ισχνός ήλιος βρήκε ένα άνοιγμα ανάμεσα στα βαριά σύννεφα και άγγιξε την άμμο. Η Κάια κοίταξε τριγύρω της. Το ρεύμα, η μεγαλόπρεπη ορμή της θάλασσας, και τούτη η αμμουδιά συνωμότησαν για να δημιουργήσουν μια ντελικάτη απόχη, γιατί τώρα αντίκρυζε την πιο εκπληκτική συλλογή κοχυλιών που είχε δει ποτέ στη ζωή της. Χάρη στην κλίση της αμμουδιάς και την απαλή της μετατόπιση από τον άνεμο, όλα τα όστρακα είχαν μαζευτεί στην υπήνεμη πλευρά της χωρίς να σπάσουν. Η Κάια εντόπισε κάμποσα σπάνια και πολλά από τα αγαπημένα της, άθικτα, κατάλευκα, ακόμα με όλη τους τη γυαλάδα.

Περιδιαβαίνοντας διάλεξε τα πιο πολύτιμα και τα έκανε μια στοίβα. Αναποδογύρισε τη βάρκα, άδειασε τα νερά και τοποθέτησε προσεκτικά τα όστρακα, το ένα πλάι στο άλλο, στην κόγχη του πάτου. Έπειτα άρχισε να σχεδιάζει την επιστροφή, μελετώντας όρθια τα νερά. Διάβασε τη θάλασσα και, έχοντας πάρει το μάθημα από τα κοχύλια, αποφάσισε να βγει από την υπήνεμη πλευρά και να τραβήξει από κει κατευθείαν για την ακτή. Αποφεύγοντας εντελώς τα δυνατά ρεύματα.

Τη στιγμή που έσπρωχνε τη βάρκα στο νερό, ήξερε πως κανείς δεν επρόκειτο να ξαναδεί αυτή την αμμώδη γλώσσα. Ήταν εντελώς τυχαία η σύμπραξη των στοιχείων που έπλασαν αυτό το εφήμερο και διαρκώς μεταβαλλόμενο χαμόγελο από άμμο. Η επόμενη παλίρροια, το επόμενο ρεύμα θα σχεδιάσουν μια άλλη αμμώδη γλώσσα, αλλά ποτέ ξανά αυτήν εδώ. Ποτέ αυτήν που την έσωσε. Αυτήν που της έμαθε ένα-δυο πραγματάκια.

Αργότερα, τριγυρνώντας στην παραλία της, απήγγειλε το αγαπημένο της ποίημα της Αμάντα Χάμιλτον.

Φεγγάρι, καθώς χάνεσαι,
Τα βήματά μου ακολούθα
Στο φως το αδιάκοπο
Στης γης κοντά τους ίσκιους,
Μοιράσου τις αισθήσεις μου
Που νιώθουν τους ψυχρούς
Τους ώμους της σιωπής.

Εσύ μονάχα ξέρεις
Πώς τεντώνει η μοναξιά
Τη μια άκρη της στιγμής
Μίλια ολόκληρα
Μέχρι την άλλη άκρη,
Και πόσο πολύ ουρανό
Έχει η μια ανάσα
Όταν ο χρόνος
Στην άμμο πάνω αποτραβιέται.

Αν κάποιος καταλάβαινε από μοναξιά, αυτός ο κάποιος ήταν το φεγγάρι.

Επιστρέφοντας σιγά-σιγά στους προβλέψιμους κύκλους της ζωής των γυρίνων και στο μπαλέτο των πυγολαμπίδων, η Κάια βούτηξε ακόμα πιο βαθιά στον δίχως λέξεις κόσμο της φύσης. Γιατί αυτή, η φύση, είναι μάλλον η μόνη πέτρα που ποτέ δεν θα ξεκολλήσει όταν διαβαίνεις το ποτάμι.

31.

Ένα βιβλίο

1968

Το σκουριασμένο γραμματοκιβώτιο, πάνω σ' έναν πάσσαλο που τον είχε κόψει ο Μπαμπάς, βρισκόταν στην άκρη του δρόμου χωρίς όνομα. Η μόνη αλληλογραφία που λάμβανε η Κάια με το ταχυδρομείο ήταν μαζικές επιστολές που στέλνονταν σ' όλους τους κατοίκους της περιοχής. Δεν είχε ούτε λογαριασμούς να πληρώνει ούτε φιλενάδες ούτε γριές θείες να της στέλνουν γλυκά και χαζούλια γραμματάκια. Μ' εξαίρεση εκείνο το ένα γράμμα από τη Μαμά, πριν από τόσα χρόνια, η αλληλογραφία τής ήταν ένα ουδέτερο πράγμα, και καμιά φορά περνούσαν βδομάδες μέχρι να πάει ν' αδειάσει το γραμματοκιβώτιο.

Αλλά στο εικοστό δεύτερο έτος της ζωής της, πάνω από έναν χρόνο μετά την ανακοίνωση των αρραβώνων του Τσέις και της Περλ, η Κάια διέσχιζε κάθε μέρα το αμμουδερό μονοπάτι που πύρωνε από τον ήλιο για να δει το γραμματοκιβώτιο. Ώσπου ένα πρωί, βρήκε επιτέλους εκεί έναν χοντρό φάκελο και άδειασε το περιεχόμενό του στα χέρια της: ήταν ένα αντίτυπο του βιβλίου με τίτλο *Τα Όστρακα του Ανατολικού Αιγιαλού*, της Κάθριν Ντανιέλ Κλαρκ, πριν την επίσημη κυκλοφορία του. Πήρε βαθιά ανάσα· δεν είχε σε ποιον να το δείξει.

Καθισμένη στην παραλία της, κοιτούσε μία-μία τις σελίδες. Όταν η Κάια έγραψε στον εκδότη, μετά την πρώτη κρούση του Τέιτ, και υπέβαλε κι άλλες ζωγραφιές, της απάντησαν στέλνοντάς της ένα συμβόλαιο. Επειδή οι ζωγραφιές και τα κείμενα για κάθε δείγμα είχαν ήδη ολοκληρωθεί από καιρό, ο επιμελητής της έκδοσης, ο κύριος Ρόμπερτ Φόστερ, της έγραψε ότι το βιβλίο θα βγει σε χρόνο ρεκόρ και ότι το δεύτερο, με θέμα τα πτηνά, θ' ακολουθήσει πολύ σύντομα. Μαζί τής έστειλε και μια προκαταβολή πέντε χιλιάδων δολαρίων. Έτσι και το έβλεπε αυτό ο Μπαμπάς, θα είχε μπουρδουκλωθεί με το κουτσό του πόδι και θα είχε πέσει χάμω χύνοντας και το ποτό του.

Και τώρα είχε στα χέρια της το βιβλίο στην οριστική μορφή του — την κάθε πινελιά, το κάθε χρώμα, που έκρυβε τόση σκέψη πίσω του, την κάθε λέξη της φυσικής ιστορίας των πραγμάτων, όλα αυτά τυπωμένα σε βιβλίο. Υπήρχαν επίσης και τα σκίτσα των πλασμάτων που ζουν μέσα στα όστρακα —πώς τρώνε, πώς κινούνται, πώς ζευγαρώνουν— γιατί οι άνθρωποι συχνά ξεχνούν τα πλάσματα αυτά.

Χάιδευε τις σελίδες και έφερνε στο μυαλό της το κάθε όστρακο και την ιστορία του, πώς το είχε βρει, σε ποιο σημείο της παραλίας, την εποχή, τη συγκεκριμένη αυγή. Κανονικό οικογενειακό άλμπουμ.

Τους μήνες που ακολούθησαν, παντού, σ' όλο το μήκος της ακτής της Βόρειας Καρολίνας, της Νότιας Καρολίνας, της Τζόρτζια, της Βιρτζίνια, της Φλόριντα και της Νέας Αγγλίας, τα μαγαζιά με είδη δώρων και τα βιβλιοπωλεία είχαν το βιβλίο της είτε στη βιτρίνα είτε στους πάγκους τους. Οι επιταγές για τα πνευματικά δικαιώματα θα αποστέλλονταν κάθε έξι μήνες, της είπαν, και ήταν πιθανό να ανέρχονται σε αρκετές χιλιάδες δολάρια η καθεμία.

Καθισμένη στο τραπέζι της κουζίνας, έγραψε μια πρόχειρη εκδοχή της επιστολής που ήθελε να στείλει στον Τέιτ για να τον ευχαριστήσει, όταν όμως την ξαναδιάβασε, η καρδιά της πάγωσε. Δεν της φαινόταν αρκετό ένα απλό σημείωμα. Χάρη στη δική του καλοσύνη, η αγάπη της για τον βάλτο μπορούσε πια να γίνει έργο ζωής. Της δικής της ζωής. Κάθε φτερό που μάζεψε ποτέ της, κάθε όστρακο, κάθε έντομο μπορούσε τώρα να το μοιραστεί και με άλλους· και δεν θα ήταν πια αναγκασμένη να σκάβει στη λάσπη για να εξασφαλίσει το φαγητό της. Ίσως ακόμα και να μην χρειαζόταν να τρώει χυλό κάθε μέρα.

Ο Σάλτας τής είχε πει ότι ο Τέιτ εργαζόταν ως ειδικός επιστήμονας στο εργαστήριο του νέου ινστιτούτου κοντά στο Ση Όουκς, και ότι του είχαν δώσει κι ένα πολύ σένιο ερευνητικό σκάφος. Η Κάια τον έβλεπε κατά καιρούς από μακριά, αλλά πάντοτε άλλαζε πορεία.

Πρόσθεσε στο σημείωμα κι ένα υστερόγραφο: «Αν καμιά φορά βρεθείς κοντά στο σπίτι μου, πέρνα. Θέλω να σου δώσω αντίτυπο του βιβλίου». Έστειλε το γράμμα στη διεύθυνσή του στο εργαστήριο.

Την επόμενη εβδομάδα, έφερε έναν μάστορα, τον Τζέρι, ο οποίος εγκατέστησε τρεχούμενο νερό, θερμοσίφωνο και πλήρες μπάνιο —η μπανιέρα είχε λιονταρίσια πόδια— στο πίσω δωμάτιο. Έβαλε νιπτήρα σ' ένα έπιπλο, το οποίο έστρωσε με πλακάκια, και τουαλέτα με καζανάκι. Ήρθε και γραμμή ηλεκτρικού, κι ο Τζέρι εγκατέστησε ηλεκτρική κουζίνα και καινούργιο ψυγείο. Η Κάια επέμενε να κρατήσει την παλιά ξυλόσομπα με τα καυσόξυλα δίπλα της, γιατί ζέσταινε όλο το καλύβι, αλλά κυρίως γιατί η μητέρα της είχε ψήσει εκεί με την καρδιά της χίλια μπισκοτάκια. Τι θα γινόταν αν τυχόν η Μαμά γυρνούσε και δεν έβρισκε την ξυλόσομπα; Ο Τζέρι έφτιαξε ντουλάπια στην κουζίνα από ξύλο πεύκου, έβαλε καινούργια πόρτα και καινούργια σήτα στη βεράντα και κατασκεύασε ράφια για τα δείγματά της από το πάτωμα μέχρι το ταβάνι. Η Κάια παρήγγειλε κι έναν καναπέ, καρέκλες, κρεβάτια, στρώματα και χαλιά από το Sears Roebuck, αλλά κράτησε το παλιό τραπέζι της κουζίνας. Και τώρα είχε πλέον και μια κανονική ντουλάπα για να φυλάει ορισμένα ενθύμια — μια ντουλάπα με απομεινάρια της οικογένειας που είχε φυλλορροήσει.

Το καλύβι παρέμεινε, όπως και πριν, άβαφτο εξωτερικά, με τις ταλαιπωρημένες τάβλες από πεύκο και την τσίγκινη στέγη, όλα γκρίζα και στο χρώμα της σκουριάς, μισοσκεπασμένο με βρύα από τη βελανιδιά που δέσποζε από πάνω. Όχι πια ετοιμόρροπο αλλά πάντα κομμάτι του συνολικού υφαδιού του βάλτου. Η Κάια συνέχισε να κοιμάται στη βεράντα, με εξαίρεση μόνο τις πιο κρύες νύχτες του χειμώνα. Τώρα πια είχε και κρεβάτι.

Ένα πρωί, ο Σάλτας είπε στην Κάια ότι θα έρχονταν στην περιοχή εργολάβοι με μεγάλα σχέδια ν' αποξηράνουν τον «βρωμοβάλτο» και να χτίσουν ξενοδοχεία. Την περασμένη χρονιά, η Κάια είχε δει πού και πού ογκώδη μηχανήματα να κόβουν ολόκληρες συστάδες βελανιδιές κι ύστερα ν' ανοίγουν κανάλια για να αποξηράνουν τον βάλτο. Όταν τελείωναν, μεταφέρονταν σε άλλο σημείο, αφήνοντας πίσω τους τη γη ξερή και διψασμένη. Προφανώς, δεν είχαν διαβάσει το βιβλίο του Άλντο Λίοπολντ.

Το ποίημα της Αμάντα Χάμιλτον το έλεγε καθαρά.

Παιδί με παιδί
Πρόσωπο με πρόσωπο
Μεγαλώσαμε σαν ένα
Ψυχές μοιρασμένες.

Φτερό το φτερό,
Φύλλο το φύλλο,
Παράτησες τον κόσμο τούτο,
Πέθανες πριν απ' το παιδί.
Φίλε μου εσύ, Αγριότοπε.

Η Κάια δεν ήξερε αν η οικογένειά της είχε τη νόμιμη ιδιοκτησία του οικοπέδου ή αν απλώς το είχε καταπατήσει, όπως έκαναν επί τέσσερις αιώνες οι περισσότεροι κάτοικοι του βάλτου. Μέσα στα χρόνια, καθώς αναζητούσε ίχνη της Μαμάς, είχε διαβάσει κάθε χαρτί και χαρτάκι που υπήρχε στο καλύβι, αλλά ποτέ δεν είχε βρει τίποτε που να θυμίζει συμβόλαιο.

Μόλις γύρισε σπίτι από του Σάλτα, τύλιξε την παλιά Βίβλο σ' ένα κομμάτι ύφασμα και πήγε στο ειρηνοδικείο του Μπάρκλι Κόουβ. Ο υπάλληλος της κομητείας, ένας ασπρομάλλης κύριος με πελώριο μέτωπο και στενούς ώμους, έβγαλε ένα μεγάλο δερμάτινο κατάστιχο, κάποιους χάρτες και μερικές αεροφωτογραφίες, και όλα αυτά τα άπλωσε πάνω στον πάγκο. Διατρέχοντας με το δάχτυλο τον χάρτη, η Κάια έδειξε στον υπάλληλο τη λιμνοθάλασσά της και περιέγραψε χονδρικά τα όρια του οικοπέδου που θεωρούσε δικό της. Ο υπάλληλος κοίταξε τον αριθμό και αναζήτησε τη συμβολαιογραφική πράξη σ' ένα παλιό ξύλινο ερμάριο.

«Μά'στα, εδώ είμαστε», είπε. «Καταγράφηκε κανονικά και δηλώθηκε το 1897 από κάποιον κύριο Νέιπιερ Κλαρκ».

«Ο παππούς μου», είπε η Κάια. Γύρισε τις λεπτές σελίδες της Βίβλου και εκεί, στον κατάλογο των γεννήσεων και των θανάτων, υπήρχε και κάποιος Νέιπιερ Μέρφι Κλαρκ. Τι μεγαλόπρεπο όνομα. Ίδιο με του αδελφού της. Είπε στον υπάλληλο ότι ο Μπαμπάς της είχε πεθάνει, πράγμα που μάλλον ήταν και αλήθεια.

«Δεν έχει πουληθεί ποτές. Οπότε, σ' ανήκει και σου παραανήκει. Αλλά το κακό είναι, αυτό έχει και κάτι φόρους από κοντά, δεσποινίς Κλαρκ, και για να την κρατήσεις τη γη, θα πρέπει να τους πληρώσεις. Και μάλιστα, ο νόμος λέει πως όποιος έρθει και πληρώσει τους φόρους, σ' αυτόνα πάει και η γη, ακόμα και χωρίς συμβόλαιο».

«Πόσο είναι;». Η Κάια δεν είχε ανοίξει ακόμα λογαριασμό σε τράπεζα, και όλα τα λεφτά που της είχαν μείνει μετά τις δουλειές στο σπίτι, κάπου τρεις χιλιάδες δολάρια, ήταν μέσα στο σακίδιό της. Αλλά εδώ μιλούσαν για φόρους σαράντα χρόνων — θα πρέπει να ήταν πολλές χιλιάδες.

«Για να ιδούμε. Το έχουνε στην κατεγορία *χερσότοπος*, οπότε οι φόροι για τα πιο πολλά χρόνια θά 'τανε κάπου πέντε δολάρια. Κάτσε μια, να τα υπολογίσω». Πήγε παραδίπλα, σε μια χοντρή και ανοικονόμητη μηχανή για υπολογισμούς, χτύπησε τα πλήκτρα με τους αριθμούς και, αφού τελείωσε, τράβηξε το χερούλι, που έβγαλε έναν ήχο λες και στ' αλήθεια έκανε τη σούμα. «Εδώ λέει πως το σύνολο είναι κάπου οχτακόσα δολάρια – και καθάρισες».

Η Κάια έφυγε από το ειρηνοδικείο με έναν κανονικό τίτλο ιδιοκτησίας για 1.250 στρέμματα με κατάφυτες λιμνοθάλασσες, αστραφτερούς βάλτους, δάση βελανιδιάς και μια ατέλειωτη ιδιωτική παραλία στην ακτή της Βόρειας Καρολίνας, στο όνομά της. «Κατεγορία χερσότοπος. Έλος βρωμερό».

Δένοντας κατά το σούρουπο ξανά στη λιμνοθάλασσά της, έκατσε και τα είπε λιγάκι με τον ερωδιό. «Όλα καλά. Δικό σου είναι όλο εδώ!».

Την άλλη μέρα το μεσημέρι βρήκε στο γραμματοκιβώτιο ένα σημείωμα από τον Τέιτ, πράγμα που της φάνηκε παράξενο και κάπως επίσημο, αφού μηνύματα τής άφηνε μόνο στο κούτσουρο για τα φτερά. Τώρα την ευχαριστούσε για την πρόσκληση να περάσει για να πάρει αντίτυπο του βιβλίου της, και πρόσθετε ότι θα ερχόταν το ίδιο απόγευμα.

Έχοντας μαζί της ένα από τα έξι αντίτυπα του καινούργιου της βιβλίου που είχε πάρει δωρεάν από τον εκδότη, τον περίμενε στο παλιό κούτσουρο όπου έμαθε ανάγνωση. Είκοσι λεπτά αργότερα, άκουσε τον ήχο από την παλιά βάρκα να ανεβαίνει αγκομαχώντας το κανάλι, και σηκώθηκε όρθια. Μόλις φάνηκε πίσω από τους θάμνους, χαιρέτησαν ο ένας τον άλλο μ' ένα μικρό χαμόγελο. Επιφυλακτικοί κι οι δυο. Την τελευταία φορά που είχε βρεθεί εκεί ο Τέιτ, η Κάια τού είχε πετάξει πέτρες στα μούτρα.

Έδεσε τη βάρκα και την πλησίασε. «Κάια, το βιβλίο σου είναι ένα θαύμα». Έγειρε ελαφρά προς τα μπρος σαν να ήθελε να την αγκαλιάσει, αλλά ο σκληρός φλοιός της καρδιάς της δεν την άφησε να το δεχτεί.

Αντί γι' αγκαλιά, του έδωσε το βιβλίο. «Ορίστε, Τέιτ. Για σένα».

«Σ' ευχαριστώ, Κάια», είπε· το άνοιξε και το ξεφύλλισε. Δεν ανέφερε, φυσικά, πως είχε ήδη αγοράσει αντίτυπο από το βιβλιοπωλείο του Ση Όουκς και πως είχε θαυμάσει την κάθε του σελίδα. «Τίποτα παρόμοιο δεν έχει ξαναβγεί ποτέ. Είμαι βέβαιος πως για σένα αυτό δεν είναι παρά μόνον η αρχή».

Εκείνη απλώς έσκυψε το κεφάλι και χαμογέλασε αμυδρά.

Ο Τέιτ γύρισε στην πρώτη σελίδα του βιβλίου και είπε: «Α, δεν μου το έχεις υπογράψει. Πρέπει να μου γράψεις αφιέρωση. Σε παρακαλώ».

Σήκωσε απότομα το κεφάλι και τον κοίταξε. Δεν το είχε σκεφτεί αυτό. Τι θα μπορούσε να γράψει στον Τέιτ; Έβγαλε ένα στιλό από την τσέπη του τζην του και της το έδωσε.

Η Κάια το πήρε και μετά από λίγα δευτερόλεπτα έγραψε:

Στο Αγόρι με τα Φτερά

Σ' ευχαριστώ

Η Πιτσιρίκα του Βάλτου

Ο Τέιτ διάβασε τις λέξεις κι ύστερα έστρεψε τα μάτια του αλλού, πέρα, μακριά στον βάλτο, γιατί δεν μπορούσε να την πάρει αγκαλιά. Τελικά, της έπιασε το χέρι και το έσφιξε.

«Σ' ευχαριστώ, Κάια».

«Σ' εσένα το χρωστάω, Τέιτ», του είπε, κι αμέσως σκέφτηκε: *Εσύ ήσουν· εσύ, πάντα.* Ένα κομμάτι της καρδιάς της λαχταρούσε, το άλλο αμυνόταν.

Ο Τέιτ χασομέρησε μια στιγμή αλλά αφού εκείνη δεν είπε τίποτε άλλο, έκανε μεταβολή για να φύγει. Μπαίνοντας όμως στη βάρκα του, γύρισε και της είπε: «Κάια, σε παρακαλώ, όταν με βλέπεις έξω στον βάλτο, μην κρύβεσαι στα χορτάρια λες κι είσαι ελάφι. Βάλε μια φωνή, να εξερευνήσουμε μαζί. Εντάξει;»

«Σύμφωνοι».

«Και πάλι ευχαριστώ για το βιβλίο».

«Αντίο, Τέιτ». Στάθηκε και κοιτούσε ώσπου η βάρκα χάθηκε πίσω από ένα σύδεντρο, κι ύστερα μονολόγησε, «Θα μπορούσα τουλάχιστον να τον είχα καλέσει να πιούμε ένα τσάι. Καθόλου δεν θα έβλαπτε αυτό. Θα μπορούσα να γίνω φίλη του». Και μετά, σε μια σπάνια στιγμή περηφάνιας, καθώς σκέφτηκε το βιβλίο της, «Θα μπορούσα να γίνω συνάδελφός του».

Μια ώρα αφότου έφυγε ο Τέιτ, η Κάια πήγε με τη βάρκα της στου Σάλτα με ένα ακόμα αντίτυπο του βιβλίου της στο σακίδιο. Καθώς πλησίαζε στον μόλο, τον είδε γερμένο στον τοίχο του πολυκαιρισμένου μαγαζιού του. Ο Σάλτας κατάλαβε πως κάτι είχε αλλάξει και την περίμενε σιωπηλός να δέσει τη βάρκα. Η Κάια πήγε κοντά του, του έπιασε το χέρι και του απόθεσε στην παλάμη το βιβλίο της. Στην αρχή, ο Σάλτας δεν κατάλαβε· τότε όμως η Κάια τού έδειξε το όνομά της και είπε, «Είμαι εντάξει τώρα πια, Σάλτα. Σ' ευχαριστώ, και σένα και τη Μέιμπελ, για όλα όσα κάνατε για μένα».

Εκείνος απόμεινε να την κοιτάζει. Αν ήταν άλλος τόπος κι άλλη εποχή, ένας ηλικιωμένος μαύρος άνδρας και μια νεαρή λευκή γυναίκα θα μπορούσαν και να αγκαλιαστούν. Αλλά εκεί και τότε, όχι. Έπιασε μόνο με τα δυο της χέρια το χέρι του, έκανε μεταβολή κι έφυγε. Ποτέ της δεν τον είχε ξαναδεί έτσι άφωνο. Συνέχισε ν' αγοράζει από κει βενζίνη και προμήθειες, δεν ξαναδέχτηκε όμως ποτέ άλλη ελεημοσύνη. Και κάθε φορά που πήγαινε στον μόλο του, έβλεπε το βιβλίο της να φιγουράρει στη μικρή βιτρίνα του μαγαζιού, για να το βλέπουν όλοι. Όπως ακριβώς θα το επιδείκνυε ένας πατέρας.

32.

Άλλοθι

1969

Μαύρα σύννεφα έτρεχαν προς το Μπάρκλι Κόουβ, χαμηλά πάνω από μια θάλασσα γκρίζα σαν ατσάλι. Πρώτα ήρθε ο αέρας, που ταρακούνησε τα παράθυρα κι έστειλε τα κύματα να καβαλήσουν τον μόλο. Σκάφη δεμένα στο λιμάνι χοροπηδούσαν σαν παιδικά παιχνίδια, ενώ άνδρες με κίτρινα αδιάβροχα πήγαιναν κι έδεναν έναν κάβο εδώ κι έναν κάβο εκεί, για ασφάλεια. Έπειτα, άρχισε να μαστιγώνει το χωριό μια βροχή που έπεφτε λοξά και έκρυψε τα πάντα εκτός από τις κίτρινες φιγούρες που περιφέρονταν εδώ και κει μέσα στο γκρίζο.

Ο άνεμος σφύριζε στο παράθυρο του σερίφη, ο οποίος αναγκάστηκε να μιλήσει πιο δυνατά. «Λοιπόν, Τζο, ήθελες κάτι να μου πεις;».

«Αμέ. Βρήκα πού θα ισχυριστεί ότι βρισκόταν η δεσποινίς Κλαρκ τη νύχτα του θανάτου του Τσέις».

«Τι; Δηλαδή την πέτυχες επιτέλους;»

«Πλάκα μού κάνεις; Αυτή ξεγλιστράει χειρότερα κι από χέλι. Όποτε πλησιάζω, φεύγει. Οπότε κι εγώ πήγα στη μαρίνα του Σάλτα σήμερα το πρωί να δω μήπως ήξερε πότε θα ξαναπεράσει. Πρέπει κι αυτή να πηγαίνει εκεί όπως όλοι για βενζίνη, κι έτσι σκέφτηκα πως αργά ή γρήγορα θα την πετύχω. Δεν θα το πιστέψεις τι ανακάλυψα».

«Πες το».

«Άκουσα από δύο έγκυρες πηγές ότι εκείνη τη νύχτα δεν ήταν καν στο χωριό».

«Τι; Ποιος, αυτή; Αφού δεν φεύγει ποτέ από το χωριό, αλλά και να έφευγε, ποιος θα το μάθαινε;»

«Θυμάσαι τον Τέιτ Γουόκερ; Δόκτωρ Γουόκερ πλέον. Δουλεύει εκεί στο καινούργιο εργαστήριο οικολογίας».

«Ναι, τον ξέρω. Ο μπαμπάς του είναι γαριδάς. Ο Σκάπερ Γουόκερ».

«Ε, λοιπόν ο Τέιτ λέει πως είχε γνωρίσει την Κάια —Κάια τη λέει— πολύ καλά όταν ήταν κι οι δυο τους μικροί».

«*Μπα;*»

«Όχι *έτσι*. Παιδιά ήτανε. Καθώς φαίνεται, της έμαθε να διαβάζει».

«Ο ίδιος σ' τα είπε αυτά;»

«Ακριβώς. Ήταν στου Σάλτα. Ρώταγα τον Σάλτα αν ήξερε πού και πώς να βρω την Πιτσιρίκα του Βάλτου για να της κάνω μερικές ερωτήσεις. Μου είπε πως δεν είχε ιδέα πότε μπορούσε να εμφανιστεί».

«Ο Σάλτας πάντα τη βοηθούσε. Αμφιβάλλω αν θα μας πει τίποτα».

«Τέλος πάντων, εγώ τον ρώτησα μην τυχόν ήξερε τι έκανε η Κλαρκ τη νύχτα που πέθανε ο Τσέις. Και μου είπε πως ήξερε, πως είχε έρθει στο μαγαζί του το παράλλο πρωί μετά τον θάνατο του Τσέις και πως εκείνος ο ίδιος της το είπε πως βρέθηκε νεκρός. Είπε πως η Κλαρκ είχε πάει για δύο νύχτες στο Γκρίνβιλ, και η μία ήταν η νύχτα που πέθανε ο Τσέις».

«Στο Γκρίνβιλ;»

«Έτσι είπε, κι ύστερα ο άλλος, ο Τέιτ, που ήταν εκεί δίπλα

τόσην ώρα, πετάχτηκε και είπε πως, ναι, στο Γκρίνβιλ ήτανε και πως αυτός ο ίδιος τής είπε πώς να πάει ν' αγοράσει το εισιτήριο».

«Αυτά είναι σημαντικά νέα», είπε ο σερίφης Τζάκσον. «Και πολύ βολικό που έτυχε να είναι κι οι δυο εκεί και να λένε την ίδια ιστορία. Για ποιο λόγο όμως να πάει αυτή στο Γκρίνβιλ;»

«Ο Τέιτ είπε πως ένας εκδοτικός οίκος —το ξέρεις πως έχει γράψει και δύο βιβλία η λεγάμενη, ένα για τα όστρακα κι ένα για τα θαλασσοπούλια— τέλος πάντων, της κάνανε όλα τα έξοδα για να πάει εκεί πέρα να τη γνωρίσουνε».

«Δύσκολο το βλέπω αυτοί οι ψηλομύτες των εκδοτικών οίκων να θέλουν να τη γνωρίσουν. Αλλά είναι κάτι που μπορούμε πολύ εύκολα να το διασταυρώσουμε. Τι ήταν εκείνο το άλλο που είπε ο Τέιτ; Πως την έμαθε να διαβάζει;»

«Τον ρώτησα από πού την ήξερε. Και μού 'πε πως παλιά πήγαινε και ψάρευε κάπου κοντά στο σπίτι της, κι όταν κατάλαβε πως η μικρή δεν ήξερε να διαβάζει, την έμαθε».

«Ώστε έτσι».

«Τέλος πάντων», είπε ο Τζο, «αυτό αλλάζει τα πάντα. Έχει άλλοθι. Και γερό μάλιστα. Αν ήταν στο Γκρίνβιλ, ε, αυτό είναι όντως γερό άλλοθι».

«Ναι. Εκ πρώτης όψεως. Ξέρεις τι λένε για τα καλά άλλοθι. Γιατί έχουμε κι εκείνον τον γαριδά που μας είπε πως την είδε να πηγαίνει με τη βάρκα κατευθείαν προς το πυροφυλάκιο τη νύχτα που έπεσε από κει ο Τσέις».

«Μπορεί να έκανε λάθος. Ήταν σκοτάδι. Πριν τις δύο το πρωί δεν έχει και φεγγάρι. Μπορεί αυτή να ήτανε στο Γκρίνβιλ κι ο γαριδάς να είδε κάποιον άλλο με μια βάρκα που μοιάζει με τη δικιά της».

«Καλά, όπως είπαμε, αυτό το τάχα ταξίδι στο Γκρίνβιλ εύκολα το διασταυρώνουμε».

Η θύελλα καταλάγιασε κι έγινε ένα γκρινιάρικο ψιλόβροχο. Ωστόσο, αντί να πάνε στην καφετέρια, τα δύο όργανα της τάξης έστειλαν ένα παιδί να τους φέρει από κει κοτόπουλο με πιτάκια, φασόλια, κολοκύθα στον φούρνο, μελάσσα και ψωμάκια.

Μετά το φαγητό τους, κάποιος τους χτύπησε την πόρτα. Στο γραφείο μπήκε η δεσποινίς Πάνσι Πράις. Ο Τζο κι ο Εντ σηκώθηκαν όρθιοι. Το τυρμπάν της ήταν ροζ και γυαλιστερό.

«Καλησπέρα, δεσποινίς Πάνσι».

«Καλησπέρα Εντ, καλησπέρα Τζο. Μπορώ να καθίσω; Δεν θα σας καθυστερήσω. Νομίζω πως έχω κάποιες σημαντικές πληροφορίες σχετικά με την υπόθεση».

«Βεβαίως. Καθίστε, παρακαλώ». Οι δύο άνδρες επέστρεψαν στη θέση τους μόνον αφού η δεσποινίς Πάνσι βολεύτηκε σαν σεβαστού μεγέθους κλώσσα στην καρέκλα, με το τσαντάκι της στα πόδια σαν πολύτιμο αυγό. Ο σερίφης δεν αντιστάθηκε στον πειρασμό.

«Για ποια ακριβώς υπόθεση πρόκειται, δεσποινίς Πάνσι;»

«Ω, μα για όνομα του Θεού, Εντ. Ξέρεις ποια. Τη δολοφονία του Τσέις Άντριους. Αυτή την υπόθεση».

«Ακόμα δεν ξέρουμε αν ήταν δολοφονία, δεσποινίς Πάνσι, Εντάξει; Λοιπόν, τι έχετε να μας πείτε;»

«Όπως γνωρίζετε, εργάζομαι στου Κρες». Δεν υπήρχε περίπτωση να υπονομεύσει το κύρος της αναφερόμενη στο μαγαζί με την πλήρη ονομασία του: Το Ψιλικατζίδικο του Κρες. Περίμενε το νεύμα του σερίφη ώστε να βεβαιωθεί ότι η πληροφορία είχε γίνει αντιληπτή —παρόλο που ήταν σε όλους γνωστό ότι δούλευε εκεί, αφού πουλούσε στον σερίφη στρατιωτάκια από τον καιρό που ήταν μικρό αγόρι— και συνέχισε.

«Αν έχω καταλάβει καλά, η Πιτσιρίκα του Βάλτου είναι ύποπτη. Σωστά;».

«Ποιος σας το είπε αυτό;»

«Α, πολλοί άνθρωποι είναι σίγουροι, αλλά η κύρια πηγή είναι η Πάτι Λαβ».

«Μάλιστα».

«Και που λέτε, από μέσα από το κατάστημα, εγώ και μερικοί άλλοι υπάλληλοι είδαμε την Πιτσιρίκα του Βάλτου ν' ανεβαίνει στο λεωφορείο και να κατεβαίνει από το λεωφορείο σε δύο χρονικές στιγμές που σημαίνουν πως δεν ήταν στην πόλη τη νύχτα που πέθανε ο Τσέις. Και είμαι έτοιμη να καταθέσω ποιες ήταν οι συγκεκριμένες ημερομηνίες και ώρες».

«Α, έτσι;» Ο Τζο και ο Εντ κοιτάχτηκαν στιγμιαία. «Και ποιες είναι αυτές οι ημερομηνίες και οι ώρες;»

Η δεσποινίς Πάνσι κάθισε λίγο πιο στητή. «Έφυγε με το λεωφορείο των 2.30 μ.μ. στις 28 Οκτωβρίου και επέστρεψε στη 1.16 μ.μ. στις 30 του μηνός».

«Είπατε πως την είδαν κι άλλοι;»

«Ναι. Αν θέλετε σας δίνω κατάλογο».

«Δεν είναι ανάγκη. Θα έρθουμε εμείς από το ψιλικατζίδικο αν χρειαστούμε μαρτυρίες. Σας ευχαριστώ δεσποινίς Πάνσι». Ο σερίφης σηκώθηκε· το ίδιο και η δεσποινίς Πάνσι και ο Εντ.

Η δεσποινίς Πάνσι προχώρησε προς την πόρτα. «Λοιπόν, σας ευχαριστώ για τον χρόνο σας. Όπως είπες κι εσύ, ξέρεις πού να με βρεις».

Αντάλλαξαν χαιρετούρες και ο Τζο κάθισε στην καρέκλα του. «Ορίστε, λοιπόν. Επιβεβαιώνονται αυτά που είπε ο Τέιτ και ο Σάλτας. Εκείνη τη νύχτα ήταν στο Γκρίνβιλ, ή τέλος πάντων πήρε το λεωφορείο και πήγε κάπου».

Ο σερίφης ξεφύσηξε. «Έτσι δείχνει το πράμα. Αλλά λέω, αν μπορείς να πάρεις μέρα το λεωφορείο από δω για Γκρίνβιλ, τότε μπορείς να το πάρεις και νύχτα από Γκρίνβιλ για δω. Κάνεις ό,τι κάνεις, ξαναπαίρνεις το λεωφορείο και γυρνάς στο Γκρίνβιλ. Και κανείς δεν παίρνει χαμπάρι».

«Σωστό. Αλλά φαίνεται λίγο τραβηγμένο».

«Πήγαινε βρες τα δρομολόγια των λεωφορείων. Να δούμε αν βολεύουν οι ώρες. Αν μπορεί κάποιος να κάνει μέσα σε μια νύχτα το πηγαινέλα».

Και προτού βγει από το γραφείο ο Τζο, ο σερίφης συμπλήρωσε: «Μπορεί να ήθελε να τη δουν όλοι μέρα μεσημέρι να ανεβαίνει και να κατεβαίνει από το λεωφορείο. Αν το καλοσκεφτείς, έπρεπε οπωσδήποτε να κάνει κάτι έξω από τα συνηθισμένα της για να έχει άλλοθι. Αν ισχυριζόταν απλώς πως ήταν μόνη της στο καλύβι τη νύχτα που πέθανε ο Τσέις, όπως είναι συνήθως, αυτό δεν θα ήταν άλλοθι. Δεν θα ήταν τίποτα. Οπότε σχεδίασε κάτι που θα την έβλεπε πολύς κόσμος να το κάνει. Κατασκεύασε ένα τέλειο άλλοθι μπροστά στα μάτια τόσων ανθρώπων στη Μέιν Στρητ. Πανέξυπνο».

«Εντάξει, είναι καλή σκέψη. Αλλά έτσι κι αλλιώς, δεν είναι πια ανάγκη να παίζουμε τους ντετέκτιβ. Μπορούμε μια χαρά να καθόμαστε εδώ να πίνουμε τον καφέ μας και να μας έρχονται όλες οι κυράδες του χωριού με τα καλούδια τους. Πάω να φέρω τα δρομολόγια των λεωφορείων».

Δεκαπέντε λεπτά αργότερα, ο Τζο επέστρεψε.

«Λοιπόν, έχεις δίκιο», είπε. «Δες εδώ. Και βέβαια γίνεται να πάει κανείς με το λεωφορείο από Γκρίνβιλ στο Μπάρκλι Κόουβ και πίσω μέσα σε μια νύχτα. Και πολύ εύκολα, μάλιστα».

«Α, ναι, και ανάμεσα στα δύο δρομολόγια προλαβαίνει κανείς άνετα να πάει να πετάξει κάποιον από το πυροφυλάκιο. Λέω να ζητήσουμε ένταλμα».

33.

Η ουλή

1968

Ένα πρωί, τον χειμώνα του 1968, η Κάια καθόταν στο τραπέζι της κουζίνας και άπλωνε πορτοκαλί και ροζ νερομπογιές σ' ένα χαρτί ζωγραφίζοντας ένα στρουμπουλό μανιτάρι. Είχε τελειώσει το βιβλίο της για τα θαλασσοπούλια και τώρα ετοίμαζε έναν οδηγό για τα μανιτάρια. Και ήδη σχεδίαζε ένα άλλο για τις πεταλούδες και τις νυχτοπεταλούδες.

Φασόλια μαυρομάτικα, κόκκινο κρεμμύδι και χοιρομέρι βρασμένο στην παλιά, βουλιαγμένη κατσαρόλα και στην ξυλόσομπα, την οποία εξακολουθούσε να προτιμά σε σχέση με τα καινούργια αποκτήματα. Ιδίως τον χειμώνα. Μια ανάλαφρη βροχή έκανε την τσίγκινη στέγη να τραγουδά. Ξαφνικά, από το μονοπάτι ακούστηκε ο ήχος οχήματος που παλεύει να προχωρήσει πάνω στην άμμο. Όλο και πιο δυνατός από το τραγούδι της σκεπής. Μέσα της φούντωσε ο πανικός, πλησίασε στο παράθυρο και είδε ένα κόκκινο φορτηγάκι να προσπαθεί να αποφύγει τα λασπερά αυλάκια.

Η πρώτη της σκέψη ήταν να το βάλει στα πόδια, αλλά το φορτηγάκι είχε ήδη φτάσει κοντά στη βεράντα. Μισοκαθισμένη κάτω από το παράθυρο, είδε έναν άνδρα με καφεπράσινη στρατιωτική στολή να βγαίνει από το αμάξι. Ο άνδρας στάθηκε εκεί, μπροστά στη μισάνοιχτη πόρτα του οδηγού, και ατένιζε το δάσος και το μονοπάτι προς τη λιμνοθάλασσα. Έπειτα, έκλεισε μαλακά την πόρτα, έφτασε τροχάδην μέσα από τη βροχή μπροστά στην πόρτα της βεράντας και τη χτύπησε.

Η Κάια βλαστήμησε. Κατά πάσα πιθανότητα, ο άνδρας είχε χαθεί, θα ζητούσε οδηγίες και θα συνέχιζε τον δρόμο του, ωστόσο εκείνη δεν είχε καμία όρεξη να έρθει σ' επαφή μαζί του. Μπορούσε να μείνει έτσι κρυμμένη στην κουζίνα ελπίζοντας πως θα τον ακούσει να φεύγει. Τότε όμως εκείνος φώναξε: «Ε! Είναι κανείς εδώ; Παρακαλώ!».

Ενοχλημένη αλλά και με μια δόση περιέργειας, διέσχισε το καθιστικό με τα ολοκαίνουργια έπιπλα και βγήκε στη βεράντα. Ο ξένος, ψηλός, με μαύρα μαλλιά, στεκόταν στο σκαλοπάτι και κρατούσε ανοιχτή την πόρτα με τη σήτα, λίγα μόλις μέτρα πιο πέρα από την Κάια. Η στολή του φαινόταν τόσο κολλαριστή που έλεγες πως μπορούσε να σταθεί όρθια και μόνη της· έμοιαζε να κρατά όρθιο κι εκείνον. Το χιτώνιό του μπροστά ήταν γεμάτο με πολύχρωμα τετράγωνα μετάλλια. Αλλά αυτό που τραβούσε περισσότερο απ' όλα την προσοχή ήταν η κόκκινη ουλή που διέτρεχε κάπως ακανόνιστα το πρόσωπό του από το αριστερό αυτί έως το πάνω μέρος των χειλιών του. Η Κάια ένιωσε την ανάσα της να κόβεται.

Μέσα σε μια στιγμή επέστρεψε σ' εκείνη την Κυριακή του Πάσχα, κάπου έξι μήνες πριν φύγει η Μαμά. Τραγουδώντας το «Παμπάλαιε Βράχε», οι δυο τους είχαν διασχίσει πιασμένες αγκαζέ το καθιστικό και είχαν πάει στην κουζίνα για να μαζέψουν τα αυγά που είχαν βάψει με τόσο χαρούμενα χρώματα το προηγούμενο βράδυ. Τα άλλα παιδιά έλειπαν για ψάρεμα, έτσι η Κάια και η Μαμά είχαν όλο τον χρόνο να κρύψουν τα αυγά και μετά να βάλουν το κοτόπουλο και τα ψωμάκια στον φούρνο για να γίνονται. Τα αδέλφια της Κάια ήταν πια πολύ μεγάλα για να ψάχνουν λιχουδιές, παρ' όλα αυτά γυρνούσαν από δω κι από κει για να βρουν τα αυγά κι έκαναν πως δυσκολεύονταν να τα ανακαλύψουν κι ύστερα γελώντας τα σήκωναν ψηλά στον αέρα σαν να ήταν θησαυροί.

Η Μαμά και η Κάια είχαν μόλις βγει από την κουζίνα κρατώντας το καλαθάκι με τα αυγά και τα σοκολατένια λαγουδάκια από το Ψιλικατζίδικο, όταν ο Μπαμπάς εμφανίστηκε από τον διάδρομο.

Άρπαξε το πασχαλινό σκουφάκι από το κεφάλι της Κάια κι άρχισε να το ανεμίζει ουρλιάζοντας στη Μαμά: «Πού τα βρήκες τα λεφτά για να τα ξοδεύεις σε τέτοια; Σκουφάκια και γυαλιστερά παπούτσια; Και αυγουλάκια και σοκολάτες κι όλα αυτά; Ε; Πού;»

«Έλα τώρα, Τζέικ, σταμάτα, σε παρακαλώ. Είναι Πάσχα· για τα παιδιά τα πήρα».

Ο Μπαμπάς την έσπρωξε. «Πας και πηδιέσαι — αυτό είναι. Έτσι τα βρήκες τα λεφτά; Λέγε. *Τώρα*». Άρπαξε τη Μαμά από τα μπράτσα και την ταρακούνησε τόσο δυνατά, που το πρόσωπό της λες και σειόταν ολόκληρο ενώ τα μάτια της παρέμεναν ακίνητα και ορθάνοιχτα. Τα αυγά έπεσαν από το καλάθι και κύλησαν, άτσαλοι παστέλ όγκοι, στο πάτωμα.

«Μπαμπά, σταμάτα! Σε παρακαλώ!» φώναξε η Κάια κι άρχισε να κλαίει με λυγμούς.

Εκείνος σήκωσε το χέρι κι έριξε στην Κάια ένα άγριο χαστούκι. «Σκασμός κι εσύ, μυξιάρικο! Τράβα βγάλε αυτό το ηλίθιο φουστάνι και τα πουτανίστικα τα παπούτσια από πάνω σου».

Η Κάια έσκυψε, με το χέρι ακόμα στο πρόσωπό της, και βάλθηκε να κυνηγάει τα αυγά που είχε ζωγραφίσει η Μαμά.

«Σε σένα μιλάω, μωρή! Πού τα βρήκες τα λεφτά;» Έπιασε τη σιδερένια μασιά για τη σόμπα και κινήθηκε προς τη Μαμά.

Η Κάια ούρλιαξε με όλη της τη δύναμη και άρπαξε το μπράτσο του Μπαμπά τη στιγμή που κατέβαζε με φόρα τη μασιά πάνω στο στέρνο της Μαμάς. Αίμα ανάβλυσε πάνω στο λουλουδάτο φουστάνι, σαν κόκκινο πουά. Τότε κάποιος φάνηκε να πλησιάζει από τον διάδρομο, κάποιο μεγάλο κορμί, κι η Κάια είδε τον Τζόντι να ορμάει στον Μπαμπά από πίσω, και να γκρεμίζονται και οι δυο στο πάτωμα. Ο αδελφός της στάθηκε ανάμεσα στη Μαμά και στον Μπαμπά και φώναξε στην Κάια και στη Μαμά να τρέξουν. Και έτρεξαν. Αλλά μια στιγμή πριν γυρίσει την πλάτη της, η Κάια είδε τον Μπαμπά να σηκώνει τη μασιά και να χτυπάει τον Τζόντι στο πρόσωπο· το σαγόνι του έστριψε αφύσικα, ανατριχιαστικά, τα αίματα τινάχτηκαν παντού. Και τώρα η σκηνή ξαναπαίχτηκε αστραπιαία στο μυαλό της. Να τρέχει με τη Μαμά ανάμεσα στους φοίνικες και να κρύβονται στους θάμνους. Με το φόρεμα μέσα στα αίματα, η Μαμά να λέει πως όλα είναι εντάξει, δεν θα σπάσουν τα αυγά, και το κοτόπουλο ακόμα μπορούσαν να το μαγειρέψουν. Η Κάια δεν καταλάβαινε γιατί έμειναν κρυμμένες εκεί — ήταν σίγουρη πως ο αδελφός της πέθαινε, πως χρειαζόταν βοήθεια, αλλά φοβόταν τόσο πολύ που δεν μπορούσε να κουνηθεί. Περίμεναν πολλή ώρα εκεί, κι ύστερα γύρισαν σπίτι αθόρυβα, κοιτώντας από τα παράθυρα για να βεβαιωθούν πως ο Μπαμπάς είχε φύγει.

Ο Τζόντι ήταν στο πάτωμα, αναίσθητος, μέσα στα αίματα, κι η Κάια φώναξε πως έχει πεθάνει. Αλλά η Μαμά τον συνέφερε και τον πήγε στον καναπέ, όπου του έραψε το σκίσιμο με τη βελόνα που είχε για να μαντάρει τα ρούχα. Όταν τα πράγματα ηρέμησαν, η Κάια μάζεψε το σκουφάκι της από το πάτωμα και πήγε τρέχοντας στο δάσος και το πέταξε όσο πιο μακριά μπορούσε μέσα στις κύπερες του βάλτου.

Και τώρα, κοιτώντας στα μάτια τον άγνωστο που στεκόταν στη βεράντα της, είπε: «Τζόντι».

Εκείνος χαμογέλασε —η ουλή του στράβωσε πιο πολύ— και είπε: «Ευχόμουν να σε βρω εδώ, Κάια». Απόμειναν να κοιτάζονται, αναζητώντας ο ένας τον άλλο σε μάτια πιο μεγάλα σε ηλικία. Ο Τζόντι δεν είχε ιδέα ότι τόσα χρόνια η Κάια τον κουβαλούσε μέσα της, ότι της είχε δείξει αμέτρητες φορές τον δρόμο μέσα από τον βάλτο, ότι της είχε διδάξει ξανά και ξανά ένα σωρό πράγματα για τους ερωδιούς και τις πυγολαμπίδες. Πιο πολύ απ' όλους, τον Τζόντι και τη Μαμά ήθελε να ξαναδεί η Κάια. Η καρδιά της είχε σβήσει κάθε ίχνος της ουλής και του πόνου από εκείνη τη σκηνή. Και πώς να μην την έχει θάψει το μυαλό της; Πώς να μην φύγει η Μαμά; Με τη μασιά — στο στήθος. Η Κάια ξανάδε εκείνους τους ξεθωριασμένους λεκέδες στο λουλουδάτο φουστάνι σαν αίμα.

Ο Τζόντι ήθελε να την αγκαλιάσει, να τη σφίξει επάνω του, αλλά καθώς πλησίαζε, εκείνη έσκυψε το κεφάλι και έκανε ένα βήμα πίσω. Ο Τζόντι ανέβηκε απλώς στη βεράντα.

«Έλα μέσα», του είπε, και τον έφερε στο μικρό καθιστικό που ξεχείλιζε από τα δείγματα της συλλογής της.

«Α», είπε. «Ε, ναι. Είδα το βιβλίο σου, Κάια. Δεν ήμουν σίγουρος αν ήσουν εσύ, τώρα όμως το βλέπω ότι ναι, εσύ είσαι. Εκπληκτικό». Τριγύρισε στο δωμάτιο κοιτώντας τη συλλογή, παρατηρώντας ταυτόχρονα και τα καινούργια έπιπλα, ρίχνοντας κλεφτές ματιές στον διάδρομο και στα υπνοδωμάτια. Όχι από αδιακρισία· ήθελε να τα ρουφήξει όλα, κάθε λεπτομέρεια.

«Θες έναν καφέ, ένα τσάι;». Η Κάια δεν ήξερε αν ο Τζόντι είχε έρθει για επίσκεψη ή για να μείνει. Και τι ήθελε τέλος πάντων έπειτα από τόσα χρόνια;

«Ένας καφές θα ήταν ό,τι πρέπει. Ευχαριστώ».

Στην κουζίνα, αναγνώρισε την παλιά ξυλόσομπα δίπλα στην καινούργια συσκευή με το γκάζι και στο ψυγείο. Πέρασε το χέρι του πάνω από το παλιό τραπέζι, που είχε μείνει όπως ήταν. Με όλη την ιστορία που κουβαλούσε η ξεφτισμένη του μπογιά. Η Κάια γέμισε δύο κούπες καφέ και κάθισαν.

«Δηλαδή είσαι στον στρατό;»

«Δύο θητείες στο Βιετνάμ. Έχω λίγους ακόμα μήνες στον στρατό. Ο στρατός μού φέρθηκε καλά. Πλήρωσε τα δίδακτρα για να πάρω το πτυχίο μου — μηχανολόγος μηχανικός στο Πολυτεχνείο της Τζόρτζια. Το λιγότερο που μπορώ να κάνω είναι να μείνω λιγάκι παραπάνω».

Δεν ήταν και πολύ μακριά η Τζόρτζια — θα μπορούσε να είχε έρθει για επίσκεψη και νωρίτερα. Αλλά τώρα ήταν εδώ.

«Φύγατε όλοι σας», είπε η Κάια. «Ο Μπαμπάς έμεινε λίγο ακόμα αφού έφυγες κι εσύ, αλλά ύστερα έφυγε κι αυτός. Δεν ξέρω πού πήγε, ούτε αν ζει ή πέθανε».

«Δηλαδή από τότε είσαι εδώ ολομόναχη;»

«Ναι».

«Δεν έπρεπε να σ' αφήσω μόνη σου μ' εκείνο το τέρας, Κάια. Χρόνια ολόκληρα πονούσα, ένιωθα απαίσια γι' αυτό το πραγμα. Φάνηκα δειλός, δειλός και ηλίθιος. Όλα αυτά τα μετάλλια δεν έχουν την παραμικρή σημασία». Πέρασε το χέρι μπροστά από το στέρνο του. «Σ' άφησα ολομόναχη, μικρό κοριτσάκι, να επιβιώσεις στο έλος μ' έναν τρελό. Αν δεν με συγχωρήσεις ποτέ, δεν θα έχεις άδικο».

«Τζόντι, δεν πειράζει. Κι εσύ μικρό παιδί ήσουν. Τι να έκανες;»

«Μπορούσα να είχα γυρίσει πίσω όταν μεγάλωσα. Στην αρχή, το μόνο που έκανα ήταν να προσπαθώ να επιβιώσω, μέρα τη μέρα, στα σοκάκια της Ατλάντα». Έσκασε ένα πικρό γελάκι. «Έφυγα από δω με εβδομήντα πέντε σεντς στην τσέπη. Τα βούτηξα από τα λεφτά που είχε αφήσει ο Μπαμπάς στην κουζίνα. Τα πήρα αν και ήξερα πως θα σου λείψουν. Τα έβγαλα πέρα κάνοντας δουλειές του ποδαριού, ώσπου με δέχτηκαν στον στρατό. Μετά την εκπαίδευση, κατευθείαν στον πόλεμο. Όταν γύρισα στην πατρίδα, είχε περάσει πια τόσος καιρός, που φανταζόμουν πως κι εσύ θα είχες φύγει, θα το είχες σκάσει πια. Γι' αυτό και δεν σου έγραψα ποτέ· νομίζω πως το έκανα λίγο για να τιμωρήσω τον εαυτό μου, το ότι ζήτησα να ξαναπάω στον πόλεμο. Ήταν αυτό που μου άξιζε επειδή σε παράτησα. Κι ύστερα, όταν αποφοίτησα από το πανεπιστήμιο, πριν από κάνα-δυο μήνες, είδα σ' ένα μαγαζί το βιβλίο σου. Κάθριν Ντανιέλ Κλαρκ. Η καρδιά μου έγινε κομμάτια και ξεχείλισε από χαρά ταυτόχρονα. Ήθελα πια να σε βρω οπωσδήποτε — σκέφτηκα να ξεκινήσω από δω και ν' αναζητήσω τα ίχνη σου».

«Και νά 'μαστε, λοιπόν». Η Κάια χαμογέλασε για πρώτη φορά. Τα μάτια του Τζόντι ήταν ίδια όπως και τότε. Οι ταλαιπωρίες της ζωής αλλάζουν το πρόσωπο, τα μάτια όμως παραμένουν ένα παράθυρο σ' αυτό που υπήρχε κάποτε, και τώρα η Κάια τον έβλεπε εκεί. «Λυπάμαι, Τζόντι, που στενοχωριόσουν τόσο πολύ επειδή με άφησες. Εγώ δεν σε κατηγόρησα ούτε μια φορά. Ήμασταν τα θύματα, όχι οι ένοχοι».

Εκείνος χαμογέλασε. «Σ' ευχαριστώ, Κάια». Άρχισαν κι οι δυο τους να βουρκώνουν· γύρισαν και κοίταξαν αλλού.

Μετά από έναν μικρό δισταγμό, η Κάια είπε: «Μπορεί να σου φανεί απίστευτο, αλλά για ένα διάστημα ο Μπαμπάς μού φέρθηκε καλά. Έπινε λιγότερο, μου έμαθε να ψαρεύω και πηγαίναμε μαζί συχνά με τη βάρκα σ' όλο τον βάλτο. Αλλά βέβαια, τελικά ξαναγύρισε στο ποτό κι εμένα μ' άφησε να τα βγάλω πέρα μόνη μου».

Ο Τζόντι ένευσε. «Ναι, την είχα δει κι εγώ αυτή την πλευρά του μερικές φορές, αλλά πάντα ξαναγυρνούσε στο ποτό. Μια φορά μού είπε πως αυτό είχε κάποια σχέση με τον πόλεμο. Πήγα κι εγώ στον πόλεμο και είδα πράγματα που μπορούν στ' αλήθεια να σε ρίξουν στο ποτό. Αλλά δεν έπρεπε να την πληρώνει η γυναίκα του, ούτε και τα παιδιά του».

«Η Μαμά; Οι άλλοι; Τι έγιναν;» ρώτησε η Κάια. «Έμαθες ποτέ νέα τους; Ξέρεις τίποτα γι' αυτούς;»

«Δεν ξέρω τίποτε απολύτως για τον Μερφ, ούτε για τη Μάντι, ούτε για τη Μίσι. Και να περνούσα δίπλα τους στον δρόμο, δεν θα τους αναγνώριζα. Φαντάζομαι πως θα έχουν σκορπίσει στους τέσσερις ανέμους. Αλλά η Μαμά — κοίτα, αυτός είναι ένας ακόμα λόγος που ήθελα να σε βρω. Έμαθα κάτι γι' αυτήν».

«Κάτι; Ε, τι; Πες μου». Η Κάια ένιωσε τα μπράτσα της ν' ανατριχιάζουν μέχρι τα ακροδάχτυλα.

«Δεν είναι καλά τα νέα, Κάια. Το έμαθα την περασμένη βδομάδα. Η Μαμά πέθανε πριν από δύο χρόνια».

Η Κάια διπλώθηκε στα δύο, με τα χέρια πάνω στο πρόσωπό της. Από τον λαιμό της έβγαιναν σιγανά βογκητά. Ο Τζόντι έκανε να την αγκαλιάσει αλλά εκείνη έφυγε μακριά του.

«Η Μαμά είχε μια αδελφή», συνέχισε ο Τζόντι, «τη Ρόζμαρι, η οποία προσπάθησε να μας εντοπίσει μέσω του Ερυθρού Σταυρού όταν πέθανε η Μαμά, αλλά δεν μπόρεσαν να μας βρουν. Έπειτα, πριν από μερικούς μήνες, βρήκαν εμένα μέσω του στρατού και μ' έφεραν σε επαφή με τη Ρόζμαρι».

Η Κάια μουρμούρισε βραχνά: «Η Μαμά ήταν ζωντανή μέχρι πριν από δυο χρόνια. Κι εγώ τόσον καιρό περίμενα να τη δω να ξανάρχεται από το δρομάκι». Στάθηκε όρθια και στηρίχτηκε στον νεροχύτη. «Γιατί δεν ξαναγύρισε; Γιατί κανένας δεν μου είπε πού βρισκόταν; Και τώρα είναι πια πολύ αργά».

Ο Τζόντι την πλησίασε και την πήρε αγκαλιά, παρόλο που εκείνη προσπάθησε και πάλι ν' απομακρυνθεί. «Λυπάμαι τόσο πολύ, Κάια. Έλα να καθίσουμε. Θα σου πω ό,τι μου είπε η Ρόζμαρι».

Την περίμενε να καθίσει κι ύστερα είπε: «Η Μαμά αρρώστησε από τον νευρικό κλονισμό που έπαθε αφότου μας άφησε και πήγε στη Νέα Ορλεάνη — εκεί είχε μεγαλώσει. Αρρώστησε ψυχικά και σωματικά. Τη θυμάμαι λιγάκι τη Νέα Ορλεάνη. Θα πρέπει να ήμουν πέντε χρονών όταν φύγαμε από κει. Θυμάμαι ένα ωραίο σπίτι με μεγάλα παράθυρα που έβλεπαν σε κήπο. Αλλά από τότε που ήρθαμε εδώ, ο Μπαμπάς δεν άφηνε κανέναν μας να μιλάει για τη Νέα Ορλεάνη, ούτε για τον παππού και τη γιαγιά ούτε για τίποτα. Κι έτσι, όλα χάθηκαν από τη μνήμη».

Η Κάια ένευσε. «Δεν το ήξερα αυτό».

Ο Τζόντι συνέχισε. «Η Ρόζμαρι είπε πως οι γονείς τους ήταν εξ αρχής αντίθετοι στον γάμο της Μαμάς με τον Μπαμπά, αλλά η Μαμά σηκώθηκε και πήγε στη Βόρεια Καρολίνα με τον άντρα της, χωρίς δεκάρα στην τσέπη τους. Κάποια στιγμή, η Μαμά άρχισε να γράφει στη Ρόζμαρι και να της λέει πώς ήταν τα πράγματα — ότι ζούσε σ' ένα έλος, σ' ένα καλύβι μ' έναν μεθύστακα που έδερνε και την ίδια και τα παιδιά τους. Και μια μέρα, μετά από χρόνια, η Μαμά εμφανίστηκε στη Νέα Ορλεάνη. Φορούσε εκείνες τις κροκοδειλέ γόβες που λάτρευε. Είχε μέρες ολόκληρες να κάνει μπάνιο και να χτενιστεί.

»Για μήνες ήταν βουβή, δεν είπε ούτε λέξη. Έμενε στο παλιό της δωμάτιο στο σπίτι των γονιών της. Έτρωγε ελάχιστα. Φυσικά, έφεραν γιατρούς, αλλά κανείς δεν μπόρεσε να τη βοηθήσει. Ο πατέρας της Μαμάς επικοινώνησε με τον σερίφη του Μπάρκλι Κόουβ για να ρωτήσει αν τα παιδιά της Μαμάς ήταν εντάξει, αλλά από το γραφείο τού είπαν ότι δεν είχαν καμία επαφή με τους κατοίκους των βάλτων».

Η Κάια ρουφούσε πότε-πότε τη μύτη της.

«Τελικά, περίπου ένα χρόνο μετά, η Μαμά έπαθε μια κρίση υστερίας και είπε στη Ρόζμαρι ότι θυμόταν πως είχε εγκαταλείψει τα παιδιά της. Η Ρόζμαρι τη βοήθησε να γράψει στον Μπαμπά για να τον ρωτήσει αν μπορούσε να έρθει να μας πάρει και να μας φέρει να ζήσουμε μαζί της στη Νέα Ορλεάνη. Εκείνος της απάντησε πως έτσι και επέστρεφε ή ερχόταν σε οποιαδήποτε επαφή μαζί με κάποιον από μας, θα την έκανε μαύρη στο ξύλο. Και η Μαμά ήξερε πως ήταν απολύτως ικανός για κάτι τέτοιο».

Το γράμμα στον γαλάζιο φάκελο. Η Μαμά την είχε ζητήσει, είχε ζητήσει να τους πάρει όλους τους. Η Μαμά ήθελε να τη δει. Μόνο που η επιστολή είχε φέρει εντελώς διαφορετικό αποτέλεσμα. Τα λόγια της εξόργισαν τον Μπαμπά και τον έκαναν να το ρίξει πάλι στο ποτό, και τότε η Κάια τον έχασε και αυτόν. Δεν ανέφερε στον Τζόντι ότι ακόμα φυλούσε τις στάχτες από εκείνο το γράμμα σ' ένα βαζάκι.

«Η Ρόζμαρι είπε πως η Μαμά ποτέ δεν έκανε άλλες φίλες, ποτέ δεν έτρωγε με την υπόλοιπη οικογένεια, ποτέ δεν είχε επαφή με κανέναν. Δεν είχε κανενός είδους ζωή, δεν επέτρεπε στον εαυτό της την παραμικρή χαρά. Μετά από ένα διάστημα, άρχισε να μιλάει λίγο πιο πολύ, και το μόνο που έλεγε ήταν για τα παιδιά της. Η Ρόζμαρι είπε πως η Μαμά μάς αγαπούσε πάντα, αλλά είχε μείνει παγιδευμένη σ' εκείνη τη φρικτή πεποίθηση πως θα παθαίναμε κακό αν τυχόν επέστρεφε κι από την άλλη θα μέναμε ολομόναχα αν δεν γυρνούσε. Δεν έφυγε για να τα φτιάξει με κάποιον άλλο· είχε φτάσει στα όρια της τρέλας και καλά-καλά ούτε το κατάλαβε πως μας εγκατέλειψε».

«Πώς πέθανε;» ρώτησε η Κάια.

«Λευχαιμία. Η Ρόζμαρι είπε πως πιθανόν να ήταν θεραπεύσιμη, εκείνη όμως αρνήθηκε να πάρει φάρμακα. Απλώς γινόταν όλο και πιο αδύναμη, ώσπου έσβησε πριν από δύο χρόνια. Η Ρόζμαρι είπε πως πέθανε σχεδόν έτσι όπως είχε ζήσει. Στο σκοτάδι, στη σιωπή».

Ο Τζόντι και η Κάια έμειναν αμίλητοι. Η Κάια θυμήθηκε εκείνο το ποίημα του Γκάλγουεϊ Κίννελ που είχε υπογραμμίσει η Μαμά στο βιβλίο της:

> Νιώθω ανακούφιση, ομολογώ, που έχει λήξει:
> Στο τέλος πια μονάχα λύπηση αισθανόμουν
> Για εκείνη την ανάγκη για πιο πολλή ζωή.
> ... Αντίο.

Ο Τζόντι σηκώθηκε όρθιος. «Έλα μαζί μου, Κάια. Θέλω να σου δείξω κάτι». Την πήγε στο φορτηγάκι του κι ανέβηκαν στην καρότσα. Έβγαλε προσεκτικά τον μουσαμά και άνοιξε ένα μεγάλο χαρτόκουτο — από μέσα, άρχισε να βγάζει πίνακες με ελαιογραφίες τυλιγμένους σε χαρτί. Τους τοποθέτησε έναν-έναν όρθιους στην καρότσα. Ο ένας παρίστανε τρία κοριτσάκια —την Κάια και τις αδελφές της— μισοκαθισμένα δίπλα στη λίμνη να χαζεύουν λιβελούλες. Ένας άλλος, τον Τζόντι και τον αδελφό τους να επιδεικνύουν ψάρια περασμένα στον σπάγκο.

«Τους πήρα μαζί μου, μήπως και σ' έβρισκα ακόμα εδώ. Μου τους έστειλε η Ρόζμαρι. Είπε πως η Μαμά μάς ζωγράφιζε συνέχεια, μέρα-νύχτα, επί χρόνια».

Ένας άλλος πίνακας έδειχνε και τα πέντε παιδιά σαν να παρατηρούσαν τη ζωγράφο. Η Κάια κάρφωσε τα μάτια της στα μάτια των αδελφιών της που με τη σειρά τους την κοιτούσαν.

Ρώτησε ψιθυριστά: «Ποιος είναι ποιος;».

«Τι;»

«Δεν υπάρχουν καθόλου φωτογραφίες. Δεν τους ξέρω. Ποιος είναι ποιος;»

«Α». Η ανάσα του κόπηκε· τελικά, κατάφερε να πει: «Λοιπόν, αυτή είναι η Μίσι, η μεγαλύτερη. Και μετά ο Μερφ. Η

Μάντι. Φυσικά, αυτός ο ομορφούλης είμαι εγώ. Κι αυτή είσαι εσύ».

Της άφησε λίγο χρόνο κι ύστερα είπε: «Δες αυτόν εδώ».

Μπροστά του είχε μια ελαιογραφία με εκπληκτικά ζωντανά χρώματα, που έδειχνε δύο παιδιά μισοκαθισμένα μέσα σε πράσινα χορτάρια και λουλούδια. Το κορίτσι ήταν ακόμα νήπιο, ίσως τριών ετών, με ίσια μακριά μαύρα μαλλιά που έπεφταν πάνω από τους ώμους της. Το αγοράκι, λίγο μεγαλύτερο, με χρυσαφένιες μπούκλες, έδειχνε μια πεταλούδα-μονάρχη που καθόταν σε μια μαργαρίτα με τα κιτρινόμαυρα φτερά της ανοιχτά. Το αγόρι ακουμπούσε το χέρι του στο μπράτσο του κοριτσιού.

«Νομίζω πως αυτός είναι ο Τέιτ Γουόκερ», είπε ο Τζόντι. «Κι εσύ».

«Νομίζω πως έχεις δίκιο. Του μοιάζει. Αλλά γιατί να ζωγραφίσει η Μαμά τον Τέιτ;»

«Ο Τέιτ ερχόταν αρκετά συχνά και πηγαίναμε μαζί για ψάρεμα. Και πάντα σου έδειχνε έντομα και τέτοια».

«Εγώ γιατί δεν το θυμάμαι αυτό;»

«Ήσουν πολύ μικρή. Ένα απόγευμα ο Τέιτ ήρθε με τη βάρκα στη λιμνοθάλασσά μας την ώρα που ο Μπαμπάς έπινε κι ήταν τύφλα στο μεθύσι. Εσύ είχες μπει στα ρηχά και ο Μπαμπάς υποτίθεται πως σε πρόσεχε. Ξαφνικά και χωρίς κανένα λόγο, ο Μπαμπάς σε άρπαξε από τους ώμους και σε ταρακούνησε με τόση δύναμη που το κεφάλι σου έπεσε πίσω. Και μετά σε πέταξε στη λάσπη κι άρχισε να γελάει. Ο Τέιτ πήδηξε από τη βάρκα του κι έτρεξε κοντά σου. Θά 'ταν μόλις εφτά ή οκτώ χρονών, κι όμως έβαλε τις φωνές στον Μπαμπά. Φυσικά, ο Μπαμπάς τού έριξε μια και του φώναξε άγρια να τσακιστεί να φύγει από την ιδιοκτησία του και να μην ξανάρθει γιατί θα του ρίξει με την καραμπίνα. Εκείνη την ώρα είχαμε έρθει όλοι να δούμε τι συνέβαινε. Και ενώ ο Μπαμπάς ούρλιαζε κι άφριζε, ο

Τέιτ σε σήκωσε από κάτω και σε παρέδωσε στη Μαμά. Βεβαιώθηκε πως είσαι εντάξει και μόνο τότε έφυγε. Μετά απ' αυτό δεν πάψαμε να πηγαίνουμε για ψάρεμα μαζί, αλλά δεν ξανάρθε ποτέ στο σπίτι μας».

Μέχρι που με πήγε σπίτι εκείνη την πρώτη φορά που βγήκα με τη βάρκα στον βάλτο, σκέφτηκε η Κάια. Κοίταξε τον πίνακα — τόσο παστέλ, τόσο γαλήνιος. Το μυαλό της Μαμάς είχε βγάλει, με κάποιον τρόπο, ομορφιά μέσα από την τρέλα. Όποιος κι αν έβλεπε εκείνα τα πορτρέτα, θα πίστευε πως απεικόνιζαν μια πανευτυχή οικογένεια που ζει κοντά στη θάλασσα και παίζει στη λιακάδα.

Ο Τζόντι και η Κάια, καθισμένοι στην καρότσα, συνέχισαν να κοιτούν αμίλητοι τους πίνακες.

Είπε ο Τζόντι: «Η Μαμά ήταν εντελώς αποκομμένη και απομονωμένη. Οι άνθρωποι συμπεριφέρονται αλλιώς κάτω απ' αυτές τις συνθήκες».

Η Κάια μούγκρισε σιγανά. «Μη μου λες εμένα για απομόνωση, σε παρακαλώ. Κανείς δεν χρειάζεται να μου πει πώς αλλάζει η απομόνωση τον άνθρωπο. Το έχω ζήσει. Είμαι η απομόνωση προσωποποιημένη», ψιθύρισε με μια δόση σκληρότητας. «Τη συγχωρώ τη Μαμά που έφυγε. Αλλά δεν καταλαβαίνω γιατί δεν ξαναγύρισε — γιατί με εγκατέλειψε. Εσύ μάλλον δεν το θυμάσαι, αλλά αφότου έφυγε, μου είπες ότι η μαμά αλεπού καμιά φορά αφήνει τα μικρά της, αν λιμοκτονεί ή αν βιώνει κάποια άλλη ακραία δυσχέρεια. Τα μικρά πεθαίνουν —έτσι κι αλλιώς θα πέθαιναν, μάλλον— αλλά η αλεπού επιβιώνει και γεννάει άλλα μικρά όταν οι συνθήκες έχουν καλυτερέψει και είναι πια σε θέση να τα αναθρέψει.

»Από τότε, διάβασα πολλά σχετικά μ' αυτό. Στη φύση — πέρα εκεί έξω, πέρα στα βάθη, εκεί που τραγουδάνε οι καραβίδες— αυτού του είδους οι φαινομενικά άσπλαχνες συμπεριφορές στην πραγματικότητα αυξάνουν τον αριθμό των μικρών που θα αποκτήσει στη διάρκεια της ζωής της μια μητέρα, κι έτσι τα γονίδια που την κάνουν να εγκαταλείπει τα μικρά της σε φάσεις δύσκολες περνάνε και στην επόμενη γενιά. Και στην επόμενη και στη μεθεπόμενη. Συμβαίνει και με τους ανθρώπους. Κάποιες συμπεριφορές που τώρα μας φαίνονται σκληρές, ήταν εκείνες που εξασφάλισαν την επιβίωση των πρώτων ανθρώπων στον όποιο βάλτο βρίσκονταν τότε. Χωρίς αυτές, δεν θα είχαμε φτάσει ώς εδώ. Κι ακόμα τις έχουμε αποθηκευμένες στα γονίδιά μας αυτές τις συμπεριφορές, και όταν επικρατούν συγκεκριμένες συνθήκες, εκδηλώνονται. Κάποια κομμάτια μας θα είναι πάντα αυτό που ήμασταν κάποτε, θέλοντας και μη, προκειμένου να επιβιώσουμε — πέρα εκεί, στα βάθη.

»Ίσως κάποια πρωτόγονη παρόρμηση —κάποιο πανάρχαιο γονίδιο, που δεν είναι αποδεκτό πια— ώθησε τη Μαμά να μας εγκαταλείψει λόγω του στρες, της φρίκης και του πραγματικού κινδύνου που διέτρεχε ζώντας με τον Μπαμπά. Αυτό δεν σημαίνει πως ήταν και σωστό· *έπρεπε να είχε επιλέξει να μείνει.* Αλλά η επίγνωση πως τέτοιες τάσεις υπάρχουν στις βιολογικές πληροφορίες μας, σε βοηθά να συγχωρέσεις ακόμα και μια αποτυχημένη μητέρα. Το γιατί έφυγε, λοιπόν, ίσως και να εξηγείται. Ακόμα όμως δεν καταλαβαίνω γιατί δεν ξαναγύρισε. Γιατί δεν μου έγραψε καν. Θα μπορούσε να μου γράφει γράμματα, το ένα μετά το άλλο, επί χρόνια, ώσπου κάποιο επιτέλους να φτάσει στα χέρια μου».

«Φαίνεται πως μερικά πράγματα δεν εξηγούνται, κι απλώς ή τα συγχωρείς ή δεν τα συγχωρείς. Δεν ξέρω την απάντηση. Ίσως και να μην υπάρχει. Λυπάμαι που σου έφερα τόσο κακά νέα».

«Σχεδόν όλη μου τη ζωή ούτε είχα οικογένεια, ούτε ήξερα τίποτα για την οικογένειά μου. Και τώρα, μέσα σε λίγα λεπτά, βρήκα έναν αδελφό και έχασα τη μητέρα μου».

«Λυπάμαι τόσο πολύ, Κάια».

«Μην λυπάσαι. Η αλήθεια είναι πως τη Μαμά την είχα χάσει εδώ και χρόνια, αλλά τώρα είσαι εσύ εδώ, Τζόντι. Δεν μπορώ να σου περιγράψω πόσο πολύ ήθελα να σε ξαναδώ. Σήμερα είναι μια από τις πιο ευτυχισμένες και τις πιο λυπημένες μέρες της ζωής μου». Τον άγγιξε στο μπράτσο με τα ακροδάχτυλα, κι εκείνος ήξερε ήδη πόσο σπάνιο ήταν αυτό.

Ξαναγύρισαν στο καλύβι, κι ο Τζόντι παρατήρησε ξανά τα καινούργια πράγματα, τους φρεσκοβαμμένους τοίχους, τα καλοφτιαγμένα ντουλάπια της κουζίνας.

«Πώς τα έβγαλες πέρα, Κάια; Πριν το βιβλίο σου, πού έβρισκες λεφτά, φαγητό;»

«Άσ' το, είναι μεγάλη και βαρετή αυτή η ιστορία. Κυρίως πουλούσα μύδια, στρείδια και καπνιστά ψάρια στον Σάλτα».

Ο Τζόντι γέλασε δυνατά ρίχνοντας πίσω το κεφάλι. «Ο Σάλτας! Έχω τόσα χρόνια να τον θυμηθώ. Ζει ακόμα;»

Η Κάια δεν γέλασε. «Ο Σάλτας υπήρξε ο καλύτερος φίλος μου, ο μόνος φίλος μου για χρόνια. Και η μοναδική μου οικογένεια, αν εξαιρέσεις τους γλάρους».

Ο Τζόντι σοβάρεψε. «Δεν είχες φίλους στο σχολείο;».

«Σχολείο πήγα μόνο μία μέρα σε όλη μου τη ζωή», απάντησε η Κάια μ' ένα κοφτό γελάκι. «Τα άλλα παιδιά με κορόιδευαν, κι έτσι δεν ξαναπήγα. Πέρασα βδομάδες προσπαθώντας να ξεγελάω τους υπαλλήλους της σχολικής επιθεώρησης. Πράγμα που, μετά απ' όσα μού 'χες μάθει εσύ, δεν ήταν και τόσο δύσκολο».

Ο Τζόντι φάνηκε κατάπληκτος. «Και πώς έμαθες να διαβάζεις; Πώς έγραψες το βιβλίο σου;».

«Μου έμαθε ανάγνωση ο Τέιτ Γουόκερ».

«Βλέπεστε ακόμα;»

«Αραιά και πού». Σηκώθηκε από το τραπέζι, γύρισε προς την ξυλόσομπα. «Θες άλλο καφέ;»

Ο Τζόντι ένιωθε τη μοναξιά να πλανιέται στην κουζίνα. Την έβλεπε στα λιγοστά κρεμμύδια μέσα στο καλάθι για τα λαχανικά, στο ένα και μοναδικό πιάτο που στέγνωνε στον νεροχύτη, στο καλαμποκόψωμο που ήταν προσεκτικά τυλιγμένο στην πετσέτα, έτσι όπως θα το τύλιγε και μια ηλικιωμένη χήρα.

«Ήπια αρκετό, ευχαριστώ. Τι θα έλεγες όμως για μια βόλτα στον βάλτο;» τη ρώτησε.

«Και βέβαια. Δεν θα το πιστέψεις, αλλά ενώ έχω καινούργια εξωλέμβια, ακόμα χρησιμοποιώ το παλιό βαρκάκι».

Ο ήλιος είχε σκορπίσει τα σύννεφα και τώρα, αν και χειμώνας, έλαμπε ζεστός και πολύ φωτεινός. Όσο η Κάια οδηγούσε το βαρκάκι μέσα στα στενά κανάλια και τα ασάλευτα δέλτα, ο Τζόντι όλο αναφωνούσε καθώς θυμόταν πότε ένα ξεραμένο δέντρο, ίδιο κι απαράλλακτο τόσα χρόνια, πότε ένα φράγμα φτιαγμένο από κάστορες ακριβώς στο ίδιο σημείο όπως τότε. Γέλασαν όταν έφτασαν στη λιμνοθάλασσα όπου η Μαμά, η Κάια και οι αδελφές της κόλλησαν με τη βάρκα στη λάσπη.

Γυρνώντας στο καλύβι, η Κάια ετοίμασε πράγματα για πικνίκ και έφαγαν στην παραλία μαζί με τους γλάρους.

«Ήμουν τόσο μικρή όταν έφυγαν όλοι», του είπε. «Πες μου για τους άλλους». Κι έτσι εκείνος της είπε ιστορίες για τον μεγαλύτερο αδελφό τους, τον Μερφ, που την έπαιρνε στους ώμους του και την πήγαινε βόλτα στο δάσος.

«Όλο γελούσες. Ο Μερφ άρχιζε να τρέχει και να κάνει κύκλους με σένα εκεί πάνω. Και μια φορά έσκασες τόσο πολύ στα γέλια, που κατουρήθηκες επάνω στο σβέρκο του».

«Σταμάτα! Δεν έκανα τέτοιο πράγμα!» Η Κάια έγειρε πίσω γελώντας.

«Πώς δεν το έκανες! Ο Μερφ έσκουξε λιγάκι αλλά συνέχισε να τρέχει και μπήκε κατευθείαν μέσα στη λιμνοθάλασσα ώσπου εκείνος βρέθηκε ολόκληρος μέσα στο νερό κι εσύ ακόμα καβάλα στους ώμους του. Καθόμασταν όλοι και σας κοιτούσαμε —η Μαμά, η Μίσι, η Μάντι κι εγώ— και κλαίγαμε από τα γέλια. Η Μαμά γελούσε τόσο πολύ που αναγκάστηκε να καθίσει κάτω στο χώμα».

Στο μυαλό της επινοούσε τις εικόνες που συνόδευαν τις ιστορίες. Κομμάτια και σπαράγματα μιας οικογενειακής ζωής που πίστευε πως ποτέ δεν θα είχε.

Ο Τζόντι συνέχισε. «Η πρώτη που άρχισε να ταΐζει τους γλάρους ήταν η Μίσι».

«Τι; Αλήθεια; Κι εγώ νόμιζα πως το ξεκίνησα μόνη μου, από τότε που έφυγαν όλοι».

«Όχι, η Μίσι τάιζε τους γλάρους όποτε μπορούσε να το κάνει χωρίς να την πάρουν χαμπάρι. Είχε δώσει σ' όλους και ονόματα. Έναν τον φώναζε Μεγάλο Κόκκινο — αυτό το θυμάμαι. Ξέρεις, από εκείνη τη μεγάλη κόκκινη βούλα που έχουν στο ράμφος τους».

«Δεν είναι βέβαια το ίδιο πουλί — έχουν περάσει κι εμένα από τα χέρια μου κάμποσες γενιές από Μεγάλους Κόκκινους. Αλλά νά, αυτός εκεί στα αριστερά, είναι ο τωρινός Μεγάλος Κόκκινος». Προσπάθησε κάπως να συνδεθεί με την αδελφή της που της χάρισε τους γλάρους, το μόνο που έβλεπε όμως ήταν το πρόσωπο στον πίνακα. Αλλά έστω κι αυτό ήταν πολύ παραπάνω από ό,τι είχε μέχρι τώρα.

Η Κάια ήξερε πως η κόκκινη βούλα στο ράμφος του γλάρου δεν ήταν απλώς διακοσμητικό στοιχείο. Οι γονείς ανοίγουν το ράμφος και αφήνουν το φαγητό μόνον όταν τα μικρά ακουμπήσουν το δικό τους ράμφος σ' εκείνο το κόκκινο σημείο. Αν το κόκκινο σημείο ήταν κρυμμένο και τα μικρά δεν το ακουμπούσαν, οι γονείς δεν θα τα τάιζαν, και τα μικρά θα πέθαιναν. Ακόμα και στη φύση, ο ρόλος του γονιού είναι κάτι πολύ πιο εύθραυστο απ' ό,τι θα πίστευε κανείς.

Έμειναν για λίγο αμίλητοι, κι ύστερα η Κάια είπε: «Δεν θυμάμαι σχεδόν τίποτε απ' όλα αυτά».

«Τυχερή είσαι. Κράτα το έτσι».

Κι έκατσαν έτσι, χωρίς να μιλούν. Χωρίς να θυμούνται.

Του έφτιαξε ένα κλασικό γεύμα του Νότου, όπως ακριβώς θα έκανε κι η Μαμά: φασόλια μαυρομάτικα με κόκκινο κρεμμύδι, τηγανιτό χοιρομέρι, καλαμποκόψωμο με χοιρινή πέτσα, φασολάκια μαγειρεμένα με βούτυρο και γάλα. Τάρτα με βατόμουρα και σφιχτή κρέμα, και μπέρμπον που είχε φέρει ο Τζόντι. Όσο έτρωγαν, της είπε πως θα ήθελε να μείνει λίγες μέρες, αν δεν υπήρχε πρόβλημα, κι εκείνη του απάντησε πως ήταν ευπρόσδεκτος να μείνει όσο ήθελε.

«Είναι δική σου τώρα αυτή η γη, Κάια. Την κέρδισες με την αξία σου. Εγώ θα είμαι στο Φορτ Μπένινγκ για λίγο ακόμα, οπότε δεν μπορώ να μείνω για πολύ. Μετά, το πιθανότερο είναι πως θα βρω κάποια δουλειά στην Ατλάντα, οπότε θα είμαστε σ' επαφή. Θα ήθελα να σε βλέπω όποτε έρχομαι κατά δω. Η μόνη μου επιθυμία σ' όλη μου τη ζωή ήταν να ξέρω πως είσαι καλά».

«Πολύ θα μ' άρεσε αυτό, Τζόντι. Να έρχεσαι, σε παρακαλώ, όποτε μπορείς».

Την άλλη μέρα, αργά το απόγευμα, καθισμένοι στην παραλία με τις άκρες των κυμάτων να γαργαλάνε τα γυμνά τους πόδια, η Κάια ήταν σε ασυνήθιστα ομιλητική διάθεση, και ο Τέιτ ήταν, θαρρείς, παρών σε κάθε παράγραφο. Μίλησε για εκείνη τη φορά που της έδειξε πώς να γυρίσει σπίτι όταν, μικρούλα ακόμα, χάθηκε στον βάλτο. Μίλησε για το πρώτο ποίημα που της διάβασε ο Τέιτ. Μίλησε και για το παιχνίδι με τα φτερά, και πώς της έμαθε να διαβάζει, και είπε στον Τζόντι πως τώρα ήταν επιστήμονας και δούλευε στο εργαστήριο. Πως ήταν ο πρώτος της έρωτας, αλλά την παράτησε όταν πήγε στο πανεπιστήμιο, πως την άφησε να περιμένει στην όχθη της λιμνοθάλασσας. Και έτσι τελείωσαν όλα.

«Πριν από πόσο καιρό αυτά;» ρώτησε ο Τζόντι.

«Κάπου εφτά χρόνια, νομίζω. Όταν πρωτοπήγε στο Τσάπελ Χιλ».

«Τον ξανάδες ποτέ από τότε;»

«Ξανάρθε για να ζητήσει συγγνώμη. Είπε πως μ' αγαπάει ακόμα. Αυτός μου πρότεινε να εκδώσω βιβλία αναφοράς. Χαίρομαι όποτε τον βλέπω, κατά καιρούς, στον βάλτο, αλλά δεν θέλω να ξαναμπλέξω ποτέ μαζί του. Δεν του έχω εμπιστοσύνη».

«Κάια, έχουν περάσει εφτά χρόνια. Ήταν μικρό παιδί τότε, πρώτη φορά μόνος του, μακριά από το σπίτι, με εκατοντάδες ωραία κορίτσια γύρω του. Αφού γύρισε και ζήτησε συγγνώμη και σου είπε πως σ' αγαπάει, ίσως θα ήταν καλό να του έδινες κι εσύ ένα μικρό περιθώριο».

«Οι περισσότεροι άντρες πάνε από τη μια θηλυκιά στην άλλη. Οι πιο άχρηστοι περιφέρονται όλο πόζα και σε προσελκύουν με ψευτιές. Κάπως έτσι την πάτησε, μάλλον, και η Μαμά με τον Μπαμπά. Δεν ήταν ο μόνος άντρας που με παράτησε ο Τέιτ. Ο Τσέις Άντριους έφτασε να μου μιλάει και για γάμο, αλλά πήγε και παντρεύτηκε μια άλλη. Κι ούτε καν μου το είπε· το διάβασα στην εφημερίδα».

«Λυπάμαι πολύ, Κάια. Αλήθεια λυπάμαι, αλλά πάντως άπιστοι δεν είναι μόνο οι άντρες. Κι εγώ έχω φάει κοροϊδία και μ' έχουν παρατήσει και μ' έχουν κάνει κουρέλι κάμποσες φορές. Πώς να το κάνουμε, ο έρωτας πολύ συχνά δεν βγάζει πουθενά. Αλλά ακόμα κι όταν αποτυγχάνει, σε συνδέει με τους άλλους, και τελικά αυτό είναι το μόνο που έχουμε: *δεσμούς*. Πάρε παράδειγμα εμάς· εμείς έχουμε τώρα ο ένας τον άλλο, και σκέψου πως αν εγώ αποκτήσω παιδιά και αποκτήσεις κι εσύ, ε τότε μιλάμε για ολόκληρη νέα σειρά δεσμών. Και πάει λέγοντας. Κάια, αν τον αγαπάς τον Τέιτ, πρέπει να το ρισκάρεις».

Η Κάια θυμήθηκε τον πίνακα της Μαμάς, με τον Τέιτ και την ίδια παιδιά, τα κεφάλια τους κοντά-κοντά, τριγύρω τους παστέλ λουλούδια και πεταλούδες. Ίσως τελικά αυτό να ήταν κάποιο μήνυμα από τη Μαμά.

Το τρίτο πρωινό της επίσκεψης του Τζόντι, έβγαλαν όλους τους πίνακες της Μαμάς από τις κούτες —όλους εκτός από έναν, τον οποίο κράτησε ο Τζόντι— και κρέμασαν μερικούς στους τοίχους. Το φως στο καλύβι άλλαξε εντελώς, λες και είχαν ανοίξει κι άλλα παράθυρα. Η Κάια στεκόταν σε κάποια απόσταση και τους χάζευε — ήταν ένα θαύμα να υπάρχουν ξανά στους τοίχους πίνακες της Μαμάς. Λες και τους είχαν σώσει μέσα από τη φωτιά.

Έπειτα η Κάια συνόδεψε τον Τζόντι ώς το φορτηγάκι του και του έδωσε σε μια χαρτοσακούλα φαγητό που του είχε φτιάξει για τον δρόμο. Κοιτούσαν κι οι δυο τα δέντρα, το μονοπάτι, οτιδήποτε εκτός από τα μάτια του άλλου.

Στο τέλος ο Τζόντι είπε: «Πηγαίνω τώρα, αλλά εδώ σου έχω τη διεύθυνση και το τηλέφωνό μου». Στο χέρι του κρατούσε ένα χαρτί από σημειωματάριο. Η Κάια ένιωσε την ανάσα της να κόβεται, στηρίχτηκε με το αριστερό της χέρι στο φορτηγάκι και με το δεξί πήρε το χαρτί. Κάτι τόσο απλό: η διεύθυνση ενός αδελφού σ' ένα κομμάτι χαρτί. Και τόσο απίστευτο: ένα μέλος της οικογένειάς της που μπορούσε να το βρει. Να του τηλεφωνήσει σ' εκείνον τον αριθμό κι αυτός ν' απαντήσει. Ο λαιμός της σφίχτηκε καθώς ο Τζόντι την τράβηξε κοντά του και επιτέλους, έπειτα από μια ολόκληρη ζωή, έλιωσε στην αγκαλιά του και έκλαψε.

«Νόμιζα πως δεν θα σε ξανάβλεπα ποτέ μου. Νόμιζα πως είχες φύγει για πάντα».

«Θα είμαι πάντα εδώ, σ' το υπόσχομαι. Όπου κι αν μετακομίζω, θα σου στέλνω την καινούργια μου διεύθυνση. Κι αν ποτέ με χρειαστείς, θα μου γράψεις ή θα μου τηλεφωνήσεις, μ' ακούς;»

«Εντάξει. Κι εσύ να ξανάρθεις όποτε μπορέσεις».

«Κάια, πήγαινε βρες τον Τέιτ. Είναι καλός άνθρωπος».

Με το χέρι έξω από το παράθυρο, τη χαιρετούσε καθώς διέσχιζε το μονοπάτι, κι εκείνη κοιτούσε γελώντας και κλαίγοντας μαζί. Κι όταν έστριψε στο δρομάκι του δάσους, η Κάια έβλεπε το κόκκινο φορτηγάκι στα κενά από τα δέντρα —εκεί που κάποτε είχε δει το άσπρο μαντίλι να χάνεται— κι έβλεπε το μεγάλο του χέρι ν' ανεμίζει, ώσπου χάθηκε από τα μάτια της.

34.

Έρευνα στο καλύβι

1969

«Καλά, πάλι δεν είναι εδώ», είπε ο Τζο χτυπώντας το κούφωμα της σήτας. Ο Εντ στεκόταν στα σκαλιά και είχε τα χέρια δεξιά κι αριστερά από τα μάτια του προσπαθώντας να δει μέσα. Πελώρια κλαδιά από τη βελανιδιά με τεράστια βρύα που κρέμονταν από πάνω τους έριχναν τη σκιά τους στις φθαρμένες σανίδες και τη μυτερή στέγη του καλυβιού. Τέλη Νοεμβρίου, και το γκρίζο σκέπαζε τον πρωινό ουρανό.

«Φυσικά και δεν είναι. Αλλά δεν έχει σημασία· έχουμε ένταλμα. Μπες μέσα, πάω στοίχημα πως δεν είναι κλειδωμένα».

Ο Τζο άνοιξε την πόρτα και φώναξε, «Είναι κανείς εδώ; Είμαι ο Σερίφης». Μπαίνοντας μέσα, έμειναν να χαζεύουν τα ράφια της συλλογής της.

«Κοίτα πόσα πράγματα έχει εδώ, Εντ. Και συνεχίζει και πιο πέρα, το επόμενο δωμάτιο, και στον διάδρομο. Μάλλον της έχει στρίψει λιγάκι. Τι λιγάκι, δηλαδή, θεόμουρλη είναι».

«Μπορεί, αλλά απ' ό,τι φαίνεται ξέρει πάρα πολλά για τον βάλτο. Ξέρεις πως έβγαλε και βιβλία. Ας πιάσουμε δουλειά. Λοιπόν, ψάχνουμε για τα εξής πράγματα». Ο σερίφης διάβασε δυνατά έναν μικρό κατάλογο. «Είδη ιματισμού με κόκκινο μαλλί που να ταιριάζει με τις κόκκινες ίνες που βρέθηκαν στο μπουφάν του Τσέις. Ημερολόγιο ή σημειωματάριο ή οτιδήποτε που μπορεί ν' αναφέρεται πού έχει πάει και πότε· το κρεμαστό κοχύλι· αποκόμματα εισιτηρίων από τα νυχτερινά λεωφορεία. Καλύτερα να μην της κάνουμε τα πράγματα άνω-κάτω. Δεν υπάρχει λόγος. Μπορούμε να ψάξουμε γύρω απ' όλα· ας μην καταστρέψουμε τίποτα».

«Εντάξει, κατάλαβα. Μοιάζει σαν ναός εδώ μέσα. Από τη μια έχω εντυπωσιαστεί φοβερά, από την άλλη μ' έχει πιάσει ανατριχίλα».

«Θα είναι κουραστική δουλειά, αυτό είναι βέβαιο», είπε ο σερίφης κοιτώντας με προσοχή πίσω από μια σειρά φωλιές. «Ξεκινάω απ' το υπνοδωμάτιό της».

Οι δύο άνδρες έκαναν τη δουλειά τους σιωπηλοί· παραμέριζαν ρούχα μέσα στα συρτάρια, ψαχούλευαν στις γωνίες των ντουλαπιών, μετακινούσαν γυάλες με φιδοπουκάμισα και δόντια καρχαριών, αναζητώντας στοιχεία.

Μετά από δέκα λεπτά, ο Τζο φώναξε: «Έλα να δεις κάτι».

Ο Εντ βγήκε στη βεράντα και ο Τζο είπε: «Εσύ το ήξερες πως τα θηλυκά πουλιά έχουν μόνο μία ωοθήκη;»

«Τι πράγμα;»

«Να, κοίτα. Αυτά τα σκίτσα και οι σημειώσεις δείχνουν πως τα θηλυκά πουλιά έχουν μόνο μία ωοθήκη».

«Ρε Τζο, δεν έχουμε έρθει εδώ για να κάνουμε μάθημα βιολογίας, που να πάρει. Κάνε τη δουλειά σου».

«Μια στιγμούλα. Δες εδώ. Αυτό είναι φτερό αρσενικού παπαγάλου, και στο σημείωμα λέει πως μέσα στις χιλιετίες, τα φτερά των αρσενικών γίνονταν όλο και μεγαλύτερα για να προσελκύουν τα θηλυκά, ώσπου τα αρσενικά έφτασαν στο σημείο να μην μπορούν καλά-καλά να απογειωθούν. Σχεδόν δεν μπορούν να πετάξουν πια».

«Τελείωσες; Έχουμε δουλειά».

«Εντάξει, πάντως είναι πολύ ενδιαφέρον».

Ο Εντ βγήκε από το δωμάτιο. «Γύρνα στη δουλειά, λέμε».

Δέκα λεπτά αργότερα, ο Τζο τού φώναξε και πάλι. Βγαίνοντας από το μικρό υπνοδωμάτιο για να πάει στο καθιστικό, ο Εντ είπε: «Κάτσε να μαντέψω. Βρήκες ένα βαλσαμωμένο ποντίκι με τρία μάτια».

Δεν έλαβε απάντηση, αλλά όταν μπήκε στο δωμάτιο, είδε τον Τζο να κρατά ένα κόκκινο μάλλινο σκουφί.

«Πού το βρήκες αυτό;»

«Εδώ πέρα, κρεμασμένο μ' αυτά τα παλτά, μαζί με άλλα σκουφιά και διάφορα ρούχα».

«Έτσι φανερά;»

«Εδώ πέρα, όπως σου είπα».

Ο Εντ έβγαλε από την τσέπη του το πλαστικό σακουλάκι με τις κόκκινες ίνες που είχαν πάρει από το τζην μπουφάν του Τσέις και το κράτησε στο φως δίπλα στο κόκκινο σκουφί.

«Φαίνονται ακριβώς ίδια. Ίδιο χρώμα, ίδιο μέγεθος, ίδιο πάχος», είπε ο Τζο καθώς παρατηρούσαν το σκουφί και το δείγμα.

«Ακριβώς. Κι έχουν και τα δύο αυτό το κατσαρό μπεζ ανάμικτο με το κόκκινο».

«Ρε φίλε, αυτό είναι».

«Θα πρέπει να στείλουμε το σκουφί στο εργαστήριο, φυσικά. Αλλά αν αυτές οι ίνες ταιριάζουν, τότε θα τη φέρουμε για ανάκριση. Βάλ' το σκουφί σε σακούλα και σημείωσέ το».

Μετά από τέσσερις ώρες ψάξιμο, οι δύο άνδρες συναντήθηκαν στην κουζίνα.

Ο Εντ τέντωσε την πλάτη του και είπε: «Αν υπήρχε τίποτε άλλο, θα τό 'χαμε βρει. Αλλά έτσι κι αλλιώς μπορούμε να ξανάρθουμε κι αύριο. Τέρμα για σήμερα».

Στο φορτηγάκι, προσπαθώντας να αποφύγει λακκούβες και αυλάκια στον δρόμο για την πόλη, ο Τζο είπε: «Πάντως, αν τό 'χε κάνει αυτό το πράμα, μου φαίνεται πως θα το είχε κρύψει το κόκκινο σκουφί. Δεν θα τό 'χε να κρέμεται έτσι στα φανερά».

«Πιθανότατα δεν είχε ιδέα πως θα είχαν πέσει ίνες στο μπουφάν του. Ούτε πως το εργαστήριο θα τις ταύτιζε. Αυτά είναι πράγματα που δεν μπορούσε να τα ξέρει».

«Καλά, αυτά ίσως και να μην τα ξέρει, αλλά σίγουρα ξέρει ένα σωρό άλλα. Αυτό με τους αρσενικούς παπαγάλους που περπατάνε καμαρωτοί και όλο ανταγωνίζονται για το σεξ και καλά-καλά δεν μπορούν να πετάξουν... Δεν είμαι πολύ σίγουρος τι σημαίνουν όλα αυτά, αλλά σίγουρα κάπου οδηγούν».

35.

Η πυξίδα

1969

Ένα απόγευμα του Ιουλίου του 1969, πάνω από εφτά μήνες μετά την επίσκεψη του Τζόντι, στο γραμματοκιβώτιο της Κάια εμφανίστηκαν τα *Πουλιά του Ανατολικού Αιγιαλού*, της Κάθριν Ντανιέλ Κλαρκ — το δεύτερο βιβλίο της, ένας τόμος πανέμορφος, με εξαιρετικές λεπτομέρειες. Χάιδεψε το εντυπωσιακό εξώφυλλο με τον γλάρο —δική της ζωγραφιά— και χαμογελώντας είπε: «Γεια σου, Μεγάλε Κόκκινε. Έφτασε και στο εξώφυλλο η χάρη σου».

Με το καινούργιο της βιβλίο στο χέρι και βήμα αθόρυβο, η Κάια πήγε μέχρι το σκιερό ξέφωτο κοντά στο καλύβι κι άρχισε να ψάχνει για μανιτάρια. Πλησιάζοντας σε μια συστάδα με κατακίτρινα δηλητηριώδη μανιτάρια, ένιωθε τη δροσιά από τη λάσπη στα πόδια της. Ξαφνικά, κοντοστάθηκε: εκεί, πάνω στο παλιό κούτσουρο για τα φτερά, έστεκε ένα μικρό κουτί γάλα, άσπρο και κόκκινο, όπως ακριβώς κι εκείνα τότε, πολύ παλιά. Αυθόρμητα, έβαλε τα γέλια.

Μέσα στο κουτί, τυλιγμένη σε χαρτομάντιλο, ήταν μια παλιά μπρούτζινη στρατιωτική πυξίδα, γκριζοπράσινη πια από το χρόνο. Η Κάια πήρε μια κοφτή ανάσα. Ποτέ της δεν χρειάστηκε πυξίδα, είχε πάντα πολύ ξεκάθαρη αίσθηση του προσανατολισμού. Αλλά κάποιες μέρες με συννεφιά, που ο ήλιος παρέμενε κρυμμένος, η πυξίδα μπορούσε να την καθοδηγεί.

Ένα διπλωμένο σημείωμα έγραφε: *Αγαπημένη μου Κάια, Αυτή η πυξίδα ήταν του παππού μου, από τον Πρώτο Παγκόσμιο Πόλεμο. Μου τη χάρισε όταν ήμουν μικρός, αλλά δεν τη χρησιμοποίησα ποτέ, κι έτσι σκέφτηκα πως ίσως εσύ την αξιοποιήσεις καλύτερα. Με αγάπη, Τέιτ. ΥΓ. Χαίρομαι που μπορείς και διαβάζεις αυτό το σημείωμα!*

Η Κάια ξαναδιάβασε τις λέξεις *Αγαπημένη* και *Με αγάπη*. Ο Τέιτ. Το αγόρι με τη βάρκα και τα χρυσαφένια μαλλιά, που της έδειξε τον δρόμο για το σπίτι πριν από την καταιγίδα, που της άφηνε για δώρο φτερά πάνω στο κούτσουρο, που την έμαθε να διαβάζει· ο τρυφερός έφηβος που την καθοδήγησε όταν της πρωτοήρθε περίοδος και ξύπνησε τους πρώτους γυναικείους σεξουαλικούς της πόθους· ο νεαρός επιστήμονας που την ενθάρρυνε να εκδώσει τα βιβλία της.

Παρότι του είχε κάνει δώρο το βιβλίο με τα όστρακα, εξακολουθούσε να κρύβεται στους θάμνους όποτε τον έβλεπε στον βάλτο, να απομακρύνεται αθέατη με το κουπί. Τα ύπουλα σινιάλα των πυγολαμπίδων — αυτά μόνο ήξερε από τον έρωτα.

Ακόμα κι ο Τζόντι τής είχε πει να δώσει στον Τέιτ άλλη μια ευκαιρία. Αλλά κάθε φορά που τον έβλεπε ή τον σκεφτόταν, η καρδιά της κατρακυλούσε από την παλιά αγάπη στην οδύνη της εγκατάλειψης. Πολύ θα ήθελε να αποφάσιζε επιτέλους να μείνει σ' ένα απ' τα δύο σταθερή.

Κάμποσα πρωινά αργότερα, βγήκε με τη βάρκα στον λαβύρινθο των διαύλων μέσα στην πρωινή ομίχλη· είχε την πυξίδα στο σακίδιό της, αν κι ήταν μάλλον απίθανο να τη χρειαστεί. Σκόπευε να αναζητήσει ένα σπάνιο αγριολούλουδο που φύτρωνε σε μια κατάφυτη μικρή αμμώδη γλώσσα που πρόβαλλε στη θάλασσα, αλλά ταυτόχρονα είχε τον νου της και στα υδάτινα μονοπάτια μήπως δει τη βάρκα του Τέιτ.

Η ομίχλη αποδείχτηκε επίμονη, δεν έλεγε να φύγει παρά τύλιγε διαρκώς τα πλοκάμια της στα ξερά κούτσουρα και στα χαμηλά κλαδιά. Ο αέρας ήταν ακίνητος· ακόμα και τα πουλιά ήταν σιωπηλά καθώς έπλεε ήσυχα μέσα στο κανάλι. Κάπου εκεί κοντά ακούστηκε ο ήχος ενός κουπιού που χτυπούσε αργά-αργά στην κουπαστή βάρκας, κι ύστερα, μέσα από την αχλή, αναδύθηκε, σαν φάντασμα, κι η ίδια η βάρκα.

Τα χρώματα, θαμπά στην αρχή, πήραν σχήμα και μορφή βγαίνοντας στο φως. Χρυσαφένια μαλλιά κάτω από ένα κόκκινο κασκέτο. Σαν μέσα σ' όνειρο, ο Τέιτ έστεκε στην πλώρη της παλιάς του ψαρόβαρκας σπρώχνοντας με το κουπί. Η Κάια έσβησε τη μηχανή και έκανε πίσω με τα κουπιά για να χωθεί σε μια συστάδα βούρλα, να τον δει να περνά. Πάντα έτσι, πίσω, να τον βλέπει να περνά.

Το σούρουπο, πιο ήρεμη πια, με την καρδιά ξανά στη θέση της, στάθηκε στην παραλία και απήγγειλε δυνατά:

Δεν είναι απλό πράγμα τα ηλιοβασιλέματα.
Το λυκόφως διαθλάται και αντανακλάται
Δεν είναι όμως ποτέ αληθινό.
Το απόβραδο είναι μια μεταμφίεση
Που καλύπτει ίχνη, καλύπτει ψεύδη.
Δεν μας νοιάζει που το δείλι εξαπατά.
Βλέπουμε λαμπρά χρώματα,
Και ποτέ δεν μαθαίνουμε
Πως μέχρι να δούμε το κόκκινο
Ο ήλιος έχει πέσει
Πιο κάτω από τη γη.
Είναι μεταμφιέσεις τα ηλιοβασιλέματα,
Που κρύβουν αλήθειες, που κρύβουνε ψέματα.

Α.Χ.

36.

Να στήσεις παγίδα σε αλεπού

1969

Ο Τζο μπήκε στο γραφείο του σερίφη. «Εντάξει, πήρα τα αποτελέσματα».

«Γιά να δούμε».

Οι δύο άντρες διέτρεξαν στα γρήγορα την αναφορά για να φτάσουν στην τελευταία σελίδα. «Αυτό είναι», είπε ο Εντ. «Απόλυτη ταύτιση. Ίνες από το σκουφί της βρέθηκαν πάνω στο μπουφάν του νεκρού Τσέις». Ο σερίφης κοπάνησε τα χαρτιά στη χούφτα του και συνέχισε. «Για να ξαναδούμε τι έχουμε, λοιπόν. Πρώτον, ο γαριδάς θα καταθέσει ότι είδε τη δεσποινίδα Κλαρκ να κατευθύνεται με τη βάρκα της προς το πυροφυλάκιο λίγο πριν ο Τσέις βρει τον θάνατο πέφτοντας από εκεί. Ο συνάδελφός του θα το επιβεβαιώσει. Δεύτερον, η Πάτι Λαβ είπε πως η δεσποινίς Κλαρκ έφτιαξε για τον Τσέις το κρεμαστό κοχύλι το οποίο εξαφανίστηκε τη νύχτα του θανάτου του. Τρίτον, ίνες από το σκουφί της υπήρχαν επάνω στο μπουφάν του. Τέταρτον, κίνητρο: μια γυναίκα που νιώθει πως την αδίκησαν. Και ένα άλλοθι το οποίο μπορούμε να καταρρίψουμε. Αρκούν αυτά, νομίζω».

«Θα ήταν καλύτερα αν υπήρχε κάπως πιο σοβαρό κίνητρο», είπε ο Τζο. «Το ότι την παράτησε, δεν φαίνεται και πολύ ισχυρό».

«Καλά, δεν έχει τελειώσει η έρευνα, έχουμε όμως αρκετά στοιχεία ώστε να την φέρουμε για ανάκριση. Πιθανότατα και για να της απαγγελθούν κατηγορίες. Θα δούμε πώς θα πάει όταν τη φέρουμε εδώ».

«Ναι, αυτό είναι το πρόβλημα. Πώς τη φέρνουμε; Όλα αυτά τα χρόνια, έχει ξεφύγει απ' όλους. Σχολικούς επιθεωρητές, υπαλλήλους της απογραφής, *όποιον θες*, έχει ξεγελάσει τους πάντες. Κι εμάς μαζί. Έτσι και βγούμε να την κυνηγάμε στα χορτάρια, μόνο ρεζίλι θα γίνουμε».

«Δεν μ' ανησυχεί αυτό. Ότι κανένας άλλος δεν κατάφερε να την τσακώσει δεν σημαίνει πως ούτε κι εμείς θα μπορέσουμε. Αλλά δεν είναι αυτός ο πιο έξυπνος τρόπος. Εγώ λέω να της στήσουμε παγίδα».

«Ναι, καλά», είπε ο βοηθός. «Κοίτα, ξέρω κι εγώ ένα-δυο πραματάκια για τις παγίδες. Όταν πας να στήσεις παγίδα σε αλεπού, συνήθως την πατάει η παγίδα. Δεν έχουμε ακριβώς το πλεονέκτημα του αιφνιδιασμού. Έχουμε πάει κι έχουμε χτυπήσει την πόρτα της τόσες φορές, που και αρκούδα να ήταν θα φοβόταν. Τι θα έλεγες για τα σκυλιά; Με τα σκυλιά θα ήταν πιο σίγουρη η δουλειά».

Ο σερίφης έμεινε αμίλητος για μερικές στιγμές. «Δεν ξέρω. Ίσως να έχω παραγίνει μαλακός με τα χρόνια, στην πελώρια ηλικία των πενηνταένα. Αλλά να αμολήσεις τα σκυλιά για να πιάσεις μια γυναίκα και να τη φέρεις για ανάκριση δεν μου φαίνεται σωστό. Εντάξει για κατάδικους που έχουν δραπετεύσει, για κάποιον που έχει ήδη καταδικαστεί ως εγκληματίας. Αλλά αυτή, όπως κι όλοι δηλαδή, είναι αθώα μέχρι να αποδειχθεί το αντίθετο, και γενικά δεν μου πάει να αμολήσω τα σκυλιά για να βρω μια ύποπτη γυναίκα. Μπορεί να το κάνουμε σαν έσχατη λύση, αλλά όχι ακόμα».

«Εντάξει. Σαν τι παγίδα λες;»

«Αυτό πρέπει να σκεφτούμε».

Στις 15 Δεκεμβρίου, την ώρα που ο Εντ και ο Τζο συζητούσαν με ποιον τρόπο να φέρουν την Κάια στο τμήμα, κάποιος χτύπησε την πόρτα. Πίσω απ' το θαμπό γυαλί διαγραφόταν η σιλουέτα ενός μεγαλόσωμου άνδρα.

«Περάστε», φώναξε ο σερίφης.

Ο άνδρας μπήκε στο γραφείο και ο Εντ είπε: «Βρε καλώς τον Ρόντνι. Τι μπορούμε να κάνουμε για σένα;».

Ο Ρόντνι Χορν, συνταξιούχος μηχανικός, περνούσε τις περισσότερες μέρες του ψαρεύοντας με τον κολλητό του, τον Ντένι Σμιθ. Οι κάτοικοι του χωριού τον ήξεραν σαν έναν άνθρωπο ήσυχο και νοικοκύρη, που πάντα φορούσε σαλοπέτα. Ποτέ δεν έλειπε από την εκκλησία, αλλά κι εκεί σαλοπέτα φορούσε, με πουκάμισο φρεσκοσιδερωμένο από τη γυναίκα του την Έλζι και κολλαρισμένο μέχρι ακαμψίας.

Ο Ρόντνι έβγαλε το τσόχινο καπέλο του και το κράτησε με τα δύο χέρια μπροστά από την κοιλιά του. Ο Εντ τού είπε να καθίσει αλλά ο Ρόντνι κούνησε το κεφάλι αρνητικά. «Δεν θα αργήσω πολύ», είπε. «Απλώς θυμήθηκα κάτι σχετικό μ' εκείνη την ιστορία, του Τσέις Άντριους».

«Τι έχεις να μας πεις;» ρώτησε ο Τζο.

«Πάει κάμποσος καιρός πια. Ήμασταν με τον Ντένι για ψάρεμα, 30 Αυγούστου, αυτή τη χρονιά, και είδαμε κάτι εκεί στο Σάιπρες Κόουβ. Μου φαίνεται πως μπορεί να σας ενδιαφέρει».

«Συνέχισε», είπε ο σερίφης. «Αλλά πρώτα, σε παρακαλώ,

Ρόντνι, κάθισε. Θα νιώσουμε όλοι πολύ πιο άνετα αν είσαι καθιστός».

Ο Ρόντνι κάθισε στην καρέκλα που του πρόσφεραν, και μέσα στα επόμενα πέντε λεπτά είπε την ιστορία του. Όταν έφυγε, ο Εντ και ο Τζο κοιτάχτηκαν.

«Ε, τώρα έχουμε και κίνητρο», είπε ο Τζο.

«Πάμε να τη φέρουμε».

37.

Γκρίζοι καρχαρίες

1969

Λίγες μέρες πριν από τα Χριστούγεννα και πιο νωρίς το πρωί απ' ό,τι συνήθως, η Κάια βγήκε με τη βάρκα και τράβηξε, αργά-αργά και αθόρυβα, για του Σάλτα. Από τότε που ο σερίφης ή ο βοηθός του άρχισαν να έρχονται σπίτι της στα μουλωχτά προσπαθώντας να την πετύχουν —είχε παρακολουθήσει όλες τις αποτυχημένες τους απόπειρες από τα φοινικόδεντρα— πήγαινε πριν ακόμα φέξει για να αγοράσει βενζίνη και προμήθειες, την ώρα που μόνο ψαράδες τριγύριζαν στον βάλτο. Τώρα, σύννεφα έτρεχαν χαμηλά πάνω από την ταραγμένη θάλασσα, ενώ στον ορίζοντα στα ανατολικά σχηματιζόταν ένας στρόβιλος σφιχτός σαν μαστίγιο. Η Κάια έπρεπε να ξεμπερδέψει γρήγορα στου Σάλτα και να γυρίσει σπίτι πριν πιάσει το μπουρίνι. Από τα τετρακόσια μέτρα περίπου είδε τον μόλο τυλιγμένο στην ομίχλη. Έκοψε ακόμα πιο πολύ ταχύτητα και κοίταξε γύρω να δει αν υπήρχαν άλλα σκάφη μέσα στην υγρή σιωπή.

Τελικά, από τα σαράντα μέτρα διέκρινε τη φιγούρα του Σάλτα· καθόταν στη γνωστή καρέκλα μπροστά στον τοίχο. Σήκωσε το χέρι και τον χαιρέτησε. Εκείνος, όχι. Ούτε και σηκώθηκε. Κούνησε μόνο το κεφάλι ελάχιστα, ένας ψίθυρος κίνησης. Η Κάια άφησε τελείως το γκάζι.

Τον χαιρέτησε και πάλι. Ο Σάλτας συνέχισε να την κοιτάζει χωρίς να κουνιέται.

Με μια απότομη κίνηση, η Κάια γύρισε τη λαγουδέρα και τράβηξε ξανά προς τη θάλασσα. Τώρα όμως μέσα από την ομίχλη εμφανίστηκε ένα μεγάλο σκάφος με τον σερίφη στο τιμόνι. Κι άλλα δύο σκάφη, δεξιά κι αριστερά. Και ακριβώς πίσω τους, το μπουρίνι.

Γκάζωσε όσο μπορούσε και πέρασε σαν από το μάτι της βελόνας ανάμεσα από τα σκάφη που έρχονταν καταπάνω της, σπάζοντας τους αφρούς από τα κύματα, ίσια κατά την ανοιχτή θάλασσα. Ήθελε να κόψει πάλι προς τον βάλτο, αλλά το σκάφος του σερίφη ήταν πάρα πολύ κοντά· θα την έπιαναν πριν προλάβει να φτάσει εκεί.

Η θάλασσα είχε πάψει να κυματίζει συμμετρικά και τώρα πια χτυπιόταν αλλοπρόσαλλα. Τα νερά αγρίεψαν κι άλλο καθώς η θύελλα έκλεισε ολόγυρά της. Μέσα σε δευτερόλεπτα, ξέσπασε η καταιγίδα. Η Κάια έγινε μούσκεμα, στο πρόσωπό της κολλούσαν τα μακριά μαλλιά της σαν σκοινιά. Γύρισε την πλώρη προς τον άνεμο για να μην τουμπάρει η βάρκα, αλλά η θάλασσα έσπρωχνε πίσω την πλώρη.

Ήξερε πως τα δικά τους σκάφη ήταν πιο γρήγορα κι έτσι όρμηξε σκυφτή κόντρα στον άγριο άνεμο. Ίσως έτσι κατάφερνε να τους ξεφορτωθεί μέσα σ' αυτή την αναμπουμπούλα, ή και να βουτήξει στη θάλασσα και να ξεφύγει κολυμπώντας. Στο μυαλό της διέτρεξε ταχύτατα όλες τις λεπτομέρειες, σε περίπτωση που πηδούσε στη θάλασσα, αφού μάλλον αυτή έμοιαζε η καλύτερη λύση. Έτσι κοντά στην ακτή, το ρεύμα θα την παρέσερνε πολύ πιο γρήγορα απ' όσο θα φαντάζονταν οι άλλοι. Αν κατάφερνε να βγάζει πότε-πότε το κεφάλι για να πάρει ανάσα, θα έφτανε τελικά στη στεριά αθέατη, σε κάποια θαμνώδη ακτή.

Οι μηχανές των σκαφών πίσω της μούγκριζαν πιο δυνατά από τη θύελλα. Όλο και πλησίαζαν. Ήταν δυνατόν να σταματήσει έτσι απλά; Δεν είχε παραδοθεί ποτέ της. Να πηδήξει — τώρα αμέσως. Ξαφνικά όμως, τα σκάφη μαζεύτηκαν σαν γκρίζοι καρχαρίες τριγύρω της, όλο και πιο κοντά. Ένα από τα σκάφη βρέθηκε μεμιάς μπροστά της, κι η Κάια έριξε τη βάρκα επάνω στα πλευρά του. Τινάχτηκε προς τα πίσω, προς τη μηχανή· ο λαιμός της λύγισε απότομα. Ο σερίφης άπλωσε το χέρι και έπιασε την κουπαστή της βάρκας, ενώ τα σκάφη σκαμπανέβαζαν στα απόνερα. Δύο άνδρες πήδηξαν στη βάρκα της και ο βοηθός σερίφη είπε: «Δεσποινίς Κάθριν Κλαρκ, συλλαμβάνεστε για τον φόνο του κυρίου Τσέις Άντριους. Έχετε το δικαίωμα να παραμείνετε σιωπηλή...»

Τα υπόλοιπα δεν τα άκουσε καν. Κανείς δεν τα ακούει τα υπόλοιπα.

38.

Ο Σάντεϊ Τζάστις

1970

Η Κάια έκλεισε ασυναίσθητα τα μάτια μπροστά στο έντονο φως από τις λάμπες και από τα παράθυρα που έφταναν ίσαμε το ταβάνι. Επί δύο μήνες ζούσε στο μισοσκόταδο, και τώρα, ξανανοίγοντας τα μάτια, πρόλαβε να δει μια μαλακή ακρούλα από βάλτο έξω απ' το παράθυρο. Βελανιδιές που αγκάλιαζαν χαμηλές φτέρες και λιόπρινα. Προσπάθησε να κρατήσει για λίγο ακόμα εκείνο το ζωογόνο πράσινο, αλλά χέρια δυνατά την έπιασαν και την οδήγησαν σ' ένα μακρόστενο τραπέζι με καρέκλες όπου καθόταν ο δικηγόρος της, ο Τομ Μίλτον. Φορούσε μαύρο παντελόνι κι ένα απλό άσπρο μπλουζάκι κι η κοτσίδα της έπεφτε ανάμεσα στις ωμοπλάτες της· δεν γύρισε καν να κοιτάξει το ακροατήριο. Κι ωστόσο αντιλαμβανόταν τη θερμότητα των σωμάτων, το θρόισμα των ανθρώπων που είχαν γεμίσει την αίθουσα του δικαστηρίου για να παρακολουθήσουν τη δίκη της. Διαισθανόταν τους ώμους και τα κεφάλια να μετακινούνται για να μπορέσουν έστω και λίγο να τη δουν. Να τη δουν με χειροπέδες. Οι οσμές από ιδρώτα, μπαγιάτικο καπνό και φτηνά αρώματα χειροτέρευαν τη ναυτία της. Τα βηξίματα σταμάτησαν αλλά τα μουρμουρητά φούντωσαν καθώς πλησίαζε στο εδώλιο — όλοι οι ήχοι έμοιαζαν μακρινοί, γιατί πιο πολύ απ' όλα άκουγε τη νοσηρή τραχύτητα της δικής της ανάσας. Τα μάτια της ήταν καρφωμένα στο πάτωμα —βερνικωμένη καρδιά πεύκου— ενώ κάποιος της έβγαζε τις χειροπέδες, κι ύστερα κάθισε βαριά στην καρέκλα. Η ώρα ήταν 9.30 το πρωί, 25 Φεβρουαρίου 1970.

Ο Τομ έγειρε προς το μέρος της και της ψιθύρισε πως όλα θα πάνε καλά. Εκείνη δεν απάντησε, μόνο τον κοίταξε αναζητώντας την ειλικρίνεια στα μάτια του, κάτι, οτιδήποτε, για να κρατηθεί. Δεν ήταν πως τον πίστευε, απλώς ήταν η πρώτη φορά στη ζωή της που άφηνε την τύχη της στα χέρια κάποιου άλλου. Ο Τομ ήταν ψηλός και ευθυτενής για εβδομηνταενός ετών άνθρωπος κι επάνω του τα πυκνά λευκά μαλλιά του και τα ντεμοντέ λινά κοστούμια απέπνεαν τη χαλαρή, αν και στυλιζαρισμένη, χάρη του σεβάσμιου δημόσιου προσώπου της αμερικανικής επαρχίας. Οι κινήσεις του ήταν προσεκτικές και η ομιλία του πάντα χαμηλόφωνη πίσω απ' το ευχάριστο χαμόγελο που κατοικούσε μόνιμα στο πρόσωπό του.

Ο δικαστής Σιμς είχε ορίσει κάποιον νεαρό δικηγόρο για την υπεράσπιση της δεσποινίδας Κλαρκ, αφού η ίδια δεν είχε προβεί σε καμία σχετική ενέργεια, όταν όμως το έμαθε ο Τομ Μίλτον, αποφάσισε, αν και συνταξιούχος, να επανέλθει στην ενεργό δράση και ζήτησε να την εκπροσωπήσει δωρεάν. Είχε ακούσει, όπως όλοι, ιστορίες για την Πιτσιρίκα του Βάλτου και μέσα στα χρόνια την είχε δει μερικές φορές, είτε να πλέει ήρεμα στα υδάτινα μονοπάτια, σαν να ήταν ένα με το ρεύμα, ή να βγαίνει σχεδόν τρέχοντας από το μανάβικο σαν ρακούν από σκουπιδοτενεκέ.

Την πρώτη φορά που επισκέφτηκε την Κάια στη φυλακή, δυο μήνες νωρίτερα, τον οδήγησαν σε μια μικρή, σκοτεινή αίθουσα, όπου την είδε να κάθεται σ' ένα τραπέζι. Δεν σήκωσε τα μάτια να τον κοιτάξει. Ο Τομ συστήθηκε, της είπε ότι θα την εκπροσωπούσε, εκείνη όμως δεν μίλησε. Ένιωσε μια ανυπέρβλητη παρόρμηση να απλώσει το χέρι του και να αγγίξει το δικό της, κάτι όμως —ίσως η ευθυτενής της στάση ή το ακίνητο, κενό βλέμμα της— την έκανε, θαρρείς, απρόσιτη στο άγγιγμα. Αλλάζοντας διαρκώς γωνία στην προσπάθειά του να συναντήσει το βλέμμα της, της εξήγησε τα διαδικαστικά, τι έπρεπε να περιμένει, κι ύστερα της έκανε ερωτήσεις. Η Κάια όμως ούτε απάντησε, ούτε σάλεψε, ούτε τον κοίταξε ποτέ. Καθώς την έπαιρναν από την αίθουσα, γύρισε μόνο το κεφάλι και κοίταξε για μια στιγμή από ένα μικρό παράθυρο, απ' όπου φαινόταν ο ουρανός. Θαλασσοπούλια που έκρωζαν πάνω από το λιμάνι· κι η Κάια, λες και παρατηρούσε το τραγούδι τους.

Στην επόμενη επίσκεψη, ο Τομ άνοιξε μια χαρτοσακούλα κι έβγαλε από μέσα ένα γυαλιστερό βιβλίο μεγάλου σχήματος, το οποίο έσπρωξε προς το μέρος της. Ο τίτλος του: *Τα σπανιότερα όστρακα του κόσμου*, και περιείχε ελαιογραφίες οστράκων σε πραγματικές διαστάσεις, από τις πιο μακρινές ακτές της Γης. Το στόμα της Κάια μισάνοιξε κι άρχισε να γυρίζει αργά-αργά τις σελίδες κουνώντας το κεφάλι μπροστά σε συγκεκριμένα λήμματα. Ο Τομ τής άφησε όσο χρόνο ήθελε. Έπειτα της μίλησε και πάλι, και αυτή τη φορά η Κάια τον κοίταξε στα μάτια. Με ήσυχη υπομονή, της εξήγησε τη διαδικασία της δίκης και της έφτιαξε ακόμα κι ένα σκίτσο της αίθουσας για να της δείξει τις θέσεις των ενόρκων, την έδρα του δικαστή και πού κάθονται οι συνήγοροι. Έπειτα πρόσθεσε με πρόχειρες γραμμές τον δικαστικό κλητήρα, τον δικαστή και τη γραμματέα και εξήγησε στην Κάια τους ρόλους τους.

Όπως και στην πρώτη τους συνάντηση, προσπάθησε να της εξηγήσει τα στοιχεία που υπήρχαν εναντίον της και να τη ρωτήσει πού βρισκόταν τη νύχτα του θανάτου του Τσέις, εκείνη όμως, με την πρώτη αναφορά σε λεπτομέρειες, αποτραβήχτηκε ξανά μέσα στο καβούκι της. Αργότερα, όταν ο Τομ σηκώθηκε για να φύγει, η Κάια έσπρωξε ξανά το βιβλίο επάνω στο τραπέζι, αλλά εκείνος είπε: «Όχι, για σένα το έφερα. Είναι δικό σου».

Η Κάια δάγκωσε τα χείλη της και βλεφάρισε νευρικά.

Και τώρα, για πρώτη φορά στην αίθουσα του δικαστηρίου, ο Τομ προσπάθησε να της αποσπάσει την προσοχή από την αναστάτωση πίσω τους υποδεικνύοντάς της τα στοιχεία που της είχε σχεδιάσει και στο χαρτί. Ήταν όμως ανώφελο. Στις 9.45 πια η αίθουσα ξεχείλιζε από κατοίκους του χωριού που είχαν καταλάβει κάθε διαθέσιμο κάθισμα και έκαναν μεγαλοφώνως σχόλια σχετικά με τα αποδεικτικά στοιχεία και την ποινή του θανάτου. Σ' έναν μικρό εξώστη στο βάθος χωρούσαν άλλοι είκοσι, και παρόλο που δεν δηλωνόταν ρητώς, ήταν σε όλους σαφές ότι οι μαύροι μόνο εκεί επιτρεπόταν να κάθονται. Σήμερα όμως και ο εξώστης ήταν γεμάτος λευκούς και μόνο λίγους μαύρους, αφού επρόκειτο για υπόθεση όπου εμπλέκονταν αποκλειστικά λευκοί. Σε ειδικό χώρο κοντά στις μπροστινές θέσεις κάθονταν μερικοί δημοσιογράφοι από την *Ατλάντα Κονστιτούσιον* και την *Ράλι Χέραλντ*. Όσοι δεν μπόρεσαν να βρουν θέση στέκονταν όλοι μαζί όρθιοι στο βάθος και μπροστά στους πλαϊνούς τοίχους δίπλα στα ψηλά παράθυρα. Χειρονομίες, μουρμουρητά, κουτσομπολιά. Η Πιτσιρίκα του Βάλτου, κατηγορούμενη για φόνο· δεν γινόταν καλύτερο. Ο Σάντεϊ Τζάστις, ο γάτος του δικαστηρίου —με τη μαύρη ράχη, το λευκό πρόσωπο και τη μαύρη μάσκα γύρω απ' τα πράσινα μάτια του— ήταν ξαπλωμένος σε μια νησίδα λιακάδας πάνω σ' ένα απ' τα φαρδιά περβάζια. Μόνιμος κάτοικος του δικαστηρίου εδώ και χρόνια, είχε κερδίσει τη θέση του κρατώντας το υπόγειο καθαρό από αρουραίους και την αίθουσα του δικαστηρίου από ποντίκια.

Επειδή το Μπάρκλι Κόουβ ήταν το πρώτο χωριό που ιδρύθηκε σ' αυτό το κατακερματισμένο, βαλτώδες τμήμα της ακτής της Βόρειας Καρολίνας, ανακηρύχτηκε από το Βρετανικό Στέμμα πρωτεύουσα της κομητείας και έτσι χτίστηκε εκεί το πρώτο κτίριο δικαστηρίου, το 1754. Αργότερα, μολονότι άλλες κωμοπόλεις όπως το Ση Οουκς, απέκτησαν μεγαλύτερο μέγεθος και πληθυσμό, το Μπάρκλι Κόουβ παρέμεινε το επίσημο αυτοδιοικητικό κέντρο.

Το αρχικό κτίριο των δικαστηρίων χτυπήθηκε από κεραυνό το 1912, που έκανε στάχτη το μεγαλύτερο μέρος της ξύλινης κατασκευής. Την επόμενη χρονιά, ανεγέρθηκε στο ίδιο οικόπεδο, στο τέρμα της Μέιν Στρητ, ένα διώροφο κτίριο από τούβλο με επένδυση γρανίτη γύρω από τα παράθυρα. Τη δεκαετία του '60, ο βάλτος είχε αρχίσει να εισβάλλει στον κάποτε καλοφροντισμένο εξωτερικό χώρο, που τώρα είχε γεμίσει χορτάρια και φοίνικες, ακόμα και βούρλα. Μια λιμνούλα πνιγμένη στα νούφαρα πλημμύριζε κάθε άνοιξη και, μέσα στα χρόνια, είχε φάει κι ένα κομμάτι από το πεζοδρόμιο.

Αντιθέτως, η ίδια η αίθουσα, που αποτελούσε αντίγραφο της αρχικής, ήταν εξαιρετικά επιβλητική. Η υπερυψωμένη έδρα του δικαστή, από μαύρο μαόνι με ένθετο τον πολύχρωμο θυρεό της πολιτείας, βρισκόταν μπροστά από πολλές και διάφορες σημαίες, μεταξύ αυτών και η σημαία της Συνομοσπονδίας του Νότου. Ο μισός τοίχος πίσω από την, επίσης μαονένια, εξέδρα των ενόρκων, είχε επένδυση από κόκκινο κέδρο, και τα παράθυρα που έπιαναν σχεδόν όλο τον ένα τοίχο της αίθουσας έβλεπαν στη θάλασσα.

Όταν μπήκαν στην αίθουσα οι αξιωματούχοι, ο Τομ υπέδειξε στην Κάια τις αντίστοιχες πρόχειρες φιγούρες στο σχέδιο και της εξήγησε ποιος είναι ποιος. «Αυτός είναι ο δικαστικός κλητήρας, ο Χανκ Τζόουνς», είπε καθώς ένας ψηλόλιγνος εξηντάρης με μαλλιά που είχαν υποχωρήσει πια τόσο ώστε να είναι ακριβώς το μισό του κεφάλι εντελώς καραφλό, στάθηκε μπροστά από την έδρα. Φορούσε γκρίζα στολή και φαρδιά ζώνη από την οποία κρεμόταν ένας ασύρματος, ένας φακός, μια εντυπωσιακή αρμαθιά κλειδιά και ένα εξάσφαιρο κολτ στη θήκη του.

Ο κύριος Τζόουνς απευθύνθηκε στο πλήθος: «Κυρίες και κύριοι, λυπάμαι αλλά γνωρίζετε τους κανόνες της πυροσβεστικής. Όποιος δεν είναι καθιστός, πρέπει να φύγει».

«Αυτή εκεί είναι η δεσποινίς Χενριέτα Τζόουνς, η κόρη του δικαστικού κλητήρα, που κρατάει τα πρακτικά», εξήγησε στην Κάια ο Τομ καθώς μια νεαρή κοπέλα, ψηλή και αδύνατη όπως και ο πατέρας της, μπήκε στην αίθουσα και κάθισε αμίλητη σ' ένα γραφειάκι κοντά στην έδρα. Ο εισαγγελέας, ο κύριος Έρικ Τσάστεϊν καθόταν ήδη στη θέση του και έβγαζε σημειωματάρια από τον χαρτοφύλακά του. Ήταν ένας άνδρας γύρω στο ένα και ογδόντα, ευρύστερνος, κοκκινομάλλης, που πάντα φορούσε μπλε κοστούμι και φαρδιές πολύχρωμες γραβάτες αγορασμένες από το Sears Roebuck του Άσβιλ.

Ο δικαστικός κλητήρας φώναξε: «Όλοι όρθιοι. Άρχεται η συνεδρίασις. Προεδρεύει ο εντιμότατος δικαστής Χάρολντ Σιμς». Μεμιάς έπεσε σιγή. Η πόρτα του γραφείου άνοιξε και στην αίθουσα μπήκε ο δικαστής Σιμς, ο οποίος έκανε νόημα σε όλους να καθίσουν και ζήτησε από τον συνήγορο υπεράσπισης και τον εισαγγελέα να πλησιάσουν στην έδρα. Ο δικαστής ήταν ένας μεγαλόσωμος άνδρας με στρογγυλό πρόσωπο και λευκές μακριές φαβορίτες, που ζούσε στο Ση Όουκς αλλά δίκαζε και υποθέσεις στο Μπάρκλι Κόουβ εδώ και εννέα χρόνια. Γενικά είχε τη φήμη νηφάλιου και δίκαιου δικαστή που δεν ανεχόταν τα κόλπα και τις ανοησίες. Η φωνή του αντήχησε βροντερή μέσα στην αίθουσα.

«Κύριε Μίλτον, το αίτημά σας για μεταφορά της δίκης αυτής σε άλλη κομητεία, με την αιτιολογία ότι η δεσποινίς Κλαρκ δεν θα μπορέσει να έχει δίκαιη δίκη λόγω των εις βάρος της προκαταλήψεων στην κοινότητα αυτή, απορρίπτεται. Αποδέχομαι ότι η δεσποινίς Κλαρκ έχει ζήσει σε συνθήκες ασυνήθιστες και έχει γίνει αντικείμενο μιας κάποιας προκατάληψης, δεν έχω όμως κανένα στοιχείο ότι η προκατάληψη αυτή είναι μεγαλύτερη απ' αυτή που έχουν αντιμετωπίσει πολλοί άλλοι υπόδικοι σε μικρές πόλεις ανά τη χώρα. Ή και σε μεγάλες πόλεις, για να είμαστε ειλικρινείς. Η δίκη θα διεξαχθεί εδώ και τώρα». Νεύματα επιδοκιμασίας σε ολόκληρη την αίθουσα, ενώ συνήγορος και εισαγγελέας επέστρεφαν στις θέσεις τους.

Ο δικαστής συνέχισε. «Κάθριν Ντανιέλ Κλαρκ, από την κομητεία Μπάρκλι της Βόρειας Καρολίνας, κατηγορείσαι για τον εκ προμελέτης φόνο του Τσέις Λόρενς Άντριους, κατοίκου του Μπάρκλι Κόουβ. Στην περίπτωση του εκ προμελέτης φόνου η πολιτεία έχει το δικαίωμα να ζητήσει την επιβολή της θανατικής ποινής. Ο κατήγορος έχει δηλώσει ότι πράγματι θα τη ζητήσει εφόσον κριθείς ένοχη». Μουρμουρητά στο ακροατήριο.

Ο Τομ φάνηκε να έρχεται, σιγά-σιγά, λίγο πιο κοντά στην Κάια· κι εκείνη δεν αρνήθηκε αυτή την παρηγοριά.

«Ξεκινάμε τώρα την επιλογή των ενόρκων». Ο δικαστής Σιμς στράφηκε προς τις δύο πρώτες σειρές με τους δυνάμει ενόρκους. Όσο διάβαζε τον κατάλογο με τους όρους και τους κανόνες, ο Σάντεϊ Τζάστις πήδηξε από το περβάζι μ' έναν μικρό γδούπο και μετά, με μια αιθέρια κίνηση, βρέθηκε πάνω στην έδρα του δικαστή. Ο δικαστής χάιδεψε αφηρημένα το κεφάλι του γάτου και συνέχισε.

«Σε υποθέσεις που επισύρουν θανατική ποινή, η Πολιτεία της Βόρειας Καρολίνας επιτρέπει σε όποιον ή όποια ένορκο ενίσταται στη θανατική ποινή να αποσυρθεί. Παρακαλώ, όσοι δεν μπορείτε ή δεν θέλετε να επιβάλετε ποινή θανάτου σε περίπτωση που η κατηγορουμένη βρεθεί ένοχη, σηκώστε το χέρι». Κανένα χέρι δεν σηκώθηκε.

Το μόνο που άκουσε η Κάια ήταν το «θανατική ποινή».

Ο δικαστής συνέχισε. «Άλλος θεμιτός λόγος εξαίρεσης από το σώμα των ενόρκων είναι η περίπτωση να έχει τώρα ή να είχε στο παρελθόν κάποιος τόσο στενή σχέση είτε με τη δεσποινίδα Κλαρκ είτε με τον κύριο Άντριους, ώστε να μην είναι σε θέση να αντιμετωπίσει την υπόθεση αντικειμενικά. Παρακαλώ, ενημερώστε εάν θεωρείτε πως κάτι τέτοιο ισχύει για σας».

Από τη μέση της δεύτερης σειράς, η κυρία Σάλι Καλπέπερ σήκωσε το χέρι της και δήλωσε το όνομά της. Τα γκρίζα της μαλλιά ήταν πιασμένα σ' έναν αυστηρό κότσο, και το καπέλο, το ταγέρ και τα παπούτσια της είχαν το ίδιο μουντό καφέ χρώμα.

«Ναι, Σάλι, πες μου τι σε απασχολεί», είπε ο δικαστής.

«Όπως ξέρετε, ήμουν υπάλληλος της Σχολικής Επιθεώρησης της Κομητείας του Μπάρκλι επί εικοσιπέντε χρόνια. Η δεσποινίς Κλαρκ ήταν μια απ' τις περιπτώσεις που με απασχόλησαν, οπότε είχα κάποιες επαφές μαζί της — ή τουλάχιστον προσπάθησα να έχω».

Η Κάια θα μπορούσε να δει την κυρία Καλπέπερ ή και οποιονδήποτε άλλο στον χώρο του ακροατηρίου μόνον αν γυρνούσε να κοιτάξει πίσω της, πράγμα που φυσικά δεν θα έκανε ποτέ. Θυμόταν, ωστόσο, καθαρά την τελευταία φορά που είδε την κυρία Καλπέπερ να κάθεται στο αυτοκίνητο ενώ ο άντρας με το μαλακό καπέλο προσπαθούσε να τη βρει και να την πιάσει. Η Κάια είχε φερθεί τότε όσο μπορούσε πιο ευγενικά στον ηλικιωμένο άνδρα — βγήκε αθόρυβα από την κρυψώνα της και πέρασε μέσα απ' τα βάτα για να του δώσει κάποιο στοιχείο, κι ύστερα έκανε τον κύκλο και κρύφτηκε πάλι στους θάμνους κοντά στο αυτοκίνητο. Αλλά ο γέρος με το καπέλο πήρε την αντίθετη κατεύθυνση, προς την παραλία.

Μισοκαθισμένη εκεί, η Κάια είχε πιάσει ένα κλαδάκι λιόπρινου και είχε χτυπήσει απαλά την πόρτα του αυτοκινήτου, και τότε η κυρία Καλπέπερ είχε γυρίσει προς το παράθυρο και την είχε κοιτάξει κατευθείαν στα μάτια. Η Κάια είχε μάλιστα την εντύπωση πως η κυρία της σχολικής επιθεώρησης είχε χαμογελάσει ανεπαίσθητα. Εν πάση περιπτώσει, δεν έκανε καμία κίνηση να τη μαρτυρήσει στον γέρο με το καπέλο όταν αυτός επέστρεψε βλαστημώντας ασταμάτητα, για να φύγει με το αυτοκίνητο από τον ίδιο δρόμο και να μην ξαναγυρίσει ποτέ πια.

Τώρα, η κυρία Καλπέπερ έλεγε στον δικαστή: «Κοιτάξτε, επειδή είχα πάρε-δώσε μαζί της, δεν ξέρω αν αυτό σημαίνει πως θα πρέπει να εξαιρεθώ».

Είπε ο δικαστής Σιμς: «Σ' ευχαριστώ, Σάλι. Ίσως ορισμένοι από εσάς να είχατε κάποια επαφή με τη δεσποινίδα Κλαρκ σε μαγαζιά ή μέσω υπηρεσιών, όπως στην περίπτωση της κυρίας Καλπέπερ. Το ζήτημα είναι: είστε σε θέση να ακούσετε τις μαρτυρίες που θα δοθούν εδώ και να αποφασίσετε αν η κατηγορουμένη είναι αθώα ή ένοχη βάσει των στοιχείων και όχι βάσει των προηγούμενων εμπειριών ή των συναισθημάτων σας;»

«Ναι, μάλιστα, είμαι βέβαιη πως μπορώ, Κύριε Πρόεδρε».

«Ευχαριστώ, Σάλι. Μπορείς να παραμείνεις».

Μέχρι να πάει 11.30, επτά γυναίκες και πέντε άνδρες κάθονταν ήδη στα έδρανα των ενόρκων. Η Κάια μπορούσε να τους βλέπει από τη θέση της, και πράγματι έριχνε κλεφτές ματιές στα πρόσωπά τους. Τους περισσότερους τους αναγνώριζε από το χωριό, αν και λίγα μόνο ονόματα ήξερε. Η κυρία Καλπέπερ καθόταν ακριβώς στη μέση, μια μικρή παρηγοριά για την Κάια. Δίπλα της όμως καθόταν η Τερέσα Ουάιτ, η ξανθιά σύζυγος του μεθοδιστή ιεροκήρυκα, εκείνη που πριν από πολλά χρόνια είχε βγει άρον-άρον από το παπουτσάδικο για να πάρει την κόρη της μακριά από την Κάια — τη μία και μοναδική φορά που η Κάια είχε φάει με τον Μπαμπά στην καφετέρια και μετά το φαγητό είχε βγει και στεκόταν στο πεζοδρόμιο. Η κυρία Ουάιτ, εκείνη που είχε πει στην κόρη της ότι η Κάια ήταν βρώμικη, τώρα καθόταν στα έδρανα των ενόρκων.

Ο δικαστής Σιμς ανακοίνωσε πως θα γίνει διάλειμμα για φαγητό μέχρι τη 1.00 το μεσημέρι. Η καφετέρια θα έφερνε σάντουιτς με τόνο, με κοτοσαλάτα και με χοιρινό για τους ενόρκους, οι οποίοι θα γευμάτιζαν στην αίθουσα συσκέψεων. Για να μην αδικηθεί κανένα από τα δύο καταστήματα εστίασης της πόλης, η μπιραρία Μπάτε Σκύλοι θα έφερνε με τη σειρά της χοτ-ντογκ και σάντουιτς με τσίλι ή με γαρίδες. Πάντα έφερναν κάτι και για τον γάτο. Η προτίμησή του ήταν τα σάντουιτς με γαρίδες.

39.

Ο Τσέις, τυχαία

1969

Η ομίχλη εγκατέλειπε εκείνο το αυγουστιάτικο πρωινό του 1969 καθώς η Κάια έπλεε προς την απόμακρη χερσόνησο που οι ντόπιοι αποκαλούσαν Σάιπρες Κόουβ· είχε δει κάποτε εκεί ένα σπάνιο είδος μανιταριού. Τον Αύγουστο η εποχή των μανιταριών έχει σχεδόν περάσει πια, αλλά το Σάιπρες Κόουβ ήταν δροσερό και με αρκετή υγρασία, οπότε ήταν πιθανό να ξαναβρεί εκείνα τα σπάνια είδη. Είχε περάσει ένας μήνας και παραπάνω από τότε που ο Τέιτ τής άφησε την πυξίδα στο κούτσουρο για τα φτερά, και παρόλο που τον είχε ξαναδεί στον βάλτο, δεν είχε πλησιάσει ποτέ τόσο ώστε να του πει ευχαριστώ για το δώρο. Ούτε και είχε χρησιμοποιήσει την πυξίδα, παρόλο που την είχε πάντα κλεισμένη, ασφαλή, σ' ένα από τα πολλά τσεπάκια του σακιδίου.

Δέντρα τυλιγμένα με βρύα αγκάλιαζαν την όχθη· τα χαμηλά κλαδιά τους σχημάτιζαν κοντά στην ακτή μια σπηλιά μέσα από την οποία πέρασε, αναζητώντας στα σύδεντρα τα μικρά πορτοκαλιά μανιτάρια με το λεπτό πόδι. Και τελικά, τα είδε, λαμπερά, απαστράπτοντα, κολλημένα στα πλάγια ενός παλιού κούτσουρου. Τράβηξε τη βάρκα στην παραλία, κάθισε οκλαδόν και άρχισε να τα ζωγραφίζει.

Ξαφνικά, άκουσε βήματα πάνω στο μαλακό χώμα, κι ύστερα μια φωνή: «Βρε γιά δες ποια είναι εδώ. Το κορίτσι μου από τον βάλτο». Πετάχτηκε όρθια κάνοντας ταυτόχρονα μεταβολή και βρέθηκε πρόσωπο με πρόσωπο με τον Τσέις.

«Γεια σου, Κάια», της είπε. Εκείνη κοίταξε γύρω της. Πώς είχε βρεθεί εδώ ο Τσέις; Δεν είχε ακούσει βάρκα να πλησιάζει. Ο Τσέις διάβασε την απορία στα μάτια της. «Ψάρευα, σε είδα που πέρασες οπότε βγήκα κι εγώ στη στεριά από την άλλη μεριά.

«Σε παρακαλώ, φύγε», του είπε χώνοντας βιαστικά τα μολύβια και το μπλοκ στο σακίδιό της.

Ο Τσέις όμως την ακούμπησε στο μπράτσο. «Έλα τώρα. Λυπάμαι που τα πράγματα έγιναν έτσι». Έσκυψε προς το μέρος της — η ανάσα του πρόδιδε μπέρμπον για πρωινό.

«Μη μ' αγγίζεις!»

«Ήρεμα, σου είπα πως λυπάμαι. Αφού τό 'ξερες κι εσύ πως δεν γινότανε να παντρευτούμε. Ποτέ δε θα μπορούσες να ζήσεις κοντά στο χωριό. Αλλά εγώ πάντα σε νοιαζόμουνα. Και ήμουνα δίπλα σου».

«Δίπλα μου; Τι πάει να πει αυτό; Παράτα με ήσυχη». Η Κάια έβαλε το σακίδιο κάτω απ' τη μασχάλη της και άρχισε να περπατάει προς τη βάρκα, εκείνος όμως της άρπαξε το μπράτσο και το κράτησε σφιχτά.

«Δεν θα ξαναβρείς ποτέ σου άλλον σαν εμένα, Κάια. Ποτέ. Και το ξέρω πως μ' αγαπάς». Εκείνη τράβηξε απότομα το μπράτσο της.

«Κάνεις λάθος! Εγώ δεν είμαι καθόλου σίγουρη πως σ' αγάπησα ποτέ. Αλλά εσύ μιλούσες σε *μένα* περί γάμου, το θυμάσαι; Εσύ μου έλεγες πως θα χτίσεις σπίτι για μας. Κι αντί γι' αυτό, έμαθα από την εφημερίδα πως *εσύ* αρραβωνιάστηκες με *κάποια άλλη*. Γιατί τό 'κανες αυτό, Τσέις; Γιατί;»

«Έλα τώρα, Κάια. Αφού ήταν αδύνατο. Δεν μπορεί, θα τό 'ξερες κι εσύ πως δεν θα πήγαινε καλά. Τι σε πείραζε, όπως ήμασταν πριν; Εγώ λέω να ξαναβρούμε αυτό που είχαμε». Την έπιασε απ' τους ώμους και την τράβηξε προς το μέρος του.

«Άσε με!». Έστριψε το σώμα της, προσπάθησε να του ξεφύγει, εκείνος όμως τη γράπωσε και με τα δυο του χέρια. Τα μπράτσα της πόνεσαν. Έβαλε το στόμα του πάνω στο στόμα της και τη φίλησε. Η Κάια σήκωσε απότομα τα χέρια ψηλά, διώχνοντας τα δικά του. Με το κεφάλι τραβηγμένο πίσω, φώναξε με συριστική φωνή: «Μην τολμήσεις».

«Νάτη η αγριόγατά μου. Πιο άγρια παρά ποτέ». Τη γράπωσε ξανά απ' τους ώμους και κλαδεύοντας τα γόνατά της με το πόδι του, την έριξε κάτω. Το κεφάλι της κοπάνησε με δύναμη στο χώμα. «Το ξέρω πως με θες», της είπε μ' ένα γλοιώδες χαμόγελο.

«Όχι, σταμάτα!» ούρλιαξε εκείνη. Ο Τσέις γονάτισε με το ένα πόδι στο στομάχι της, κόβοντάς της την ανάσα, ενώ ξεκούμπωνε το τζήν του και το κατέβαζε.

Η Κάια ανασηκώθηκε και τον έσπρωξε με τα δυο της χέρια. Ξαφνικά, τη χτύπησε στο πρόσωπο με τη δεξιά του γροθιά. Το κεφάλι της έπεσε απότομα πίσω και το κορμί της γκρεμίστηκε ξανά στο χώμα. Όπως ακριβώς όταν ο Μπαμπάς χτυπούσε τη Μαμά. Ο πόνος έκανε το μυαλό της ν' αδειάσει για μερικά δευτερόλεπτα· έπειτα, άρχισε να στρίβει το σώμα της όπως μπορούσε, προσπαθώντας να ξεγλιστρήσει από κάτω του, ο Τσέις όμως ήταν πολύ δυνατός. Κρατώντας με το ένα του χέρι και τα δυο της χέρια πάνω από το κεφάλι της, ξεκούμπωσε το σορτς της και έσκισε την κιλότα της, ενώ εκείνη προσπαθούσε να τον κλωτσήσει. Η Κάια ούρλιαξε, αλλά κανείς δεν μπορούσε να την ακούσει. Χτυπώντας τα πόδια στο χώμα πάσχιζε να ελευθερωθεί, εκείνος όμως την άρπαξε από τη μέση και τη γύρισε μπρούμυτα. Ο Τσέις τής πίεσε το πονεμένο της πρόσωπο μέσα στα χώματα, και πιάνοντάς την από την κοιλιά, της ανασήκωσε τη λεκάνη, ενώ ο ίδιος γονάτιζε πίσω της.

«Αυτή τη φορά, δεν σ' αφήνω να μου ξεφύγεις. Σ' αρέσει δεν σ' αρέσει, είσαι δικιά μου».

Αντλώντας δύναμη από κάποια αρχέγονη πηγή, η Κάια έσπρωξε με τα γόνατα και τα μπράτσα το έδαφος και ανασηκώθηκε, ρίχνοντάς του ταυτόχρονα μια αγκωνιά στο σαγόνι. Το κεφάλι του γύρισε στο πλάι, και τότε εκείνη άρχισε να τον γρονθοκοπεί με μανία, ώσπου έχασε την ισορροπία του και έπεσε ανάσκελα στο χώμα. Και τότε, στοχεύοντας καλά, τον κλότσησε ολόισια στον καβάλο.

Ο Τσέις διπλώθηκε στα δύο και γύρισε στο πλάι, κρατώντας τους όρχεις του, σφαδάζοντας. Για καλό και για κακό, η Κάια τον κλότσησε και στην πλάτη, ξέροντας ακριβώς πού βρίσκονταν τα νεφρά. Τον κλότσησε πολλές φορές. Πολύ δυνατά.

Σήκωσε το σορτς της, άρπαξε το σακίδιο και έφυγε τρέχοντας για τη βάρκα της. Καθώς τραβούσε το κορδόνι για να πάρει μπρος η μηχανή, γύρισε και τον είδε πεσμένο στα τέσσερα, να βογκά. Βλαστήμησε ξανά και ξανά ώσπου επιτέλους η μηχανή ζωντάνεψε. Περίμενε πως ανά πάσα στιγμή, ο Τσέις θα σηκωνόταν για να την κυνηγήσει, έτσι έστριψε τη λαγουδέρα απότομα και άνοιξε τελείως το γκάζι για να απομακρυνθεί από την όχθη, ακριβώς τη στιγμή που εκείνος σηκωνόταν όρθιος. Με τρεμάμενο χέρι, κούμπωσε το σορτς της και αγκάλιασε το κορμί της. Έστρεψε σαν αλλοπαρμένη το βλέμμα προς τη θάλασσα και είδε σ' ένα άλλο σκάφος δύο άνδρες να την κοιτάζουν καλά-καλά.

40.

Σάιπρες Κόουβ

1970

Μετά το γεύμα, ο δικαστής Σιμς ρώτησε τον εισαγγελέα: «Έρικ, είστε έτοιμοι να καλέσετε τον πρώτο σας μάρτυρα;».

«Μάλιστα, κύριε πρόεδρε». Άλλοτε, σε άλλες υποθέσεις φόνου, ο Έρικ καλούσε συνήθως πρώτο τον ιατροδικαστή, γιατί μέσα από τη δική του μαρτυρία παρουσιάζονταν βασικά στοιχεία όπως το όπλο του εγκλήματος, ο χρόνος και ο τόπος του φόνου, φωτογραφίες από τον τόπο του εγκλήματος, όλα αυτά που έκαναν ισχυρή εντύπωση στους ενόρκους. Εδώ όμως, δεν υπήρχε ούτε όπλο, ούτε δακτυλικά αποτυπώματα, ούτε πατημασιές, κι έτσι η πρόθεση του Έρικ ήταν να ξεκινήσει από το κίνητρο.

«Κύριε πρόεδρε, η πολιτική αγωγή καλεί τον κύριο Ρόντνι Χορν».

Όλα τα μάτια στράφηκαν στον Ρόντνι Χορν που ανέβηκε στο βήμα του μάρτυρα και ορκίστηκε να πει την αλήθεια. Η Κάια αναγνώρισε το πρόσωπό του παρόλο που το είχε δει για ελάχιστα δευτερόλεπτα. Γύρισε το βλέμμα αλλού. Συνταξιούχος μηχανικός, ένας απ' αυτούς που περνούσε τον καιρό του με ψάρεμα ή κυνήγι ή παίζοντας πόκερ στον Ιταλιάνο. Και ικανός να πιει τον άμπακο. Σήμερα, όπως πάντα, φορούσε την τζην σαλοπέτα του με καθαρό πουκάμισο και γιακά τόσο κολαριστό που στεκόταν προσοχή. Κρατούσε το ψαράδικο σκουφί του στο αριστερό χέρι ενώ με το δεξί ορκιζόταν. Έπειτα, κάθισε στο έδρανο του μάρτυρα με το σκουφί στα γόνατα.

Ο Έρικ πλησίασε χαλαρός στο έδρανο. «Καλημέρα, Ρόντνι».

«Καλημέρα, Έρικ».

«Λοιπόν, Ρόντνι, από όσο ξέρω, το πρωί της 30ής Αυγούστου 1969 ψάρευες με έναν φίλο κοντά στο Σάιπρες Κόουβ. Σωστά;»

«Ακριβώς έτσι. Εγώ κι ο Ντένι ήμασταν για ψάρεμα. Είχαμε πάει αξημέρωτα».

«Για το τυπικό του πράγματος, εννοείς τον Ντένι Σμιθ;»

«Μάλιστα, τον Ντένι».

«Καλώς. Θα ήθελα να διηγηθείς στο δικαστήριο τι είδες εκείνο το πρωινό».

«Ε, όπως σας είπα, ήμασταν εκεί από το χάραμα, και κόντευε έντεκα πια και δεν τσιμπούσε τίποτα, είχαν περάσει ώρες, οπότε ήμασταν έτοιμοι να τα μαζέψουμε και να φύγουμε, αλλά τότε ακούσαμε μια φασαρία στα δέντρα, κοντά στη μύτη. Στο δάσος».

«Τι είδους φασαρία;»

«Κάτι φωνές, λίγο σαν πνιχτές στην αρχή, μετά πιο δυνατές. Ένας άντρας και μια γυναίκα. Δεν τους βλέπαμε, μόνο τους ακούγαμε, σαν να τσακωνόντουσαν».

«Και μετά τι συνέβη;»

«Ε, η γυναίκα άρχισε να φωνάζει δυνατά, οπότε πήγαμε πέρα να δούμε καλύτερα. Μήπως και είχε κάποιο πρόβλημα».

«Και τι είδατε;»

«Όταν πια φτάσαμε κοντά, είδαμε τη γυναίκα όρθια δίπλα

στον άντρα να τον κλωτσάει στα...». Ο Ρόντνι κοίταξε τον δικαστή.

«Πού τον κλότσησε;» είπε ο δικαστής Σιμς. «Μπορείς να το πεις».

«Τον κλότσησε στα αχαμνά, κι εκείνος έπεσε στο πλάι μουγκρίζοντας. Και μετά του έριξε κι άλλες πολλές κλωτσές στην πλάτη. Σαν το μουλάρι πού 'χει φάει μέλισσες».

«Αναγνωρίζετε τη γυναίκα; Βρίσκεται σήμερα σ' αυτή την αίθουσα;»

«Ε, ναι, την ξέραμε. Αυτή εκεί είναι, η κατηγορουμένη. Η Πιτσιρίκα του Βάλτου, που τη λέει ο κόσμος».

Ο δικαστής Σιμς έσκυψε προς τη μεριά του μάρτυρα. «Κύριε Χορν, η κατηγορουμένη είναι η δεσποινίς Κλαρκ. Δεν θα αναφέρεστε σ' αυτήν με άλλο όνομα».

«Εντάξει, λοιπόν. Τη δεσποινίδα Κλαρκ είδαμε».

Ο Έρικ συνέχισε. «Αναγνωρίσατε και τον άντρα που κλωτσούσε;»

«Ναι, στην αρχή δεν τον βλέπαμε καλά γιατί ήταν κάτω και χτυπιότανε από τους πόνους. Αλλά σε λιγάκι σηκώθηκε όρθιος και ήτανε ο Τσέις Άντριους, ο κεντρικός αμυντικός που είχαμε πριν μερικά χρόνια».

«Και μετά τι συνέβη;»

«Αυτή πήγε παραπατώντας στη βάρκα της και, τέλος πάντων, ήταν μισόγδυτη. Το σορτσάκι της κατεβασμένο κάτω και το βρακί της στα γόνατα. Προσπαθούσε να σηκώσει το σορτς της και να τρέξει ταυτόχρονα. Και συνέχιζε να του φωνάζει. Πήγε στη βάρκα της, μπήκε μέσα κι έφυγε σφαίρα, τραβολογώντας ακόμα τα βρακιά της. Όταν πέρασε από μπροστά μας, μας κοίταξε καλά-καλά. Γι' αυτό ξέρω ποια ήτανε».

«Είπες πως του φώναζε όση ώρα έτρεχε προς τη βάρκα της. Μήπως άκουσες τι ακριβώς έλεγε;»

«Ναι, αμέ, την ακούγαμε πεντακάθαρα γιατί ήμασταν πολύ κοντά».

«Πες, σε παρακαλώ, στο δικαστήριο τι την άκουσες να φωνάζει».

«Ούρλιαζε, "Άσε με ήσυχη, καθίκι! Έτσι και με ξαναενοχλήσεις, θα σε σκοτώσω!"».

Ένα ηχηρό μουρμουρητό απλώθηκε στην αίθουσα, και δεν έλεγε να κοπάσει. Ο δικαστής Σιμς κοπάνησε το σφυράκι του. «Αρκεί. Φτάνει τώρα».

Είπε ο Έρικ στον μάρτυρα, «Τελειώσαμε, Ρόντνι, σ' ευχαριστώ. Δεν έχω άλλες ερωτήσεις. Δικός σας ο μάρτυς».

Ο Τομ πέρασε αδιάφορα δίπλα από τον Έρικ και πλησίασε στο έδρανο του μάρτυρα.

«Λοιπόν, Ρόντνι, κατέθεσες ότι στην αρχή, όταν ακούσατε εκείνες τις δυνατές αλλά πνιχτές φωνές, δεν βλέπατε τι συνέβαινε ανάμεσα στη δεσποινίδα Κλαρκ και τον κύριο Άντριους. Σωστά;»

«Έτσι. Μέχρι που πήγαμε λίγο πιο κοντά, δεν τους βλέπαμε».

«Είπες επίσης ότι η γυναίκα που αργότερα αναγνώρισες πως ήταν η δεσποινίς Κλαρκ, ούρλιαζε σαν να είχε κάποιο σοβαρό πρόβλημα. Σωστά;»

«Ναι».

«Δεν είδατε να φιλιούνται, ούτε κανενός είδους σεξουαλική συμπεριφορά μεταξύ δύο συναινούντων ενηλίκων. Ακούσατε μόνο μια γυναίκα να φωνάζει σαν να δεχόταν επίθεση, σαν να είχε σοβαρό πρόβλημα. Σωστά;»

«Ναι».

«Μήπως είναι λοιπόν πιθανό, κλωτσώντας η δεσποινίς Κλαρκ τον κύριο Άντριους, να υπερασπιζόταν τον εαυτό της —μια γυναίκα μόνη στο δάσος— έναντι ενός πολύ δυνατού και γυμνασμένου άνδρα; Πρώην παίχτη του φούτμπολ, που της επιτέθηκε;»

«Ναι, φαντάζομαι πως είναι πιθανό».

«Δεν έχω άλλες ερωτήσεις».

«Η εισαγγελία;»

«Μάλιστα, κύριε πρόεδρε», είπε ο Έρικ και σηκώθηκε όρθιος. «Άρα λοιπόν, Ρόντνι, ανεξαρτήτως αν μια συμπεριφορά ήταν συναινετική ή όχι ανάμεσα στους δύο, ισχύει πως η κατηγορουμένη, η δεσποινίς Κλαρκ, ήταν εξαιρετικά οργισμένη με τον θανόντα, τον Τσέις Άντριους;»

«Ε, ναι, τρομερά οργισμένη».

«Τόσο ώστε να κραυγάσει πως αν την ενοχλούσε ποτέ ξανά, θα τον σκότωνε. Σωστά;»

«Ναι, έτσι έγινε».

«Δεν έχω άλλες ερωτήσεις, κύριε πρόεδρε».

41.

Ένα μικρό κοπάδι

1969

Τα χέρια της Κάια έσφιγγαν νευρικά τη λαγουδέρα καθώς κοιτούσε πίσω της να δει αν ο Τσέις την ακολουθούσε με το σκάφος του από το Σάιπρες Κόουβ. Έφτασε όσο πιο γρήγορα μπορούσε στη λιμνοθάλασσά της και έτρεξε στο καλύβι κουτσαίνοντας, με τα γόνατα πρησμένα. Στην κουζίνα, κατέρρευσε στο πάτωμα κλαίγοντας, πιάνοντας το μαυρισμένο μάτι της, φτύνοντας χώματα. Έπειτα έστησε αυτί να ακούσει μήπως ερχόταν ο Τσέις.

Είχε δει το κοχύλι στον λαιμό του. Ακόμα το φορούσε. Πώς ήταν δυνατόν;

«Είσαι δικιά μου», της είχε πει. Θα πρέπει να εξαγριώθηκε που τον κλότσησε· σίγουρα θα ερχόταν να τη βρει. Ίσως ακόμα και σήμερα. Ή μπορεί να περίμενε να πέσει η νύχτα.

Δεν γινόταν να το πει σε κανέναν. Ο Σάλτας θα επέμενε να φωνάξουν τον σερίφη, αλλά ο εκπρόσωπος του νόμου ποτέ δεν θα πίστευε την Πιτσιρίκα του Βάλτου αντί για τον Τσέις Άντριους. Η Κάια δεν ήξερε τι ακριβώς είχαν δει οι ψαράδες, αλλά δεν υπήρχε περίπτωση να την υπερασπιστούν. Θα έλεγαν ότι πήγαινε γυρεύοντας γιατί, μέχρι να την παρατήσει ο Τσέις, την είχαν δει να χαμουρεύεται χρόνια ολόκληρα μαζί του και να συμπεριφέρεται μ' έναν τρόπο καθόλου καθωσπρέπει. *Σαν τσουλί*, θα έλεγαν.

Έξω, ο άνεμος από τη θάλασσα ούρλιαζε, κι η Κάια ανησυχούσε πως δεν θα κατάφερνε ν' ακούσει τη μηχανή του σκάφους του· έτσι, με κινήσεις αργές από τον πόνο, έβαλε στο σακίδιό της ψωμί, τυρί και ξηρούς καρπούς και, με το κεφάλι χαμηλά κόντρα στη μανιασμένη θύελλα, διέσχισε σβέλτα τα χορτάρια κι έφτασε στο σπιτάκι του διαβάσματος. Της πήρε σαρανταπέντε λεπτά να πάει εκεί με τα πόδια, και με τον παραμικρό ήχο όλο της το πονεμένο κορμί σφιγγόταν και το κεφάλι της τιναζόταν στο πλάι και το βλέμμα της σάρωνε τη χαμηλή βλάστηση. Κάποια στιγμή μισοφάνηκε επιτέλους το παλιό κτίσμα με τους κορμούς, χωμένο πια ίσαμε τα γόνατα στα ψηλά χορτάρια, πάνω στην όχθη του μικρού ρυακιού. Εδώ ο άνεμος ήταν πιο μαλακός. Το απαλό λιβάδι ήσυχο. Δεν είχε πει ποτέ στον Τσέις γι' αυτή την κρυψώνα, ίσως όμως και να την ήξερε έτσι κι αλλιώς. Δεν ήταν σίγουρη.

Η μπόχα από τους αρουραίους δεν υπήρχε πια. Αφότου ο Τέιτ προσελήφθη στο εργαστήριο οικολογίας, πήγε με τον πατέρα του κι επισκεύασαν μαζί το παλιό σπιτάκι ώστε να μπορεί να μένει το βράδυ εκεί όποτε βρισκόταν στην περιοχή για έρευνα. Είχαν ενισχύσει τους τοίχους, είχαν ισιώσει τη στέγη και είχαν φέρει μερικά βασικά έπιπλα — ένα μικρό κρεβάτι με καπιτονέ κάλυμμα, ένα κουζινάκι, ένα τραπέζι και μια καρέκλα. Από τα δοκάρια κρέμονταν κατσαρολικά. Κι εκεί, σ' ένα πτυσσόμενο τραπεζάκι, άσχετο με όλα τα υπόλοιπα και καλυμμένο με πλαστικό, ένα μικροσκόπιο. Μέσα σ' ένα παλιό μεταλλικό μπαούλο στη γωνία υπήρχαν οι προμήθειες — κονσέρβες με φασόλια και σαρδέλες. Τίποτα που να προσελκύει αρκούδες.

Μέσα εκεί όμως, η Κάια ένιωθε παγιδευμένη γιατί δεν μπορούσε να δει αν ερχόταν ο Τσέις, οπότε έκατσε στην όχθη του ρυακιού και με το δεξί της μάτι χτένιζε την περιοχή, τα χορτάρια, τα νερά. Το αριστερό ήταν κλειστό από το πρήξιμο.

Λίγο πιο κάτω στο ρυάκι, πέντε θηλυκά ελάφια έφτασαν, αγνοώντας την, μέχρι την όχθη και προχώρησαν μασουλώντας φυλλαράκια. Πώς θά 'θελε να πήγαινε μαζί τους, να ανήκε σ' αυτά. Η Κάια ήξερε πως αν τυχόν έλειπε ένα από τα ελάφια, το κοπάδι δεν έμενε ανολοκλήρωτο, αλλά πως καθένα από τα ελάφια ήταν ανολοκλήρωτο χωρίς το κοπάδι. Η μια ελαφίνα σήκωσε το κεφάλι, τα σκούρα της μάτια στράφηκαν ερευνητικά προς τον βορρά, προς τα δέντρα· χτύπησε κάτω το δεξί μπροστινό της πόδι, ύστερα το αριστερό. Οι άλλες κοίταξαν επίσης, κι αμέσως έβγαλαν έναν ήχο ανησυχίας. Την ίδια στιγμή, η Κάια κάρφωσε το καλό της μάτι στο δάσος αναζητώντας σημάδια του Τσέις ή άλλου αρπακτικού. Ωστόσο όλα έμοιαζαν ήρεμα. Ίσως το αεράκι να τις είχε τρομάξει. Οι ελαφίνες σταμάτησαν να κοπανούν κάτω τα πόδια, αλλά σιγά-σιγά απομακρύνθηκαν από τα ψηλά χορτάρια, αφήνοντας την Κάια μόνη και θορυβημένη.

Αναζήτησε ξανά με το βλέμμα πιθανούς εισβολείς στο λιβάδι, αλλά ένιωσε πως όλη αυτή η επιφυλακή τής στράγγιζε την ενέργεια, κι έτσι ξαναμπήκε στο σπιτάκι. Έβγαλε ένα ιδρωμένο τυρί από την τσάντα της. Έπειτα κάθισε σαν σακί στο πάτωμα κι άρχισε να τρώει αφηρημένη, αγγίζοντας κάθε τόσο το μελανιασμένο της μάγουλο. Είχε παντού —στο πρόσωπο, στα μπράτσα, στα πόδια— αμυχές και ματωμένα πετραδάκια. Τα γόνατά της, καταγδαρμένα, έσφυζαν από τον πόνο. Την έπιασαν κλάματα καθώς πάσχιζε να καταπνίξει την ντροπή· έφτυσε το τυρί — υγρά κομμάτια πετάχτηκαν από το στόμα της μαζί με τα αναφιλητά.

Έφταιγε η ίδια για όλο αυτό. Συναναστροφές με αρσενικά χωρίς συνοδεία. Μια φυσική παρόρμηση την είχε οδηγήσει, χωρίς να έχει παντρευτεί, σ' ένα φτηνό μοτέλ, αλλά και πάλι δεν βρήκε ικανοποίηση. Σεξ κάτω από φώτα νέον που αναβόσβηναν, με μόνη απόδειξη το αίμα πάνω στα σεντόνια, σαν ίχνος ζώου.

Ο Τσέις σίγουρα θα περηφανεύτηκε σε όλους για τα καμώματά τους. Καθόλου περίεργο, λοιπόν, που ο κόσμος την απόφευγε — ήταν ακατάλληλη για την κοινωνία, σιχαμερή.

Όταν ανέτειλε το μισοφέγγαρο ανάμεσα απ' τα βιαστικά σύννεφα, πήγε στο παράθυρο κι άρχισε ν' αναζητά ανθρώπινες φιγούρες, μισοκρυμμένες, σκυφτές. Τελικά, χώθηκε στο κρεβάτι του Τέιτ και κοιμήθηκε κάτω από την κουβέρτα του. Κάθε τόσο ξυπνούσε, αφουγκραζόταν για βήματα, κι ύστερα τραβούσε ξανά το μαλακό ύφασμα και σκέπαζε καλά-καλά το πρόσωπό της.

Σκληρό τυρί και για πρωινό. Το πρόσωπό της είχε πάρει ένα πιο σκούρο, πρασινο-μπλαβί χρώμα, το μάτι της είχε πρηστεί σε μέγεθος αυγού, ο λαιμός της ήταν πιασμένος. Κάποια σημεία του πάνω χείλους της έμοιαζαν παραμορφωμένα. Σαν τη Μαμά, τερατώδης στην όψη, υπερβολικά έντρομη για να γυρίσει σπίτι. Ξαφνικά, έβλεπε με απόλυτη καθαρότητα τι υπέμενε η Μαμά και γιατί έφυγε. «Μαμά, Μαμά», ψιθύρισε. «Τώρα κατάλαβα. Τώρα επιτέλους κατάλαβα τι σ' έκανε να φύγεις και να μην ξαναγυρίσεις. Συγγνώμη. Δεν το ήξερα, συγγνώμη που δεν μπόρεσα να σε βοηθήσω». Η Κάια έσκυψε το κεφάλι και έκλαψε. Έπειτα, το σήκωσε απότομα λέγοντας, «Εγώ δεν θα ζήσω έτσι — δεν θα περάσω τη ζωή μου μέσα στον φόβο πότε θα πέσει η επόμενη γροθιά».

Το ίδιο απόγευμα γύρισε σπίτι, αλλά παρόλο που πεινούσε και χρειαζόταν προμήθειες, δεν πήγε στου Σάλτα. Υπήρχε κίνδυνος να τη δει εκεί ο Τσέις. Και επιπλέον δεν ήθελε να δει κανείς, και ιδίως ο Σάλτας, το καταχτυπημένο της πρόσωπο.

Μετά από ένα απλό γεύμα με μπαγιάτικο ψωμί και καπνιστά ψάρια, κάθισε στην άκρη του κρεβατιού της στη βεράντα κοιτώντας μέσα από τη σήτα. Εκείνη ακριβώς τη στιγμή πρόσεξε ένα θηλυκό αλογάκι της παναγίας να προχωρά πάνω σ' ένα κλαδί κοντά στο πρόσωπό της. Το έντομο έπιανε νυχτοπεταλούδες με τα αρθρωτά του πόδια και τις καταβρόχθιζε — τα φτερά τους συνέχιζαν να πεταρίζουν ακόμα και μέσα στο στόμα της. Ένα αρσενικό αλογάκι, καμαρωτό και περήφανο, περιδιάβαινε εκεί κοντά για να τη φλερτάρει. Το θηλυκό φάνηκε να ενδιαφέρεται, οι κεραίες της άρχισαν να σαλεύουν εδώ κι εκεί σαν μαγικά ραβδιά. Η Κάια δεν μπορούσε να ξέρει αν ο εναγκαλισμός του αρσενικού ήταν σφιχτός ή απαλός, όσο όμως εκείνος την πασπάτευε με το αναπαραγωγικό του όργανο για να τη γονιμοποιήσει, η θηλυκιά έστρεψε τον μακρύ, κομψό λαιμό της προς τα πίσω και του έκανε το κεφάλι μια χαψιά. Ο αρσενικός ήταν τόσο απασχολημένος με το ζευγάρωμα που ούτε καν το πρόσεξε. Ο κομμένος του λαιμός σάλευε ακόμα ενώ εξακολουθούσε να κάνει τη δουλειά του, κι έτσι εκείνη άρχισε να μασουλάει επίσης τον θώρακά του και μετά τα φτερά του. Τελικά, με το τελευταίο του μπροστινό πόδι να εξέχει από το στόμα της, το ακέφαλο και άκαρδο κάτω τμήμα του συνέχισε το ζευγάρωμα χωρίς να χάσει καθόλου τον ρυθμό του.

Οι θηλυκές πυγολαμπίδες προσελκύουν ξένα αρσενικά στέλνοντας απατηλά σινιάλα και μετά τα τρώνε· τα θηλυκά αλογάκια της παναγίας καταβροχθίζουν το ταίρι τους. Τα θηλυκά έντομα, σκέφτηκε η Κάια, ξέρουν να χειριστούν τους εραστές τους.

Λίγες μέρες αργότερα, πήρε τη βάρκα και βγήκε στον βάλτο για να εξερευνήσει περιοχές που ο Τσέις σίγουρα δεν ήξερε, παρέμενε όμως νευρική και σε διαρκή εγρήγορση κι έτσι δυσκολευόταν να ζωγραφίσει. Το μάτι της ήταν ακόμα φουσκωμένο και η μελανιά είχε απλώσει τα αηδιαστικά της χρώματα στο μισό της πρόσωπο. Μεγάλο μέρος του κορμιού της πονούσε τρομερά. Άκουγε ένα σκιουράκι και γυρνούσε αλαφιασμένη, έστηνε αυτί στα κρωξίματα των κορακιών —αυτή τη γλώσσα πριν από τις λέξεις, τότε που η επικοινωνία ήταν απλή και ξεκάθαρη— και όπου κι αν πήγαινε, έφτιαχνε μέσα στο μυαλό της εκ των προτέρων και το σχέδιο διαφυγής.

42.

Κελί

1970

Θαμπές λωρίδες φωτός περνούσαν μέσα από το μικρό παράθυρο στο κελί της Κάια. Τα μάτια της ήταν καρφωμένα στα σωματίδια της σκόνης που χόρευαν αθόρυβα, όλα προς μια κατεύθυνση, λες και ακολουθούσαν κάποιον ονειροπόλο ηγέτη. Φτάνοντας στη σκιά, αμέσως χάνονταν. Χωρίς τον ήλιο δεν ήταν τίποτα.

Έσπρωξε το ξύλινο κιβώτιο, το μοναδικό τραπεζάκι που είχε, κάτω από το παράθυρο που βρισκόταν δύο μέτρα πάνω από το πάτωμα. Φορώντας την γκρίζα ολόσωμη φόρμα με τις λέξεις ΤΡΟΦΙΜΟΣ ΚΟΜΗΤΕΙΑΚΩΝ ΦΥΛΑΚΩΝ τυπωμένες στην πλάτη, ανέβηκε στο κιβώτιο και βάλθηκε να κοιτάζει τη θάλασσα που μόλις και διακρινόταν πίσω απ' το χοντρό γυαλί και τα κάγκελα. Λευκές κορυφές τινάζονταν κι έφτυναν αφρό· πελεκάνοι, με το κεφάλι κάτω, ψάχνοντας για ψάρια, πετούσαν χαμηλά πάνω από τα κύματα. Τεντώνοντας τον λαιμό της όσο γινόταν πιο δεξιά, μπορούσε να δει και την πυκνή βλάστηση που στεφάνωνε τις παρυφές του βάλτου. Χτες είχε δει κι έναν αετό να βουτάει στρίβοντας για να πιάσει ψάρι.

Η φυλακή της κομητείας αποτελούνταν από έξι κελιά, διαστάσεων τρία επί τρία, μέσα σ' ένα τετράγωνο τσιμεντένιο κτήριο πίσω από το γραφείο του σερίφη, στην άκρη της πόλης. Τα κελιά ήταν τοποθετημένα σε μια σειρά κατά μήκος του κτηρίου, όλα σε μια πλευρά, κι έτσι οι κρατούμενοι δεν μπορούσαν να δουν ο ένας τον άλλο. Οι τρεις από τους τοίχους ήταν σκέτο τσιμέντο· ο τέταρτος ήταν από κάγκελα, που περιελάμβαναν και την κλειδωμένη πόρτα. Κάθε κελί είχε ένα ξύλινο κρεβάτι με στρώμα από βαμβάκι, όλο κόμπους, ένα μαξιλάρι γεμισμένο με φτερά, σεντόνια, μια γκρι μάλλινη κουβέρτα, έναν νιπτήρα, ένα ξύλινο κιβώτιο-τραπέζι και μια τουαλέτα. Πάνω από τον νιπτήρα δεν υπήρχε καθρέφτης αλλά μια εικόνα του Ιησού, την οποία είχαν κορνιζάρει οι κυρίες του Συλλόγου Βαπτιστών. Η μόνη παραχώρηση που έγινε ειδικά για εκείνη, την πρώτη γυναίκα κρατούμενη —με εξαίρεση όσες περνούσαν μόνο μια νύχτα— εδώ και πολλά χρόνια, ήταν η γκρίζα πλαστική κουρτίνα την οποία μπορούσε να τραβάει και να καλύπτει τον νιπτήρα και την τουαλέτα.

Επί δύο μήνες μέχρι να γίνει η δίκη κρατούνταν σ' αυτό το κελί χωρίς δυνατότητα να βγει με εγγύηση λόγω της αποτυχημένης της προσπάθειας να ξεφύγει με τη βάρκα και ν' αποφύγει τη σύλληψη. Η Κάια αναρωτιόταν ποιος άρχισε πρώτος να χρησιμοποιεί τη λέξη *κελί* αντί για *κλουβί*. Θα πρέπει να υπήρξε κάποια στιγμή στην ιστορία της ανθρωπότητας που η αλλαγή αυτή θα έγινε απαραίτητη. Τα μπράτσα της ήταν γεμάτα κόκκινες γρατζουνιές που είχε κάνει η ίδια. Κατά καιρούς, καθόταν στο κρεβάτι της για απροσδιόριστα χρονικά διαστήματα, παρατηρούσε τούφες από τα μαλλιά της και ξερίζωνε τρίχες σαν να ήταν φτερά. Όπως κάνουν κι οι γλάροι.

Όρθια τώρα πάνω στο κιβώτιο και τεντώνοντας τον λαιμό για να διακρίνει τον βάλτο, θυμήθηκε ένα ποίημα της Αμάντα Χάμιλτον:

Ο πληγωμένος γλάρος της Μπράντον Μπιτς

Ψυχή φτερωτή, χόρευες στους ουρανούς
και ξάφνιαζες την αυγή με στριγκές φωνές.
Ακολουθούσες πανιά και πάλευες τη θάλασσα.
Κι ύστερα τον αέρα καβαλώντας, γυρνούσες σε μένα.

Το φτερό σου έσπασε· σερνότανε στη γη
και χάραζε το σημάδι σου στην άμμο.
Όταν σπάνε τα φτερά, δεν μπορείς να πετάξεις πια,
Μα ποιος αποφασίζει την ώρα του θανάτου;

...

Χάθηκες, ούτε και ξέρω πού.
Μα τα σημάδια από τα φτερά σου παραμένουν.
Όταν η καρδιά ραγίζει δεν πετάει πια,
Μα ποιος αποφασίζει την ώρα του θανάτου;

Παρόλο που οι τρόφιμοι δεν μπορούσαν να δουν ο ένας τον άλλο, οι μοναδικοί άλλοι κρατούμενοι —δύο άντρες στην άλλη άκρη— περνούσαν πολλές ώρες της μέρας τους φλυαρώντας. Και οι δύο είχαν φάει από τριάντα μέρες για πρόκληση καβγά, ο οποίος κατέληξε σε σπασμένους καθρέφτες και μερικά σπασμένα κόκαλα· η αφορμή ήταν ποιος θα έφτυνε πιο μακριά στο Μπάτε Σκύλοι. Ξαπλωμένοι στα κρεβάτια τους φώναζαν ο ένας στον άλλο από τα γειτονικά κελιά τους κι ακούγονταν σαν να μιλούσαν μέσα από βαρέλια. Οι περισσότερες κουβέντες ήταν κουτσομπολιά που είχαν ακούσει από επισκέπτες σχετικά με την υπόθεση της Κάια. Ιδίως για τις πιθανότητες να φάει θανατική ποινή, η οποία είχε είκοσι χρόνια να επιβληθεί σε οποιονδήποτε σ' αυτή την κομητεία, και μάλιστα σε γυναίκα ούτε μια φορά.

Η Κάια άκουγε την κάθε λέξη. Δεν την πείραζε να πεθάνει· κανείς δεν μπορούσε να την τρομάξει απειλώντας την πως αυτή η σκιώδης ζωή θα έληγε. Αλλά η διαδικασία, να την σκοτώσει ένα άλλο χέρι κατόπιν σχεδίου και προγραμματισμού, ήταν κάτι τόσο αδιανόητο που της έκοβε την ανάσα.

Ο ύπνος την απέφευγε· την τριγυρνούσε διαρκώς κι ύστερα έφευγε τρέχοντας. Το μυαλό της βουτούσε στα βαθιά πηγάδια της ξαφνικής νάρκης —μια στιγμιαία ευτυχία— κι ύστερα το σώμα της τιναζόταν και την ξυπνούσε.

Κατέβηκε από το κιβώτιο και κάθισε στο κρεβάτι με τα γόνατα μαζεμένα κάτω απ' το πιγούνι της. Την είχαν φέρει εδώ μετά το δικαστήριο, άρα η ώρα θα ήταν πια έξι. Μόνο μία ώρα είχε περάσει. Ίσως ούτε καν τόσο.

43.

Το μικροσκόπιο

1969

Αρχές Σεπτεμβρίου, πάνω από μια βδομάδα από τότε που της επιτέθηκε ο Τσέις, κατέβηκε στην παραλία της. Ο άνεμος προσπαθούσε να αρπάξει από το χέρι της το γράμμα που κρατούσε, έτσι το έφερε πάνω στα στήθη της και το κράτησε εκεί. Ο επιμελητής του βιβλίου της την είχε προσκαλέσει στο Γκρίνβιλ για να τη γνωρίσει· της έγραφε ότι ήξερε πως δεν ερχόταν συχνά στην πόλη, ωστόσο εκείνος ήθελε να τη συναντήσει, και ότι ο εκδοτικός οίκος θα πλήρωνε όλα τα έξοδα.

Η μέρα ήταν ζεστή και καθαρή, κι έτσι η Κάια πήρε τη βάρκα και βγήκε στον βάλτο. Στο τέρμα ενός στενού δίαυλου, στρίβοντας πίσω από κάτι χορτάρια, είδε τον Τέιτ μισοκαθιστό σε μια πλατιά γλώσσα άμμου, να γεμίζει μικροσκοπικά φιαλίδια με δείγματα νερού. Το ερευνητικό σκάφος ήταν δεμένο σ' ένα κούτσουρο και έπιανε όλο το κανάλι. Η Κάια έστριψε τέρμα τη λαγουδέρα. Το πρήξιμο και οι μελανιές είχαν υποχωρήσει αρκετά από το πρόσωπό της, αλλά γύρω από το μάτι εξακολουθούσε να έχει κακάσχημες πρασινωπές και μπλάβες κηλίδες. Πανικοβλήθηκε. Δεν ήθελε σε καμία περίπτωση να δει ο Τέιτ το χτυπημένο της πρόσωπο· προσπάθησε να στρίψει τη βάρκα όσο το δυνατόν πιο γρήγορα.

Εκείνος όμως σήκωσε το κεφάλι και τη χαιρέτησε. «Έλα λίγο εδώ, Κάια. Έχω να σου δείξω το καινούργιο μικροσκόπιο».

Η φράση είχε επάνω της την ίδια επίδραση όπως τότε που η υπάλληλος της επιθεώρησης σχολικών απουσιών τής είχε μιλήσει για την κοτόπιτα. Χωρίς ν' απαντήσει, έκοψε ταχύτητα.

«Έλα. Δεν θα την πιστεύεις αυτή τη μεγέθυνση. Βλέπεις ακόμα και τα ψευδοπόδια στις αμοιβάδες».

Δεν είχε δει ποτέ της αμοιβάδα, και σίγουρα όχι τα μέλη του σώματός τους. Κι επίσης η θέα του Τέιτ τής έφερε μια γαλήνη, μια ηρεμία. Αποφάσισε πως θα κρατούσε το μελανιασμένο της πρόσωπο μακριά από το βλέμμα του, έβγαλε τη βάρκα στην όχθη και διέσχισε τα ρηχά νερά μέχρι εκεί που βρισκόταν το σκάφος του. Φορούσε κομμένο τζην και άσπρο μπλουζάκι κι είχε τα μαλλιά της λυτά. Ο Τέιτ, όρθιος στη σκάλα της πρύμνης, άπλωσε το χέρι· η Κάια το έπιασε και απέστρεψε το πρόσωπό της.

Το απαλό μπεζ του σκάφους ταίριαζε ήσυχα με τον βάλτο· η Κάια δεν είχε ξαναδεί τίποτε τόσο όμορφο όσο το κατάστρωμα με την επένδυση από ξύλο τικ και την μπρούτζινη τιμονιέρα. «Έλα και κάτω», είπε ο Τέιτ και κατέβηκε στην καμπίνα. Η Κάια παρατήρησε το γραφείο του καπετάνιου, το κουζινάκι που ήταν καλύτερα εξοπλισμένο από τη δική της κουζίνα, και το σαλόνι που είχε μετατραπεί σε πλωτό εργαστήριο με διάφορα μικροσκόπια και φιαλίδια στις θήκες τους, ενώ κι άλλα πολλά όργανα βούιζαν και αναβόσβηναν τα φωτάκια τους.

Ο Τέιτ πασπάτεψε λίγο το μεγαλύτερο μικροσκόπιο και τοποθέτησε σωστά το τζαμάκι.

«Μια στιγμή». Απόθεσε μια σταγόνα νερό από τον βάλτο στο τζαμάκι, έβαλε άλλο ένα από πάνω και εστίασε. Έκανε λίγο πίσω. «Έλα να δεις».

Η Κάια έσκυψε με προσοχή, σαν να ετοιμαζόταν να φιλήσει μωρό. Το φως από το μικροσκόπιο αντικατοπτρίστηκε στις μαύρες κόρες των ματιών της, και η Κάια πήρε μια κοφτή ανάσα καθώς μπροστά της ξεδιπλώθηκε ένα ολόκληρο καρναβάλι από μασκαράδες που χόρευαν και στριφογύριζαν. Ασύλληπτα καπέλα κοσμούσαν εκπληκτικά κεφάλια και σώματα τόσο λυσσασμένα για πιο πολλή ζωή, που σαχλαμάριζαν σαν σε τσίρκο, κι ας ήταν μόνο μια ελάχιστη σταγόνα νερό.

Η Κάια έφερε το χέρι στην καρδιά της. «Δεν είχα ιδέα πως ήταν τόσο πολλά και τόσο όμορφα», είπε χωρίς να πάψει να κοιτάζει.

Ο Τέιτ αναγνώρισε μερικά ασυνήθιστα είδη κι ύστερα έκανε πάλι πίσω και βάλθηκε να παρατηρεί την Κάια. *Νιώθει τον σφυγμό της ζωής*, σκέφτηκε, *γιατί δεν υπάρχουν ενδιάμεσα στρώματα ανάμεσα σ' εκείνη και στον πλανήτη.*

Της έδειξε κι άλλα.

«Είναι σαν να μην έχεις δει ποτέ τα αστέρια, και ξαφνικά να τα βλέπεις», ψιθύρισε εκείνη.

«Μήπως θες λίγο καφέ;» την ρώτησε χαμηλόφωνα.

Η Κάια σήκωσε το κεφάλι. «Όχι, όχι, ευχαριστώ». Έπειτα απομακρύνθηκε από το μικροσκόπιο και πήγε προς το κουζινάκι. Κρατώντας, κάπως αφύσικα, τη μελανιασμένη πλευρά του προσώπου της στραμμένη αλλού.

Ο Τέιτ είχε συνηθίσει την επιφυλακτικότητα της Κάια, αυτή η συμπεριφορά της όμως φαινόταν πιο απόμακρη και πιο παράξενη από ποτέ, έτσι όπως είχε διαρκώς το πρόσωπο λίγο γυρισμένο στο πλάι.

«Έλα τώρα, Κάια. Έναν καφέ μόνο». Είχε ήδη περάσει στο κουζινάκι και έβαζε νερό σε μια συσκευή από την οποία έσταζε δυνατός καφές. Η Κάια στάθηκε δίπλα στη σκάλα που έβγαζε στο κατάστρωμα κι ο Τέιτ τής έδωσε την κούπα και της έκανε νόημα ν' ανέβει και να καθίσει στον πάγκο με τα μαξιλάρια, εκείνη όμως έμεινε όρθια στην πρύμνη. Σαν τη γάτα, ήξερε πάντα πώς να φεύγει. Η κατάλευκη άμμος της γλώσσας ξεμάκραινε αργά αργά κάτω από τη σκέπη των δέντρων.

«Κάια...». Πήγε να τη ρωτήσει κάτι, μόλις όμως εκείνη γύρισε το κεφάλι, ο Τέιτ είδε την ξεθωριασμένη μελανιά στο μάγουλό της.

«Τι έπαθε το πρόσωπό σου;». Την πλησίασε, έκανε να αγγίξει το μάγουλό της. Εκείνη γύρισε το κεφάλι.

«Τίποτα. Τράκαρα στην πόρτα μέσα στη νύχτα». Από τον τρόπο που έφερε το χέρι της μπροστά στο πρόσωπο, ο Τέιτ κατάλαβε πως δεν του έλεγε την αλήθεια. Κάποιος την είχε χτυπήσει. Ο Τσέις; Συνέχιζε να τον συναντά, παρόλο που εκείνος ήταν πια παντρεμένος; Ο Τέιτ έσφιξε τα δόντια και η Κάια άφησε κάτω την κούπα της σαν να ετοιμαζόταν να φύγει.

Επιβάλλοντας στον εαυτό του να ηρεμήσει, τη ρώτησε: «Ξεκίνησες καινούργιο βιβλίο;».

«Κοντεύω να τελειώσω αυτό με τα μανιτάρια. Ο επιμελητής της έκδοσης θα είναι στο Γκρίνβιλ κάποια στιγμή προς τα τέλη του Οκτωβρίου, και θέλει να πάω να βρεθούμε εκεί. Αλλά δεν ξέρω».

«Να πας. Θα είναι καλό να γνωριστείτε. Έχει λεωφορείο από το Μπάρκλι κάθε μέρα, και ένα νυχτερινό επίσης. Δεν είναι πολύ μεγάλο ταξίδι — μια ώρα και είκοσι λεπτά ή κάτι τέτοιο».

«Δεν ξέρω πού αγοράζουν εισιτήρια».

«Ξέρει ο οδηγός. Εσύ πήγαινε απλώς στη στάση του λεωφορείου στη Μέιν Στρητ, κι ο οδηγός θα σου πει τι πρέπει να κάνεις. Νομίζω πως έχει και ο Σάλτας το πρόγραμμα των δρομολογίων κάπου στο μαγαζί του». Παραλίγο και θα ανέφερε ότι κι ο ίδιος είχε πάρει πολλές φορές αυτό το λεωφορείο για το Τσάπελ Χιλ, αλλά σκέφτηκε πως ήταν καλύτερο να μην της υπενθυμίσει εκείνες τις μέρες του Ιουλίου, τις μέρες της αναμονής στην όχθη.

Έμειναν αμίλητοι για λίγο, πίνοντας τον καφέ τους κι ακούγοντας δύο γεράκια να σφυρίζουν δίπλα σ' ένα μεγάλο σύννεφο.

Ο Τέιτ δίσταζε να της προσφέρει κι άλλο καφέ· ήξερε πως αν το έκανε, η Κάια θα έφευγε. Έτσι, τη ρώτησε για το βιβλίο με τα μανιτάρια και της εξήγησε τα πάντα για τα πρωτόζωα που μελετούσε. Ό,τι μπορούσε προκειμένου να την δελεάσει να μείνει κι άλλο.

Το φως του απογεύματος μαλάκωσε και σηκώθηκε ένα δροσερό αεράκι. Η Κάια άφησε κάτω την κούπα της και είπε: «Πρέπει να φύγω».

«Σκεφτόμουν ν' ανοίξω ένα κρασί. Μήπως θες λίγο;»

«Όχι, ευχαριστώ».

«Μια στιγμή· πριν φύγεις», είπε ο Τέιτ. Κατέβηκε κάτω και επέστρεψε με μια σακούλα μπαγιάτικο ψωμί και μπισκότα. «Δώσε, σε παρακαλώ, τα χαιρετίσματά μου στους γλάρους».

«Ευχαριστώ». Και κατέβηκε τη σκαλίτσα.

Καθώς προχωρούσε προς τη βάρκα της, ο Τέιτ τής φώναξε, «Κάια, έχει λίγο ψύχρα τώρα, μήπως θες κανένα μπουφάν ή τίποτα τέτοιο;»

«Όχι, εντάξει είμαι».

«Πάρε τουλάχιστον το σκουφί μου», είπε ο Τέιτ και της πέταξε ένα κόκκινο σκουφί του σκι. Η Κάια το έπιασε και του το ξαναπέταξε. Ο Τέιτ το πέταξε και πάλι, πιο μακριά, κι η Κάια έτρεξε, έσκυψε και το μάζεψε από την άμμο. Μπήκε γελώντας στη βάρκα της, έβαλε μπρος και περνώντας δίπλα από το σκάφος τού πέταξε πάλι μέσα το σκουφί. Ο Τέιτ χαμογέλασε, η Κάια χαχάνισε. Έπειτα τα γέλια σταμάτησαν κι απόμειναν να κοιτούν ο ένας τον άλλο πετώντας ξανά και ξανά το σκουφί, ώσπου εκείνη καβατζάρησε τη στροφή του καναλιού. Κάθισε στην πρύμνη κι έφερε το χέρι της μπροστά στο στόμα. «Όχι», είπε φωναχτά. «Δεν θα την ξαναπατήσω μαζί του. Δεν πρόκειται να πληγωθώ πάλι από την αρχή».

Ο Τέιτ έμεινε όρθιος στην πρύμνη. Σφίγγοντας τις γροθιές του καθώς φανταζόταν κάποιον να χτυπά την Κάια.

Η Κάια έπλευσε κόστα-κόστα, λίγο πιο μέσα από εκεί που έσκαγαν τα κύματα, τραβώντας νότια. Απ' αυτή τη διαδρομή, περνούσε πρώτα από την παραλία της κι ύστερα έμπαινε στο κανάλι που την έβγαζε, μέσω του βάλτου, στο καλύβι. Συνήθως δεν έκανε στάση στην παραλία αλλά διέσχιζε τον λαβύρινθο των υδάτινων μονοπατιών μέχρι τη λιμνοθάλασσά της, κι ύστερα πήγαινε με τα πόδια στην ακτή.

Καθώς περνούσε όμως, οι γλάροι την κατάλαβαν και μαζεύτηκαν σμάρι γύρω από τη βάρκα. Ο Μεγάλος Κόκκινος ήρθε κι έκατσε στην πλώρη, κουνώντας το κεφάλι. Η Κάια γέλασε. «Εντάξει, νίκησες». Πέρασε πάνω από τη γραμμή των κυμάτων, έβγαλε τη βάρκα πίσω από τα ψηλά χορτάρια και στάθηκε εκεί που η θάλασσα έγλειφε την παραλία πετώντας τα ψωμάκια που της είχε δώσει ο Τέιτ.

Ο ήλιος σκόρπισε ρόδινος και χρυσός επάνω στο νερό, κι η Κάια κάθισε στην άμμο ενώ οι γλάροι βολεύονταν τριγύρω της. Ξαφνικά, άκουσε μηχανή σκάφους και είδε το κρις-κραφτ του Τσέις να σκίζει τα νερά προς το κανάλι της. Ο Τσέις δεν μπορούσε να δει τη βάρκα της πίσω από τα χορτάρια, η ίδια όμως φαινόταν ολοκάθαρα πάνω στην άμμο. Αμέσως έπεσε κάτω, μπρούμυτα, με το κεφάλι γυρισμένο στο πλάι για να μπορεί να τον παρακολουθεί. Στεκόταν στην τιμονιέρα, με τον αέρα να του παίρνει πίσω τα μαλλιά και το πρόσωπο βλοσυρό, άσχημο. Αλλά δεν κοίταξε προς τη μεριά της μπαίνοντας στο κανάλι που έβγαζε στο καλύβι.

Μόλις τον έχασε απ' τα μάτια της, ανακάθισε. Αν δεν είχε έρθει εδώ για τους γλάρους, ο Τσέις θα την είχε πετύχει στο σπίτι. Το είχε μάθει καλά αυτό το μάθημα από τον Μπαμπά: τέτοιοι άντρες θέλουν οπωσδήποτε να έχουν εκείνοι την τελευταία γροθιά. Η Κάια είχε αφήσει τον Τσέις πεσμένο φαρδύ πλατύ στο χώμα. Οι δύο γέροι ψαράδες μάλλον την είχαν δει να τον ρίχνει κάτω. Και όπως θα έκανε κι ο Μπαμπάς, η Κάια έπρεπε να πάρει το μάθημά της.

Ο Τσέις θα διαπίστωνε πως δεν ήταν σπίτι και θα ερχόταν αμέσως εδώ στην παραλία. Η Κάια έτρεξε στη βάρκα, έβαλε μπρος και τράβηξε ξανά προς τα εκεί που ήταν ο Τέιτ. Αλλά η ντροπή νίκησε τη λογική: δεν ήθελε να πει στον Τέιτ τι της είχε κάνει ο Τσέις. Έκοψε ταχύτητα και έμεινε ν' αρμενίζει πάνω στη ρεστία ώσπου ο ήλιος έδυσε τελείως. Έπρεπε να μείνει κρυμμένη μέχρι να φύγει ο Τσέις. Να τον δει να φεύγει ώστε να ξέρει ότι ήταν ασφαλές να γυρίσει σπίτι.

Μπήκε στο κανάλι· ξαφνικά την έπιασε πανικός ότι ο Τσέις θα ερχόταν ανά πάσα στιγμή προς το μέρος της. Με το γκάζι ελάχιστα ανοιχτό, έτσι ώστε να μπορεί να ακούσει το σκάφος του, χώθηκε σε μια συστάδα με θάμνους και δέντρα που τα κλαδιά τους κρέμονταν χαμηλά. Προχώρησε με την όπισθεν όλο και πιο βαθιά, ανοίγοντας δρόμο με τα χέρια μέσα από τα κλαδιά, ώσπου τα φυλλώματα και η νύχτα την έκρυψαν εντελώς.

Βαριανασαίνοντας, έστησε αυτί. Ώσπου τελικά άκουσε τη μηχανή του να ουρλιάζει σκίζοντας τον απαλό βραδινό αέρα. Έσκυψε ακόμα πιο χαμηλά, ανησυχώντας ξαφνικά μήπως φαίνεται η άκρη της πλώρης. Ο ήχος πλησίασε πολύ και λίγα δευτερόλεπτα αργότερα, το σκάφος του πέρασε από μπροστά της με ταχύτητα. Η Κάια κάθισε εκεί σχεδόν μισή ώρα ακόμα, ώσπου σκοτείνιασε εντελώς, κι ύστερα έπλευσε ώς το σπίτι με το φως των αστεριών.

Πήρε τα στρωσίδια της και πήγε στην παραλία με τους γλάρους. Οι γλάροι δεν της έδωσαν καμία σημασία, καθώς ασχολούνταν με τα απλωμένα τους φτερά πριν καθίσουν στην άμμο σαν φτερωτές πέτρες για να κοιμηθούν. Βγάζοντας μαλακούς ήχους, έχωσαν το κεφάλι τους πίσω στο φτέρωμά τους, κι η Κάια ξάπλωσε όσο γινόταν πιο κοντά τους. Αλλά ήταν αδύνατο να κοιμηθεί, ακόμα και με το απαλό γουργουρητό και το αναπουπούλιασμά τους. Στριφογυρνούσε, πότε στο ένα πλευρό και πότε στο άλλο, και ανακάθιζε κάθε φορά που ο άνεμος μιμούνταν τον ήχο βημάτων. Το πρωινό κύμα μούγκριζε σπρωγμένο από έναν βίαιο άνεμο που έτσουξε τα μάγουλά της. Σηκώθηκε όρθια και στάθηκε ανάμεσα στα πουλιά που τριγυρνούσαν εκεί κοντά τεντώνοντας τα πόδια και γρατζουνώντας την άμμο. Ο Μεγάλος Κόκκινος, με τα μάτια ορθάνοιχτα και το κεφάλι ψηλά, έμοιαζε να είχε βρει κάτι ιδιαιτέρως ενδιαφέρον κάτω από το φτερό του, πράγμα που κανονικά θα έκανε την Κάια να γελάσει. Αλλά ούτε τα πουλιά μπορούσαν να της δώσουν τώρα χαρά.

Προχώρησε ώς την άκρη του κύματος. Ο Τσέις δεν επρόκειτο να το αφήσει έτσι αυτό. Άλλο πράγμα η απομόνωση και εντελώς άλλο το να ζεις μέσα στον φόβο.

Φαντάστηκε να προχωράει, βήμα-βήμα, μέσα στη θάλασσα που έβραζε, να βυθίζεται στη σιωπή κάτω από τα κύματα, με τα μαλλιά της να επιπλέουν σαν μαύρη νερομπογιά πάνω στο γαλάζιο της θάλασσας, τα μακριά της δάχτυλα και τα χέρια της να σηκώνονται προς τα πάνω, προς το φλογισμένο φως της επιφάνειας. Τα όνειρα απόδρασης —έστω και μέσα από τον θάνατο— πάντα υψώνονται προς το φως. Το λαμπερό, το φωτεινό έπαθλο της γαλήνης, που κρέμεται πάντα λίγο πιο πέρα απ' τα ακροδάχτυλά της, ώσπου το σώμα να κατέβει στον πάτο και να κατακαθίσει στη λασπερή σιγή. Στην ασφάλεια.

Ποιος αποφασίζει την ώρα του θανάτου;

44.

Ένας ακόμα στο κελί

1970

Η Κάια στεκόταν όρθια καταμεσής του κελιού της. Ήταν στη φυλακή. Αν όλοι εκείνοι που είχε αγαπήσει, ανάμεσά τους κι ο Τζόντι κι ο Τέιτ, δεν την είχαν εγκαταλείψει κάποτε, τώρα δεν θα ήταν εδώ. Όταν στηρίζεσαι στους άλλους, καταλήγεις πεσμένος στο έδαφος.

Πριν συλληφθεί, είχε αρχίσει να διακρίνει κομμάτια από το μονοπάτι που θα μπορούσε να την οδηγήσει ξανά στον Τέιτ· ένα άνοιγμα στην καρδιά της. Τον έρωτα ν' ανεβαίνει λίγο πιο κοντά στην επιφάνεια. Αλλά όσες φορές κι αν ήρθε να την επισκεφτεί στη φυλακή, εκείνη πάντα αρνιόταν να τον δει. Δεν καταλάβαινε γιατί ακριβώς η φυλακή είχε κάνει την καρδιά της ακόμα πιο κλειστή. Για ποιο λόγο δεν είχε αποδεχτεί την παρηγοριά που θα της έδινε όσο βρισκόταν εκεί μέσα. Θαρρείς πως τώρα που ήταν πιο ευάλωτη από ποτέ, είχε έναν λόγο παραπάνω να εμπιστεύεται ακόμα πιο λίγο τους άλλους. Εδώ, στην πιο εύθραυστη στιγμή της ζωής της, είχε στραφεί στο μόνο δίχτυ ασφαλείας που ήξερε: τον εαυτό της.

Έτσι όπως την είχαν ρίξει στη φυλακή χωρίς δυνατότητα να αφεθεί ελεύθερη με περιοριστικούς όρους, καταλάβαινε πολύ καθαρά πόσο μόνη ήταν. Και της το υπενθύμισε ακόμα πιο έντονα το τηλεφώνημα που ο σερίφης τής είπε ότι μπορούσε να κάνει: δεν είχε να τηλεφωνήσει σε κανέναν. Ο μοναδικός αριθμός τηλεφώνου που ήξερε στον κόσμο ήταν του Τζόντι, αλλά ήταν δυνατό να πάρει τον αδελφό της και να του πει πως ήταν φυλακή, κατηγορούμενη για φόνο; Έπειτα από τόσα χρόνια, πώς θα μπορούσε να τον σκοτίσει με τα δικά της προβλήματα; Ίσως έπαιζε έναν ρόλο κι η ντροπή.

Την είχαν εγκαταλείψει όλοι, την άφησαν να επιβιώσει μόνη της και να υπερασπίζεται μόνη τον εαυτό της. Και νάτη τώρα: ολομόναχη.

Για μια ακόμα φορά πήρε στα χέρια της το υπέροχο βιβλίο με τα κοχύλια που της είχε χαρίσει ο Τομ Μίλτον — μακράν το πιο πολύτιμο βιβλίο που είχε. Στο πάτωμα είχε στοιβαγμένα μερικά εγχειρίδια βιολογίας που, όπως της έλεγε ο δεσμοφύλακας, της είχε φέρει ο Τέιτ, αλλά της ήταν αδύνατο να συγκεντρωθεί στις λέξεις. Οι φράσεις ξεστράτιζαν προς κάθε κατεύθυνση, έκαναν κύκλους και ξαναγυρνούσαν στην αρχή. Οι εικόνες ήταν πιο εύκολη υπόθεση.

Πάνω στα φτηνά πλακάκια του πατώματος αντήχησαν βήματα, και ο Τζέικομπ, ένας μικροκαμωμένος μαύρος που εκτελούσε χρέη δεσμοφύλακα, εμφανίστηκε μπροστά στην πόρτα της. Κρατούσε στα χέρια μια μεγάλη καφέ χαρτοσακούλα. «Συγγνώμη που σ' ενοχλώ, δεσποινίς Κλαρκ, αλλά είναι κάποιος να σε δει. Πρέπει να 'ρθείς μαζί μου».

«Ποιος είναι;»

«Ο δικηγόρος σου, ο κύριος Μίλτον». Ήχοι από μέταλλο που χτυπάει σε μέταλλο ακούστηκαν καθώς ο Τζέικομπ ξεκλείδωσε την πόρτα και της παρέδωσε το πακέτο. «Κι αυτό εδώ είν' απ' τον Σάλτα». Η Κάια ακούμπησε το πακέτο στο κρεβάτι και ακολούθησε τον Τζέικομπ στον διάδρομο κι ύστερα σ' ένα δωμάτιο, ακόμα πιο μικρό από το κελί της. Ο Τομ Μίλτον σηκώθηκε από την καρέκλα του μόλις την είδε να μπαίνει. Η Κάια τού ένευσε κι ύστερα κοίταξε από το παράθυρο, όπου ένας πελώριος σωρείτης φούσκωνε ολοένα τα ροδακινιά του μάγουλα.

«Καλησπέρα, Κάια».

«Κύριε Μίλτον».

«Μπορείς να με λες Τομ, Κάια. Και τι έχει πάθει το χέρι σου; Χτύπησες;»

Με μια απότομη κίνηση προσπάθησε να καλύψει τις γρατζουνιές που είχε κάνει στο μπράτσο της. «Κουνούπια, νομίζω».

«Θα μιλήσω του σερίφη. Δεν επιτρέπεται να έχεις κουνούπια στο... δωμάτιό σου».

Με το κεφάλι σκυφτό, απάντησε, «Όχι, σας παρακαλώ, δεν πειράζει. Δεν με πειράζουν τα έντομα».

«Καλώς, φυσικά δεν πρόκειται να κάνω τίποτα που δεν θέλεις εσύ. Κάια, ήρθα να σου μιλήσω για τις επιλογές σου».

«Τι επιλογές;»

«Θα σου εξηγήσω. Αυτή τη στιγμή είναι δύσκολο να καταλάβουμε προς τα πού κλίνουν οι ένορκοι. Ο κατήγορος έχει γερά στοιχεία. Όχι ατράνταχτα, σε καμία περίπτωση, αλλά αν λάβεις υπόψη πόσο προκατειλημμένοι είναι οι άνθρωποι εδώ, πρέπει να ξέρεις εξ αρχής πως δεν θα είναι εύκολο να κερδίσουμε. Υπάρχει ωστόσο η επιλογή του συμβιβασμού. Ξέρεις σε τι αναφέρομαι;»

«Όχι ακριβώς».

«Έχεις δηλώσει αθώα για την κατηγορία του φόνου εκ προμελέτης. Αν χάσουμε, χάνεσαι: είτε ισόβια είτε, όπως ξέρεις, θα ζητήσουν θανατική ποινή. Η επιλογή που έχεις είναι να δηλώσεις ένοχη για κάποια ελαφρύτερη κατηγορία, ας πούμε ανθρωποκτονία από αμέλεια. Να πεις δηλαδή πως ναι, όντως πήγες στο φυλάκιο εκείνη τη νύχτα και όντως συνάντησες εκεί τον Τσέις και τσακωθήκατε και συνέβη ένα φρικτό δυστύχημα: έκανε ένα βήμα πίσω κι έπεσε από την ανοιχτή σχάρα. Στην περίπτωση αυτή η δίκη θα λήξει άμεσα και δεν θ' αναγκαστείς να περάσεις όλο αυτό το δράμα, και θα μπορέσουμε να διαπραγματευτούμε με τον κατήγορο την ποινή. Να σε καταδικάσουν, ας πούμε, σε δέκα χρόνια, οπότε να βγεις σε έξι. Ξέρω πως δεν ακούγεται καλό, αλλά είναι καλύτερο παρά να περάσεις όλη σου τη ζωή στη φυλακή, και πολύ καλύτερο από το άλλο».

«Όχι, δεν πρόκειται να πω τίποτα που να υπονοεί πως είμαι ένοχη. Δεν πρόκειται να πάω φυλακή».

«Κάια, καταλαβαίνω, αλλά σε παρακαλώ, σκέψου το λίγο. Ούτε να περάσεις όλη τη ζωή σου στη φυλακή θες, ούτε — το άλλο».

Η Κάια κοίταξε ξανά από το παράθυρο. «Δεν χρειάζεται καν να το σκεφτώ. Δεν πρόκειται να μείνω στη φυλακή».

«Καλά, δεν είμαστε αναγκασμένοι ν' αποφασίσουμε τώρα. Έχουμε λίγο χρόνο. Ας δούμε πώς πάει. Πριν φύγω, έχεις τίποτα που θες να συζητήσουμε;»

«Σας παρακαλώ, βγάλτε με από εδώ μέσα. Με τον έναν τρόπο — ή τον άλλο».

«Θα κάνω ό,τι μπορώ για να σε βγάλω, Κάια. Αλλά κι εσύ μην το βάζεις κάτω. Και, σε παρακαλώ, βοήθησέ με. Όπως σου έχω ξαναπεί, πρέπει να δείχνεις ότι συμμετέχεις, να κοιτάς πότε-πότε τους ενόρκους...»

Αλλά η Κάια είχε ήδη σηκωθεί για να φύγει.

Ο Τζέικομπ την οδήγησε ξανά στο κελί· η Κάια πήρε το πακέτο του Σάλτα, το οποίο ο διευθυντής είχε ανοίξει και το είχε ξανακλείσει πρόχειρα με ταινία. Το ξετύλιξε προσέχοντας το χαρτί. Μέσα υπήρχε ένα καλαθάκι με μπογιές σε μικρά φιαλίδια, ένα πινέλο, χαρτιά και μια σακούλα με τα καλαμποκένια γλυκάκια της Μέιμπελ. Το καλάθι είχε γύρω-γύρω στο εσωτερικό ένα περίβλημα από πευκοβελόνες, μερικά φύλλα βελανιδιάς, κοχύλια και βούρλα. Η Κάια εισέπνευσε βαθιά. Έσφιξε τα χείλη. Ο Σάλτας. Η Μέιμπελ.

Ο ήλιος είχε δύσει· δεν θα έβλεπε άλλα μόρια σκόνης.

Αργότερα, ο Τζέικομπ ήρθε και πήρε τον δίσκο με το βραδινό της. «Έχω να πω, δεσποινίς Κλαρκ, πως καθόλου δεν έφαγες. Κι ετούτα τα μπριζολάκια με τα χόρτα ήσανε μούρλια». Η Κάια τού χαμογέλασε ανεπαίσθητα κι ύστερα άκουσε τα βήματά του ν' απομακρύνονται στον διάδρομο. Περίμενε μέχρι ν' ακούσει και τη μεταλλική πόρτα να κλείνει μ' εκείνον τον βαρύ ήχο του αμετάκλητου.

Και τότε κάτι σάλεψε στο πάτωμα του διαδρόμου, ακριβώς έξω απ' τα κάγκελα. Το βλέμμα της στράφηκε αμέσως προς τα εκεί. Ο Σάντεϊ Τζάστις ήταν καθισμένος εκεί και κοιτούσε τα μαύρα της μάτια με τα δικά του, τα πράσινα.

Η καρδιά της χτύπησε δυνατά. Είχε περάσει κλειδαμπαρωμένη εκεί μέσα τόσες βδομάδες, και ξαφνικά αυτό το πλάσμα ήρθε και πέρασε σαν μάγος ανάμεσα από τα κάγκελα. Για να είναι μαζί της. Ο Σάντεϊ Τζάστις απέστρεψε το βλέμμα και κοίταξε προς το βάθος του διαδρόμου, εκεί που ακούγονταν οι κουβέντες των άλλων κρατουμένων. Η Κάια τρομοκρατήθηκε πως μπορεί να έφευγε να πάει σ' εκείνους. Ο γάτος όμως την ξανακοίταξε, έκλεισε τα μάτια με τη δέουσα έκφραση πλήξης και χώθηκε με άνεση ανάμεσα στα κάγκελα. Και μπήκε.

Η Κάια έβγαλε την ανάσα που κρατούσε. «Μείνε, σε παρακαλώ», ψιθύρισε.

Εκείνος, χωρίς να βιάζεται καθόλου, μύρισε ένα γύρο το κελί εξερευνώντας τους υγρούς τσιμεντένιους τοίχους, τους σωλήνες και τον νιπτήρα, αγνοώντας την επιδεικτικά. Μια μικρή ρωγμή στον τοίχο ήταν ό,τι πιο ενδιαφέρον βρήκε εκεί. Η Κάια το κατάλαβε γιατί είδε τις σκέψεις του να τινάζονται μαζί με την ουρά του. Η περιήγησή του κατέληξε δίπλα στο κρεβάτι. Και τότε, έτσι απλά, πήδηξε στα πόδια της, έκανε έναν κύκλο και τα χοντρά του λευκά πατούσια βρήκαν μαλακό έδαφος στους μηρούς της. Η Κάια έμεινε εντελώς ακίνητη, με τα χέρια λίγο ανασηκωμένα ώστε να μην εμποδίζει τις κινήσεις του. Τελικά, ο γάτος βολεύτηκε εκεί λες και ήταν αυτή η φωλιά του κάθε νύχτα, εδώ και μια ζωή. Την κοίταξε. Η Κάια τού χάιδεψε απαλά το κεφάλι και τον έξυσε στον λαιμό. Το γουργουρητό του ξεπήδησε δυνατό σαν ρεύμα. Έκλεισε τα μάτια της μπροστά σ' αυτή την τόσο πρόθυμη αποδοχή. Αυτό το τόσο ουσιαστικό διάλειμμα σε μια ολόκληρη ζωή λαχτάρας.

Φοβόταν να κουνηθεί· κάθισε εντελώς ακίνητη ώσπου το πόδι της πιάστηκε, και τότε μετακινήθηκε ελάχιστα για να τεντώσει τους μυς της. Χωρίς καν ν' ανοίξει τα μάτια, ο Σάντεϊ Τζάστις έφυγε από τα πόδια της και κουλουριάστηκε ακριβώς δίπλα της. Η Κάια ξάπλωσε, όπως ήταν, με τα ρούχα, κι οι δυο τους κούρνιασαν μαζί. Κοιτώντας τον που κοιμόταν, σε λίγο αποκοιμήθηκε κι αυτή. Όχι πέφτοντας στη νάρκη για να τιναχτεί κατόπιν ξυπνώντας, αλλά σιγά-σιγά, φτάνοντας τελικά στο γαλήνιο κενό.

Μόνο μια φορά μέσα στη νύχτα άνοιξε τα μάτια της και τον είδε να κοιμάται με τα μπροστινά πόδια τεντωμένα μπρος και τα πίσω πόδια τεντωμένα πίσω. Όταν ξύπνησε όμως το πρωί, δεν τον βρήκε εκεί. Ένα βογκητό πάλεψε και νίκησε τελικά την αντίσταση του λαιμού της.

Αργότερα, έξω από το κελί της στάθηκε ο Τζέικομπ· με το ένα χέρι κρατούσε τον δίσκο με το πρωινό της και με το άλλο ξεκλείδωνε την πόρτα. «Σού 'φερα τον χυλό σου, δεσποινίς Κλαρκ».

Η Κάια πήρε τον δίσκο λέγοντας: «Τζέικομπ, εκείνος ο ασπρόμαυρος γάτος που κοιμάται στην αίθουσα του δικαστηρίου — ήταν εδώ χτες το βράδυ».

«Ω, χίλια συγγνώμη, δεσποινίς. Ο Σάντεϊ Τζάστις. Καμιά φορά τρυπώνει εδώ μαζί μου και δεν τόνε βλέπω έτσι που κουβαλάω τους δίσκους με τα φαγιά. Και τελικά, τόνε κλείνω μέσα μαζί σας». Είχε την καλοσύνη να μην πει *κλειδώνω*.

«Δεν πειράζει. Μ' άρεσε που τον είχα εδώ. Μπορείς, σε παρακαλώ, να τον βάζεις μέσα όταν τον βλέπεις μετά το βραδινό; Ή και όποτε άλλοτε έρχεται».

Την κοίταξε με το απαλό του βλέμμα. «Πώς δεν μπορώ; Και θα το κάνω, δεσποινίς Κλαρκ. Αμέ. Το ξέρω, είναι καλή παρέα».

«Σ' ευχαριστώ, Τζέικομπ».

Το βράδυ, ο Τζέικομπ ξανάρθε. «Το φαγητό σου, δεσποινίς Κλαρκ. Τηγανιτό κοτόπουλο και πατάτες πουρέ με σάλτσα, από την καφετέρια. Ελπίζω απόψε όλο και κάτι να φας».

Η Κάια πλησίασε κοιτώντας γύρω από τα πόδια του Τζέικομπ και πήρε τον δίσκο. «Σ' ευχαριστώ, Τζέικομπ. Είδες καθόλου το γατί;»

«Μπα. Καθόλου. Αλλά θά 'χω τον νου μου».

Η Κάια ένευσε. Κάθισε στο κρεβάτι, το μόνο μέρος όπου μπορούσε να καθίσει, κι απόμεινε να κοιτάζει το πιάτο της. Εδώ στη φυλακή το φαγητό ήταν το καλύτερο που είχε φάει σ' όλη της τη ζωή. Τσιμπολόγησε ανόρεχτα το κοτόπουλο και τα φασόλια. Τώρα που βρήκε φαγητό, είχε χάσει το στομάχι της.

Και τότε — ο ήχος κλειδιού στην κλειδαριά, μια βαριά πόρτα που ανοίγει.

Κι από την άλλη άκρη του διαδρόμου, η φωνή του Τζέικομπ να λέει: «Ορίστε, περάστε, κύριε Σάντεϊ Τζάστις».

Κρατώντας την ανάσα της, η Κάια κάρφωσε το βλέμμα στο πάτωμα, έξω από το κελί, και σε λίγα δευτερόλεπτα εμφανίστηκε κι ο Σάντεϊ Τζάστις. Η αντίθεση του άσπρου και του μαύρου στη γούνα του φάνταζε εκπληκτικά έντονη και απαλή ταυτόχρονα. Χωρίς τον παραμικρό δισταγμό αυτή τη φορά, μπήκε στο κελί και την πλησίασε. Η Κάια έβαλε το πιάτο στο πάτωμα, κι ο Σάντεϊ Τζάστις έφαγε το κοτόπουλο — πήρε το μπουτάκι από το πιάτο, το ακούμπησε κάτω, και μετά έγλειψε και όλη τη σάλτσα. Τα φασολάκια τα παρέκαμψε. Η Κάια τον παρακολουθούσε όλη εκείνη την ώρα χαμογελαστή. Έπειτα, σκούπισε το πάτωμα με μια χαρτοπετσέτα.

Ο Σάντεϊ Τζάστις πήδηξε πάνω στο κρεβάτι της και σε λίγο ήταν κι οι δυο μαζί τυλιγμένοι σ' έναν γλυκό ύπνο.

Την επόμενη μέρα, ήρθε ο Τζέικομπ και στάθηκε έξω από την πόρτα της. «Δεσποινίς Κλαρκ, έχεις πάλι επισκέψεις».

«Ποιος είναι;»

«Ο κύριος Τέιτ πάλι. Έχει έρθει ένα σωρό φορές, δεσποινίς, και κάθε φορά ή που θα φέρνει κάτι ή που θα ζητάει να σε δει. Μήπως να τόνε δεις σήμερα; Είναι και Σαββάτο, δεν έχει ούτε δικαστήριο ούτε τίποτα — τι θα κάνεις εδώ όλη μέρα;»

«Εντάξει, Τζέικομπ».

Ο Τζέικομπ την οδήγησε στο ίδιο δωματιάκι όπου είχε συναντηθεί με τον Τομ Μίλτον. Μόλις η Κάια πέρασε το κατώφλι, ο Τέιτ σηκώθηκε από την καρέκλα του και προχώρησε προς το μέρος της. Χαμογελούσε, αλλά τα μάτια του φανέρωναν τη στενοχώρια του που την έβλεπε εκεί.

«Μια χαρά φαίνεσαι, Κάια. Ανησυχούσα πολύ, τόσον καιρό. Σ' ευχαριστώ που δέχτηκες να με δεις. Κάθισε». Κάθισαν ο ένας απέναντι απ' τον άλλο κι ο Τζέικομπ στάθηκε στη γωνία διαβάζοντας εφημερίδα με επιμελή αφοσίωση.

«Γεια σου, Τέιτ. Ευχαριστώ για όλα αυτά τα βιβλία που μου

έφερες». Ο τρόπος της ήταν ήρεμος, αλλά η καρδιά της ήταν χίλια κομμάτια.

«Τι άλλο μπορώ να κάνω για σένα;»

«Ίσως να ταΐσεις καμιά φορά τους γλάρους, αν σε πάει ο δρόμος σου προς τα εκεί».

Ο Τέιτ χαμογέλασε. «Ναι, τους ταΐζω ήδη. Μέρα παρά μέρα, κάτι τέτοιο». Το έκανε ν' ακούγεται σαν κάτι χαλαρό, στην πραγματικότητα όμως πήγαινε κάθε μέρα, την αυγή και το σούρουπο, για να τους ταΐσει.

«Σ' ευχαριστώ».

«Ήμουν και στο δικαστήριο, Κάια. Καθόμουν ακριβώς πίσω σου. Αλλά δεν γύρισες ούτε μια φορά, κι έτσι δεν ξέρω αν το αντιλήφθηκες. Και θα είμαι εκεί κάθε μέρα».

Εκείνη έστρεψε τα μάτια προς το παράθυρο.

«Ο Τομ Μίλτον είναι πολύ καλός, Κάια. Πιθανότατα, ο καλύτερος δικηγόρος σ' αυτά τα μέρη. Θα σε βγάλει από δω μέσα. Κάνε υπομονή».

Η Κάια πάλι δεν μίλησε, κι έτσι ο Τέιτ συνέχισε. «Και μόλις βγεις, θα ξαναρχίσουμε να εξερευνάμε τις λιμνοθάλασσες, όπως παλιά».

«Τέιτ, σε παρακαλώ, πρέπει να με ξεχάσεις».

«Ούτε σε ξέχασα ούτε θα σε ξεχάσω ποτέ, Κάια».

«Ξέρεις πως είμαι διαφορετική. Δεν ταιριάζω με τους άλλους ανθρώπους. Δεν μπορώ να γίνω κομμάτι του κόσμου σου. Κατάλαβέ το, σε παρακαλώ, φοβάμαι να έρθω ξανά κοντά σε άνθρωπο. Δεν μπορώ».

«Κάια, δεν λέω πως έχεις άδικο, αλλά...»

«Άκουσέ με, Τέιτ. Χρόνια ολόκληρα λαχταρούσα να βρεθώ με ανθρώπους. Στ' αλήθεια πίστευα πως κάποιος θα ερχόταν και θα έμενε μαζί μου, πως θα αποκτούσα φίλους και οικογένεια. Πως θα ανήκα σε μια ομάδα. Αλλά κανείς δεν έμεινε.

Ούτε εσύ, ούτε και κανένας από την οικογένειά μου. Και τώρα έμαθα επιτέλους να ζω έτσι και να προστατεύω τον εαυτό μου. Αλλά δεν μπορώ να το συζητήσω τώρα. Το εκτιμώ που ήρθες να με δεις, αλήθεια. Και ίσως κάποια μέρα να μπορέσουμε να γίνουμε φίλοι, εδώ μέσα όμως είναι αδύνατο να σκεφτώ τι θα γίνει μετά».

«Εντάξει. Καταλαβαίνω. Ειλικρινά».

Μετά από μια μικρή παύση, ο Τέιτ συνέχισε. «Οι μπούφοι φωνάζουν απ' έξω».

Η Κάια ένευσε, σχεδόν χαμογέλασε.

«Α, και χτες που ήμουν στα μέρη σου — δεν θα το πιστέψεις, αλλά ένα αρσενικό γεράκι του Κούπερ ήρθε και κάθισε στα μπροστινά σκαλιά του σπιτιού».

Επιτέλους, ένα χαμόγελο, καθώς θυμήθηκε τον Κουπ. Μια από τις πολλές εντελώς ιδιωτικές της αναμνήσεις. «Ναι, το πιστεύω».

«Θα συνεχίσω να ταΐζω τους γλάρους, Κάια. Και θα σου φέρω και μερικά βιβλία».

Εκείνη ένευσε και ακολούθησε τον Τζέικομπ.

45.

Το κόκκινο σκουφί

1970

Το πρωί της Δευτέρας, μετά την επίσκεψη του Τέιτ, ο δικαστικός κλητήρας οδήγησε στην αίθουσα του δικαστηρίου την Κάια, η οποία φρόντισε και αυτή τη φορά να μην κοιτάξει καθόλου το κοινό, έχοντας το βλέμμα καρφωμένο βαθιά στα σκιερά δέντρα, έξω από το παράθυρο. Άκουσε ωστόσο έναν γνώριμο ήχο, ίσως κάτι σαν ξερόβηχα, και γύρισε το κεφάλι. Και στην πρώτη σειρά, μαζί με τον Τέιτ, είδε καθισμένους τον Σάλτα και τη Μέιμπελ που φορούσε το καλό της καπελάκι με τα μεταξωτά λουλούδια. Έγινε σούσουρο όταν μπήκαν στην αίθουσα και κάθισαν με τον Τέιτ στον «χώρο των λευκών». Όταν όμως ο δικαστικός κλητήρας ανέφερε το γεγονός στον δικαστή Σιμς, που ακόμα βρισκόταν στο γραφείο του, εκείνος του είπε να ανακοινώσει πως στο δικό του δικαστήριο, οποιοσδήποτε, ανεξαρτήτως χρώματος ή θρησκεύματος, μπορούσε να καθίσει όπου ήθελε, και όποιος είχε αντίρρηση, μπορούσε να αποχωρήσει. Μάλιστα, θα φρόντιζε ο ίδιος προσωπικά γι' αυτό.

Στη θέα του Σάλτα και της Μέιμπελ, η Κάια ένιωσε μια μικρή ικμάδα δύναμης μέσα της. Η πλάτη της ίσιωσε λιγάκι.

Ο επόμενος μάρτυρας που κάλεσε η πολιτική αγωγή, ο δρ. Στούαρντ Κόουν, ο ιατροδικαστής, είχε μαλλιά που άρχιζαν να γκριζάρουν, κουρεμένα πολύ κοντά και φορούσε τα γυαλιά του πολύ χαμηλά στη μύτη, πράγμα που τον ανάγκαζε να γέρνει το κεφάλι προς τα πίσω προκειμένου να βλέπει μέσα από τους φακούς. Όσο απαντούσε στις ερωτήσεις του Έρικ, το μυαλό της Κάια τριγύριζε στους γλάρους. Όλες αυτές τις ατέλειωτες εβδομάδες της φυλακής, τους σκεφτόταν με τόση λαχτάρα, αν και ο Τέιτ πήγαινε και τους τάιζε. Δεν είχαν μείνει παραμελημένοι. Έφερε στον νου της τον Μεγάλο Κόκκινο, πώς περνούσε πάντα πάνω από τα πόδια της όταν τους έριχνε τα ψίχουλα.

Ο ιατροδικαστής έριξε πίσω το κεφάλι για να δει μέσα από τα γυαλιά του κι η Κάια ξαναγύρισε στην αίθουσα του δικαστηρίου.

«Άρα, για να συνοψίσουμε, καταθέσατε ότι ο Τσέις Άντριους πέθανε κάποια στιγμή ανάμεσα στις δώδεκα τα μεσάνυχτα της 29ης και τις δύο τα ξημερώματα της 30ής Οκτωβρίου 1969. Αιτία θανάτου υπήρξαν τα εκτεταμένα τραύματα στον εγκέφαλο και τη σπονδυλική στήλη λόγω της πτώσης του μέσα από την ανοιχτή σχάρα του πυροφυλάκιου, από είκοσι μέτρα ύψος. Πέφτοντας, χτύπησε το πίσω μέρος του κεφαλιού του σ' ένα από τα δοκάρια, γεγονός που τεκμηριώνεται από το αίμα και τις τρίχες που βρέθηκαν στο δοκάρι. Είναι έτσι, σύμφωνα με τη γνώμη σας ως ειδικού;»

«Μάλιστα».

«Τώρα, δρ. Κόουν, για ποιον λόγο λέτε πως μπορεί ένας έξυπνος και γυμνασμένος νεαρός άνδρας σαν τον Τσέις Άντριους να έπεσε μέσα από την ανοιχτή σχάρα και να σκοτώθηκε; Για να αποκλείσουμε εξ αρχής μία τουλάχιστον πιθανότητα, βρέθηκαν στον οργανισμό του ίχνη αλκοόλ ή άλλων ουσιών που θα μπορούσαν να επηρεάσουν την κρίση του;»

«Όχι, δεν βρέθηκαν».

«Τα στοιχεία που παρουσιάσαμε νωρίτερα δείχνουν ότι ο Τσέις Άντριους χτύπησε στο δοκάρι το πίσω μέρος του κεφαλιού του και όχι το μπροστινό». Ο Έρικ στάθηκε μπροστά από τους ενόρκους κι έκανε ένα μεγάλο βήμα. «Όταν όμως κάνω βήμα προς τα μπρος, το κεφάλι μου βρίσκεται ελάχιστα πιο μπροστά από το σώμα μου. Αν έπεφτα σε μια τρύπα που βρισκόταν μπροστά μου, η φορά και το βάρος του κεφαλιού μου θα με έριχναν προς τα μπρος. Σωστά; Ο Τσέις Άντριους θα είχε χτυπήσει το μέτωπό του στο δοκάρι, όχι το πίσω μέρος του κρανίου του, αν το βήμα που είχε κάνει ήταν προς τα μπρος. Μπορούμε άρα να πούμε, δρ. Κόουν, ότι τα στοιχεία δείχνουν ότι ο Τσέις πισωπατούσε όταν έπεσε;»

«Ναι, τα στοιχεία θα υποστήριζαν ένα τέτοιο συμπέρασμα».

«Μπορούμε άρα να συμπεράνουμε επίσης ότι αν ο Τσέις Άντριους στεκόταν με την πλάτη γυρισμένη στην ανοιχτή σχάρα και κάποιος τον έσπρωχνε, θα έπεφτε με φορά προς τα πίσω και όχι προς τα μπρος;». Πριν προλάβει να υποβάλει ένσταση ο Τομ, ο Έρικ έσπευσε να προσθέσει: «Δεν σας ζητώ να δηλώσετε ότι αυτό είναι αδιάσειστο τεκμήριο πως κάποιος έσπρωξε τον Τσέις ώστε να πέσει και να σκοτωθεί. Απλώς διευκρινίζω ότι αν κάποιος είχε σπρώξει τον Τσέις προς τα πίσω στην τρύπα, τα τραύματα στο κεφάλι του θα ήταν παρόμοια με αυτά που όντως υπέστη. Είναι έτσι;»

«Έτσι είναι».

«Καλώς. Δρ. Κόουν, όταν εξετάσατε τον Τσέις Άντριους στην κλινική, το πρωί της 30ής Οκτωβρίου, φορούσε κανένα κοχύλι στον λαιμό;»

«Όχι».

Για να πνίξει τη ναυτία που την κατέκλυζε όλο και πιο έντονα, η Κάια εστίασε το βλέμμα της στον Σάντεϊ Τζάστις, στο περβάζι του παραθύρου, ο οποίος ήταν απορροφημένος με την προσωπική του φροντίδα. Καθισμένος σε μια ασύλληπτη στάση, με το ένα πόδι τελείως τεντωμένο στον αέρα, έγλειφε το εσωτερικό της ουράς του και έμοιαζε να διασκεδάζει αφάνταστα.

Σε λίγο, ο εισαγγελέας ρώτησε: «Είναι ακριβές ότι τη νύχτα του θανάτου του ο Τσέις Άντριους φορούσε ένα τζην μπουφάν;»

«Ναι, σωστά».

«Και σύμφωνα με την επίσημη έκθεσή σας, δρ. Κόουν, είναι ή δεν είναι αλήθεια ότι βρήκατε κόκκινες μάλλινες ίνες επάνω στο μπουφάν του; Ίνες που δεν προέρχονταν από κανένα δικό του ένδυμα;»

«Είναι αλήθεια».

Ο Έρικ σήκωσε ψηλά στον αέρα ένα πλαστικό σακουλάκι που περιείχε ίνες από κόκκινο μαλλί. «Είναι αυτές οι κόκκινες ίνες που βρήκατε στο μπουφάν του Τσέις Άντριους;»

«Αυτές είναι».

Ο Έρικ πήρε ένα μεγαλύτερο σακουλάκι από το έδρανό του. «Είναι ή δεν είναι αλήθεια ότι οι κόκκινες ίνες που βρέθηκαν στο μπουφάν του Τσέις ταιριάζουν ακριβώς με ίνες απ' αυτό το κόκκινο σκουφί;». Έδωσε το σακουλάκι στον μάρτυρα.

«Είναι αλήθεια. Πρόκειται για δείγματα που πήρα ο ίδιος· οι ίνες από το σκουφί ταιριάζουν απόλυτα με τις ίνες από το μπουφάν».

«Το σκουφί αυτό πού βρέθηκε;»

«Το βρήκε ο σερίφης στην οικία της δεσποινίδας Κλαρκ». Το στοιχείο αυτό δεν ήταν ευρέως γνωστό, κι έτσι τα μουρμουρητά απλώθηκαν αμέσως σαν κύμα στο πλήθος.

«Υπάρχουν άλλα στοιχεία ότι η δεσποινίς Κλαρκ έχει φορέσει το συγκεκριμένο σκουφί;»

«Ναι. Μέσα στο σκουφί βρέθηκαν τρίχες της δεσποινίδας Κλαρκ».

Όσο παρακολουθούσε τον Σάντεϊ Τζάστις στην αίθουσα, η Κάια σκεφτόταν πως η οικογένειά της δεν είχε ποτέ κατοικίδιο. Ούτε μία γάτα, ούτε έναν σκύλο. Το πιο κοντινό που είχαν σε κατοικίδιο ήταν ο θηλυκός ασβός —ένα πλάσμα μεταξένιο, παμπόνηρο και θρασύ— που ζούσε κάτω από το καλύβι. Η Μαμά την έλεγε Σανέλ. Μετά από μερικές αποτυχημένες προσπάθειες, η Σανέλ γνωρίστηκε με όλους τους και έγινε πολύ ευγενική· επεδείκνυε τα όπλα της μόνον όταν τα παιδιά ξεπερνούσαν υπερβολικά τα όρια. Πηγαινοερχόταν έξω από το σπίτι και καμιά φορά έφτανε μόλις στο ένα μέτρο από τα πόδια όποιου ανέβαινε ή κατέβαινε τα σκαλιά. Κάθε άνοιξη συνόδευε τα μικρά της σε εξορμήσεις στο δάσος με τις βελανιδιές και στις όχθες των ρυακιών. Εκείνη μπροστά κι αυτά από πίσω της να τρέχουν και να μπερδεύονται και να πέφτουν το ένα πάνω στο άλλο — μια μικρή, ασπρόμαυρη κινούμενη αναμπουμπούλα. Φυσικά, ο Μπαμπάς διαρκώς απειλούσε πως θα την ξεφορτωθεί, αλλά ο Τζόντι, επιδεικνύοντας ωριμότητα πολύ μεγαλύτερη από του πατέρα του, δήλωνε απλά: «Τότε θα έρθει άλλη, και μου φαίνεται πως καλύτερος είναι ο ασβός που τον ξέρεις παρά κείνος που δεν τόνε ξέρεις». Η Κάια χαμογέλασε στη σκέψη του Τζόντι. Κι αμέσως επανέφερε τον εαυτό της στην τάξη.

«Άρα λοιπόν, δρ. Κόουν, τη νύχτα του θανάτου του Τσέις Άντριους, τη νύχτα που πισωπατώντας έπεσε από την ανοιχτή σχάρα —πράγμα που συνάδει με το να έχει σπρωχτεί από κάποιον— στο μπουφάν του έμειναν ίνες από ένα κόκκινο σκουφί που βρέθηκε στην οικία της δεσποινίδας Κλαρκ. Και στο σκουφί υπήρχαν τρίχες της δεσποινίδας Κλαρκ».

«Μάλιστα».

«Σας ευχαριστώ, δρ. Κόουν. Δεν έχω άλλες ερωτήσεις».

Ο Τομ Μίλτον έριξε μια κλεφτή ματιά στην Κάια, η οποία κοιτούσε τον ουρανό. Όλη η αίθουσα σαν να είχε γείρει κυριολεκτικά προς τη μεριά του εισαγγελέα, λες και το πάτωμα είχε αποκτήσει κλίση, πράγμα που καθόλου δεν βοηθούσε την Κάια, η οποία καθόταν στητή και απαθής — ένα άγαλμα από πάγο. Ο Τομ παραμέρισε μια λευκή τούφα από το μέτωπό του και πλησίασε τον ιατροδικαστή για την αντεξέταση.

«Καλημέρα σας, δρ. Κόουν».

«Καλημέρα σας».

«Δρ. Κόουν, καταθέσατε ότι το τραύμα στο πίσω μέρος του κεφαλιού του Τσέις Άντριους συνάδει με πτώση του μέσα από την τρύπα κατόπιν οπισθοχώρησης. Είναι αλήθεια ότι αν πισωπατούσε μόνος του και έπεφτε κατά λάθος μέσα στην τρύπα, τα αποτελέσματα του πλήγματος στο πίσω μέρος του κεφαλιού του θα ήταν τα ίδια ακριβώς;»

«Είναι αλήθεια».

«Βρέθηκαν καθόλου μώλωπες στο στήθος ή στα μπράτσα του που να δείχνουν ότι κάποιος τον έσπρωξε;»

«Όχι. Υπήρχαν, φυσικά, σημαντικές εκχυμώσεις σε ολόκληρο το σώμα του λόγω της πτώσης. Κυρίως στο πίσω μέρος του κορμού και των ποδιών. Δεν υπήρχε καμία όμως που να δείχνει ότι προκλήθηκε από σπρώξιμο».

«Άρα, δρ. Κόουν, από την επαγγελματική σας εξέταση επί του πτώματος του Τσέις Άντριους προέκυψαν στοιχεία που να αποδεικνύουν ότι επρόκειτο για φόνο και όχι για δυστύχημα;»

«Όχι».

Ο Τομ δεν βιάστηκε να συνεχίσει· άφησε τους ενόρκους να χωνέψουν την απάντηση. «Ας μιλήσουμε τώρα για τις κόκκινες μάλλινες ίνες που βρέθηκαν στο μπουφάν του Τσέις Άντριους. Υπάρχει κάποιος τρόπος να προσδιορίσουμε πόσο καιρό βρίσκονταν οι ίνες αυτές επάνω στο μπουφάν;».

«Όχι. Μπορούμε να ξέρουμε από πού προήλθαν, όχι όμως και πότε».

«Με άλλα λόγια, αυτές οι ίνες είναι πιθανό να βρίσκονταν στο μπουφάν ακόμα και ένα χρόνο ή τέσσερα χρόνια;»

«Σωστά».

«Ακόμα κι αν το μπουφάν είχε πλυθεί;»

«Ναι».

«Άρα δεν υπάρχει απόδειξη ότι οι ίνες αυτές εναποτέθηκαν στο μπουφάν τη νύχτα του θανάτου του Τσέις;»

«Δεν υπάρχει».

«Υπάρχουν μαρτυρίες ότι η κατηγορουμένη γνώριζε τον Τσέις Άντριους ήδη τέσσερα χρόνια πριν από τον θάνατό του. Λέτε λοιπόν ότι είναι πιθανόν οποιαδήποτε στιγμή μέσα σε αυτά τα τέσσερα χρόνια, όποτε τυχόν συναντιούνταν και φορούσαν τα συγκεκριμένα είδη ρουχισμού, να μεταφέρονταν ίνες από το σκουφί στο μπουφάν».

«Βάσει των διαθέσιμων ενδείξεων, ναι».

«Άρα οι κόκκινες ίνες δεν αποδεικνύουν ότι η δεσποινίς Κλαρκ ήταν με τον Τσέις Άντριους τη νύχτα του θανάτου του. Υπάρχει οποιαδήποτε άλλη απόδειξη ότι η δεσποινίς Κλαρκ βρισκόταν κάπου κοντά στον Τσέις τη νύχτα εκείνη; Για παράδειγμα, ίχνη του δέρματός της κάτω από τα νύχια του ή τα δακτυλικά της αποτυπώματα στα κουμπιά του μπουφάν του; Ή τρίχες από τα μαλλιά της στα ρούχα ή στο σώμα του;»

«Όχι».

«Άρα, στην πραγματικότητα, αφού οι κόκκινες ίνες είναι πιθανό να βρίσκονταν στο μπουφάν του εδώ και τέσσερα χρόνια, δεν υπάρχει καμία απόδειξη ότι η δεσποινίς Κάθριν Κλαρκ βρέθηκε κοντά στον Τσέις Άντριους τη νύχτα του θανάτου του;»

«Βάσει των δικών μου εξετάσεων, καμία».

«Σας ευχαριστώ. Δεν έχω άλλες ερωτήσεις».

Ο δικαστής Σιμς διέκοψε πιο νωρίς για φαγητό.

Ο Τομ άγγιξε απαλά τον αγκώνα της Κάια και της ψιθύρισε ότι η εξέταση είχε πάει καλά. Εκείνη ένευσε ανεπαίσθητα την ώρα που οι ακροατές σηκώνονταν για να ξεμουδιάσουν. Σχεδόν όλοι όμως έμειναν στην αίθουσα για να δουν την Κάια να φορά ξανά χειροπέδες και να οδηγείται έξω από την αίθουσα.

Με τα βήματα του Τζέικομπ να αντηχούν στον διάδρομο αφού την άφησε στο κελί της, η Κάια κάθισε βαριά στο κρεβάτι. Όταν πρωτομπήκε στη φυλακή, δεν της είχαν επιτρέψει να πάρει μαζί της στο κελί το σακίδιό της, την άφησαν όμως να πάρει μερικά πράγματα μέσα σε μια χαρτοσακούλα. Έβαλε τώρα το χέρι της στη σακούλα εκείνη κι έβγαλε το χαρτάκι με τον αριθμό τηλεφώνου και τη διεύθυνση του Τζόντι. Όσο καιρό βρισκόταν εκεί μέσα, η Κάια κοιτούσε εκείνο το χαρτάκι σχεδόν κάθε μέρα και σκεφτόταν να τηλεφωνήσει στον αδελφό της, να του ζητήσει να έρθει, να είναι κοντά της. Ήξερε πως ο Τζόντι θα ερχόταν, κι ο Τζέικομπ τής είχε πει πως δεν υπήρχε πρόβλημα να χρησιμοποιήσει το τηλέφωνο για να τον πάρει. Αλλά δεν το έκανε. Πώς θα μπορούσε ποτέ να ξεστομίσει τη φράση: *Έλα, σε παρακαλώ· είμαι στη φυλακή, κατηγορούμενη για φόνο*;

Ξανάβαλε προσεκτικά το χαρτάκι στη σακούλα και έβγαλε από μέσα την πυξίδα του Πρώτου Παγκοσμίου Πολέμου που της είχε χαρίσει ο Τέιτ. Άφησε τη βελόνα να κινηθεί προς τον βορρά και να σταματήσει με σιγουριά. Έφερε την πυξίδα στο στήθος της. Δεν υπήρχε μέρος που η πυξίδα θα ήταν πιο χρήσιμη απ' ό,τι εκεί μέσα.

Κι ύστερα, ψιθύρισε τους στίχους της Έμιλι Ντίκινσον:

Μαζεύεις την καρδιά
Και κρύβεις την αγάπη κάπου
Δεν θα την ξαναχρειαστείς
Ώς την αιωνιότητα.

46.
Βασιλιάς του κόσμου

1969

Η θάλασσα κι ο ουρανός του Σεπτεμβρίου λαμπύριζαν μ' ένα χρώμα ανοιχτογάλαζο από τον απαλό ήλιο, την ώρα που η Κάια κατευθυνόταν με το βαρκάκι της προς του Σάλτα για να βρει τα δρομολόγια των λεωφορείων. Η σκέψη του ταξιδιού μέσα σ' ένα λεωφορείο γεμάτο άγνωστους ανθρώπους σε μια άγνωστη πόλη τη φόβιζε, ήθελε όμως να γνωρίσει τον επιμελητή των βιβλίων της, τον Ρόμπερτ Φόστερ. Επί δύο χρόνια είχαν ανταλλάξει κάμποσα σύντομα σημειώματα —αλλά και μερικές μακροσκελείς επιστολές— κυρίως όσον αφορά μικροαλλαγές στα κείμενα και τις εικόνες των βιβλίων της, η αλληλογραφία τους όμως, που συχνότατα περιείχε φράσεις επιστημονικές αναμεμειγμένες με ποιητικές περιγραφές, αποτελούσε πλέον έναν δεσμό σφυρηλατημένο σ' ένα ιδίωμα εντελώς δικό του. Η Κάια ήθελε να γνωρίσει τον άνθρωπο που βρισκόταν στην άλλη άκρη της γραμμής αλληλογραφίας, τον άνθρωπο που ήξερε πώς μικροσκοπικά πρίσματα στα φτερά των κολιμπρί σκεδάζουν το φως δημιουργώντας ιριδισμούς στον χρυσοκόκκινο λαιμό τους· και ήξερε επίσης πώς να το πει αυτό με λόγια τόσο εκπληκτικά όσο και τα χρώματα.

Μόλις πάτησε στον μόλο, ο Σάλτας τη χαιρέτησε και τη ρώτησε αν ήθελε βενζίνη.

«Όχι, τώρα όχι, ευχαριστώ. Θέλω να σημειώσω τα δρομολόγια των λεωφορείων. Έχεις αντίγραφο του πίνακα, έτσι δεν είναι;»

«Πώς δεν έχω. Στον τοίχο επάνω, αριστερά με το που μπαίνεις. Δες τα μονάχη σου».

Όταν η Κάια βγήκε απ' το μαγαζί με τα δρομολόγια σημειωμένα, ο Σάλτας ρώτησε: «Πας ταξίδι πουθενά, δεσποινίς Κάια;».

«Μπορεί. Με κάλεσε ο επιμελητής μου στο Γκρίνβιλ για να με γνωρίσει. Δεν είμαι σίγουρη ακόμα».

«Α, πολύ ωραίο αυτό. Είν' ολόκληρο ταξίδι να πας εκεί, αλλά καλό θα σου κάνει».

Την ώρα που η Κάια έκανε μεταβολή για να ξαναμπεί στη βάρκα της, ο Σάλτας έγειρε προς το μέρος της και την κοίταξε καλά καλά. «Δεσποινίς Κάια, τι έπαθε εκεί πέρα το μάτι σου, το πρόσωπό σου; Είναι σαν να σ' έχουνε δείρει, δεσποινίς Κάια». Εκείνη απέστρεψε βιαστικά το πρόσωπό της. Η μελανιά από τη γροθιά του Τσέις, σχεδόν ένα μήνα μετά, είχε σβήσει αφήνοντας απλώς μια αχνή κιτρινίλα που η Κάια νόμιζε πως κανείς δεν θα πρόσεχε.

«Όχι, απλώς κοπάνησα στην πόρτα στο —»

«Μη μου τσαμπουνάς εμένα τέτοια, δεσποινίς Κάια. Δεν γεννήθηκα χτες εγώ. Ποιος σε βάρεσε έτσι;»

Έμεινε αμίλητη.

«Ο κύριος Τσέις σ' τό 'κανε; Εμένα μπορείς να μου το πεις, έτσι; Και να ξέρεις δηλαδή, πως δεν πάω πουθενά μέχρι να μου το πεις».

«Ναι, ο Τσέις». Η Κάια δυσκολευόταν να πιστέψει πως τα λόγια αυτά βγήκαν όντως από το στόμα της. Δεν το πίστευε ότι υπήρχε κάποιος στον οποίο να μπορούσε να πει τέτοια πράγματα. Στράφηκε ξανά για να φύγει, προσπαθώντας να κρατήσει τα δάκρυά της.

Το πρόσωπο του Σάλτα συννέφιασε ολόκληρο. Έμεινε κάμποσα δευτερόλεπτα αμίλητος. Και μετά: «Τι άλλο έκανε;».

«Τίποτα. Σ' το ορκίζομαι. Προσπάθησε να κάνει, Σάλτα, αλλά δεν τον άφησα».

«Αυτόνα πρέπει να τόνε πιάσουνε με το καμτσίκι κι ύστερα να τόνε διώξουνε με τις κλωτσές από την πόλη».

«Σε παρακαλώ, Σάλτα, μην το πεις πουθενά. Το ξέρεις πως δεν γίνεται να το πεις ούτε του σερίφη ούτε κανενός. Θα με σύρουν στο γραφείο του σερίφη και θα με βάλουν να περιγράφω μπροστά σ' ένα τσούρμο άντρες τι έγινε. Δεν μπορώ να το ζήσω αυτό». Η Κάια έκρυψε το πρόσωπο στα χέρια της.

«Ναι, αλλά κάτι πρέπει να γίνει. Δεν μπορεί να κάνει αυτός τέτοια πράματα και μετά να τριγυρνάει με το ωραίο του το σκάφος λες κι είναι ο βασιλιάς του κόσμου».

«Σάλτα, ξέρεις πώς είναι αυτά τα πράγματα. Όλοι θα πάρουν το μέρος του. Θα πούνε πως θέλω απλώς να δημιουργήσω πρόβλημα. Πως πάω να φάω λεφτά απ' τους γονείς του ή κάτι τέτοιο. Σκέψου τι θα συνέβαινε έτσι και κανένα κορίτσι από το Χωριό των Εγχρώμων κατηγορούσε τον Τσέις Άντριους για επίθεση και απόπειρα βιασμού. Δεν θα έκαναν τίποτα. Τίποτα απολύτως». Η φωνή της Κάια γινόταν όλο και πιο στριγκή. «Μόνο το κορίτσι θα έβρισκε τελικά τον μπελά του, και άσχημα μάλιστα. Άρθρα στις εφημερίδες. Όλοι να τη λένε τσούλα. Ε, το ίδιο θα γινόταν και με μένα, και το ξέρεις. Υποσχέσου μου, σε παρακαλώ, πως δεν θα το πεις σε κανέναν». Τα λόγια της κατέληξαν σε λυγμό.

«Δίκιο έχεις, δεσποινίς Κάια. Το ξέρω, δίκιο έχεις. Και μην ανησυχείς, δεν κάνω εγώ τίποτα να γίνει πιο χειρότερο. Αλλά όμως πού το ξέρεις πως δεν θα πάει να σου ξανακάνει τα ίδια; Έτσι πού 'σαι πάντα ολομόναχη εκεί πέρα;»

«Ξέρω να προστατεύομαι· απλώς εκείνη τη φορά την πάτησα γιατί δεν τον άκουσα που ερχόταν. Θα προσέχω και θα είμαι εντάξει, Σάλτα. Κι αν το αποφασίσω να πάω στο Γκρίνβιλ, μπορεί όταν γυρίσω να πάω να μείνω για λίγο στο σπιτάκι του διαβάσματος. Δεν νομίζω πως το ξέρει αυτό ο Τσέις».

«Καλά, τότε. Αλλά θέλω νά 'ρχεσαι από δω πιο συχνά. Θέλω νά 'ρχεσαι και να μου λες πώς πάνε τα πράματα. Και το ξέρεις πως όποτε θες, έρχεσαι και μένεις με μένα και τη Μέιμπελ, έτσι;»

«Σ' ευχαριστώ, Σάλτα. Το ξέρω».

«Πότε είναι να πας τελικά στο Γκρίνβιλ;»

«Δεν ξέρω ακριβώς. Στο γράμμα που μου έγραψε ο εκδότης έλεγε τέλη Οκτωβρίου. Δεν έχω κανονίσει, δεν έχω καν πει ναι στην πρόσκληση». Η Κάια ήξερε πως ήταν αδύνατο να πάει αν η μελανιά δεν είχε εξαφανιστεί εντελώς.

«Εντάξει, αλλά να μου το πεις πότε είναι να πας και πότε είναι να γυρίσεις. Μ' ακούς; Να το ξέρω άμα λείπεις. Γιατί αν κάνω πάνω από μια μέρα να σε δω, θα έρχομαι εγώ στο σπίτι σου. Και θα φέρω και ολόκληρο στρατό άμα χρειαστεί».

«Εντάξει, Σάλτα. Σ' ευχαριστώ».

47.

Ο ειδικός

1970

Ο εισαγγελέας έκανε εδώ και ώρα ερωτήσεις στον σερίφη σχετικά με τα δύο αγόρια που ανακάλυψαν το πτώμα του Τσέις Άντριους στη βάση του πυροφυλάκιου στις 30 Οκτωβρίου, σχετικά με την εξέταση που πραγματοποίησε ο γιατρός και την αρχική έρευνα στον χώρο.

Και συνέχισε: «Σερίφη, πείτε μας, παρακαλώ, τι σας οδήγησε στην πεποίθηση ότι ο Τσέις Άντριους δεν είχε πέσει κατά λάθος από το πυροφυλάκιο. Τι σας έκανε να σκεφτείτε ότι επρόκειτο για έγκλημα;».

«Κοιτάξτε, ένα από τα πρώτα πράγματα που παρατήρησα ήταν ότι δεν φαίνονταν πουθενά γύρω απ' το πτώμα του Τσέις πατημασιές, ούτε καν δικές του. Ήταν μόνο εκείνες των παιδιών που τον βρήκαν, κι έτσι σκέφτηκα πως κάποιος είχε καταστρέψει τα ίχνη για να συγκαλύψει εγκληματική πράξη».

«Ισχύει επίσης, σερίφη, ότι στον γύρω χώρο δεν υπήρχαν ούτε δακτυλικά αποτυπώματα ούτε ίχνη από οχήματα;»

«Ναι, έτσι είναι. Οι αναφορές του εργαστηρίου έλεγαν ότι δεν υπήρχαν πρόσφατα δακτυλικά αποτυπώματα στο πυροφυλάκιο. Ούτε καν στη σχάρα, την οποία οπωσδήποτε κάποιος άνοιξε. Ο βοηθός μου κι εγώ αναζητήσαμε ίχνη από οχήματα αλλά ούτε τέτοια βρέθηκαν. Όλα αυτά υποδήλωναν πως κάποιος είχε καταστρέψει στοιχεία επίτηδες».

«Άρα όταν οι εργαστηριακές εξετάσεις απέδειξαν ότι κόκκινες ίνες απ' το σκουφί της δεσποινίδας Κλαρκ βρέθηκαν εκείνη τη νύχτα στα ρούχα του Τσέις, εσείς...»

«Ένσταση, κύριε πρόεδρε», είπε ο Τομ. «Χειραγωγεί τον μάρτυρα. Και εξάλλου, από καταθέσεις έχει ήδη διευκρινιστεί ότι οι κόκκινες ίνες θα μπορούσαν να είχαν μεταφερθεί από τον ρουχισμό της δεσποινίδος Κλαρκ στον ρουχισμό του κυρίου Άντριους πολύ πριν από τη νύχτα της 29ης προς 30ή Οκτωβρίου».

«Δεκτή η ένσταση», δήλωσε με δυνατή φωνή ο δικαστής.

«Δεν έχω άλλες ερωτήσεις. Δικός σας ο μάρτυρας». Ο Έρικ ήξερε εξ αρχής ότι η κατάθεση του σερίφη δεν θα πρόσφερε πάρα πολλά στην κατηγορούσα αρχή —τι να κάνεις όταν δεν υπάρχει ούτε φονικό όπλο, ούτε δακτυλικά αποτυπώματα, ούτε πατημασιές, ούτε ίχνη από ρόδες;— παρ' όλα αυτά υπήρχε ακόμα αρκετό ζουμί ώστε να πειστούν οι ένορκοι ότι κάποιος είχε δολοφονήσει τον Τσέις και, λαμβάνοντας υπόψη και τις κόκκινες ίνες, ότι αυτός ο κάποιος μπορούσε να ήταν η δεσποινίς Κλαρκ.

Ο Τομ Μίλτον πλησίασε στο έδρανο του μάρτυρα. «Σερίφη, ζήτησες σε οποιαδήποτε στιγμή, εσύ ή κάποιος άλλος, από κανέναν ειδικό να αναζητήσει πατημασιές ή στοιχεία ότι οι πατημασιές είχαν συγκαλυφθεί;»

«Δεν ήταν απαραίτητο. Εγώ είμαι ο ειδικός. Οι πατημασιές και η μελέτη τους είναι μέρος της επίσημης εκπαίδευσής μου. Δεν είχα ανάγκη άλλον ειδικό».

«Μάλιστα. Υπήρξαν, λοιπόν, ενδείξεις ότι είχαν σβηστεί πατημασιές από το έδαφος; Θέλω να πω, για παράδειγμα, βρήκατε σημάδια από κάποιοι θάμνο ή κάποιο κλαδί με το οποίο σβήστηκαν ίχνη; Ή κάποια μετακίνηση λάσπης; Υπάρχουν στοιχεία, υπάρχουν φωτογραφίες που να δείχνουν κάτι τέτοιο;»

«Όχι. Εγώ βρίσκομαι εδώ για να καταθέσω ως ειδικός ότι στη βάση του πυροφυλάκιου δεν υπήρχαν άλλες πατημασιές εκτός από τις δικές μας και των αγοριών. Άρα κάποιος θα πρέπει να τις είχε σβήσει».

«Εντάξει. Ωστόσο, σερίφη, αποτελεί φυσικό χαρακτηριστικό του βάλτου ότι με την πλημμυρίδα και την άμπωτη, τα επιφανειακά νερά, ακόμα και πολύ μακριά από την ακτή, ανεβοκατεβαίνουν, με αποτέλεσμα κάποιες περιοχές να στεγνώνουν για λίγο, κι ύστερα, μερικές ώρες αργότερα, τα νερά να ανεβαίνουν και πάλι. Σε πολλά μέρη, καθώς τα νερά ανεβαίνουν, ολόκληρη η περιοχή πλημμυρίζει με αποτέλεσμα να εξαφανίζονται στη λάσπη ίχνη όπως, για παράδειγμα, τα ίχνη από πατημασιές. Σαν να γίνεται ξανά άγραφη πλάκα. Είναι αλήθεια αυτό;»

«Καλά, ναι, αυτό γίνεται. Δεν υπήρχαν όμως ενδείξεις πως είχε συμβεί κάτι τέτοιο».

«Έχω εδώ τον ωρολόγιο πίνακα με τις παλίρροιες για τη νύχτα της 29ης και το πρωινό της 30ής Οκτωβρίου, και όπως βλέπετε, σερίφη Τζάκσον, φαίνεται ότι τα νερά είχαν τραβηχτεί γύρω στα μεσάνυχτα. Άρα, την ώρα που ο Τσέις έφτασε στο πυροφυλάκιο και προχώρησε προς τη σκάλα, σίγουρα άφησε ίχνη στην υγρή λάσπη. Έπειτα όμως, όταν ήρθε η πλημμυρίδα και τα νερά ανέβηκαν, τα ίχνη του σβήστηκαν. Αυτός ήταν κι ο λόγος που αφήσατε τόσο βαθιές πατημασιές εσείς και τα αγόρια, και ταυτόχρονα, ο λόγος που οι πατημασιές του Τσέις χάθηκαν. Συμφωνείτε πως αυτό είναι πιθανό να συνέβη;»

Η Κάια ένευσε ανεπαίσθητα — ήταν η πρώτη της αντίδραση σε οποιαδήποτε κατάθεση μάρτυρα από την αρχή της δίκης. Είχε δει πολλές φορές τα νερά του βάλτου να καταπίνουν ό,τι έγινε την προηγουμένη μέρα: πατημασιές ελαφιών δίπλα σε κάποιο ρυάκι ή ίχνη λύγκα κοντά σε ένα νεκρό ελαφάκι, να εξαφανίζονται.

Ο σερίφης απάντησε: «Πάντως εγώ δεν έχω δει ποτέ την παλίρροια να σβήνει κάτι τόσο απόλυτα, οπότε δεν ξέρω».

«Είπατε όμως, σερίφη, πως είστε ειδικός, πως έχετε εκπαιδευτεί στη μελέτη των αποτυπωμάτων. Και τώρα λέτε πως δεν ξέρετε αν αυτό το τόσο κοινό φαινόμενο συνέβη εκείνη τη νύχτα ή όχι».

«Καλά, δεν θα είναι και πολύ δύσκολο να αποδειχτεί αν συνέβη ή δεν συνέβη. Αρκεί να πάτε εκεί πέρα όταν τα νερά είναι χαμηλά, να αφήσετε μερικά ίχνη και μετά να δείτε αν θα τα σβήσει το νερό όταν ανέβει».

«Ναι, πράγματι, δεν θα ήταν και πολύ δύσκολο να ελεγχθεί κάτι τέτοιο. Αλλά γιατί δεν ελέγχθηκε; Τώρα βρισκόμαστε εδώ, στην αίθουσα του δικαστηρίου, κι εσείς δεν έχετε την παραμικρή απόδειξη ότι κάποιος όντως έσβησε ίχνη για να συγκαλύψει κάποιο έγκλημα. Το πιθανότερο είναι ότι ο Τσέις Άντριους άφησε τα ίχνη του κάτω από το πυροφυλάκιο, αλλά τα ίχνη αυτά σβήστηκαν από τα νερά που ανέβηκαν. Και αν ήταν μαζί του κι άλλοι φίλοι που ανέβηκαν επίσης στο πυροφυλάκιο για πλάκα, θα σβήστηκαν και τα δικά τους ίχνη επίσης. Υπ' αυτές τις εξαιρετικά πιθανές συνθήκες, δεν υπάρχει καμία απολύτως ένδειξη εγκληματικής ενέργειας. Είναι έτσι ή δεν είναι, σερίφη;»

Ο σερίφης γύριζε το βλέμμα μια δεξιά, μια αριστερά, σαν να αναζητούσε την απάντηση στους τοίχους. Οι ακροατές ανασκουμπώθηκαν στα καθίσματά τους.

«Σερίφη;» επανέλαβε ο Τομ.

«Κατά την επαγγελματική μου άποψη, είναι απίθανο ο φυσιολογικός κύκλος του νερού να έσβησε πατημασιές σε τέτοιο βαθμό ώστε να εξαφανιστούν εντελώς, όπως σ' αυτή την περίπτωση. Ωστόσο, δεδομένου ότι δεν υπήρξαν ίχνη συγκάλυψης, η απουσία αποτυπωμάτων δεν μπορεί από μόνη της να αποδείξει ότι τελέστηκε έγκλημα. Παρ' όλα αυτά —»

«Σας ευχαριστώ». Ο Τομ στράφηκε προς τους ενόρκους και επανέλαβε τα λόγια του σερίφη. «Η απουσία αποτυπωμάτων δεν μπορεί από μόνη της να αποδείξει ότι τελέστηκε έγκλημα. Λοιπόν, πάμε παρακάτω, σερίφη. Τι κάνατε με τη σχάρα στο πάτωμα του πυροφυλάκιου, που είχε μείνει ανοιχτή; Την εξετάσατε για να δείτε αν είχε δακτυλικά αποτυπώματα της δεσποινίδας Κλαρκ;»

«Ναι, και βέβαια την εξετάσαμε».

«Και βρήκατε δακτυλικά αποτυπώματα της δεσποινίδας Κλαρκ στη σχάρα ή και οπουδήποτε αλλού στο πυροφυλάκιο;»

«Όχι. Όχι, αλλά δεν βρήκαμε ούτε άλλα αποτυπώματα, οπότε...»

Ο δικαστής έγειρε λίγο προς το πλάι. «Απάντα σε ό,τι σε ρωτάει, Εντ».

«Και τρίχες; Η δεσποινίς Κλαρκ έχει μακριά μαύρα μαλλιά — αν είχε σκαρφαλώσει μέχρι επάνω και είχε κάνει διάφορα πράγματα εκεί στην εξέδρα, αν είχε ανοίξει τη σχάρα και όλα αυτά, θα περίμενε κανείς να βρεθούν τρίχες από τα μαλλιά της. Βρήκατε καμία, λοιπόν;»

«Όχι». Το μέτωπο του σερίφη γυάλιζε από τον ιδρώτα.

«Ο ιατροδικαστής κατέθεσε, αφού εξέτασε το πτώμα του Τσέις, πως δεν υπήρχαν στοιχεία ότι η δεσποινίς Κλαρκ βρέθηκε πουθενά κοντά στον Τσέις εκείνη τη νύχτα. Α, ναι, ήταν εκείνες οι ίνες, οι οποίες όμως μπορεί να ήταν και τεσσάρων ετών. Και τώρα εσείς μας λέτε πως δεν υπάρχει καμία ένδειξη ότι η δεσποινίς Κλαρκ ήταν καν στο πυροφυλάκιο εκείνη τη νύχτα. Αληθεύει αυτό, ναι ή όχι;»

«Ναι».

«Άρα δεν έχουμε στοιχεία που να αποδεικνύουν ότι η δεσποινίς Κλαρκ βρισκόταν στο πυροφυλάκιο τη νύχτα που ο Τσέις Άντριους βρήκε τον θάνατο πέφτοντας από εκεί. Σωστά;»

«Το είπα».

«Να το εκλάβω ως ναι;»

«Ναι, λέω ναι».

«Σερίφη, είναι ή δεν είναι αλήθεια ότι αυτές οι σχάρες στην κορυφή του πυροφυλάκιου μένουν πολύ συχνά ανοιχτές από παιδιά που πάνε και παίζουν εκεί πάνω;»

«Ναι, μερικές φορές μένουν ανοιχτές. Αλλά όπως είπα και πριν, μένει συνήθως αυτή που ανοίγεις για να περάσεις επάνω, όχι κάποια από τις άλλες».

«Δεν είναι όμως γεγονός ότι όχι μόνο η σχάρα η πιο κοντινή στη σκάλα αλλά και οι άλλες επίσης μένουν ανοιχτές τόσο συχνά και θεωρούνται τόσο επικίνδυνες ώστε το γραφείο σας υπέβαλε γραπτό αίτημα στη Δασική Υπηρεσία των Ηνωμένων Πολιτειών για να διορθωθεί η κατάσταση;». Ο Τομ επέδειξε στον σερίφη ένα έγγραφο. «Είναι αυτή η επίσημη αίτηση που υποβλήθηκε στη Δασική Υπηρεσία στις 18 Ιουλίου του περασμένου έτους;». Ο σερίφης κοίταξε το χαρτί.

«Ναι. Αυτή είναι».

«Και ποιος ακριβώς συνέταξε το αίτημα;»

«Εγώ προσωπικά».

«Άρα, τρεις μόλις μήνες πριν την πτώση του Τσέις Άντριους μέσα απ' την ανοιχτή σχάρα του πυροφυλάκιου, υποβάλατε εσείς προσωπικά γραπτό αίτημα στη Δασική Υπηρεσία με το οποίο ζητούσατε είτε να κλείσει το φυλάκιο είτε να ληφθεί πρόνοια για την ασφάλεια των σχαρών ώστε να μην υπάρξουν ατυχήματα. Είναι έτσι;»

«Ναι».

«Σερίφη, θα θέλατε να διαβάσετε στο δικαστήριο την τελευταία πρόταση του εγγράφου που υποβάλατε στην Υπηρεσία Δασών; Μόνο αυτήν εδώ, την τελευταία». Ο Τομ έδωσε το έγγραφο στον σερίφη, δείχνοντάς του την τελευταία αράδα.

Ο σερίφης διάβασε δυνατά: «Οφείλω να επαναλάβω ότι οι σχάρες αυτές είναι πολύ επικίνδυνες και ότι αν δεν ληφθούν μέτρα, θα υπάρξει σίγουρα κάποιος σοβαρός τραυματισμός ή και θάνατος».

«Δεν έχω άλλες ερωτήσεις».

48.

Ένα σύντομο ταξίδι

1969

Στις 28 Οκτωβρίου του 1969, η Κάια έφερε τη βάρκα της ώς τον μόλο του Σάλτα για να του πει αντίο, όπως του είχε υποσχεθεί, κι ύστερα συνέχισε ίσαμε την αποβάθρα του χωριού, όπου οι ψαράδες κι οι γαριδάδες σταμάτησαν, ως συνήθως, τη δουλειά τους κι έμειναν να τη χαζεύουν. Η Κάια τούς αγνόησε, έδεσε, και κουβαλώντας μια φτηνή βαλίτσα —την οποία ξέθαψε από την παλιά ντουλάπα της Μαμάς— προχώρησε στη Μέιν Στρητ. Δεν είχε τσαντάκι μαζί της, μόνο το σακίδιο στην πλάτη γεμάτο βιβλία, λίγο χοιρομέρι και ψωμάκια, και μερικά χρήματα, αφού τα περισσότερα λεφτά από τα δικαιώματα των βιβλίων της τα έβαλε μέσα σ' ένα κονσερβοκούτι, το οποίο έθαψε κοντά στη λιμνοθάλασσά της. Πρώτη φορά στη ζωή της έδειχνε σαν συνηθισμένη κοπέλα, με καφέ φούστα από το Sears, άσπρη μπλούζα και παπούτσια χωρίς τακούνι. Οι καταστηματάρχες συνέχισαν να καταγίνονται με τις δουλειές τους, να εξυπηρετούν τους πελάτες τους, να σκουπίζουν το πεζοδρόμιο, όλοι τους όμως με το βλέμμα καρφωμένο επάνω της.

Στάθηκε στη γωνία κάτω από την ταμπέλα που έλεγε *Στάση Λεωφορείου* και περίμενε ώσπου το λεωφορείο της Τρέιλγουεϊζ σταμάτησε εκεί, με τα φρένα να τσιρίζουν, κλείνοντας τη θέα προς τον ωκεανό. Κανείς δεν κατέβηκε από το λεωφορείο και κανείς άλλος δεν ανέβηκε εκτός από την Κάια που πλησίασε και αγόρασε το εισιτήριο για το Γκρίνβιλ από τον οδηγό. Όταν ρώτησε για τις μέρες και τις ώρες των δρομολογίων επιστροφής, ο οδηγός τής έδωσε ένα τυπωμένο πρόγραμμα κι ύστερα έβαλε τη βαλίτσα της στον χώρο αποσκευών. Κρατώντας σφιχτά το σακίδιό της, η Κάια επιβιβάστηκε. Και πριν προλάβει να το καλοσκεφτεί, το λεωφορείο, που της φάνηκε μακρύ όσο το χωριό, έβγαινε ήδη από το Μπάρκλι Κόουβ.

Δύο μέρες αργότερα, στη 1.16 το απόγευμα, η Κάια αποβιβαζόταν από το λεωφορείο που είχε μόλις έρθει από το Γκρίνβιλ. Τώρα ο κόσμος στον δρόμο ήταν ακόμα πιο πολύς, κι όλοι κοιτούσαν και ψιθύριζαν καθώς η Κάια έριχνε τα μακριά μαλλιά της πίσω από τον ώμο και παραλάμβανε τη βαλίτσα της από τον οδηγό. Διέσχισε τον δρόμο, βγήκε στην αποβάθρα, μπήκε στη βάρκα της, έβαλε μπρος και τράβηξε κατευθείαν για το σπίτι. Είχε σκοπό να περάσει από τον Σάλτα να του πει πως είχε επιστρέψει, όπως του είχε υποσχεθεί, αλλά υπήρχαν πολλά σκάφη που περίμεναν στον μόλο για καύσιμα, κι έτσι αποφάσισε να έρθει την επομένη. Εξάλλου, έτσι θα πήγαινε μια ώρα αρχύτερα και στους γλάρους της.

Το επόμενο πρωί, λοιπόν, 31 Οκτωβρίου, φτάνοντας στον μόλο του Σάλτα, του φώναξε κι εκείνος βγήκε από το μαγαζάκι του.

«Τι γίνεται, Σάλτα; Ήρθα απλώς να σου πω ότι είμαι εδώ. Γύρισα χτες». Ο Σάλτας ήρθε προς το μέρος της χωρίς να μιλήσει.

Μόλις η Κάια ανέβηκε στον μόλο, της είπε: «Δεσποινίς Κάια, έχω...».

Εκείνη έγειρε το κεφάλι στο πλάι. «Τι είναι; Τι συνέβη;».

Ο Σάλτας απόμεινε να την κοιτάζει. «Κάια, τα έμαθες τα νέα για τον κύριο Τσέις;».

«Όχι. Ποια νέα;»

Ο Σάλτας κούνησε το κεφάλι. «Ο Τσέις Άντριους πέθανε. Πέθανε μες στη νύχτα, όσο ήσουνα πέρα στο Γκρίνβιλ».

«Τι;». Η Κάια κι ο Σάλτας κοιτάχτηκαν βαθιά στα μάτια.

«Τόνε βρήκανε χτες το πρωί στα πόδια του παλιού πυροφυλάκιου για τις φωτιές με... τέλος πάντων, λένε πως έσπασε το σβέρκο του και τσακίστηκε και το κεφάλι του. Έπεσε, λένε, από πάνω, από την κορυφή».

Τα χείλη της Κάια παρέμειναν μισάνοιχτα.

Ο Σάλτας συνέχισε. «Βούιξ' η πόλη. Μερικοί το πιστεύουνε γι' ατύχημα, αλλά ακούγεται πως ο σερίφης δεν είναι και πολύ σίγουρος. Είναι κι η μαμά του Τσέις πού 'χει κάνει τον κόσμο άνω-κάτω και λέει πως ήτανε φόνος. Μπλέξιμο, σου λέω, μεγάλο».

«Και γιατί πιστεύουν πως ήταν φόνος;» ρώτησε η Κάια.

«Βρήκανε ανοιχτή μια από κείνες τις σχάρες που έχει στο πυροφυλάκιο, στο πάτωμα, από κει μέσα έπεσε, ίσα κάτω, και λένε πως αυτό είναι ύποπτο. Μερικοί βέβαια λένε πως αυτές οι σχάρες όλη την ώρα μένουν ανοιχτές, που πάνε κει πάνω τα μικρά και κάνουνε βλακείες, οπότε μπορεί να έπεσε κατά λάθος ο κύριος Τσέις. Άλλοι πάλι φωνάζουνε πως έγινε έγκλημα».

Η Κάια έμεινε αμίλητη κι ο Σάλτας συνέχισε. «Κι ένας λόγος είναι, λέει, πως όταν τόνε βρήκανε τον κύριο Τσέις, δεν φόραγε στον λαιμό του κείνο το κοχύλι που τό 'χε χρόνια ολόκληρα, κι η γυναίκα του λέει πως το φόραγε το βράδυ, όταν έφυγε απ' το σπίτι για να πάει να φάει με τους δικούς του. Πάντα το φόραγε, λέει». Το στόμα της στέγνωσε στο άκουσμα του κοχυλιού.

«Και μετά κείνα τα μικρά που τόνε βρήκανε τον Τσέις, ακούσανε, λέει, τον σερίφη πού 'λεγε πως δεν βρήκε καθόλου πατημασιές εκεί γύρω. Ούτε μια. Λες και κάποιος πήγε κι έσβησε τα ίχνη. Παντού το λέγανε οι μικροί, όπου βρισκόντανε».

Ο Σάλτας τής είπε και πότε ήταν προγραμματισμένη η κηδεία, αν και ήξερε πως η Κάια δεν επρόκειτο να πάει. Θα έφριτταν οι κυράδες από τους διαγωνισμούς ραπτικής και όλοι αυτοί από τις λέσχες ανάγνωσης της Βίβλου. Τα κουτσομπολιά και οι φήμες σίγουρα θα περιλάμβαναν και την Κάια. *Δόξα νά 'χει ο Κύριος που έλειπε στο Γκρίνβιλ όταν πέθανε ο Τσέις, αλλιώς σ' αυτήν θα το φορτώνανε*, σκέφτηκε ο Σάλτας.

Η Κάια ένευσε και έβαλε μπρος για το σπίτι. Όρθια στη λασπερή όχθη της λιμνοθάλασσάς της, ψιθύρισε ένα από τα ποιήματα της Αμάντα Χάμιλτον:

Ποτέ μην υποτιμάς
την καρδιά,
που είναι ικανή για πράξεις
ασύλληπτες για το μυαλό.
Δε νιώθει μόνον η καρδιά· υπαγορεύει κιόλας.
Αλλιώς, πώς να εξηγήσεις
το μονοπάτι πού 'χω πάρει,
και που έχεις πάρει και εσύ
τον δρόμο τον μακρύ μες απ' αυτό το πέρασμα;

49.

Μεταμφιέσεις

1970

Δήλωσε πως το όνομά του ήταν Λάρι Πράις —ο άνδρας με τα λευκά κοντά και σγουρά μαλλιά και το μπλε κοστούμι που έλαμπε φτήνια— και πως οδηγούσε το λεωφορείο της Τρέιλγουεϊζ σε διάφορες διαδρομές σ’ εκείνη την περιοχή της Βόρειας Καρολίνας. Ήταν ο επόμενος μάρτυρας που ορκίστηκε. Κατά την εξέταση από τον Έρικ, ο κύριος Πράις επιβεβαίωσε πως ήταν δυνατό να πάει κανείς με το λεωφορείο από το Γκρίνβιλ στο Μπάρκλι Κόουβ και ξανά πίσω μέσα σε μια νύχτα. Δήλωσε επίσης ότι ο ίδιος οδηγούσε το λεωφορείο από το Γκρίνβιλ για το Μπάρκλι Κόουβ τη νύχτα του θανάτου του Τσέις και πως κανείς από τους επιβάτες δεν έμοιαζε με τη δεσποινίδα Κλαρκ.

Ο Έρικ είπε: «Κύριε Πράις, κατά τη διάρκεια της έρευνας είπατε στον σερίφη ότι στο λεωφορείο επέβαινε και κάποιο άτομο που θα μπορούσε να είναι μια ψηλή γυναίκα μεταμφιεσμένη σε άνδρα. Είναι έτσι; Περιγράψτε, παρακαλώ, το άτομο αυτό».

«Ναι, έτσι είναι. Ήταν ένας αδύνατος λευκός νεαρός. Θά ’τανε κάπου ένα κι ογδόντα, και τα παντελόνια του κρεμόντανε από πάνω του σαν σεντόνια. Φόραγε κι ένα μεγάλο κασκέτο, μπλε. Είχε το κεφάλι του συνέχεια σκυφτό, δεν κοιτούσε κανέναν».

«Και τώρα που είδατε και τη δεσποινίδα Κλαρκ, πιστεύετε πως υπάρχει περίπτωση εκείνος ο αδύνατος νεαρός στο λεωφορείο να ήταν η δεσποινίς Κλαρκ μεταμφιεσμένη; Υπάρχει πιθανότητα να είχε τα μακριά της μαλλιά κρυμμένα μέσα στο μεγάλο εκείνο κασκέτο;»

«Ναι, το πιστεύω».

Ο Έρικ ζήτησε από τον δικαστή να πει στην Κάια να σηκωθεί όρθια· η Κάια σηκώθηκε, με τον Τομ Μίλτον δίπλα της.

«Μπορείτε να καθίσετε τώρα, δεσποινίς Κλαρκ», είπε ο Έρικ και στράφηκε στον μάρτυρα. «Θα λέγατε λοιπόν ότι εκείνος ο νεαρός στο λεωφορείο είχε περίπου το ίδιο ανάστημα και την ίδια κοψιά με τη δεσποινίδα Κλαρκ;»

«Θα έλεγα, σχεδόν τελείως ίδια», είπε ο κύριος Πράις.

«Άρα, αν λάβουμε υπόψη όλα τα δεδομένα, θα λέγατε ότι είναι πιθανό ο αδύνατος άντρας που ταξίδευε με το λεωφορείο των 23.50 από το Γκρίνβιλ στο Μπάρκλι Κόουβ τη νύχτα της 29ης Οκτωβρίου του περασμένου έτους, να ήταν στην πραγματικότητα η κατηγορουμένη, η δεσποινίς Κλαρκ;»

«Ναι, θά 'λεγα πως είναι πολύ πιθανό».

«Σας ευχαριστώ, κύριε Πράις. Δεν έχω άλλες ερωτήσεις. Δικός σας ο μάρτυρας».

Ο Τομ στάθηκε μπροστά από το έδρανο του μάρτυρα και, μετά από ένα πεντάλεπτο ερωτήσεων στον κύριο Πράις, συνόψισε τα λεγόμενά του. «Μας έχετε πει λοιπόν τα εξής: πρώτον, ότι στο λεωφορείο από το Γκρίνβιλ για Μπάρκλι Κόουβ τη νύχτα της 29ης Οκτωβρίου 1969 δεν υπήρχε γυναίκα που να μοιάζει με την κατηγορουμένη· δεύτερον, ότι υπήρχε στο λεωφορείο ένας ψηλόλιγνος άνδρας, αλλά εκείνη την ώρα, παρόλο που είδατε το πρόσωπό του από πολύ κοντά, δεν σας φάνηκε σαν γυναίκα μεταμφιεσμένη· τρίτον, την ιδέα περί μεταμφίεσης τη σκεφτήκατε μόνον όταν σας την υπέβαλε ο σερίφης».

Ο Τομ συνέχισε προτού προλάβει ο μάρτυρας να απαντήσει. «Κύριε Πράις, πείτε μας, πώς είστε τόσο σίγουρος ότι ο αδύνατος εκείνος άνδρας επέβαινε πράγματι στο λεωφορείο των 23.50 της 29ης Οκτωβρίου; Είχατε κρατήσει σημειώσεις, το γράψατε κάπου; Μήπως ήταν την προηγούμενη νύχτα, ή την επόμενη; Είστε εκατό τοις εκατό σίγουρος ότι ήταν στις 29 Οκτωβρίου;»

«Καταλαβαίνω τι θέλετε να πείτε. Κοιτάξτε, όταν ο σερίφης προσπαθούσε να με κάνει να θυμηθώ, μου φαινόταν πως αυτός ο άντρας ήταν στ' αλήθεια τότε στο λεωφορείο, αλλά τώρα, νομίζω πως δεν είμαι και εκατό τα εκατό σίγουρος».

«Κι επίσης, κύριε Πράις, αληθεύει ότι το λεωφορείο είχε αργήσει πάρα πολύ εκείνη τη νύχτα; Ότι είχε εικοσιπέντε ολόκληρα λεπτά καθυστέρηση, κι έφτασε στο Μπάρκλι Κόουβ τελικά στη 1.40 το πρωί. Είναι έτσι;»

«Έτσι». Ο κύριος Πράις γύρισε και κοίταξε τον Έρικ. «Εγώ να βοηθήσω προσπαθώ, να κάνω το σωστό».

«Βοηθήσατε ήδη εξαιρετικά, κύριε Πράις», τον διαβεβαίωσε ο Τομ. «Σας ευχαριστώ πάρα πολύ. Δεν έχω άλλες ερωτήσεις».

Ο Έρικ κάλεσε τον επόμενο μάρτυρα, τον οδηγό του λεωφορείου των 2.30 π.μ. από το Μπάρκλι Κόουβ για το Γκρίνβιλ το πρωί της 30ής Οκτωβρίου, κάποιον κύριο Τζον Κινγκ. Αυτός κατέθεσε ότι η κατηγορουμένη, η δεσποινίς Κλαρκ, δεν επέβαινε στο λεωφορείο, αλλά υπήρχε μια κάπως ηλικιωμένη κυρία, «...ψηλή σαν τη δεσποινίδα Κλαρκ, με γκρίζα μαλλιά, κοντά και σγουρά, σαν από περμανάντ».

«Αν κοιτάξετε την κατηγορουμένη, κύριε Κινγκ, θα λέγατε ότι αν η δεσποινίς Κλαρκ είχε μεταμφιεστεί σε ηλικιωμένη κυρία, θα έμοιαζε με τη γυναίκα που ήταν στο λεωφορείο;»

«Κοιτάξτε, δεν είναι εύκολο να το φανταστώ. Μπορεί».

«Άρα είναι πιθανό;»

«Ναι, μάλλον».

Κατά την αντεξέταση ο Τομ είπε: «Δεν μπορούμε να δεχτούμε τη λέξη *μάλλον* σε μια υπόθεση φόνου. Είδατε την κατηγορουμένη, τη δεσποινίδα Κλαρκ, στο λεωφορείο των 2.30 π.μ. από Μπάρκλι Κόουβ για Γκρίνβιλ τις πρώτες πρωινές ώρες της 30ής Οκτωβρίου του 1969;».

«Όχι, δεν την είδα».

«Υπήρχε άλλο λεωφορείο από Μπάρκλι Κόουβ για Γκρίνβιλ εκείνη τη νύχτα;»

«Όχι».

50.

Το ημερολόγιο

1970

Την επόμενη μέρα, όταν η Κάια οδηγήθηκε στην αίθουσα του δικαστηρίου, έριξε μια κλεφτή ματιά προς τον Τέιτ, τον Σάλτα και τη Μέιμπελ, αλλά κράτησε την αναπνοή της βλέποντας μια στρατιωτική στολή κι ένα μικρό χαμόγελο πάνω σ' ένα πρόσωπο σημαδεμένο. Ο Τζόντι. Ένευσε ελαφρά κι αναρωτήθηκε από πού είχε μάθει για τη δίκη. Πιθανότατα από την εφημερίδα της Ατλάντα. Έσκυψε το κεφάλι καταντροπιασμένη.

Σηκώθηκε ο Έρικ. «Κύριε πρόεδρε, η εισαγγελία θα ήθελε να καλέσει την κυρία Σαμ Άντριους». Ολόκληρη η αίθουσα ξεφύσηξε καθώς η Πάτι Λαβ, η βαρυπενθούσα μάνα, κατευθύνθηκε προς το έδρανο των μαρτύρων. Παρατηρώντας τη γυναίκα που κάποτε ήλπιζε πως θα γινόταν πεθερά της, η Κάια συνειδητοποιούσε τώρα πόσο γελοιωδώς παράλογη ήταν αυτή η ιδέα. Ακόμα και σ' αυτό το ζοφερό σκηνικό, την Πάτι Λαβ, ντυμένη με τα καλύτερα μαύρα μετάξια, έμοιαζε να την απασχολεί κυρίως η δική της εμφάνιση και σπουδαιότητα. Κάθισε στητή, με το γυαλιστερό τσαντάκι της κουρνιασμένο στα γόνατά της, τα μαύρα της μαλλιά πιασμένα σε τέλειο κότσο κάτω από ένα καπέλο γερμένο ακριβώς τόσο ώστε το θεατρικότατο μαύρο βέλο να κρύβει τα μάτια της. Δεν υπήρχε ποτέ περίπτωση να δεχτεί μια ξυπόλητη κάτοικο του βάλτου για νύφη της.

«Κυρία Άντριους, ξέρω ότι όλο αυτό είναι δύσκολο για σας, οπότε θα είμαι όσο πιο σύντομος γίνεται. Αληθεύει ότι ο γιος σας, ο Τσέις Άντριους, φορούσε στον λαιμό ένα πέτσινο κορδόνι από το οποίο κρεμόταν ένα κοχύλι;»

«Ναι, αληθεύει».

«Και πότε, πόσο συχνά το φορούσε αυτό;»

«Συνεχώς. Δεν το έβγαζε ποτέ. Επί τέσσερα χρόνια, δεν τον είδα ούτε μια φορά χωρίς εκείνο το κρεμαστό κοχύλι».

Ο Έρικ έδωσε στην κυρία Άντριους ένα δερμάτινο ημερολόγιο. «Μπορείτε να πείτε στο δικαστήριο αν αναγνωρίζετε αυτό το αντικείμενο;».

Η Κάια κάρφωσε τα μάτια στο πάτωμα, δαγκώνοντας τα χείλη, έξαλλη απ' αυτή την εισβολή στην προσωπική της σφαίρα, καθώς ο εισαγγελέας επεδείκνυε στους πάντες το ημερολόγιό της. Ήταν κάτι που είχε φτιάξει για τον Τσέις, λίγο αφότου γνωρίστηκαν. Σχεδόν όλη της τη ζωή, είχε στερηθεί τη χαρά τού να προσφέρει δώρα — στέρηση που λίγοι μπορούν να κατανοήσουν. Μετά από μέρες και νύχτες δουλειάς, είχε τυλίξει το ημερολόγιο σε καφέ χαρτί και το είχε στολίσει με εντυπωσιακές πράσινες φτέρες και λευκά φτερά από λευκόχηνες. Και το πρόσφερε στον Τσέις μόλις αυτός βγήκε από το σκάφος του στην όχθη της λιμνοθάλασσας.

«Τι είναι;»

«Κάτι από μένα», του είχε πει χαμογελώντας.

Η ιστορία τους ζωγραφισμένη. Στην πρώτη εικόνα, ένα σκίτσο με μελάνι — οι δυο τους καθισμένοι με την πλάτη στον κορμό που είχε βγάλει η θάλασσα, κι ο Τσέις να παίζει φυσαρμόνικα. Οι λατινικές ονομασίες των αγριόχορτων της ακτής και των σκόρπιων κοχυλιών γραμμένες από την Κάια. Ένα καρναβάλι από νερομπογιές αποκάλυπτε το σκάφος του να επιπλέει ήρεμα μέσα στο φεγγαρόφωτο. Η επόμενη ήταν μια αφηρημένη εικόνα, με φώκαινες να περικυκλώνουν όλο περιέργεια τη βάρκα, και τα λόγια του τραγουδιού, του «Βγάλε, Μάικλ, τη βάρκα στη στεριά» γραμμένα στα σύννεφα. Μια άλλη, έδειχνε την Κάια να στριφογυρίζει σαν σβούρα ανάμεσα σ' ασημένιους γλάρους πάνω σε μια ασημένια ακρογιαλιά.

Ο Τσέις είχε ξεφυλλίσει το ημερολόγιο εντυπωσιασμένος. Είχε αγγίξει απαλά κάποιες από τις εικόνες, με άλλες είχε γελάσει, την περισσότερη ώρα όμως κουνούσε απλώς αμίλητος το κεφάλι.

«Δεν έχω ξαναδεί ποτέ μου τίποτα τέτοιο». Την αγκάλιασε και είπε: «Σ' ευχαριστώ, Κάια». Κι είχαν καθίσει για λίγο στην άμμο, τυλιγμένοι με τις κουβέρτες, κουβεντιάζοντας, χέρι-χέρι.

Η Κάια θυμόταν το καρδιοχτύπι από τη χαρά της που έδινε κάτι· ποτέ της δεν είχε φανταστεί πως αυτό το ημερολόγιο θα το έβλεπε κανείς άλλος. Σίγουρα όχι πως θα παρουσιαζόταν ως στοιχείο σε μια δίκη όπου θα κατηγορούνταν για φόνο.

Δεν κοίταξε ούτε μια φορά την Πάτι Λαβ όσο εκείνη απαντούσε στις ερωτήσεις του Έρικ. «Είναι μια σειρά από ζωγραφιές που είχε φτιάξει για τον Τσέις η δεσποινίς Κλαρκ. Του το είχε κάνει δώρο». Η Πάτι Λαβ θυμήθηκε πως είχε βρει το ημερολόγιο κάτω από μια στοίβα φωτογραφικά άλμπουμ ενώ καθάριζε το δωμάτιό του. Ήταν προφανές ότι ο Τσέις το είχε κρυμμένο για να μην το βρει εκείνη. Η Πάτι Λαβ είχε καθίσει στο κρεβάτι του Τσέις και είχε ανοίξει το χοντρό εξώφυλλο. Και είχε δει, σχεδιασμένο με μελάνι και κάθε λεπτομέρεια, τον γιο της με την πλάτη ακουμπισμένη σ' έναν κορμό, μαζί μ' εκείνο το κορίτσι. Την Πιτσιρίκα του Βάλτου. Τον Τσέις της μ' ένα σκουπίδι. Της κόπηκε η αναπνοή. *Κι αν το μάθει ο κόσμος;* Το κορμί της ολόκληρο πρώτα ανατρίχιασε κι ύστερα μούσκεψε στον ιδρώτα.

«Κυρία Άντριους, μπορείτε παρακαλώ να μας πείτε τι βλέπετε σ' αυτή την εικόνα που έχει φτιάξει η κατηγορουμένη, η δεσποινίς Κλαρκ;»

«Εδώ δείχνει τον Τσέις και τη δεσποινίδα Κλαρκ στην κορυφή του πυροφυλάκιου». Ένα μουρμουρητό απλώθηκε στην αίθουσα.

«Και τι άλλο συμβαίνει;»

«Εκεί — ανάμεσα στα χέρια τους, εκείνη του δίνει το κρεμαστό κοχύλι».

Κι αυτός δεν το ξανάβγαλε ποτέ του, σκέφτηκε η Πάτι Λαβ. *Πίστευα ότι μου έλεγε τα πάντα. Νόμιζα πως είχα με τον γιο μου έναν δεσμό δυνατότερο από ό,τι άλλες μητέρες· έτσι έλεγα στον εαυτό μου. Αλλά τελικά δεν ήξερα τίποτα.*

«Άρα, τόσο επειδή σας το είπε όσο και λόγω του ημερολογίου αυτού, γνωρίζατε ότι ο γιος σας έβλεπε τη δεσποινίδα Κλαρκ· και γνωρίζατε επίσης ότι η δεσποινίς Κλαρκ τού είχε χαρίσει το κρεμαστό κοχύλι».

«Μάλιστα».

«Όταν ο Τσέις ήρθε στο σπίτι σας για δείπνο το βράδυ της 29ης Οκτωβρίου, φορούσε το κοχύλι στον λαιμό;»

«Ναι, από το σπίτι μας έφυγε μετά τις έντεκα και ναι, φορούσε το κοχύλι στον λαιμό».

«Όταν πήγατε την επομένη στην κλινική για να αναγνωρίσετε τον Τσέις, φορούσε στον λαιμό του το κοχύλι;»

«Όχι, δεν το φορούσε».

«Γνωρίζετε αν κάποιος από τους φίλους του ή οποιοσδήποτε άλλος πέραν της δεσποινίδας Κλαρκ, θα είχε λόγο να πάρει το κοχύλι απ' τον λαιμό του Τσέις;»

«Όχι».

«Ένσταση, κύριε πρόεδρε», φώναξε αμέσως ο Τομ από τη θέση του. «Επίκληση φημολογιών. Και εν συνεχεία εικασίες. Η μάρτυς δεν μπορεί να βεβαιώσει τίποτα σχετικά με τους λόγους που θα μπορούσαν ενδεχομένως να έχουν άλλοι άνθρωποι».

«Δεκτή. Παρακαλούνται οι ένορκοι να αγνοήσουν την τελευταία ερώτηση και την απάντηση». Ύστερα, χαμηλώνοντας το κεφάλι μ' έναν τρόπο που θύμιζε αρσενικό χήνο, ο δικαστής είπε στον εισαγγελέα: «Προσοχή, Έρικ. Για όνομα του Θεού! Λες και δεν ξέρεις τι επιτρέπεται και τι όχι».

Απτόητος, ο Έρικ συνέχισε. «Καλώς. Γνωρίζουμε από τις ίδιες τις ζωγραφιές της ότι η κατηγορουμένη, η δεσποινίς Κλαρκ, ανέβηκε τουλάχιστον μια φορά με τον Τσέις στο πυροφυλάκιο· γνωρίζουμε ότι του έδωσε το κρεμαστό κοχύλι. Εκείνος, εν συνεχεία, το φορούσε συνεχώς, μέχρι τη νύχτα του θανάτου του. Οπότε και εξαφανίστηκε. Σωστά;».

«Ναι».

«Σας ευχαριστώ. Δεν έχω άλλες ερωτήσεις. Δική σας η μάρτυρας».

«Δεν έχω ερωτήσεις», είπε ο Τομ.

51.

Φεγγάρι στη χάση

1970

Η γλώσσα του δικαστηρίου φυσικά δεν ήταν τόσο ποιητική όσο η γλώσσα του βάλτου. Παρ' όλα αυτά, η Κάια έβρισκε ομοιότητες ανάμεσά τους. Ο δικαστής, προφανώς το κυρίαρχο αρσενικό, ήταν ασφαλής κι έτσι η στάση του ήταν επιβλητική αλλά ταυτόχρονα χαλαρή και ελάχιστα απειλητική, σαν αγριόχοιρος μέσα στην περιοχή του. Ο Τομ Μίλτον επίσης απέπνεε αυτοπεποίθηση και κύρος, με τις άνετες κινήσεις και την κορμοστασιά του. Ένα ισχυρό αρσενικό ελάφι, που αναγνωρίζεται ως τέτοιο. Ο εισαγγελέας, από την άλλη, βασιζόταν σε φαρδιές, φανταχτερές γραβάτες και σακάκια με μεγάλες βάτες για να ενισχύσει το κύρος του. Προσπαθούσε να επιβληθεί κουνώντας πολύ τα χέρια, υψώνοντας πολύ τη φωνή. Τα κατώτερα αρσενικά αναγκάζονται να φωνάζουν για να τα προσέξουν. Ο δικαστικός κλητήρας εκπροσωπούσε τα κατώτατα αρσενικά και βασιζόταν στο γυαλιστερό πιστόλι, τη θορυβώδη αρμαθιά με τα κλειδιά και τον ογκώδη ασύρματο που κρέμονταν από τη ζώνη του για να εξασφαλίσει τη θέση του. *Οι ιεραρχικές δομές κυριαρχίας προσδίδουν σταθερότητα στους φυσικούς πληθυσμούς, αλλά και σε άλλους, λιγότερο φυσικούς*, σκέφτηκε η Κάια.

Ο εισαγγελέας, με την κατακόκκινη γραβάτα του, προχώρησε θαρραλέα μπροστά και κάλεσε τον επόμενο μάρτυρά του, τον Χαλ Μίλερ, έναν εικοσιοκτάχρονο τσιλιβήθρα με φουντωτά καστανά μαλλιά.

«Κύριε Μίλερ, πείτε μας σας παρακαλώ πού βρισκόσασταν τη νύχτα της 29ης προς 30ή Οκτωβρίου 1969, γύρω στη 1.45 π.μ., και τι είδατε εκεί».

«Εγώ κι ο κύριος Άλεν Χαντ ήμασταν πλήρωμα στο γαριδάδικο του Τιμ Ο'Νηλ και επιστρέφαμε στο Μπάρκλι Κόουβ, στο λιμάνι, και τότες την είδαμε, τη δεσποινίς Κλαρκ, με τη βάρκα της, κάπου ένα μίλι ανοιχτά, ανατολικά από τον κόλπο, να πηγαίνει βόρεια-βορειοδυτικά».

«Και πού θα την οδηγούσε αυτή η πορεία;»

«Κατευθείαν στον όρμο του πυροφυλάκιου».

Ο δικαστής χτύπησε πολλές φορές και με δύναμη το σφυράκι του για να σταματήσει το ξέσπασμα της οχλαγωγίας που κράτησε ένα ολόκληρο λεπτό.

«Δεν γινόταν να πήγαινε κάπου αλλού;»

«Καλά, ναι, αλλά προς τα εκεί δεν έχει τίποτε άλλο, μόνο μίλια ατέλειωτα δάση μέσα σε έλη. Απ' όσο ξέρω, δεν υπάρχει αλλού να πάει κανένας, εκτός απ' το πυροφυλάκιο».

Οι βεντάλιες των κυριών άρχισαν να πεταρίζουν στην ανήσυχη αίθουσα, η οποία σαν να είχε ζεσταθεί απότομα. Ο Σάντεϊ Τζάστις, που κοιμόταν στο περβάζι του παραθύρου, κατέβηκε με μια ρευστή κίνηση στο πάτωμα και πλησίασε την Κάια. Για πρώτη φορά μέσα στην αίθουσα, τρίφτηκε στο πόδι της, πήδηξε επάνω της και βολεύτηκε στα γόνατά της. Ο Έρικ σταμάτησε να μιλά και κοίταξε τον δικαστή, ζυγίζοντας ίσως την πιθανότητα ένστασης γι' αυτή την απροκάλυπτη επίδειξη μεροληψίας, φαίνεται όμως πως δεν υπήρχε σχετικό νομικό προηγούμενο.

«Πώς είστε σίγουρος ότι ήταν η δεσποινίς Κλαρκ;»

«Ε, αφού όλοι την ξέρουμε τη βάρκα της. Χρόνια τώρα τριγυρνάει εδώ γύρω μόνη της».

«Είχε φώτα η βάρκα;»

«Όχι, καθόλου φώτα. Θα είχαμε πέσει απάνω της έτσι και δεν την είχαμε δει».

«Μα δεν είναι παράνομη η πλεύση χωρίς φώτα μετά τη δύση του ήλιου;»

«Ναι, κανονικά έπρεπε νά 'χε φώτα, αλλά δεν είχε».

«Άρα, τη νύχτα που ο Τσέις Άντριους έχασε τη ζωή του στο πυροφυλάκιο, η δεσποινίς Κλαρκ έπλεε με τη βάρκα της προς εκείνη ακριβώς την κατεύθυνση, λίγα μόλις λεπτά πριν από τον χρόνο του θανάτου του. Σωστά;»

«Ναι, αυτό είδαμε εμείς».

Ο Έρικ κάθισε στη θέση του.

Ο Τομ πλησίασε τον μάρτυρα. «Καλημέρα σας, κύριε Μίλερ».

«Καλημέρα».

«Κύριε Μίλερ, πόσο καιρό υπηρετείτε ως μέλος του πληρώματος στο αλιευτικό σκάφος του Τιμ Ο'Νηλ;»

«Φέτο είναι ο τρίτος χρόνος».

«Πείτε μου, παρακαλώ, τι ώρα ανέτειλε το φεγγάρι το βράδυ της 29ης προς 30ή Οκτωβρίου;»

«Ήταν στη χάση, κι ανέτειλε όταν είχαμε πιάσει ντόκο πια στο Μπάρκλι. Λίγο μετά τις δύο, φαντάζομαι».

«Μάλιστα. Άρα όταν είδατε το βαρκάκι να πλέει κοντά στο Μπάρκλι Κόουβ εκείνη τη νύχτα, δεν υπήρχε φεγγάρι. Θα πρέπει να ήταν πολύ σκοτεινά».

«Ναι, σκοτεινά ήτανε. Είχε λίγα αστέρια αλλά, 'ντάξει, είχε σκοτάδι πολύ».

«Μπορείτε να πείτε, σας παρακαλώ, στο δικαστήριο τι φορούσε η δεσποινίς Κλαρκ όταν πέρασε από δίπλα σας με το βαρκάκι της εκείνη τη νύχτα;»

«Καλά, δεν ήμασταν τόσο κοντά για να δούμε τι φορούσε».

«Α, μπα; Δεν ήσασταν τόσο κοντά για να δείτε τα ρούχα της». Ο Τομ κοίταξε τους ενόρκους. «Δηλαδή, πόσο μακριά ήσασταν;»

«Φαντάζομαι, καμιά εξηνταριά μέτρα το λιγότερο».

«Εξήντα μέτρα». Ο Τομ κοίταξε και πάλι τους ενόρκους. «Αρκετά μεγάλη απόσταση για να αναγνωρίσει κανείς ένα βαρκάκι μέσα στο σκοτάδι. Πείτε μου, κύριε Μίλερ, ποια χαρακτηριστικά, ποια γνωρίσματα του ατόμου που επέβαινε στο βαρκάκι σάς έκαναν να καταλάβετε με σιγουριά πως ήταν η δεσποινίς Κλαρκ;»

«Κοιτάχτε, όπως σας είπα, σχεδόν όλοι εδώ στο χωριό ξέρουνε τη βάρκα της, κι από κοντά κι από μακριά. Ξέρουμε το σχήμα της βάρκας και τη δικιά της φιγούρα έτσι όπως στέκεται πάντα στην πρύμνη, ψηλή και λεπτή. Είναι πολύ ξεχωριστή μορφή».

«Πολύ ξεχωριστή μορφή. Άρα οποιοσδήποτε με παρόμοια μορφή, ένα οποιοδήποτε άτομο ψηλό και αδύνατο με τέτοιου τύπου βαρκάκι θα θύμιζε πολύ τη δεσποινίδα Κλαρκ. Είναι έτσι;»

«'Ντάξει, κι άλλος θα μπορούσε να τη θυμίζει, εμείς όμως, έτσι που είμαστε έξω στη θάλασσα συνέχεια, τις μαθαίνουμε πολύ καλά και τις βάρκες και τους ιδιοκτήτες τους».

«Κύριε Μίλερ, να σας υπενθυμίσω όμως ότι εδώ έχουμε δίκη για φόνο. Ό,τι πιο σοβαρό υπάρχει, δηλαδή, και σε τέτοιες υποθέσεις, πρέπει κανείς να είναι βέβαιος. Δεν γίνεται να βασιζόμαστε σε μορφές και φιγούρες που έχουμε δει από εξήντα μέτρα μακριά μέσα στο σκοτάδι. Άρα, είστε σε θέση να πείτε στο δικαστήριο ότι το άτομο που είδατε τη νύχτα της 29ης προς 30ή Οκτωβρίου 1969 ήταν σίγουρα η δεσποινίς Κλαρκ;»

«Ε, όχι, δεν γίνεται να είμαι και τελείως σίγουρος. Ποτέ δεν είπα πως είμαι τελείως σίγουρος. Αλλά είμαι αρκετά —»

«Δεν έχω άλλες ρωτήσεις, κύριε Μίλερ. Σας ευχαριστώ».

Ο δικαστής Σιμς ρώτησε: «Αντεξέταση, Έρικ;»

Κι ο Έρικ, χωρίς να σηκωθεί: «Χαλ, κατέθεσες ότι βλέπεις και αναγνωρίζεις τη δεσποινίδα Κλαρκ με τη βάρκα της εδώ και τουλάχιστον τρία χρόνια. Πες μου, υπήρξε καμιά φορά που σου φάνηκε πως είδες τη δεσποινίδα Κλαρκ στη βάρκα της από μακριά, αλλά φτάνοντας πιο κοντά κατάλαβες πως τελικά δεν ήταν εκείνη; Έχει συμβεί ποτέ κάτι τέτοιο;»

«Όχι, ούτε μια φορά».

«Ούτε μια φορά μέσα σε τρία χρόνια;»

«Ούτε μια φορά μέσα σε τρία χρόνια».

«Κύριε πρόεδρε, η εισαγγελική αρχή δεν έχει άλλες ερωτήσεις».

52.

Μοτέλ Τα Τρία Βουνά

1970

Ο δικαστής Σιμς μπήκε στην αίθουσα και ένευσε προς τον συνήγορο υπεράσπισης. «Κύριε Μίλτον, είστε έτοιμος να καλέσετε τον πρώτο σας μάρτυρα;»

«Μάλιστα, κύριε πρόεδρε».

«Παρακαλώ».

Αφού η μάρτυρας ορκίστηκε και κάθισε στο έδρανο, ο Τομ είπε: «Παρακαλώ, πείτε μας το όνομά σας και τι επαγγέλλεστε στο Μπάρκλι Κόουβ». Η Κάια ανασήκωσε το κεφάλι ίσαίσα για να διακρίνει την κοντή, ηλικιωμένη κυρία με τα σχεδόν ασπρο-μοβ κατσαρά μαλλιά, που πριν από χρόνια την είχε ρωτήσει γιατί έρχεται πάντα μόνη της για να ψωνίσει. Μπορεί τώρα να ήταν λίγο πιο κοντή και οι μπούκλες πιο σφιχτές, κατά τα άλλα όμως παρέμενε εντυπωσιακά απαράλλακτη. Η κυρία Σινγκλτάρι φαινόταν στην Κάια τότε αυστηρή και περίεργη, ήταν όμως εκείνη που της είχε χαρίσει για τα Χριστούγεννα την υφασμάτινη «μπότα» με την μπλε σφυρίχτρα μέσα, τον χειμώνα της χρονιάς που έφυγε η Μαμά. Η μόνη γεύση Χριστουγέννων που δοκίμασε ποτέ στη ζωή της η Κάια.

«Ονομάζομαι Σάρα Σινγκλτάρι και είμαι υπάλληλος στο κατάστημα Πίγκλι Ουίγκλι του Μπάρκλι Κόουβ».

«Σάρα, αληθεύει ότι από το ταμείο σου μέσα στο κατάστημα μπορείς να δεις την στάση των λεωφορείων της Τρέιλγουεϊζ;»

«Ναι, τη βλέπω καθαρά».

«Στις 28 Οκτωβρίου του περασμένου έτους, είδες την κατηγορουμένη, τη δεσποινίδα Κάθριν Κλαρκ, να περιμένει στη στάση στις 14.30;»

«Ναι, είδα τη δεσποινίδα Κλαρκ να στέκεται εκεί». Λέγοντας αυτό, η Σάρα έριξε μια κλεφτή ματιά στην Κάια και θυμήθηκε το κοριτσάκι που επί τόσα χρόνια ερχόταν ξυπόλητο στο μαγαζί. Κανείς δεν θα το μάθαινε ποτέ, αλλά μέχρι να μάθει η Κάια να μετράει, η Σάρα τής έδινε παραπάνω ρέστα — χρήματα που έβγαζε από την τσέπη της για να μένει σωστό το ταμείο. Φυσικά, στην αρχή όλα αυτά γίνονταν με μικρά ποσά, οπότε η Σάρα συνεισέφερε λίγα ψιλά, μα κι αυτό βοήθησε λιγάκι.

«Πόση ώρα περίμενε; Κι επίσης την είδατε να επιβιβάζεται όντως στο λεωφορείο των 14.30;»

«Περίμενε κάπου δέκα λεπτά, νομίζω. Την είδαμε όλοι να αγοράζει από τον οδηγό το εισιτήριό της, να του δίνει τη βαλίτσα της και ν' ανεβαίνει στο λεωφορείο. Κι όταν το λεωφορείο έφυγε, ήταν σίγουρα μέσα κι εκείνη».

«Αν δεν κάνω λάθος, την είδατε επίσης να επιστρέφει δύο μέρες αργότερα, στις 30 Οκτωβρίου, με το λεωφορείο των 13.16. Σωστά;»

«Ναι, δυο μέρες αργότερα, λίγο μετά τη μία και τέταρτο το απόγευμα, κοίταξα έξω την ώρα που το λεωφορείο σταματούσε και είδα τη δεσποινίδα Κλαρκ να κατεβαίνει. Μάλιστα την έδειξα και στις άλλες κυρίες στα ταμεία».

«Και μετά τι έκανε;»

«Πήγε στην αποβάθρα, μπήκε στη βάρκα της και τράβηξε νότια».

«Σ' ευχαριστώ, Σάρα. Δεν έχω άλλες ερωτήσεις».

Ρώτησε ο δικαστής Σιμς, «Έρικ, εσύ έχεις ερωτήσεις;».

«Όχι, κύριε πρόεδρε, δεν έχω ερωτήσεις. Για την ακρίβεια, από τον κατάλογο των μαρτύρων αντιλαμβάνομαι ότι η υπεράσπιση προτίθεται να καλέσει αρκετούς κατοίκους της πόλης για να καταθέσουν ότι η δεσποινίς Κλαρκ επιβιβάστηκε στο λεωφορείο της Τρέιλγουεϊζ και αποβιβάστηκε απ' αυτό τις συγκεκριμένες μέρες και ώρες που κατέθεσε και η κυρία Σινγκλτάρι. Η εισαγγελική αρχή δεν αμφισβητεί τη μαρτυρία αυτή. Μάλιστα, συνάδει με τη δική μας άποψη ότι η δεσποινίς Κλαρκ πράγματι ταξίδεψε με τα λεωφορεία αυτά εκείνες τις μέρες και ώρες και, αν το δικαστήριο δεν έχει αντίρρηση, θεωρούμε ότι δεν είναι απαραίτητο να ξανακούσουμε τα ίδια και από άλλους μάρτυρες».

«Καλώς. Κυρία Σινγκλτάρι, μπορείτε να αποχωρήσετε. Εσείς τι λέτε, κύριε Μίλτον; Αφού ο εισαγγελέας αποδέχεται το γεγονός ότι η δεσποινίς Κλαρκ επιβιβάστηκε στο λεωφορείο των 14.30 στις 28 Οκτωβρίου του 1969 και επέστρεψε κατά στις 13.16 στις 30 Οκτωβρίου του 1969, κρίνετε απαραίτητο να καλέσετε και άλλους μάρτυρες σχετικά με αυτό το θέμα;»

«Όχι, κύριε πρόεδρε». Το πρόσωπο του Τομ φαινόταν ήρεμο, από μέσα του όμως βλαστημούσε. Το άλλοθι της Κάια, ότι δεν βρισκόταν στην πόλη την ώρα του θανάτου του Τσέις, ήταν ένα από τα ισχυρότερα όπλα της υπεράσπισής του. Ο Έρικ όμως το είχε εξουδετερώσει σε μεγάλο βαθμό αποδεχόμενος το γεγονός, και δηλώνοντας μάλιστα πως δεν ήταν απαραίτητο να ακούσει άλλες μαρτυρίες ότι η Κάια όντως ταξίδεψε προς και από το Γκρίνβιλ εκείνες τις ημέρες. Και δεν είχε καμία σημασία για τον εισαγγελέα, διότι εκείνοι ισχυρίζονταν ότι η Κάια είχε επιστρέψει στο Μπάρκλι Κόουβ νύχτα και είχε διαπράξει τον φόνο. Ο Τομ είχε προβλέψει τον κίνδυνο, αλλά είχε κρίνει απολύτως αναγκαίο να ακούσουν οι ένορκοι τη μαρτυρία, να δουν νοερά την Κάια να αναχωρεί από την πόλη μέρα μεσημέρι και να επιστρέφει πια μετά το συμβάν. Τώρα όμως, θα θεωρούσαν το άλλοθί της τόσο ασήμαντο που δεν ήταν καν απαραίτητο να επιβεβαιωθεί.

«Καταγράφεται. Παρακαλώ, προχωρήστε στον επόμενο μάρτυρα».

Φαλακρός και κοντόχοντρος, με το κουμπωμένο σακάκι τσιτωμένο στην ολοστρόγγυλη κοιλιά του, ο κύριος Λανγκ Φέρλονγκ κατέθεσε ότι ήταν ο ιδιοκτήτης και διευθυντής του Μοτέλ Τα Τρία Βουνά στο Γκρίνβιλ, και ότι η δεσποινίς Κλαρκ διέμεινε στο μοτέλ του από τις 28 έως τις 30 Οκτωβρίου του 1969.

Η Κάια αισθανόταν αηδία καθώς άκουγε τον άνδρα με το λαδωμένο μαλλί, τον οποίο ποτέ δεν πίστευε πως θα ξανάβλεπε, κι ωστόσο νά που τώρα μιλούσε για κείνη σαν να μην ήταν καν παρούσα. Ο άνδρας εξήγησε πως την είχε οδηγήσει στο δωμάτιό της στο μοτέλ, παρέλειψε όμως να αναφέρει ότι μετά δεν έλεγε να φύγει από εκεί. Ότι διαρκώς επινοούσε λόγους για να μείνει κι άλλο μαζί της στο δωμάτιο, ώσπου η Κάια άνοιξε την πόρτα του δωματίου, ζητώντας του εμμέσως να βγει. Όταν ο Τομ τον ρώτησε πώς ήταν τόσο σίγουρος για τα πηγαινέλα της δεσποινίδας Κλαρκ στο μοτέλ, εκείνος έπνιξε ένα γελάκι και είπε ότι τέτοιες γυναίκες οι άντρες τις προσέχουν. Πρόσθεσε επίσης ότι ήταν πολύ παράξενη, ότι δεν ήξερε να χρησιμοποιεί τηλέφωνο και ότι ήρθε με τα πόδια από τον σταθμό των λεωφορείων κουβαλώντας στο χέρι τη βαλίτσα και δικό της φαγητό μέσα σε σακούλα.

«Κύριε Φέρλονγκ, την επόμενη νύχτα, δηλαδή την 29η Οκτωβρίου του 1969, τη νύχτα του θανάτου του Τσέις Άντριους, εσείς δουλεύατε όλη νύχτα στη ρεσεψιόν. Σωστά;»

«Ναι».

«Δεδομένου ότι η δεσποινίς Κλαρκ επέστρεψε στο δωμάτιό της μετά το δείπνο με τον επιμελητή των βιβλίων της, στις 10 το βράδυ, την είδατε εσείς να ξαναφεύγει; Είδατε εσείς, οποιαδήποτε ώρα της νύχτας της 29ης Οκτωβρίου ή τις πρώτες πρωινές ώρες της 30ής Οκτωβρίου, τη δεσποινίδα Κλαρκ να βγαίνει από το δωμάτιό της ή να επιστρέφει σε αυτό;»

«Όχι. Ήμουν εκεί όλη νύχτα και δεν την είδα να βγαίνει καθόλου από το δωμάτιό της. Όπως σας είπα, το δωμάτιό της ήταν ακριβώς απέναντι από τον πάγκο της ρεσεψιόν, οπότε αν έφευγε, θα την έβλεπα».

«Σας ευχαριστώ, κύριε Φέρλονγκ, δεν έχω άλλες ερωτήσεις. Δικός σας ο μάρτυρας».

Μετά από αρκετά λεπτά εξέτασης, ο Έρικ είπε: «Ωραία, λοιπόν, κύριε Φέρλονγκ, μέχρι στιγμής έχουμε ακούσει πως απομακρυνθήκατε από τον χώρο της ρεσεψιόν δύο φορές για να πάτε στο δωμάτιό σας και μία για να πάτε στην τουαλέτα, και επιστρέψατε· ότι ο μικρός από την πιτσαρία έφερε την πίτσα σας· ότι τον πληρώσατε και λοιπά· ότι τέσσερις νέοι πελάτες ήρθαν και δύο έφυγαν· και ότι ενδιαμέσως τακτοποιήσατε τις αποδείξεις πληρωμών σας. Θα έλεγα λοιπόν, κύριε Φέρλονγκ, ότι στη διάρκεια όλου αυτού του πέρα-δώθε, υπήρξαν πάρα πολλές φορές που η δεσποινίς Κλαρκ θα μπορούσε να είχε βγει αθόρυβα από το δωμάτιό της και να έχει διασχίσει στα γρήγορα τον δρόμο χωρίς εσείς να έχετε δει το παραμικρό. Είναι ή δεν είναι απολύτως δυνατό αυτό;»

«Κοιτάξτε, μπορεί και να είναι δυνατό. Εγώ όμως δεν είδα τίποτα. Εγώ, να βγαίνει από το δωμάτιό της εκείνη τη νύχτα δεν την είδα — αυτό λέω».

«Καταλαβαίνω τι λέτε, κύριε Φέρλονγκ. Αυτό που λέω εγώ είναι ότι δεν αποκλείεται καθόλου η δεσποινίς Κλαρκ να βγήκε από το δωμάτιό της, να πήγε στον σταθμό των λεωφορείων, να γύρισε με το λεωφορείο στο Μπάρκλι Κόουβ, να δολοφόνησε τον Τσέις Άντριους και να επέστρεψε στο δωμάτιό της, κι εσείς να μην είδατε τίποτα επειδή ήσασταν πολύ απασχολημένος με τη δουλειά σας. Δεν έχω άλλες ερωτήσεις».

Μετά από το διάλειμμα για φαγητό, την ώρα που όλοι είχαν πια τακτοποιηθεί και ο δικαστής ετοιμαζόταν επίσης να καθίσει στη θέση του, μπήκε στην αίθουσα ο Σκάπερ. Ο Τέιτ στράφηκε και είδε τον πατέρα του, ακόμα με τη φόρμα και τις κίτρινες γαλότσες του, να διασχίζει τον διάδρομο. Ο Σκάπερ δεν είχε παρακολουθήσει καθόλου τη δίκη λόγω της δουλειάς του — έτσι έλεγε, ο σημαντικότερος λόγος όμως ήταν επειδή δεν ένιωθε άνετα με τη μακροχρόνια προσκόλληση του γιου του στη δεσποινίδα Κλαρκ. Είχε την αίσθηση πως ο Τέιτ δεν ένιωσε ποτέ τίποτα για καμιά άλλη κοπέλα και πως ακόμα και τώρα, ενήλικος άντρας πια, σοβαρός επαγγελματίας, εξακολουθούσε ν' αγαπά εκείνη την παράξενη μυστήρια γυναίκα. Μια γυναίκα που τώρα κατηγορούνταν για φόνο.

Εκείνο το μεσημέρι όμως, στο σκάφος του, με τα δίχτυα σωριασμένα γύρω απ' τις γαλότσες του, ο Σκάπερ ξεφύσηξε βαριά. Ένιωθε το πρόσωπό του να κοκκινίζει από ντροπή καθώς συνειδητοποιούσε ότι κι ο ίδιος —όπως ακριβώς και όλοι αυτοί οι αμόρφωτοι χωριάτες— αντιμετώπιζε με προκατάληψη την Κάια μόνο και μόνο επειδή είχε μεγαλώσει στον βάλτο. Θυμήθηκε τον Τέιτ να του επιδεικνύει όλο περηφάνια το πρώτο βιβλίο της Κάια με τα όστρακα, και πώς είχε μείνει κατάπληκτος από τις επιστημονικές και καλλιτεχνικές της ικανότητες. Είχε αγοράσει όλα της τα βιβλία, αλλά δεν το είχε πει του Τέιτ. Τι ανοησία.

Και ήταν τόσο περήφανος για τον γιο του, για το πώς ήξερε εξ αρχής τι ήθελε και πώς να το πετύχει. Ε, το ίδιο είχε κάνει και η Κάια, και μάλιστα κόντρα σε πολύ μεγαλύτερα εμπόδια.

Πώς μπόρεσε και δεν στάθηκε δίπλα στον Τέιτ; Να στηρίξει τον γιο του — τίποτε άλλο δεν είχε σημασία. Παράτησε τα δίχτυα όπως ήταν, βγήκε απ' το σκάφος που λικνιζόταν πλάι στον μόλο και πήγε κατευθείαν στο δικαστήριο.

Φτάνοντας στις μπροστινές θέσεις, ο Τζόντι, ο Σάλτας και η Μέιμπελ σηκώθηκαν για να του κάνουν χώρο να περάσει και να καθίσει δίπλα στον Τέιτ. Πατέρας και γιος ένευσαν ο ένας στον άλλο, και τα μάτια του Τέιτ βούρκωσαν.

Ο Τομ Μίλτον περίμενε μέχρι να καθίσει ο Σκάπερ, να ησυχάσει εντελώς η αίθουσα, κι ύστερα είπε: «Κύριε πρόεδρε, η υπεράσπιση καλεί τον Ρόμπερτ Φόστερ». Με τουίντ σακάκι, γραβάτα και χακί παντελόνι, ο κύριος Φόστερ ήταν ένας άνδρας γυμνασμένος, μεσαίου αναστήματος, με προσεγμένο μούσι και καλοσυνάτο βλέμμα. Ο Τομ τον ρώτησε το όνομα και το επάγγελμά του.

«Ονομάζομαι Ρόμπερτ Φόστερ και είμαι διευθύνων επιμελητής στον εκδοτικό οίκο Χάρισον Μόρις, στη Βοστόνη της Μασαχουσέτης». Η Κάια, με το χέρι στο μέτωπο, κοιτούσε το πάτωμα. Ο επιμελητής του βιβλίου της ήταν ο μόνος άνθρωπος στη ζωή της που δεν την είχε στο μυαλό του ως Πιτσιρίκα του Βάλτου, που όχι απλώς τη σεβόταν αλλά έμοιαζε να νιώθει και δέος μπροστά στις γνώσεις και το ταλέντο της. Και τώρα αυτός ο άνθρωπος βρισκόταν εδώ στο δικαστήριο και την έβλεπε στο εδώλιο του κατηγορουμένου, να δικάζεται για φόνο.

«Είστε ο επιμελητής των βιβλίων της δεσποινίδας Κάθριν Κλαρκ;»

«Ναι. Πρόκειται για μια πολύ ταλαντούχα φυσιοδίφη, ζωγράφο και συγγραφέα. Από τους πλέον αγαπημένους μας συνεργάτες».

«Μπορείτε να επιβεβαιώσετε ότι μετέβητε στο Γκρίνβιλ της Βόρειας Καρολίνας στις 28 Οκτωβρίου του 1969 και ότι είχατε συναντήσεις με τη δεσποινίδα Κλαρκ τόσο στις 29 όσο και στις 30 του μήνα;»

«Μάλιστα. Παρακολουθούσα ένα μικρό συνέδριο εκεί και ήξερα ότι θα είχα και κάποιον ελεύθερο χρόνο όσο θα ήμουν στην πόλη, όχι όμως αρκετό ώστε να επισκεφθώ τη δεσποινίδα Κλαρκ, κι έτσι την προσκάλεσα να έρθει στο Γκρίνβιλ για να συναντηθούμε εκεί».

«Μπορείτε να μας πείτε την ακριβή ώρα που τη φέρατε με το αυτοκίνητό σας πίσω στο μοτέλ της το βράδυ της 29ης Οκτωβρίου του περασμένου έτους;»

«Μετά τη συνάντησή μας, δειπνήσαμε στο ξενοδοχείο και γύρισα την Κάια στο μοτέλ της στις 9.55 μ.μ.».

Η Κάια θυμόταν να στέκεται στο κατώφλι της τραπεζαρίας του ξενοδοχείου με τα κεράκια στα τραπέζια και το απαλό φως των πολυελαίων από πάνω. Τα ψηλά ποτήρια πάνω στα λευκά τραπεζομάντιλα. Πελάτες ντυμένοι κομψά συζητούσαν χαμηλόφωνα, ενώ εκείνη φορούσε μια απλή φούστα και μπλούζα. Το δείπνο της με τον Ρόμπερτ περιελάμβανε πέστροφα με κρούστα από αμύγδαλο, άγριο ρύζι, σπανάκι με κρέμα και ξινά ψωμάκια. Η Κάια ένιωσε άνετα, αφού ο Ρόμπερτ φρόντισε η συζήτηση να παραμένει πάντα χαλαρή και εστιασμένη σε θέματα σχετικά με τη φύση, οικεία.

Όσο το σκεφτόταν τώρα, τόσο πιο κατάπληκτη ένιωθε που τα είχε καταφέρει. Στην πραγματικότητα όμως, εκείνο το εστιατόριο, με όλη του τη λάμψη, δεν συγκρινόταν καν σε μεγαλοπρέπεια με το καλύτερο πικνίκ που είχε κάνει ποτέ. Στα δεκαπέντε της, ο Τέιτ είχε έρθει μια αυγή με τη βάρκα στο καλύβι και, αφού της έριξε μια κουβέρτα επάνω της, είχαν ακολουθήσει έναν λαβύρινθο από υδάτινα μονοπάτια για να φτάσουν τελικά σ' ένα δάσος που η Κάια δεν το είχε ξαναδεί. Συνέχισαν για ένα-δυο χιλιόμετρα ώσπου να βρεθούν σ' ένα λιβάδι τριγυρισμένο από νερό· φρέσκα χορτάρια είχαν μόλις αρχίσει να ξεφυτρώνουν μέσα απ' τη λάσπη. Εκεί άπλωσε την κουβέρτα του πικνίκ, κάτω από φτέρες μεγάλες σαν ομπρέλες.

«Και τώρα, περιμένουμε», της είχε πει καθώς της έβαζε ζεστό τσάι από ένα θερμός και της πρόσφερε «μπαλάκια», ζύμη για ψωμάκια με καυτερό λουκάνικο και πικάντικο τυρί τσένταρ, ψημένα στον φούρνο, που τα είχε φτιάξει ο ίδιος ειδικά για την περίσταση. Ακόμα και τώρα, μέσα στην ατμόσφαιρα του δικαστηρίου, η Κάια θυμόταν τη ζεστασιά του ώμου του δίπλα στον δικό της κάτω απ' την κουβέρτα, καθώς απολάμβαναν χωρίς βιασύνη το πρωινό τους πικνίκ.

Δεν χρειάστηκε να περιμένουν και πολύ. Λίγα λεπτά αργότερα, από τα βόρεια ακούστηκε ένας σαματάς λες κι έπεφταν κανονιές. «Έρχονται», είπε ο Τέιτ.

Ένα λεπτό μαύρο σύννεφο εμφανίστηκε τότε στον ορίζοντα και ανέβηκε ψηλότερα καθώς πλησίαζε προς το μέρος τους. Οι στριγκές φωνές εντείνονταν ολοένα, καθώς το σύννεφο γέμισε όλον τον ουρανό τόσο που δεν απέμεινε ούτε ένα σημείο γαλάζιο. Εκατοντάδες χιλιάδες λευκόχηνες, φτεροκοπούσαν, έκρωζαν, γλιστρούσαν στον αέρα, γέμιζαν τον κόσμο όλο. Λευκές μάζες στροβιλίζονταν και έκαναν κύκλους για να προσγειωθούν. Κάπου μισό εκατομμύριο άσπρες φτερούγες ανοιγόκλειναν ταυτοχρόνως, με πόδια ροζ-πορτοκαλιά να κρέμονται από κάτω, μια χιονοστοιβάδα που ήρθε να προσγειωθεί. Και όλα στη γη επάνω άσπρισαν απ' άκρου σ' άκρο και χάθηκαν. Στην αρχή μία-μία, έπειτα δέκα-δέκα μαζί και ύστερα κατά εκατοντάδες προσγειώνονταν οι χήνες λίγα μόλις μέτρα από εκεί που κάθονταν η Κάια και ο Τέιτ, κάτω από τις φτέρες. Ο ουρανός άδειασε και το υγρό λιβάδι γέμισε πουπουλένιο χιόνι.

Ούτε το πιο πολυτελές εστιατόριο δεν μπορούσε να συγκριθεί μ' αυτό, ενώ εκείνα τα «μπαλάκια» με το λουκάνικο είχαν πολύ περισσότερη γεύση και σπιρτάδα απ' ό,τι η πέστροφα με την κρούστα αμυγδάλου.

«Είδατε τη δεσποινίδα Κλαρκ να μπαίνει στο δωμάτιό της;»

«Φυσικά. Πρώτα της άνοιξα την πόρτα και βεβαιώθηκα πως ήταν μέσα στο δωμάτιο, ασφαλής, κι ύστερα έφυγα».

«Είδατε τη δεσποινίδα Κλαρκ και την επόμενη μέρα;»

«Είχαμε κανονίσει να συναντηθούμε για πρωινό, έτσι πέρασα με το αυτοκίνητο και την πήρα στις 7.30 το πρωί. Φάγαμε στο εστιατόριο «Πάνκεϊκς Ο Ουρανοξύστης». Τη γύρισα στο μοτέλ της στις 9 το πρωί. Κι αυτή ήταν η τελευταία φορά που την είδα, μέχρι σήμερα». Έριξε μια γρήγορη ματιά προς την Κάια, η οποία όμως είχε το κεφάλι σκυφτό.

«Σας ευχαριστώ, κύριε Φόστερ. Δεν έχω άλλες ερωτήσεις».

Ο Έρικ σηκώθηκε όρθιος και ρώτησε: «Κύριε Φόστερ, αναρωτιόμουν πώς και εσείς μείνατε στο ξενοδοχείο Πίντμοντ, το οποίο είναι το καλύτερο στην περιοχή, ενώ για τη δεσποινίδα Κλαρκ —μια τόσο ταλαντούχα συγγραφέα και από τους αγαπημένους σας συνεργάτες, όπως είπατε ο ίδιος— ο εκδοτικός σας οίκος πλήρωσε για να μείνει σ' ένα τόσο στοιχειώδες κατάλυμα, στα Τρία Βουνά;»

«Κοιτάξτε, φυσικά και προσφέραμε στη δεσποινίδα Κλαρκ τη δυνατότητα να μείνει στο Πίντμοντ, αυτή ήταν η δική μας πρόταση, εκείνη όμως επέμενε να μείνει στο μοτέλ».

«Ώστε έτσι; Γνώριζε την ονομασία του μοτέλ; Ζήτησε να μείνει συγκεκριμένα στα Τρία Βουνά;»

«Ναι, μας έγραψε ότι προτιμούσε να μείνει στα Τρία Βουνά».

«Σας εξήγησε τον λόγο;»

«Όχι, δεν ξέρω τον λόγο».

«Ε, λοιπόν, εγώ νομίζω πως ξέρω. Αυτός εδώ είναι ένας τουριστικός χάρτης του Γκρίνβιλ». Ο Έρικ πλησίασε το έδρανο του μάρτυρα κραδαίνοντας τον χάρτη. «Όπως βλέπετε, κύριε Φόστερ, το Πίντμοντ —το ξενοδοχείο τεσσάρων αστέρων που προσφέρατε στη δεσποινίδα Κλαρκ— βρίσκεται στο κέντρο της πόλης. Το μοτέλ Τα Τρία Βουνά όμως βρίσκεται στον Εθνικό Δρόμο 258, κοντά στον σταθμό των λεωφορείων της Τρέιλγουεϊζ. Για την ακρίβεια, αν μελετήσετε τον χάρτη όπως τον μελέτησα εγώ, θα διαπιστώσετε ότι το μοτέλ Τα Τρία Βουνά είναι το κοντινότερο στον σταθμό των λεωφορείων...».

«Ένσταση, κύριε πρόεδρε», αναφώνησε ο Τομ. «Ο κύριος Φόστερ δεν είναι ειδικός στη ρυμοτομία του Γκρίνβιλ».

«Όχι, ο χάρτης όμως είναι. Αντιλαμβάνομαι πού το πας, Έρικ, και θα το επιτρέψω. Συνέχισε».

«Κύριε Φόστερ, αν κάποιος έχει σχεδιάσει να πάει στα γρήγορα μέχρι τον σταθμό των λεωφορείων μέσα στη νύχτα, είναι λογικό να έχει προτιμήσει τα Τρία Βουνά έναντι του Πίντμοντ. Ιδίως αν σκόπευε να πάει με τα πόδια. Το μόνο που θέλω από σας είναι να μου επιβεβαιώσετε ότι η δεσποινίς Κλαρκ σάς ζήτησε πολύ συγκεκριμένα να της κλείσετε δωμάτιο στα Τρία Βουνά αντί του Πίντμοντ».

«Όπως σας είπα, ζήτησε στα Τρία Βουνά».

«Δεν έχω τίποτε άλλο».

«Αντεξέταση;» ρώτησε ο δικαστής Σιμς.

«Μάλιστα, κύριε πρόεδρε. Κύριε Φόστερ, πόσα χρόνια τώρα συνεργάζεστε με τη δεσποινίδα Κλαρκ;»

«Τρία χρόνια».

«Και παρόλο που πρώτη φορά τη γνωρίσατε από κοντά κατά την επίσκεψή σας στο Γκρίνβιλ τον περασμένο Οκτώβριο, θα λέγατε ότι μέσω της αλληλογραφίας σας όλα αυτά τα χρόνια, την ξέρατε ήδη αρκετά καλά; Αν ναι, πώς θα την περιγράφατε;»

«Ναι, την ήξερα ήδη καλά. Είναι, πιστεύω, ένας άνθρωπος συνεσταλμένος, κλειστός, ευαίσθητος. Προτιμά να είναι μόνη μέσα στη φύση· μου πήρε αρκετό χρόνο για να την πείσω να έρθει στο Γκρίνβιλ. Είναι βέβαιο ότι θα προτιμούσε ν' αποφύγει τα μεγάλα πλήθη».

«Τα μεγάλα πλήθη σαν αυτά που θα συναντούσε σ' ένα μεγάλο ξενοδοχείο όπως το Πίντμοντ;»

«Ναι».

«Για την ακρίβεια, δεν θα συμφωνούσατε κι εσείς, κύριε Φόστερ, ότι δεν αποτελεί έκπληξη πως η δεσποινίς Κλαρκ —η οποία προτιμά τη μοναχικότητα— προτίμησε ένα μικρό, κάπως απομακρυσμένο μοτέλ έναντι ενός μεγάλου, πολυσύχναστου ξενοδοχείου στο κέντρο της πόλης; Δεν θα συμφωνούσατε πως η επιλογή αυτή συνάδει με τον χαρακτήρα της;»

«Ναι, θα συμφωνούσα».

«Και επίσης, δεν είναι λογικό ότι η δεσποινίς Κλαρκ, η οποία δεν είναι εξοικειωμένη με τις δημόσιες συγκοινωνίες και ήξερε ότι θα έπρεπε να περπατήσει από τον σταθμό του λεωφορείου έως το κατάλυμά της και μετά ξανά στον σταθμό, με μια βαλίτσα στο χέρι, θα προτιμούσε το ξενοδοχείο ή το μοτέλ που βρισκόταν κοντύτερα στον σταθμό;»

«Ναι, είναι».

«Σας ευχαριστώ. Δεν έχω άλλες ερωτήσεις».

Κατεβαίνοντας από το έδρανο του μάρτυρα, ο Ρόμπερτ Φόστερ πήγε και κάθισε μαζί με τον Τέιτ, τον Σκάπερ, τον Τζόντι, τον Σάλτα και τη Μέιμπελ ακριβώς πίσω από την Κάια.

Το απόγευμα, ο Τομ κάλεσε ξανά ως μάρτυρα τον σερίφη.

Η Κάια ήξερε ότι στη λίστα μαρτύρων του Τομ δεν υπήρχαν και πολλοί ακόμα· η σκέψη τής έφερνε ναυτία. Στη συνέχεια ήταν οι τελικές αγορεύσεις και τέλος η ετυμηγορία. Όσο υπήρχε ένα ρεύμα μαρτύρων υπέρ της, μπορούσε να ελπίζει στην αθώωση ή τουλάχιστον σε μια καθυστέρηση της καταδίκης. Εάν η διαδικασία τραβούσε στο διηνεκές, δεν επρόκειτο ποτέ να βγει απόφαση. Προσπάθησε να οδηγήσει το μυαλό της σε λιβάδια με λευκόχηνες και άλλους τέτοιους περισπασμούς, όπως έκανε από την αρχή της δίκης, τώρα όμως το μόνο που έβλεπε ήταν εικόνες φυλακής, κάγκελα και υγρούς τσιμεντένιους τοίχους. Πού και πού, εμβόλιμη, μια ηλεκτρική καρέκλα. Και πολλά λουριά.

Ξαφνικά, ένιωσε πως δεν μπορούσε ν' ανασάνει, πως δεν άντεχε να κάθεται άλλο εκεί, πως το κεφάλι της παραήταν βαρύ. Το κορμί της καμπούριασε, κι ο Τομ έστρεψε την προσοχή του από τον σερίφη στην Κάια· καθώς το κεφάλι της έγειρε στα χέρια της, ο Τομ έτρεξε κοντά της.

«Κύριε πρόεδρε, ζητώ μια σύντομη διακοπή. Η δεσποινίς Κλαρκ έχει ανάγκη από ένα διάλειμμα».

«Δεκτό. Η συνεδρίαση λύεται για δεκαπέντε λεπτά».

Ο Τομ τη βοήθησε να σηκωθεί και την οδήγησε στα γρήγορα από την πλαϊνή πόρτα στη μικρή αίθουσα συσκέψεων. Η Κάια κατέρρευσε σε μια καρέκλα. Ο Τομ κάθισε δίπλα της και ρώτησε: «Τι συμβαίνει, Κάια; Τι έχεις;»

Έκρυψε το πρόσωπό της στα χέρια της. «Είναι δυνατόν να με ρωτάτε; Δεν είναι ολοφάνερο; Πώς το αντέχει κανείς αυτό το πράγμα; Νιώθω άρρωστη, νιώθω εξαντλημένη, δεν μπορώ πια να κάθομαι εκεί. Είναι ανάγκη; Δεν μπορεί να συνεχιστεί η δίκη χωρίς εμένα;» Το μόνο που μπορούσε, το μόνο που ήθελε, ήταν να ξαναγυρίσει στο κελί της και να κουλουριαστεί στο κρεβάτι με τον Σάντεϊ Τζάστις.

«Όχι, δυστυχώς. Σε υποθέσεις που επισύρουν θανατική ποινή, όπως αυτή, η παρουσία σου απαιτείται από τον νόμο».

«Κι αν δεν μπορώ; Κι αν αρνηθώ; Το μόνο που μπορούν να μου κάνουν είναι να με χώσουν στη φυλακή».

«Κάια, έτσι λέει ο νόμος. Είσαι υποχρεωμένη να παρίστασαι, αλλά έτσι κι αλλιώς είναι καλύτερο αυτό για σένα. Πιο εύκολα καταδικάζουν οι ένορκοι έναν κατηγορούμενο που είναι απών. Έλα, Κάια, δεν έχει πολύ ακόμα».

«Μα δεν καταλαβαίνετε πως αυτό δεν με κάνει να νιώθω καλύτερα; Αυτό που θα έρθει μετά είναι χειρότερο από το τώρα».

«Δεν το ξέρουμε αυτό. Και μην ξεχνάς πως μπορούμε να κάνουμε και έφεση, σε περίπτωση που τα πράγματα δεν πάνε όπως θέλουμε».

Η Κάια δεν απάντησε. Η ιδέα της έφεσης την αρρώσταινε ακόμα περισσότερο — η ίδια υποχρεωτική πορεία από τη μια αίθουσα δικαστηρίου στην άλλη, ακόμα πιο μακριά από τον βάλτο. Πιθανότατα σε μεγάλες πόλεις. Με ουρανό χωρίς γλάρους. Ο Τομ βγήκε για λίγο από την αίθουσα και επέστρεψε μ' ένα ποτήρι γλυκό παγωμένο τσάι και ένα σακουλάκι αλμυρά φυστίκια. Η Κάια ήπιε λίγο τσάι· αρνήθηκε τα φυστίκια. Σε λίγο χτύπησε την πόρτα ο δικαστικός κλητήρας, ο οποίος τους οδήγησε ξανά στην αίθουσα του δικαστηρίου. Το μυαλό της Κάια πότε άνοιγε και πότε έκλεινε απ' έξω την πραγματικότητα, πιάνοντας μόνο μικρά θραύσματα από την κατάθεση.

«Σερίφη Τζάκσον», είπε ο Τομ, «ο εισαγγελέας ισχυρίζεται ότι η δεσποινίς Κλαρκ βγήκε κρυφά από το μοτέλ της αργά τη νύχτα και από τα Τρία Βουνά πήγε πεζή ώς τον σταθμό των λεωφορείων — πρόκειται για μια απόσταση τουλάχιστον είκοσι λεπτών. Ότι εν συνεχεία πήρε το νυχτερινό λεωφορείο των 11.50 από το Γκρίνβιλ για Μπάρκλι Κόουβ, αλλά το λεωφορείο άργησε, συνεπώς έφτασε στο Μπάρκλι Κόουβ το νωρίτερο στη 1.40 π.μ. Ισχυρίζεται ότι από τη στάση του λεωφορείου στο Μπάρκλι Κόουβ πήγε μέχρι την αποβάθρα του χωριού —άλλα τρία-τέσσερα λεπτά δρόμος— μετά με τη βάρκα στον όρμο κοντά στη δεξαμενή νερού —είκοσι λεπτά, τουλάχιστον— και από κει με τα πόδια στο πυροφυλάκιο — άλλα οκτώ λεπτά· πως ανέβηκε μέχρι επάνω μέσα στο απόλυτο σκοτάδι — ας πούμε τέσσερα με πέντε λεπτά το λιγότερο· πως άνοιξε τη σχάρα· πως περίμενε τον Τσέις —εδώ δεν μπορούμε να υπολογίσουμε χρόνο— και μετά ξανάκανε την ίδια διαδρομή από την ανάποδη.

»Όλο αυτό θα απαιτούσε μία ώρα και επτά λεπτά το λιγότερο, χωρίς να υπολογίσουμε τον χρόνο που θα περίμενε, υποτίθεται, και τον Τσέις. Μόνο που το λεωφορείο της επιστροφής για Γκρίνβιλ, το οποίο έπρεπε να προλάβει, έφευγε μόλις πενήντα λεπτά μετά την άφιξή της. Συνεπώς έχουμε εδώ ένα απλούστατο γεγονός: η δεσποινίς Κλαρκ δεν είχε αρκετό χρόνο στη διάθεσή της για να διαπράξει το έγκλημα για το οποίο κατηγορείται. Είναι έτσι ή δεν είναι, σερίφη;»

«Σίγουρα, θα ήταν τσίμα-τσίμα, αυτό είναι αλήθεια. Αλλά θα μπορούσε να έχει πάει τρέχοντας από τη βάρκα της στο πυροφυλάκιο και πίσω και νά ’χει κερδίσει μερικά λεπτά εδώ κι εκεί».

«Μερικά λεπτά εδώ κι εκεί δεν θα αρκούσαν. Ήθελε τουλάχιστον άλλα είκοσι λεπτά. Πώς θα μπορούσε να κερδίσει είκοσι λεπτά;»

«Καλά, μπορεί να μην πήγε με τη βάρκα της· μπορεί να πήγε περπατώντας ή τρέχοντας από τη στάση του λεωφορείου, να πήγε μέχρι το πυροφυλάκιο από το μονοπάτι. Έτσι θα έκανε πιο γρήγορα, παρά διά θαλάσσης». Από εκεί που καθόταν, ο Έρικ Τσαστέιν έριξε ένα πολύ άγριο βλέμμα στον σερίφη. Είχε καταφέρει να πείσει τους ενόρκους ότι η Κάια είχε το χρονικό περιθώριο να διαπράξει τον φόνο και να επιστρέψει με το λεωφορείο. Όχι πως ήταν και δύσκολο να τους πείσει. Και επιπλέον είχαν τη μαρτυρία του γαριδά, ο οποίος κατέθεσε πως είχε δει τη δεσποινίδα Κλαρκ να πηγαίνει με τη βάρκα της προς το πυροφυλάκιο.

«Σερίφη, έχετε κανένα στοιχείο ότι η δεσποινίς Κλαρκ μετέβη διά ξηράς στο πυροφυλάκιο;»

«Όχι. Αλλά είναι μια χαρά θεωρία ότι πήγε διά ξηράς».

«*Θεωρίες!*». Ο Τομ στράφηκε προς τους ενόρκους. «Η κατάλληλη ώρα για *θεωρίες* ήταν πριν συλλάβετε τη δεσποινίδα Κλαρκ, πριν την κρατήσετε στη φυλακή για δύο μήνες. Το γεγονός είναι ότι δεν μπορείτε να αποδείξετε ότι πήγε διά ξηράς, ενώ ταυτόχρονα δεν είχε αρκετό χρόνο για να πάει διά θαλάσσης. Δεν έχω άλλες ερωτήσεις».

Ο Έρικ στάθηκε απέναντι από τον σερίφη για την αντεξέταση. «Σερίφη, είναι ή δεν είναι αλήθεια ότι τα νερά κοντά στο Μπάρκλι Κόουβ επηρεάζονται από ισχυρά ρεύματα, βελονοειδή ρεύματα ή και υπόγεια ρεύματα, που μπορούν να παίξουν ρόλο στην ταχύτητα ενός σκάφους;»

«Ναι, έτσι είναι. Όσοι ζούμε εδώ το ξέρουμε αυτό».

«Άρα κάποιος που ξέρει να εκμεταλλεύεται τα ρεύματα μπορεί να πάει με σκάφος πολύ γρήγορα από το λιμάνι στο πυροφυλάκιο. Οπότε είναι και απολύτως εφικτό να κερδίσεις είκοσι λεπτά από τη διαδρομή προς και από. Είναι έτσι ή δεν είναι;». Ο Έρικ ήταν εξαιρετικά δυσαρεστημένος που αναγκαζόταν να προτείνει κι άλλη θεωρία, το μόνο που χρειαζόταν όμως ήταν μια σκέψη αρκετά αληθοφανή ώστε να τραβήξει τους ενόρκους προς το μέρος του.

«Ναι, έτσι είναι».

«Σας ευχαριστώ». Πριν προλάβει καλά-καλά να γυρίσει την πλάτη ο Έρικ, ο Τομ ήταν ήδη όρθιος για την αντεξέταση.

«Σερίφη, ένα ναι ή ένα όχι: έχετε κάποιο στοιχείο ότι υπήρχαν ισχυρά ρεύματα ή άνεμοι τη νύχτα της 29ης προς 30ή Οκτωβρίου, ικανοί να μειώσουν τον χρόνο μετάβασης με βάρκα από το λιμάνι του Μπάρκλι Κόουβ στο πυροφυλάκιο, ή άλλα στοιχεία ότι η δεσποινίς Κλαρκ μετέβη στο πυροφυλάκιο διά ξηράς;»

«Όχι, αλλά είμαι σίγουρος πως —»

«Σερίφη, δεν έχει καμία σημασία αν είστε ή δεν είστε σίγουρος. Έχετε καμία απόδειξη ότι τη νύχτα της 29ης Οκτωβρίου 1969 υπήρχε ισχυρό ρεύμα;»

«Όχι, δεν έχω».

53.

Χαμένος κρίκος

1970

Το επόμενο πρωί, ο Τομ είχε μόνο έναν ακόμα μάρτυρα. Το τελευταίο του χαρτί. Κάλεσε τον Τιμ Ο'Νηλ, που ήταν ιδιοκτήτης γαριδάδικου και ψάρευε στα νερά έξω από το Μπάρκλι Κόουβ εδώ και τριανταοκτώ χρόνια. Ο Τιμ, κοντά στα εξηνταπέντε πια, ψηλός αλλά γεροδεμένος, είχε πυκνά καστανά μαλλιά με ελάχιστα μόνο γκρίζα, η γενειάδα του όμως ήταν σχεδόν άσπρη. Στην πόλη τον ήξεραν όλοι για άνθρωπο λιγομίλητο και σοβαρό, έντιμο κι ευγενικό, από κείνους που πάντα ανοίγουν την πόρτα στις κυρίες. Ο ιδανικός τελευταίος μάρτυρας.

«Τιμ, αληθεύει ότι τη νύχτα της 29ης προς 30ή Οκτωβρίου του περασμένου έτους οδηγούσες το σκάφος σου προς το λιμάνι του Μπάρκλι Κόουβ μεταξύ 1.45 και 2.00 π.μ.;»

«Μάλιστα».

«Δύο από τα μέλη του πληρώματός σου, ο κύριος Χαλ Μίλερ, ο οποίος και κατέθεσε εδώ, και ο κύριος Άλεν Χαντ, ο οποίος υπέβαλε γραπτώς ένορκη κατάθεση, ισχυρίζονται ότι είδαν τη δεσποινίδα Κλαρκ με τη βάρκα της να κατευθύνεται βόρεια, πέρα από το λιμάνι, περίπου την ώρα που ανέφερα παραπάνω. Έχεις υπόψη τις δηλώσεις τους;»

«Ναι».

«Εσύ είδες τη βάρκα αυτή, στον τόπο και τον χρόνο που προσδιορίζει τόσο ο κύριος Μίλερ όσο και ο κύριος Χαντ;»

«Ναι, την είδα».

«Και συμφωνείς με τη δήλωσή τους ότι στη βάρκα που είδατε να κατευθύνεται βόρεια επέβαινε η δεσποινίς Κλαρκ;»

«Όχι, δεν συμφωνώ».

«Γιατί όχι;»

«Ήταν σκοτεινά. Το φεγγάρι βγήκε αργότερα. Κι η βάρκα ήταν πολύ μακριά για να πεις πως αναγνωρίζεις κάποιον με σιγουριά. Τους ξέρω όλους εδώ γύρω που έχουν τέτοιες βάρκες, και έχω δει και τη δεσποινίδα Κλαρκ με τη δικιά της πολλές φορές, και πάντα καταλάβαινα πως ήταν αυτή. Αλλά εκείνη τη νύχτα παραήταν σκοτεινά για ν' αναγνωρίσω ποια ήταν η βάρκα και ποιος ήταν μέσα».

«Ευχαριστώ, Τιμ. Δεν έχω άλλες ερωτήσεις».

Ο Έρικ πλησίασε πολύ κοντά στο έδρανο του μάρτυρα. «Τιμ, έστω κι αν δεν κατάφερες να αναγνωρίσεις ποια ήταν η βάρκα και ποιος ήταν μέσα, συμφωνείς ότι ένα πλεούμενο περίπου ίδιου σχήματος και μεγέθους με τη βάρκα της δεσποινίδας Κλαρκ κατευθυνόταν προς το πυροφυλάκιο του Μπάρκλι Κόουβ γύρω στη 1.45 τη νύχτα που ο Τσέις Άντριους βρήκε τον θάνατο στο ίδιο εκείνο πυροφυλάκιο εκείνη περίπου την ώρα;»

«Ναι, μπορώ να πω ότι η βάρκα ήταν παρόμοια σε μέγεθος και σχήμα με της δεσποινίδας Κλαρκ».

«Σ' ευχαριστώ πάρα πολύ».

Για την αντεξέταση, ο Τομ σηκώθηκε και μίλησε από τη θέση του. «Τιμ, για να είμαστε σαφείς, κατέθεσες ότι έχεις αναγνωρίσει τη δεσποινίδα Κλαρκ με τη βάρκα της πολλές φορές, αλλά εκείνη τη νύχτα δεν είδες τίποτα που να σε οδηγήσει να ταυτίσεις τη βάρκα και το άτομο που επέβαινε με τη δεσποινίδα Κλαρκ και το σκάφος της. Σωστά;»

«Σωστά».

«Μπορείς να μας πεις αν κυκλοφορούν στην περιοχή πολλές βάρκες ίδιου σχήματος και μεγέθους με της δεσποινίδας Κλαρκ;»

«Α, ναι, η βάρκα της είναι από τους πιο συνηθισμένους τύπους. Έχει ένα σωρό ίδιες που κυκλοφορούν σ' αυτά τα μέρη».

«Άρα το άτομο που είδες εκείνη τη νύχτα θα μπορούσε να είναι κάποιος άλλος μέσα σε μια παρόμοια βάρκα».

«Βεβαίως».

«Σ' ευχαριστώ. Κύριε πρόεδρε, η υπεράσπιση ολοκλήρωσε».

«Διάλειμμα είκοσι λεπτών», είπε ο δικαστής Σιμς. «Λύεται η συνεδρίαση».

Για την τελική του αγόρευση, ο Έρικ φόρεσε μια γραβάτα με φαρδιές μπορντό και χρυσαφί ρίγες. Το ακροατήριο ήταν σιωπηλό και γεμάτο προσμονή καθώς ο Έρικ πλησίασε στα έδρανα των ενόρκων, στάθηκε μπροστά στο κιγκλίδωμα και τους κοίταξε στα μάτια, έναν προς έναν.

«Κυρίες και κύριοι ένορκοι, είστε μέλη μιας κοινότητας, μιας περήφανης, μιας ξεχωριστής πόλης. Πέρσι, χάσατε ένα δικό σας παιδί. Έναν νέο άνδρα, ένα αστέρι της πόλης σας, έναν άνθρωπο που προσέβλεπε σε έναν μακρό βίο μαζί με την όμορφη...»

Η Κάια ελάχιστα τον άκουγε πια όσο επαναλάμβανε την εκδοχή του για το πώς αυτή δολοφόνησε τον Τσέις Άντριους. Καθόταν με τους αγκώνες στο τραπέζι και το πρόσωπο στα χέρια κι έπιανε εδώ κι εκεί σπαράγματα της αγόρευσής του.

«...Δύο γνωστά πρόσωπα της κοινότητας είδαν τη δεσποινίδα Κλαρκ και τον Τσέις στο δάσος... την άκουσαν να λέει επί λέξει *Θα σε σκοτώσω!*... ένα κόκκινο μάλλινο σκουφί που άφησε ίνες πάνω στο τζην μπουφάν του... Ποιος άλλος θα ήθελε να πάρει το κρεμαστό κοχύλι... ξέρετε πως τα ρεύματα και οι άνεμοι μπορούν ν' αυξήσουν δραστικά την ταχύτητα...

»Βάσει του τρόπου ζωής της γνωρίζουμε ότι είναι απολύτως ικανή να οδηγήσει τη βάρκα της μέσα στη νύχτα, όπως και να σκαρφαλώσει στο πυροφυλάκιο στα σκοτεινά. Όλα ταιριάζουν τέλεια. Η κάθε κίνηση που έκανε εκείνη τη νύχτα είναι πεντακάθαρη. Μπορείτε και πρέπει να την κηρύξετε ένοχη για φόνο εκ προμελέτης. Σας ευχαριστώ που πράττετε το καθήκον σας».

Ο δικαστής Σιμς έκανε νόημα στον Τομ, ο οποίος πλησίασε στα έδρανα των ενόρκων.

«Κυρίες και κύριοι ένορκοι, έχω μεγαλώσει στο Μπάρκλι Κόουβ, και παλιότερα άκουγα κι εγώ όλες εκείνες τις εξωφρενικές ιστορίες για την Πιτσιρίκα του Βάλτου. Ναι, λοιπόν, ας το πούμε ανοιχτά. Πιτσιρίκα του Βάλτου τη λέγαμε όλοι μας. Πολλοί ακόμα έτσι την αποκαλούν. Ορισμένοι ψιθύριζαν πως είχε μέσα της και λύκο, ή πως ήταν ο χαμένος κρίκος ανάμεσα στον πίθηκο και τον άνθρωπο. Ότι τα μάτια της έλαμπαν μέσα στο σκοτάδι. Κι ωστόσο, στην πραγματικότητα ήταν απλώς ένα εγκαταλελειμμένο παιδί, ένα κοριτσάκι που επιβίωνε μονάχο του σ' έναν βάλτο, που πεινούσε και κρύωνε κι ωστόσο κανείς μας δεν τη βοήθησε ποτέ. Με μόνη εξαίρεση τον Σάλτα, έναν από τους ελάχιστους φίλους της, κανένας από τις εκκλησίες μας ή από τις διάφορες ομάδες της κοινότητας δεν της πρόσφερε ποτέ ρούχα και φαγητό. Αντιθέτως, την απορρίψαμε κολλώντας της την ταμπέλα πως ήταν αλλιώτικη. Αλλά, κυρίες και κύριοι, άραγε αποκλείσαμε τη δεσποινίδα Κλαρκ επειδή ήταν αλλιώτικη ή μήπως ήταν αλλιώτικη επειδή την είχαμε αποκλείσει; Αν την είχαμε δεχτεί σαν μια από μας, νομίζω πως σήμερα θα ήταν ακριβώς αυτό: μια από μας. Αν της είχαμε προσφέρει τροφή, ρούχα και αγάπη, αν την είχαμε προσκαλέσει στις εκκλησίες και στα σπίτια μας, δεν θα ήμασταν σήμερα προκατειλημμένοι εναντίον της. Και πιστεύω πως τότε δεν θα βρισκόταν σήμερα εδώ, κατηγορούμενη για έγκλημα.

»Έχει πέσει στους δικούς σας ώμους η ευθύνη να κρίνετε αυτήν τη ντροπαλή νεαρή γυναίκα που τόση απόρριψη έχει βιώσει, η κρίση σας όμως θα πρέπει να βασιστεί στα στοιχεία που παρουσιάστηκαν μέσα σ' αυτή την αίθουσα σχετικά με την υπόθεση — ούτε σε φήμες, ούτε σε συναισθήματα των τελευταίων εικοσιτεσσάρων ετών.

»Και ποια είναι τα πραγματικά, τα ακλόνητα δεδομένα;». Όπως και στην αγόρευση του εισαγγελέα, το μυαλό της Κάια έπιασε μόνο αποσπάσματα. «...ο εισαγγελέας δεν κατάφερε καν να αποδείξει πως επρόκειτο πράγματι για φόνο και όχι για ένα τραγικό δυστύχημα. Ούτε όπλο, ούτε σημάδια από σπρώξιμο, ούτε μάρτυρες, ούτε δακτυλικά αποτυπώματα...

»Ένα από τα σημαντικότερα και αποδεδειγμένα γεγονότα είναι ότι η δεσποινίς Κλαρκ διαθέτει ακράδαντο άλλοθι. Γνωρίζουμε πως ήταν στο Γκρίνβιλ τη νύχτα που ο Τσέις βρήκε τον θάνατο... καμία απόδειξη ότι μεταμφιέστηκε σε άνδρα, ότι γύρισε με το λεωφορείο στο Μπάρκλι... Για την ακρίβεια, ο εισαγγελέας δεν κατάφερε να αποδείξει ότι εκείνη τη νύχτα η δεσποινίς Κλαρκ βρισκόταν στο Μπάρκλι Κόουβ, όπως δεν κατάφερε να αποδείξει ότι πήγε και στο πυροφυλάκιο. Θα το ξαναπώ: δεν υπάρχει το παραμικρό στοιχείο που να αποδεικνύει ότι η δεσποινίς Κλαρκ βρισκόταν στο πυροφυλάκιο του Μπάρκλι Κόουβ, ούτε και ότι σκότωσε τον Τσέις Άντριους.

»...και ο καπετάνιος, ο κύριος Ο'Νηλ, ο οποίος ψαρεύει εδώ και τριανταοκτώ χρόνια σ' αυτά τα νερά με το δικό του σκάφος, κατέθεσε ότι ήταν πάρα πολύ σκοτεινά για να αναγνωρίσει τη βάρκα.

»...ίνες στο μπουφάν του, οι οποίες ήταν πιθανό να βρίσκονταν εκεί εδώ και τέσσερα χρόνια... Αυτά είναι γεγονότα αδιαμφισβήτητα...

»Ούτε ένας από τους μάρτυρες κατηγορίας δεν ήταν βέβαιος για το τι είδε, ούτε ένας. Από την άλλη μεριά, οι μάρτυρες υπεράσπισής της είναι όλοι τους εκατό τοις εκατό σίγουροι...»

Ο Τομ στάθηκε για μια στιγμή μπροστά από τους ενόρκους. «Γνωρίζω τους περισσότερους από σας πολύ καλά, και ξέρω ότι μπορείτε να βάλετε στην άκρη κάθε παλιά προκατάληψη εναντίον της δεσποινίδας Κλαρκ. Μολονότι δεν πήγε σχολείο παρά μόνο μία μέρα στη ζωή της —διότι τα άλλα παιδιά την κορόιδευαν— μορφώθηκε μόνη της και εξελίχθηκε σε διάσημη φυσιοδίφη και συγγραφέα. Παλιά τη λέγαμε Πιτσιρίκα του Βάλτου· τώρα τα επιστημονικά ιδρύματα την αναγνωρίζουν ως Ειδήμονα του Βάλτου.

»Πιστεύω ότι μπορείτε πράγματι να αφήσετε στην άκρη όλες τις φήμες και τις εξωφρενικές ιστορίες. Πιστεύω ότι θα καταλήξετε στην απόφασή σας με βάση τα δεδομένα που ακούσατε σ' αυτήν εδώ την αίθουσα και όχι στις ψευδείς διαδόσεις που ακούγατε επί χρόνια ολόκληρα.

»Ήρθε, επιτέλους, η στιγμή να φανούμε δίκαιοι απέναντι στην Πιτσιρίκα του Βάλτου».

54.

Αντιστρόφως

1970

Μέσα σε μια μικρή αίθουσα συσκέψεων, ο Τομ έκανε νόημα στον Τέιτ, τον Τζόντι, τον Σκάπερ και τον Ρόμπερτ Φόστερ να καθίσουν στις παράταιρες καρέκλες που υπήρχαν εκεί. Κάθισαν γύρω από το τετράγωνο τραπέζι με στρογγυλούς λεκέδες από τις κούπες του καφέ στην επιφάνεια. Οι ξεφτισμένοι τοίχοι είχαν δύο διαφορετικές αποχρώσεις: πράσινο λαχανί κοντά στο ταβάνι και σκούρο πράσινο κοντά στο πάτωμα. Μια οσμή υγρασίας —τόσο από τους τοίχους όσο και από τον βάλτο— πλανιόταν στην ατμόσφαιρα.

«Μπορείτε να περιμένετε εδώ», είπε ο Τομ κλείνοντας την πόρτα πίσω του. «Έχει ένα μηχάνημα για καφέδες στο τέρμα του διαδρόμου, απέναντι από το γραφείο του συμβούλου, αλλά είναι σκέτο ξέπλυμα. Ο καφές στην καφετέρια είναι μια χαρά. Λοιπόν, η ώρα είναι λίγο μετά τις έντεκα. Θα δούμε αργότερα τι θα κάνουμε με το μεσημεριανό».

Ο Τέιτ πλησίασε στο παράθυρο, που είχε ένα πλέγμα από λευκά κάγκελα, λες και άλλοι άνθρωποι που επίσης ανέμεναν την ανακοίνωση κάποιας ετυμηγορίας είχαν προσπαθήσει να δραπετεύσουν. «Την Κάια πού θα την πάνε;» ρώτησε τον Τομ. «Στο κελί της; Είναι ανάγκη να περιμένει μόνη της εκεί μέσα;»

«Ναι, στο κελί της είναι. Πάω τώρα να τη δω».

«Πόση ώρα λέτε να χρειαστούν οι ένορκοι;» ρώτησε ο Ρόμπερτ.

«Αδύνατο να ξέρουμε. Άλλες φορές, που λες πως δεν θα αργήσουν, κάνουν μέρες, και αντιστρόφως. Κατά πάσα πιθανότητα, οι περισσότεροι έχουν ήδη αποφασίσει — όχι υπέρ της Κάια. Αν μερικοί ένορκοι έχουν αμφιβολίες και αυτοί προσπαθήσουν να πείσουν τους άλλους ότι η ενοχή της δεν έχει αποδειχθεί πέραν πάσης αμφιβολίας, τότε έχουμε ελπίδες».

Όλοι κατένευσαν σιωπηλοί, νιώθοντας τη φράση *πέραν πάσης αμφιβολίας* να τους βαραίνει σαν πέτρα — λες και η ενοχή της είχε αποδειχτεί, απλώς όχι απολύτως.

«Καλώς», συνέχισε ο Τομ. «Πάω να δω την Κάια κι ύστερα να ξεκινήσω δουλειά. Πρέπει να ετοιμάσω την αίτηση της έφεσης και επίσης αγωγή για κακοδικία λόγω προκατάληψης. Έχετε, σας παρακαλώ, πάντα κατά νου ότι κι αν ακόμα καταδικαστεί, δεν έχουμε φτάσει στο τέρμα του δρόμου. Επ' ουδενί. Θα έρχομαι κατά διαστήματα και φυσικά αν υπάρχει τίποτε νεότερο, θα σας ενημερώσω».

«Ευχαριστώ», είπε ο Τέιτ, και πρόσθεσε: «Πείτε, σας παρακαλώ, στην Κάια ότι είμαστε εδώ και, αν θέλει, θα καθίσουμε μαζί της». Αυτό παρόλο που η ίδια εδώ και μήνες αρνιόταν να δει σχεδόν τους πάντες και τις τελευταίες μέρες δεχόταν μόνο τον Τομ.

«Και βέβαια θα της το πω», είπε ο Τομ κι έφυγε.

Ο Σάλτας και η Μέιμπελ αναγκάστηκαν να περιμένουν την ετυμηγορία έξω, ανάμεσα στους φοίνικες και τα χορτάρια της πλατείας, μαζί με μερικούς ακόμα μαύρους. Την ώρα που άπλωναν τις πολύχρωμες κουβέρτες τους στο έδαφος και άνοιγαν τις χαρτοσακούλες με τα λουκάνικα και τα ψωμάκια, μια ξαφνική καταιγίδα τούς υποχρέωσε να μαζέψουν τα πράγματα άρον-άρον και να τρέξουν να βρουν καταφύγιο στο υπόστεγο του βενζινάδικου. Ο κύριος Λέιν τούς φώναξε πως απαγορεύεται να μπουν μέσα —λες και δεν το ήξεραν εδώ και εκατό χρόνια— και να μην ενοχλούν τους πελάτες. Μερικοί λευκοί χώθηκαν στην καφετέρια ή στο Μπάτε Σκύλοι για καφέ, ενώ άλλοι μαζεύονταν παρέες-παρέες κάτω από χρωματιστές ομπρέλες. Τα παιδιά πλατσούριζαν στις λακκούβες με τα νερά και έτρωγαν κρακεράκια νομίζοντας πως θα έχει παρέλαση.

Όντας εξασκημένη μετά από εκατομμύρια λεπτά μοναξιάς, η Κάια πίστευε πως είχε μάθει πια να είναι μόνη. Μια ζωή κοιτούσε το παλιό τραπέζι της κουζίνας, τα άδεια υπνοδωμάτια, τις ατέλειωτες εκτάσεις της θάλασσας και των χορταριών. Χωρίς κανέναν να μοιραστεί τη χαρά της για το φτερό που βρήκε ή για τη ζωγραφιά που τελείωσε. Απαγγέλλοντας ποιήματα στους γλάρους.

Όταν όμως ο Τζέικομπ έκλεισε την πόρτα του κελιού της κι ακούστηκε ο μεταλλικός ήχος από τα κάγκελα, κι ύστερα χάθηκε στο βάθος του διαδρόμου και κλείδωσε και τη βαριά πόρτα πίσω του, μια παγερή σιωπή κάλυψε τα πάντα. Η αναμονή για την ετυμηγορία στη δίκη της για φόνο έφερε μια μοναξιά εντελώς διαφορετικής τάξης. Το ερώτημα της ζωής ή του θανάτου δεν βγήκε καθόλου στην επιφάνεια του μυαλού της, αλλά βυθίστηκε κάτω από τον πολύ μεγαλύτερο φόβο πως θα περάσει χρόνια ολομόναχη χωρίς τον βάλτο της. Χωρίς γλάρους και χωρίς θάλασσα, σ' ένα μέρος χωρίς αστέρια.

Οι ενοχλητικοί τρόφιμοι στην άλλη άκρη του διαδρόμου είχαν φύγει. Η Κάια ένιωσε σχεδόν νοσταλγία για την ασταμάτητη πάρλα τους — ακόμα και ποταπή, ήταν μια ανθρώπινη παρουσία. Τώρα, εκείνη ήταν η μοναδική ένοικος σ' αυτό το μακρύ τσιμεντένιο τούνελ με τα λουκέτα και τα κάγκελα.

Ήξερε πόση προκατάληψη υπήρχε εναντίον της και ότι αν η ετυμηγορία έβγαινε νωρίς, αυτό θα σήμαινε ότι συζητήθηκε ελάχιστα και άρα θα είναι καταδικαστική. Ξαφνικά ήρθε στον νου της ο τέτανος — η μαρτυρική, παραμορφωμένη ζωή της καταδίκης.

Σκέφτηκε να μεταφέρει το κιβώτιο κάτω από το παράθυρο για να αναζητήσει αρπακτικά πουλιά πάνω από τον βάλτο. Τελικά όμως κάθισε απλώς εκεί. Μέσα στη σιωπή.

Δύο ώρες αργότερα, στη μία μετά το μεσημέρι, ο Τομ άνοιξε την πόρτα της αίθουσας όπου περίμενε ο Τέιτ, ο Τζόντι, ο Σκάπερ και ο Ρόμπερτ Φόστερ. «Λοιπόν, έχουμε νέα».

«Τι;» είπε ο Τέιτ σηκώνοντας απότομα το κεφάλι. «Δεν φαντάζομαι να βγήκε κιόλας ετυμηγορία;»

«Όχι, όχι. Δεν έχουμε ετυμηγορία. Αλλά νομίζω πως τα νέα είναι καλά. Οι ένορκοι ζήτησαν να δουν τα πρακτικά των καταθέσεων των οδηγών. Αυτό σημαίνει, αν μη τι άλλο, ότι το σκέφτονται το πράγμα — ότι δεν έβγαλαν έτσι απλά μια ετυμηγορία. Οι οδηγοί των λεωφορείων είναι μάρτυρες κλειδιά, φυσικά, και είπαν και οι δύο πως η Κάια σίγουρα δεν επέβαινε στα λεωφορεία τους, ενώ δεν φάνηκαν καθόλου σίγουροι για τις μεταμφιέσεις. Καμιά φορά, όταν οι ένορκοι βλέπουν την κατάθεση γραπτώς, αποκτά μεγαλύτερη σαφήνεια. Θα δούμε, πάντως είναι μια σπίθα ελπίδας».

«Ευπρόσδεκτη κι η σπίθα», είπε ο Τζόντι.

«Λοιπόν, η ώρα του φαγητού έχει περάσει. Γιατί δεν πάτε όλοι απέναντι στην καφετέρια; Σας υπόσχομαι πως αν συμβεί οτιδήποτε, θα σας φωνάξω».

«Δεν νομίζω», είπε ο Τέιτ. «Όλοι εκεί πέρα θα λένε πόσο ένοχη είναι».

«Καταλαβαίνω. Θα στείλω τον βοηθό μου να σας φέρει κανένα χάμπουργκερ. Τι λέτε;»

«Μια χαρά, σ' ευχαριστούμε», είπε ο Σκάπερ κι έβγαλε μερικά δολάρια από το πορτοφόλι του.

Στις 2.15, ο Τομ ξανάρθε για να τους πει ότι οι ένορκοι ζήτησαν να δουν τα πρακτικά από την κατάθεση του ιατροδικαστή. «Δεν είμαι σίγουρος αν αυτό είναι για καλό ή όχι».

«Σκατά!» βλαστήμησε ο Τέιτ. «Δεν αντέχεται αυτό το πράγμα».

«Προσπάθησε να χαλαρώσεις· μπορεί να πάρει μέρες όλο αυτό. Θα σας κρατώ ενήμερους».

Αγέλαστος, με πρόσωπο ανήσυχο, ο Τομ άνοιξε και πάλι την πόρτα στις τέσσερις. «Κύριοι, οι ένορκοι κατέληξαν σε ετυμηγορία. Ο δικαστής διέταξε να επιστρέψουν όλοι στην αίθουσα».

Ο Τέιτ σηκώθηκε όρθιος. «Τι σημαίνει αυτό; Το ότι έγινε τόσο γρήγορα;»

«Έλα, Τέιτ». Ο Τζόντι τον ακούμπησε ανάλαφρα στο μπράτσο. «Πάμε».

Στον διάδρομο, μπήκαν κι αυτοί στο ποτάμι των κατοίκων που συνωθούνταν ερχόμενοι απ' έξω. Μια ατμόσφαιρα πνιγηρή τούς ακολουθούσε, μυρωδιά τσιγαρίλας, βρεγμένα μαλλιά και υγρά ρούχα.

Η αίθουσα του δικαστηρίου γέμισε μέσα σε δέκα λεπτά. Πολλοί ήταν εκείνοι που δεν κατάφεραν να βρουν θέση και μαζεύτηκαν μπουλούκια στον διάδρομο ή στα μπροστινά σκαλιά. Στις 16.30 ο δικαστικός κλητήρας οδήγησε την Κάια στη θέση της. Για πρώτη φορά, την κρατούσε από τον αγκώνα για να τη στηρίζει, και πράγματι έμοιαζε πως αν δεν το έκανε, ίσως και να έπεφτε. Το βλέμμα της δεν ξεκόλλησε ούτε στιγμή από το πάτωμα. Ο Τέιτ παρατηρούσε την κάθε σύσπαση του προσώπου της. Η ναυτία δεν τον άφηνε ν' ανασάνει.

Η δεσποινίς Τζόουνς, η γραμματέας, μπήκε και κάθισε στη θέση της. Και μετά, σαν χορωδία σε κηδεία, σοβαροί και αγέλαστοι μπήκαν κι οι ένορκοι και κάθισαν στα έδρανά τους. Η κυρία Καλπέπερ έριξε μια κλεφτή ματιά στην Κάια. Οι άλλοι κοιτούσαν ίσια μπροστά. Ο Τομ προσπάθησε να ερμηνεύσει τα πρόσωπά τους. Από το ακροατήριο δεν ακουγόταν ούτε κιχ.

«Όρθιοι, όλοι».

Ο δικαστής Σιμς άνοιξε την πόρτα και κάθισε στην έδρα του. «Καθίστε, παρακαλώ. Κύριε επικεφαλής, έχετε όντως καταλήξει σε ετυμηγορία;»

Από τα μπροστινά καθίσματα σηκώθηκε ο κύριος Τόμλινσον, ένας ήσυχος άνθρωπος, ιδιοκτήτης του παπουτσάδικου Μπάστερ Μπράουν. «Μάλιστα, κύριε Πρόεδρε».

Ο δικαστής Σιμς κοίταξε την Κάια. «Παρακαλώ την κατηγορουμένη να σηκωθεί για την ανάγνωση της ετυμηγορίας». Ο Τομ άγγιξε την Κάια στο μπράτσο και τη βοήθησε διακριτικά να σηκωθεί. Ο Τέιτ έβαλε το χέρι του πάνω στο κιγκλίδωμα, για να είναι όσο γινόταν πιο κοντά στην Κάια. Ο Σάλτας έπιασε το χέρι της Μέιμπελ και το κράτησε σφιχτά.

Ούτε ένας άνθρωπος μέσα στην αίθουσα δεν είχε ξαναζήσει τέτοιο συλλογικό καρδιοχτύπι, αυτήν την από κοινού κομμένη ανάσα. Μάτια νευρικά, χέρια ιδρωμένα. Ο ναύτης του γαριδάδικου, ο Χαλ Μίλερ, έστυβε το μυαλό του πασχίζοντας να επιβεβαιώσει πως πράγματι ήταν η δεσποινίς Κλαρκ μέσα στη βάρκα που είχε δει εκείνη τη νύχτα. Κι αν είχε κάνει λάθος; Οι περισσότεροι είχαν τα μάτια καρφωμένα όχι στο σβέρκο της

Κάια αλλά στο πάτωμα ή στους τοίχους. Ήταν λες και περίμενε την απόφαση όχι η Κάια αλλά το χωριό ολόκληρο, κι ήταν ελάχιστοι αυτοί που ένιωθαν εκείνη τη στιγμή τη χαιρεκακία που περίμεναν πως θα νιώσουν.

Ο επικεφαλής, ο κύριος Τόμλινσον, παρέδωσε ένα κομμάτι χαρτί στον δικαστικό κλητήρα, ο οποίος με τη σειρά του το έδωσε στον δικαστή. Εκείνος το ξεδίπλωσε και το διάβασε ανέκφραστος. Έπειτα ο δικαστικός κλητήρας το ξαναπήρε και το παρέδωσε στη δεσποινίδα Τζόουνς, τη γραμματέα.

«Θα μας το διαβάσει τελικά κανείς;» μουρμούρισε ο Τέιτ μέσα απ' τα δόντια.

Η δεσποινίς Τζόουνς σηκώθηκε όρθια και κοιτώντας την Κάια ξεδίπλωσε το χαρτί και διάβασε δυνατά: «Εμείς οι ένορκοι κρίνουμε τη δεσποινίδα Κάθριν Ντανιέλ Κλαρκ όχι ένοχη όσον αφορά την κατηγορία του εκ προμελέτης φόνου του κυρίου Τσέις Άντριους». Τα γόνατα της Κάια λύγισαν και κάθισε. Το ίδιο κι ο Τομ.

Ο Τέιτ βλεφάρισε νευρικά. Ο Τζόντι πήρε βαθιά αναπνοή. Η Μέιμπελ δεν μπόρεσε να συγκρατήσει έναν λυγμό. Το ακροατήριο απέμεινε εντελώς ακίνητο. Σίγουρα είχαν ακούσει λάθος. «Είπε *όχι ένοχη*;». Σε λίγο, ένας χείμαρρος από ψιθύρους άρχισε να φουσκώνει αποκτώντας την ένταση και τον τόνο της θυμωμένης απορίας. «Είναι άδικο», αναφώνησε ο κύριος Λέιν.

Ο δικαστής κοπάνησε το σφυράκι του. «Ησυχία! Δεσποινίς Κλαρκ, οι ένορκοι σάς κήρυξαν όχι ένοχη. Είστε ελεύθερη να φύγετε, και εγώ εκ μέρους της πολιτείας σάς ζητώ συγγνώμη για τους δύο μήνες που περάσατε στην φυλακή. Κυρίες και κύριοι ένορκοι, σας ευχαριστούμε για τον χρόνο σας και την υπηρεσία που προσφέρατε στην κοινότητα αυτή. Λύεται η συνεδρίαση».

Ένα μικρό τσούρμο μαζεύτηκε γύρω από τους γονείς του Τσέις. Η Πάτι Λαβ έκλαιγε. Η Σάρα Σινγκλτάρι φαινόταν βλοσυρή όπως όλοι, συνειδητοποίησε όμως πως ένιωθε τεράστια ανακούφιση. Η δεσποινίς Πάνσι ήλπιζε πως κανείς δεν παρατήρησε πόσο χαλάρωσε το σαγόνι της. Ένα δάκρυ κύλησε στο μάγουλο της κυρίας Καλπέπερ που χαμογέλασε ανεπαίσθητα για τη μικρή κοπανατζού του βάλτου που πάλι κατάφερε να ξεφύγει.

Μια ομάδα ανδρών με σαλοπέτες στέκονταν στο βάθος της αίθουσας. «Θά 'χουνε να δώσουν λογαριασμό τούτοι οι ένορκοι».

«Δεν μπορεί να πει ο Έρικ πως ήταν κακοδικία; Να ξαναγίνει όλο απ' την αρχή;»

«Όχι. Μην ξεχνάς, δεν δικάζεσαι ποτέ δυο φορές για φόνο. Είναι ελεύθερη. Πάει, τη γλίτωσε».

«Ο σερίφης φταίει που τα θαλάσσωσε. Όλο άλλαζε την ιστορία του, όλο κάτι άλλο σκεφτόταν. Όλο θεωρίες από δω και θεωρίες από κει».

«Ναι, μόνο να κορδώνεται ξέρει, λες και παίζει σε γουέστερν».

Αλλά κι αυτός ο μικρός θύλακας γκρίνιας γρήγορα διαλύθηκε — σιγά-σιγά βγήκαν έξω λέγοντας για τις δουλειές που είχαν μείνει πίσω, και πώς δρόσισε ο καιρός με τη βροχή.

Ο Τζόντι κι ο Τέιτ είχαν περάσει πρώτοι από το πορτάκι που χώριζε το ακροατήριο από το τραπέζι της υπεράσπισης. Ο Σκάπερ, ο Σάλτας, η Μέιμπελ και ο Ρόμπερτ τούς ακολούθησαν αμέσως μετά, και όλοι μαζί στάθηκαν γύρω από την Κάια. Κανείς δεν την άγγιξε, μόνο ήρθαν κοντά της, ενώ εκείνη καθόταν ακόμα στη θέση της ακίνητη.

Ο Τζόντι είπε: «Κάια, τώρα μπορείς να γυρίσεις σπίτι. Θες να σε πάω εγώ με το αμάξι;»

«Ναι, ευχαριστώ».

Η Κάια σηκώθηκε και ευχαρίστησε τον Ρόμπερτ που έκανε όλο αυτό το ταξίδι από τη Βοστώνη. Εκείνος χαμογέλασε.

«Τώρα θα πρέπει να την ξεχάσεις όλη αυτή την ανοησία και να συνεχίσεις την εκπληκτική δουλειά σου». Η Κάια άγγιξε ελαφρά το χέρι του Σάλτα και η Μέιμπελ την αγκάλιασε και την έσφιξε στον μαλακό της κόρφο. Έπειτα η Κάια στράφηκε στον Τέιτ. «Σ' ευχαριστώ για όλα όσα μου έδωσες». Γυρνώντας στον Τομ, έχασε τα λόγια της. Κι εκείνος την έκλεισε απλώς στην αγκαλιά του. Γύρισε και κοίταξε τον Σκάπερ. Δεν είχαν συστηθεί ποτέ, αλλά κατάλαβε από τα μάτια του ποιος ήταν. Του ένευσε ψιθυρίζοντας «ευχαριστώ», και προς μεγάλη της έκπληξη εκείνος ακούμπησε το χέρι του στον ώμο της και την έσφιξε απαλά.

Κι ύστερα, ακολουθώντας τον δικαστικό κλητήρα, κατευθύνθηκε μαζί με τον Τζόντι προς την πίσω πόρτα της αίθουσας· περνώντας δίπλα από το περβάζι του παραθύρου, άπλωσε το χέρι της και άγγιξε την ουρά του Σάντεϊ Τζάστις. Εκείνος την αγνόησε, κι η Κάια θαύμασε την τέλεια προσποίησή του πως τάχα δεν έχει ανάγκη τους αποχαιρετισμούς.

Κι όταν η πόρτα άνοιξε, ένιωσε την ανάσα της θάλασσας στο πρόσωπό της.

55.

Ανθισμένα χορτάρια

1970

Το φορτηγάκι του Τζόντι κατέβηκε από το πεζοδρόμιο και βγήκε στον αμμουδερό δρόμο για τον βάλτο, ενώ εκείνος μιλούσε ήσυχα, σιγανά στην Κάια· της έλεγε πως όλα θα πάνε καλά τώρα· πως ήταν μόνο θέμα χρόνου. Εκείνη παρατηρούσε βούρλα και λευκοτσικνιάδες, πεύκα και λιμνούλες που περνούσαν αστραπιαία δίπλα της. Τέντωσε τον λαιμό της για να δει καλύτερα δύο κάστορες που κολυμπούσαν. Σαν το αποδημητικό γλαρόνι που έχει διανύσει δεκάδες χιλιάδες χιλιόμετρα για να ξαναγυρίσει στη γενέθλια όχθη, το μυαλό της έσφυζε από τη λαχτάρα και την προσμονή για την εστία της. Ούτε που άκουγε καλά-καλά τη φλυαρία του Τζόντι· θα προτιμούσε να έκλεινε το στόμα του και ν' άκουγε τον ήχο της άγριας ζωής μέσα του. Και τότε ίσως να καταλάβαινε.

Η ανάσα της κόπηκε για μια στιγμή, μόλις ο Τζόντι πήρε την τελευταία στροφή του φιδογυριστού μονοπατιού και φάνηκε πια το παλιό καλύβι, να την περιμένει εκεί, κάτω από τις βελανιδιές. Τα μακρουλά βρύα ταλαντεύονταν απαλά με το αεράκι πάνω από τη σκουριασμένη στέγη, ενώ ο ερωδιός στεκόταν στο ένα πόδι μέσα στους ίσκιους της λιμνοθάλασσας.

Ο Τζόντι σταμάτησε κι η Κάια πήδηξε αμέσως έξω και έτρεξε στο καλύβι· άγγιξε το κρεβάτι, το τραπέζι, την ξυλόσομπα. Ο Τζόντι ήξερε τι θα είχε ανάγκη η αδελφή του, κι έτσι είχε αφήσει μια σακούλα με ψίχουλα πάνω στον πάγκο. Κι η Κάια, με καινούργια δύναμη, πήρε τη σακούλα κι έτρεξε στην παραλία, και τα μάτια της γέμισαν δάκρυα καθώς οι γλάροι άρχισαν να μαζεύονται κοντά της από κάθε μεριά της ακτής. Ο Μεγάλος Κόκκινος προσγειώθηκε μπροστά της και βάλθηκε να περπατάει γύρω της με το κεφάλι να ταλαντεύεται σε κάθε βήμα.

Γονατιστή στην άμμο, περικυκλωμένη από πουλιά, από μια ιπτάμενη φρενίτιδα, η Κάια ανατρίχιασε. «Ποτέ δεν ζήτησα από κανέναν τίποτα. Ίσως τώρα πια να μ' αφήσουν ήσυχη».

Ο Τζόντι έφερε τα λιγοστά της υπάρχοντα στο σπίτι και έφτιαξε τσάι στην παλιά τσαγιέρα. Κάθισε στο τραπέζι και περίμενε. Κάποια στιγμή, άκουσε επιτέλους την πόρτα της βεράντας να ανοίγει. Η Κάια μπήκε στην κουζίνα και είπε, «Α, εδώ είσαι ακόμα». Μα φυσικά εδώ ήταν ακόμα — το φορτηγάκι του ήταν ακριβώς απ' έξω, παρκαρισμένο σε κοινή θέα.

«Μπορείς, σε παρακαλώ, να καθίσεις μια στιγμή;» της είπε. «Θέλω να σου μιλήσω».

Δεν κάθισε. «Είμαι εντάξει, Τζόντι. Αλήθεια».

«Άρα αυτό σημαίνει πως θες να φύγω; Κάια, πέρασες δύο μήνες ολομόναχη σ' εκείνο το κελί, νομίζοντας πως οι πάντες στην πόλη είναι εναντίον σου. Δεν άφηνες κανέναν να σε επισκεφτεί. Το καταλαβαίνω, ειλικρινά, αλλά αυτή τη στιγμή δεν πιστεύω πως είναι σωστό να μπω στο αμάξι και να φύγω και να σ' αφήσω μόνη σου. Θέλω να μείνω μαζί σου λίγες μέρες. Γίνεται;»

«Σχεδόν όλη μου τη ζωή την έχω περάσει μόνη μου, όχι δύο μήνες! Και δεν το *νόμιζα*, το *ήξερα* πως οι πάντες στην πόλη ήταν εναντίον μου».

«Κάια, μην αφήσεις αυτή τη φρικτή ιστορία να σε απομακρύνει ακόμα περισσότερο από τους ανθρώπους. Ήταν δοκιμασία από κείνες που μπορούν να σε κάνουν κομμάτια, αλλά μου φαίνεται πως είναι και ευκαιρία για μια καινούργια αρχή. Με την ετυμηγορία τους ίσως να λένε κατά κάποιον τρόπο πως θα σε αποδεχτούν».

«Οι περισσότεροι άνθρωποι δεν είναι αναγκασμένοι να αθωωθούν πρώτα από την κατηγορία για φόνο προκειμένου να γίνουν αποδεκτοί».

«Το ξέρω, κι έχεις κάθε λόγο να μισείς τους ανθρώπους. Δεν λέω πως έχεις άδικο, αλλά...»

«Αυτό είναι που κανείς δεν καταλαβαίνει». Η φωνή της υψώθηκε. «Εγώ ποτέ δεν μίσησα τους ανθρώπους. *Εκείνοι* μισούσαν *εμένα*. *Εκείνοι* γελούσαν εις βάρος *μου*. *Εκείνοι* με εγκατέλειψαν. *Εκείνοι* με παρενοχλούσαν. *Εκείνοι* μου επιτίθονταν. Και, ναι, είναι αλήθεια· έμαθα να ζω χωρίς αυτούς. Χωρίς εσένα. Χωρίς τη Μαμά! Χωρίς κανέναν!»

Ο Τζόντι προσπάθησε να την πάρει αγκαλιά, εκείνη όμως τραβήχτηκε απότομα.

«Τζόντι, μπορεί απλώς να είμαι κουρασμένη αυτή τη στιγμή. Για την ακρίβεια, είμαι εξαντλημένη. Σε παρακαλώ, πρέπει πρώτα να το ξεπεράσω όλο αυτό —τη δίκη, τη φυλακή, *τη σκέψη πως θα με εκτελέσουν*— να το ξεπεράσω μόνη μου, γιατί αυτό το *μόνη μου* είναι το μόνο πράγμα που έχω μάθει στη ζωή μου. Δεν ξέρω να δέχομαι παρηγοριά. Είμαι πολύ κουρασμένη ακόμα και γι' αυτή τη συζήτηση. Είμαι...». Η φωνή της έσβησε.

Χωρίς καν να περιμένει απάντηση, βγήκε από το καλύβι και χώθηκε στο δάσος με τις βελανιδιές. Ξέροντας πως θα ήταν μάταιο, ο Τζόντι δεν την ακολούθησε. Θα περίμενε. Την προηγουμένη, είχε γεμίσει το καλύβι με προμήθειες —σε περίπτωση που τελικά αθωωνόταν— και τώρα βάλθηκε να ψιλοκόβει λαχανικά για να της φτιάξει το αγαπημένο της φαγητό: σπιτική κοτόπιτα. Όταν όμως ο ήλιος άρχισε πια να δύει, κατάλαβε πως δεν έπρεπε να την κρατάει άλλο μακριά από το σπίτι της. Άφησε τότε τη ζεστή, αχνιστή πίτα πάνω στην ξυλόσομπα κι έφυγε. Από την παραλία, όπου είχε φτάσει κάνοντας όλο τον κύκλο, η Κάια άκουσε το φορτηγάκι του να κατεβαίνει τον δρόμο και μόνο τότε γύρισε σπίτι τρέχοντας.

Η ευωδιά της χρυσαφένιας κρούστας γέμιζε το καλύβι μέχρι το ταβάνι, η Κάια όμως ακόμα δεν ένιωθε πείνα. Έβγαλε τις μπογιές της και κάθισε στο τραπέζι της κουζίνας για να οργανώσει το επόμενο βιβλίο της με θέμα τα χορτάρια του βάλτου. Οι άνθρωποι σπανίως παρατηρούσαν τα χορτάρια, εκτός αν επρόκειτο να τα κόψουν, να τα τσαλαπατήσουν ή να τα δηλητηριάσουν. Τα πινέλα της πηγαινοέρχονταν με μανία επάνω στον καμβά, αφήνοντας ένα χρώμα πιο πολύ μαύρο παρά πράσινο, γεννώντας σκοτεινές εικόνες: ετοιμοθάνατα λιβάδια κάτω από αλλεπάλληλα νέφη καταιγίδας; Ίσως — ποιος ξέρει.

Έσκυψε το κεφάλι κι έβαλε τα κλάματα. «Γιατί είμαι τόσο θυμωμένη τώρα; Γιατί τώρα; Γιατί φέρθηκα τόσο απαίσια στον Τζόντι;» Το σώμα της γλίστρησε στο πάτωμα σαν κούκλα καμωμένη από κουρέλια. Κουλουριάστηκε κλαίγοντας· ήθελε τόσο πολύ να έχει μαζί της το μοναδικό πλάσμα που την αποδέχτηκε ποτέ έτσι όπως ήταν. Αλλά ο γάτος είχε μείνει στη φυλακή.

Λίγο πριν σκοτεινιάσει εντελώς, η Κάια ξαναπήγε στην παραλία όπου οι γλάροι ετοιμάζονταν να κουρνιάσουν για τη νύχτα. Προχώρησε ώς εκεί που έσκαγε το κύμα. Κομματάκια από κοχύλια και θραύσματα από καβούρια γαργαλούσαν τα πόδια της καθώς το νερό τα παρέσερνε ξανά μέσα στη θάλασσα. Έσκυψε κι έπιασε δύο φτερά πελεκάνου — ίδια ακριβώς μ' εκείνο που είχε βάλει ο Τέιτ στο *Π* του λεξικού που της είχε κάνει δώρο εκείνα τα Χριστούγεννα, τόσα χρόνια πριν.

Ψιθυριστά πρόφερε τους στίχους της Αμάντα Χάμιλτον:

Ήρθες ξανά,
εκτυφλωτικά,
σαν το στραφτάλισμα του ήλιου πάνω στη θάλασσα.
Μόλις νιώθω ελεύθερη
Το φεγγάρι ζωγραφίζει την όψη σου στο περβάζι.
Κάθε που θα ξεχνώ
Τα μάτια σου στοιχειώνουν την καρδιά μου, και σταματά.
Αντίο λοιπόν
Ώς την επόμενη φορά που θα 'ρθείς
Ώσπου να μην σε βλέπω πια.

Το επόμενο πρωί, πριν ακόμα χαράξει, η Κάια ανακάθισε στο κρεβάτι της στη βεράντα και ρούφηξε μέχρι την καρδιά της τις πλούσιες ευωδιές του βάλτου. Με το πρώτο φως να τρυπώνει στην κουζίνα, έφτιαξε λίγο χυλό καλαμποκάλευρου, αυγά χτυπημένα στο τηγάνι και ψωμάκια ανάλαφρα κι αφράτα όπως τα έφτιαχνε η Μαμά. Δεν άφησε ούτε μπουκιά. Έπειτα, καθώς ο ήλιος ανέβαινε, έτρεξε στη βάρκα της και βγήκε στη λιμνοθάλασσα, βουτώντας τα δάχτυλά της στα βαθιά, διάφανα νερά.

Διασχίζοντας αργά-αργά το κανάλι μιλούσε στις χελώνες και στους λευκοτσικνιάδες και σήκωνε τα χέρια ψηλά. Ήταν στο σπίτι της. «Θα μαζεύω όλη μέρα, ό,τι θέλω», είπε. Στο βάθος του μυαλού της ήταν κι η σκέψη πως ίσως να έβλεπε τον Τέιτ. Μπορεί να είχε δουλειά κάπου εκεί κοντά και να τον συναντούσε τυχαία. Και τότε θα τον προσκαλούσε στο καλύβι να μοιραστούν την κοτόπιτα που είχε φτιάξει ο Τζόντι.

Λιγότερο από ένα μίλι πιο πέρα, ο Τέιτ προχωρούσε μέσα στον βάλτο μαζεύοντας δείγματα νερού σε φιαλίδια. Σε κάθε βήμα, με κάθε μπουκαλάκι που βουτούσε στο νερό, ένας κύκλος από απαλά κυματάκια απλωνόταν γύρω του. Σκοπός του ήταν να μην ξεμακρύνει πολύ από το σπίτι της Κάια. Υπήρχε πιθανότητα να βγει με τη βάρκα της στον βάλτο και να τη δει. Αν όχι, θα πήγαινε ο ίδιος το βραδάκι στο καλύβι της. Δεν είχε αποφασίσει ακόμα τι ακριβώς θα της έλεγε, αλλά μερικά φιλιά, μήπως και καταλάβει, δεν του φαίνονταν καθόλου κακή ιδέα.

Κάπου μακριά άκουσε μια μηχανή να βρυχάται άγρια· ο ήχος της ήταν οξύς και πιο δυνατός από τον ήχο εξωλέμβιας και σκότωνε όλους τους απαλούς ήχους του βάλτου. Ο Τέιτ παρακολούθησε τον ήχο να πλησιάζει προς το μέρος του, και ξαφνικά στο οπτικό του πεδίο μπήκε με φόρα ένα από εκείνα τα καινούργια ταχύπλοα με προπέλα, που δεν τα είχε ξαναδεί. Γλιστρούσε και πλανάριζε πάνω από το νερό, ακόμα και πάνω από τα χορτάρια αφήνοντας πίσω του μια πλουμιστή ουρά από σπρέι. Κι έναν σαματά ισάξιο με δέκα σειρήνες.

Διαλύοντας θάμνους και χορτάρια, το σκάφος άνοιξε το δικό του μονοπάτι μέσα στον βάλτο και διέσχισε τον λαβύρινθο των διαύλων. Ερωδιοί και λευκοτσικνιάδες έκρωζαν. Στην τιμονιέρα έστεκαν τρεις άνδρες. Βλέποντας τον Τέιτ, έστριψαν αμέσως προς τη μεριά του. Καθώς πλησίαζαν, ο Τέιτ αναγνώρισε τον σερίφη Τζάκσον, τον βοηθό του κι έναν ακόμα άνδρα.

Το εντυπωσιακό σκάφος έκοψε ταχύτητα και κάθισε σιγάσιγά με την πρύμνη. Ο σερίφης κάτι φώναξε στον Τέιτ, αλλά η φασαρία ήταν τόση που δεν κατάφερε ν' ακούσει τίποτα ακόμα κι όταν έβαλε την παλάμη πίσω από το αυτί και έγειρε προς το μέρος τους. Οι τρεις άνδρες έφεραν το σκάφος ακόμα πιο κοντά στον Τέιτ, τόσο που τα απόνερα έφτασαν μέχρι τους μηρούς του. Ο σερίφης έσκυψε φωνάζοντας δυνατά.

Κάπου εκεί κοντά, η Κάια άκουσε επίσης το παράξενο σκάφος και πλέοντας προς τα εκεί, το είδε να πλησιάζει τον Τέιτ.

Χώθηκε στους θάμνους και παρατηρούσε. Ο Τέιτ άκουσε τα λόγια του σερίφη, έπειτα έμεινε εντελώς ακίνητος, με το κεφάλι σκυφτό, τους ώμους πεσμένους, σαν παραδομένος. Ακόμα κι από τέτοια απόσταση ήταν εύκολο να διαβάσει στη στάση του την απελπισία. Ο σερίφης κάτι φώναξε και πάλι, κι ο Τέιτ σε λίγο άπλωσε το χέρι για να τον τραβήξει ο βοηθός πάνω στο σκάφος. Ο τρίτος άνδρας πήδηξε στο νερό και ανέβηκε στο σκάφος του Τέιτ. Με το κεφάλι χαμηλά και τα μάτια κάτω, ο Τέιτ στάθηκε όρθιος ανάμεσα στους δύο ένστολους άνδρες, οι οποίοι έστριψαν το σκάφος για να διασχίσουν ξανά με ταχύτητα τον βάλτο με κατεύθυνση το Μπάρκλι Κόουβ και τον άλλο άνδρα με το σκάφος του Τέιτ στο κατόπι τους.

Η Κάια απέμεινε να κοιτάζει ώσπου και τα δύο σκάφη χάθηκαν πίσω από μια τούφα ζωστήρες.

Γιατί είχαν πάρει μαζί τους τον Τέιτ; Μήπως ο λόγος είχε να κάνει με τον θάνατο του Τσέις; Μήπως τον είχαν συλλάβει;

Η αγωνία την κατέτρωγε. Και τότε, μετά από μια ολόκληρη ζωή, παραδέχτηκε επιτέλους πως η ελπίδα μήπως δει τον Τέιτ, μήπως σε κάποια στροφή τον πετύχει ώστε να χωθεί στις καλαμιές και να τον παρατηρεί ήταν η δύναμη που την τραβούσε στον βάλτο κάθε μέρα, από τότε που ήταν επτά χρονών. Ήξερε τις λιμνοθάλασσες που αγαπούσε πιο πολύ ο Τέιτ και τα υδάτινα μονοπάτια που προτιμούσε, μέσα από τους δύσκολους βούρκους. Γιατί πάντα τον ακολουθούσε από απόσταση ασφαλείας. Λαθραία, υποκλέπτοντας αγάπη. Χωρίς ποτέ να τη μοιράζεται. Δεν πληγώνεσαι όταν αγαπάς κάποιον από την άλλη άκρη ενός υδάτινου λαβύρινθου. Τόσα χρόνια που τον απέκρουε, η Κάια επιβίωνε γιατί εκείνος ήταν κάπου εκεί μέσα στον βάλτο και περίμενε. Και τώρα, ίσως να μην είναι πια.

Τα μάτια της έμειναν καρφωμένα στον ήχο του παράξενου σκάφους που έσβηνε ολοένα. Ο Σάλτας μάθαινε τα πάντα —

ίσως να ήξερε και γιατί είχε έρθει ο σερίφης να πάρει τον Τέιτ, και αν θα μπορούσε εκείνη να βοηθήσει.

Τράβηξε το κορδόνι της μηχανής για να πάρει μπρος και άνοιξε το γκάζι.

56.

Ο ερωδιός της νύχτας

1970

Το νεκροταφείο του Μπάρκλι Κόουβ ξεδιπλωνόταν κάτω από τις σκοτεινές βελανιδιές. Βρύα κρέμονταν από τα κλαδιά σαν μακριές κουρτίνες, φτιάχνοντας προστατευμένες κόγχες για τις παλιές ταφόπλακες — για τα λείψανα μιας οικογένειας εδώ, ενός μοναχικού ανθρώπου εκεί, δίχως σειρά και τάξη. Άλλες ταφόπλακες τις είχαν αρπάξει οι ρίζες των δέντρων με τα ροζιασμένα τους δάχτυλα, τις είχαν υποχρεώσει να στρίψουν και να σκύψουν και να μεταμορφωθούν σε αντικείμενα χωρίς όνομα. Οι δυνάμεις της ζωής φθείρουν μέχρι εξαφάνισης τα ορόσημα του θανάτου. Πέρα, στο βάθος, ο ουρανός κι η θάλασσα συνέχιζαν το τραγούδι τους, ένα τραγούδι υπερβολικά κεφάτο για αυτά τα βλοσυρά χώματα.

Την προηγούμενη μέρα το νεκροταφείο έσφυζε από κόσμο σαν μυρμηγκοφωλιά, γεμάτη απ' όλους εκείνους —ψαράδες, καταστηματάρχες, τους πάντες— που είχαν έρθει για να κηδέψουν τον Σκάπερ. Άνθρωποι μαζεμένοι εδώ κι εκεί, σιωπηλοί και αμήχανοι, καθώς ο Τέιτ περνούσε ανάμεσα από γνώριμους γείτονες και σχεδόν άγνωστους συγγενείς. Από την ώρα που τον βρήκε ο σερίφης στον βάλτο και του είπε πως ο πατέρας του πέθανε, όλες οι κινήσεις του Τέιτ ήταν καθοδηγούμενες

— ένα μικρό σπρώξιμο στην πλάτη, ένα άγγιγμα στο πλευρό. Σήμερα δεν θυμόταν τίποτε απ' όλα αυτά, κι έτσι είχε ξανάρθει απλώς στο νεκροταφείο για να πει αντίο.

Όλους εκείνους τους μήνες που υπέφερε για την Κάια, που πάσχιζε να τη συναντήσει στη φυλακή, δεν είχε αφιερώσει σχεδόν καθόλου χρόνο στον Σκάπερ. Η ενοχή κι η μεταμέλεια είχαν βγάλει τα νύχια τους. Αν δεν ήταν τόσο εμμονικά απορροφημένος από τα δικά του συναισθήματα, ίσως και να είχε προσέξει πως η υγεία του πατέρα του έφθινε. Πριν τη συλλάβουν, η Κάια είχε αρχίσει να δείχνει πως ερχόταν και πάλι κοντά του —του είχε χαρίσει το πρώτο της βιβλίο, είχε έρθει στο σκάφος του να κοιτάξει με το μικροσκόπιο, είχε γελάσει παίζοντας με το σκουφί— αλλά μόλις ξεκίνησε η δίκη είχε αποτραβηχτεί περισσότερο από ποτέ. Το κάνει η φυλακή αυτό στους ανθρώπους, σκεφτόταν ο Τέιτ.

Ακόμα και τώρα, περπατώντας προς τον καινούργιο τάφο μ' ένα καφέ πλαστικό βαλιτσάκι στο χέρι, συνειδητοποίησε πως πιο πολύ είχε στο μυαλό του την Κάια παρά τον πατέρα του. Βλαστήμησε από μέσα του. Πλησίασε το φρέσκο βουναλάκι κάτω απ' τις βελανιδιές, με φόντο την απέραντη θάλασσα. Ο τάφος ήταν δίπλα στης μητέρας του· στην άλλη πλευρά, ο τάφος της αδελφής του — κι οι τρεις κλεισμένοι μέσα σ' ένα χαμηλό τοιχάκι φτιαγμένο με πέτρες και κονίαμα και κοχύλια. Έμενε αρκετός χώρος και για τον ίδιο. Δεν είχε καθόλου την αίσθηση πως ο πατέρας του βρισκόταν εκεί. «Έπρεπε να σ' είχα αποτεφρώσει σαν τον Σαμ ΜακΤζη», είπε ο Τέιτ, σχεδόν χαμογελώντας. Κι ύστερα, κοιτώντας πέρα, τον ωκεανό, ευχήθηκε όπου κι αν ήταν τώρα ο Σκάπερ, να έχει κι ένα σκάφος. Ένα κόκκινο σκάφος, δικό του.

Ακούμπησε το βαλιτσάκι —ένα πικάπ με μπαταρία— στο χώμα δίπλα στον τάφο και έβαλε έναν δίσκο 78 στροφών στο πλατό. Ο βραχίονας με τη βελόνα κινήθηκε αβέβαια προς την άκρη του δίσκου και ακούμπησε επάνω του, και τότε το ασήμι της φωνής της Μιλίτσα Κόργιους ανυψώθηκε πάνω από τα δέντρα. Ο Τέιτ κάθισε ανάμεσα στον τάφο της μητέρας του και στο ανθοσκέπαστο βουναλάκι. Παράξενο, πώς το γλυκό, φρεσκοσκαμμένο χώμα μυρίζει πιο πολύ σαν αρχή παρά σαν τέλος.

Μιλώντας φωναχτά, με σκυφτό το κεφάλι, ζήτησε από τον μπαμπά του να τον συγχωρέσει που έλειπε τόσο πολύ, και ήξερε πως ο Σκάπερ τον συγχώρεσε. Θυμήθηκε τον ορισμό του αληθινού άντρα κατά τον Σκάπερ: εκείνος που μπορεί να κλαίει όποτε θέλει, που νιώθει την ποίηση και την όπερα με την καρδιά του και που κάνει ό,τι είναι αναγκαίο για να υπερασπιστεί μια γυναίκα. Ο Σκάπερ θα καταλάβαινε γιατί έψαχνε την αγάπη μέσα στις λάσπες. Έμεινε κάμποση ώρα εκεί, με το ένα χέρι να ακουμπάει στη μητέρα του και το άλλο στον πατέρα του.

Τέλος, χάιδεψε τον τάφο άλλη μια φορά, γύρισε στο φορτηγάκι του και ξεκίνησε για την αποβάθρα, για να πάρει το σκάφος. Ήθελε να επιστρέψει στη δουλειά του, να χαθεί μέσα στις αεικίνητες, μικροσκοπικές μορφές ζωής. Στην αποβάθρα, πολλοί ήταν οι ψαράδες που τον πλησίασαν, κι εκείνος στεκόταν αμήχανος για να δεχτεί εξίσου αμήχανα συλλυπητήρια.

Με το κεφάλι ακόμα χαμηλά, αποφασισμένος να φύγει προτού τον πλησιάσει άλλος άνθρωπος, κατέβηκε από τον μόλο στο κατάστρωμα του σκάφους του. Μα πριν προλάβει να πιάσει το τιμόνι, είδε ένα ανοιχτό μπεζ φτερό στο μαξιλαράκι του καθίσματος. Κατάλαβε αμέσως ότι ήταν από το απαλό στήθος του θηλυκού νυχτοκόρακα, ενός μακρυκάνικου, μυστικοπαθούς πλάσματος που ζει ολομόναχο στα βάθη του βάλτου. Κι όμως, νάτο τώρα, τόσο κοντά στη θάλασσα.

Κοίταξε γύρω. Όχι, παραήταν κοντά στο χωριό γι' αυτήν. Γύρισε το κλειδί στη μίζα και ανοίγοντας το γκάζι τράβηξε νότια, για να βγει στον βάλτο.

Διέσχισε τα κανάλια γρήγορα, υπερβολικά γρήγορα· τα χαμηλά κλαδιά χτυπούσαν κι έγδερναν το σκάφος, τα ταραγμένα νερά καβαλούσαν τις όχθες. Μπήκε στη λιμνοθάλασσά της κι έδεσε το σκάφος του δίπλα στο δικό της. Από την καμινάδα του καλυβιού έβγαινε καπνός, που σκαρφάλωνε στον ουρανό ελεύθερος.

«Κάια», φώναξε. «Κάια!»

Εκείνη άνοιξε την πόρτα της βεράντας και στάθηκε κάτω από τη βελανιδιά. Φορούσε μια μακριά λευκή φούστα και γαλάζιο πουλόβερ — τα χρώματα των φτερών του ερωδιού. Τα μαλλιά της έπεφταν λυτά στους ώμους της.

Ο Τέιτ την περίμενε να έρθει κοντά του. Την έπιασε από τους ώμους και την έσφιξε στο στήθος του. Κι ύστερα έκανε ένα βήμα πίσω.

«Σ' αγαπώ, Κάια, το ξέρεις αυτό. Το ξέρεις εδώ και πάρα πολύ καιρό».

«Με άφησες κι εσύ όπως όλοι οι άλλοι», είπε εκείνη.

«Δεν θα σ' ξαναφήσω ποτέ».

«Το ξέρω», είπε.

«Κάια, εσύ μ' αγαπάς; Ποτέ δεν μού 'χεις πει αυτά τα λόγια».

«Σ' αγαπώ από πάντα. Ακόμα κι από παιδί —από έναν καιρό που ούτε καν τον θυμάμαι— και τότε σ' αγαπούσα». Έσκυψε το κεφάλι της.

«Κοίταξέ με», της είπε ο Τέιτ μαλακά. Εκείνη δίστασε. «Κάια, θέλω να ξέρω πως τέλειωσε πια το κρυφτό και το κυνηγητό. Πως μπορείς ν' αγαπάς χωρίς να φοβάσαι».

Η Κάια ανασήκωσε το κεφάλι και τον κοίταξε στα μάτια. Κι έπειτα, τον πήρε από το χέρι και τον πήγε στο δασάκι με τις βελανιδιές, στο μέρος με τα φτερά.

57.

Η πυγολαμπίδα

Την πρώτη νύχτα κοιμήθηκαν στην παραλία, και την επόμενη μέρα ο Τέιτ ήρθε να μείνει μαζί της στο καλύβι. Η μετακόμιση ολοκληρώθηκε στον χρόνο ανάμεσα στην πλημμυρίδα και την άμπωτη. Όπως κάνουν τα πλάσματα της άμμου.

Περπατώντας μαζί στην άκρη της υγρής άμμου, αργά ένα απόγευμα, ο Τέιτ της έπιασε το χέρι και την κοίταξε στα μάτια. «Κάια, θα με παντρευτείς;»

«Μα είμαστε παντρεμένοι. Όπως οι χήνες», του είπε εκείνη.

«Εντάξει. Το δέχομαι».

Κάθε πρωί σηκώνονταν με την αυγή και όσο ο Τέιτ έφτιαχνε τον καφέ, η Κάια τηγάνιζε κροκέτες καλαμποκιού στο παλιό —κατάμαυρο και χιλιοχτυπημένο πια— σιδερένιο τηγάνι της Μαμάς, ή χυλό καλαμποκάλευρου με αυγά, ενώ το πρώτο φως απλωνόταν πάνω από τη λιμνοθάλασσα κι ο ερωδιός έστεκε ακίνητος, στο ένα πόδι, μέσα στην καταχνιά. Διέσχιζαν με το σκάφος τον λαβύρινθο των διαύλων, περπατούσαν στα υδάτινα μονοπάτια, γλιστρούσαν μέσα σε στενά ρυάκια μαζεύοντας φτερά και αμοιβάδες. Τα απογεύματα, αρμένιζαν με την παλιά βάρκα μέχρι τη δύση, κι ύστερα κολυμπούσαν γυμνοί στο φεγγαρόφωτο ή αγαπιούνταν σε δροσερά κρεβάτια από φτέρες.

Το Εργαστήριο Άρτσμπολντ πρόσφερε θέση στην Κάια, εκείνη όμως αρνήθηκε και συνέχισε να γράφει τα βιβλία της. Έφεραν πάλι τον μάστορα κι εκείνος έχτισε ένα ξεχωριστό εργαστήριο και ατελιέ για την Κάια —με ακατέργαστα ξύλα, πελεκητά δοκάρια και τσίγκινη στέγη— πίσω από το καλύβι. Ο Τέιτ τής χάρισε ένα μικροσκόπιο και έφτιαξε ο ίδιος τους πάγκους, τα ράφια και τα ντουλάπια για τα δείγματά της. Για τους δίσκους με τα εργαλεία και τα είδη της ζωγραφικής. Έπειτα ανακαίνισαν το καλύβι, πρόσθεσαν άλλο ένα υπνοδωμάτιο και μπάνιο και μεγάλωσαν το καθιστικό. Η Κάια επέμεινε να μην αλλάξει καθόλου η κουζίνα και το εξωτερικό να μην βαφτεί, ώστε το οίκημα, που τώρα έμοιαζε περισσότερο με σπιτάκι, να παραμείνει γνήσιο στη φθορά του κι αληθινό.

Από το Ση Όουκς τηλεφώνησε στον Τζόντι και τον κάλεσε να έρθει μαζί με τη γυναίκα του, τη Λίμπι, για επίσκεψη. Οι τέσσερίς τους γύρισαν όλο τον βάλτο και ψάρεψαν λιγάκι. Όταν ο Τζόντι έβγαλε έναν τεράστιο κυπρίνο, η Κάια αναφώνησε: «Εεεε, κοίτα τον. Πιάσαμε μεγάλο ψάρι, μεγάλο σαν την Αλαμπάμα!» Τηγάνισαν ψάρια και κεφτέδες καλαμποκιού μεγάλους σαν τ' αυγά της χήνας.

Η Κάια δεν ξαναπήγε ποτέ στη ζωή της στο Μπάρκλι Κόουβ, αλλά μαζί με τον Τέιτ περνούσαν τον περισσότερο καιρό μόνοι τους στον βάλτο. Οι κάτοικοι του χωριού την έβλεπαν μονάχα σαν μια μακρινή φιγούρα να περνά μέσα από την ομίχλη, και με τα χρόνια τα μυστήρια και η ιστορία της έγιναν θρύλος που τον διηγούνταν ξανά και ξανά στην καφετέρια με συνοδεία από τηγανίτες και καυτερό χοιρινό λουκάνικο. Οι θεωρίες και τα κουτσομπολιά γύρω απ' το πώς πέθανε ο Τσέις Άντριους δεν σταμάτησαν ποτέ.

Με τον καιρό, σχεδόν όλοι έφτασαν να συμφωνούν πως ο σερίφης κακώς την είχε συλλάβει εξ αρχής. Στο κάτω-κάτω, δεν υπήρχαν ατράνταχτα στοιχεία εις βάρος της, καμία απόδειξη πως διέπραξε έγκλημα. Ήταν πολύ σκληρό όλο αυτό απέναντι σ' ένα συνεσταλμένο πλάσμα της φύσης. Κατά καιρούς, όλο και κάποιος καινούργιος σερίφης —ο Τζάκσον δεν επανεξελέγη ποτέ— άνοιγε ξανά τον φάκελο, έκανε μερικές ερωτήσεις σχετικά με άλλους υπόπτους, αλλά ποτέ δεν βγήκε σχεδόν τίποτε απ' όλα αυτά. Με τα χρόνια, κι η ίδια η υπόθεση πέρασε στη σφαίρα του θρύλου. Και μολονότι η Κάια δεν γιατρεύτηκε ποτέ εντελώς από την περιφρόνηση και την καχυποψία που βίωσε γύρω της, ένα αίσθημα ικανοποίησης, κάτι σαν ευτυχία βρήκε μια θέση στην καρδιά της.

Ένα απόγευμα, ήταν ξαπλωμένη στον μαλακό χώμα, κοντά στη λιμνοθάλασσα και περίμενε τον Τέιτ να γυρίσει από τη συλλογή δειγμάτων. Ανάσαινε βαθιά, ξέροντας ότι ο Τέιτ πάντα γυρνούσε, ότι για πρώτη φορά στη ζωή της δεν επρόκειτο να την εγκαταλείψουν. Άκουσε τον βαθύ βόμβο του σκάφους του που ανέβαινε το κανάλι· ένιωσε την ήσυχη δόνηση στο χώμα. Ανακάθισε, καθώς το σκάφος περνούσε ανάμεσα απ' τα χορτάρια, σήκωσε το χέρι της και τον χαιρέτησε. Τη χαιρέτησε κι εκείνος, καθισμένος στην τιμονιέρα, αλλά χωρίς να χαμογελάει. Η Κάια σηκώθηκε όρθια. Ο Τέιτ έδεσε στον μικρό μόλο που είχε κατασκευάσει και πήγε κοντά της.

«Κάια, λυπάμαι πάρα πολύ. Έχω άσχημα νέα. Χτες το βράδυ ο Σάλτας πέθανε στον ύπνο του».

Ένας πόνος έσφιξε την καρδιά της. Όλοι όσοι την είχαν παρατήσει, το είχαν κάνει από επιλογή. Αυτό εδώ ήταν διαφορετικό. Εδώ δεν υπήρχε απόρριψη· ήταν σαν το γεράκι που ξαναγυρνάει στον ουρανό. Δάκρυα κύλησαν απ' τα μάτια της· ο Τέιτ την πήρε αγκαλιά.

Σχεδόν όλο το χωριό πήγε στην κηδεία του Σάλτα, κι ο Τέιτ επίσης. Η Κάια, όχι. Μετά την τελετή όμως πήγε στο σπίτι του Σάλτα και της Μέιμπελ μ' ένα βάζο μαρμελάδα βατόμουρο, που τη χρωστούσε από καιρό.

Η Κάια κοντοστάθηκε μπροστά στον φράχτη. Φίλοι και συγγενείς είχαν γεμίσει τη μικρή, πεντακάθαρη αυλή. Άλλοι κουβέντιαζαν, άλλοι γελούσαν με παλιές ιστορίες για τον Σάλτα, άλλοι έκλαιγαν. Μόλις άνοιξε το πορτάκι, όλοι γύρισαν και την κοίταξαν, κι ύστερα έκαναν στην άκρη για να περάσει. Η Μέιμπελ, από τη βεράντα, έτρεξε προς το μέρος της. Αγκαλιάστηκαν, κι έμειναν έτσι αγκαλιασμένες, κλαίγοντας, να ταλαντεύονται δεξιά κι αριστερά.

«Πόσο σ' αγάπαγε, Θεέ μου — σαν δικιά του κόρη», είπε η Μέιμπελ.

«Το ξέρω», είπε η Κάια, «κι εγώ τον είχα σαν πατέρα μου».

Αργότερα, η Κάια πήγε μέχρι την παραλία της κι εκεί αποχαιρέτησε τον Σάλτα με τα δικά της λόγια, με τον δικό της τρόπο, μόνη της.

Κι όπως βολτάριζε στην παραλία μνημονεύοντας τον Σάλτα, η σκέψη της Μαμάς τρύπωσε στο μυαλό της. Και σαν να ήταν πάλι το κοριτσάκι των έξι ετών, είδε τη Μαμά να κατεβαίνει το αμμουδερό μονοπάτι με τα κροκοδειλέ παπούτσια της, αποφεύγοντας τις λακκούβες και τα αυλάκια. Μόνο που στην τωρινή εκδοχή, η Μαμά σταματούσε στο τέρμα του μονοπατιού και κοιτούσε πίσω και σήκωνε το χέρι ψηλά γι' αποχαιρετισμό. Μετά, χαμογελούσε στην Κάια, έστριβε στη δημοσιά και χανόταν μέσα στο δάσος. Κι έτσι, επιτέλους, δεν πείραζε πια.

Χωρίς δάκρυα και χωρίς μομφή, η Κάια ψιθύρισε: «Αντίο, Μαμά». Σκέφτηκε και τους άλλους για μια στιγμή — τον Μπαμπά, τον αδελφό της, τις αδελφές της. Αλλά δεν είχε αρκετά απομεινάρια από εκείνη τη χαμένη οικογένεια για να τα αποχαιρετήσει.

Ακόμα κι αυτή η λύπη ξέφτισε όταν ο Τζόντι και η Λίμπι άρχισαν να φέρνουν, κάμποσες φορές τον χρόνο, τα δυο παιδιά τους —τον Μερφ και τη Μίντι— για επίσκεψη στην Κάια και τον Τέιτ. Το καλύβι γέμισε ξανά με οικογένεια γύρω από την παλιά ξυλόσομπα, και τα πιάτα με τις κροκέτες καλαμποκιού της Μαμάς και αυγά χτυπημένα στο τηγάνι και ντομάτες κομμένες φέτες. Μόνο που αυτή τη φορά υπήρχαν και γέλια, υπήρχε και αγάπη.

Το Μπάρκλι Κόουβ άλλαξε με τα χρόνια. Κάποιος από το Ράλι κατασκεύασε μια πολυτελή μαρίνα στο μέρος όπου, εδώ κι εκατό χρόνια, έστεκε η παράγκα του Σάλτα. Με τις ωραίες, μπλε τέντες της πάνω από κάθε γλίστρα, τώρα μπορούσαν στη μαρίνα να πιάνουν ακόμη και κότερα. Λάτρεις των σκαφών από ολόκληρη την Ανατολική Ακτή έκαναν μια βόλτα μέχρι το Μπάρκλι Κόουβ και πλήρωναν τριάμισι δολάρια για έναν εσπρέσο.

Μικρά καφέ με κομψές, χρωματιστές ομπρέλες και γκαλερί τέχνης που εξέθεταν θαλασσογραφίες άρχισαν να ξεφυτρώνουν σ' όλο το μήκος της Μέιν Στρητ. Μια γυναίκα από τη Νέα Υόρκη άνοιξε ένα κατάστημα δώρων που πουλούσε όλα όσα δεν είχαν ανάγκη οι κάτοικοι αλλά χρειάζονταν απαραιτήτως οι τουρίστες. Σχεδόν σε κάθε μαγαζί υπήρχε και ένα ειδικό τραπεζάκι με τα βιβλία που είχε γράψει η *Κάθριν Ντανιέλ Κλαρκ – Συγγραφέας – Κάτοικος της περιοχής – Βραβευμένη βιολόγος*. Ο χυλός από καλαμποκάλευρο μπήκε στους καταλόγους των εστιατορίων μετονομαζόμενος σε «πολέντα με σάλτσα μανιταριών» και τιμή 6 δολάρια. Και μια μέρα, μια παρέα γυναικών από το Οχάιο μπήκαν στην μπιραρία Μπάτε Σκύλοι, χωρίς να έχουν ιδέα ότι ήταν οι πρώτες γυναίκες που περνούσαν το κατώφλι, και παρήγγειλαν πικάντικες γαρίδες σε χάρτινα καραβάκια και μπίρα, που τώρα πια ήταν σε ποτήρι. Ενήλικες κάθε φύλου και χρώματος μπορούσαν πια να μπουν στο μαγαζί, ωστόσο το παράθυρο που είχε ανοιχτεί στον τοίχο για να παραγγέλνουν οι γυναίκες από το πεζοδρόμιο, είναι ακόμα εκεί.

Ο Τέιτ συνέχισε τη δουλειά του στο εργαστήριο και η Κάια εξέδωσε άλλα επτά βιβλία που βραβεύτηκαν. Και παρά την αναγνώριση και τους διθυράμβους —μεταξύ άλλων και έναν τιμητικό διδακτορικό τίτλο από το Πανεπιστήμιο της Βόρειας Καρολίνας στο Τσάπελ Χιλ— ούτε μία φορά δεν αποδέχτηκε πρόσκληση για ομιλίες σε πανεπιστήμια ή μουσεία.

Ο Τέιτ και η Κάια ήλπιζαν να κάνουν οικογένεια, αλλά το παιδί που ήθελαν δεν ήρθε ποτέ. Η απογοήτευση τούς έφερε ακόμα πιο κοντά, τόσο που σπανίως χωρίζονταν για παραπάνω από μερικές ώρες.

Καμιά φορά η Κάια πήγαινε μόνη, με τα πόδια στην παραλία, κι όταν η δύση άρχιζε να βάφει τον ουρανό, ένιωθε τα κύματα να σφυροκοπούν την καρδιά της. Έσκυβε τότε κι άγγιζε την άμμο, κι ύστερα τεντωνόταν προς τα σύννεφα. Νιώθοντας τους *δεσμούς*. Όχι εκείνους που έλεγε η Μαμά και η Μέιμπελ —η Κάια ποτέ δεν απέκτησε έναν κύκλο από στενές φιλενάδες— ούτε τους άλλους για τους οποίους μιλούσε ο Τζόντι, αφού ποτέ της δεν έκανε δική της οικογένεια. Ήξερε πως τα χρόνια της απομόνωσης είχαν επηρεάσει τη συμπεριφορά της σε βαθμό τέτοιο ώστε να καταλήξει να είναι αλλιώτικη από τους άλλους ανθρώπους· αλλά δεν έφταιγε εκείνη που είχε μείνει μόνη. Σχεδόν όλα όσα ήξερε, τα είχε μάθει από τη φύση. Η φύση την είχε αναθρέψει, την είχε διδάξει και την είχε προστατέψει όταν κανένας άλλος δεν φάνηκε πρόθυμος. Και αν η αλλιώτικη συμπεριφορά της είχε κάποιες συνέπειες, ήταν κι αυτές κομμάτι του βασικού πυρήνα λειτουργίας της ζωής.

Η αφοσίωση του Τέιτ την έπεισε εντέλει ότι ο ανθρώπινος έρωτας είναι κάτι παραπάνω από τους παράξενους ανταγωνισμούς των πλασμάτων του βάλτου για το ζευγάρωμα· η ζωή όμως την είχε μάθει επίσης ότι κάποια αρχέγονα γονίδια επιβίωσης εξακολουθούν να υπάρχουν, σε μορφές διόλου ευπρόσδεκτες, κάπου μέσα στη δίνη του ανθρώπινου γενετικού κώδικα.

Για την Κάια ήταν αρκετό να αποτελεί μέρος αυτής της φυσικής συνέχειας που ήταν εξίσου σταθερή όσο και οι παλίρροιες. Ήταν δεμένη με τον πλανήτη της και τη ζωή αυτού του πλανήτη με έναν τρόπο που ελάχιστοι άνθρωποι το μπορούν. Ριζωμένη βαθιά σε τούτη τη γη. Γεννημένη απ' αυτή τη μάνα.

❧

Στα εξηντατέσσερα χρόνια της, τα μακριά μαύρα μαλλιά της Κάια είχαν γίνει άσπρα σαν την άμμο. Ένα απόγευμα, δεν γύρισε από την εξόρμηση για συλλογή δειγμάτων, κι έτσι ο Τέιτ βάλθηκε να τριγυρνάει στον βάλτο με τη βάρκα αναζητώντας την. Την ώρα που έπεφτε το σούρουπο, σε μια στροφή, την είδε μέσα στη βάρκα της, να πλέει σε μια λιμνοθάλασσα τριγυρισμένη από πλατάνια που έφταναν στον ουρανό. Ήταν πεσμένη πίσω, με το κεφάλι ακουμπισμένο στο παλιό σακίδιο. Ο Τέιτ πρόφερε το όνομά της σιγανά, κι όταν εκείνη δεν σάλεψε, φώναξε, κι ύστερα ούρλιαξε. Έφερε το σκάφος του κοντά και κατέβηκε αδέξια στην πλώρη της βάρκας της. Άπλωσε τα μακριά του χέρια, την έπιασε από τους ώμους και την τράνταξε απαλά. Το κεφάλι της έπεσε στο πλάι. Με μάτια που δεν έβλεπαν πια.

«Κάια, Κάια, όχι! Όχι!» ούρλιαξε.

Τόσο νέα ακόμα, τόσο όμορφη· η καρδιά της απλώς σταμάτησε. Είχε ζήσει αρκετά ώστε να δει τους φαλακρούς αετούς να πληθαίνουν ξανά· για την Κάια, τόσο ήταν αρκετό. Ο Τέιτ την πήρε στην αγκαλιά του, κουνώντας την πέρα-δώθε, κλαίγοντας. Την τύλιξε σε μια κουβέρτα και ρυμούλκησε την παλιά βάρκα ίσαμε τη λιμνοθάλασσά της μέσα απ' τον λαβύρινθο από ρυάκια και διαύλους, προσπερνώντας ελάφια και ερωδιούς για τελευταία φορά.

Και τη νύφη θα κρύψω μέσα σ' ένα κυπαρίσσι
Όταν το βήμα του θανάτου θ' αντηχήσει.

Ο Τέιτ πήρε ειδική άδεια ώστε η Κάια να ταφεί στη γη της, κάτω από μια βελανιδιά με θέα στη θάλασσα, και η πόλη ολόκληρη ήρθε για την κηδεία. Η ατέλειωτη, αργοκίνητη σειρά των πενθούντων θα ήταν κάτι το απίστευτο για την Κάια. Φυσικά, ήρθε κι ο Τζόντι με την οικογένειά του και όλα τα ξαδέλφια του Τέιτ. Υπήρξαν και κάποιοι περίεργοι, οι περισσότεροι άνθρωποι όμως βρέθηκαν εκεί από σεβασμό στο πώς επιβίωσε τόσα χρόνια μόνη στην άγρια φύση. Μερικοί θυμούνταν το κοριτσάκι με το τριμμένο, τεράστιο παλτό να έρχεται με τη βάρκα στην αποβάθρα και να περπατάει ξυπόλητο ώς το μπακάλικο για ν' αγοράσει αλεύρι. Άλλοι ήρθαν στο μνήμα της γιατί τα βιβλία της τους είχαν μάθει πώς ο βάλτος συνδέει τη στεριά με τη θάλασσα, και πώς το κάθε πράγμα έχει ανάγκη όλα τα άλλα.

Ο Τέιτ είχε καταλάβει πια πως το παρατσούκλι που της είχαν δώσει δεν είχε μέσα του κακία. Λίγα παρατσούκλια γίνονται θρύλοι, κι έτσι στον τάφο της διάλεξε να γράψουν:

ΚΑΘΡΙΝ ΝΤΑΝΙΕΛ ΚΛΑΡΚ
«ΚΑΪΑ»
Η ΠΙΤΣΙΡΙΚΑ ΤΟΥ ΒΑΛΤΟΥ
1945-2009

Το βράδυ της κηδείας της, όταν πια είχαν φύγει όλοι, ο Τέιτ μπήκε στο αυτοσχέδιο εργαστήριό της. Τα δείγματα που είχε συγκεντρώσει και κατονομάσει, δουλειά πάνω από πενήντα χρόνων, ήταν η πλέον διεξοδική και ολοκληρωμένη συλλογή του είδους της. Η επιθυμία της ήταν να δωριστεί στο Εργαστήριο Άρτσμπολντ, και ο Τέιτ πράγματι είχε σκοπό κάποια μέρα να τη δωρίσει· για την ώρα όμως του ήταν αδιανόητο να την αποχωριστεί.

Μπαίνοντας στο καλύβι, όπως το αποκαλούσε πάντα η Κάια, ο Τέιτ ένιωσε στους τοίχους την ανάσα της, ένιωσε το πάτωμα να ψιθυρίζει τα βήματά της τόσο καθαρά, που την φώναξε. Κι ύστερα, στάθηκε δίπλα στον τοίχο κι έκλαψε. Πήρε από κάτω το παλιό σακίδιο και το έσφιξε επάνω του.

Οι υπάλληλοι στο ειρηνοδικείο είχαν ζητήσει από τον Τέιτ να ψάξει να βρει τη διαθήκη και το πιστοποιητικό γεννήσεώς της. Στο παλιό πίσω υπνοδωμάτιο, εκείνο που κάποτε ήταν των γονιών της, ο Τέιτ έκανε άνω-κάτω την ντουλάπα και βρήκε κούτες από τη ζωή της Κάια χωμένες στο βάθος, σχεδόν κρυμμένες κάτω από κάτι κουβέρτες. Έβγαλε έξω τις κούτες και κάθισε δίπλα τους.

Άνοιξε προσεκτικά το παλιό κουτί από τα πούρα, αυτό από το οποίο ξεκίνησαν οι συλλογές. Το κουτί είχε ακόμα μια μυρωδιά από γλυκό καπνό και μικρό κορίτσι. Ανάμεσα στα λιγοστά πούπουλα πτηνών, τα φτερά εντόμων και τους σπόρους ήταν και το βαζάκι με τη στάχτη από το γράμμα της μαμάς, κι ένα μπουκαλάκι βερνίκι νυχιών της Ρέβλον, η απόχρωση Σχεδόν Ροζ. Σπαράγματα μιας ζωής. Τα βότσαλα του ποταμιού της.

Κάτω-κάτω ήταν ο τίτλος ιδιοκτησίας της γης της, την οποία η Κάια είχε εντάξει σε καθεστώς προστατευόμενης περιοχής για να τη γλιτώσει από την αξιοποίηση. Αν μη τι άλλο, αυτό το κομματάκι του βάλτου θα έμενε για πάντα άγριο. Ωστόσο ούτε διαθήκη υπήρχε εκεί ούτε άλλα προσωπικά έγγραφα, κάτι που καθόλου δεν τον εξέπληξε· η Κάια δεν ενδιαφερόταν για τέτοια πράγματα. Ο Τέιτ σκόπευε να περάσει το υπόλοιπο της ζωής του στο σπίτι της, βέβαιος πως και η ίδια αυτό θα ήθελε και ο Τζόντι δεν θα είχε καμία αντίρρηση.

Αργότερα, καθώς ο ήλιος έγερνε πίσω από τη λιμνοθάλασσα, έφτιαξε χυλό για τους γλάρους χαζεύοντας αφηρημένα το πάτωμα. Έγειρε λίγο το κεφάλι· πρώτη φορά πρόσεχε πως κάτω από τη στοίβα με τα καυσόξυλα και την παλιά ξυλόσομπα δεν υπήρχε το λινόλεουμ που κάλυπτε το υπόλοιπο πάτωμα. Η Κάια φρόντιζε τα ξύλα να είναι πάντα μπόλικα, ακόμα και το καλοκαίρι, τώρα όμως η στοίβα είχε μικρύνει, κι έτσι ο Τέιτ είδε μερικές σανίδες του πατώματος κομμένες. Παραμέρισε τα υπόλοιπα ξύλα και βρήκε μια καταπακτή. Γονάτισε, την άνοιξε και, ανάμεσα στα δοκάρια, είδε έναν οριοθετημένο χώρο, όπου, μεταξύ άλλων, υπήρχε κι ένα παλιό, κατασκονισμένο χαρτοκιβώτιο. Το έβγαλε έξω. Μέσα στο κουτί υπήρχαν πάμπολλοι χαρτονένιοι φάκελοι κι ένα μικρότερο κουτί. Όλοι οι φάκελοι είχαν επάνω γραμμένα τα αρχικά Α.Χ., κι από μέσα έβγαλε αμέτρητες σελίδες με ποιήματα της Αμάντα Χάμιλτον, της ντόπιας ποιήτριας που δημοσίευε απλούς στίχους σε περιοδικά της περιοχής. Ο Τέιτ θεωρούσε ανέκαθεν τα ποιήματα της Χάμιλτον κάπως αδύναμα, αλλά η Κάια πάντα κρατούσε τα αποκόμματα των δημοσιεύσεων, και τώρα εδώ υπήρχαν φάκελοι επί φακέλων γεμάτοι με τέτοια. Μερικές σελίδες είχαν ολοκληρωμένα ποιήματα, τα περισσότερα όμως ήταν μισοτελειωμένα, όλο διαγραφές και λέξεις ξαναγραμμένες στο περιθώριο με τον γραφικό χαρακτήρα της ποιήτριας — τον γραφικό χαρακτήρα της Κάια.

Η Αμάντα Χάμιλτον *ήταν* η Κάια. Η Κάια ήταν η ποιήτρια.

Το πρόσωπο του Τέιτ συσπάστηκε από έναν μορφασμό απόλυτης κατάπληξης. Τόσα χρόνια, η Κάια έβαζε τα ποιήματα στο σκουριασμένο γραμματοκιβώτιο και τα έστελνε σε τοπικά έντυπα. Ασφαλής, πίσω από το λογοτεχνικό ψευδώνυμο. Ίσως να ήταν μια χειρονομία προς τον έξω κόσμο, ένας τρόπος να εκφράσει τα συναισθήματά της και προς κάποιον άλλο πέρα από τους γλάρους. Κάπου ν' απευθύνει τις λέξεις της.

Διέτρεξε στα γρήγορα μερικά από τα ποιήματα· τα περισσότερα μιλούσαν για τη φύση ή για τον έρωτα. Ένα απ' αυτά ήταν διπλωμένο προσεκτικά και τοποθετημένο σε δικό του φάκελο. Το έβγαλε και διάβασε:

Η πυγολαμπίδα

Να τον δελεάσει ήτανε εύκολο
Όσο μια λαμπερή ερωτική επιστολή.
Μα όπως κι οι πυγολαμπίδες
Έκρυβε ένα μυστικό κάλεσμα για θάνατο.

Ένα έσχατο άγγιγμα.
Ανολοκλήρωτο.
Το τελευταίο βήμα του, μια παγίδα.
Πέφτει, πέφτει, κάτω πέφτει.
Τα μάτια του ακόμα στα δικά μου
Ώσπου να δουν έναν κόσμο άλλο.

Τα είδα να αλλάζουνε.
Πρώτα, η απορία,

Κατόπιν, η απάντηση,
Στο τέλος, ένα τέλος.

Κι ο έρωτας να ξαναγίνεται
Κείνο που ήταν —ό,τι κι αν ήταν— προτού ακόμα αρχίσει. Α.Χ.

Γονατιστός ακόμα στο πάτωμα, το διάβασε ξανά. Ακούμπησε το χαρτί στην καρδιά του, που βροντοχτυπούσε μέσα στο στήθος του. Κοίταξε απ' το παράθυρο για να σιγουρευτεί πως κανένας δεν ερχόταν από το μονοπάτι — όχι πως περίμενε κάποιον· γιατί να έρθει κανείς; Αλλά καλού-κακού. Κι ύστερα άνοιξε το κουτάκι, ξέροντας ήδη τι θα έβρισκε. Ακουμπισμένο προσεκτικά επάνω σε βαμβάκι ήταν εκεί το κρεμαστό κοχύλι που φορούσε ο Τσέις μέχρι τη νύχτα που πέθανε.

Ο Τέιτ έμεινε πολλή ώρα καθισμένος στο τραπέζι της κουζίνας προσπαθώντας να το χωνέψει· τη φανταζόταν μέσα στα νυχτερινά λεωφορεία, να καβαλάει το δυνατό ρεύμα με τη βάρκα, να καταστρώνει το σχέδιό της με οδηγό το φεγγάρι. Να προφέρει σιγανά το όνομα του Τσέις μέσα στο σκοτάδι. Να τον σπρώχνει πίσω. Κι έπειτα, μισοκαθιστή στη λάσπη, στη βάση του πυροφυλάκιου, ν' ανασηκώνει το κεφάλι του, βαρύ τώρα από τον θάνατο, και να παίρνει πίσω το κρεμαστό κοχύλι. Να καλύπτει τις πατημασιές της, να μην αφήνει ούτε ένα ίχνος.

Έσπασε κομματάκια το προσάναμμα, άναψε την παλιά ξυλόσομπα και έκαψε όλα τα ποιήματα, τον ένα φάκελο μετά τον άλλο. Ίσως δεν ήταν καν ανάγκη να τα κάψει όλα, ίσως έπρεπε να είχε καταστρέψει μόνο εκείνο το ένα, του ήταν αδύνατον όμως να σκεφτεί καθαρά. Οι παλιές, κιτρινισμένες σελίδες φούντωσαν με βουή κι ύστερα έμειναν μόνο αποκαΐδια. Έβγαλε το κοχύλι απ' το πέτσινο κορδόνι, έριξε το κορδόνι στη φωτιά και ξανάβαλε τα σανίδια του πατώματος στη θέση τους.

Έπειτα, στο μισοσκόταδο πια, πήγε μέχρι την παραλία και στάθηκε πάνω στο λευκό κρεβάτι της άμμου θρυμματίζοντας μαλάκια και κομμάτια από καβούρια κάτω από τα πόδια του. Κοίταξε για μια στιγμή το κοχύλι του Τσέις που κρατούσε στην παλάμη του κι ύστερα το άφησε να πέσει στην άμμο. Έτσι παρόμοιο με όλα τα άλλα, αμέσως χάθηκε. Η θάλασσα ανέβαινε εκείνη την ώρα, κι ένα κύμα πέρασε πάνω από τα πόδια του παίρνοντας χιλιάδες κοχύλια μαζί του ξανά πίσω στη θάλασσα. Ήταν απ' αυτή τη γη, απ' αυτό το νερό βγαλμένη η Κάια· τώρα, η γη και το νερό την έπαιρναν πίσω. Για να κρατήσουν τα μυστικά της στα βαθιά.

Κι ύστερα ήρθαν οι γλάροι. Τον είδαν εκεί και βάλθηκαν να στριφογυρίζουν πάνω από το κεφάλι του. Να καλούν. Να προσκαλούν.

Η νύχτα έπεσε κι ο Τέιτ πήρε και πάλι τον δρόμο για το καλύβι. Φτάνοντας όμως στη λιμνοθάλασσα, στάθηκε κάτω από τον βαθύσκιωτο θόλο για να δει τις εκατοντάδες πυγολαμπίδες να στέλνουν τα σινιάλα τους στις πιο σκοτεινές άκρες του βάλτου. Πέρα εκεί έξω, πέρα στα βάθη, εκεί που τραγουδάνε οι καραβίδες.